OLIVIER DESCOSSE

Wer Böses sät

Buch

Der Psychoanalytiker François Marchand ist glücklich verheiratet, hat eine neunjährige Tochter und seine eigene Praxis in Paris. Bis zu dem Tag, an dem seine Frau Diane von einem seiner Patienten erwürgt wird. Und da er nicht auf die Drohung seines Patienten eingegangen ist, fühlt er sich für den Tod seiner Frau verantwortlich. Um seine Schuld zu begleichen, lässt er sich zum Profiler ausbilden, um der Polizei zu helfen. Neun Jahre nach dem Tod seiner Frau hat François seiner Tochter noch nicht erzählt, was damals wirklich passiert ist. Sie lebt in dem Glauben, ihre Mutter sei bei einem Unfall umgekommen. François merkt zwar, wie ihm seine inzwischen siebzehnjährige Tochter nach und nach entgleitet, doch er ist zu sehr mit sich selbst und seinen Schuldgefühlen beschäftigt. Als er jedoch zum ersten Mal sein Können als Profiler unter Beweis stellen muss und den Mord an der siebzehnjährigen Lucie Barmont aufklären soll, wird ihm klar, welchen Gefahren Jugendliche ausgeliefert sind…

Autor

Olivier Descosse wurde 1962 in Marseille geboren, wo er heute lebt. Er arbeitete als Anwalt in Paris und in den USA.

Olivier Descosse

Wer Böses sät

Thriller

Aus dem Französischen
von Michaela Meßner

blanvalet

Die französische Originalausgabe erschien 2009
unter dem Titel »Les enfants du néant«
bei Michel Lafon, Paris.

MIX
Papier aus verantwortungsvollen Quellen
FSC® C014496

Verlagsgruppe Random House FSC-DEU-0100
Das für dieses Buch verwendete FSC®-zertifizierte Papier
Holmen Book Cream liefert Holmen Paper, Hallstavik, Schweden.

1. Auflage
Deutsche Erstveröffentlichung April 2012
bei Blanvalet, einem Unternehmen der
Verlagsgruppe Random House GmbH, München.

Umschlaggestaltung: © Johannes Frick
Umschlagmotiv: © Getty Images/Vetta/Shane Shaw
Redaktion: Ilse Wagner
Herstellung: sam
Satz: Uhl + Massopust, Aalen
Druck und Einband: GGP Media GmbH, Pößneck
Printed in Germany
ISBN 978-3-442-37657-5

www.blanvalet.de

Für Céline, Julia, Alice und Téa,
die Frauen in meinem Leben.

LUCIE

1

»Leck mich am Arsch!«

Das Urteil war gefallen. Der Bescheid war abschlägig, und das nach drei Stunden zähen Verhandelns. Kommissar François Marchand saß eingepfercht im Kastenwagen der Eliteeinheit der Staatspolizei und konnte nichts anderes tun, als die Zähne zusammenbeißen.

»Georges, hören Sie mir zu.«

Wieder dröhnte eine schleppende, lallende Stimme aus den Lautsprechern.

»Gar nichts will ich mehr hören, Sie Oberarschloch Sie. Der werde ich den Schädel einhauen. Und damit basta. Und dann: Paff!«

François ging nicht darauf ein. Manche Drohungen waren eher verkappte Hilferufe. Man musste ihnen Raum lassen, durfte ihnen keinen Widerstand entgegensetzen. Ein falsches Wort, ein ungeschickter Vorschlag, und schon wurde der Geiselnehmer aktiv.

Er wartete ein Weilchen, dann sprach er weiter.

»Legen Sie nicht auf, Georges. In dreißig Sekunden bin ich wieder da.«

Der Polizist unterbrach die Verbindung. Er drehte sich zu den drei Hünen um, Polizeibeamte wie er, nur nicht von derselben Schule. Sie waren schwer bewaffnet, trugen ihre Einsatzwesten und die kugelsichere Weste, kauten Kaugummis und ließen ihn die ganze Zeit nicht aus den Augen.

Hauptmann Gombert wurde unruhig. Mit seinem kahl geschorenen Schädel wirkte er wie ein aggressiver Bock, in der Hand hielt er ein VHF-Funkgerät.

»Na dann ... Zugriff?«

»Geben Sie mir noch fünfzehn Minuten.«

»Wozu soll das gut sein?«

»Ich muss meinen Job tun.«

»Die Frau ist tot. Ihr Job ist getan.«

»Sind Sie da wirklich sicher?«

Stille. Die Infrarotkameras, die die Elitepolizisten rund um das Häuschen angebracht hatten, ließen eine in sich zusammengesunkene Gestalt erkennen, die mitten im Wohnzimmer an einen Stuhl gefesselt war. Der Kopf hing nach hinten, aber nichts wies darauf hin, dass die Geisel gestorben war.

Gombert antwortete:

»Der Witzbold hat das Gas aufgedreht. Ein Streichholz und das ganze Viertel geht in Rauch auf.«

»Wir haben noch eine Chance, das zu verhindern.«

Ein Zögern. Die Butangaskonzentration in der Luft schloss jeden Einsatz einer Feuerwaffe aus. Man müsste den Verrückten also überraschen, ihn in die Enge treiben oder Armbrustschützen einsetzen. Trotz der Unmenge an Daten, die sie seit dem frühen Nachmittag gesammelt hatten, sah es so aus, als werde der Zufall über den Ausgang ihrer Mission entscheiden. Die sehr gefährlich war.

Der Hauptmann verschränkte die Arme und nahm eine kriegerische Haltung ein.

»Was schlagen Sie vor?«

»Ich gehe rein.«

»Das tun Sie nicht.«

»Dazu brauche ich nicht Ihre Erlaubnis einzuholen.«

»Gehen Sie mir nicht auf die Nerven, Marchand. Dieses Einsatzgebiet untersteht meiner Verantwortung.«

François wusste, was hinter dieser Weigerung steckte. Er beschwichtigte den alten Krieger.

»Sie sind jeglicher Verantwortung enthoben. Wenn das hier schiefläuft, geht das auf meine Kappe.«

Gombert zögerte. Mit einem kurzen Rucken des Kinns befragte er seine Männer. Die Männer hatten die Sicherheitsweste und den Helm schon wieder angezogen. Synchrones Schulterzucken.

»Wenn Sie unbedingt Ihren Arsch riskieren wollen... Aber wir bleiben per Funk in Verbindung, und ich will Sichtkontakt haben.«

François nickte. Er stellte erneut die Verbindung her, während die Polizisten der Eliteeinheit aus dem Mannschaftswagen sprangen.

»Georges... Sind Sie noch da?«

»Wo soll ich denn sonst sein?«

»Ich habe mit dem Polizeipräfekten gesprochen.«

»Was geht mich das an?«

»Hören Sie mir wenigstens zu. Es ist wichtig.«

»Ich wüsste nicht, was...«

»Wir blasen alles ab.«

Stille.

»Was soll das heißen, wir blasen alles ab?«

»Sie haben beschlossen, Ihre Frau umzubringen und sich anschließend selbst in die Luft zu jagen. Das ist Ihre Entscheidung. Wir wollen nur verhindern, dass das ganze Viertel gleich mit in die Luft fliegt.«

Wieder Stille. Dann eine Hasstirade.

»Warum sollte ich nicht alles in die Luft sprengen, hä? Wer sollte mich daran hindern?«

»Das ist nicht das, was Sie wollen.«

»Was wissen Sie denn schon, was ich will?«

»Das ist eine Angelegenheit zwischen Cathie und Ihnen. Die anderen haben nichts damit zu tun.«

Plötzlich klang die Stimme des Geiselnehmers nicht mehr so selbstsicher. Auf dem Schachbrett der Gefühle gerieten die Figuren in Bewegung.

»Dann wollen Sie sie also opfern, habe ich das recht verstanden?«

»Tut mir leid. Ich kann nicht anders. Wir haben die Sache durchgesprochen. Der Verlust wurde für akzeptabel befunden.«

Indem er die Sache so darstellte, überrumpelte François seinen Gegner. Er versuchte erst gar nicht mehr, ihn zu überreden, die Geisel freizulassen oder sein eigenes Leben zu retten. Stattdessen nahm er ein tödliches Ende einfach in Kauf.

Und er lag goldrichtig mit dieser Strategie.

»Ihr habt sie ja nicht mehr alle …«

»Moment mal … Das wollten Sie doch, oder etwa nicht?«

Gelächter. Die Verbitterung war ihm deutlich anzuhören. Er ließ ein paar Sekunden verstreichen, bevor er weitersprach.

»Georges, ich muss Sie noch um einen Gefallen bitten. Ich würde gerne ein letztes Mal mit Cathie sprechen.«

»Wozu?«

»Ich muss ihr was erklären.«

Ein längeres Schweigen. Dann ertönte wieder die kratzige Stimme im Lautsprecher, diesmal klang sie etwas ferner.

»Bleiben Sie dran … Ich gebe sie Ihnen.«

Erleichterung. Die Frau lebte also noch. Aber sie mussten sich beeilen.

»Nein. Ich komme rein.«

Sofort war das alte Misstrauen wieder da.

»Reinkommen?«

»Ich muss ihr auch etwas geben. Etwas von Thomas.«

Marchand spielte einen Trumpf aus. Er wusste, dass Georges den Sohn seiner Exlebensgefährtin liebte, er hatte den Jugendlichen wie sein eigenes Kind großgezogen. Die

Beziehungsprobleme, die Trennung drei Monate zuvor, all das hatte seiner Zuneigung nichts anhaben können. Die Mutter sollte dafür bezahlen, nicht der Junge.

Der Mann blieb weiter auf der Hut.

»Ihr wollt mich reinlegen, was? Kaum mach ich die Tür auf, fallen auch schon die Rambos über mich her …«

»Es ist keiner mehr da, Georges. Schauen Sie durchs Fenster. Nur noch Sie und ich.«

Wieder Stille. Der Polizist suchte die Kontrollbildschirme ab. Er glaubte einen Schatten wahrzunehmen. Nach einer Weile schnarrte die tonlose Stimme wieder los.

»Was willst du der Schlampe denn geben, hä?«

»Einen Brief.«

»Können Sie den nicht auch am Telefon vorlesen?«

»Es ist persönlich. Ich muss ihn ihr überbringen.«

Noch zögerte der Kerl. François zog sein letztes Argument aus dem Hut.

»Ich glaube, da steht auch was für Sie drin. Also letztlich betrifft es sie alle drei …«

Diesmal war der Damm gebrochen. Wie er so das Bild eines verlorenen Glücks heraufbeschwor, das Bild einer Familie, die zusammengehörte, traf der Polizeibeamte den Geiselnehmer mitten ins Herz. Als seine Frau ihn verlassen hatte, war sein Leben mit einem Mal zerbrochen. Er würde sie lieber tot sehen, als mit der Vorstellung leben zu müssen, wie sie ohne ihn zurechtkam.

»Einverstanden. Kommen Sie. Aber keine krummen Sachen. Sonst veranstalte ich hier ein Feuerwerk.«

François unterbrach die Verbindung und rieb sich die Augen. Der Druck, dem er in den letzten Stunden ausgesetzt gewesen war, machte sich jetzt mit bohrenden Kopfschmerzen bemerkbar. Er zog eine versilberte Bonbondose aus seiner Tasche. Darin befanden sich Xanax-Tabletten, ein leichtes Mittel gegen Angst.

Er schob sich zwei unter die Zunge. Bitterer Geschmack. Das Gefühl, ein Stück Kreide zu lutschen. Er wartete eine Minute, bis die Moleküle des Arzneistoffs Alprazolam sich in seinem Blut verteilt hatten. Sein Kopf wurde allmählich leer. Die Welle ebbte wieder ab.

Er legte seine Waffe auf einen Klapptisch und steckte sich den Ohrhörer des Funkgerätes ins Ohr. Nachdem er es getestet hatte, trat er auf die Straße.

Die Nacht war über Montrouge hereingebrochen, es war kalt und feucht, alles in milchigen Nebel gehüllt. Die Einsatzkräfte hatten sich in die Sicherheitszone zurückgezogen, das ganze Viertel war evakuiert worden. Nur die in einiger Entfernung platzierten Scharfschützen konnten seine Bewegungen durch ihre Nachtsichtgeräte verfolgen.

Er klappte den Kragen seines Dreiviertelmantels hoch und ging auf den Pavillon zu. Ein widerlicher Nieselregen schlug ihm ins Gesicht, setzte sich ihm in die Haare und lief ihm den Nacken hinunter. Er spürte es gar nicht. Sein Einsatz ließ ihn alles andere vergessen.

Wie sonst auch.

Als er das schmiedeeiserne Gitter aufdrückte, fragte er sich noch, wie er vorgehen sollte. Er hatte keinen Brief, die ganz Geschichte war erstunken und erlogen. Seine Erfahrung musste als Ersatz für eine Strategie herhalten. Er wusste genau, der direkte Kontakt von Angesicht zu Angesicht würde andere Gefühle wecken. Nur welche? Das war der springende Punkt. Aber jetzt half alles nichts mehr …

Die Eingangstür war nur angelehnt.

»Georges, ich bin's. Ich komm jetzt rein.«

Keine Antwort. Der Polizist drückte den hölzernen Türflügel auf und sprach ohne Pause weiter.

»Ich komm jetzt rein.«

In diesem Augenblick knackte es in seinem Ohrhörer.

»Marchand, hören Sie mich?«

Gomberts Stimme, angespannt und schroff.

»Einwandfrei«, flüsterte der Kommissar.

»Gehen Sie nicht von der Geisel weg. Wir können den gesamten Bereich überblicken.«

»Verstanden.«

Er ging weiter. Der Gasgestank war unerträglich. Er bewegte sich durch einen dunklen Flur. Am Ende lag ein billig eingerichtetes Zimmer, das nur von einer einzigen niedrigen Lampe erleuchtet wurde. In der Mitte saß die Geisel, mit Elektrokabeln an den Stuhl gefesselt. Die Lider waren geschlossen, der Brustkorb hob und senkte sich fast unmerklich. Sie atmete.

Marchand folgte den Anweisungen des Chefs der Elitetruppe. Er stellte sich genau neben die Frau, die Hände erhoben.

»Georges? Wo sind Sie?«

»Hier.«

Die Stimme war von links gekommen. Der Kommissar drehte den Kopf. Vor ihm nichts als tiefschwarze Nacht.

»Ich bin nicht bewaffnet. Sie haben nichts zu befürchten.«

Wie ein Gespenst tauchte der Geiselnehmer im Schein der Lampe auf. Das gezeichnete Gesicht eines Endfünfzigers, von der Farbe eines Krebskranken und mit tiefen Schatten unter den Augen. Der Druck, der in den letzten zwei Stunden auf ihm gelastet hatte, tat ein Übriges. Er richtet den Doppellauf eines Gewehrs auf den Kommissar.

»Haben Sie den Brief?«

Zeit gewinnen.

»Geht es Cathie gut?«

»Geben Sie mir den Brief.«

Es ging alles zu schnell. Da blieb keine Zeit zum Nachdenken. François improvisierte, blieb dabei aber so nah wie möglich an der Wahrheit.

»Ich hab ihn nicht bei mir.«

In Georges' Augen blitzte Hass auf. Er tat einen Schritt nach vorn und fuchtelte mit der Waffe herum.

»Du Wichser …«

Marchand blieb ruhig und sprach mit leiser Stimme.

»Ich bin auf Ihrer Seite, Georges. Ich will nur vermeiden, dass Sie alles in die Luft sprengen.«

»Ich habe schon alles verloren. Diese Nutte hat es nicht verdient zu leben.«

»Wenn Sie schießen, gibt es eine Gasexplosion. Nebenan ist ein Krankenhaus. Wir werden nicht die Zeit haben, es evakuieren zu lassen. Dann werden noch andere Menschen mit dem Tod bezahlen müssen.«

»Das interessiert mich nicht die Bohne.«

»Das stimmt nicht. Sie sind kein Mörder.«

Man konnte seinen Augen ansehen, dass er kurz davor stand aufzugeben. Immerhin war das Gespräch in Gang. Das brachte ihn schon einen Schritt weiter. Jetzt bekamen die Argumente des Polizisten, die bislang wirkungslos verpufft waren, eine größere Wucht.

Marchand nutzte seinen Vorteil.

»Denken Sie an Thomas. Wollen Sie, dass er Sie als Mörder in Erinnerung behält?«

»Er hätte ihr ja nur zu sagen brauchen, dass sie bleiben soll.«

»Er liebt Sie. Sie sind der Vater, den er sich ausgesucht hat.«

Der Mann ließ die Schultern hängen.

»Es ist nicht zu spät«, fuhr Marchand beharrlich fort. »Gemeinsam werdet ihr wieder auf die Beine kommen.«

Beim Reden bewegte er sich langsam vorwärts. Zwei Meter. Einen Meter. Auf diese Entfernung konnte der Polizist die Schweißtropfen auf der Stirn seines sturköpfigen Gegners erkennen.

»Vertrauen Sie mir. Ich werde …«

In seinem Ohr ertönte Gomberts schnarrende Stimme.

»Treten Sie zurück, Marchand. Wir haben ihn im Visier.«

François hatte augenblicklich verstanden.

»Warten Sie!«

Der schwarze Strich kam aus dem Nichts und zerschmetterte ein Fenster. Er drang in den Hals des Geiselnehmers ein, ging wie durch Butter hindurch und blieb in der Wand stecken.

Georges fasste sich erschrocken an den Hals. Ein purpurroter Faden rann ihm durch die Finger. Noch bevor François reagieren konnte, brach er zusammen.

2

Drei Stunden später eilte François im Sturmschritt durch das schmiedeeiserne Tor der Zentrale der Kriminalpolizei von Nanterre. Das moderne, von Neonlampen beleuchtete Gebäude lag in bleiernem Dämmerschlaf. An dem Abend waren wenige Leute unterwegs, es war wie in einer Bahnhofshalle nach Ankunft des letzten Zuges.

Der Polizist war hellwach und störte die friedliche Atmosphäre. Die Idioten von der Spezialeinheit zur Bekämpfung des Terrorismus hatten viel zu schnell geschossen, ohne auch nur nachzudenken. Georges war tot. Die ganze Arbeit dieses Nachmittages war vergeblich gewesen. Ein totales Fiasko …

Er grüßte flüchtig den Wachposten und nahm den Aufzug. Beim Blick in den Spiegel war ihm, als sehe ihm ein Gespenst entgegen. Er trat ganz nah heran, als wolle er sich seiner eigenen Existenz versichern. Ein sanftes, bleiches Gesicht, ein leichter Dreitagebart, braunes, sehr kurz geschnittenes Haar und volle Lippen, deren Konturen aber bereits erkennen ließen, dass die Zeit ihr Werk tat.

Da er tagtäglich mit einer Welt der Gewalt konfrontiert war, versuchte François, durch schwarze Kleidung härter zu wirken. Er trug ein modisches Schwarz, das an eine Zeit erinnerte, in der er noch regelmäßig in den schönen Vierteln dieser Stadt verkehrt war. Unter anderen Umständen hätte man ihn für einen Künstler halten können. Für einen eigenwilligen kreativen Geist, der sich von Amphetaminen ernährte und ein nachtaktives Leben führte.

Siebter Stock. Es war kurz nach zweiundzwanzig Uhr. An diesem Abend waren die Diensträume der OCRVP, der Operationseinheit zur Bekämpfung von Gewalt gegen Personen, wie leer gefegt. Ein paar Computer unterbrachen die herrschende Stille und bewiesen, dass die Polizei, allem Anschein zum Trotz, immer wachsam war.

Der Kommissar ging an seinem Büro vorbei, ohne stehen zu bleiben. Sein Bericht konnte warten, außerdem war er gegenwärtig außerstande, die Fakten objektiv zu Protokoll zu geben. Er wollte vor allem seine Wut loswerden.

Er lief etwa zwanzig Meter durch einen düsteren Gang und blieb dann vor einer angelehnten Tür stehen. Nachdem er zweimal höflich angeklopft hatte, ging er einfach hinein.

»Hallo, Roger.«

Polizeidirektor Roger Hénon saß, immer noch über seinen Laptop gebeugt, bei der Arbeit. Er hob den Kopf und murmelte mit geradezu tonloser Stimme:

»Du kommst ja wie gerufen. Ich wollte dich gerade anrufen.«

François setzte sich ihm gegenüber. Im matten Schein der Niederspannungslampe konnte man dem Gesicht des Leiters der OCRVP die Müdigkeit deutlich ansehen.

»Hübsches Hemd. Bei Gelegenheit verrätst du mir mal, wo du einkaufen gehst.«

Marchand war zu angespannt, um ein Schwätzchen zu halten. Der Blick, mit dem Georges ihn angesehen hatte, als der Pfeil seine Drosselvene durchbohrte, ließ ihn nicht mehr los.

»Ich nehme an, du weißt Bescheid über Montrouge?«

»Gombert hat es mir erzählt. Da hast du ja mal wieder einen schönen Schlamassel veranstaltet.«

»Was heißt hier Schlamassel? Hat man dir nicht gesagt, dass ich gerade dabei war, die Sache zu regeln?«

»Du bist vor allem ein gewaltiges Risiko eingegangen.«

»Das hatte ich im Griff.«

»Wirklich?«

Der Polizist warf seinem Vorgesetzten einen bösen Blick zu.

»Was soll denn das heißen?«

Hénon seufzte.

»Mensch, François! Jetzt komm mal wieder runter! Der Kerl hatte ein Jagdgewehr. Die Hütte stank nach Gas. Wolltest du zulassen, dass er das ganze Viertel in die Luft sprengt?«

Marchand sagte nichts darauf. Um nicht zu explodieren, ließ er seinen Blick zum Fenster schweifen. In der Ferne konnte man im bleichen Licht der Straßenlaternen die düsteren Fassaden der Vorstadtsiedlungen erkennen.

Der Polizeidirektor sprach weiter, jetzt klang seine Stimme freundschaftlich.

»Man hat nicht alles im Griff, François. Du musst deine Grenzen akzeptieren. Wie jeder andere auch.«

Ironisches Lächeln.

»Ist das alles, womit du aufwarten kannst?«

»Ich meine es nur gut.«

»Aber der Mann ist jetzt tot. Und das zu verhindern war meine Aufgabe.«

Sie schwiegen sich an, voller Groll. Hénon respektierte ihn. Er war ein herzensguter Mensch, dieser bullige Mann, der mit seinem Stiernacken und dem energischen Kinn wirkte wie ein Fels in der Brandung. Aufgrund seiner Statur, die an einen mit den Jahren ein wenig aus der Fasson geratenen Gewichtheber erinnerte, brachte man ihm Vertrauen und Respekt entgegen.

Am Ende sagte er nur:

»Schreib deinen Bericht, und vergiss die Sache. Ich brauch dich für was anderes.«

Marchand starrte seinen Vorgesetzten an. Der ernste Ton, die Begräbnisstimme. Er spürte, dass etwas Wichtiges folgen würde.

»Ich höre.«

»Es ist heute am frühen Nachmittag passiert. In einer verlassenen Hütte wurden menschliche Überreste gefunden. Arme, Beine, Thorax und Kopf. Abgeschnittene Körperteile.«

»Wo steht die Hütte?«

»Bei Roussillon im Département Vaucluse. Im Ockersteinbruch, hast du davon schon mal was gehört?«

»Nein. Aber rede weiter.«

»Laut den Ergebnissen der Leichenbeschau waren die Stücke relativ frisch. Nicht älter als vierundzwanzig Stunden.«

»Mann oder Frau?«

»Frau. Jung. Wir haben sie noch nicht identifizieren können.«

»Wurde sie vergewaltigt?«

»Weiß man noch nicht …«

Ein kurzer Moment der Stille, der nichts Gutes ahnen ließ. François ließ nicht locker.

»Du hast mir nicht alles gesagt …«

Der Polizeidirektor senkte den Kopf.

»Sie hatte kein Gesicht mehr.«

»Was?«

»Du hast mich richtig verstanden. Der Mörder hat es abgenommen.«

Gespanntes Schweigen. Marchand ließ ein paar Sekunden verstreichen, bevor er fragte:

»Wie hat er sie umgebracht?«

»Das können wir noch nicht mit Gewissheit sagen. Der Körper war ausgeblutet. Das kann heißen, dass sie noch am Leben war, als er sie zerstückelte.«

Wieder Stille. Hénon fingerte nervös an einer Büroklammer herum. François fragte weiter:

»Wurde eine Botschaft gefunden, ein Bekennerschreiben?«

»Nichts dergleichen.«

»Hast du schon das SALVAC* konsultiert?«

»Ohne Erfolg.«

Das fing ja gut an. François rieb sich die Augen und erwiderte:

»Was halten die Kollegen vor Ort davon?«

»Die sind ein bisschen ratlos. Der Ermittlungsrichter hat sich mit dem Staatsanwalt abgesprochen, und die beiden haben beschlossen, die Regionalabteilung der Kripo von Avignon mit der Ermittlungsabteilung der Polizei zusammenzulegen. Und weil die Sache so ungewöhnlich ist, hat er mich um unsere Mithilfe ersucht. Ich hielte es für das Beste, wenn du dich um den Fall kümmern würdest.«

Marchand nickte. Die Erinnerung an die letzten Stunden verblasste. Wut, Groll, Frustration – bei so vielen negativen Gefühlen war Flucht nach vorn das beste Mittel.

»Der Bericht über die Leichenbeschau kam per Fax rein«, fuhr Hénon fort. »Da war auch das Protokoll der Leichenbeschau dabei.«

* Salvac steht für »Système d'Analyses et de Liens de la violence associée aux crimes«, ein Computer-Programm, in dem durch einen 168 Punkte umfassenden Fragebogen sämtliche verbrechensrelevanten Fakten erfasst und ausgewertet werden.

Seine dicke, behaarte Hand zog einen Packpapierumschlag aus der Schreibtischschublade.

»Wir müssen schnell machen. Die Presse hat schon Informationen abgezapft. Das ist die reinste Hysterie da unten.«

»Wie heißt der Richter?«

»Bruno Faure. Er weiß, dass du kommst. Ich habe mir erlaubt…«

François unterbrach ihn.

»Das hast du gut gemacht. Morgen früh bin ich dort.«

3

Es regnete doppelt so stark. Kalte Lanzen fielen vom Himmel und prasselten wie Maschinengewehrsalven gegen die Windschutzscheibe.

François fuhr in den Tunnel hinein. Das satte Schmatzen der Reifen auf dem Asphalt. Plötzlich ein künstliches Licht. Das Gefühl, in einen riesigen Siphon gesogen zu werden. Vor und hinter ihm fuhren nur wenige Autos. Sie flohen vor dem wütenden Sturm in den Schutz der Betonröhre, die unter La Défense entlanglief.

Drei Minuten später war der Kommissar wieder in der Stadt angelangt. Der Périphérique war verstopft, die Boulevards des Maréchaux völlig überlastet. Er machte lieber einen Umweg.

Er ließ die Porte Maillot hinter sich und fuhr Richtung Place de l'Étoile. Avenue de la Grande-Armée. Champs-Élysées. Avenue George-V. In zwei Reihen geparkte Limousinen, wartende Touristenbusse vor dem Crazy Horse. Etwas weiter weg, in der Bar des théâtres war kein Platz mehr frei.

Trotz Sturm und Kälte musste François lächeln. Diese Stadt schlief nie. Sie war wie an eine Nuklearbatterie angeschlossen, ein Uraniumherz, das bei jeder noch so geringen Beleuchtung pulsierte.

Er überquerte die Pont d'Alma und fuhr auf den Quai Branly. Nach etwa hundert Metern bog er auf die Avenue de La Bourdonnais ab. Plötzlich packte ihn die Wehmut. Hier war er aufgewachsen, hinter den dicken Mauern eines Haussmann'schen Gebäudes, in der komfortablen Beengtheit einer großen bürgerlichen Familie. Obwohl so viel Zeit vergangen war, er eine ganz andere Richtung eingeschlagen hatte und jetzt in einer ganz anderen Wirklichkeit lebte, hatte diese Vergangenheit ihn doch stark geprägt. Mit einem Gütesiegel, das ihn für alle Zeiten definieren würde.

Bei den Marchands wurde der Arztberuf vom Vater an den Sohn weitergegeben. Als guter Sohn, der aber noch keine festen Pläne hatte, nahm François dieses Schicksal an und schlug denselben Ausbildungsweg ein. Nach dem Arzt im Praktikum, bei dem er die Prüfung gerade noch bestand, konnte er sich nur noch zwischen zwei Fachrichtungen entscheiden: Pädiatrie oder Psychiatrie. Da er sich für Kinder nicht sehr begeistere, blieben ihm nur die Verrückten.

Zunächst hatte er eine Stelle am Hôpital Sainte-Anne bekommen, in einer Pflegeabteilung für psychotische Patienten. Die Gewalt, die in diesem Paralleluniversum herrschte, war ihm ziemlich unter die Haut gegangen. Zerstörte Leben, Menschen mit zerrüttetem Verstand, beständiges Leid. Mit anderen Worten, ein von Verzweiflung geprägter Alltag, in dem es keine Rettung gab.

Und dort hatte er, wider alle Erwartung, seine Berufung gefunden. Die Abgründe der Geistesgestörten hatten bei ihm eine Empathie geweckt, von der er nie etwas geahnt hatte. Ihm, dem verwöhnten Kind, dem man immer schon jeden Wunsch von den Augen abgelesen hatte, sodass es am Ende schon gar keinen mehr verspürt hatte, kam plötzlich das psychische Leid der anderen wie ein Echo vor. Wahrscheinlich das seiner eigenen Verletzungen, die von überbehütenden Eltern verursacht und bisher verdrängt worden waren.

Aber noch stand er ganz am Anfang seiner Initiationsreise. In diesen heiligen Hallen, in denen man dem Gott der Chemie huldigte, wurde der Wahnsinn, auch in seiner sanften Ausprägung, im großen Stil mit Molekülen bekämpft. Seiner Ansicht nach konnten die Kollegen damit gar nichts ausrichten. Sie zögerten nur den Ausbruch der Krankheit hinaus und brachten sie mit ihren Neuroleptika-Zwangsjacken unter Kontrolle. Seiner Meinung nach musste man das Übel bei der Wurzel packen. Nicht die Zellen behandeln, sondern die Seele heilen.

François hatte sich für ein Lager entschieden. Für einen anderen Zugang, der auf Zuhören beruhte, auf Empathie und den richtigen Worten. Die Psychoanalyse erfüllte diese Erwartungen. Er schrieb sich in verschiedenen Seminaren ein und fing gleich mit seiner Lehranalyse an, der unentbehrlichen Voraussetzung für die Ausübung dieses Berufes.

In dieser Zeit lernte er Diane kennen. Seine Frau. Seine bessere Hälfte. Eine Frau von ungeheurer Sanftheit, mit der er stundenlang diskutieren konnte. Sie waren beide fünfundzwanzig Jahre alt, ein Alter, in dem man noch hofft, seinem Leben einen Sinn geben zu können. Sie war auch Ärztin und hatte sich für die Geburtshilfe entschieden. Der Zauber des Gebärens, das Geschenk, das ekstatische Gesicht der Gebärenden, machten sie glücklich. Sie erkannte in diesen Augenblicken der Fülle eine universelle Wahrheit, die einzige, die unsere Gattung definierte.

Charlotte kam sehr bald. Ein hübsches Baby mit Pfirsichhaut, blondem Haar und den tiefblauen Augen seiner Mutter. Gleich danach die Hochzeit, eine Wohnung in der Nähe der Bastille und haufenweise Projekte. Sie waren so glücklich, wie man es in ihrem Alter nur sein kann, wenn man in einer völlig unproblematischen Liebesbeziehung lebt.

Fünf Jahre später, sie waren gerade mal Anfang dreißig, kündigte François seine Stelle im Krankenhaus und machte in einem wohlhabenden Wohnhaus im 16. Arrondissement am Square d'Alboni eine eigene Praxis auf. Jetzt begann eine spannende Zeit. Jeden Tag, bei jeder Sitzung schulte er seine Intuition. Er kam immer sehr schnell dahinter, was seine Patienten zu verdrängen versuchten, und brachte sie dann behutsam auf den richtigen Weg. Oft gelang es ihm schon mit einer bestimmten Formulierung, einem einfachen Wort oder einem hartnäckigen Schweigen, den Finger in die nicht benennbare schmerzende Wunde zu legen. Er half den Patienten, ihr Leid zu begreifen, und begleitete sie anschließend auf dem Weg zur Heilung.

Sein beruflicher Werdegang schien vorgezeichnet. Ihre Ehe war harmonisch, und Charlotte wuchs auf wie eine Blume des Glücks.

Doch eines Abends im Juni sollte dieses Leben durch ein unerwartetes Ereignis völlig auf den Kopf gestellt werden.

Der Mann kam schon seit sechs Monaten in seine Praxis. Er war groß, hager, wirkte stets wie aus dem Ei gepellt und litt angeblich an einer chronischen Depression. François hatte allerdings sofort gemerkt, dass er es hier mit einem Perversen zu tun hatte. Er war ein Manipulator, einer von denen, die sich einen Psychoanalytiker leisten, um ihre Allmacht spüren zu können. Hinter dem klinischen Beschwerdebild seines Patienten hatte François ein großes Gewaltpotenzial wahrgenommen. Eine unterdrückte Gewaltbereitschaft, die er unter seinen höflichen Umgangsformen verborgen hielt. Die übelste aller denkbaren Konstellationen…

Trotzdem hatte er beschlossen, sich dieser ärztlichen Herausforderung zu stellen. Wahrscheinlich aus Stolz. Oder weil er letztlich der Ansicht war, jeder Neurotiker solle seine Chance bekommen.

Er begann mit der Analyse. Ein gefährlicher Weg, der ihn ständig zur Umsicht zwang. Sein Klient testete ihn unaufhörlich, spielte Katz und Maus mit ihm, stellte seine Widerstandsfähigkeit auf eine harte Probe. Die Sitzungen gerieten zu einem wahren Kräftemessen. Nichts ging voran.

Der Patient schraubte die Einsätze mit jedem Mal etwas höher. Zunächst suchte er ihn unmittelbar bei seiner Kompetenz zu packen, bei seiner ethischen Einstellung und der Wichtigkeit, die er seinem Beruf beimaß. Wie weit ging sein Engagement? Was wäre er für seine Klienten zu tun bereit? Welchen Teil seiner selbst würde er bereitwillig für den Erfolg der Analyse opfern?

François ließ sich davon überhaupt nicht beeindrucken. Durch sein Schweigen gab er ihm zu verstehen, dass er nicht bereit war, sich auf solche Spielchen einzulassen. Sein Patient ließ aber nicht locker und spannte den Bogen immer noch etwas weiter.

»Sagen Sie, Doktor: Was würden Sie eigentlich tun, wenn ich Ihnen mitteilte, dass ich vorhabe, einen Menschen umzubringen?«

Keine Antwort.

»Würden Sie versuchen, mich von meinem Vorhaben abzubringen, oder würden Sie mich bei der Polizei anzeigen?«

Immer noch keine Antwort.

»Sie sind ja nicht gerade sehr gesprächig… Muss ich daraus schließen, dass das Schicksal Ihrer Mitmenschen Ihnen gleichgültig ist?«

Schließlich kommentierte François die Sache mit einem:

»Es geht hier um Sie, nicht um mich.«

»Aber gewiss doch. Und wenn ich Ihnen sagen würde, dass ich einen Ihrer Angehörigen umbringen werde… Ginge es dann immer noch um mich?«

François ließ sich nicht aus dem Konzept bringen und reagierte auf den Angriff mit einem Ausweichschritt.

»Wen möchten Sie denn Ihrer Meinung nach wirklich umbringen? Mich oder sich selbst?«

Das kommentierte der Mann nur mit einem hämischen Lachen. Zur nächsten Sitzung erschien er nicht. Und zur übernächsten auch nicht. Vierzehn Tage später wurde in der Nähe von Puteaux am Ufer der Seine eine Frauenleiche angeschwemmt. Erwürgt mit einer Klaviersaite. Der Mörder hatte so fest zugezogen, dass die Saite ins Fleisch geschnitten und den Hals bis zur Wirbelsäule durchtrennt hatte.

Die Polizei konnte das Opfer anhand der Papiere in der Handtasche sofort identifizieren. Es handelte sich um eine vierunddreißig Jahre alte Frauenärztin, die in der Geburtshilfeabteilung des Hôtel-Dieu arbeitete.

Ihr Name: Diane Marchand.

Als die Polizei François mitten in der Nacht aus dem Schlaf holte, glaubte er noch, Diane hätte Nachtschicht im Krankenhaus. Die Nachricht traf ihn so hart, dass er zusammenbrach. Nachdem er eine Weile in einer Art Dämmerzustand verbracht hatte, waren ihm die Worte seines Patienten wieder in den Sinn gekommen. Worte, deren Tragweite er damals nicht erkannt hatte. Für ihn hatte es sich bloß um den x-ten Manipulationsversuch gehandelt, um einen weiteren Test, wie er es bei Therapien mit narzisstischen Perversen immer wieder erlebt hatte.

Trotz seines erbärmlichen Zustandes schaffte er es, die Ermittler über diese Dinge in Kenntnis zu setzen. Die Männer von der Brigade zur Kriminalitätsbekämpfung hörten sich seine Schilderungen kommentarlos an. Sie sahen ihn vernichtend an und überließen ihn dann seinem Schicksal.

Als man den Verrückten kurz darauf zur Rede stellte, gab er auf der Stelle alles zu. In seinem Geständnis schob er seinem Arzt den schwarzen Peter zu. Er habe ihn ja gewarnt. Jetzt wisse sein Therapeut, was der Preis dafür sei, wenn man immer unbedingt der Klügere sein wolle. François ging auf diese Provokation nicht ein und konzentrierte sich ganz auf die Formalitäten. Die Auswahl des Sarges, die Beerdigung, die Beileidskarten. Mit dem Bestattungsritual kann man das Leid auf Distanz halten. Zumindest eine Zeit lang. Später dann, wenn alles vorbei ist, kommt der Bumerang zurück und erwischt einen mitten im Gesicht.

Der Schock war heftig. Plötzlich war ihre Abwesenheit allgegenwärtig, spürbar bei jeder alltäglichen Verrichtung. Ein Foto, ein Gegenstand, ein leiser Parfümduft im Badezimmer … Alles erinnerte ihn an sie. Die Trauerzeit begann, ein langer Weg, gesäumt von Reue, Gewissensbissen und Leid.

Denn er betrauerte nicht nur Dianes Verlust, sondern hatte auch das unbestimmte Gefühl, sich selbst abhandengekommen zu sein. Er hatte sich geirrt. Und sein Irrtum hatte dramatische Folgen gehabt. Plötzlich wurde alles wieder in die rechte Perspektive gerückt. Auf brutale Art und Weise waren ihm die Grenzen seines Hochrisikoberufes aufgezeigt worden, in dem das kleinste Schweigen sich in eine gefährliche Waffe verwandeln konnte.

Eine Waffe, die auch Charlotte zerstört hatte.

Als sie von dem Drama erfuhr, flüchtete sie sich in einen beängstigenden Mutismus. Obwohl sie erst neun Jahre alt war, hatte sie weder eine Träne vergossen noch in irgendeiner Weise gezeigt, dass sie litt. Sie hatte einfach die Kabel herausgezogen, die sie mit der Welt der Menschen verband.

François brachte seine Tochter zu seinen Eltern. Er zog sich eine Weile in das Landhaus der Familie zurück, ein Anwesen in der Sologne, das Diane geerbt hatte. Er wollte sich an den Ort zurückziehen, den seine Frau mehr geliebt hatte als alles andere auf der Welt, und dort seine Wunden lecken. Vergebens. Tag und Nacht, in jeder Sekunde, wurde er von quälenden Fragen gemartert.

In welchem Moment war alles außer Kontrolle geraten?

Hätte er seinen Patienten in eine andere Richtung führen können?

Hätte er das Schlimmste verhindern können?

Die Antworten ließen auf sich warten. Dafür wurde er von starken Schuldgefühlen gequält. Von dem Gedanken, dass die Frau seines Lebens tot war, nur weil er einen Fehler gemacht hatte. Und dass auch Charlottes Leben für alle Zeiten zerstört sein würde.

Mit den schwärzesten Gedanken kehrte er nach Paris zurück und hielt weiter Analysesitzungen ab. Seine Tochter sprach noch immer nicht. Eine Schockreaktion mit vorübergehender Aphasie. Die Behandlung würde sich lange hinziehen, und eine Garantie auf Heilung gab es nicht.

Vor diesem gähnenden Abgrund klammerte sich François an das Einzige, das ihm noch geblieben war: an seinen Schmerz. In ihm wuchs der nicht zu unterdrückende Wunsch, alles wiedergutmachen zu wollen. Er setzte es sich in den Kopf, sich dieser Schuld, die er auf sich geladen hatte, zu entledigen. Aber wie sollte das vonstattengehen? In seinem Beruf begegneten einem nicht alle Tage so extreme Fälle wie dieser.

Er brauchte etwas anderes.

Einen anderen Blickpunkt.

Den direkten Kontakt mit dem Tod.

Da kam ihm ein verrückter Gedanke. Bei einer Konferenz hatte François viel über diesen Beruf erfahren, der auf der anderen Seite des großen Teichs so große Furore machte. Die Amerikaner hatten ihm einen durch Kino und Fernsehen popularisierten Namen gegeben: *Profiler*.

Wie die meisten Leute wusste er über dieses Thema so gut wie nichts. In seiner Vorstellung handelte es sich eher um eine Kunst als um einen Beruf im eigentlichen Sinne. Eine gelungene Kombination aus psychologischen Techniken, Intuition und intellektueller gedanklicher Durchdringung, deren Ziel darin bestand, die Mörder dingfest zu machen.

Eine Woche lang durchkämmte er das Internet auf der Suche nach Informationen. Das war die beste Art, seinen Wunsch einer Realitätsprüfung zu unterziehen. Er erfuhr, dass man den *Profiler* in Frankreich als *Profileur* bezeichnete, mit einem Neologismus, der sehr schön widerspiegelte, wie weit Frankreich in diesem Bereich allen anderen hinterherhinkte. Aus den unterschiedlichsten Gründen hatte die Kripo nie auf dieses Fachgebiet gesetzt. Zunächst einmal, weil es sich vor allem mit Serientätern beschäftigte, was als amerikanische Besonderheit angesehen wurde, als etwas, das mit der Gewalt in diesem Land zu tun hatte und mit dessen Größe. Außerdem misstrauten die französischen Polizeibeamten den Psychologen: Das seien doch alles »Scharlatane« und die guten alten Ermittlungsmethoden seien bei weitem besser geeignet. Trotzdem entwickelten sich die Dinge weiter. Als Guy Georges, Francis Heaulme oder Émile Louis in Erscheinung traten, erkannte man, dass auch in Frankreich Serienkiller ihr Unwesen trieben. Der Innenminister dachte über Programme zur Zentralisierung von Daten nach, wie etwa das amerikanische VICAP, und über die Entwicklung des FNAEG – der französischen Nationalen Gendatenbank –, die den Datenabgleich am Tatort gefundener Beweismittel mit dem Genom Tausender polizeilich erfasster Sexualstraftäter gestattete. Vor Kurzem hatte die Polizei für die interne Ausbildung ein Programm ausgearbeitet, das »Tatortanalysen« liefern sollte.

Doch all diese mageren Fortschritte änderten nichts daran, dass wir noch alles nachzuholen hatten. Wir schrieben das Jahr 2001, die Polizei hatte noch nicht entschieden, ob sie Psychologen in ihren Personalbestand aufnehmen, ihnen einen Ausweis in den drei Landesfarben ausstellen und sie mit den damit einhergehenden Machtbefugnissen ausstatten wollte. Er wurde also vorerst dazu verdonnert, bei Verfahren, deren Ablauf klar vorgezeichnet war, Gutachten zu schreiben, sobald man die Verbrecher hinter Schloss und Riegel hatte.

François' Enttäuschung war so groß wie ehemals seine Erwartungen. Je mehr er auf dem Gebiet dazulernte, desto mehr Türen schlossen sich. Wie konnte es ihm unter diesen Umständen gelingen, den Damm zu brechen?

Da traf er die ehrlichste Entscheidung seines Lebens. Und die verrückteste. Sollte er der Polizei beitreten müssen, um seine Ziele zu erreichen – warum nicht? Er war gerade fünfunddreißig Jahre alt geworden, die Kommissarlaufbahn stand ihm also noch offen. Sicher, er würde noch einmal studieren müssen. Aber das schreckte ihn eigentlich nicht. Um sich über die menschliche Psyche auf dem Laufenden zu halten, hatte er schon immer seine Kenntnisse aktualisieren müssen. Wenn alles gut ging, würde er bei allem, was er sich anrechnen lassen konnte, schon bald am Ziel sein.

Er kündigte seine Mitgliedschaft bei der Psychoanalytischen Gesellschaft, gab seine Praxis auf und schrieb sich an der Universität von Assas zum Jurastudium ein. Zwei surrealistische Jahre im Kreise junger Leute, die ihn begafften wie ein seltenes Tier im Zoo.

Und in gewisser Weise war er das ja auch. Tagsüber war er an der Uni, den späten Nachmittag verbrachte er mit Charlotte, die gerade in die sechste Klasse gekommen war, und am Abend lernte er für seine Kurse. Ein mönchisches Leben, ausgerichtet auf nur ein Ziel: Wiedergutmachung. Mit dem Magisterabschluss öffneten sich ihm die Tore der ENCP, der nationalen Polizeikommissarschule in Mantes-la-Jolie. Zwei Jahre lang eignete er sich die Grundlagen seines neuen Berufes an und machte sogar ein Praktikum. Strafverfahren, Umgang mit Waffen, Befehlstechnik ... Dann ließ man ihn übergangslos ins kalte Wasser springen.

Sein erster Kripoeinsatzort war ein Außenposten in La Courneuve, einer vergessenen Schlafstadt im hintersten Winkel des Départements Seine-Saint-Denis. Er lernte die Welt der Vororte kennen. Eine aggressive, verrohte Welt, in der ein paar auf die Ersatzbank geschickte Bevölkerungsgruppen mehr oder weniger gut zu überleben versuchten. Das Elend berührte ihn zwar, dennoch war er gezwungen, sich eine harte Schale zuzulegen. Seine guten Manieren legte er nach und nach ab und lernte, mit Drohungen und Einschüchterungen zu arbeiten. Mit jedem Tag, mit jedem Konflikt passte er sich ein wenig besser an. Seine Erfahrungen als Psychoanalytiker halfen ihm dabei. Mit ihrer Hilfe bekam er das bunte Volk, mit dem er jeden Tag zu tun hatte, besser in den Griff.

Ganz allmählich nahm er den Geruch und die Farbe seiner Umgebung an. Er übernahm die Sprache, die Riten, die Codes. Nur in puncto Gewaltanwendung zog er eine scharfe Grenze. Im Gegensatz zu den meisten seiner Kollegen vermied er es so oft wie möglich, zu diesem Mittel zu greifen.

Zwei Jahre gingen vorüber. Obwohl François ganz in seine Arbeit in der Kampfarena eingetaucht war, vergaß er doch nicht sein ursprüngliches Ziel: Er wollte dem Dezernat für Verbrechensbekämpfung beitreten und das praktizieren, wofür er eigentlich der Polizei beigetreten war. Er bombardierte seine Vorgesetzten mit Anträgen. Jedes Mal führte er in sorgsam ausgetüftelten Motivationsbegründungen seine Erfahrung als Psychoanalytiker an. Er erhielt nie eine Antwort. Die Trägheit des Großen Hauses schien unüberwindbar.

Dann keimte eines Morgens Hoffnung auf. Ein Anruf von Polizeidirektor Roger Hénon, dem Oberhäuptling des OCRVP, der Zentrale zur Bekämpfung von Gewalt gegen

Personen, das erst vor Kurzem gegründet worden war, um die Zusammenarbeit auf nationaler Ebene zu erleichtern.

Die Unterredung fand in Nanterre statt, im Gebäude der Zentraldirektion der Kripo. Hénon, der über eine visionäre Intelligenz verfügte, hatte begriffen, von welch großem Interesse François für die Polizei sein konnte. Er kannte seine Akte auswendig – wusste über seinen beruflichen Werdegang und sein Privatleben Bescheid – und wollte sich ein eigenes Urteil über diesen Mann bilden.

Nach zehn Minuten schlug er ihm etwas vor, wovon dieser nicht zu träumen gewagt hatte. Man würde ihn von seiner Dienststelle abziehen und als außerordentlichen Kommissar einsetzen. Da man nicht die Absicht hatte, eine Stelle für Operative Fallanalyse einzurichten, würde er als eine Art technischer Berater eingesetzt und auf Anfrage zur Bearbeitung besonderer Fälle hinzugezogen werden. Die einzige Bedingung war: Er würde sechs Monate nach Quantico gehen müssen, um sich an der FBI-Academy auf dem Gebiet der Tatortanalyse ausbilden zu lassen. Falls François Hénon vertraute, würde er ihm Gelegenheit geben, seine Fähigkeiten auf die Probe zu stellen.

Dieser Gedanke holte ihn wieder in die Gegenwart zurück. Jetzt arbeitete er schon zwei Jahre mit Roger zusammen, und es war nichts so gelaufen wie geplant. Man nahm zwar bei Geiselnahmen seine Dienste in Anspruch, und bei ganz banalen Mordfällen durfte er den Kollegen helfen oder auf dem Papier Täterprofile erstellen, doch einen Fall diesen Kalibers hatte man ihm bislang noch nicht anvertraut.

Sein Blick fiel auf den Umschlag auf dem Beifahrersitz. Diesmal, so stand zu vermuten, hatte sich das Blatt für ihn gewendet.

4

Ein nüchternes Dekor.

Weißer Boden, glänzende Küchengeräte, Halogenlampen. Die betont moderne Küche war vor allem eines: funktional. Ganz wie der Rest der Dreizimmerwohnung, die François seit drei Jahren bewohnte. Ein großer, halbmondförmiger Salon nahm zwei Drittel der Wohnfläche ein, ansonsten gab es noch ein schönes Badezimmer und zwei kleine Schlafzimmer: eines für ihn, eines für Charlotte.

Er hatte die Wohnung nach Dianes Tod gekauft und damit sein Loft im Bastille-Viertel gegen ein kleines, vierstöckiges Wohnhaus im 15. Arrondissement eingetauscht. Ein Standardbau am Seine-Ufer, zwei Schritte vom *paquebot* entfernt, dem riesigen Kasten der France Télévisions. Aber der eigentliche Vorteil war ein anderer, denn von hier aus war es nicht weit bis zu der Frau, ohne die das Ganze ziemlich kompliziert geworden wäre: zu seiner Mutter.

Gabrielle Marchand wirkte zwar auf den ersten Blick etwas kühl, war aber ein Ausbund an Liebenswürdigkeit. Sie hatte ihren Sohn in der harten Phase unterstützt, in ihrer manchmal etwas übergriffigen, aber doch stets warmherzigen Art. Auf sie war stets Verlass gewesen. Ohne sie hätte François sich nach dem Drama nicht um Charlotte kümmern können. Allerdings im Grunde nicht mehr als jetzt auch, denn sein neuer Beruf forderte ihm einige Überstunden ab.

Heute Abend hatte Charlotte wieder einmal bei ihrer Großmutter Unterschlupf gefunden, wie sie ihm auf seinem Anrufbeantworter mitgeteilt hatte. Acht Jahre nach dem Mord an ihrer Mutter war das junge Mädchen noch immer sehr labil. Sie brauchte einen verlässlichen und sicheren Rahmen, vor allem in dem Jahr vor dem Abitur.

François bereitete sich eine kalte Platte, schnappte sich eine Dose mit grünem Tee und ging wieder in den Salon. Jetzt war er schon fünfzehn Minuten in seinem Refugium und hatte den Briefumschlag noch immer nicht geöffnet. Er zögerte den Moment hinaus, versuchte erst, innerlich ganz leer zu werden, um möglichst konzentriert zu sein.

Eine bei lebendigem Leib zerstückelte Frau.

Der das Gesicht fehlte.

Der reine Wahnsinn.

Er setzte sich aufs Sofa, legte die Füße auf den Tisch und machte sich an die Arbeit. Als Erstes las er das Protokoll über die ersten Beweismittel, die noch frischen Eindrücke, die bei einer Ermittlung die Richtung vorgaben. Die ihr Farbe verliehen.

Die Polizisten waren von einem Pärchen benachrichtigt worden, das ein Picknick veranstaltet hatte. Ihr Sohn war aus Versehen über die Überreste des Opfers gestolpert, nachdem er ins Unterholz ausgebüxt war und sein Weg ihn bis zu dem verfallenen Bauwerk geführt hatte. Aufgrund der örtlichen Gegebenheiten hatte der Mörder gar nicht erst versucht, die Leiche zu verstecken. Jedenfalls nicht wirklich. Der Ort war zwar ein wenig abgelegen, befand sich aber gleich neben einem sehr bekannten Touristenziel, dem »Ockersteinbruch«. Der Bau selbst war mit Graffiti verschmiert und vollgemüllt. Also war er auch zugänglich. Das Blut, das im Umkreis verspritzt worden war, war der Beweis, dass der Täter den Mord an Ort und Stelle begangen hatte.

François aß ein Stückchen Lachs, während er weiterlas. Die Polizisten hatten Fotos gemacht, Zeichnungen angefertigt, Pläne gezeichnet und alle eindeutigen Spuren darin eingetragen. Mit anderen Worten: Sie hatten den Tatort vor dem Eintreffen der Spurensicherungsexperten und Techniker festgehalten. Als er sich diese grundlegenden Beweismittel ansah, fiel ihm auf, dass etwa ein Dutzend Fußabdrücke auf dem Boden zu erkennen waren, mehr oder minder frische Spuren, die von Spaziergängern stammten. Angesichts der Unmenge davon wurde einem klar, wie schwierig es sein würde, eine eindeutige Spur herauszuarbeiten …

François fuhr in seiner Lektüre fort. Er nahm sich die Vernehmungsprotokolle der ersten Zeugen vor, die des Kindes, das die Leichenteile gefunden hatte, und die seiner Eltern. Nichtssagende Details. Dann stieß er auf die Fotos, eine Reihe von Großaufnahmen in schwarz-weiß. Obwohl die Faxdokumente von sehr schlechter Qualität waren, verdarben sie ihm doch den Appetit. Fleischstücke, im Bereich der Gelenke grob zerhackt. Einige Körperteile waren zerfetzt und ließen vermuten, dass sich ein Tier an ihnen zu schaffen gemacht hatte. Die Tatsache, dass die Stücke bekleidet waren, nahm dem Grauen nichts von seiner Wucht, vielmehr bekam das Ganze dadurch eine unerträgliche Realitätsnähe. Ein Gesicht gab es nicht mehr, nur eine einzige Fleischwunde. Keine Lippen, keine Nase, auch keine Augenlider. Nur das Gebiss, freigelegt bis zu den Kieferknochen.

François drehte es schier den Magen um. Er nahm einen Schluck Tee und machte dann mit dem Bericht der Leichenbeschau weiter. Wahrscheinliche Identität des Opfers: noch unbekannt. Zumindest die Felder daneben waren mit Kugelschreiber angekreuzt. Person weiblichen Geschlechts, schwarze Augen, blondes Haar. Das war das Einzige, was man über diese Frau wusste.

Über das äußere Erscheinungsbild der Leiche gab das Formular mit gewohnter Präzision Auskunft. Größe, Körpergewicht, Tätowierungen, Hygienezustand … Nichts wirklich Aufregendes. Ein Sternchen verwies auf eine handschriftliche Notiz. François entdeckte ein paar krakelige Zeilen, die eine zittrige Hand auf ein leeres Papier gekritzelt hatte.

Nach Angaben des Rechtsmediziners hatte man von dem

Opfer nur Stücke gefunden. Arme, Beine, Thorax und Kopf, alles war da. Aber zerstückelt …

Er blätterte die Seite um und vertiefte sich in die letzte Rubrik: die von rechtsmedizinischer Seite vermutete Todesursache. Auch hier gab es nichts Neues. Abgesehen von der Gewissheit, dass es sich um einen gewaltsamen Tod handelte, hatte der Mediziner keine Angaben zur Todesursache gemacht. Ihm war lediglich die Blässe der Haut aufgefallen, und er hatte darauf geschlossen, dass die Venen blutleer waren. Wie schon Hénon gesagt hatte: Man hatte die Frau ausbluten lassen.

Der Kommissar legte die Dokumente beiseite und versuchte nachzudenken. Wer war diese Frau? Hatte der Mörder sie gekannt? Warum hatte er ihr das Gesicht weggeschnitten und ihren Körper zerstückelt?

Nur zwei Hypothesen schienen es ihm überhaupt wert zu sein, sich mit ihnen zu befassen. Zunächst einmal die Annahme, dass hier jemand auf grausame Art und Weise eine offene Rechnung beglichen hatte. Der Modus Operandi ließ auf eine Bestrafung schließen. Etliche Zuhälter zögerten nicht, ihre Mädchen zu verstümmeln, wenn sie aus dem Vertrag ausbrechen wollten. Der grausame Anblick sollte die anderen Prostituierten abschrecken, falls eine von ihnen sich nach der Freiheit sehnen sollte. Das würde auch erklären, warum man die Stücke so leicht gefunden hatte …

Aber im Grunde glaubte François nicht wirklich an diese Fährte. Die Verwendung einer Säge würde ja noch zu den Gepflogenheiten im Milieu passen, nicht aber das Entfernen des Gesichts. Das war zu raffiniert, zu subtil. Außerdem hatte es eine symbolische Bedeutung, die in diese Welt einfach nicht passte. Seine psychoanalytische Erfahrung ließ François darin eher den Wunsch erkennen, sich die Identität des Opfers anzueignen, nicht aber die Absicht, es unkenntlich zu machen. Dazu hätte ein Fläschchen Vitriol genügt.

Die zweite Möglichkeit, nämlich dass es sich um die Tat eines Geistesgestörten handelte, war naheliegender. Ein niederträchtiges, ritualisiertes Verbrechen, dem ein perverser Trieb zugrunde lag, von einem kranken Gehirn kunstvoll in Szene gesetzt.

Als er über diesen Einfall nachdachte, war es gerade sehr still in François' Wohnung. Dass Hénon ihm den Fall anvertraut hatte, war kein Zufall. Er hatte Erfahrung, besaß die untrügliche Spürnase eines alten Hasen, hatte schon die schlimmsten Horrorszenarien gesehen. Die wenigen Dinge, die Hénon über den Fall wusste, hatten genügt, ihn dazu zu bewegen, seinen freien Mann darauf anzusetzen. Er hatte also ähnliche Schlüsse gezogen.

Marchand stand vom Sofa auf und ging noch einmal ins Schlafzimmer. Eine kurze Dusche, ein sauberer Anzug, keine Krawatte. Niemals. Nachdem er Kleidung zum Wechseln rausgesucht hatte, schnappte er sich zwei volle Magazine für seine Glock .23 und stopfte alles in seinen Koffer.

Mitternacht.

Wenn er schnell fahren würde, könnte er noch rechtzeitig dort ankommen.

5

François raste sieben Stunden lang mit Fernlicht über die Autobahn, ohne sich um die Geschwindigkeitsbegrenzung zu scheren. Im Morgengrauen nahm er die Ausfahrt Avignon, Richtung Apt über die Bundesstraße 100. Auf der Höhe eines Gewerbegebietes hatte sein Navigator ihn auf die D149 weitergeleitet.

Der Wechsel in ein anderes Universum. So weit das Auge reichte, gab es unter Raureif erstarrte Felder. Ein Leben wie in Zeitlupe. Das Land war von einem weißen Lichthof überzogen wie eine mineralische Schicht. Ab und an tauchte ein Bauernhof aus diesem Nichts auf, ein strenges und graues Gebäude, als habe sich ein Riss aufgetan und gebe den Blick frei auf die Vergangenheit.

François nutzte die Stille, um schnell noch seine Tochter anzurufen. Es meldete sich der Anrufbeantworter, und er verzog enttäuscht das Gesicht. Er hinterließ eine Nachricht, in der er Charlotte von seinem hastigen Aufbruch unterrichtete, sagte ihr, wie lieb er sie habe, und legte wieder auf.

Er fuhr durch ein Weinanbaugebiet. Der Weg schlängelte sich durch die Weinberge, Tausende von Rebstöcken standen im milchigem Nebel aufgereiht. Ihre Größe und die Art und Weise ihrer Anordnung gemahnte an ein Feld voller Kreuze. An ein vergessenes Mahnmal, unter dem zahllose Leichen ruhten.

Der Polizist fuhr eine gute Viertelstunde, ohne einer Menschenseele zu begegnen. Auf dem letzten Hinweisschild, das man mitten im Nirgendwo aufgestellt hatte, wurde ihm bestätigt, dass die Richtung stimmte.

Dann kam nichts mehr.

Fünf Kilometer weiter bekam die Landschaft noch einmal ein neues Gesicht. Bäume schossen aus der Erde, die weiten Ebenen wichen einem etwas chaotischeren Relief, auf dem sich Wälder erstreckten. Überall warf der Boden sich auf. Er wirkte wie eine von Monsterhand durchgeknetete Haut. Schließlich sah François vor sich auf einem Hügel Roussillon liegen.

Bei der Einfahrt in das Dorf drosselte er die Geschwindigkeit. Hier war Rot die vorherrschende Farbe. Ein mit Orange, Gelb und Hellbraun vermischtes Rot. Im Schein der eisigen Sonne sahen die Steine, Häuser und Straßen aus, als hätten sie Feuer gefangen.

Er folgte den Pfeilen. Der ausführlich gekennzeichnete Touristenweg führte ihn direkt auf einen Parkplatz. Dahinter befand sich ein Holzschild, auf dem stand, dass hier der Ockersteinbruch begann. An diesem Morgen blockierte eine Absperrung der Polizei den Zugang.

François parkte seinen 4x4, einen schwarzen Volkswagen Touareg mit Rauchglasscheiben, und ging auf den Wachmann zu. Er zeigte seine Karte vor, lächelte unbestimmt und folgte dem schmalen Pfad. Nach einem steilen Abstieg – Schotter und Schlaglöcher unter einem Gewölbedach aus Schirmkiefern – gelangte man in eine vollkommen kahle Talsohle.

Er blieb ein paar Sekunden stehen, überwältigt von dieser einzigartigen Landschaft. Er befand sich in einem natürlichen Talkessel, aus dem gerundete Felsen aufstiegen, von denen hier und da Steinpfeile aufragten. »Aufgelassener Steinbruch« stand in dem Touristenführer zu lesen, den er in der Autobahnraststätte gekauft hatte. Ocker war die vorherrschende Farbe, und so erinnerte einen der Anblick an die Wüstenlandschaften Colorados, bloß in Miniaturausführung.

Der Kommissar ging weiter. Seine Schuhsohlen waren jetzt so purpurrot wie der Staub. Hundert Meter weiter sah er zwei Leute miteinander sprechen. Rote Armbinde, lässige Körperhaltung: Polizeibeamten.

Er ging zu ihnen hin und zückte erneut seine Karte.

»Kommissar François Marchand. Ich komme aus Paris.«

»Aus Paris?«

Der Mann, der ihn gerade so unwirsch angesprochen hatte, war ein einziges Muskelpaket. Er trug einen Bürstenschnitt, schwarze Lederjacke, Sportschuhe und hatte den misstrauischen Blick eines Menschen, der fürchtet, man könnte ihm etwas wegessen.

Noch ehe François reagieren konnte, trat die Frau vor und sagte:

»Leutnant Julia Drouot. Kripo Avignon. Man hat mich schon unterrichtet, dass Sie kommen.«

Keine dreißig Jahre alt, direkter Blick, fester Händedruck. Sie hatte kurzes, hellbraunes Haar, ein scharfkantiges Gesicht und funkensprühende Augen. Der orangefarbene Anorak – hochgebirgstauglich – ließ eine durchtrainierte Figur erahnen, den Körper einer Sportlerin, die viel Zeit an der frischen Luft verbringt.

»Freut mich sehr«, antwortete der Kommissar.

Die junge Frau nickte ihrem Kollegen kurz zu. Während er ihnen den Rücken zuwandte, trat sie auf François zu.

»Sie sind vom OCRVP?«

»Richtig.«

»Experte in Verhaltenswissenschaft, nach dem, was die Gerüchteküche so verlauten lässt.«

»Auch richtig.«

»Dann dürfte Ihnen ja nicht entgangen sein, dass Sie hier unerwünscht sind.«

Schwer zu sagen, ob sie die Vorbehalte ihres muskelbepackten Kollegen wirklich teilte. Marchand antwortete:

»Das bin ich gewöhnt … Und Sie?«

»Was, ich?«

»Sie scheinen die Ermittlungen zu leiten.«

Sie schüttelte den Kopf.

»Nicht wirklich, nein … Mein Chef hat mich lediglich gebeten, noch einmal zum Tatort zurückzugehen, um ein, zwei Details zu überprüfen.«

»Und damit sind Sie fertig?«

»Kann man so sagen.«

Der Kommissar steckte die Hände tief in die Taschen und schlug vor:

»Dann können wir uns ja vielleicht einmal kurz umschauen?«

»Ich begleite Sie.«

Sie machte kehrt und führte ihn auf einen kleinen Pfad, der unter den Bäumen verschwand. Nach etwa fünfzig Metern ging es quer durch den Hochwald. Sie liefen durch das Unterholz, von dem das Naturschutzgebiet umgeben war. Dichte Vegetation, Kiefernnadeln, Harzduft. Nach zehn Gehminuten entdeckte François das Haus. Eine Ruine aus Methusalems Zeiten, offen in alle Himmelsrichtungen, das Dach an einigen Stellen einsturzgefährdet. Der Tatort war mit einem leuchtend gelben Plastikband abgesperrt, das man direkt an der Umzäunung angebracht hatte. Darauf stand in schwarzen Buchstaben der übliche Spruch: POLIZEI – ZUTRITT VERBOTEN.

Der Kommissar folgte seiner Kollegin ins Innere. Es stank nach toter Ratte. Dämmerlicht. Dann, übergangslos, eine grelle Lichtflut. Das Licht rührte von einer ganzen Batterie von Scheinwerfern, die allesamt von einem Stromgenerator gespeist wurden, den die junge Frau soeben angeworfen hatte.

François nahm den Ort genau unter die Lupe. Er war verlassen, verdreckt und voller Graffiti. In dem elektrischen Licht wirkten die Steine fast blass.

Er fragte: »Haben Sie etwas gefunden?«

»Nein. Die Spurensicherung der Polizei hat den Ort genau unter die Lupe genommen. Heute Morgen haben wir eine ganze Schicht Erde abgetragen, ohne Ergebnis.«

»Lag hier die Leiche?«

Die junge Frau zeigte auf einen in die Wand gehauenen Durchgang.

»Nebenan.«

François musste sich bücken, um den Gang durchqueren zu können. Drei Meter mit eingezogenen Schultern und verdrehtem Hals. Am anderen Ende lag ein noch etwas größerer, zugemüllter Raum. Die Ermittlerin deutete zum anderen Ende hinüber.

»Oberkörper und Kopf lagen hier. Der Rest lag so gut wie überall verstreut.«

Jetzt wusste François Bescheid. Er wollte den Tatort visualisieren, ihn ganz in sich aufnehmen, versuchen, sich in den Mörder hineinzuversetzen. Wie hatte er die Stücke transportiert? Hatte er die Leiche auf eine bestimmte Art positioniert? Und warum hatte er sie ausgerechnet hier abgelegt?

Er sah sich den Tatort genau an, auf der Suche nach einem Detail. Vergeblich. Was er sah, war ein Dreckloch ohne jede Besonderheit, von den Schuhen vieler Unbekannter verschmutzt und mit leeren Getränkedosen zugemüllt. Die einzige Spur, die noch von dem Mord zeugte, waren getrocknete Blutlachen, die an verschiednen Stellen auf dem Boden zu sehen waren.

Ohne bei seiner Untersuchung innezuhalten, fragte er:

»Gibt es noch einen anderen Zugang?«

»Man kann auch von der Straße hierherkommen. Aber das sind anderthalb Stunden Fußmarsch.«

»Hatten Sie schon Zeit, die Umgebung abzusuchen?«

»Das haben bereits die Polizisten der Regionalabteilung übernommen. Sie haben die Gegend bis in die Nacht hinein durchkämmt.«

»Und?«

»Nichts.«

Er ging zu seiner jungen Kollegin zurück.

»Was halten Sie davon?«

»Das ist nicht mein Spezialgebiet.«

»Ich möchte trotzdem wissen, zu welchen Ergebnissen Sie gekommen sind.«

Sie sah ihm fest in die Augen. Sie schien sich zu fragen, ob es ratsam war, darauf zu antworten. Dann traf sie eine Entscheidung.

»Der Ort ist nicht leicht zugänglich. Der Mörder muss in der Nacht gekommen sein, um den Touristen aus dem Weg zu gehen. Also handelt es sich um jemanden, der sich hier vor Ort gut auskennt.«

»Fahren Sie fort.«

»Er hätte seinen Mord auch anderswo begehen können. Trotzdem hat er sich die Mühe gemacht, sein Opfer hierherzuschleppen. Dieses Haus muss irgendeine Bedeutung für ihn haben.«

Gute Schlussfolgerung. Die junge Frau war schnell in ihren Überlegungen und gut. François sagte sich, dass sie ihm im Notfall eine große Hilfe sein könnte.

Er fragte sie weiter aus.

»Warum hat er die Leiche Ihrer Meinung nach zerstückelt?«

»Ich habe nicht die geringste Ahnung.«

»Und das mit dem Gesicht?«

»Ist mir noch unverständlicher.«

Sie ließ Vorsicht walten, das war ihr hoch anzurechnen. Der Kommissar sagte:

»Gehen wir?«

Sie gingen wieder an die frische Luft. Nach den aggressiven Halogenlampen fühlte sich das natürliche Sonnenlicht wie ein sanftes Streicheln an. François tat einen tiefen Atemzug, dann schlug er vor:

»Wie wär's, wenn Sie mir Ihren Chef vorstellten?«

Die Ermittlungsbeamtin zog fröstelnd den Reißverschluss ihres Anoraks hoch.

»Ich warne Sie. Er ist kein angenehmer Zeitgenosse.«

»Ein bisschen so wie Ihr Kollege vielleicht …«

Zum ersten Mal lächelte sie.

»Schlimmer.«

6

»Setzen Sie sich.«

Es war dem Tonfall von Kommissar Richard Devaux, dem Leiter der Kripo Avignon, deutlich anzumerken, dass er keinen Widerspruch duldete. Er war groß und kräftig, hatte sehr helle Augen und ein eckiges Gesicht, das ihn wie ein römischer Feldherr aussehen ließ. Er trug ein weißes Hemd, eine Levi's 501 und texanische Stiefel aus Krokodillederimitat. Das war sein Playboyoutfit aus den Achtzigerjahren – damals war er dreißig gewesen und auf der Suche nach einem Ganoven, den er auf frischer Tat ertappen konnte, die heißen Viertel von Paris abgelaufen.

François nahm Platz. Julia Drouot setzte sich neben ihn. Hinter ihnen stand der muskelbepackte Polizeibeamte, der die junge Frau vor zwei Stunden begleitet hatte. Und schließlich, an die Wand mit den Stierkampfpostern gelehnt, noch eine weitere merkwürdige Gestalt: eine Art Barde mit kurz geschorenen Haaren, einer Weste mit Chinakragen und einer eng anliegenden bordeauxfarbenen Hose aus Polyacryl. In dem kleinen Büro im ersten Stock des Zentralkommissariats von Avignon war die Anspannung deutlich zu spüren.

»Ich werde mich klar ausdrücken.« Devaux ging in die Offensive. »Wir sind in der Lage, den Fall von A bis Z allein zu lösen. Aber die Entscheidung wurde an höherer Stelle getroffen, und es liegt nicht in meiner Hand, mich dem zu widersetzen.«

Marchand hatte es schon des Öfteren mit Situationen dieser Art zu tun gehabt. Seine unaufgeforderte Einmischung in die Ermittlungsarbeit ließen die Kommissare oft nur zähneknirschend über sich ergehen, da konnte das Verbrechen noch so grauenvoll sein. Er gab sich möglichst zurückhaltend.

»Verstehe.«

»Das glaube ich kaum. In Paris sind Sie wahrscheinlich der Oberhäuptling, aber hier bin ich der Boss. Hier sind Sie meinen Weisungen unterstellt.«

»Ich bin hier, um Ihnen zu helfen. Sonst nichts.«

Kurzes Zögern. Die Ruhe des Profilers hatte Devaux offensichtlich aus dem Konzept gebracht. Der Cowboy räusperte sich, bevor er fortfuhr:

»Sehr gut. Dann wollen wir die Vorstellungsrunde mal hinter uns bringen. Julia kennen Sie bereits, wie ich annehme. Der Beamte hinter Ihnen ist Gomez. Sie sind ihm heute früh begegnet. Und dann haben wir da noch Hermann« – bei diesen Worten deutete er auf den Barden.

»Zusammen mit Ihnen macht das nur vier Kripobeamte«, stellte François mit Unschuldsmiene fest.

»Das reicht vollkommen. Wir arbeiten mit Hauptmann Carrioux von der Regionalabteilung Avignon zusammen. Er hat dreißig Männer im Einsatz. Ich koordiniere die ganze Abteilung.«

Er hielt inne, als warte er auf eine Reaktion. Marchand zeigte keinerlei Regung. Nach ein paar Sekunden lastenden Schweigens sprach Devaux weiter:

»Die ersten Ermittlungen haben nichts ergeben. Keinerlei Spuren, weder in dem Bauwerk noch im Umkreis.«

»Haben Sie das Opfer identifiziert?«

»Ich habe soeben den Bericht erhalten. Der Gebissabdruck entspricht dem einer jungen Frau namens Lucie Barmont. Siebzehn Jahre alt. Es liegt keine Vermisstenanzeige vor.«

Er reichte ihm eine geschlossene rote Mappe mit Gummizug. Darin befanden sich eine Karteikarte und ein Fotoabzug von ziemlich schlechter Qualität. Die Jugendliche sah direkt ins Objektiv, wahrscheinlich das eines Passbildautomaten, der sie verewigt hatte. Sie hatte ein zartes Gesicht, schönes blondes Haar und einen herausfordernden Blick. Ein angenehmes Äußeres, das noch etwas ganz Frisches an sich hatte.

François legte das Dokument beiseite.

»Eine Minderjährige?«

»Wurde im letzten Jahr mündig gesprochen.«

»Weshalb denn das?«

»Keine Ahnung.«

»Was weiß man über sie?«

»Arbeitet in einem Friseursalon im Zentrum von Avignon. Ledig, keine Kinder, keine Vorstrafen. Bei keiner unserer Dienststellen liegen Hinweise vor. Sie lebte allein in einem Einzimmerappartement, gerade mal einen Katzensprung von ihrer Arbeitsstelle entfernt.«

Mit anderen Worten: eine anonyme Person ohne jede Vorgeschichte. Diese Information machte definitiv die Hypothese zunichte, hier habe möglicherweise ein Zuhälter eine seiner Prostituierten bestraft.

François schlug die Beine übereinander. Sie kamen voran.

»Wurde die Familie schon benachrichtigt?«

»Noch nicht.«

»Haben Sie ihre Wohnung durchsuchen lassen?«

Die Antwort kam wie aus der Pistole geschossen:

»Ich habe Ihnen doch gesagt, dass wir gerade erst den Bericht erhalten haben. Wir werden uns heute Nachmittag darum kümmern, falls wir Zeit dazu haben.«

»Und die Autopsie? Wann wird die stattfinden?«

»Um elf.«

Der Profiler registrierte die Information und dachte darüber nach, wie sie jetzt am besten vorgehen sollten. Es war sinnlos, seine Kollegen in diesem Stadium der Ermittlungen noch weiterzuquälen. Es würde sich noch früh genug zeigen, wo die wahren Unstimmigkeiten lagen.

Also fuhr er im selben sanftmütigen Tonfall fort:

»Wie stellen Sie sich unser weiteres Vorgehen vor?«

»Wir werden in alle Richtungen ermitteln. Die Nachbarschaft befragen, die Mautstationen, Tankstellen, Restaurants und Hotels überprüfen. Alles. Unser Mann muss sein Opfer bis zum Ockersteinbruch geschleppt haben. Also war er notgedrungen im Auto unterwegs.«

»Er hat sicherlich eines gestohlen.«

»Das überprüfen wir auch.«

»Wollen Sie Informationsanträge stellen?«

Ein zufriedenes Lächeln.

»Schon geschehen. An unsere Polizeidatenbank STIC, das Justizministerium, die polizeiliche DNS-Datenbank und den Geheimdienst. In zwei Stunden werde ich eine vollständige Liste sämtlicher Gewaltverbrechen erhalten, die in der Region begangen wurden, ganz gleich ob die Täter noch frei herumlaufen oder bereits verhaftet sind.«

»Ich nehme an, Sie haben auch an die psychiatrischen Einrichtungen im Departement gedacht?«

»Aber sicher. Die schicken mir den Lebenslauf eines jeden Verrückten, der jemals bei ihnen reingeschneit ist.«

Wieder eine selbstzufriedene Pause. Die ganze Mannschaft, die dicht hinter ihrem Chef stand, pflichtete ihm stumm bei.

François schloss sich rein der Form halber den Vorschlägen an. Die Zurschaustellung der Kompetenz ließ ihn kalt. Seiner Meinung nach hatten diese in alle Richtungen ausgeworfenen Angeln kaum eine Chance, einen Fisch von diesen Ausmaßen zu fangen.

Er wiederholte noch einmal ganz sanft:

»Ich denke, wir sollten uns eine Liste aller Baumärkte besorgen. Der Körper wurde auf eine ziemlich grobe Art bearbeitet, wahrscheinlich mit Hilfe einer Säge. Bei den Herstellern medizinischer Werkzeuge müssen wir auch nachforschen. Wegen des Skalpells, mit dem er möglicherweise das Gesicht abgenommen hat. Wir werden uns bei unseren Nachforschungen auf drei Departements konzentrieren: Vaucluse, Gard und Bouches-du-Rhône.«

Devaux starrte ihn böse an.

»Wir können auch alle Gärtner, Schreiner und Hobbybastler befragen, die sich hier so herumtreiben. Nicht zu vergessen die Chirurgen und die Metzger. Ist Ihnen klar, wie viele Verdächtige wir damit haben?«

»Absolut. Aus genau diesem Grund werden wir uns nur an die Zulieferer halten. Bis auf weiteres zumindest.«

Erster Waffengang. François brauchte Devaux nur anzuschauen, um zu wissen, dass er die Initiative nicht schätzte. Der Cowboy nahm sich Zeit, um sein Argument abzuwägen. Auf diese Weise machte er deutlich, dass er es war, der hier die Entscheidungen traf. Es folgte ein Nicken, das Hermann in Aktion treten ließ. Der Barde zückte ein kleines Notizbuch und notierte die Weisungen. Während er damit beschäftigt war, wandte Devaux sich wieder an François.

»Und was ist mit Ihnen? Könnten wir erfahren, welche Schlüsse Sie gezogen haben?«

Der Profiler begann, sich allmählich ein Bild von der Persönlichkeit des Mörders zu machen. Von seiner psychischen Veranlagung. Vor allem das Abnehmen des Gesichts weckte seine Aufmerksamkeit. Aber er war sich noch in gar nichts sicher und hatte ganz gewiss keine Lust, diesem blöden Spießer irgendetwas zu erzählen, denn er würde sofort alle Anerkennung für sich selbst einheimsen.

»Dazu ist es noch zu früh. Ich muss noch darüber nachdenken.«

Der Chef der Kripo von Avignon grinste höhnisch.

»Dann beeilen Sie sich mal mit Ihrer Erleuchtung. Falls Sie es nicht bemerkt haben sollten, draußen parken sechs Fernsehübertragungswagen. Es ist in unser aller Interesse, schleunigst eine Spur zu finden.«

Marchand tat so, als stimme er ihm zu. Dass der Fall von den Medien breitgetreten wurde, machte ihm keine Angst. In weniger als einer Woche würde diese Sache von einer anderen brandaktuellen Nachricht abgelöst werden, ganz gleich wie weit sie mit ihren Ermittlungen gediehen wären.

Er sah auf die Uhr.

»Die Autopsie wird bald beginnen. Ich würde gerne vorher noch die Leiche sehen.«

Keine Reaktion. Devaux war nicht zur Zusammenarbeit bereit und zeigte ihm das ganz offen.

Schließlich legte Julia Drouot ein vermittelndes Wort ein.

»Ich kann ihn ja begleiten.«

Ihr Chef sah sie an, als spreche sie Chinesisch.

»Sie?«

»Ich sollte ohnehin ins gerichtsmedizinische Institut gehen. Sie hatten mich darum gebeten.«

Eine kurze Sekunde des Zögerns. Devaux saß in der Falle. Widerwillig gab er grünes Licht.

»Na gut. Gehen Sie zusammen hin. Aber es ist in Ihrem Interesse, wenn Sie mich auf dem Laufenden halten.«

7

Man hatte die Leiche wieder zusammengesetzt.

Beine, Arme, Oberkörper und Kopf: Die Stücke waren in ihrer ursprünglichen anatomischen Lage auf einen Edelstahltisch gelegt worden, um ein wenig das Gefühl zu haben, dass es bei dieser Autopsie um ein menschliches Wesen ging.

Aber keiner hatte sich von dem Trick täuschen lassen. Der Mangel an Homogenität brachte die Stücke dieses makabren Puzzles aus dem Gleichgewicht, sodass die verschiedenen Teile Höhenunterscheide aufwiesen. Es war ein bisschen wie bei Ausgrabungsfundstücken, bei denen man die

Knochen zusammensetzt, um sich ein Gesamtbild machen zu können. An allen Extremitäten konnte man die kühle Blässe eines Gelenks erkennen, das die Säge freigelegt hatte.

Die äußerliche Untersuchung, der die Polizeibeamten beigewohnt hatten, hatte keine Spuren von Schlägen oder Misshandlungen an den Tag gebracht. Keine durch eine Kugel verursachte Wunde, keine Platz-, Schnitt- oder Risswunden, wenn man von den Bissen einmal absah. Auf den ersten Blick sah es nach Hundebissen aus. Und die Tiere mussten ganz schön gewütet haben. Der obere Teil des linken Oberschenkels war nur noch eine Masse aus Muskeln, Fett und freigelegten Sehnen. Auf dem Oberkörper war die viel zu weiße Haut von Bissen durchlöchert. Der Unterleib war gefressen worden, selbst die Vagina und der Uterus. Beim Anblick dieses Breis aus Eingeweiden meinte der Rechtsmediziner, es werde sehr schwierig sein herauszufinden, ob eine Vergewaltigung stattgefunden habe oder nicht.

Und was das Gesicht anging … Unmöglich, eine Ähnlichkeit mit dem Foto zu finden, das Devaux ihnen gezeigt hatte. François war es, als betrachte er das Anatomieschaubild »Muskelsystem«, mit dem man den Erstsemestern die Grundlagen der Medizin einzutrichtern versuchte.

Als er das rechtsmedizinische Institut verließ, hatte der Profiler immerhin zwei oder drei Dinge begriffen. Zunächst einmal stand die Todesursache fest. Der Tod war aufgrund der massiven Blutung eingetreten, die durch das Durchtrennen der Oberschenkel- und Armarterien verursacht worden war. Die Wunden waren so regelmäßig und gerade, dass an die Verwendung einer Säge nicht mehr zu denken war. Es sah eher nach einer Kettensäge aus. Die Spuren an den Hand- und Fußgelenken bewiesen, dass man Lucie zuvor gefesselt hatte.

Außerdem kannte François jetzt den exakten Todeszeitpunkt. Ein Uhr in der Nacht von Sonntag auf Montag.

Die Untersuchung der Körperflüssigkeiten, der Temperatur und der Leichenstarre ließ hinsichtlich des Todeszeitpunkts keine Zweifel offen.

Aber vorläufig war dies nichts weiter als eine Schlussfolgerung. Es war denkbar, dass das Gesicht als Letztes abgenommen wurde. Die Hiebe waren zwar sehr grob ausgeführt worden, setzten aber die vollkommene Reglosigkeit des Opfers voraus. Wenn man von einer Verabreichung von Betäubungsmitteln absah, an die François angesichts der brutalen Gewalt, mit der hier vorgegangen worden war, nicht glauben mochte, konnte nur der Tod eine derartige Passivität gewährleisten.

Sie saßen wieder in dem Touareg und hatten die Heizung voll aufgedreht. Die Außentemperatur schwankte um die fünf Grad, es war noch kälter als im Leichenschauhaus. Kaum hatte Julia sich gesetzt, stellte sie ihm auch schon die Frage, die ihr auf der Zunge gelegen hatte:

»Wie denken Sie über den Fall?«

Die Frage war bewusst ungenau. Hatte sie von ihrem Chef Anweisung erhalten? Marchand hielt sich auch weiterhin bedeckt und sagte bloß:

»Nichts.«

Ein angedeutetes Lächeln.

»Sie wollen mir doch nicht erzählen, dass der Gedanke an einen Serienmörder Ihnen noch überhaupt nicht in den Sinn gekommen ist…«

»Ich lehne eine Hypothese niemals von vornherein ab.«

»Aber Sie bestätigen sie auch nicht.«

»Nein. In Sachen Verbrechen gibt es keine Eindeutigkeit.«

Diesmal ein Seufzer.

»Ersparen Sie mir derlei hohle Floskeln, Kommissar. Dazu sind Sie zu intelligent. Und falls Sie Angst haben, dass ich alles weitertratsche, seien Sie beruhigt: Ich kann Devaux auch nicht ausstehen.«

François blickte sie kurz an. Entschlossen, offen, aufrichtig. Er hatte dasselbe Gefühl wie bei ihrer ersten Begegnung, und er beschloss, ihr zu vertrauen.

»Die Annahme, dass wir es mit einem Serienmörder zu tun haben, ist verfrüht. Ein Mord allein reicht dazu nicht aus. Aber ich stimme Ihnen zu. Angesichts der Vorgehensweise gilt es diese Hypothese ins Auge zu fassen.«

»Und das heißt, dass er weitermachen wird?«

»Alles ist möglich. Vielleicht ist er in der Vergangenheit schon aktiv gewesen und blieb unentdeckt. In Frankreich verschwinden jährlich über hundert Personen. Erwachsene ebenso wie Minderjährige. Und man muss auch in Betracht ziehen, dass er anderswo zugeschlagen hat.«

»Ist ja genial …«

»Wir müssen unsere Suche ausweiten. Und das heißt: alle ungelösten Fälle wieder aus den Schubladen kramen, eine Liste der in den letzten drei Jahren in der Gegend vermissten Personen erstellen und Kontakt zu Interpol aufnehmen.«

Julia warf ihm einen skeptischen Blick zu.

»Ist das nicht ein bisschen … übertrieben?«

»Wir können auch abwarten, bis er wieder zuschlägt.«

Sie sackte auf ihrem Sitz in sich zusammen. François' ein wenig brutale Antwort ärgerte sie ganz offensichtlich. Er legte den ersten Gang ein und fuhr aus dem Parkhaus des gerichtsmedizinischen Instituts. Als er sich in den Verkehr einfädelte, fragte er sich, wie er das wiedergutmachen könnte. Julia war seine einzige Verbündete, und es war besser, wenn er sie nicht gegen sich aufbrachte.

Er beschloss, sie auf Umwegen wieder ins Boot zu holen.

»Sieht so aus, als sei das Ihr erster Mordfall?«

»Das ist Ihnen also nicht entgangen?«

»Anfangs ist es immer ein bisschen …«

»Lassen Sie es gut sein. Ich hätte besser meinen Mund gehalten und dem großen Meister gelauscht.«

Verschlossen wie eine Auster. Eine Person, deren Unverblümtheit dem Kommissar jetzt eher wie ein Schutzpanzer vorkam. Er ließ nicht locker.

»Sind Sie denn schon lange bei der Kripo Avignon tätig?«

Sie sah ihn von unten herauf an, als passe ihr die Frage nicht in den Kram. Dann raunzte sie:

»Was interessiert Sie das?«

»Ich würde gerne wissen, mit wem ich es bei meiner Arbeit zu tun habe.«

Julia entspannte sich ein wenig.

»Zwei Jahre.«

»Das scheint für Sie ja nicht das große Vergnügen zu sein.«

»Hab mich daran gewöhnt.«

»Wo waren Sie vorher?«

»Im Norden.«

»Dann müssen Sie doch froh sein. Die Leute setzen Himmel und Hölle in Bewegung, um in den Süden versetzt zu werden.«

»Ich bin nicht die Leute. Ich bin in Mons-en-Barœl geboren, einer kleinen Stadt bei Lille. Meine ganze Familie ist dort zu Hause.«

François stimmte ihr zu und nahm widerwillig zur Kenntnis, was er aus den Antworten schloss, die er ihr aus der Nase gezogen hatte. Julia, die so selbstsicher wirkte, war immer noch ein kleines Kind. Ihre Eltern fehlten ihr, und auch ihr ganzer Familienclan. Sie hatte die Erfahrung gemacht, was es heißt, entwurzelt zu werden, wie drei Viertel aller Beamten auf ihren ersten Posten. Die Zusammenarbeit mit Devaux dürfte es ihr nicht leichter gemacht haben, ihr Schicksal anzunehmen.

»Und Sie?«, gab sie zurück. »Wie wird man denn Profiler?«

Jetzt war er dran. Beim ersten Mal hatte er sich geschickt

aus der Affäre gezogen, jetzt musste er ein bisschen was von sich preisgeben.

»Dafür gibt es in Frankreich keine eigene Ausbildung. Bei mir sind mehrere Faktoren zusammengekommen.«

»Wie soll ich das verstehen?«

»Es ist ein wenig kompliziert. Bevor ich zur Polizei ging, habe ich als Psychoanalytiker gearbeitet.«

»Sie sind Analytiker?«

»Mediziner von der Grundausbildung her. Arzt im Praktikum in der Psychiatrie.«

»Und was ist mit der Operationseinheit zur Bekämpfung von Gewalt gegen Personen? Für so einen Posten sind Sie ziemlich jung.«

»Ich hatte Glück.«

Ein zaghaftes Lächeln.

»Das können Sie jemand anders erzählen. Da war Vitamin B im Spiel, geben Sie es zu.«

»Nein. Nur eine große Motivation.«

Diese Erklärung schien sie nur halb zufriedenzustellen. Sie schwiegen sich an, keiner machte den ersten Schritt. Sie tasteten einander ab, einer vorsichtiger als der andere. Trotz dieser Zurückhaltung, oder vielleicht gerade deshalb, hatten sie irgendeine Art von Band geknüpft.

Plötzlich tauchten nach einem Kreisverkehr die Festungsmauern des Papstpalastes auf. Julia fragte erstaunt:

»Wo wollen Sie denn hin?«

François, der sich ganz auf das Gespräch konzentriert hatte, fuhr schon seit einer Viertelstunde, ohne auf die Richtung zu achten. Unbewusst war er den Schildern gefolgt, die ihn ins Stadtzentrum zurückbrachten.

Er antwortete ohne Umschweife:

»Zum Friseursalon.«

»Dem des Opfers?«

»Genau.«

»Geben wir nicht Devaux vorher Bescheid?«

»Nein.«

Sie verzog lächelnd die Mundwinkel.

»Das wird ihm nicht gefallen.«

»Ich nehme alle Schuld auf mich.«

»Wie Sie meinen. Aber ich warne Sie: Wenn das in die Binsen geht, sag ich, Sie hätten mich gezwungen.«

8

Sie gingen durch die Altstadt.

François wollte sich ein Bild des Opfers machen, wollte seine Gewohnheiten und wichtigsten Interessen kennenlernen. In einem von zwei Fällen wählte der Täter sein Opfer aus seinem eigenen Umfeld: dem Freundeskreis, den Bekannten und Nachbarn …

Um eine erste Vorstellung zu bekommen, hatte der Kommissar beschlossen, Lucies Arbeitskollegen zu befragen. Er hatte sich gesagt, dass man sich im Alter von siebzehn Jahren doch eher seinen Kollegen als den eigenen Eltern anvertraut.

Nach der klinischen Atmosphäre im Rechtsmedizinischen Institut taten ihm die Farben im Touristenviertel gut. Sie waren wie eine kurze Verschnaufpause in einem Fall, der schwierig zu werden drohte.

Im Inneren der Festungsmauern hatte Avignon sich seinen rauen, mittelalterlichen Charme bewahrt: imposante Mauern, durchbrochene Arkaden, Bauwerke aus behauenem Stein. In dieser Altstadt gab es überall etwas zu bestaunen. Versteckte Brunnen in den Winkeln der nur zu Fuß begehbaren Sträßchen, säulengeschmückte Toreinfahrten, von mythologischen Monstergestalten gekrönte Giebel. Die ganze Stadt war ein Monument, das man unter den höchsten Schutz des kolossalen Papstpalastes gestellt hatte.

Julia führte sie in ein Labyrinth aus Gässchen. Alles war sehr beengt. Überall Schatten. Die Häuserfassaden sahen einander an wie Porzellanhunde, waren einander so nah, dass man den Eindruck hatte, man könnte die Gassen überqueren, indem man von Dach zu Dach sprang.

Schließlich gelangten sie auf einen kleinen, sonnigen, mit Läden und Restaurants bestückten Platz. Der Friseursalon war leicht zu finden: Er war eine Art metallbewehrtes Aquarium, in dessen Innern Gestalten in weißen Polohemden herumeilten.

Julia drückte die Tür auf. Es roch nach Spülungen, Cremes und Haarspray. Die Luft war sehr trocken, es gab sanfte Musik und Plasmabildschirme. Die Kunden nutzten die Mittagszeit, um sich ein bisschen verwöhnen zu lassen.

Hinter einer Glastheke stand sich eine kleine Dicke mit wilder Sturmfrisur die Beine in den Bauch und lächelte sie an.

»Guten Tag. Haben Sie einen Termin?«

Die Ermittlungsbeamtin hielt ihr den Polizeiausweis hin.

»Leutnant Drouot. Kriminalpolizei. Wir würden Ihnen gerne ein paar Fragen zu Lucie Barmont stellen.«

Bei den Worten verzerrte sich ihr Gesicht.

»Die Arme… Schrecklich, was ihr passiert ist.«

»Schrecklich, ja…«

»Soll ich Monsieur Marc holen?«

»Wen?«

»Meinen Chef. Er ist in seinem Büro, direkt über uns.«

François mischte sich ein.

»Wir werden ihn später sprechen. Kannten Sie das Opfer?«

»Nicht wirklich… Sie arbeitete zwar schon lange hier, aber man hat nicht so oft die Möglichkeit, ein Schwätzchen zu halten. Wir müssen uns um die Kunden kümmern… Fragen Sie Stephen, ich glaube, die beiden haben sich nach der Arbeit manchmal getroffen.«

Sie zeigte auf einen langen dünnen Mann hinten im Saal. Er stand hinter einer Dame mit graublauem Haar, in dem Aluwickler steckten, und rieb sich den Rücken.

»Würden Sie ihn bitte holen?«

Die junge Frau gehorchte. Nach kurzem Getuschel, bei dem immer wieder besorgte Blicke herübergeworfen wurden, kam der Friseur zu ihnen.

»Sie haben nach mir gefragt?«

Er hatte eine affektierte Art zu sprechen, einen blonden Zopf, der von einem Band zusammengehalten wurde, außerdem hatte er Wimperntusche aufgetragen.

Der Kommissar reichte ihm die Hand.

»Guten Tag. Sind Sie Stephen?«

»Der bin ich, ja.«

»Ich heiße François Marchand. Ich leite zusammen mit meiner Kollegin die Ermittlungen im Mordfall Lucie. Sie waren mit dem Opfer befreundet, wenn ich das recht verstanden habe?«

Der junge Mann nickte und stieß einen tiefen Seufzer aus. Sein Schmerz war aufrichtig, aber er gab ihm auf eine etwas theatralische Weise Ausdruck. Es wirkte alles etwas überzogen, gerade so, als halte er sich für eine Diva.

François holte ihn wieder auf die Erde zurück.

»Können Sie sich fünf Minuten von der Arbeit entfernen? Wir würden uns gerne ein bisschen mit Ihnen unterhalten.«

Sie setzten sich nach draußen auf die Terrasse eines Cafés auf der anderen Seite des Platzes. Dort saßen die Leute in der Mittagssonne beim Essen. Über ihren Köpfen spendeten Heizpilze eine elektrische Wärme. Nachdem sie etwas zu trinken bestellt hatten, ging Marchand zum Angriff über:

»Treffen Sie sich schon seit Langem mit Lucie?«

»Seit sie in dem Salon arbeitet. Das dürften jetzt sechs Monate sein.«

»Erzählen Sie uns ein bisschen von ihr.«

»Ein Goldstück. Nett, großzügig… Man musste sie nur zu nehmen wissen.«

»Wie meinen Sie das?«

»Sie hatte Charakter. Und dem gab sie auch Ausdruck, ohne sich groß um was zu scheren. Aber wir beide haben uns gut verstanden.«

Er blinzelte, als versuche er, die Tränen zurückzuhalten. Dann fügte er mit einem dünnen Stimmchen hinzu:

»Warum sie? Ich verstehe das nicht!«

Für eine Erläuterung blieb ihnen keine Zeit. François fuhr fort:

»Hat sie sich Ihnen anvertraut?«

»Ein bisschen schon.«

»Was hat sie Ihnen erzählt?«

»Von ihrem Leben, ihren Problemen: na ja, Persönliches eben…«

»Versuchen Sie, etwas konkreter zu werden. Hatte sie beispielsweise Freunde?«

»Nicht dass ich wüsste. Wir arbeiten zwölf Stunden am Tag. Da hat man nicht mehr so viel Zeit für den Rest.«

»Hatte sie vielleicht einen Freund?«

»Glaub ich nicht.«

»Glauben Sie das nicht oder sind Sie sich sicher?«

Er tat so, als versuche er, sich zu erinnern.

»Ich bin mir sicher. Das hätte sie mir erzählt.«

François dachte noch einmal über die Informationen nach, während die bestellten Getränke gebracht wurden. Keine feste Beziehung, kein Freundeskreis: In puncto Sozialkontakte herrschte Ebbe, da schien es nur Stephen zu geben. Diese Einsamkeit war in dem Zusammenhang nicht ohne Bedeutung. Eine isolierte Beute ist viel verletzlicher.

Da kam ihm ein Gedanke, den er sogleich als Frage formulierte.

»Unverheiratet, keine Freunde. Man kann nicht gerade

behaupten, Lucie wäre besonders gesellig gewesen. Aber sie war siebzehn Jahre alt und eher hübsch. Sie ist doch bestimmt ab und zu ausgegangen. Zum Tanzen vielleicht?«

»Nicht wirklich. Ich hab ein- oder zweimal versucht, sie in eine Disco mitzunehmen. Das ging voll in die Hose.«

Unglaublich ... Sie hatten es mit einer Einsiedlerin zu tun, einer arbeitswütigen jungen Frau, die ihr Leben zwischen ihrem Zuhause und dem Friseursalon aufteilte. Da beide im gleichen Viertel lagen, noch dazu in einer Fußgängerzone, konnte François sich nur schwer vorstellen, dass der Mörder sie mitten auf der Straße entführt haben sollte. Aber wie hatte er es angestellt?

Er goss sich eine Tasse Tee ein und hatte dabei das Gefühl, auf der Stelle zu treten. Julia hatte ihren Kaffee schon getrunken. Sie übernahm die Gesprächsführung.

»Surfte sie im Internet?«

Stille. Gerade so, als habe die Frage den Friseur eiskalt erwischt. Es folgte eine etwas halbherzige Antwort.

»Ich nehm's mal an. Das machen doch alle.«

Sie hakte nach:

»Irgendwelche Chatrooms, besondere Websites? Wenn man nicht viel Zeit hat, ist das doch eine ganz gute Methode, um Bekanntschaften zu schließen.«

»Keine Ahnung ...«

Marchand war erstaunt.

»Hat sie nicht mit Ihnen darüber gesprochen?«

»Nein.«

»Ich dachte, Sie wären ihr Vertrauter gewesen.«

Diesmal war es ihm spürbar peinlich. Der Friseur antwortete mit kurzer Verzögerung:

»Sie hat mir nicht alles erzählt. Ich habe das respektiert.«

François warf Julia einen Blick zu. Die junge Frau zog die Brauen hoch. Sie glaubte ebenfalls kein Wort von dem, was er da erzählte.

François hakte nach:

»Stephen – ich weiß, dass Sie Lucies guten Ruf nicht beschädigen und die Geheimnisse hüten wollen, die sie Ihnen anvertraut hat. Aber Ihre Freundin ist tot. Sie wurde von einem Verrückten ermordet, der ihre Gliedmaßen zerstückelt und ihr das Gesicht weggeschnitten hat. Alles, was Sie uns über sie erzählen können, ist außerordentlich wichtig.«

François war etwas schroff gewesen. Mit Absicht. Der junge Mann wirkte sichtlich getroffen. Er nahm sich ein Stück Zucker, biss nervös darauf herum und sah sich auf der Terrasse um. Dann gab er schließlich mit leiser Stimme zu:

»Ich hatte ihr gesagt, dass das keine gute Idee ist. Bei all den kranken Typen, die sich da tummeln ... Aber sie wollte es ja unbedingt tun. Da war nichts zu machen.«

»Wovon reden Sie?«

Er starrte dem Kommissar ins Gesicht. Seine verängstigten Rehaugen versuchten, darin zu lesen.

»Schwören Sie mir, dass Sie das für sich behalten. Würde mein Chef das erfahren, hätte das bestimmt Konsequenzen für mich.«

»Da machen Sie sich mal keine Sorgen.«

»Wir werden hier sehr schlecht bezahlt. Selbst mit den Trinkgeldern ist es am Monatsende doch eher schwierig. Da versucht eben jeder, so gut er kann über die Runden zu kommen.«

»Und wie machen Sie das?«

»Wir haben alle privat noch Kunden. Mit der Zeit ergibt sich das ganz von allein. Lucie war neu, und sie kannte nicht viele Leute. Sie testete aus, ob man sich vielleicht übers Internet ein paar Extrakröten verdienen könnte.«

»Und das funktionierte?«

»Nicht wirklich.«

»Warum erzählen Sie mir diese Geschichte dann?«

»Weil sie auch was anderes versucht hat.«

»Was denn?«

»Sie bot Körperpflege an.«

»Welche Art von Pflege?«

»Entspannung, Enthaarung, Massagen...«

»Für Männer oder Frauen?«

»Beides.«

»Mit anderen Worten, Sie erzählen mir da gerade, dass sie sich prostituierte?«

Stephen machte eine entsetzte Miene.

»Nein! So weit ging das nicht!«

Der Polizist lächelte. Von der Massage zur schnellen Nummer war es oft nur ein kleiner Schritt. In zwei von drei Fällen war Ersteres nur das Vorspiel zu Letzterem.

Er nahm einen großen Schluck Tee und versuchte nachzudenken. Lucie ging der Sache wahrscheinlich nur gelegentlich nach. Deshalb war sie auch nirgendwo verzeichnet. Außerdem bot sie ihre überaus sinnlichen Dienste übers Netz an. Die Anonymität des Internets hatte dem Täter damit Gelegenheit gegeben, sich seiner Beute völlig unauffällig zu nähern. Jedenfalls war das eine Strategie, die mit der Vorstellung übereinstimmte, die der Profiler sich von ihm machte.

Er stellte seine Tasse ab und fragte weiter.

»Sie hat also ihre Kunden übers Internet gefunden?«

»Ja genau.«

»Wie denn? Mit kleinen Anzeigen?«

»Wahrscheinlich...«

»Wie lange schon?«

Ein Schulterzucken. Seine ungenauen Antworten begannen dem Polizisten auf die Nerven zu gehen. Er schlug einen härteren Ton an.

»Aber das ist doch einfach nicht möglich! Sie haben ihr keine Fragen gestellt?«

»Warum hätte ich das tun sollen?«

»Vielleicht aus Neugier.«

»Ich bin doch kein Concierge.«

Stephens Aufrichtigkeit war entwaffnend. François versuchte es nicht länger auf diesem Weg und ließ das Gespräch einfach laufen.

»Wo machte sie das?«

»Zu Hause bei den Kunden. So läuft das in der Regel.«

»Hat sie Ihnen gegenüber irgendwelche Namen erwähnt?«

»Nein.«

»Hat sie mal von irgendwelchen Schwierigkeiten oder einem Problem gesprochen?«

»Nein, ich schwör's Ihnen. Wenn ich irgendetwas wüsste, würde ich es Ihnen sagen.«

Stephen blickte jetzt drein wie ein getretener Hund. Die Sonne ging allmählich hinter den Häusern unter, die Terrasse leerte sich. Er sah auf seine Uhr.

»Also jetzt muss ich aber wieder zurück.«

Marchand nickte. Er zog eine Visitenkarte aus seiner Manteltasche und hielt sie dem jungen Mann hin.

»Meine Handynummer. Rufen Sie mich an, falls Ihnen noch irgendetwas einfällt.«

9

Das Appartement des Opfers lag nur fünf Gehminuten entfernt.

Falls Lucie sich ihre Kunden im Internet angelte, standen die Chancen gut, dass ihr Appartement mit einem Computer ausgestattet war. Bei der Überprüfung der Festplatte würden die Polizeibeamten sicher interessante Dinge erfahren.

Das Wohnhaus dürfte aus dem 15. Jahrhundert stammen. Ein kleines Schmuckstück aus Naturstein, renoviert, die Eingangshalle von Sichtbalken durchzogen. Als François die Treppe hinaufstieg, hatte er das Gefühl, einen Sprung in die Vergangenheit zu tun. Alles wirkte kleiner, die Wände waren abgerundet, hier und da lugten Kieselsteine aus dem Verputz, und außerdem roch es charakteristisch – ein Duft von Kreide, Staub und den Träumen jener, die sich zur damaligen Zeit in den Marmorateliers herumgetrieben hatten.

Fünfte und letzte Etage. Unter den Dächern. Eiseskälte und ein Puls von hundert. Obwohl er strikt auf seine Ernährung achtete – er aß im Wesentlichen Fisch und trank Tee –, bekam François, nicht ohne darüber beschämt zu sein, die Folgen seiner sitzenden Tätigkeit zu spüren. Seit er die Arbeit beim OCRVP begonnen hatte, hatte er jede Art von körperlicher Ertüchtigung aufgegeben. Keine Zeit. Oder nicht mehr so richtig Lust dazu. Er arbeitete wie ein Verrückter, und die wenigen freien Stunden opferte er Charlotte. Ist man erst einmal knapp über vierzig, sind Nachlässigkeiten dieser Art einfach tödlich.

Julia kannte dieses Problem nicht. Sie war frisch, rosig, und alles andere als kurzatmig. Sie strotzte nur so vor Leben und Gesundheit wie eine aufbrechende Knospe. Als Julia sah, in welchem Zustand ihr Kollege war, musste sie ein wenig lächeln. Kommentarlos zog sie sich die Latexhandschuhe über und reichte ihm ein Paar. Dann zückte sie mit erstaunlicher Selbstverständlichkeit einen Dietrich und knackte das Schloss.

Ein Druck auf den Lichtschalter und das Zimmer war erleuchtet. Hübsch sah es bei Lucie aus, alles liebevoll möbliert und fein säuberlich aufgeräumt. Er ging ins Zimmer. Auf dem Fernseher standen einige persönliche Fotos. Ein Paar in den Fünfzigern – wahrscheinlich die Eltern des Opfers –, die stolz vor einem etwas kitschigen Schwimmbecken posierten; Lucie mit zurückgeworfenem Kopf in der Pose der Femme fatale; und mehrere Aufnahmen von einer riesigen, weißen Katze, der offenbar sterbenslangweilig war.

Der Kommissar entdeckte sofort den Computer, einen recht schweren iMac, der auf einem kleinen Schreibtisch stand. Er setzte sich und schaltete ihn ein, während Julia die Wohnung nach allen Regeln der Kunst durchsuchte.

Kein Desktop mit Passwortabfrage. Blaue Icons bedeckten den Bildschirm, von Dokumentenordnern über Verwaltungsschriftkram bis hin zu Urlaubsfotos. Eine Reihe von Aufnahmen zeigte die weiße Katze, die wohl Roxane hieß.

François klickte auf den Kompass des Safari-Browsers, um ins Internet zu gelangen. Die orangefarbene Willkommensseite. Er steuerte zunächst das Postfach an in der Hoffnung, dort ein paar Hinweise zu finden. Vergebens. Nur Werbung, Bestellaufträge für Klamotten im Sonderangebot und eine beeindruckende Zahl an Spams. Man könnte meinen, Lucie habe keinen einzigen Freund gehabt, nicht einmal Bekannte.

Dann sah er sich den Verlauf an. Die letzten Besuche waren keine fünf Tage her, die Einträge gingen bis zum Vortag des Mordes. Darunter war keine einzige Website für Onlinekleinanzeigen. Vor lauter Verzweiflung sah er sich die Lesezeichen an, denn das war die einzige Funktion, die er bei seinen minimalen Kenntnissen der IT-Tools noch kannte. Mit demselben Ergebnis. Dort waren nur uninteressante Webadressen gelistet, alles Websites für den Onlineeinkauf.

Er schaute vom Computer auf. Bisher gab es keinerlei Hinweise auf die außerberuflichen Aktivitäten des Opfers. Verzweifelt fragte er Julia:

»Haben Sie etwas gefunden?«

»Rechnungen.«

»Sind die Handyrechnungen dabei?«

»Ja.«

»Geben Sie mir eine. Wir schauen uns mal die Verbindungen an.«

»Ist es Ihnen nicht lieber, wenn Devaux sich darum kümmert?«

»Selbst ist der Mann.«

Die junge Frau seufzte. Sie nahm sich irgendeine der Rechnungen und reichte sie dem Profiler. Dann sah sie sich den Bildschirm genauer an.

»Aufschlussreich?«

»Völlige Fehlanzeige.«

»Das ist unlogisch. Wenn sie ihre Dienste im Internet angeboten hat, dann muss sich in ihrer Kiste auch irgendeine Spur finden lassen. Haben Sie sich den Verlauf angeschaut?«

»Verlauf und Lesezeichen. Beides.«

Sie verschränkte die Arme, ohne den Blick vom Computer abzuwenden. Es sah aus, als versuche sie, mental mit ihm zu kommunizieren. Schließlich blitzte es in ihren Augen.

»Darf ich mal?«

»Bitte schön …«

Marchand machte ihr Platz. Sie ließ die letzten Verbindungsdaten über den Bildschirm laufen und zeigte damit, dass sie den Nachforschungen des Kommissars nicht im Geringsten vertraute. Gleich im Anschluss blieb sie an einer Adresse hängen.

»Bingo!«

François kniff die Lider zusammen, um den Namen erkennen zu können. Schon wurde die Startseite von »Meetic« geladen.

»Sie hat bestimmt alles über diese Seite hier abgewickelt. Da wette ich.«

Der Profiler hatte durchaus schon mal etwas von der Nummer eins im Onlinedating gehört. Dem Champion der neuen Anmache, wie sie typisch war für das dritte Jahrtausend. Da man dort anonym war und somit geradezu körperlos, konnte man seine Chancen ins Unendliche steigern, ohne auch nur das geringste Risiko einzugehen. Vor fünf

Minuten hatte er das Logo über den Bildschirm huschen sehen. Aber da er dort kein Mitglied war, war er irgendwie auch nicht auf die Idee gekommen, dieser Fährte nachzugehen.

Trotzdem fragte er erstaunt:

»Warum Meetic?«

»Weil das von den meisten genutzt wird.«

»Nach unseren letzten Erkenntnissen gab es keine Massageangebote auf dieser Seite.«

»Wer sagt denn, dass sie das offen gemacht hat?«

Niemand, das stimmte. Als François die Frage gestellt hatte, hatte Stephen nicht gewusst, was er antworten sollte. Diese Schlussfolgerung hatte er ganz allein gezogen. Wahrscheinlich, weil es in seiner Vorstellung die einfachste Art war, seine Dienste anzubieten. Das war wohl eine Frage der Generation …

Julia erklärte:

»Für die Anmeldung auf einer Webseite mit Onlinekleinanzeigen müssen immer Angaben zur Person und zur Anschrift gemacht werden. Ich kann mir nicht vorstellen, dass sie diese Daten offenlegte und ihre Angebote ungefiltert online stellte. Sie lebte in einer kleinen Stadt, da hätte sie Angst haben müssen, dass jemand sie erkennt.«

»Ergo?«

»Bei Meetic muss man seine Identität nicht sofort preisgeben. Man chattet miteinander, beschnüffelt sich ein bisschen, und dann sieht man weiter. Außerdem reicht eine Mailadresse. Mit anderen Worten: garantierte Anonymität.«

Er war verblüfft. Julia schien sich in der Sache auszukennen und ganz genau zu wissen, in welche Richtung es ging.

»Wir brauchen nur noch das Passwort«, sagte sie.

»Versuchen Sie's mal mit ›Roxane‹.«

Erstaunter Blick.

»Wieso ›Roxane‹?«

»Das ist der Name ihrer Katze.«

Sie gab die Buchstaben ein. Eine neue Seite wurde geöffnet.

»Das fängt ja richtig gut an!«, rief Julia begeistert.

Marchand hörte nicht mehr hin. Er sah sich die Seite genau an. Sie war überladen mit Bannern, Werbespots, winzigen Fotos, auf denen sich ohne jede Scham Gesichter in Großaufnahme anboten. »Sie sind *online*«, »Neue Mitglieder«, »Erfahrungsberichte«. Ein einziges Gewimmel liebeshungriger Herzen. Aber auch ein hervorragendes Jagdgebiet für Raubtiere aller Art. Die Eingabemaske ermöglichte es einem, sich hinter einem Pseudonym zu verstecken, sich ein anderes Äußeres, eine andere Persönlichkeit zuzulegen. Mit anderen Worten: das Blaue vom Himmel herunterzulügen.

Direkt neben einem kostenlosen Horoskop war für Lucie eine kleine Plattform reserviert. Links ein Bild, auf dem sie ihr hübschestes Lächeln präsentierte, gefolgt von ihrem Pseudonym, ihrem Alter und ihrem Departement. Rechts war eine ganze Reihe von Themen aufgelistet.

Julia hatte den Nagel auf den Kopf getroffen.

»Was hab ich gesagt… Das war ein abgekartetes Spiel.«

Ohne mögliche Kommentare abzuwarten, sah sie sich die Annonce an. Eine neue Seite. Wieder dasselbe Durcheinander unterschiedlichster Anzeigen und schmeichelhafter Porträtfotos. In einem rechteckigen Eingabefeld ein kurzer Text: *Hallo, ich heiße Nina. Ich bin achtzehn Jahre alt, ziemlich hübsch (sieh dir mein Foto an, dann kannst du sehen, dass ich nicht lüge) und immer noch Single. Außerdem bin ich offenbar unschlagbar gut im Massieren… Ich habe genug von den kleinen Aufschneidern, die nur noch eines im Kopf haben, falls du weißt, was ich meine… Ich würde gerne einen Mann kennenlernen, der älter ist als ich (aber vielleicht nicht gleich zu alt, lol), der mir Sicherheit gibt und bei dem ich Lust bekomme, von der Zukunft zu träumen. Natürlich erwarte ich keinen Märchenprinzen. Nur einen, der es ehrlich meint und bei dem es auch mehr werden kann, falls die Chemie stimmt. Also, zögere nicht, falls du ähnlich drauf bist. Ich freue mich auf Nachricht von dir…*

»Ziemlich gerissen«, sagte Julia lächelnd. »Sie schummelt nicht nur, was ihr Alter angeht, um den Fisch nicht zu verscheuchen, noch dazu wendet sie sich an ältere Männer. Die leichteste Beute…«

Das war keine auf François gemünzte Anspielung. Dennoch traf ihn diese Bemerkung. Er hatte die symbolische Grenze der Hälfte des Lebens überschritten, und wenn er seine junge Kollegin beim Surfen auf Meetic beobachtete, wurde er sich des Abgrunds bewusst, der sie voneinander trennte. War auch er eine leichte Beute? Seit dem Tod von Diane hatte er sich diese Frage nicht mehr gestellt. Sein Liebesleben tendierte gegen null. Charlotte und seine Suche nach Erlösung waren seine einzigen Gefährtinnen.

Julia schien seine Irritation nicht bemerkt zu haben.

»Auf die Art hat sie die Männer bestimmt bald an der Angel. Dann schlägt sie ihnen ein Treffen vor. In einem Café, einer Bar, einem Restaurant… Die erste Begegnung findet immer an einem öffentlichen Ort statt. Und da lässt sie dann die Katze aus dem Sack.«

Nach kurzem Zögern fugte sie hinzu:

»Ich nehme an, jeder zweite Mann reibt sich die Hände. So eine kleine Body-to-Body-Massage mit einer jungen Frau, das ist doch was. Selbst wenn es ein paar Euros kosten sollte.«

Ihre Ausführungen klangen irgendwie ein wenig verbittert. Trat hier das Temperament einer Wachhündin zutage, oder waren es die Narben einer alten Blessur? François versuchte, sich von solchen Fragen nicht ablenken zu lassen, und konzentrierte sich auf das, was anstand.

»Na gut. Und was machen wir jetzt?«

Sie hatte mit der Maus schon den Icon »Kontakte« angeklickt.

Eine Liste erschien, alles ebenso schwachsinnige wie zusammenhanglose Pseudonyme: »judokaa6«, »lorenzok«, »zarabi«, »aragorn« ... mindestens hundert potenzielle Fährten.

Julia klickte nach dem Zufallsprinzip einen Namen an. Eine Seite wurde geladen. Es war die eines Kandidaten namens »nonor«. Siebenunddreißig Jahre, sympathisches Gesicht, runde Intellektuellenbrille. Wohnhaft in: Cazan, Bouches-du Rhône, Letzte Verbindung: 12. November 2008.

»Was halten Sie von dem?«, fragte sie mit einem halben Lächeln. »Der sieht wahrlich nicht wie ein Killer aus.«

François antwortete nicht. Er hatte immer stärker den Eindruck, dass sie in einem Wald aus lauter Ködern im Kreise liefen. Niemand auf dieser Website spielte mit offenen Karten. Weder die Gesichter noch die Namen oder die Ortsnamen wurden durch irgendwas bestätigt.

»Wir verlieren unsere Zeit. Selbst wenn er darunter ist, werden wir ihn so nicht finden.«

Julia sah sich weiter die Profile an. Ohne auch nur innezuhalten, erwiderte sie:

»Ich suche ihn nicht.«

»Was machen Sie dann?«

Sie hob den Kopf und lehnte sich im Stuhl zurück.

»Falls der Mörder sie übers Internet in die Falle gelockt hat, hat er selbstverständlich keine richtigen Angaben zu seiner Person gemacht, und das Foto ist auch gefälscht. Und die IP-Adresse bringt dich da auch nicht weiter, der ist garantiert in ein Internetcafé gegangen.«

Darin stimmte ihr der Profiler zu. Er fragte sich, worauf sie hinauswollte, und ließ sie weitermachen.

»Trotzdem muss er sich ja zu irgendeinem Zeitpunkt zu

erkennen gegeben haben. Spätestens am Tag ihrer Begegnung. Und wie ich Ihnen schon gesagt hatte, die ungeschriebene Regel lautet, dass dieses virtuelle Spielchen an einem öffentlichen Ort stattfindet. Sollte sie unseren Mann getroffen haben, wird sich vielleicht auch jemand an ihn erinnern.«

Diesmal widersprach ihr der Kommissar:

»Da sind Sie auf dem Holzweg.«

»Warum?«

»Wegen des Fotos. Bei ihrer Begegnung hätte sie gemerkt, dass sie von Anfang an getäuscht wurde. Sie wäre misstrauisch geworden.«

Amüsiertes Lächeln.

»Das Foto ist nicht das Problem. Das sind die Internetbenutzer gewohnt. Sie wissen, dass man sich im Netz auf alles gefasst machen muss. Zum Beweis ... Die Typen konnten nicht wissen, dass Lucie ihnen Massagen verkaufen wollte.«

Marchand gehörte wirklich völlig zum alten Eisen. Die Mitspieler in dieser Farce akzeptierten es, dass das Spiel gefälscht war. Sie warteten, bis sie es nach Aktenlage beurteilen konnten. Letztlich hatte das Internet nur einen Zweck: die Grenze sprengen, die eine auf dem Individualismus beruhende Gesellschaft geschaffen hatte. Sobald der Kontakt hergestellt war, gewann das Verführungsspiel wieder die Oberhand. Und zog den ganzen Rattenschwanz von Lügen hinter sich her ...

Er ließ ihre Erklärung gelten.

»Stimmt. Und wie finden wir heraus, wo sie sich getroffen haben?«

»Indem wir uns ihre Chats anschauen. Wenn es so ist, wie ich es mir vorstelle, hat sie dort ihre Treffen vereinbart.«

»Falls es sich überhaupt immer um den gleichen Ort gehandelt hat.«

»Haben Sie eine bessere Idee?«

Die junge Frau machte sich ans Werk. Sie ging die ganze Liste der Kandidaten durch und suchte sich diejenigen aus, deren elektronische Unterhaltung vom Opfer gespeichert worden war. François musste an die klassischen Telefonabhörmethoden denken und sagte sich mit leiser Wehmut, dass diese schon bald überholt sein würden.

Nachdem Julia zwanzig Minuten lang herumprobiert hatte, hatte sie neun Männer herausgefiltert. Dann führte sie eine Reihe von Schritten durch, deren Zweck dem Kommissar nicht so ganz einleuchtete. Nach einer Weile erschienen ein paar Seiten Text.

François las ihn gleichzeitig mit ihr. Es waren schlecht formulierte, fürchterliche Nettigkeiten, mit denen die Anwärter auf Teufel komm raus versuchten, sich als seltene Exemplare anzupreisen. Lucie brillierte in der Rolle des kleinen verlorenen Mädchens und machte es spannend, um ihre Chatpartner besser einschätzen zu können. War der Typ dann reif und hatte sie das Gefühl, er werde sich ihren Bedingungen fügen, schritt sie zur Tat. Sie erklärte sich bereit zu einem Treffen von Angesicht zu Angesicht, was dann auch das Ende des virtuellen Austauschs bedeutete. Nach dieser Phase waren in dem Wettrennen nur noch fünf Teilnehmer übrig. Wie auch immer diese Anmache ausgehen mochte, der Rest fand live statt. Entgegen François' Befürchtungen war der Treffpunkt nicht jedes Mal ein anderer. Eine Bar in Châteaurenard, einer kleinen Stadt am anderen Ufer der Durance, keine zehn Kilometer entfernt.

Letztlich keine wirkliche Überraschung. Wie bei all den anderen, die so etwas nur gelegentlich machten, war die Situation auch für Lucie schwierig. Daher musste sie ein paar vertraute Punkte einbauen, um gegen die Angst anzukämpfen.

Marchands Neugierde wurde geweckt, als er das Datum

der letzten Begegnung sah. Sonntag, 13. Januar, 17 Uhr, der Nachmittag vor dem Mord. Das Opfer wollte sich mit einem gewissen Léo treffen, der ein gutmütiges Lächeln hatte, aussah wie ein ruhiger Familienvater, und mit dem sie schon seit mehreren Wochen chattete.

Julia notierte sich die Adresse und sah François triumphierend an.

»Das sieht ziemlich nach Volltreffer aus, oder?«

Obwohl sie unbestreitbar ganz schön weitergekommen waren, konnte der Kommissar nicht so recht in ihre Begeisterung einstimmen. Die Vorgehensweise war zu offensichtlich, um in eine Festnahme zu münden. Die Anonymität des Internet, das Pseudonym, das gefakte Foto – der Mörder hatte viele Vorsichtsmaßnahmen getroffen. Sollte er so viel Energie verschwendet haben, nur um sich dann mit Lucie an einem öffentlichen Ort zu treffen? Das war absurd... Aber sie hatten eine Spur, und der ging Julia nun hartnäckig nach. François hatte ja auch gar nichts Besseres vorzuschlagen.

Sie fragte:

»Soll ich die Daten ausdrucken?«

»Warum nicht?«

Der Drucker setzte sich in Gang und spuckte die Dokumente aus. Die unterschiedlichsten Porträts von Männern um die fünfzig. Darunter auch Léo. Ein virtueller Verdächtiger wie ein Hologramm, das kurz davorstand, sich im Datennebel aufzulösen.

»Und jetzt?«

François wusste ganz genau, was sie von ihm erwartete.

»Ich wollte mir schon immer mal Châteaurenard anschauen. Das scheint ein hübsches kleines Städtchen zu sein.«

10

Sie brauchten gut dreißig Minuten, bis sie sich aus Avignon herausgeschält hatten.

Die Strecke war zwar nur ein paar Kilometer lang, aber alle hundert Meter gab es eine Ampel. Dann folgte ein Hindernislauf durch die Industriezone, die sich schier endlos hinzog. Nach einer Brücke über ein Kiesbett wurde die Bundesstraße zur Landstraße. Lavendel- und Olivenfelder, sanft geschwungene Hügel und bewaldete Täler. Eine Postkartenaussicht auf die Alpillen.

Das Schauspiel war von kurzer Dauer. Schon bald tauchten wieder Wellblechcontainer und grellbunte Anschlagtafeln auf. Nach einer Lagerhalle für Teppichböden und einer Badewannenausstellung wies ein glänzendes Schild darauf hin, dass sie wieder in der Stadt waren.

Dabei war Châteaurenard eher ein größerer Marktflecken als eine Stadt. Es gab wie in den meisten der kleinen Dörfer der Region eine Altstadt, in der mit großem Stolz das Nationalerbe zur Schau gestellt wurde. Die Kirche war halb gotisch, halb romanisch, es gab Steinbrunnen und das unvermeidliche auf einer Anhöhe liegende, mittelalterliche Schloss. Sozusagen die Minimalausstattung. Laut Julias Aussagen hatte diese alte, den Grafen der Provence gehörende Festung einst sogar Papst Benedikt XIII. beherbergt …

François fuhr Richtung Zentrum. Das Herz der Altstadt war ein kleines Schmuckstück, das konnte man nicht leugnen. Gepflasterte Straßen, Erkerhäuser und sogar ein winziger Kanal, der unter den Platanen entlanglief. Die Bürgermeisterei hatte das Ganze mit einem großen Aufgebot an Blumenkästen renovieren lassen, sodass man ein bisschen das Gefühl hatte, man spaziere durch eine Weihnachtskrippe.

Julia kannte den Ort wie ihre Westentasche. Die Gebietshoheit der Kripo Avignon erstreckte sich bis Châteaurenard. Sie hatte dort schon oft Einsätze gehabt: Drogenhandel, Einbrüche, schwerer Diebstahl. Auch in dieser Enklave am Ende der Welt stieg die Verbrechensrate sprunghaft an.

Die junge Frau lotste sie durch Einbahnstraßen und über frisch renovierte Kreisverkehranlagen, bis sie sicher am Ziel ankamen. Eine etwas breitere Avenue mit einer großen, von Brüstungen aus schwarzer Bronze geschützten Fußgängerzone.

Das Café Carnot, das nach der Straße benannt war, an der es sich befand, lag gegenüber dem Gebäude der städtischen Polizei. Keine Parkmöglichkeiten. Kein Parkhaus weit und breit. François ließ den Touareg in zweiter Reihe hinter einem Streifenwagen stehen. Um nicht den Zorn der diensthabenden Beamten auf sich zu ziehen, setzte er das Magnetblaulicht aufs Dach.

Als er die Bar betrat, fühlte der Pariser Bulle sich nicht wie in der Fremde. Der Laden erinnerte an eine billige Brasserie mit Zigarettenverkaufslizenz und Pferdewettbüro. Lange Bänke, bezogen mit bordeauxfarbenem Samt, Geländer aus vergoldetem Zink, lackiertes Holz an den Wänden. Ein paar wenige Gäste hatte es an diesem Nachmittag hierherverschlagen, im Wesentlichen alte Leute, die ihre Zeit damit zubrachten, ins Leere zu starren.

Die Polizisten gingen zum Tresen, eine Art-déco-Imitation in der Roche-Bobois-Ausführung. Ein dicker Mann, der wie ein gemütlicher Mittfünfziger wirkte, saß hinter der Registrierkasse und las Zeitung. Er hatte eine Halbbrille auf der Nase, wirkte sehr konzentriert und strahlte die Gelassenheit eines Menschen aus, der sich zu Hause fühlt. Wahrscheinlich der Wirt …

François zeigte ihm seinen Ausweis.

»Kommissar Marchand. Kripo. Kann ich Sie sprechen?«

Der Mann sah auf. Augen wie schwarze Oliven, von hängenden Lidern ein wenig verdeckt. Er sah François flüchtig an, Julia dagegen etwas länger. Das Blitzen in seinen Pupillen ließ darauf schließen, dass sie nach seinem Geschmack war.

Dann antwortete er:

»Worum geht's?«

Südfranzösischer Akzent. Die Worte klangen etwas schleppend, als wollten sie ihm nicht so recht über die Lippen kommen.

»Der Mordfall vom Ockersteinbruch. Schon davon gehört?«

Er faltete in aller Seelenruhe die Zeitung zusammen.

»Lässt sich schwer übersehen. *La Provence* ist voll davon.«

»Wir ermitteln in dem Fall.«

»Da haben Sie sich aber was vorgenommen! Es heißt ja, dass man noch nicht einmal weiß, wer das Mädchen eigentlich ist.«

Ein Hauch von Ironie, dazu eine gehörige Portion Misstrauen. Der Dicke schien Polizeibeamte nicht besonders zu mögen. François spürte, wie Julia zu zittern begann. Er legte die Hand auf ihren Arm, um ihr zu bedeuten, sie solle sich nichts daraus machen.

»Wir haben heute Morgen das Opfer identifiziert«, fuhr der Kommissar fort.

»Wie hieß sie?«

»Lucie Barmont.«

»Kenn ich nicht.«

»Sind Sie sicher?«

Der Dicke starrte François böse an.

»Was soll das heißen?«

»Wir haben herausgefunden, dass sie in Ihrem Lokal verkehrte.«

Der Wirt lachte höhnisch.

»Haben Sie eine Vorstellung, wie viele Gäste hier jeden Tag ein und aus gehen?«

»Überhaupt keine. Ich bin mir aber sicher, dass sie Ihnen aufgefallen ist.«

»Wie das? Sind Sie Hellseher oder was?«

»Beobachter. Sie war ein hübsches Mädchen, und Sie mögen hübsche Mädchen.«

Diese Behauptung brachte ihn aus dem Konzept. Aber in gewisser Weise dürfte er sich auch geschmeichelt fühlen.

Schließlich wiegte er sich in den Hüften.

»Das ist nicht ganz falsch …«

»Gut … Dann schauen Sie sich bitte das hier mal an.«

Marchand hielte ihm ein Foto des Opfers hin. Sein Gegenüber nahm es in seine Wurstfinger, sah es vier Sekunden lang an und nickte dann.

»Na, da haben Sie aber Schwein gehabt.«

»Sie erkennen sie wieder?«

»Ja … Ein hübscher Feger. Und keineswegs schüchtern, wenn Sie mich fragen. Sie rückte hier jedes Mal mit einem anderen Kerl an.«

»Und genau das interessiert uns. Die Männer, die sie bei sich hatte.«

Der Wirt machte eine Miene, als sei alles klar.

»Verstehe, was Sie meinen. Sie glauben, es ist einer von denen?«

»Sie haben ganz recht verstanden, wir hätten gerne, dass Sie uns dabei helfen, ihn zu identifizieren.«

»Da stehen die Chancen aber schlecht.«

»Wieso?«

»Kerle sind nicht so mein Fall. Die kann ich mir nicht merken.«

»Ist Ihnen denn gar keiner besonders aufgefallen?«

»Keiner. Nur eines kann ich Ihnen sagen: So ganz taufrisch waren die alle nicht mehr. Ich hab sogar gedacht, dass ich vielleicht auch eine Chance hätte, wenn ich's versuchen würde…«

Mit einem Glucksen sah er Julia an. Sie starrte böse zurück. Bevor sie ihn zum Teufel jagte, holte François die ausgedruckten Seiten heraus.

»Könnten Sie sich das bitte mal anschauen?«

Der Dicke schob die Lippen vor und rückte sich die Brille zurecht. Er sah sich die Fotos eines nach dem anderen an, ohne auch nur mit den Brauen zu zucken. Dann fiel sein Urteilsspruch.

»Nein. Beim besten Willen nicht.«

Sie saßen fest. Nicht einmal die Fotos halfen diesem Hornochsen auf die Sprünge. Umso schwieriger die Aufgabe, ihn dazu zu bringen, ihnen etwas über einen Kerl zu erzählen, von dem sie kein Foto hatten.

Marchand bedankte sich der Form halber, machte Julia ein Zeichen und ging Richtung Ausgang. Seine Befürchtungen hatten konkrete Gestalt angenommen. Diese Spur würde sie nirgendwohin bringen.

Er wollte gerade die Tür aufstoßen, als eine Dame unter den Gästen seine Aufmerksamkeit weckte. Eine kleine Oma mit Blümchenhut und grauem Damenblazer, die an ihrem Kräutertee nippte und auf die Straße sah. Sie unterschied sich von den anderen Gästen, hielt sich kerzengerade, war hellwach und achtete auf jede Bewegung. Offensichtlich war sie Stammgast hier.

Der Polizist setzte alles auf eine Karte.

»Guten Tag, Madame. Entschuldigen Sie die Störung. Wir sind von der Polizei.«

Schon kam Leben in ihre großen Augen.

»Ach ja?«

»Wir würden Ihnen gerne ein paar Fragen stellen. Hätten Sie ein paar Minuten Zeit für uns?«

»Dann schießen Sie mal los, junger Mann. Ich habe alle Zeit der Welt.«

François nahm ihr gegenüber Platz, während Julia sich einen Stuhl heranzog. Auf dem Tisch bemerkte er ein Kreuzworträtsel.

»Ermitteln Sie in einem Fall?«

Die alte Dame war ein klein wenig aufgeregt, als sie die Frage stellte. Marchand antwortete lächelnd:

»Zunächst würde ich gerne wissen, ob Sie oft hierherkommen.«

»Jeden Tag.«

»Seit wann?«

»Seit fünf Jahren. Früher, als mein Mann noch lebte, machten wir Ausflüge mit dem Auto. Das war unser liebster Zeitvertreib. Aber ich habe keinen Führerschein, und Claude lebt nicht mehr. Also habe ich mich hier niedergelassen ...«

Sie beendete den Satz mit einem kleinen spitzen Lachen. Hinter der fröhlichen Fassade konnte man eine abgrundtiefe Einsamkeit erahnen.

François versetzte es einen kleinen Stich, aber er ging darüber hinweg und zeigte ihr das Foto von Lucie.

»Erinnern Sie sich an diese junge Frau?«

Sie holte eine Brille aus einem schwarzen Lederetui und nahm das Foto in die Hand. Die Antwort kam wie aus der Pistole geschossen.

»Sie ist fünf- oder sechsmal hier gewesen. Das letzte Mal letzten Sonntag, danach nicht mehr.«

Der Polizist zeigte ihr die Fotos aus dem Internet.

»Sagen diese Gesichter Ihnen irgendetwas?«

Sie nahm die Ausdrucke in die Hand, sah sie sich nacheinander genau an und sagte dann in einem pikierten Ton:

»Diese Herren leisteten der jungen Dame Gesellschaft. Sie kamen immer getrennt und gingen dann gemeinsam fort.

Ich bin nicht ganz von vorgestern, wissen Sie. Ich weiß sehr wohl, was die vorhatten.«

»Erkennen Sie alle wieder?«

»Nicht alle, nein. Den da, den habe ich nie gesehen.«

Die Sache kam in Schwung. Sie hatte auf Léo gedeutet, den Verdächtigen Nummer eins. Der, mit dem Lucie sich ein paar Stunden vor dem Mord verabredet hatte.

»Sehr gut. Jetzt muss ich Sie noch einmal ganz besonders um Ihre Aufmerksamkeit bitten.«

Sie rutschte nervös auf ihrem Stuhl herum, ohne Marchand aus den Augen zu lassen. Er sprach langsam, betonte jedes Wort.

»Es ist möglich, dass noch ein anderer Mann gekommen ist. Und zwar genau am Sonntag. Einer, von dem wir kein Foto haben.«

»Nein. Daran würde ich mich erinnern.«

»Sind Sie sicher?«

»Ganz sicher.«

Sackgasse. Es kam, wie François befürchtet hatte. Selbst wenn der Schlächter das Internet benutzt hatte, was immer wahrscheinlicher wurde, so hatte er sich doch nicht in Begleitung von Lucie gezeigt. Er war zu schlau, um so eine Dummheit zu begehen. Er sah zu Julia hinüber und wusste sofort, dass sie seine Ansicht teilte. Sie wirkte verschlossen, diese Niederlage war schwer zu akzeptieren.

Der Kommissar stand auf und beendete damit das Gespräch. Die alte Dame war offenbar enttäuscht.

»Ist das alles?«

»Ich fürchte, ja.«

»Wollen Sie denn nicht fragen, ob mir sonst noch etwas aufgefallen ist?«

»Weshalb? Ist das denn der Fall?

»Ich weiß ja nicht, ob das interessant für Sie ist…«

Sie lächelte und genoss ihre Wirkung.

»Ich höre.«

»Setzen Sie sich, junger Mann.«

Die Polizeibeamten nahmen wieder Platz, während sie sich noch eine Tasse Eisenkrauttee einschenkte. Sie zierte sich noch ein bisschen, bevor sie loslegte.

»Das Ganze geschah letzten Sonntag. Das war das letzte Mal, dass ich die junge Frau gesehen habe. Sie hat sich wie üblich dort drüben hingesetzt, sich einen Perrier Menthe bestellt und angefangen, in einer Zeitschrift zu lesen. Aber diesmal ist niemand erschienen. Nach einer Stunde ist sie wieder gegangen.«

Stille. Sie nahm einen kleinen Schluck Kräutertee. Marchand wollte wissen, wie es weiterging, und saß wie auf glühenden Kohlen.

Dann fuhr sie fort:

»Von hier aus kann ich die Straße ganz wunderbar überblicken. Wenn man nicht viel zu tun hat, ist das eine gute Methode, sich die Zeit zu vertreiben ...«

Der Beobachtungsposten lag an einem strategischen Punkt. Auf einen Blick konnte man das ganze Umfeld erfassen.

Sie erzählte weiter:

»Sobald die junge Frau das Lokal verlassen hatte, hielt auf ihrer Höhe ein Wagen an. Es sah aus, als habe er auf sie gewartet. Das Fenster wurde heruntergelassen, und dann unterhielt sie sich eine Weile mit dem Fahrer. Sie zögerte offenbar noch ein bisschen, aber am Ende ist sie in den Wagen gestiegen.«

Julias Theorie bekam neue Nahrung. Léo war gekommen. Er hatte Lucie von draußen beobachtet, ohne das geringste Risiko einzugehen. Und dann hatte er sie überzeugen können, mit ihm zu fahren – wie er das angestellt hatte, war François allerdings schleierhaft. François versuchte, sich wieder zu beruhigen, und setzte die Befragung fort.

»Das Auto, erinnern Sie sich daran?«

»Ein Renault Mégane Break. Nagelneu. Ich kenne mich eigentlich nicht aus, aber mein Mann fuhr denselben Wagen.«

»Welche Farbe?«

»Weiß.«

»Haben Sie den Fahrer gesehen?«

»Es war schon dunkel. Ich konnte nur den Umriss erkennen. Aber ich kann Ihnen mit Gewissheit sagen, dass er kahlköpfig war. Der hatte nicht ein Härchen auf dem blanken Schädel. Und er war sehr kräftig.«

Léos Porträt nahm Form an. Und hatte nichts mit dem Foto gemein, das sie aus dem Internet heruntergeladen hatten. Der Kommissar beendete die Vernehmung mit der Tausendeurofrage:

»Das Nummernschild vielleicht?«

Die Superoma konzentrierte sich.

»Schwierig. Ich mache zwar immer Kreuzworträtsel, aber mein Gedächtnis beginnt mich manchmal im Stich zu lassen.«

»Versuchen Sie's.«

Zwei, drei spannende Sekunden. Dann hatte sie wieder einen selbstsicheren Gesichtsausdruck.

»Es war eine Vierundachtziger-Nummer. Da bin ich mir ganz sicher. Was den Rest angeht …«

Egal. Damit hatte François ja schon einiges in Erfahrung gebracht. Ein weißer Renault Mégane, Modell Break, seit Kurzem im Departement gemeldet. Sie würden die Fahrzeugscheindatenbank durchkämmen müssen und die der gestohlenen Fahrzeuge auch. Eine langwierige Recherche, aber am Ende würde man die Kiste schon finden.

Die Stimme der alten Dame riss ihn aus seinen Gedanken:

»Aber an den Namen der Werkstatt, da kann ich mich noch genau erinnern.«

»Wie bitte?«

»Die Werkstatt, die das Auto verkauft hat, wissen Sie. Sie machen immer einen Aufkleber auf das hintere Nummernschild. Mit ihrer Telefonnummer darauf.«

Der Profiler starrte sie an.

»Und welche Werkstatt war das?«

»Bouvin in Avignon. Ich erinnere mich gut. Wir hatten unseren Mégane auch bei denen gekauft.«

François drehte sich zu Julia um.

Sie war schon aufgestanden.

11

Mit einer heißen Spur kehrten sie nach Avignon zurück.

Jetzt hatten sie vielleicht das Fahrzeug, dessen sich der Mörder bedient hatte. François erwartete nicht, dass der Break ihm gehörte, aber es war schon mal ein erster Anhaltspunkt. Man würde ihn ausfindig machen, ihn genau unter die Lupe nehmen und eventuelle Zeugen um ihre Mithilfe bitten. Mit ein klein wenig Glück würde etwas dabei herauskommen.

Die Autowerkstatt Bouvian lag mitten im Gewerbegebiet. Dieses wurde von einer mit Radaranlagen gespickten vierspurigen Fahrbahn durchschnitten wie ein Fluss aus Asphalt, auf dem Metallkarossen transportiert wurden.

Siebzehn Uhr. Der Verkehr wurde allmählich dicht. François befolgte Julias Anweisungen haargenau, umrundete zahllose Kreisverkehranlagen, fuhr an Geschäften vorbei, die aussahen wie Lagerhallen, und tauchte sogar in einen Tunnel ein. Nachdem er dies alles hinter sich gebracht hatte, fuhren sie auf einen Parkplatz, auf dem Hunderte von Fahrzeugen standen. Mehr oder minder neue Modelle, alles Renaults.

Der Kommissar parkte vor dem gläsernen Ausstellungsgebäude, in dessen Schaufenstern die brandaktuellen Modelle ausgestellt wurden. Die geschickte Beleuchtung bot den schaulustigen Kunden die Verheißung auf ein ekstatisches Vergnügen.

Es war, als wären sie in einem Aquarium gelandet. Angenehme Temperatur, Kaufhausmusik, alles roch nach neuem Plastik. Die Halle war zugleich Ausstellungsraum, Büro und Verkaufsraum. Die Händler saßen hinter kleinen Schreibtischen, die mittendrin standen. Ein paar Kunden schlenderten zwischen den Autos umher und machten große Augen wie Kinder, die gierig auf einen Teller mit Leckereien starren.

Die Polizeibeamten steuerten einen jungen Mann an, der an einem Computer saß und arbeitete. »Frank Chagneau« stand auf dem Plexiglasschild vor ihm. Er hob den Kopf, um sie willkommen zu heißen. Ein längliches Gesicht, ein einstudiertes Lächeln. Er trug einen schwarzen, schlecht geschnittenen Anzug, ein weißes Hemd und eine etwas zu auffällige Krawatte.

»Sekunde noch, dann bin ich ganz für Sie da.«

Marchand hielt ihm seine Karte unter die Nase.

»Es ist dringend.«

Er zuckte kaum merklich zurück. Dann die übliche Phrase:

»Was ist los?«

»Wir suchen ein Auto. Einen weißen Mégane Break. Er wurde vor Kurzem bei Ihnen gekauft.«

»Im Rahmen einer Ermittlung?«

»Ganz genau.«

»Ein Diebstahl?«

»Ein Mord.«

Er setzte eine ernste Miene auf.

»Aha …«

»Haben Sie Zugriff auf die Verkaufslisten?«

»Sicher.«

Der Händler beugte sich über den Bildschirm.

»Ein weißer Mégane Break haben Sie gesagt?«

»Ja.«

»Neu- oder Gebrauchtwagen?«

»Neuwagen.«

»Ich nehme mal an, das Autokennzeichen ist Ihnen nicht bekannt. Sonst hätten Sie ja gleich zum Polizeipräsidium gehen können.«

»Das Nummernschild endet auf 84. Das ist alles, was wir haben.«

»Kein Problem. Das genügt uns schon.«

Er tippte eifrig auf der Tastatur herum. Die Maschine arbeitete, während er versuchte, Haltung zu wahren. Dann richtete er sich wieder auf.

»Unter den Käufern der letzten zwölf Monate kommen drei Kandidaten in Betracht. Der Mégane verkauft sich gut, aber Weiß ist keine sehr gefragte Farbe.«

»Könnten Sie uns die Daten ausdrucken?«

Er legte gleich damit los. Seiten voller Tabellen und Zahlen kamen aus dem Drucker. Franck nahm einen Marker und unterlegte ein paar Zeilen mit einem leuchtenden Rosa.

»Modell, technische Daten und Autokennzeichen. Alles da.«

François überflog schnell die Seiten.

»Die Namen der Käufer sind nicht vermerkt?«

»Nicht in diesen Verzeichnissen. Das sind rein kommerzielle Infos für unsere Statistik.«

»Könnten Sie mir die Namen beschaffen?«

»Aber sicher. Da fragen wir einfach Josie.«

Er nahm den Telefonhörer ab. Zwei Sätze, bei denen er sich verlegen wand, bevor er zum Zweck seines Anrufs kam. Dann zeigte er mit dem Finger in die Halle.

»Hinter dem Erholungsbereich. Gehen Sie nur. Sie erwartet Sie schon.«

Die beiden Polizisten durchquerten den Saal. Ein dicker Teppich, der einem ein Gefühl von Behaglichkeit und Sicherheit gab. Eine Ecke des Raums war mit großen Sesseln, einem niedrigen Tisch und Zeitschriften ausgestattet. Daneben befand sich ein Getränkeautomat, damit man während der Wartezeit seinen Durst löschen konnte. Es wurde alles getan, um den Kunden zu ködern.

Auf der Tür stand geschrieben: »Fahrzeugscheine«. Besser als im Polizeipräsidium. Und mit Sicherheit schneller.

Er klopfte dreimal an und trat dann ein.

»Kommissar Marchand.«

»Man hat mich gerade benachrichtigt. Entschuldigen Sie die Unordnung, heute geht alles ein bisschen drunter und drüber.«

Josie dürfte so um die vierzig sein, wirkte aber zehn Jahre älter. Strubbeliges Haar, verknittertes Gesicht, schlampige Kleidung. Ihre Unentschlossenheit ließ sie müde wirken und machte den Eindruck, als sei ihr gerade alles im Leben zu viel.

Die Unordnung passte gut zu ihrem linkischen Auftreten. Überall stapelten sich die farbigen Schnellhefter ohne jedes ersichtliche Ordnungsprinzip. François fiel auf, dass sich auf dem Boden die von Gummiringen zusammengehaltenen Papierstapel türmten.

»Nehmen Sie doch bitte Platz«, schlug sie vor. »Haben Sie das Kennzeichen?«

François reichte ihr die Liste. Sie warf einen kurzen Blick darauf und sagte mit geschäftstüchtiger Miene:

»Das haben wir gleich.«

Sie beugte sich über ihren Schreibtisch und überflog das Durcheinander. Papiere flogen in alle Richtungen, während sie vor sich hin murmelnd die Stapel durchwühlte.

»Ich hab sie heute Morgen noch gesehen. Da bin ich mir ganz sicher. Ich hatte doch alle Breaks auf einen Stapel gepackt…«

Sie fuhr mit der Sucherei fort, während die Polizisten einander besorgt ansahen. Schließlich zog sie wider Erwarten einen Packen aus dem Chaos heraus.

»Ah! Wusste ich's doch, dass sie da sind.«

Sie ließ sich auf ihren Stuhl fallen und sah sich die Akten eine nach der anderen an. Dann wählte sie drei aus und hielt sie ihnen stolz hin.

»Weißer Mégane, Modell Break. Alle innerhalb der letzten zwölf Monate bei der Polizei im Departement Vaucluse angemeldet.«

François nickte, er hatte sich schon ans Werk gemacht. Das erste Fahrzeug war von einer Frau gekauft worden. Rathausangestellte, kreditfinanzierter Kauf. Passte nicht recht zum Täterprofil. Das zweite war ein Geschäftswagen und schien auch nicht zu passen. Blieb das dritte. Der Käufer hieß Gérard Galthier, zweiundfünfzig Jahre alt, Führungskraft in einem großen IT-Unternehmen, wohnhaft in Avignon: 12, Rue du Petit-Rhône. Er hatte bar bezahlt für ein Modell, das im Juni 2008 bestellt und drei Wochen später geliefert worden war.

Der Kommissar geriet ins Träumen. Sollte das Léo sein? Plötzlich kam ihm das zu einfach vor. Er bat Josie, ihm ein paar Kopien zu machen, und nahm Julia beiseite.

»Wir müssen zwei Dinge überprüfen lassen. Einmal die Datenbank der gestohlenen Fahrzeuge und dann die der polizeilich gemeldeten Neuzulassungen. Könnten Sie sich darum kümmern?«

»Ich rufe sofort dort an.«

Sie ging zu einem der Sofas. Der Kommissar drehte sich zu der Verwaltungsangestellten um und versuchte, ihr noch ein paar Informationen zu entlocken.

»Gérard Galthier. Der Fahrzeugschein wurde im Juli 2008 ausgestellt. Erinnern Sie sich an ihn?«

»Kann ich gar nicht. Ich bekomme die Kunden nicht zu Gesicht. Man gibt mir den Papierkram, und ich regele das mit dem Fahrzeugschein. Was den Kundenkontakt angeht, da müssen Sie sich mit den Verkäufern kurzschließen.«

»Wer hat dieses Auto verkauft?«

Sie kramte ein bisschen in der Akte herum.

»Michel.«

»Und wer ist das?«

Sie machte noch einen internen Anruf. François fühlte sich wie eine Flipperkugel, die von einer Bande zur anderen geschossen wird. Josie legte wieder auf, ohne ein Wort gesagt zu haben.

»Seine Leitung ist besetzt.«

»Wo ist sein Schreibtisch?«

»Vor der Theke der Werkstatt. Sie werden ihn leicht erkennen. Er sieht aus wie Al Pacino.«

François nahm die Fotokopien und bedankte sich. Er kehrte in das Aquarium zurück und sah Julia mit dem Handy am Ohr im Entspannungsbereich sitzen. Er machte ihr kurz ein Zeichen und steuerte auf den Herrn namens Michel zu.

Der Verkäufer sprach gerade mit einem jungen Paar und hatte ein gewinnendes Lächeln aufgesetzt. Er war dunkelhaarig, hatte ein recht markantes Gesicht und sah in seinem Nadelstreifenanzug aus wie aus dem Ei gepellt. Al Pacino für die Armen …

»Kann ich Sie sprechen?«

»Also ich bin gerade …«

François flüsterte ihm in Ohr:

»Polizei … Wird nicht lange dauern.«

Der Angestellte murmelte eine Entschuldigung und folgte der Aufforderung. Die Kunden musterten den Polizisten und wussten nicht recht, was sie davon halten sollten. Weil er einen so autoritären Ton angeschlagen hatte, dachten sie wohl, er habe Vorrang.

»Sie vermasseln mir noch meinen Verkauf mit Ihren Geschichten.«

»Die kommen wieder. Und jetzt hören Sie mir zu, und versuchen Sie sich zu erinnern. Sie haben im Juni letzten Jahres einen weißen Mégane Break verkauft. Ihr Kunde heißt Galthier. Er ist etwa fünfzig Jahre alt und …«

»Ja, ich erinnere mich sehr gut.«

»Beschreiben Sie ihn mir.«

»Ein großer Kerl mit Glatze. So vom Typ harter Geschäftsmann. Er hat mir vier Rabattpunkte abgehandelt und einen Radio-CD-Player von Blaupunkt.«

Die Beschreibung passte. Kahlköpfig, kräftig. Genau wie die alte Dame beobachtet hatte. Sie brauchten sich nicht mehr die Mühe zu machen herauszufinden, ob das Auto gestohlen oder weiterverkauft worden war. Hier hatten sie den Fahrer.

François packte Julia am Ärmel und zog sie zum Ausgang.

»Sie brauchen nicht weiter nachzuforschen, ich hab ihn.«

»Wie bitte?«

»Den Besitzer des Mégane. Es ist tatsächlich der Mann, der Lucie vor dem Café angesprochen hat.«

Sie klappte ihr Handy wieder zu.

»Sind Sie sicher?«

»Ganz sicher.«

»Was machen wir jetzt?«

»Wir schnappen ihn uns.«

Sie machte ein Gesicht, als habe sie seine Strategie durchschaut.

»Sie wollen Devaux nicht Bescheid sagen, stimmt's?«

»Nein.«

»Aber wie es aussieht, leitet er diese Ermittlung, solange nichts Gegenteiliges beschlossen wird.«

»Ach ja?«

»Und er könnte die Unterstützung der Sondereinheit zur Terrorismusbekämpfung bekommen.«

François ließ ihre Einwände nicht gelten.

»Wir sind zu zweit, und der Verdächtige erwartet uns nicht. Das genügt vollauf, um eine Befragung zu rechtfertigen.«

12

Das schien alles viel zu einfach.

Eine Ermittlung, die innerhalb von achtundvierzig Stunden abgeschlossen wurde, mustergültige Zeugen, ein Mörder, der aufgrund seines Autos identifiziert werden konnte. Nach Stephens Enthüllungen hatten sie nur noch dem roten Faden folgen müssen.

Hénon hatte einmal behauptet, die einfachsten Lösungen seien oft die besten. François glaubte nicht daran. Außerdem passte diese Theorie auch nicht ins Gesamtbild. Der Mann hatte viele Vorsichtsmaßnahmen ergriffen. Er hatte das Internet benutzt, eine komplexe Strategie ausgearbeitet, alles getan, um unsichtbar zu bleiben. In Anbetracht dieser Fakten schien ein Fehler kurz vor dem Ziel nicht logisch zu sein.

Aber wie auch immer die Bedenken aussehen mochten, François hatte nur diese eine Fährte. Und der Besitzer des Mégane hatte sich auf jeden Fall verdächtig gemacht. Er hatte sich mit Lucie unter dem Pseudonym Léo verabredet, hatte das Café nicht betreten und sie erst angesprochen, als sie wieder herauskam. Ob er nun schuldig war oder nicht, er würde sich rechtfertigen müssen.

Der Touareg fuhr aus dem Gewerbegebiet heraus und dann auf die Bundesstraße. Es war bereits dunkel geworden, und es herrschte eine geradezu anorganische Kälte. Alle hundert Meter stand eine Straßenlaterne und tauchte den Asphalt in ein irreales bleiches Licht. Julia, die vom Dämmerlicht verschluckt wurde, spielte immer noch den Lotsen. François konnte nur noch ihre etwas raue Stimme hören, die für Vertraulichkeiten wie geschaffen war. Plötzlich stellte sie eine Frage, auf die er nicht gefasst war:

»Was ist das Ihrer Meinung nach für einer?«

Er ließ ein paar Sekunden verstreichen, bevor er antwortete.

»Ich nehme an, ein Perverser.«

»Mit einer sexuellen Perversion?«

»Ja, genau.«

Sie war erstaunt.

»Aber wir wissen doch nicht einmal, ob das Opfer vergewaltigt wurde.«

»Das müssen wir auch nicht unbedingt wissen.«

»Nein, aber das hilft schon mal ...«

François spürte die Ironie und beschloss, sie in ihre Schranken zu weisen.

»Ich glaube nicht, dass Sie wissen, was sich genau hinter diesem Begriff verbirgt.«

»Erklären Sie's mir. Ich bin ganz Ohr.«

»Eine Perversion im klinischen Sinne ist ein Verteidigungsmechanismus, den ein Subjekt entwickelt, um einen Ausweg aus der ödipalen Krise zu finden. Der Perverse ist unbewusst im infantilen Stadium der Geschlechtsdetermination steckengeblieben. Für ihn ist der Geschlechtsunterschied unerträglich, er zieht es vor, ihn zu negieren. Folglich kann er nur Lust finden, indem er sich die Realität zurechtbiegt und seinen Trieb auf ein Objekt, ein Ziel oder eine erogene Zone richtet, die es ihm gestattet, diese Illusion aufrechtzuerhalten. Fetischismus, Homosexualität, Voyeurismus oder Exhibitionismus sind alles Formen einer solchen psychischen Abweichung.«

»Wow! Könnten Sie das jetzt noch mal für Laien wiederholen?«

»Was ich sagen will, ist, dass eine Perversion eine pathologische Störung ist, die weitaus komplexer ist, als unsere Verwendung dieses Begriffs in der Alltagssprache das vermuten lässt. Wenn man an Perversion denkt, vor allem im Bereich der Kriminalität, dann denkt man an Pädophilie, Vergewaltigung, sexuelle Aggression. Dabei übersieht man aber, dass die Lust zwar auf dem Trieb basiert, sich aber nicht gezwungenermaßen im Geschlechtsakt offenbart.«

»Wie denn sonst?«

Julia hatte sich dem Kommissar zugewandt. Er hatte sie mit dieser kleinen Demonstration seiner Stärke beeindruckt.

»Vielleicht auf eine Art und Weise, die sich mehr im Kopf abspielt? Wie bei den Transvestiten und wie in noch größerem Maße bei den Transsexuellen.«

»Sie meinen, er ist ein Transsexueller?«

An ihrem Tonfall merkte François, dass die Schlussfolgerung die junge Frau verunsichert hatte.

»Das habe ich nicht gesagt.«

»Wenn man den Zeugenaussagen vertraut, sieht es nicht danach aus.«

Wie sollte er ihr erklären, was er meinte? Der Profiler war sich noch über gar nichts sicher, und der Prozess bis hin zu einer irreversiblen Totaloperation war lang und komplex. Es gab verschiedene Stadien, manche Individuen durchliefen nicht alle. Er beschloss, dieser Frage auszuweichen.

»Fürs Erste bin ich nur von einer Sache überzeugt: Es handelt sich um einen Mann, der massive Identitätsprobleme hat. Er hat dem Opfer das Gesicht abgenommen. Das Gesicht einer Frau. Das ist ja nun keine harmlose Sache.«

»Und was schließen Sie daraus?«

»Diese Tat lässt mich an das ›falsche Selbst‹ denken, das bei den meisten Gewalttaten eine Rolle spielt.«

»Was meinen Sie damit?«

»Grob gesagt bezeichnet man damit aus psychoanalytischer Sicht die Gesamtheit der psychischen Wesensanlagen, und zwar weit über das hinaus, was eine Person selbst von sich wahrnehmen kann. Eine bewusste wie unbewusste Ganzheit, die manche mit der Seele verglichen haben … Von diesem Begriff ausgehend, hat man das wahre vom falschen Selbst unterschieden. Ersteres gestattet es dem Subjekt, sich selbst so darzustellen und so zu leben, wie es wirklich ist. Letzteres dagegen bezeichnet eine verfälschte Darstellung, die geschaffen wurde, um auf eine Forderung von außen zu reagieren. Das Subjekt spielt eine Rolle, ohne sich dessen bewusst zu sein. Es hat sich eine Persönlichkeit ›geschaffen‹.«

François unterbrach sich und ließ Julie Zeit, die vielen Informationen zu verdauen. Dann fuhr er fort:

»Viele ›normale‹ Menschen entwickeln so eine psychische Organisation. Sie macht es ihnen oft überhaupt erst möglich, in der Gesellschaft zu funktionieren. Aber wenn der Graben zwischen der Selbstdarstellung und der Realität mit der Zeit zu groß wird, können diese Personen sich am Ende selbst zerstören.«

»Oder andere …«

»Der andere ist in unserem Fall nicht wichtig. Er ist ein Objekt. Seine Wünsche, sein Leben sind völlig wertlos. Für den Perversen zählt nur die Befriedigung, die er aus ihm zieht. Er hat Lucies Gesicht gestohlen, um sich ihre Identität anzueignen. Er phantasiert sich wahrscheinlich die Macht herbei, es an die Stelle des eigenen Gesichts zu setzen, das er als falsch empfindet.«

Julia rutschte auf dem Sitz herum. Man hörte ihren Anorak knistern. Sie ergriff das Wort und fasste seine Analyse in eigenen Worten zusammen.

»Im Klartext: Unser Killer weiß nicht, wo's ihm wehtut. Er spielt eine Rolle, und zwar schon lange, aber im Grunde hat er das Gefühl, ein anderer zu sein. Die Seele eines jungen Mädchens im Körper eines Lastwagenfahrers. Auf die Dauer hat diese Diskrepanz ihm Knoten ins Hirn gemacht. Jetzt schreitet er zur Tat, entführt Lucie und stiehlt ihr Gesicht. Dann benutzt er seine Trophäe als Maske, mit deren Hilfe er sich als Frau fühlen kann.«

»Ein bisschen arg verkürzt das Ganze, aber im Grunde nicht falsch. Eine latente, verdrängte Weiblichkeit frisst ihn von innen auf. Wahrscheinlich schon seit seiner Kindheit. Aus unterschiedlichen Gründen hat er ihr keinen Ausdruck verleihen können. Die Spannung ist gestiegen und der Kochtopf explodiert.«

Julia wurde nachdenklich. François überließ sie ihren Gedanken und stellte eigene Überlegungen an. Seine Analyse war nicht hundertprozentig richtig, aber allein die Tatsache, dass er sie ausgesprochen hatte, hatte ihm schon geholfen, ein bisschen klarer zu sehen. Von Anfang an, schon als Héron ihm den Fall zum ersten Mal geschildert hatte, hatte dieser Diebstahl des Gesichts ihn beschäftigt. Ein barbarischer Akt, der aber auch etwas Feinsinniges hatte und eine bestimmte Sensibilität verriet. Er hatte sich intensiv mit der Identitätsfrage beschäftigt, ohne sie mit einer bestimmten Pathologie in Verbindung zu bringen. Jetzt spürte er, dass darin der Schlüssel zu dem Ganzen lag: In der grundlegenden Frage, mit der sich der Killer herumschlug – war er nun ein Mann oder eine Frau oder beides?

Sie konnten den Fluss sehen. Eine lange platanengesäumte Straße folgte seinem Lauf. Eine weitere lief im geraden Winkel auf eine Reihe von Mietshäusern zu.

»Wo muss ich hinfahren?«

»Fahren Sie geradeaus. Wir sind gleich da.«

Im Auto war ein scharfes Klacken zu hören. Julia hatte ihre Waffe herausgeholt und prüfte das Magazin. Wie die meisten Polizisten benutzte sie eine Sig Sauer P 2022, eine 9-mm-Parabellum, Schweizer Fabrikat, die vor Kurzem die berühmte, aber veraltete Manurhin MR 73 abgelöst hatte. François benutzte am liebsten seine Glock. Kaliber .23 mit Polymer-Griffstück, kompakt, leicht und ästhetisch, deren Gewicht er fast nicht spürte.

»Noch eine Frage«, warf Julia unverfänglich ein.

»Ja?«

»Warum hat er sie zerstückelt?«

Für François gab es mehrere mögliche Erklärungen. Das Zerstückeln verwies auf den psychischen Strukturverlust des Mörders; auf die Weigerung, sich in den symbolischen Augenblick, in dem er das Gesicht stahl, dem Anblick eines menschlichen Wesens stellen zu müssen; oder noch prosaischer betrachtet war es Wut, die Folge eines Schuldgefühls, das er aufgrund seiner Triebe empfand und nun, weil diese Wut nicht länger auszuhalten war, auf sein Opfer richtete.

Der Psychologe entschied sich für eine Antwort, die irgendwo dazwischenlag.

»Jedenfalls ganz bestimmt nicht deshalb, weil er sie dann besser transportieren konnte. Sonst hätte er das auch getan. Er wollte sie zerstören, bevor er ihr die Gesichtszüge raubte, denn das war das Einzige, was ihn an ihr interessierte.«

»Dann hätte es doch schon ausgereicht, sie zu töten.«

»Nein, er musste das Bild ihres Körpers auslöschen. Das mit Geschlechtsmerkmalen belegte Bild. Dieser Anblick dürfte unerträglich für ihn gewesen sein.«

Julia schien den letzten Satz nicht mehr gehört zu haben. Sie war plötzlich angespannt, eine Jägerin kurz vor dem Wildwechsel.

»Fahren Sie nach rechts.«

François bog in eine etwas schmalere Gasse ein. Sie näherten sich ihrem Ziel. Noch hundert Meter. Es gab immer weniger Menschen.

»Die Nächste dann links.«

Ein Gässchen. Einfamilienhäuser, kleine Mehrfamilienhäuser, eine reine Wohngegend.

»Wir sind da. Langsam …«

Er fuhr im ersten Gang und war jetzt ganz auf die nächsten Minuten konzentriert. Julia sah sich jedes Nummernschild an.

»Da.«

Sie zeigte auf einen weißen Mégane, Modell Break, der vor einer kleinen Holztür parkte. Dahinter ein hübsches, von einem Garten umgebenes Haus. Alle Fenster waren erleuchtet.

Marchand fuhr vorbei, ohne anzuhalten, fand etwas weiter einen Parkplatz und schaltete die Scheinwerfer aus. Aus Gewohnheit prüfte er das Magazin seiner Glock.

»Haben Sie einen Plan?«, fragte Julia.

»Wir gehen noch einmal ums Haus, damit wir sicher sein können, dass es nicht noch andere Ein- und Ausgänge gibt.«

»Und dann?«

»Dann geben wir uns zu erkennen.«

»Und wenn er nicht allein ist?«

»Glauben Sie, er hat Familie?«

»Warum nicht?«

»Dann wird es noch einfacher sein.«

Die Antwort schien sie nicht zu beruhigen. François schlug weiter einen autoritären Ton an, um zu vermeiden, dass sie ins Grübeln kam.

»Haben Sie Ihr Handy ausgeschaltet?«

Sie sah nach.

»Ja.«

Er holte seines heraus und schaltete es ebenfalls aus. Er

hatte das unangenehme und seltsame Gefühl, auf Eiern zu laufen, nicht an seinem Platz zu sein.

Obwohl er sich alle Mühe gab, war er nicht überzeugt davon, dass sie die richtige Spur gefunden hatten.

13

Ein eisiger Wind hatte sich erhoben.

François schlug den Mantelkragen hoch, und Julia machte ihren Anorak zu. Zwei Schatten, denen die Kälte bis auf die Knochen drang, verloren im Sturm eines mondlosen Abends…

Das Einfamilienhaus, ziemlich groß, war ein neueres einstöckiges Gebäude, umgeben von einem Garten, in dem der Winter seine Spuren hinterlassen hatte. Das Eingangstor war nicht abgesperrt. Sie überquerten einen verkümmerten Rasen, bevor sie ums Haus gingen. An der Rückseite waren alle Fenster geschlossen. Auf den ersten Blick gab es keinen Notausgang.

Der Kommissar dachte sich schnell eine Taktik aus.

»Sie werden jetzt klingeln. Dann geben Sie vor, nach dem richtigen Weg zu suchen. Bei einer jungen Frau wird keiner Misstrauen schöpfen. Ich werde danebenstehen. Wenn er aufmacht, schnapp ich ihn mir.«

»Und wenn er bewaffnet ist?«

»Dazu hat er keinen Grund. Er fühlt sich nicht in Gefahr. Auf alle Fälle wird es schnell gehen.«

Sie steckte ihre Waffe wieder ins Holster und atmete tief durch. Marchand folgte ihr bis zur Eingangstür und stellte sich dann auf die rechte Seite, sodass man ihn durch den Spion nicht sehen konnte. Als sie auf die Klingel drückte, hob er seine Glock.

Ein paar Sekunden verstrichen, dann hörte man einen

Schlüssel im Schloss, dann eine tiefe, ein wenig überraschte Stimme:

»Ja?«

François sah nur das Profil seiner Kollegin. Sie entschuldigte sich, dass sie hier einfach reingekommen war, und spielte die Komödie perfekt. François konnte der Stimme des Mannes anhören, dass er keinerlei Argwohn hegte.

Er wartete nicht länger. In weniger als einer Sekunde trat er in dessen Gesichtsfeld.

»Polizei. Hände hoch. Sofort.«

Der Mann schien nicht zu verstehen, was das sollte.

»Was ist denn …«

Der Kommissar wurde lauter.

»HÄNDE HOCH!«

Der Kahlkopf hob langsam die Ellbogen und legte seine Hände in den Nacken. Julia schob ihn ins Haus, während François sich schnell umschaute. Eine große Eingangshalle, Möbel aus hellem Holz, in der Verlängerung ein saalartiges Wohnzimmer. Links davon eine Wendeltreppe.

Die junge Frau zückte ein Paar Handschellen. Mit genau aufeinander abgestimmten Bewegungen packte sie den Verdächtigen am Handgelenk, drehte ihm den Arm auf den Rücken und ließ die Handschellen zuschnappen. Marchand hielt noch immer seine Waffe auf ihn gerichtet.

»Sind Sie allein?«

»Mein Sohn ist in seinem Zimmer. Aber, Scheiße, was soll der ganze Zirkus?«

Selbstsicherer Tonfall. Nicht die geringste Spur von Angst. Zum ersten Mal sah François sich sein Gesicht genau an. Seine Züge strahlten Willensstärke aus, er war der Typ alter Haudegen mit Stiernacken und schwarzen Augen. Nicht ein Haar auf dem Schädel. Er trug einen cremefarbenen Wollpulli direkt auf der Haut. Unter dem Stoff ahnte man die Brustmuskeln eines Sportlers.

»Sind Sie Gérard Galthier?«

»Was wollen Sie von mir?«

»Lucie Barmont. Sagt Ihnen das was?«

Ihm klappte der Mund auf.

»Ja …«

»Wir haben sie gestern Nachmittag in der Nähe des Ockersteinbruchs gefunden. In Stücke gehackt.«

»Was?«

»Verstehen Sie jetzt, warum wir hier sind?«

Urplötzlich überfiel ihn heftige Panik.

»Ich war's nicht. Ich hab nichts damit zu tun.«

Der Kommissar sah Galthier fest in die Augen und versuchte, seine Reaktionen zu analysieren. Unmöglich, zu einer klaren Meinung zu kommen. Er senkte seine Automatikwaffe und befahl Julia: »Bringen Sie ihn nach nebenan.«

Der Kahlköpfige rebellierte.

»Mein Sohn. Er ist da oben.«

»Na und?«

»Er wird das nicht verstehen.«

»Da hätten Sie vorher dran denken müssen.«

»Ich habe Ihnen doch gesagt, dass ich nichts damit zu tun habe.«

»Das werden wir sehen.«

Vom ersten Stock ertönte die Stimme eines Jugendlichen.

»Papa?«

Galthier antwortete sofort in einem autoritären Tonfall.

»Es ist für mich, Maxime.«

»Ist alles in Ordnung?«

»Bleib in deinem Zimmer.«

Eine Tür knallte. François blickte Julia an, dann den Verdächtigen. Dieser flehte ihn an, den Jungen da rauszulassen. Die junge Frau machte dem Zögern ihres Vorgesetzten kurzerhand ein Ende, indem sie den Mann beim Bizeps packte und in den Salon schob.

Der Raum war groß. In die Decke eingelassene Halogenlampen sorgten für eine kühle Beleuchtung. Alles wirkte neu, alles war Standardware. François zwang ihn, sich in einen Ledersessel zu setzen und blieb vor ihm stehen. Julia ging um ihn herum und stellte sich hinter ihn.

»Wir hören«, sagte der Kommissar barsch.

Der Mann hielt den Kopf gesenkt. Er fühlte sich offenbar sehr unwohl.

»Ich habe dieses Mädchen nicht umgebracht.«

»Das haben Sie schon gesagt. Erklären Sie mir lieber, was Sie letzten Sonntag mit ihr gemacht haben.«

Ein ausweichender Blick. Die Angst machte einem deutlich spürbaren Unbehagen Platz.

»Ich bin geschieden ... Ich bin zweiundfünfzig Jahre alt. In meinem Alter lernt man nicht mehr so einfach Frauen kennen.«

»Kommen Sie zur Sache.«

»Ich habe mich bei Meetic registrieren lassen. Ich wollte das mal ausprobieren.«

François begriff sofort.

»Und dann sind Sie auf Lucie gestoßen.«

»Ja ... Das heißt ...«

»Was?«

»Ein Freund hat sie mir sozusagen empfohlen. Ein junges Mädchen, nicht gerade schüchtern, hübsch. Sie wohne um die Ecke und biete Massagen an. Man müsse ihr nur ein bisschen was zustecken, wenn man mehr wollte.«

Der Polizist zog sofort das Blatt mit den »Kunden« des Opfers heraus.

»Ist das einer von denen hier?«

Galthier sah sie sich an. Kurz darauf wies er auf das fröhliche Gesicht eines Typen in seinem Alter.

»Fabien Perez. Wir arbeiten in derselben Firma. Er hat mir geraten, mich da registrieren zu lassen.«

»Und dann zu Lucie Kontakt aufzunehmen?«

»Genau …«

Bisher hatte die Erklärung Hand und Fuß. Ein älterer Mann, ein einfacher Plan, ein schnelles Vergnügen. Der Rest war noch nicht so ganz klar.

»Und Ihr Internetname, das war dann Léo?«

»Genau.«

»Das Foto im Netz ist nicht von Ihnen. Wie erklären Sie sich das?«

»Das Foto war einfach kein Foto von mir.«

François zeigte ihm das Phantomporträt.

»Sie haben das da benutzt, stimmt's?«

Ein resigniertes Nicken. Der Polizist fragte:

»Und wer ist das?«

»Keine Ahnung. Ich hab's aus dem Internet.«

»Macht man das so?«

»Ich habe eine Ausbildung zum Informatikingenieur. Das kann man schon hinkriegen, das ist nicht so schwierig.«

»Warum dieses Versteckspiel?«

»Ich wollte nicht, dass mich jemand wiedererkennt.«

»Wieso nicht?«

Galthier schluckte schwer.

»Das konnte ich doch nicht ahnen … Als ich sie sah, da habe ich …«

»Machen Sie's kürzer, ich bitte Sie.«

»Sie ist eine Freundin meines Sohnes. Ich weiß, ich hätte das nicht tun dürfen. Aber es war stärker als ich. Sie hat mir wahnsinnig gut gefallen.«

Jetzt war klar, warum er so herumdruckste. Dieses Geständnis sagte auch etwas über Lucies verschwiegenen Charakter aus. Sie hatte noch andere Freunde als Stephen, und wahrscheinlich interessierte sie sich auch für andere Dinge als nur für die Arbeit. Der Friseur kannte von ihrem Leben nur den kleinen Bereich, in den sie ihm Einblick gewährt hatte.

Trotzdem, François hatte noch Vorbehalte.

»Dank Meetic konnten Sie sie in aller Heimlichkeit treffen. Bis dahin kann ich noch folgen. Aber danach? Sie musste notgedrungen erfahren, wer Sie sind!«

»Sie hätte nichts herumerzählt.«

»Wirklich nicht?«

»Ich … Ich hatte ihr gleich von Anfang an ein Arrangement vorgeschlagen.«

»Ein Arrangement?«

»Wegen ihrer Eltern. Es war wünschenswert, dass sie nicht erfuhren, was ihre Tochter trieb.«

Das wurde ja immer besser. Dieser Mittfünfziger hatte sie erpresst. So übel die Erklärung auch war, sie war immerhin glaubhaft. Der Kommissar wollte schon weiterbohren, als Julia sich einmischte.

»Du armer Typ. Ich nehme mal an, du hattest auch nicht vor, sie zu bezahlen.«

»Doch! Natürlich!«

»Du lügst. Du wolltest dir einen hübschen Brocken Frischfleisch schnappen. Sie hat sich gewehrt. Und da hast du sie getötet.«

Der Mann geriet außer sich.

»Nein! Sie hatte das Treffen im Café Carnot vereinbart, in Châteaurenard. Mir ging es nicht so gut, deshalb habe ich draußen gewartet, in meinem Auto. Als sie rauskam, habe ich sie angesprochen. Es war nicht schwierig, sie dazu zu bringen, in mein Auto einzusteigen. Sie kannte mich ja.«

Jetzt sprudelten die Worte nur so aus ihm heraus, François ermunterte ihn fortzufahren.

»Und dann?«

»Sie war ein bisschen überrascht, als ich ihr alles erklärt habe. Aber sie hat sich schnell wieder beruhigt, die kleine Nutte.«

Julia zuckte zusammen. Der Profiler spürte, dass sie gleich ausrasten würde, und fragte schnell:

»Was ist danach geschehen?«

»Wir sind ins Hotel gegangen.«

»In welches?«

»In ein Ibis-Hotel im Gewerbegebiet.«

»Und dann?«

»Na ja, nichts. Ich hab's ihr besorgt. Und ich kann Ihnen sagen, dass es ihr gefallen hat. Ich habe mich gefragt, ob sie das echt nur wegen der Kohle macht. Ich hab sie trotzdem bezahlt, und dann hab ich mich aus dem Staub gemacht.«

»Mit ihr?«

»Allein. Sie hat sich ein Taxi genommen.«

»Wie spät war es da?«

»Zwanzig Uhr. So um den Dreh.«

Das heißt, eine Ewigkeit vor dem Gemetzel. Um diese Angaben zu überprüfen, mussten sie sich nur mit dem Ibis in Verbindung setzen und nach dem Taxi fahnden. Aber danach? Hatte er Lucie verfolgt? Hatte er ihr aufgelauert und ihr vorgeschlagen, noch mal loszulegen?

François hakte weiter nach.

»Was haben Sie dann getan?«

»Ich bin zu mir nach Hause gegangen.«

»Auf direktem Weg?«

»Ja. Mein Sohn hatte uns was gekocht. Wir haben zusammen gegessen und ferngesehen. Ich bin sogar auf dem Sofa eingeschlafen. Sie können ihn fragen, wenn Sie möchten.«

Galthier hatte mechanisch gesprochen, wie ein gebrochener Mann. Seine Haltung, seine Antworten – nichts an dieser Person hatte etwas mit François' Vorstellung von dem Mörder gemein.

Marchand sagte zu Julia:

»Lassen Sie einen Wagen kommen, und begleiten Sie ihn

zum Kommissariat. Der Polizeigewahrsam beginnt genau jetzt.«

Der Kahlköpfige wurde bleich.

»Glauben Sie mir etwa nicht?«

»Wir werden Sie noch einmal vernehmen, Ihre Angaben überprüfen und Ihre Aussage dann schriftlich festhalten. Falls alles stimmt, sind Sie schon bald wieder auf freiem Fuß.«

»Und … Maxime?«

»Machen Sie sich mal keine Sorgen. Ich werde ihm Bescheid sagen.«

»Werden Sie ihm alles erzählen?«

»Nur das Nötigste.«

Galthier senkte den Kopf. Er sah aus wie ein Verurteilter vor dem Gang zum Schafott. Als Julia ihn mitnahm, schaute der Kommissar die Treppe hinauf.

Maxime.

Eine unerwartete Gelegenheit.

Die letzte Karte, die er heute noch ausspielen würde.

Bei der Befragung konnte er zwei Fliegen mit einer Klappe schlagen: Galthiers Alibi überprüfen und zugleich versuchen, etwas mehr über das Opfer herauszufinden.

In Lucies Leben gab es noch viele dunkle Stellen.

François hatte eine erhellt, vielleicht gab es noch andere.

14

»Hallo!«

Trotz des weit geöffneten Fensters hing Tabakgeruch im Zimmer. Maxime lag auf dem Bett und blätterte in einer Zeitung. Bevor er sie zuschlug, konnte der Polizist gerade noch ein braungebranntes Mädchen mit gespreizten Beinen und üppigem Schamhaar erkennen.

»Wer sind Sie?«

»Kommissar François Marchand. Kripo.«

Der junge Mann stand sofort auf. Er war groß, mager und hatte einen Rundrücken wie viele Jugendliche, die zu schnell wachsen. Er hatte ein längliches Wieselgesicht, das noch von den Spuren einer Akne gezeichnet war. Er trug eine zu weite Jeans, neue Sportschuhe und ein rotes, schon völlig fadenscheiniges T-Shirt. Auf den ersten Blick würde man ihm höchstens sechzehn Jahre geben.

»Wo ist mein Vater?«

»Setz dich«, befahl der Polizist.

Maxime gehorchte. François schnappte sich einen Stuhl und setzte sich vor ihn.

»Dein Vater ist auf dem Kommissariat.«

»Was hat er getan?«

»Wir mussten nur zwei oder drei Sachen überprüfen.«

Marchand hatte beschlossen, ihn nicht in die Eskapaden seines Vaters einzuweihen. Zumindest jetzt noch nicht.

»Kanntest du Lucie Barmont?«

Maxime runzelte die Brauen, als versuche er, sich an etwas zu erinnern, dann sagte er:

»Ja … Sie ist Friseuse, nicht wahr?«

»Genau. Du weißt, was mit ihr geschehen ist?«

»Nein …«

Der Kommissar machte eine Pause und sagte dann mit tiefer Stimme:

»Sie wurde ermordet.«

»Ermordet?«

»Ihr Körper wurde zerstückelt. Außerdem hat man ihr das Gesicht abgeschnitten.«

Erst war es ganz still. Die übliche Reaktion auf das Unvorstellbare. Dann wagte der junge Mann die Frage:

»Hat mein Vater etwas damit zu tun?«

»Ich hoffe nicht.«

Wieder Stille. Der Jugendliche war völlig überfordert. Er saß im Schneidersitz auf seinem Bett und nahm sich eine Zigarette. Während er sie anzündete, sah François sich sein Zimmer genauer an. Ein winziges, erdrückendes Kabuff voll mit Modellautos und Autopostern. Dreckbespritzte Karosserien im Moment der Beschleunigung auf holprigen Pisten aufgenommen. Auf dem Tisch stand ein beeindruckender Fotoapparat, daneben ein Computer und ein Teleobjektiv.

»Fotografierst du?«

»So'n bisschen.«

»Hast du die Geländewagen aufgenommen?«

»Ja…«

»Ich habe einen Touareg.«

»Cool.«

Maxime entspannte sich ein wenig. François nutzte das, um Kontakt zu ihm aufzubauen.

»Und was machst du sonst so?«

»Ich gehe aufs Gymnasium.«

»In welche Klasse?«

»In die Abschlussklasse.«

»Läuft's gut?«

»Nicht übel.«

Der Polizist lächelte zustimmend.

»Und Lucie?«

»Lucie was?«

»Wie hast du sie kennengelernt?«

»Letztes Jahr. Wir sind uns in einem Forum im Internet begegnet.«

»Erzähl.«

Er nahm einen tiefen Zug von seiner Zigarette. In dem noch unfertigen Gesicht wirkte die Zigarette fehl am Platz.

»Sie suchte einen Mitbewohner. Sie hatte sich auf einer Website registrieren lassen, und ich auch. Ich gehe nächstes

Jahr an die Uni. Wenn man sich die Mieten ansieht, ist es besser, sich rechtzeitig um so was zu kümmern.«

»Was für eine Website ist das?«

»Ich weiß nicht mehr ... Aber wenn Sie wollen, kann ich's für Sie nachsehen.«

François machte eine verneinende Handbewegung.

»Schon gut. Was ist danach passiert?«

»Wir haben uns getroffen.«

»Und dann?«

»Sie war sympathisch. Wir haben uns gut verstanden.«

»Habt ihr euch hier getroffen?«

»Sie ist einmal hergekommen, ja.«

»Hat dein Vater sie kennengelernt?«

»Ich erinnere mich nicht. Vielleicht ...«

Er war misstrauisch. Er wollte nichts sagen, was Galthier in Schwierigkeiten bringen könnte.

»Du hast gesagt, es lief gut zwischen euch. Warum habt ihr euch dann nicht zusammen eine Wohnung genommen?«

»Sie änderte ständig ihre Meinung. Sie wusste nicht, was sie wollte. Da musste ich den Plan fallenlassen.«

Der Polizist hörte die Enttäuschung aus seinem Tonfall heraus. Er fragte:

»Seid ihr zusammen ausgegangen?«

Kleines Lächeln.

»Sie möchten wissen, ob ich mit ihr geschlafen habe?«

»Wenn du so willst.«

Er zuckte die Schultern.

»Ich war nicht ihr Typ.«

»Wie das?«

»Zu jung.«

»Hat sie dir das gesagt?«

»Nicht so deutlich. Aber, na ja ... Ich hatte schon begriffen, dass sie eher auf ältere Semester stand.«

»Wie kamst du darauf?«

»Wegen der Art, wie sie über ihren Vater sprach. Sie hasste ihn. Deshalb wollte sie sich auch aus dem Staub machen. Aber irgendwie war das seltsam. Man hatte fast ein bisschen das Gefühl, dass sie ihn verehrte. Das nennt man einen Ödipuskomplex. Schon mal gehört?«

François musste sich ein Lächeln verkneifen.

»Kannst du mir mehr über ihre Beziehung erzählen?«

»Ich kenne ja nicht alle Einzelheiten. Sie hat sich für mündig erklären lassen, falls ich das richtig verstanden habe. Ich fand das bescheuert, denn ihre Eltern haben ziemlich viel Kohle und unterstützten sie auch weiterhin.«

Allmählich wurde klarer, was Lucie antrieb. Sie prostituierte sich zwar, aber ums Geld ging es dabei nicht. Eher um eine Verletzung, die sie wiedergutmachen wollte, indem sie sich an ältere Männer verkaufte. Männer, die einen Vater verkörperten, der ihr wahrscheinlich immer gefehlt hatte.

François fragte Maxime weiter:

»Und Stephen? Kennst du den?«

»Wen?«

»Ihren Kollegen aus dem Friseursalon.«

»Nie gehört.«

Lucie hatte sich völlig abgeschottet. Ihr Leben war wie eine Festung, geschützt durch eine eiserne Mauer. Trotzdem war der Profiler mittlerweile davon überzeugt, dass sich irgendwo in dem Ganzen der Mörder verbarg. Er beschloss, Galthiers Alibi zu überprüfen.

»Dein Vater hat mir gesagt, er sei am Sonntagabend so gegen halb neun nach Hause gekommen. Kannst du das bestätigen?«

»Ja, das stimmt. Wir haben ein bisschen was zusammen gegessen und dann ferngeschaut. Er ist gegen zehn Uhr abends eingeschlafen.«

Prompte Antwort. Und viel zu ausführlich. Sagte er hier

eine auswendig gelernte Lektion auf, mit der er Galthier schützen wollte?

François versuchte ein Ablenkungsmanöver.

»Sind deine Eltern schon lange geschieden?«

»Sechs Jahre.«

»Und du lebst nicht bei deiner Mutter?«

Der Junge zog an seiner Kippe.

»Wollte ich nicht.«

»Ach ja?«

»Sie ist ein bisschen seltsam …«

François fragte nicht weiter nach und ließ einfach die Stille ihre Wirkung tun. Nach ein paar Sekunden fühlte der Junge sich gedrängt, eine Erklärung hinterherzuschicken.

»Sie ist mit einer Frau abgehauen, mit einer Lesbe. Typ Lastwagenfahrerin.«

Keinerlei Wut. Er schien die Sache verarbeitet zu haben. Konnte offen darüber reden.

»Und dein Vater?«

Noch ein Zug an der Zigarette.

»Bekam 'ne Depression.«

»Hat er sich behandeln lassen?«

»Mehr oder weniger. Ist damals zum Psychologen gegangen.«

»Und heute?«

»Glaub nicht mehr. Nur die Medikamente nimmt er noch.«

Unglaublich. Maxime hatte einen gewaltigen innerlichen Abstand zum Drama seiner Eltern. François brachte die Sprache wieder auf das eigentliche Thema zurück.

»Du schwörst mir also, dass ihr Sonntagabend zu Hause geblieben seid?«

»Warum sollte ich lügen?«

Es klang so, als sage er die Wahrheit. Diesmal war der Polizist sich sicher. Maxime verbarg nichts. Bevor er ging, machte François dem jungen Mann noch einmal klar, dass er beim Kommissariat vorbeigehen und dort eine Aussage machen müsste.

François kam in der Nacht nach Hause. Es wehte ein trockener Wind. Er hatte das Gefühl, in Sibirien gelandet zu sein. Er nutzte die Kälte, um Klarheit in seine Gedanken zu bringen. Maximes Version schien zu stimmen. Sie erhärtete Galthiers Alibi und traf sich mit seiner eigenen Intuition. Diese Fährte hatte ihm noch nie eingeleuchtet, nur Julia war davon überzeugt.

Und das hieß jetzt: Sie würden noch einmal ganz von vorn anfangen müssen.

Er lief ein paar Schritte zu seinem Wagen. Der Gedanke an den Mörder verfolgte ihn. Er sah einen böswilligen Schatten mit verschwommenem Gesicht, der herumschlich. Der Schlächter hatte, vorsichtig und organisiert, wie er war, bislang keinen einzigen Fehler gemacht.

Der Profiler entriegelte die Türen und stieg in das Fahrzeug ein. Einundzwanzig Uhr. Er fühlte sich völlig zerschlagen und schmutzig und hatte nur noch das Bedürfnis, in einem netten kleinen Hotel ein heißes Bad zu nehmen.

Er griff nach seinem Handy. Er musste Julia wenigstens Bescheid geben. Nach dem, was Maxime so erzählt hatte, war die ganze Aufregung völlig sinnlos. Devaux nahm Galthier wahrscheinlich gerade gehörig in die Mangel. Jedenfalls würde das nirgendwohin führen.

Bevor er losfuhr, schaltete er sein Nokia wieder ein. Die Signalmelodie erklang, eine Nachricht wartete auf ihn.

Uhrzeit des Anrufs – neunzehn Uhr siebenunddreißig. Da war er gerade mit der Vernehmung beschäftigt gewesen.

Es ertönte Hénons ernste Stimme:

»François, hier ist Roger. Ruf mich schnell zurück. Ich glaube, wir haben noch einen Mord.«

15

»Roger?«

»Ah, François. Wo steckst du gerade?«

»In Avignon.«

»Ich habe dich vor mehr als einer Stunde angerufen. Was hast du nur die ganze Zeit gemacht?«

»Ich hatte eine heiße Spur.«

Stille.

»Jetzt schon?«

»Erklär ich dir später. Und du? Was ist das für eine Geschichte?«

»Es ist in Grenoble passiert. Die Leiche wurde heute Morgen gefunden, in einer stillgelegten Müllverbrennungsanlage. Die Information kam am späten Nachmittag aus polizeiinterner Quelle.«

»Besteht da irgendein Zusammenhang mit meinem Fall?«

»Vielleicht nicht. Aber die Brutalität, mit der hier vorgegangen wurde …«

»Erzähl mal.«

François stieß beim Sprechen eine weiße Dampfwolke aus. Er ließ den Motor an und drehte die Heizung bis zum Anschlag auf.

»Sechsunddreißig Messerstiche«, erläuterte Hénon. »So gut wie überall Schnittwunden. Das Opfer hat keinen einzigen Blutstropfen mehr in den Adern.«

Ausgeblutet. Wie Lucie.

»Eine Frau oder ein Mann?«, fragte Marchand sofort.

»Ein Mann.«

Das fing ja gut an. Das Geschlecht passte schon mal nicht.

»Und das Gesicht? Hat er ihm das Gesicht abgenommen?«

»Nein.«

»Dann passt das nicht.«

»Warte! Das ist nicht alles.«

»Mach schon, Roger. Ich sitz hier auf glühenden Kohlen.«

»Er hat Feuer gelegt.«

»Was?«

»Die Haut weist Verbrennungen vierten Grades auf. Und das auf fünfundneunzig Prozent der Körperoberfläche.«

François rieb sich die Augen. Noch so eine Schlächterei, diesmal gefolgt von einer Leichenverbrennung. Wo würde das enden?

»Und wann ist das gewesen?«

»Das ist noch nicht sicher. Aber wahrscheinlich letzte Nacht.«

Die beiden Morde lagen also keine vierundzwanzig Stunden auseinander. Auch das sprach dafür, dass sie etwas miteinander zu tun hatten.

»Willst du, dass ich mir das mal anschaue?«

»Das wäre nicht schlecht, ja. Und du, wie weit bist du?«

»Ich hatte eine Spur, aber am Ende stellte sich heraus, dass es nur ein Schlag ins Wasser war.«

»Und wie läuft's mit den Einheimischen?«

»Nicht so toll. Der Pascha hier vor Ort ist nicht sehr kooperativ.«

»Behindert dich das?«

»Nein. Ich habe eine Lösung für das Problem gefunden.«

Bei diesen Worten dachte François natürlich an Julia. Seine neue Kollegin hatte der Himmel geschickt. Er hatte unverhofft eine Verbündete unter diesen ihm feindlich gesinnten Leuten gefunden.

»Gut«, sagte Hénon. »Wie schnell kannst du dort sein?«

»Erst muss ich mal schlafen.«

»Fahr morgen gleich in der Früh los. Ich werde die Behörden von deiner Ankunft unterrichten.«

»Kannst du vielleicht dafür sorgen, dass ich ein bisschen netter empfangen werde? Ich hab die Nase voll davon, das hässliche Entlein zu sein.«

Marchand konnte das Lächeln seines Vorgesetzten fast schon hören.

»Diesmal solltest du keine Probleme bekommen. Der Kripochef war mit mir auf der Uni.«

»Wie ist sein Name?«

»Jean Kellermann. Du wirst schon sehen, ein netter Kerl.«

»Na, das ist mal eine gute Nachricht.«

»Und noch was, François …«

»Ja?«

»Du behältst das für dich. Wenn das derselbe Mörder ist, brauchen wir ihn ja nicht mit der Nase darauf zu stoßen. Er wird früh genug erfahren, dass wir eine Verbindung zwischen beiden Fällen herstellen.«

Marchand dachte an Julia. Er hatte keine Lust, ihr was vorzulügen, und dass sie wieder auf die Reservebank musste, wollte er schon gar nicht. Und das sagte er auch ganz offen seinem Vorgesetzten.

»Und die Kripobeamtin, die mich heute den ganzen Tag begleitet hat, die hätte ich auch gern dabei.«

»Ich bin mir nicht so sicher, dass das eine gute Idee ist.«

»Sie kann mir helfen. Und sie muss sich nicht mit der Frage abquälen, warum ich mich so schnell wieder aus dem Staub gemacht habe.«

Ein Seufzer. Dann fragte Hénon:

»Wie ist ihr Name?«

»Julia Drouot.«

»Ist sie hübsch?«

Absurd, aber bei der Anspielung wurde François ein wenig mulmig. Er antwortete etwas zu barsch:

»Sie hat ein gutes Gespür.«

»Sag bloß …«

»Was ist jetzt, Roger. Heißt das ja oder nein?«

»Na, mach schon. Aber konzentrier dich trotzdem auf den Fall. Das hier ist kein Spaß.«

II PIERRE

16

Seidenschnüre.

Sie bildeten einen kompakten Ball, sahen aus wie die durchscheinenden Windungen eines Gehirns. Ganz langsam wickelten sie sich auf. Lianen hingen ins Leere, zeichneten Arabesken, schienen zu tanzen.

Diese Wucherungen schlugen ihn in ihren Bann. Sie waren von einem weißen Licht umgeben, strahlend wie ein Heiligenschein. Sie kamen näher, berührten sein Gesicht, sanfter noch als das Streicheln einer Feder.

Wärme umfing ihn.

Sein Herz beruhigte sich.

Plötzlich schlug es wieder schneller. Die Lianen verwandelten sich in Kabel. Starre, mit stacheligen Enden bestückte Kabel, schärfer noch als Stacheldraht. François sah jetzt so etwas wie eine zuckende, immer größer werdende, atmende Geißel. Sie war von einer bösen Kraft beseelt. Die Bewegungen waren abgehackt, nervös. Die Tentakel legten sich um seinen Hals. Klingen bohrten sich in sein Fleisch. Er spürte den kalten Biss des Stahls. Sie drückten zu. Er schnappte nach Luft. Die Angst wurde übermächtig. Er wollte brüllen. Kein Laut kam aus seiner Kehle.

Und trotzdem hörte er dieses Röcheln. Es war unmenschlich. Er schien von nirgendwoher zu kommen, aber François wurde sich nach und nach dessen bewusst, dass er selbst es war, der röchelte. Er öffnete die Augen. Seine Nase war ins

Kissen vergraben. Sein Mund ebenso. Er war kurz vor dem Ersticken.

Im letzten Moment bäumte Marchand sich auf. Ein beklemmendes Gefühl. Er hatte keine Ahnung, wo er war. Dann nahm die Umgebung allmählich wieder Gestalt an. Die Wand, der Tisch, das Fenster. Seine Tasche lag auf dem Stuhl neben dem Bett …

Avignon.

Das Hotel, das Julia ihm empfohlen hatte.

Die Ermittlung.

Der Profiler schaltete die Nachttischlampe ein. Er war schweißgebadet. Er schnappte sich die Bonbonschachtel auf dem Nachttisch. Seine Hände zitterten, als er nach den Xanax-Tabletten suchte. Er schluckte zwei und streckte sich wieder aus. Langsam, wie bei einer Überblendung, löste sich das überschüssige Adrenalin auf.

Wie oft hatte er diesen Albtraum schon gehabt?

Nach Dianes Tod hatte es angefangen, und er wurde ihn mit keinem Mittel wieder los. Jedes Verbrechen erweckte ihn zum Leben. Wie ein kleiner Stich, der ihn daran erinnern sollte, dass seine Trauerarbeit noch nicht abgeschlossen war. Und seine Schuld hatte er schon gar nicht abgetragen.

Er wartete noch ein bisschen, bevor er aufstand. Er musste sich erst wieder mental auf die Wirklichkeit einstellen.

Ein zweiter Mord.

In zweihundert Kilometern Entfernung.

Eine andere Vorgehensweise, aber eine vergleichbare Grausamkeit.

Hénon hatte das Gefühl, dass eine Verbindung bestand. Die Jagd ging weiter.

Er sah auf die Uhr – acht Uhr dreißig. Das Schlafmittel hatte ihn so außer Gefecht gesetzt, dass er zehn Stunden geschlafen hatte. Er war ins Nichts abgetaucht und dann brüllend wieder daraus erwacht. Und jetzt war er zu spät dran.

Er schnappte sich sein Handy und wählte Julias Nummer. Es klingelte zweimal, dann hörte er die energiegeladene Stimme der jungen Frau.

»Gut geschlafen?«

»Ein bisschen zu lange. Wo sind Sie?«

»Unten. Ich trinke einen Kaffee.«

Er stand auf und nahm eine Dusche. Dann wählte er Charlottes Nummer. Seine Tochter hatte ihn seit gestern nicht mehr zurückgerufen und damit den Abstand deutlich gemacht, den sie seit Kurzem zu ihm wahren wollte. Sofort schaltete sich der Anrufbeantworter ein. Um die Uhrzeit dürfte sie schon in der Schule sein. Enttäuscht hinterließ François eine Nachricht und zog sich an.

Fünf Minuten später ging er glatt rasiert und mit frischem Kampfesmut in die Bar hinunter.

Julia empfing ihn mit einem Lächeln. Sie saß auf einem hohen Hocker, eingehüllt in ihren Parka, die Sonnenbrille ins Haar gesteckt.

»Haben Sie die Augen nicht aufgekriegt?«

»Ich hatte einiges nachzuholen.«

»Kaffee?«

»Tee.«

Der Kommissar schnappte sich ein Croissant und biss hinein. Seine junge Kollegin beobachtete ihn aus dem Augenwinkel.

»Und? Was ist das für eine geheimnisvolle Neuigkeit?«

François hatte ihr gestern noch nichts verraten. Der Fall unterlag nicht mehr der Zuständigkeit der Kripo Avignon, also war es sinnlos, sich mit dieser Mannschaft aus Hornochsen zu belasten. Er hatte Julia einfach nur gebeten, zu seinem Hotel zu kommen, und dabei Anspielungen gemacht, er habe Neuigkeiten. Bevor er sie einweihte, fragte er:

»Haben Sie Devaux gesehen?«

»Ließ sich nicht vermeiden.«

»Wie war seine Stimmung?«

»Auf hundertachtzig war er. Völlig außer sich.«

»Sonst nichts?«

»Er hat Ihren Chef in Paris angerufen.«

»Na, dann Prost. Wie weit seid ihr mit Galthier gekommen?«

»Keinen Schritt weiter. Er streitet alles ab. Für heute Morgen ist eine Wohnungsdurchsuchung geplant.«

»Hat man den Taxifahrer gefunden?«

»Ja. Er hat Lucie gegen zwanzig Uhr zehn vor dem Ibis-Hotel abgeholt und sie zwanzig Minuten später vor ihrer Haustür wieder abgesetzt. In diesem Punkt hat Galthier nicht gelogen. Sie war wirklich allein.«

Also nichts Neues. Im Gegenzug erzählte ihr François, was er selbst herausgefunden hatte.

»Maxime bestätigte, dass sein Vater zum Abendessen nach Hause gekommen und dann vor dem Fernseher eingeschlafen ist.«

»Glauben Sie, das stimmt?«

»Letztlich schon.«

»Dann ist das Spiel also aus?«

»Für Galthier jedenfalls. Aber es bleiben noch gute drei Stunden zwischen dem Augenblick, in dem Lucie in ihr Appartement zurückgekommen ist, und dem Mord.«

»Super. In der Zwischenzeit kann sie tausend Dinge getan haben.«

Der Tee wurde gebracht. François nippte daran und dachte über die Bemerkung nach. Es war ein Sonntagabend gewesen. Was auch immer Galthier behaupten mochte, Lucie hatte gerade einen unangenehmen Geschlechtsverkehr über sich ergehen lassen müssen. Es war kalt. Die Stadt war wie ausgestorben. Was hatte sie dazu veranlasst, noch einmal vor die Tür zu gehen?

Nach ein paar Sekunden sagte Julia:

»Hatten Sie mir nicht noch was anderes erzählen wollen?«

Der Profiler erzählte ihr kurz, was geschehen war. Vom Anruf seines Vorgesetzten. Von der Leiche eines Mannes mit Verbrennungen vierten Grades, die Schnittwunden und Messerstiche aufwies und vollkommen ausgeblutet war. Diesmal mit unversehrtem Gesicht. Von der stillgelegten Müllverbrennungsanlage in einem Vorort von Grenoble.

Als er fertig war, sagte sie erstaunt:

»Das passt ja nicht gerade zu dem psychologischen Profil, das Sie mir gezeichnet haben.«

»Ich weiß …«

»Und dann ist das ja auch nicht gerade um die Ecke …«

»Wir gehen trotzdem hin und schauen uns das an.«

»Wir?«

»Ich hoffe, Sie begleiten mich.«

»Ich? Warum?«

François antwortete mit einer Floskel:

»Sagen wir, ich vertraue Ihnen.«

Sie versuchte, in seinem Blick zu lesen, und wusste nicht so recht, was sie davon halten sollte. Sie wirkte unsicher.

»Die Kröte wird Devaux sicher nicht so leicht schlucken. Wenn es ein Serienmörder ist …«

»Noch haben wir keinen Serienmörder. Wir werden nur mal schnell Fieber messen, und das werden wir ganz diskret tun.«

»Wir werden ihm nichts sagen?«

»Ihm nicht und sonst auch keinem. Diese Hypothese darf nicht zu früh publik werden. Sonst machen wir die Dinge nur komplizierter.«

»Das ist sehr nett … Nur, wie soll ich meine Abwesenheit rechtfertigen?«

»Es wird nicht lange dauern. Sagen Sie einfach, dass ich Sie brauche.«

Als braver kleiner Soldat nickte sie kommentarlos. François beendete sein Frühstück, während sie ihren Vorgesetzten anrief. Dann verließen sie das Hotel. Besser nicht trödeln, sie hatten noch einen ziemlich langen Weg vor sich.

17

Ein verkohltes Gesicht.

Kein Maskenbildner, und sei er noch so sehr auf Spezialeffekte spezialisiert, wäre in der Lage gewesen, so etwas mit dieser Prägnanz nachzubilden.

Keine Wimpern mehr, keine Augenbrauen, keine Haare. Offen liegende Fleischfetzen wie eine geschälte Orange. Schrunden, Wülste, Blasen. Anstelle der Lippen ein rosa Fleischwulst, gespannt bis aufs Äußerste, kurz vor dem Zerreißen.

François musste wegschauen. Der Rest des Opfers war von einem weißen Laken bedeckt, was ihm vorläufig diesen Anblick ersparte. Er sah auf seine Uhr. Jetzt stand er sich schon seit zwanzig Minuten bei dieser Leiche die Beine in den Bauch, und immer noch war von einem Polizeibeamten weit und breit nichts zu sehen.

Vor einer Stunde hatte er Kellermann vom Auto aus angerufen. Der Leiter der Kripo Grenoble hatte ihn mit offenen Armen empfangen. Hier gab es keine Rivalitäten. Alle stellten sich ihm zur Verfügung. Er brauchte nur zu fragen.

Sie hatten sich im Leichenschauhaus verabredet, im Untergeschoss des Hôpital Michalon, eines weißen Betonkastens im nördlichen Ballungsgebiet. Die Autopsie hatte schon stattgefunden, sie würden sich also auch mit dem Rechtsmediziner unterhalten können.

Julia hatte diesmal in der Halle warten wollen. Bei ihr

war das Maß schon voll, der Kommissar konnte das gut verstehen.

Die Schleusentür wurde schwungvoll geöffnet. Ein kleiner Mann im Rollkragenpullover und mit einer Fischgrätmusterweste trat vor und streckte ihm die Hand hin.

»Sind Sie François Marchand?«

»Ja.«

»Jean Kellermann. Tut mit leid wegen der Verspätung. Auf der Umgehungsstraße gibt es zur Zeit eine Baustelle.«

Die Begrüßung war genau so herzlich und offen wie sein Gesicht. Sonnengegerbte Gesichtszüge, der Blick eines Bergbewohners, kristallklar und gutherzig. Auf seiner Stirn kringelten sich kleine graue Löckchen und unterstrichen noch die leichte Sonnenbräune.

»Kommen Sie aus Paris?«

Marchand folgte Hénons Anweisungen und log wie gedruckt.

»Ich bin fast die ganz Nacht durchgefahren.«

»Roger hat mich heute Morgen angerufen. Wenn ich das recht verstanden habe, sollten eigentlich zwei Beamte kommen…«

»Leutnant Drouot wollte lieber draußen warten.«

Ungespielte Verblüffung.

»Warum? Erträgt er den Anblick von Leichen nicht?«

»Drouot ist eine Kollegin. Sie setzt sich nicht gerne einem solchen Anblick aus, es sei denn, es ist absolut notwendig.«

»Verstehe.«

In seiner Antwort lag keinerlei Vorwurf. Kellermann war zwar mit dem Grauen vertraut, aber er wusste, dass man sich nie daran gewöhnte. Für bestimmte Ermittler war das mitunter ein echtes Handicap.

François fragte:

»Weiß man, wer das Opfer ist?«

»Pierre Jacquet. Ein Gymnasiast. Seit Montagabend als

vermisst gemeldet. Seine Eltern haben ihn anhand der Armbanduhr identifiziert.«

Schon wieder ein Jugendlicher. Marchand trat an die Leiche heran.

»Wer hat die Leiche entdeckt?«

»Ein Wachmann. Er drehte seine Runde und dann …«

»Wie weit sind Sie mit der Tatortanalyse?«

»Daran wird noch gearbeitet.«

»Sie haben noch keine Ergebnisse?«

»Unsere kriminaltechnische Abteilung konnte erst heute Morgen herangezogen werden. Wir haben nicht genug Personal …«

Kellermann drehte den Kopf. Eine streng wirkende Frau mit dick aufgetragenem Make-up und künstlich blondem Haar hatte den Raum betreten. Sie trug einen weißen Kittel und eine schwarze Hose. Der Grenobler stellte sie vor:

»Doktor Marie-Hélène Meurteau. Unsere Spezialistin für hoffnungslose Fälle.«

Kein Lächeln. Man spürte bei dieser Rechtsmedizinerin einen starken Überdruss, sie war schon in dem Stadium angelangt, in dem man nicht einmal mehr den Schein zu wahren versucht. Sie reichte ihm einen Bericht, ein paar mit einer Büroklammer zusammengeheftete Blätter.

»Zögern Sie nicht, mich zu unterbrechen, falls Sie Fragen haben.«

Ohne weitere einleitende Worte fing sie an, den Bericht vorzulesen.

»Person männlichen Geschlechts. Kaukasischer Typus. Verbrennungen vierten Grades an fast der gesamten Körperoberfläche. Wahrscheinlich durch Übergießen mit Benzin. Die Haut weist starke Hautabschürfungen und irreversible Nekrosen auf …«

Sie hatte eine Brille aufgesetzt und las ohne die geringste Gefühlsregung.

»Bei der äußeren Untersuchung wurden Fesselspuren an den Handgelenken und Knöcheln festgestellt. Wahrscheinlich stammen sie von Handschellen, denn eine Plastikschnur oder eine Kordel hätten dem Feuer nicht standhalten können. Außerdem gibt es zahlreiche Schnittwunden. Sie wurden mit Hilfe eines Schneidwerkzeugs zugefügt, wahrscheinlich mit einem Messer. Die Schnitte befinden sich vor allem auf den Oberschenkeln, den Armen und dem Unterleib. Sie haben schwere Blutungen bewirkt, und die Wunden sind rissig …«

Marchand unterbrach sie.

»Könnten Sie mir diesen Punkt genauer erläutern?«

Meurteau hob den Blick.

»Das bedeutet, dass das Opfer den Flammen ausgesetzt wurde, *bevor* man ihm die Schnitte beibrachte. Andernfalls wären die Wunden kauterisiert.«

Unvorstellbar. Anders als Hénon angedeutet hatte, hatte der Mörder sein Opfer zuerst verbrannt. Erst dann hatte er sich über den Körper hergemacht. Ein echter Besessener. Ein Detail machte den Profiler stutzig.

»Sie hatten von schweren Blutungen gesprochen. Der Junge war also noch nicht tot, als ihm die Schnittwunden beigebracht wurden?«

»Nein. Bewusstlos wahrscheinlich, aber immer noch am Leben.«

»Das Feuer hat ihn nicht umgebracht?«

»Dazu brannte es nicht lang genug. Es hat die Dermis und die Epidermis verbrannt, aber diese Verletzungen waren nicht tödlich.«

»Glauben Sie, er hat das Feuer gelöscht?«

»Oder er hat nicht genug Benzin verwendet. Das kommt aufs Gleiche raus.«

François nickte. Sie fuhr in ihrer Lektüre fort:

»Es wurden sechsunddreißig Messerstiche gezählt. Tiefe

Wunden, zwölf Zentimeter tief, hauptsächlich an der Vorderseite des Thoraxes. Die Einstiche sind anderthalb Zentimeter breit, was auf ein Küchenmesser hindeutet. Wir werden das Profil der Wunden noch genauer untersuchen …«

Blick zu Kellermann. Er stand mit ernster Miene und verschränkten Armen da.

»Acht Stiche waren tödlich. Das Herz wurde an mehreren Stellen perforiert, ebenso die Lunge, der Magen und die Nieren. Es kam zu heftigen inneren Blutungen …«

»Können Sie bestätigen, dass der Tod erst vor Kurzem eingetreten ist?«

»Nach meinen Berechnungen hat der Mord in der Nacht von Montag auf Dienstag stattgefunden. Zwischen Mitternacht und zwei Uhr morgens.«

Dasselbe Zeitfenster wie beim ersten Mal. War das ein bloßer Zufall oder die Verbindung zwischen den beiden Verbrechen? Vorerst wollte er sich lieber auf den einzigen übereinstimmenden Punkt beschränken, der ihm von Interesse schien.

»Doktor, glauben Sie, dass der Täter sein Opfer ausbluten lassen wollte?«

»Wie meinen Sie das?«

»Dafür sorgen, dass es keinen einzigen Tropfen Blut mehr in den Adern hat. Wie für eine Art Ritual.«

Meurteau zog die Stirn kraus.

»Das könnte ich nicht mit Sicherheit bestätigen. Wenn man jemanden ausbluten lassen will, ist es besser, man schneidet ihm die Arterien auf. Das ist effizienter als zufällige Stiche. Für mich sieht das eher nach einem Wutanfall aus. Wahrscheinlich die Folge von Frustration.«

Pech gehabt! Diese Interpretation verwies sie wieder zurück zum Anfang. Die Rechtsmedizinerin wollte schon weiterlesen, aber François fragte sie:

»Haben Sie noch etwas herausgefunden, das uns weiterhelfen könnte?«

Meurteau blätterte schnell ihren Bericht durch.

»Nein, der Rest ist uninteressant.«

»Keine Vergewaltigung?«

»Kein Hinweis darauf.«

Marchand sah zum Opfer hinüber. Wie es da so unter dem Laken lag, sah es aus, als würde es schlafen.

»Kann ich mal einen Blick auf ihn werfen?«

»Tun Sie das.«

Er trat näher. Kellermann folgte ihm. Der Profiler überwand seinen Ekel und hob das Laken an.

Pierre war nackt. Die Flammen waren bis auf die Knochen vorgedrungen, wie bei einem Méchoui, frisch vom Spieß. François konzentrierte sich auf die Wunden, die von der Stichwaffe stammten. Die Schnittwunden wirkten oberflächlich. An den Gliedmaßen öffneten sie volle Lippen, legten geschwärztes Fleisch bloß. Am Thorax gab es eine ganze Reihe kleiner Einstiche, dort, wo man die Waffe tief hineingestoßen hatte. Es war sinnlos, die Stiche zu zählen, der Kommissar wusste bereits, wie viele es waren. Sechsunddreißig. Das Ganze dürfte über eine Minute gedauert haben. Wie krank musste man sein, um so oft auf sein Opfer einstechen zu können?

Plötzlich fiel François etwas auf.

»Haben Sie die Abstände gemessen?«

Meurteau antwortete trocken:

»Anderthalb Zentimeter. Das hatte ich Ihnen aber schon gesagt, glaube ich …«

»Ich meine den Abstand zwischen den Wunden.«

Blättergeraschel. Fieberhafte Suche.

»Nein .. Worauf es ankommt, ist …«

»Haben Sie ein Lineal?«

»Ich wüsste nicht, was Sie damit anfangen könnten.«

»Geben Sie mir bitte ein Lineal.«

Die Rechtmedizinerin sah verärgert aus. Sie ging zu einem Inox-Schrank. Kellermann stand dabei, mischte sich aber nicht ein.

Sie kramte ein bisschen herum, bevor sie mit einem Schneidermaßband und einem Paar Latexhandschuhen zurückkam.

»Ziehen Sie die bitte an.«

François bedankte sich mit einem Lächeln und machte sich an die Arbeit. Seltsames Gefühl beim Anfassen der offenen Wunden. Sie waren weich und hart zugleich wie ein Stück Grillfleisch. Sehr schnell bestätigte sich seine Vermutung.

»Es gibt da eine Symmetrie.«

Kellermann wurde aus der Reserve gelockt.

»Das heißt?«

»Die Wunden sind gruppenweise angeordnet. Es sind jeweils vier Einstiche, zwei Zentimeter voneinander entfernt.

Die Grenobler tauschten einen ungläubigen Blick. Kellermann beugte sich über die Leiche.

»Tatsächlich …«

»Das stammt nicht von einem Messer«, behauptete der Profiler.

Dr. Meurteau antwortete leicht verärgert:

»Von was denn sonst?«

»Von einer Heugabel vielleicht. Die verwendeten Klingen sind jedenfalls an der Basis verbunden. Haben Sie Metallreste in den Wunden gefunden?«

»Danach haben wir noch nicht gesucht.«

»Dann tun Sie das. Das Metall, das man für diese Art von Werkzeug verwendet, ist weicher als eine Messerklinge. Vielleicht finden Sie ein paar Partikel.«

Marchand sagte zu Kellermann:

»Über wie viele Männer verfügen Sie?«

»Drei oder vier. Mehr nicht.«

»Dann müssen wir noch andere finden.«

»Möchten Sie eine Großoffensive starten?«

Er konnte ihm unmöglich erklären, welche Zusammenhänge sich für ihn gerade auftaten. Nicht, bevor Hénon grünes Licht gegeben hatte. Aber für François traten gerade ganz neue Verbindungen zutage. Der Mörder vom Ockersteinbruch hatte eine Kettensäge benutzt. Der von Grenoble eine Heugabel. In beiden Fällen ein Werkzeug, das eine potenzielle Waffe darstellte und das man in einem Gartencenter kaufen konnte.

»Ich möchte, dass Sie alle großen Baumärkte abklappern. Und die Baumschulen müssten wir uns auch anschauen. Unser Mann liebt die Natur, die Bäume, die Pflanzen. Vielleicht auch Blumen …«

»Also so eine Art Ökokiller?«, fragte Kellermann im Scherz.

François war nicht zum Lachen zumute.

»Er führt ein Ritual durch. Dabei hat alles, was er tut, eine besondere Bedeutung. Erst dieses Feuer, dann die sture Verbissenheit, mit der er sich über sein Opfer hermacht. Das ist keine Wut, das ist eine überlegte, symbolische Handlung. Vielleicht der Wunsch nach Reinigung. Nach der Rückkehr zu den Ursprüngen. Er hat das Opfer nicht mit dem Messer traktiert, er hat es beackert. So wie man ein Feld beackert …«

Seinen Worten folgte tiefes Schweigen. In diesem kalten Raum, in Gegenwart dieser Leiche, hallte es wie ein stummer Schrei von den Wänden. Der Schrei eines jungen, verstümmelten Menschen, vor dessen Ende ein grausamer Leidensweg gelegen hatte.

Kellermann seufzte:

»Ein Psychopath. Und das ausgerechnet bei uns …«

François deckte die Leiche wieder zu und fragte zum Abschluss:

»Ist die Presse auf dem Laufenden?«

»Ja wir konnten nicht …«

»Dann machen wir uns an die Arbeit. Sofort.«

18

Julia drückte sich vor dem Gebäudeeingang herum.

Sie rauchte eine Zigarette. Die Geste ließ sie umso charmanter wirken, sie schien zugleich sinnlich und nervös, was ihn verblüffenderweise verwirrte.

François stellte ihr Kellermann vor und fasste kurz die Ergebnisse der Autopsie zusammen. Sie hörte kommentarlos zu. Die Gegenwart eines Dritten zwang sie zur Vorsicht.

Sie beschlossen, eine Aufgabenverteilung vorzunehmen. Kellermann würde die Nachbarschaftsbefragung anordnen und sich um die Gartencenter kümmern, in Zusammenarbeit mit der Regionalbrigade der Polizei von Grenoble. François und Julia würden sich die Verbrennungsanlage, in der man die verkohlten Reste von Pierre Jacquet gefunden hatte, einmal genauer ansehen.

Rückfahrt mit dem Auto. Marchand rief sofort Hénon an. Der Polizeidirektor stand sehr unter Zeitdruck, ein Gipfeltreffen der Pariser Kripochefs. Aber weil sein Untergebener so stur darauf beharrte, war er bereit, dieses für ein paar Minuten zu verlassen.

»Hast du Neuigkeiten?«

»Das kann man wohl sagen.«

»Erzähl!«

»Ich komme gerade aus dem Leichenschauhaus. Es ist wieder ein Jugendlicher.«

»Scheiße …«

»Es kommt noch besser.«

»Nun sag schon.«

»Der Mörder hat kein Messer benutzt.«

»Nein?«

»Er hat wahrscheinlich eine Heugabel genommen. Eine potenzielle Waffe, genau wie die Kettensäge. In beiden Fällen Gartenwerkzeuge.«

Ein Seufzer der Erleichterung am anderen Ende der Leitung.

»Gute Schlussfolgerung. Und was jetzt?«

»Ich habe Nachforschungen bei den Verkaufsstellen veranlasst. Baumärkte, Gartencenter, alles, was sich in der Gegend so finden lässt. Unterdessen schau ich mir mal den Tatort genauer an.«

»Einverstanden. Halt mich auf dem Laufenden.«

»Warte ...«

»Was denn noch?«

»Was mache ich mit Kellermann?«

»Zeigt er sich kooperationsbereit?«

»Absolut.«

»Dann sagst du nichts.«

»Ist das nicht ein bisschen fies?«

»Kann dir doch egal sein. Ich biege das später schon wieder gerade. Vorläufig soll keiner eine Verbindung zu dem Fall im Roussillon herstellen können. Ich will nicht, dass unser Mann aus der Zeitung erfährt, dass wir eine erste Spur haben.«

»Wie du willst. Du bist der Chef.«

François legte auf. Diese Vorgehensweise gefiel ihm ganz und gar nicht. Kellermann war ein vertrauenswürdiger Mann, er sah keinen Grund, wieso er ihn außen vor lassen sollte.

»Und, haben Sie eine Gemeinsamkeit zwischen beiden Verbrechen gefunden?«

Julia. François hatte sie fast schon vergessen. Er drehte den Zündschlüssel um und fuhr los.

»Fahren wir. Auf dem Weg erzähle ich Ihnen alles, versprochen.«

Der Touareg verließ das Hospital und bog auf eine breite Avenue ein. Mittagszeit. In den Abgasschwaden bekam man kaum noch Luft. Eingekreist von verschneiten Berggipfeln, erstickte das Ballungsgebiet unter einem metallisch blauen Himmel.

François folgte Kellermanns Anweisungen und bog auf die südliche Umgehungsstraße ab. Die Anlage befand sich in Jarrie, einer kleinen Vorstadtgemeinde an den Ufern der Isère. Sobald er nur noch geradeaus fahren musste, begann er mit seinem Bericht über die jüngsten Ereignisse. Julia hörte zu, ohne ihm Fragen zu stellen. Sie war wie eine brave Schülerin, die das Unterrichtsende abwartete, und dann erst reagierte. Als der Profiler schließlich geendet hatte, ergriff sie das Wort:

»Es ist also wirklich ein Serientäter …«

»Sieht ganz danach aus.«

»Obwohl wir noch keine drei Morde haben, die mit Sicherheit auf sein Konto gehen.«

Seit der Autopsie hatte sich die Wahrnehmung des Kommissars geschärft. Er erklärte:

»Die Gemeinsamkeiten sind ein entscheidendes Bewertungskriterium. Und da gibt es mehrere.«

»Zählen Sie sie mir doch noch mal auf.«

Er setzte den Blinker und nahm die Ausfahrt Gap, über die Route Napoléon.

»Ich sehe drei. Nummer eins: Die Opfer sind alle gleich alt. Nummer zwei: Die verwendeten Waffen gehören derselben Kategorie an. Nummer drei: Die Morde geschahen etwa zur gleichen Zeit.«

»Und die Tatsache, dass sie ausgeblutet wurden, zählt für Sie nicht mehr?«

»Jetzt nicht mehr. Das ist nur eine Folge.«

»Es ist aber auch eine Übereinstimmung…«

»Ja und nein… Es handelt sich immer noch um einen sehr brutalen, geradezu barbarischen Angriff. In beiden Fällen benutzt der Täter ein Gartenwerkzeug. Besondere Klingen und Techniken, die uns auf die Natur verweisen und auf die Macht, die der Mensch über sie besitzt.«

»Und das Feuer? Das ist ganz entschieden etwas anderes.«

»Vielleicht nicht. Das Feuer ist auch ein Werkzeug. Ein natürliches Werkzeug. Die Bauern brennen manchmal ihre Felder ab, wenn sie brach liegen. Sie reinigen das Feld, bevor sie es bestellen. Aber erst einmal machen sie Klarschiff. Sie fällen die Bäume, zersägen sie. All diese Elemente folgen einer gewissen Kontinuität, gehorchen derselben Logik.«

»Und das Gesicht? Was machen sie mit Ihrer Theorie vom falschen Selbst, dem Transsexualismus?«

Das war der heikelste Punkt. Aber der Profiler glaubte immer noch daran.

»Die Kremation hat eine symbolische Komponente. Wie ich schon gesagt habe, hat das Feuer etwas Reinigendes. Und das zweite Opfer ist männlichen Geschlechts. Es ist denkbar, dass der Mörder den männlichen Teil in sich selbst zerstören wollte, bevor er die Samen seiner neuen Identität pflanzt.«

»Eine Reinigung?«

»Vielmehr eine Art Katharsis. Dem Scheiterhaufen werden in vielen Religionen solche Tugenden zugesprochen. Man wirft den Körper in die Flammen, und die Seele kann zu ihrem Bestimmungsort auffliegen.«

»Sofern die Verbrennung vollständig erfolgt ist. Was hier ja nicht der Fall war.«

François hatte diesen Punkt wohl bemerkt, ihn aber nicht als Beeinträchtigung empfunden.

»Es gibt keinerlei Kohärenz. Es handelt sich um ein Ritual, bei dem jede einzelne Etappe ihre eigene Wichtigkeit und Bedeutung hat. Das Feuer sollte Pierre Jacquet nicht töten, es sollte ihn nur reinigen. Er sollte lebendig sein wie neue Erde, die bereit ist, bestellt zu werden.«

Er machte eine Pause, bevor er mit seiner Schlussfolgerung herausrückte:

»Die beiden Morde bilden wahrscheinlich ein Ganzes. Die Vorgehensweise könnte daher als etwas Fortschreitendes analysiert werden. Ein symbolischer Weg zur Wiedergeburt.«

»Fehlt noch ein Teil. Bisher hat er noch nicht ›gesät‹.«

»Ich weiß. Weshalb auch die Wahrscheinlichkeit besteht, dass er wieder töten wird.«

»Und diesmal wird er sich dann die Vergewaltigung nicht verkneifen.«

»Wahrscheinlich nicht. Es ist traurig, das so sagen zu müssen, aber für den Mörder wäre es bestimmt die beste Art, das Objekt seiner Phantasie zu besamen und das Ritual zu Ende zu führen.«

Julia nickte. Die Beweisführung hatte sie überzeugt, was in gewisser Weise den Kommissar in seiner Meinung bestätigte. In diesem Tätigkeitsfeld gab es niemals Sicherheit. Man arbeitete mit Abstrahierungen. Was in so einem Kopf, vor allem in einem kranken, vor sich ging, konnte für einige Überraschungen sorgen. Sie fuhren an einer Reihe von Autobahnkreuzen vorbei. Die Stadt entfernte sich, Felder tauchten auf. Schneefelder machten einen Flickenteppich aus diesen gelblichen Weiten und erinnerten daran, dass sie sich in beträchtlicher Höhe befanden.

»Sie haben auch die Tatzeit in einen Zusammenhang gebracht. Ich nehme an, Sie haben eine These dazu aufgestellt?«

Julia war mit ihren Fragen noch nicht am Ende. François hatte von mehreren Übereinstimmungen gesprochen, und sie wollte alles verstehen. Aber die Analyse hatte auch ihre Grenzen.

»Was das angeht, habe ich keinen blassen Schimmer.«

»Und die Opfer?«

Gegenwärtig gab es nur eine mögliche Erklärung.

»Sie sind jung. Etwa gleich alt. Man könnte das so interpretieren, dass der Täter sich zu noch im Werden befindlichen Wesen hingezogen fühlt. Zu solchen, die noch transformierbar sind, die noch vollkommen werden können.«

»Wie bei den Pädophilen?«

In ihrem Tonfall lag ein klein wenig Wut. Wie bei Lucie, als Julia entdeckte, dass das Mädchen ihren Körper an ältere Männer verkaufte. Das war jetzt nicht mehr zu ignorieren. Was war ihr passiert? Welches Drama verbarg sich in den Schubladen ihrer Vergangenheit?

François beschloss anstandshalber, nicht weiter nachzubohren.

»Nicht in unserem Fall. Es geht hier eher um das Bedürfnis, sich identifizieren zu können. Die Jugend ist eine Phase, in der ein Individuum auf der Suche nach sich selbst ist. Die sexuelle Identität liegt da noch nicht so ganz fest. Sie ist noch unbestimmt wie bei unserem Mörder.« Sie machte den Mund auf, um zu antworten, aber dann besann sie sich eines Besseren. Hatte sie in François' Gedanken gelesen? Hatte sie an seiner zitternden Stimme gemerkt, dass er ihr Leid verstanden hatte? Auch hierauf ging der Kommissar nicht weiter ein.

Sie fuhren durch ein schmales Tal. Jeder zurückgelegte Kilometer brachten ihnen die Berge immer näher. Die Schieferfelsen, hoch wie Mauern, beobachteten sie mit erloschenem Auge, als seien sie schlafende Riesen.

Am Ortsausgang eines Dorfes kündigte ein Schild die Industriezone von Basse-Jarrie an. Die Straße lag wie eine lange gerade Linie vor ihnen, gesäumt von verlassenen Gebäuden. Alte Manufakturbetriebe, verlassene Fabriken, Backsteinkuben, durchlöchert von viereckigen Fenstern, die meisten davon eingeschlagen.

Das Auto fuhr langsamer. Laut Kellermanns Angaben war es bis zur Fabrik nicht mehr weit.

19

Riesige Rohre, wie ein Venengeflecht, das ein metallenes Herz versorgt. Gusseiserne Blöcke, der harte Stein geborsten, rissig vom Frost. Ein riesiger Schlot, der mit seiner Spitze den Himmel kratzte und aussah wie ein ins Unendliche deutender Zeigefinger. Die hinter Gittern und Stacheldraht verschanzte Verbrennungsanlage sah aus wie eine mutierte Spinne, die bei einem plötzlichen Wintereinbruch in ihrem Panzer erstarrt war. François fiel ein langes, oben mit Dornen bewehrtes Eingangstor auf. Es war durch eine Kette und ein Vorhängeschloss gesichert. Der Ort war besser geschützt als eine Burg. Der Kommissar fragte sich, wie es dem Mörder gelingen konnte, sich Zugang zu verschaffen. Vor allem mit dem Opfer auf dem Rücken.

Zwei Polizeiwagen versperrten den Eingang. Marchand ließ das Fenster herunter und zeigte seinen Ausweis. Man gab ihm den Weg frei. Er fuhr den Touareg langsam aufs Gelände.

Sie brauchten weniger als zehn Sekunden, um sich zurechtzufinden. Am Ende einer geteerten Allee hatte sich unter der eisigen Sonne eine Gruppe Menschen gebildet. Polizisten in Uniform, ein paar Zivilisten sowie drei oder vier weitere Gestalten, die sich über den Zementboden beugten. Sie bewegten sich langsam und bedächtig, auf dem Rücken die schwarzen Lettern der Kriminaltechnik.

François parkte ein paar Meter weiter. Er knallte die

Autotür zu und ging zu ihnen. Julia folgte ihm, eingehüllt in ihren Anorak. Sofort eilte ihnen eine brünette Beamtin entgegen. Unter dem vorschriftsmäßigen Helm lugte ein Pferdeschwanz hervor.

»Was machen Sie denn da?«

»Kommissar François Marchand.«

Sie stammelte:

»Entschuldigen Sie, Monsieur. Das konnte ich nicht wissen.«

»Wer ist der zuständige Beamte?«

»Er steht dahinten. Beim Ofen.«

Sie deutete auf einen großen, mageren Mann, der eine Bomberjacke mit Fellkragen trug. Der Profiler bedankte sich bei ihr mit einem Nicken und ging auf den Beamten zu.

»Marchand. Von der Zentrale zur Bekämpfung von Gewalt gegen Personen. Mir wurde gesagt, Sie seien hier zuständig?«

Sein Gegenüber war schlecht rasiert, das Haar war zu lang, und im Mundwinkel hing eine Zigarette. Er sah aus wie ein echter Junkie, was ideal ist, wenn man in verrufenen Gegenden ermitteln muss. Er machte die Kippe aus und reichte François die Hand.

»Leutnant Aubert. Freut mich, Sie zu sehen, Kommissar. Kellermann hat Sie mir schon angekündigt.«

François stellte ihm schnell noch Julia vor und kam dann gleich zur Sache.

»Wie weit sind Sie?«

»Noch bei der Ernte.«

Marchand warf einen Blick auf den Tatort. Die Techniker von der Spurensicherung waren noch immer konzentriert damit beschäftigt, das Gelände zu durchsuchen. Sie prüften die kalte Erde, stellten hier und da kleine Fähnchen auf, entnahmen Proben und steckten sie in Plastiktüten. Keiner hatte auch nur den Kopf gehoben.

»Ist es hier passiert?«

»Drinnen.«

»Könnten wir uns das ansehen?«

Aubert öffnete eine Tür aus mattem Stahl, an der ein kleines Schild mit Totenkopf angebracht war. Darüber stand in Rot: Zutritt nur für Befugte.

»Sie brauchen nicht aufzupassen, der Bereich ist schon untersucht worden. Und ich versichere Ihnen, wir haben nichts gefunden.«

Ein Ofen.

Das Feuer.

Wie ein symbolisches Augenzwinkern.

Der Grenobler Polizist knipste eine Taschenlampe an und ging voraus. François folgte, Julia im Schlepptau. Es roch nach alten Mülltonnen. Dämmerlicht. Sie liefen über einen schmalen Metallsteg, der sich in den Eingeweiden des Monsters verlor. Die mit schwarzer Farbe bemalten Fenster ließen ein bleiches Licht ins Innere fallen. Man konnte nicht alles mit einem Blick überschauen, spürte aber, dass es sich um eine komplexe Anordnung aus Röhren, Kabeln und Leitungen handeln musste.

Schon bald blieb der Polizist stehen. Sie befanden sich auf einer bequemen Plattform, einem Kreis von etwa drei Metern Durchmesser mit einem soliden Sicherheitsgeländer.

»Ist es hier passiert?«

»Da unten.«

François beugte sich vor. Leere. Ein über zwanzig Meter tiefes Loch, eine Art Grube, die bis auf die Grundmauern des Gebäudekomplexes hinabführte.

»Was ist das?«

»Das ist der Lagerbereich«, erklärte Aubert. »Die Abfälle wurden hier zwischengelagert. Mit Hilfe eines hydraulischen Schraubenwindensystems konnte man …«

»Können wir runtergehen?«

»Natürlich.«

Er entriegelte ein Schnappschloss. Ein Teil der Schranke schwang zurück und gab den Durchgang frei. Dann tauchten im Strahl der Lampe Metallstangen auf. Sie waren schmal, in den Beton eingegossen und bildeten eine rudimentäre Leiter, die in der Nacht verschwand.

»Es ist ein bisschen halsbrecherisch. Warten Sie, bis ich unten bin. Ich werde Ihnen leuchten.«

Aubert klemmte sich die Taschenlampe zwischen die Zähne und tauchte in den Schlund hinab. François beobachtete seinen Abstieg und suchte gleichzeitig die Dunkelheit ab, in der die Lampe einen zitternden Lichtstrahl warf. Eine Minute später schallte die Stimme des Kripobeamten aus dem tiefen Loch herauf.

»Los, kommen Sie!«

François ging als Erster runter. Trotz des Lichtstrahls hatte er Mühe, die Metallsprossen zu erkennen. Er tastete sich mit dem Fuß voran, fand auf einer Sprosse Halt und stieg hinunter. Zwei Meter. Drei. Julia war direkt über ihm. Er spürte, dass sie auf ihn wartete, dass sie ihr Tempo drosselte, um ihm nicht auf die Finger zu treten.

Der Abstieg war mühsam. Die Leiter war von einer glitschigen Moosschicht bedeckt. Man sah fast nichts. Schließlich bekam der Profiler festen Boden unter die Füße. Aus dem Geräusch seiner Absätze schloss er darauf, dass es ein Metallboden sein musste.

»Alles in Ordnung, Kommissar?«

Aubert nahm ihn wie eine zerbrechliche Fracht in Empfang. Er hatte offensichtlich bemerkt, dass François sich bei diesem unvorhergesehenen Kunststück nicht ganz wohl gefühlt hatte. Marchand tat es ironisch ab.

»War doch ein Kinderspiel.«

Julia war jetzt auch angekommen. Die Anstrengung hatte ihre Geister erst so richtig geweckt. Sie lächelte.

Der Grenobler leuchtete mit seiner Lampe den Raum ab. Sie befanden sich im Inneren eines Zylinders aus Sichtbeton, dessen Boden aus einer Platte aus Vollmetall bestand, ähnlich wie in einem Tresor. Der Lichtstrahl beleuchtete einen grauen Fleck, der von Ferne an eine menschliche Gestalt erinnerte. Ein Kreidestrich, wie von Kinderhand gezeichnet, umgab ihn.

»Hier hat die Leiche gelegen.«

Julia kniete nieder und fuhr mit dem Fingern über das verkohlte Eisen. Anschließend schnupperte sie daran und verzog angeekelt das Gesicht.

»Benzin und Grillfleisch.«

»Es ist auch Blut dabei«, ergänzte Aubert.

Er richtete den Lichtkegel auf das Zentrum der Zeichnung, auf die Stelle, an der der Brustkorb des jungen Pierre gelegen haben dürfte. Es funkelte schwarz.

»Die Messerstiche wurden ihm erst nach dem Verbrennen zugefügt. Das Metall war heiß, und das Blut hat gekocht. Aber es ist nicht verbrannt.«

»Dann gibt es logischerweise auch keine Fingerabdrücke.«

»Gar nichts.«

Der Mörder hatte keinerlei Spuren hinterlassen. Und er hatte keinen einzigen Fehler gemacht. Wie in dem Waldstück in der Nähe des Ockersteinbruchs. Beim ersten Mal hatte der Schlächter sich einen gut besuchten Ort ausgesucht, wohlwissend, dass sich seine Spuren in denen der anderen verlieren würden. Hier hatte er sich eine Welt aus Beton und Metall ausgesucht. Eine sterile Umgebung, in der nichts eine Spur hinterlassen würde. Dieser Verrückte wusste genau, was er zu tun hatte, welche Risiken es gab und wie er sie ausschalten konnte.

Marchand fragte den falschen Junkie:

»Könnten Sie mir eine Taschenlampe geben?«

Mit einer kreisartigen Bewegung leuchtete er den Raum aus. Es gab nur glatte, leere Wände und keinen Hinweis auf den Mörder. François reichte Aubert die Lampe und versuchte, seine Frustration zu verbergen.

»Danke. Ich habe genug gesehen.«

Nacheinander kletterten sie wieder zurück an die frische Luft. Die Männer waren immer noch auf der Jagd nach Beweismaterial und machten sich in der Nähe des Zauns zu schaffen. Als man sie herauskommen sah, hob einer von ihnen die Hand.

»Leutnant!«

Sie liefen zu ihm hin. Der Mann, ein Brillenträger, dessen Haar schon schütter wurde, kniete auf einem dünnen Streifen Unkraut. Er deutete auf den Boden und grinste breit.

»Schauen Sie sich das mal an.«

François sah nichts als Grünzeug. Julia dagegen hatte verstanden.

»Ist er hier entlanggegangen?«

Der Techniker nickte.

»Das ist der einzige Ort, an dem es keinen Stacheldraht gibt. Er muss hier hereingekommen sein, indem er über den Zaun geklettert ist. Die Gräser sind von seinem Gewicht zerdrückt. Man sieht deutlich den Unterschied zu den anderen.«

Tatsächlich. Wenn man es genau betrachtete, sah man die Abdrücke. Die Frage, die Marchand seit seiner Ankunft beschäftigt hatte, war jetzt beantwortet. Zumindest teilweise. Er wusste, wie dieser Kranke auf das Gelände eingedrungen war. Aber bei dem Ganzen blieb noch eine Einzelheit ungeklärt.

»Und das Opfer? Ist das auch gesprungen?«

»Es gibt nur eine Spur. Und die ist so tief, dass ich eher sagen würde, er trug es über der Schulter.«

»Oder auf dem Rücken«, schlug Julia vor, »mit Gurten und einem Schulterriemen festgeschnallt.«

Der Kommissar betrachtete verdutzt das Gittertor. Zwei Meter hoch, so gut wie nichts zum Festhalten, da musste man schon verdammt stark sein, um das hinzukriegen.

»Können Sie uns einen Fingerabdruck liefern?«

Der Mann rückte seine Brille zurecht. Er holte eine kleine Fahne aus seiner Tasche und steckte sie ins Gras.

»Wir werden es versuchen.«

20

Die reine Bergluft.

Ein billiges Klischee, das mit Grenoble rein gar nichts zu tun hatte. Umgeben von verschneiten Bergmassiven, köchelte die Stadt in Kohlendioxyddämpfen und Industrieabgasen vor sich hin. In einigen Straßen war die Konzentration an Autoabgasen so hoch, dass François die Belüftung im Wagen abschalten musste.

Auf der mit Autos vollgestopften Verkehrsader kamen sie nur im Schneckentempo voran. Sie war vierspurig, gesäumt von zwei parallelen Seitenstreifen und einer Platanenreihe. Hin und wieder gab es ein paar prächtige Fassaden in den unterschiedlichsten Stilrichtungen, alle in edelster Ausführung. »Cours Jean-Jaurés« stand auf dem marineblauen Schild, das die Stadtverwaltung aufgestellt hatte. Der Profiler wusste, was sich hinter diesen Mauern verbarg: Ein über Generationen aufgehäufter, dezenter Reichtum, der wie ein unrechtmäßig erworbener Schatz gehütet wurde.

Ein kurzer Blick auf das Navi. Reststrecke: achthundert Meter. Geschätzte Zeit: drei Minuten. Doch in dem Tempo dürften sie eher mit einer Stunde rechnen.

Als François die Fabrik verließ, hatte er beschlossen, die Eltern des Gymnasiasten zu befragen. Ein Mord war wie ein Labyrinth und hatte in der Regel nicht allzu viele Eingangstore. Das Umfeld des Opfers war eines dieser Tore, desgleichen die Autopsie, der Tatverlauf oder die Tatortanalyse. Diese klar voneinander getrennten Achsen trafen sich allmählich und ergaben ein Ganzes, ein System, in dessen innerstem Kern gegebenenfalls der Schuldige saß.

»Setzen Sie eigentlich nie Ihr Martinshorn ein?«, fragte Julia unvermittelt.

»Selten.«

»Widerspricht das Ihren Überzeugungen?«

»Ich mache nicht gern auf mich aufmerksam.«

Sie seufzte.

»Kann ich das Radio anmachen?«

Sie wartete seine Zustimmung gar nicht erst ab und schaltete den Apparat ein. Der war auf France Musique eingestellt. Aus den Lautsprechern kamen die schmerzvollen Töne einer Mahler-Symphonie.

Sie verzog das Gesicht.

»So ein Zeug hören Sie sich an?«

»Mögen Sie das nicht?«

»Das ist voll daneben.«

Über Geschmack und Farben ließ sich schwer streiten. Klassik entspannte den Kommissar nun einmal, bei dieser Musik konnte er zu sich finden. Er hatte sie während seiner Zeit als Arzt im Praktikum entdeckt, im Sainte-Anne. Dort wurde klassische Musik als therapeutisches Mittel eingesetzt, um Angstattacken bei psychotischen Patienten zu bekämpfen. Bei ihm funktionierte das auch.

»Suchen Sie sich einen anderen Sender, wenn Sie möchten.«

Nach ein paar fruchtlosen Versuchen fand sie Shyrock. Ein ohrenbetäubender Lärm ertönte im Wagen.

François versuchte, ihm zu entfliehen, indem er aus seinen bisherigen Ermittlungen Bilanz zog. Zwei Verbrechen innerhalb von weniger als vierundzwanzig Stunden. Metzeleien, um genauer zu sein, verübt an Jugendlichen, immer erst nach Einbruch der Dunkelheit. Keine oder nur wenige Spuren. Außer vielleicht einer undeutlichen Fußspur.

Bei so wenigen Anhaltspunkten musste das Porträt des Mörders notgedrungen ungenau bleiben. Der Profiler stellte sich einen kräftigen Mann vor, der stark genug war, mit einem beträchtlichen Gewicht auf den Schultern über einen Zaun und in eine Grube hinunterzuklettern. Wahrscheinlich war er von weißer Hautfarbe – Raubtiere jagten bevorzugt in ihrer eigenen ethnischen Gruppe – und zwischen fünfundzwanzig und fünfundvierzig Jahre alt. Ab diesem Alter wurden perverse Triebe dieser Art schnell schwächer, und ebenso schwand die Wahrscheinlichkeit, dass der potenzielle Täter auch wirklich aktiv wurde.

Die kurze Zeitspanne zwischen den beiden Morden, die Besonderheit der Tatorte und ihre Entfernung voneinander machten deutlich, dass der Täter alles minutiös vorbereitet haben musste und einen klaren Plan gehabt hatte. Diese Umstände deuteten darauf hin, dass es sich bei dem Täter um einen gut organisierten Menschen handelte, der einen im Voraus gefassten Plan ausführen und einen anderen Menschen kaltblütig töten konnte.

In der Vorstellung des Polizisten diente dieser Plan dem Täter lediglich dazu, ein Ritual auszuführen, und war eine Interpretation seiner kleinen persönlichen Musik. Jener Musik, die ihm, zumindest im Geiste, eine ungeheure Angst einjagte.

Die Kettensäge, das Feuer, die Heugabel. Das waren alles zunächst einmal Werkzeuge und dann aber auch Waffen. Das Arsenal des perfekten kleinen Landwirts, der sich um seine Erde kümmert und die Kreisläufe der Natur beachtet. Erst hatte er das Feld gerodet, dann in Brand gesetzt und dann beackert. Was für ihn bedeutete, als er selbst wiedergeboren zu werden.

Lucie lieferte ihm das Gesicht dazu.

Den Beweis für seine neue Identität...

Die synthetische Stimme seines Navi riss Marchand aus seinen Gedanken: »In zweihundert Metern nach links abbiegen.«

Der Verkehr lief jetzt flüssiger. In weniger als fünfzehn Sekunden hatten sie die Strecke zurückgelegt und bogen in die Rue de Turenne ein. Familie Jacquet wohnte in Haus Nummer 3.

Und sie waren zu Hause.

21

Das Mietshaus hatte Klasse.

Ein schönes Gebäude aus behauenem Stein, auf dem zwei Paar dorische Säulen prangten. Ein Detail, das, zusammen mit der etwas wuchtigen Dekoration, typisch für die Dreißigerjahre war.

François drückte den Türöffner. Eine weite Halle, blitzblank geputzte Fliesen, ein Kronleuchter aus damaliger Zeit. Kupferschilder wiesen darauf hin, dass es im zweiten Stock eine Anwaltskanzlei und im dritten eine kardiologische Praxis gab. Das Opfer stammte aus einem wohlhabenden Milieu. Es war nicht gerade derselbe Typ wie Lucie, aber der Profiler erkannte darin trotzdem eine Gemeinsamkeit. Auch die Eltern der kleinen Friseuse, die als Großhändler tätig waren, lebten nicht gerade in Armut.

Der Aufzug war winzig. Hier mussten sie notgedrungen ein wenig zusammenrücken. Zum ersten Mal war Julia nur ein paar Zentimeter von François entfernt. Er konnte sie riechen – sie duftete nach einer zugleich frischen und süßlichen Feuchtigkeitscreme –, konnte ganz genau die Struktur ihrer Haut erkennen, die glatt war, seidenweich, und honigfarben schimmerte. Ihm fiel auf, wie klein ihre perfekt geformten Ohren waren, zwei perlmuttfarbenen Muscheln gleich.

Sie spürte, dass ihr Kollege sie musterte, und straffte sich ein wenig. Ihre Blicke begegneten sich. Es war ihnen peinlich. François löste das Problem mit einem Lächeln, bei dem er sich Mühe gab, so neutral wie möglich zu wirken. Sie tat es ihm gleich, was die Situation eher verschlimmerte.

Nach einer nicht enden wollenden Fahrt nach oben blieb der Aufzugskäfig im fünften Stock abrupt stehen. Die Sicherheitstüren falteten sich auf und machten diesem stummen Zwiegespräch ein Ende. Marchand ließ Julia den Vortritt. Sie ging auf eine schöne, lackierte Eichentür zu und klingelte sofort, als habe sie es eilig, wieder aktiv zu werden.

Als sich der Türflügel öffnete, sahen sie ein Gespenst vor ihnen stehen, einen etwa fünfundvierzig Jahre alten, mittelgroßen Mann in Cordsamthose und dickem Wollpulli. Er hatte feine Gesichtszüge, trug einen Seitenscheitel und eine Hornbrille. Frische Bartstoppeln warfen einen Schatten über sein Gesicht und unterstrichen seine graue Gesichtsfarbe. Seine geröteten Augen verrieten, dass er geweint hatte.

»Monsieur Jacquet?«

»Ja?«

»Leutnant Julia Drouot. Kriminalpolizei.«

Der Mann reagierte kaum. Er trat einen Schritt zur Seite, um sie hereinzulassen. François stellte sich vor, wobei es ihm peinlich war, dass sie einfach so hereinplatzten. Als er an dem Zeugen vorbeiging, nahm er eine leichte Alkoholfahne wahr.

Jacquet geleitete sie wortlos in den Salon. In dem großen Raum mit der hohen Decke roch es nach Wachs. Er war mit rustikalen Stilmöbeln aus dunklem Holz eingerichtet. An einer Wand fiel dem Profiler eine Darstellung des Christus am Kreuz ins Auge, die unauffällig war, aber dennoch sehr präsent. Genau darunter stand auf einem kleinen, runden

Tisch ein Foto des Jungen, versehen mit einem Trauerflor. Pierre. Blond, ordentlich gekämmt, kleine Brille – er sah aus wie ein Kommunionkind.

Jacquet ließ sich auf ein großes, beiges Sofa fallen. Ohne dass er es ihnen angeboten hätte, nahmen die Polizisten ihm gegenüber Platz. Ein niedriger Tisch trennte sie, auf dem einige Exemplare des *Figaro Magazine* lagen. Auf einer der Zeitschriften standen ein Glas und eine weitgehend geleerte Flasche Glenfiddich.

François fühlte sich unwohl. Diese Art von Situation war wahrscheinlich das Schlimmste, was ihm in seinem Beruf passieren konnte. Die Familie eines Opfers befragen. Das Messer in der Wunde umdrehen. Salz in die noch frische Wunde streuen. Wie durch einen Spiegeleffekt spürte er dieses Leid doppelt so stark. Es rief ihm eine ähnliche Szene in Erinnerung, in der ihm ein Schnurrbärtiger mit leerem Blick Dianes Tod verkündet hatte.

Nach ein paar Sekunden des Schweigens riss er sich zusammen, um die Sache ordentlich hinter sich zu bringen.

»Monsieur Jacquet … Ich weiß, das ist jetzt für Sie nicht angenehm, aber wir müssen Ihnen trotzdem ein paar Fragen stellen.«

Der Mann hob den Kopf. Er schien auf einer Ätherwolke zu schweben.

»Ich habe Ihren Kollegen bereits alles gesagt. Sie haben heute Morgen meine Aussage aufgenommen, als ich zur Identifizierung von …«

Der Satz blieb in der Luft hängen. Er war außerstande, den Namen seines Sohnes auszusprechen. Ihn mit diesem Wahnsinn in Verbindung zu bringen.

»Es wird nicht lange dauern …«

Marchand verstummte ebenfalls. Er wäre jetzt lieber irgendwo anders gewesen, egal wo. Julia saß mit übereinandergeschlagenen Beinen da und fühlte sich schlecht.

Schließlich machte der Kommissar mit einer ganz harmlosen Frage den Anfang.

»Ihre Frau ist nicht da?«

»Sie ist in ihrem Zimmer. Es geht ihr nicht sehr gut.«

Wieder eine Zäsur. Gegen Ende war ihm die Stimme ein wenig entglitten.

»Sicher.«

»Soll ich Sie holen?«

Er klang ein wenig besorgt. François antwortete ohne Umschweife:

»Ihre Aussage wird uns genügen.«

Jacquet schien beruhigt. Zwei, drei Sekunden verstrichen, in denen er sich ein Glas einschenkte. Er nahm einen kleinen Schluck und sagte dann mit tonloser Stimme:

»Der Herr hat's gegeben, der Herr hat's genommen. So ist sein Wille.«

Er versteckte sich hinter dieser abgedroschenen Floskel. Sie war ein Schutzschild gegen das Unannehmbare. François griff das Thema Religion auf, um mit ihm ins Gespräch zu kommen.

»Sie sind gläubig, nicht wahr?«

»Wir sind Katholiken, praktizierende Katholiken.«

»Teilte Pierre Ihren Glauben?«

»Er lebte in der Liebe des Herrn. Gott hat ihn zu seiner Rechten empfangen. Das ist unser einziger Trost.«

»Da bin ich mir sicher ...«

François ließ ein paar Sekunden verstreichen, eine Pause, die es Jacquet gestattete, sich noch ein wenig mehr Alkohol einzuverleiben. Dann sprach er weiter und kam diesmal gleich zur Sache.

»Könnten Sie uns ein bisschen was über seine Gewohnheiten erzählen?«

»Seine Gewohnheiten?«

»Die Schule, seine Hobbys, seine Freunde ...«

»Pierre ist ein sehr guter Schüler. Wir haben ihn aufs Saint-Joseph geschickt, ein Privatgymnasium, das von Jesuitenpatres geleitet wird.«

Jacquet sprach von seinem Sohn in der Gegenwart. Es gelang ihm nicht, den symbolischen Schritt zu tun und von ihm in der Vergangenheit zu reden.

»Ich hätte mir sehr gewünscht, dass er mein Unternehmen übernimmt. Ich bin im Haushaltswarenhandel tätig. Aber er wird Arzt werden. Sich im humanitären Bereich engagieren. Das ist auch gut, nicht wahr?«

Der Kommissar nickte kurz. Die Verzweiflung dieses Vaters war so groß, dass seine eigenen Überzeugungen ins Wanken geraten waren.

»Wo befindet sich dieses Gymnasium?«

»Nicht weit von hier. Boulevard Gambetta.«

»Wie kam er dorthin?«

»Zu Fuß.«

»Um wie viel Uhr war die Schule am Montag aus?«

Ein müder Blick.

»Diese Fragen hat man mir schon gestellt, Monsieur.«

»Ich weiß. Aber ich hatte noch keine Zeit, Ihre Aussage zu lesen.«

»Die Schule endete um fünf Uhr nachmittags. Dann hatte er ein Treffen bei der MJC, und danach hätte er nach Hause kommen sollen.«

»Die MJC. Sie meinen die Katholische Jugend?«

»Ja. Pierre ist dort sehr engagiert. Er leitet eine Gebetsgruppe, kümmert sich um Senioren und verbringt seine Ferien in Lourdes. Seine ganze Freizeit bringt er damit zu, dem Worte Christi zu dienen.«

Ein vorbildlicher Sohn. Zumindest nach den Kriterien, die in dieser katholischen Familie Gültigkeit hatten. Marchand wartete, bis Jacquet sein Glas geleert hatte, dann bohrte er weiter.

»Wo befindet sich diese Vereinigung?«

»In der Pfarrgemeinde Jean-XXIII, Rue Charles-Lory. Die Kirche stellt ihnen einen Raum im Pfarrhaus zur Verfügung.«

»Ist das hier im Viertel?«

»Auf der anderen Seite des Cours Jean-Jaurès.«

Die Schule, die außerschulischen Aktivitäten, das Zuhause. Alles lag direkt im unmittelbaren Umkreis. Bei dem engen Korsett hatte der Mörder keinen großen Spielraum gehabt.

»Sind Sie sicher, dass er zu dieser Versammlung gegangen ist?«

»Ganz sicher. Pater Jean-Luc hat es uns bestätigt.«

»Um wie viel Uhr ging das zu Ende?«

»So gegen neunzehn Uhr dreißig. Wenn man überlegt, wie nah das ist, dann hätte er zehn Minuten später zu Hause sein müssen.«

Kurz. Sehr kurz. Wie hatte der Mörder das angestellt? Das Nest der Familie war viel zu nah. Und wenn es noch so kalt und noch so dunkel war, es gab keinen Grund, warum der Jugendliche in ein ihm unbekanntes Auto einsteigen sollte.

Es sei denn …

Die Idee war ihm gerade erst gekommen. Es war, als würde es ihm wie Schuppen von den Augen fallen.

Pierre kannte den Schlächter.

Er hatte auf ihn gewartet, sich an einer Straßenecke auf die Lauer gelegt. Dann war er im rechten Moment plötzlich aufgetaucht, hatte ganz überrascht getan und ihm vorgeschlagen, ihn nach Hause zu fahren. Der Junge war nicht misstrauisch gewesen …

Der Profiler spann den Gedanken weiter. Hatte man Lucie auf dieselbe Art aufgelauert? Weil sie sich auch in Sicherheit wiegte? Nach den erotischen Turnübungen mit Galthier war sie wahrscheinlich wieder in ihre Wohnung gegangen. Bestimmt war sie ziemlich fertig gewesen. François hatte bislang keinen triftigen Grund gefunden, warum sie mitten in der Nacht nach draußen gegangen sein sollte, schon gar nicht an einem Sonntag.

Jetzt sah er einen. Jemand hatte sie angerufen. Hatte sie sehen wollen. Und zwar sofort. Eine Person, die ihr vertraut genug war, dass sie das Angebot nicht hatte ausschlagen können. Wenn man dieser Logik folgte, konnte das sehr wohl der Mann sein, den sie suchten.

»Haben Sie noch Fragen?«

»Wie bitte?«

Marchand war so in seine Gedanken versunken gewesen, dass er vergessen hatte, wo er sich befand. Pierres Vater hatte sich noch ein Glas eingeschenkt und starrte nun mit der Miene eines verletzten Tieres darauf. Julia saß mit steifem Rücken und verschränkten Armen wartend da und fühlte sich zu unwohl, um einzugreifen.

»Ich muss mich um meine Frau kümmern«, rechtfertigte sich Jacquet. »Das alles ist so …«

»Natürlich«, antwortete der Profiler.

Beim Aufstehen sagte er:

»Eine letzte Frage noch …«

»Ja?«

»Hatte Pierre ein Handy?«

»Nein. Wir hielten das nicht für sinnvoll.«

François nickte.

»Entschuldigen Sie nochmals.«

Er wollte eigentlich etwas anderes sagen. Aber ihm fiel nichts ein. Welche Worte waren schon sinnvoll im Angesicht dieses unbegreiflichen Schicksals?

Bevor sie gingen, bekam er noch ein Foto des Opfers zugesteckt. Ein Porträt, das man in der Schule gemacht hatte, für alle Fälle. Er schob es schnell in die Tasche, außerstande, sich das in die Kamera lächelnde Gesicht anzusehen.

Julia betrat als Erste den Fahrstuhl. Während der gesamten Fahrt nach unten sprach sie kein Wort. Diesmal ging es nicht um sie beide. Sie hatte gerade das Grauen erlebt, Machtlosigkeit, ein Leid, dessen Ausmaß sie bislang nicht hatte ermessen können.

Eine Flamme war erloschen.

Eine ganze Familie vernichtet.

Wie auch immer es weitergehen würde, dieses Drama würde unauslöschlich bleiben.

22

»Der Herr sei mit dir.«

»UND MIT DEINEM GEISTE.«

»Es segne dich der allmächtige Gott. Der Vater, der Sohn und der Heilige Geist.«

»AMEN.«

»Gehet hin in Frieden.«

»DANK SEI GOTT DEM HERRN.«

Dann erfüllten die Klänge des *Stabat Mater* die Kirche. Eine grandiose, heilige Musik. Die Musik Gottes. Sie kam von einer gigantischen Orgel.

François wartete. Pater Jean-Luc kniete vor dem Altar und hielt Zwiesprache mit den Engeln. Er musste einen engen Kontakt zu Pierre gehabt haben. Er würde ihnen besser als jeder andere Auskunft geben können.

Nachdem sie das Haus des Opfers verlassen hatten, erläuterte der Kommissar Julia seine Hypothese. Am Tag des Verbrechens war der Jugendliche in die Kirche gegangen. Der Mörder hatte davon gewusst, denn er hatte ihn gleich nach der Versammlung abgepasst. Da Pierre ausschließlich religiösen Aktivitäten nachging, musste man damit rechnen, dass der Mörder diesem Kreis angehörte.

François beobachtete die junge Frau. Sie hatte den Kopf gesenkt, die Augen geschlossen, und schien zu beten. Er wusste nicht, wen sie da anrief, aber ihr Anblick rührte ihn. Man konnte ihr ansehen, dass sie aufrichtig bewegt war. Es war, als wohne ein göttliches Licht in ihr. Sie erinnerte ihn an die Jungfrau von Orléans. Oder genauer gesagt an Milla Jovovich, die Schauspielerin aus Luc Bessons Film. In diesem Augenblick besaß Julia dieselbe Schönheit, dieselbe Kraft, dieselbe Reinheit.

Der Polizist ließ seinen Blick über die wenigen Menschen schweifen, die dort knieten. Es waren vorwiegend alte Leute, wahrscheinlich gingen sie täglich in die Messe. Sie hatten sich zu der Kommunion versammelt, mit der die Eucharistie-Feier schloss, und lauschten inbrünstig den himmlischen Stimmen.

François war zwar getauft, aber dieser religiöse Kitsch ließ ihn völlig kalt. Er glaubte an den Menschen, an seine Fähigkeit, durch harte Arbeit an seiner Psyche freier zu werden. Seit seinen ersten Analysesitzungen war das »Erkenne dich selbst« des Sokrates zum roten Faden in seinem Leben geworden. Niemand würde an seiner Stelle die Arbeit tun. Weder Gott noch der Teufel. Es war sinnlos, sein Leben in die Hand einer übernatürlichen Einheit zu legen, in dem Versuch, über seine Lebensumstände hinauszuwachsen. Nur die Weisheit, die Selbstakzeptanz und eine bestimmte Art von Ehrlichkeit konnten den Menschen vor sich selbst erretten, ihn voranbringen. Das wusste François nur zu gut …

Er war zur Polizei gegangen, um sich von einem Schuldgefühl zu befreien. Um seinen Fehler auszumerzen. Zumindest den, den er begangen zu haben glaubte. Er fühlte sich für den Tod von Diane verantwortlich. Aber je mehr Zeit verging, desto klarer wurde ihm, dass er sich vielleicht geirrt hatte. Auf diesem Weg gab es keine Erlösung, keine Vergebung. Nur das Grauen. Um es zu verstehen, musste er sich ganz darin versenken und den Weg gehen, der nur ihm allein bestimmt war. Den Weg einer Trauer, die kein Gott ihm hätte ersparen können.

Die Musik verstummte, was ihn wieder in die Realität zurückbrachte. Die Gläubigen zogen sich auf Zehenspitzen zurück, während der Priester seine Stola ablegte. Ein Blick auf Julia bestätigte ihm, dass sie wieder von dieser Welt war.

Sie traten in den Mittelgang und gingen zum Altar. Ihre Schritte hallten auf den Steinfliesen wider und verstärkten noch die steife Atmosphäre, die an diesem zeitlosen Ort herrschte.

In den Nischen standen Gipsstatuen, die sie mit ihren toten Augen ansahen. Weit oberhalb ihrer Köpfe färbten biblische Fresken die Decke bunt ein.

»Pater Jean-Luc?«

Der Geistliche drehte sich um. Er war etwa dreißig Jahre alt, hatte kurzes, schwarzes Haar, und der Haaransatz in seinem scharfkantigen Gesicht war sehr tief. Ein ekstatischer Glanz leuchtete in seinen blassen Augen, die auf eine irritierende Weise gutmütig wirkten.

»Was kann ich für Sie tun?«

Marchand streckte ihm seinen Ausweis hin.

»Wir würden gerne mit Ihnen sprechen.«

»Es geht um Pierre, nicht wahr?«

»Ja.«

Er schloss die Lider. Aller Schmerz der Welt schien sich auf seine Schultern gelegt zu haben. Als er die Augen wieder öffnete, hatte François das Gefühl, einem Märtyrer ins Gesicht zu schauen.

»Kommen Sie mit mir.«

Sie durchquerten den Chor bis zu einer kleinen Tür, die hinter einem Vorhang aus purpurfarbenem Samt verborgen lag. Pater Jean-Luc bat sie in einen winzigen fensterlosen Raum, der wie eine Abstellkammer wirkte. Auf einem Tisch standen Kelche aufgereiht, daneben lagen die priesterliche Stola sowie mit Hostien vollgestopfte Plastiktüten. Er öffnete einen Schrank, nahm sein Messgewand ab und hängte es auf einen Kleiderbügel. François war überrascht zu sehen, dass er eine schwarze Jeans, ein weißes Hemd und einen grauen Pulli trug. Er hatte eigentlich eine Soutane erwartet, wie sie zu der Zeit üblich war, als seine Mutter ihn bei den Pfadfindern angemeldet hatte.

Ohne ein Wort zu sagen, öffnete der Priester eine weitere Tür in einen Garten, in dem ein kleines Häuschen stand. Mit lebhaftem Schritt führte er die Polizeibeamten zu dem Gebäude, das das Pfarrhaus war.

Das Haus des Pfarrers war sehr schlicht. Zumindest soweit François das sehen konnte. Die Kirche hatte geheime Bankkonten in der Schweiz, aber ihre Soldaten führten ein einfaches Leben. Der Geistliche bat sie in einen hellen Raum, der mit ein paar Stühlen und einem Schreibtisch möbliert war. An die Wände gepinnte Plakate mussten als Dekoration herhalten: Gebetskreise, katholische Vereinigungen, Spendenaktionen, Pilgerfahrten …

Pater Jean-Luc setzte sich in seinen Sessel. Über diesem prangte ein aus rotem Holz geschnitztes Kruzifix.

»Entschuldigen Sie, aber … ich bin so etwas nicht gewohnt. Wie wird diese Vernehmung ablaufen?«

Diesmal war es Julia, die ihn aufklärte.

»Das ist keine Vernehmung, Pater.«

»Aha …«

»Wir nehmen bloß Ihre Aussage zu Protokoll, mehr nicht.«

»Sehr schön …«

Sie sah ihn mit einem beruhigenden Lächeln an. François hatte das Gefühl, dass auch ein wenig Ehrerbietung dabei war.

Er fing an mit den Worten:

»Pierre ist am Montag hierhergekommen, um an einer Versammlung des MJC teilzunehmen. Wahrscheinlich ist er danach auf seinem Nachhauseweg entführt worden.«

»Vielleicht, ja …«

»Er wohnt zehn Minuten von Ihrer Kirche entfernt. Und das bedeutet – falls es sich nicht um eine spontane Entführung handelte, was ich nicht glaube –, dass ihn jemand abgepasst hat.«

»Ich … Ich weiß nicht, worauf Sie hinauswollen.«

»Das ist ganz einfach. Wer außer seinen Eltern konnte wissen, dass er gegen neunzehn Uhr dreißig das Pfarrhaus verlassen würde?«

Pater Jean-Luc machte ein ernstes Gesicht.

»Glauben Sie, dass der Mörder etwas mit unserer Pfarrgemeinde zu tun hat?«

»Das ist nicht auszuschließen.«

»Wissen Sie, was Sie da sagen, mein Sohn?«

»Ja. Und glauben Sie mir, es betrübt mich sehr.«

Der Priester faltete die Hände und murmelte wie zum Gebet einen kurzen Satz. Als er den Kopf hob, lag etwas Fanatisches in seinem Blick.

»Das ist unmöglich.«

»Trotzdem muss ich …«

»Wenn ich es Ihnen sage, Sie sind auf dem Holzweg.«

François wusste nicht, was er in dieser Situation tun sollte. Der Pfarrer konnte sich so etwas einfach nicht vorstellen. Im Jargon der Psychoanalyse sprach man hier von Widerstand. Der Geist blockte ab und weigerte sich, der Realität ins Auge zu sehen.

Julia spürte, dass etwas schieflief, und sprang ein.

»Pater, ich glaube an Gott und kann mir nicht vorstellen, dass ein Mann meines Glaubens seinen Nächsten umbringen kann. Aber es ist ein Jugendlicher ermordet worden. Das ist eine Tatsache, und ich kann nichts dafür. So wie ich auch nichts dafür kann, dass der Mörder wusste, wie sein Tagesablauf aussieht. Daher bitte ich Sie: Helfen Sie uns!«

Sie hatte mit sehr bewegter Stimme gesprochen. Der Eindruck, den Marchand gewonnen hatte, als sie in der Kirche kniete, wurde bestätigt. Es ging ihm dabei ähnlich, er musste sofort an die Jungfrau von Orléans denken. Julia war also gläubig, wahrscheinlich war sie praktizierende Christin. Ihre Zurückhaltung gegenüber dem Vater des Opfers war auf tiefes Mitleid zurückzuführen gewesen. Ihre Hochachtung vor dem Priester war Ausdruck eines offensichtlichen Respekts vor dem Heiligen.

Pater Jean-Luc musterte sie, und sein Gesicht entspannte sich zusehends. Schließlich fing er an zu sprechen.

»Sie haben recht, meine Tochter. Der Böse ist listig. Er kann auch die Pforten zum Hause Gottes aufbrechen. Sollte das der Fall sein, werde ich den Herrn bitten, für dieses verirrte Schaf zu beten.«

»Danke, Pater.«

»Ihr Dank ist verfrüht. Ich bin mir leider nicht sicher, ob ich Ihnen nützlich sein kann.«

»Das werden wir sehen …«

Der Priester lehnte sich in seinem Sessel zurück. Sein starrer Blick blieb eine Sekunde auf dem Kommissar haften, dann wandte er sich wieder Julia zu.

»Die MJC-Abteilung unserer Pfarrei ist sehr aktiv. Zu ihr zählen an die zwanzig junge Leute zwischen fünfzehn und fünfundzwanzig Jahren, alle hochmotiviert. Sie organisieren verschiedene Aktivitäten mit dem Ziel, durch eine bestimmte Form des Apostolats eine persönliche Läuterung zu erfahren. Zweimal die Woche, montags und donnerstags, findet eine Versammlung statt, die der Ausbildung dient. Ich nehme an, das ist es, was Sie interessiert?«

»Genau.«

»In diesen Versammlungen möchten wir eine tiefgreifende Reflexion über die Grundprinzipien der katholischen Kirche durchführen. Der Glaube, die Liturgie, die Sakramente haben dabei natürlich Vorrang. Aber wir befassen uns auch mit Themen, die unsere Kinder angehen, wie etwa die Themen Euthanasie, Abtreibung oder Verhütung. Wir werden darin von den christlichen Eltern unterstützt, die ihre Freizeit dafür opfern, diese Debatten zu moderieren.«

»Also sind Sie es nicht, der …«

»Ich bin nur der Supervisor. Die Aufgabe, die ich zu bewältigen habe, ist schwierig. Ich kann nicht überall zugleich sein.«

»Dann waren Sie am Montag gar nicht da?«

»Nein.«

Julia drehte sich zu François um. Mit einem kurzen Nicken ermunterte er sie fortzufahren.

»Wer leitete die Gruppe?«, fragte sie.

»Das weiß ich nicht. Da müsste man in meinem Sekretariat auf dem Plan nachschauen.«

»Sind diese Versammlungen geplant?«

»Das Programm wird Anfang des Jahres ausgeteilt. Jede Familie erhält ein Exemplar.«

Interessant. Diese langfristige Planung hatte es dem Schlächter ermöglicht, sich zu organisieren.

»Wie viele Eltern sind an diesem Projekt beteiligt?«, fuhr Julia fort.

»An die zehn Ehepaare. Ich kenne sie alle persönlich. Sie sind über jeden Zweifel erhaben.«

François dachte: Repression und Perversion sind sich gleich. Allzu viel Gutmenschentum führt manchmal dazu, dass die Sicherungen durchbrennen. Er löste seine Kollegin bei der Befragung ab.

»Haben Sie ihre Adressen?«

Pater Jean-Luc warf ihm einen bösen Blick zu. Er hatte

mittlerweile verstanden, dass der Kommissar ein Ungläubiger war.

»Die stehen auch auf dem Plan.«

Ende der Durchsage. Der Austausch funktionierte besser, wenn Julia die Leitung hatte. Sie dürfte das gespürt haben, denn sie nahm die Zügel wieder in die Hand.

»Könnten Sie uns den geben?«

Der Pfarrer lächelte sie an, stand auf und verschwand hinter einer Tür. Nach ein paar Minuten kam er mit einem kleinen himmelblauen Heft zurück, das aus einmal gefalteten und in der Mitte zusammengetackerten Fotokopien bestand.

»Sie haben Glück. Die Sekretärin ist zwar nur morgens da, aber sie ist eine totale Ordnungsfanatikerin.«

Julia sagte:

»Danke, Pater.«

»Brauchen Sie sonst noch was?«

Diesmal antwortete François.

»Das wird genügen. Fürs Erste jedenfalls …«

23

Zehn Familien.

Alles Menschen, die über jeden Zweifel erhaben waren und Tag und Nacht im Lichte Christi lebten.

Das Beste, was die Kirche zu bieten hatte, ihre Speerspitze.

François hatte mit der Zeit gelernt, dem äußeren Anschein nicht allzu sehr zu vertrauen. Es gab Beispiele genug für pädophile Pfarrer und pyromanische Feuerwehrmänner. Das war sogar der Klassiker. So mancher Einsatz war nichts weiter als ein verzweifelter Versuch, das Tier im Menschen unter Kontrolle zu bringen.

Aber das Tier war immer stärker. Egal welche Strategien angewandt wurden.

Zehn Familien.

Wo sollten sie anfangen?

Das Paar, das die letzte Zusammenkunft geleitet hatte, hatte er von vornherein ausgeschlossen. Das war zu offensichtlich. Da kam man zu leicht dahinter. Beim mehrmaligen Durchlesen des Plans hatte er schließlich den Blick vor allem auf die Themen der Sitzungen gerichtet. Jedes Thema wurde in einem Satz zusammengefasst, der so manchen Philologiestudenten deprimiert hätte: »Der wahre Sinn von Ostern«; »Gibt es einen Gott, oder ist er eine Erfindung des Menschen?«; »Die Grundlagen der christlichen Moral«; »Die Seele« …

Ein Thema war ihm ganz besonders aufgefallen: »Die Wiederauferstehung, Kontinuität oder Bruch?« In den Augen der Kirche war die Wiederauferstehung eine Verwandlung, in deren Verlauf die verführbare menschliche Hülle einer gereinigten Seele wich. War es nicht das, was der Mörder suchte? Wollte er nicht den Körper hinter sich lassen, der ihn so sehr quälte, und in seiner wahren Gestalt wiederauferstehen?

Das Thema war von Guy und Armelle Boiron vorgeschlagen worden, wohnhaft Place Victor-Hugo. Ein kurzer Blick auf sein Navi hatte dem Profiler verraten, dass die Adresse sich ganz in der Nähe befand. Wie wahrscheinlich die von all den Eltern, die Pater Jean-Luc bei seiner Arbeit unter die Arme griffen.

François hatte Julia gebeten, dort anzurufen, bevor sie hingingen. Zum Glück war es Mittwoch. Ein schulfreier Tag. Monsieur und Madame kümmerten sich zu Hause um ihre Kinder, und so konnten die Polizeibeamten gleich einen Gesamteindruck bekommen.

Die Familie wohnte in einer Erdgeschosswohnung mit

Vorgarten. Groß, modern, mit großen Fensterfronten versehen. Hier herrschte eine Art ruhiger Frieden wie ein Vorgeschmack auf den Himmel.

Die Hausherrin höchstpersönlich hatte ihnen aufgemacht. Eine schöne, ätherisch wirkende Frau in den Vierzigern, deren natürliches Blond wunderbar zur blassen Iris ihrer Augen passte. Sie trug die Arbeitskleidung einer katholischen Hausfrau: weiße Rüschchenbluse, Perlenkette und graue Flanellhose. In jeder Hinsicht tadellos. Auf dem Arm hatte sie ein kleines Kind, das aussah wie ein Engelchen und sich die Seele aus dem Leib brüllte.

Sie musste fast schon schreien, um den Lärm zu übertönen:

»Kommen Sie herein! Mein Mann ist im Salon.«

Ohne den kleinen Wicht abzusetzen, machte sie auf dem Absatz kehrt. Als sie an der Küche vorbeigingen, bemerkte François fünf oder sechs weitere Blondköpfe, die vor einer Packung BN-Keksen mit Schokofüllung am Tisch saßen.

»Sie kommen etwas ungelegen. Hier wird gerade die Nachmittagsschokolade ausgeteilt.«

Der Tonfall wollte so gar nicht zu dem zerbrechlichen Eindruck passen, den diese Person auf ihn machte. Er war autoritär und bestimmt. Wenn man einen so großen Wurf hüten musste, war eine derartige Resolutheit wahrscheinlich unumgänglich.

Auf einem Ecksofa saß ein Mann, der in eine Ausgabe der *Pléiade* vertieft war. Trotz des Lärms wirkte er ruhig und konzentriert.

Er stand auf, um die Gäste willkommen zu heißen. Er war groß, schlaksig, in etwa so alt wie seine Frau, sofern man das aus seinen Falten und dem grauen Haar schließen mochte. Aber der allgemeine Eindruck war ein ganz anderer. Ein Pullunder über einem karierten Hemd, eine unförmige Jeans, Sportschuhe. Er hatte das etwas unangenehme und schwer auf ein Alter festlegbare Äußere jener Jugendlichen, die zwar altern, dabei aber keine Männer werden.

»Guy Boiron.«

Ein weicher Händedruck. Bei der Berührung stellten sich Marchand die Haare auf, zumal er ständig daran denken musste, dass es sich hier sehr wohl um den Täter handeln konnte. Der Kommissar trat neben Julia, und zwar mit dem sehr deutlichen Gefühl, dass sie hier zusammenhalten mussten. Ihnen gegenüber saß das Ehepaar Boiron. Sie: energisch, an der Grenze zum Hektischen. Er: farblos und unauffällig.

Während Madame dem Kleinen den Schnuller der Flasche in den Mund steckte, sah François sich schnell im Zimmer um. Ein niedriger Tisch, auf dem Gesellschaftsspiele herumlagen, ein vollgestopftes Bücherregal, ein Flügel. Kein Fernseher. Er stellte sich vor, wie die Familie an langen Winterabenden beisammensaß und etwas für die Erbauung von Geist und Seele tat. Außerdem würde er darauf wetten, dass die Cherubine an Weihnachten ein kleines Konzert gaben.

»Das ist entsetzlich, was da geschehen ist. Haben Sie schon eine Spur?«

Armelle Boiron war mit quietschenden Reifen vorgeprescht. Das Baby, das an der Flasche hing, hatte sich ihrer Geschwindigkeit angepasst.

»Noch nicht«, antwortete Julia.

Sie waren übereingekommen, dass sie die Vernehmung durchführen sollte. Für dieses sehr besondere Umfeld war sie nach François' Einschätzung besser geeignet als er.

»Uns fiel auf, dass sowohl Ihr Name als auch der Ihres Mannes auf dem Diskussionsplan des MJC steht.«

»Das stimmt. Wir haben im Oktober ein Treffen geleitet.«

»Ich glaube, dabei ging es um die Wiederauferstehung. Nicht wahr?«

»Ganz genau.«

»Wer hat dieses Thema ausgesucht?«

Sie drehte sich zu ihrem Mann um.

»Warst du das, oder war ich das?«

Zum ersten Mal machte er den Mund auf.

»Ich glaub, ich war das.«

Julia drehte sich ein wenig um die eigene Achse, um zu ihm zu sprechen.

»Warum die Wiederauferstehung?«

»Das ist ein Pfeiler unseres Glaubens. Der entscheidende Akt, der das Geheimnis der Heiligen Dreifaltigkeit offenbart.«

»Und die uns gestattet, das ewige Heil zu erlangen«, ergänzte Julia.

Die Antwort schien ihn zu überraschen.

»Sind Sie Katholikin?«

»Ja.«

»Praktizierende?«

»Ich gebe mir Mühe.«

Er nickte zufrieden. Sie befanden sich in guter Gesellschaft. Julia nutzte die Gelegenheit, um ganz allmählich auf die Ermittlung überzuleiten.

»Wenn man einmal von dem Dogma absieht, wieso glauben Sie, dass dieses Thema Jugendliche interessieren könnte?«

François ließ Boiron nicht aus den Augen und lauerte auf ein noch so kleines Zucken der Wimpern. Seine Frau antwortete an seiner Stelle:

»Ich verstehe den Sinn Ihrer Fragen nicht, Mademoiselle. Sind Sie nicht gekommen, um mit uns über den jungen Pierre zu reden?«

»Das tue ich doch gerade.«

»Tatsächlich? Den Eindruck hatte ich nicht.«

Sie klang jetzt misstrauisch. Julia ließ nicht locker und wandte sich wieder an den Ehemann.

»Und?«

Er nahm sich Zeit, bevor er mit seiner Interpretation herausrückte.

»Die Wiederauferstehung ist nicht nur ein Werk des Glaubens. Sie ist auch ein Symbol, das in vielen Glaubensvorstellungen vorkommt. Denken Sie an den Mythos des Phönix', zum Beispiel. Der Vogel, der aus der Asche aufersteht. Für die jungen Leute ist das ein starkes Bild, und es dürfte ihnen verständlich machen, dass das Leben nur eine Folge von Trauerfällen ist. Jeden Tag sterben wir als die, die wir sind, um als andere und – zumindest ist das zu hoffen – als bessere Menschen wiedergeboren zu werden.«

Die Worte, die er wählte, sein Blick auf die Dinge – an dieser Stelle musste François sich einmischen.

»Entschuldigen Sie, welchen Beruf üben Sie aus?«

»Ich bin Psychoanalytiker, warum?«

»Nur so. Ich bitte Sie, fahren Sie fort.«

Er fing an, sich lang und breit über die Trauerarbeit und die Todessymbolik auszulassen. Marchand hörte schon nicht mehr zu. Es war das erste Mal, dass er einem Kollegen begegnete, seit er beruflich eine neue Richtung eingeschlagen hatte. Und das rief verdrängte Erinnerungen wach, Empfindungen, die er für immer in die Archive seines Gedächtnisses verbannt geglaubt hatte. Die Streitgespräche, die Kolloquien, der Meinungsaustausch über schwierige Fälle: Dies war seine eigene Liturgie, und er hatte lange mit seinen Berufskollegen auf diese Art kommuniziert.

»Was denken Sie über die Wiedergeburt?«

Julia ging ihren Weg unbeirrt weiter. Und kam ihrem Ziel immer näher. François sprang auf den fahrenden Zug auf. Er war neugierig, wohin diese neue Methode führen würde.

»Das ist etwas ganz anderes«, erklärte Boiron. »Bei der Wiedergeburt gibt es eine Reihe körperlicher Hüllen, in die die Seele einkehrt. Die Wiederauferstehung dagegen ist eine des Fleisches. In diesem Fall gibt es nur einen einzigen Körper, und dieser lebt ewig.«

Der Profiler nickte. Das Ritual des Mörders als dasjenige einer biblischen Renaissance anzusehen, darin lag ein Widerspruch. Die Vorgehensweise hatte nichts genuin Christliches. Es handelte sich eher um ein heidnisches Ritual, bei dem die Bezugnahme zur Erde jetzt einen Sinn ergab. Der Mann wollte seine Haut wechseln, sich von einer unpassenden Hülle befreien. Und vor allem wollte er nicht bis in alle Ewigkeit darin gefangen bleiben.

François sah Boiron an. Dieser Psychoanalytiker glaubte an Gott, nicht an die Seelenwanderung. Seine Gewissheiten sprachen ihn von jeder Schuld frei. Sie mussten die Sache anders angehen.

»Was für eine Beziehung hatten Sie zu Pierre Jacquet?«, fragte er.

»Ich habe ihn nur einmal gesehen. Und zwar bei diesem Treffen.«

»Was haben Sie über ihn gedacht?«

»Ein intelligenter Junge. Gläubig, aber verhaltensgestört.«

»Verhaltensgestört?«

»Ich hatte noch keine Zeit, mich eingehender mit meiner Analyse zu beschäftigen. Das lag allerdings nicht an dem Ort. Ich habe einfach gespürt, dass er etwas verbarg.«

Diese Eröffnungsrede war einfach zu schon.

»Sie sind Psychoanalytiker. Ich bin mir sicher, Sie können das noch genauer sagen.«

Boiron machte ein ernstes Gesicht. Marchand hatte an seine Praxiserfahrung appelliert. An die Fähigkeit, innerhalb der ersten Minuten eines Gesprächs eine Diagnose zu stellen. Er wusste, dass er darauf reagieren würde.

»Das ist heikel. Ich habe nicht genug Abstand dazu.«

»Ihr Eindruck würde mir schon genügen.«

»Ich hatte den Eindruck, dass Pierre unter dem ›Braver-

Sohn-Syndrom‹ leidet. Kein Wort lauter als das andere, immer einverstanden mit den Erwachsenen, immer perfekt.«

Der Profiler wusste, wovon er sprach, aber er ließ ihn weiterreden.

»Diese Art von Persönlichkeit bildet sich als Reaktion auf ein entwertetes Selbstbild heraus. Das Subjekt glaubt von sich, den Anforderungen nicht genügen zu können, und setzt alles daran, dass der andere, in diesem Fall seine Eltern oder alle, die in irgendeiner Form eine Autorität verkörpern, ihn für gut halten. Daraus zieht er unmittelbare Befriedigung, in dem Sinne, dass er sich wieder sicher fühlt, aber oftmals muss er das mit seiner psychischen Gesundheit bezahlen. Mit anderen Worten, indem er sich ständig zurückhält, schwächt er sich selbst.«

»Und wozu hätte das, konkret gesprochen, bei Pierre führen können?«

»Da fragen Sie mich zu viel. Mir waren während unserer Diskussion nur zwei oder drei Reaktionen aufgefallen, die ein bisschen ungewöhnlich waren. Eine permanente Verärgerung, Absenzen. Aber er hatte sich unter Kontrolle.«

»Vermuten Sie eine Art latente Depression?«

Boiron warf ihm einen durchdringenden Blick zu. François kannte das nur allzu gut, um nicht zu wissen, dass er sich fragte, mit wem er es eigentlich zu tun hatte.

»Das ist die Diagnose, zu der man in den meisten Fällen gelangt. Wenn diese falsche Persönlichkeit keinen Weg findet, der zur Heilung führt, dann wird der Mensch krank.«

»Also Rückzug auf sich selbst, Ängste, Hemmungen ...«

Diesmal lächelte der Psychoanalytiker wissend. Die Schlussfolgerungen des Profilers waren für ihn eine Bestätigung der Annahme, dass er dazugehörte.

»Unter anderem, aber so weit war Pierre noch nicht.«

Stille folgte seinen Worten. Eine Stille, wie François sie oft in seiner Praxis erlebt hatte. Die unentbehrliche Schleuse, durch die man gehen musste, bevor man die Tür zu den geistigen Assoziationen öffnen konnte. Eine Theorie kam ihm ganz unweigerlich in den Sinn.

Pierre. Lucie. Zwei Jugendliche, die unter etwas litten. Zwei Persönlichkeiten auf der Suche nach sich selbst. Dem vorbildlichen Sohn war es wahrscheinlich viel schlechter gegangen, als Boiron vermutet hatte. Die Turnübungen der jungen Frau im Bett fremder Männer waren vermutlich eine Reaktion auf ihren Vater gewesen und hatten nur gezeigt, wie sehr sie aus dem Gleichgewicht geraten war. Eine unerwartete Gemeinsamkeit war ihre Zerbrechlichkeit, und die hatte der Mörder gespürt. François stellte sich plötzlich einen kranken Therapeuten vor, einen Guru, dem das Opfer über den Weg gelaufen war. Niemand außer ihnen selbst wusste von dieser Beziehung. Sie gehörte ihnen ganz allein wie eine einzige Perle der Wahrheit in einem vorgetäuschten Leben.

Geschrei holte ihn wieder in die Realität des Wohnzimmers zurück. Das Baby hatte seinen Schnuller verloren und tat das lautstark kund. François nutzte die Gelegenheit und erhob sich.

»Danke, Doktor. Falls nötig, werden wir noch einmal Kontakt zu Ihnen aufnehmen.«

»Aber gerne. Ich hoffe nur, dass Sie den Mörder fassen.«

Händeschütteln. Versuch eines Lächelns. Er brachte die Ermittler zur Eingangstür, unterdessen versuchte seine Frau, das Kind zu beruhigen. Bevor er sie ziehen ließ, sagte er noch, an den Kommissar gerichtet:

»Nach Freuds Theorie haben die funktionellen Einschränkungen des Ichs nur den Zweck, den Konflikt mit dem Es zu vermeiden.«

»Was wollen Sie damit sagen?«

»Das wissen Sie sehr gut. Wenn Sie Pierre besser kennenlernen wollen, dann überlegen Sie, wie es wohl in seinem

Unbewussten ausgesehen hat. Aber das brauche ich Ihnen ja nicht zu erklären.«

24

Sie litten.

Das war es, was alle Opfer miteinander verband.

François erklärte Julia, dass er zu diesem Schluss gekommen war. Aber zunächst legte er ihr dar, aus welchen Gründen Lucie sich bei reifen Männern prostituierte. Laut Aussage ihres Freundes Maxime handelte es sich um einen unverarbeiteten Ödipuskomplex. Es hatte nichts mit Geldschwierigkeiten zu tun, wie Stephen behauptet hatte.

Julia schmollte ein bisschen. Dieses Detail hätte sie gerne früher erfahren. Aber der Profiler hatte ihr nur deshalb nichts davon erzählt, weil er es als nebensächlich angesehen hatte. Seit Dr. Boirons Enthüllungen bekam es eine andere Bedeutung.

Pierre befand sich in derselben Lage wie Lucie. Sie litten beide – wenn auch aus unterschiedlichen Gründen – an demselben Unbehagen. Der Junge lebte in einem Haushalt, in dem er den Katholizismus gleichsam mit der Muttermilch eingesogen hatte. Sein Leben war wie das eines Priesters, bis ins kleinste Detail geregelt und gesegnet durch den Herrn.

Trotzdem, wenn man dem Psychoanalytiker Glauben schenken mochte, so hatte das System ein Leck bekommen. Indem er immer nur Wege ging, die andere vorgezeichnet hatten, machte er sich kaputt. François war überzeugt, dass Pierre, um das weiter durchhalten zu können, ein bisschen Ballast hatte abwerfen müssen.

Ganz wie Lucie.

Die Frage lautete jetzt: Wie? Und mit wem?

Dort verbarg sich wahrscheinlich die Tür, die sie zu dem Mörder führen würde.

Julia fand die Theorie stimmig. Aber wo sollten sie anklopfen? Niemand im offiziellen Umfeld des jungen Mannes hatte ihm die Dosis an Freiheit liefern können, die er brauchte. Dieser geschlossene Kreis erstickte ihn mit noch größerer Gewissheit als eine Boa, die ihre Beute umschlingt.

Sie mussten anderswo weitersuchen. Eine Parallelwelt, in der man ein wenig frische Luft schnappen konnte, die außerhalb der elterlichen Kontrolle lag und in die der Herrgott nicht hineinblicken konnte.

Für den Anfang hatte François schon so eine kleine Ahnung.

Zum Saint-Joseph-Gymnasium war es nur eine Viertelstunde zu Fuß, es lag am unteren Boulevard Gambetta. Die Polizeibeamten gingen dorthin. Dieses Pfaffennest schien der einzige Ort zu sein, an dem man vielleicht den Anfang des roten Fadens finden könnte. Vielleicht gab es ja einen Klassenkamerad, der nicht ganz so indoktriniert war wie die anderen, oder aber eine Bar, in der Jugendliche verkehrten. Alles Möglichkeiten, die Pierre offengestanden hatten und von denen er vielleicht heimlich Gebrauch gemacht hatte.

Der Kommissar blieb vor einem großen wasserblauen Portal stehen. Rechts davon gab es eine kleine Holztür mit einer Sprechanlage. Er klingelte. Fast augenblicklich ertönte eine Stimme:

»Ja?«

»Polizei.«

Ein Klicken. Sie betraten ein ausgebautes Wächterhäuschen, das aus einem Warteraum und einem winzigen Büro bestand, das sich hinter einem Glasfenster verbarg. Blassblauer Anstrich, Grünpflanze und Eichenbank. Ein an der Wand hängendes Kruzifix gab dem Raum seine Note.

»Was ist los?«

Ein Mann erwartete sie. Oder besser gesagt, ein langes, dürres Gestell, an dem ein verblichener Anzug schlotterte. Seine gelbliche Gesichtfarbe verriet den langjährigen Kettenraucher.

François erkundigte sich:

»Sind Sie der Portier?«

»Ja.«

»Wir ermitteln im Mordfall Pierre Jacquet.«

Zerknirschte Miene.

»Verstehe … Schrecklich, was da passiert ist.«

»Könnte uns jemand empfangen?«

»Also … es ist jetzt sechs Uhr. Die Schulstunden sind alle vorbei.«

»Hier gibt es doch bestimmt einen Zuständigen, oder?«

»Pater Charles. Das ist der Studienpräfekt. Aber ich glaube, er ist schon gegangen.«

»Dann suchen Sie einen anderen.«

Der Mann nickte unterwürfig und verschwand in seinem kleinen Kabuff. Während der Portier telefonierte, wurde François sich dessen bewusst, dass er ein bisschen hart mit ihm umgesprungen war. Seinem Tonfall war die Anspannung anzuhören, der er seit achtundvierzig Stunden ausgesetzt war.

Unauffällig ließ er die Hand in die Innentasche seiner Weste gleiten. Die Bonbonschachtel war immer noch da, randvoll mit Xanax. Die Berührung der Dose entspannte ihn ein wenig. Er musste sich eingestehen, dass diese Ermittlung Ängste weckte, die ihn auf Schritt und Tritt begleiteten. Weil die Opfer Jugendliche waren. Weil seine Tochter im gleichen Alter war. Er konnte gar nicht umhin, eine Verbindung herzustellen und all dieses Grauen auf sie zu projizieren. Er hatte schon Diane verloren. Charlotte war alles, was ihm noch geblieben war.

Der Portier tauchte wieder auf.

»Pater Édouard wird Sie empfangen.«

»Wer ist Pater Édouard?«

»Der Oberaufseher. Wenn Sie mir bitte folgen würden…«

Sie durchquerten einen verlassenen Hof, in dem Platanen Spalier zu stehen schienen. Er war von wuchtigen Gebäuden umgeben, die im Halbschatten lagen.

Über eine Reihe von Treppenstufen gelangten sie zu einem dieser Gebäude. Eine sechs Meter hohe Decke, Steinarkaden, die Mauern nackt, wenn man von dem riesigen Holzkreuz absah, das in der Mitte hing. Das Bauwerk vermittelte aufgrund seiner Architektur die Vorstellung eines allmächtigen Gottes, einer Kraft, der man sich nur unterwerfen konnte.

Eine lange Treppe wand sich rund um einen Treppenschacht. Es gab keinen Aufzug, aber im vierten Stock einen langen Gang mit vielen Türen. Die fünfte Tür war die richtige. Der Portier klopfte dreimal verhalten an und machte dann auf dem Absatz kehrt.

»Treten Sie ein!«

Ein dünnes Stimmchen, das aber eine unangreifbare Autorität besaß und bestens zu dem Mann passte, den François beim Betreten des Büros sah. Klein, hager, in eine enge Soutane gezwängt. Nicht älter als fünfunddreißig, aber in gewisser Weise auch zeitlos. Wie die Disziplin, die er verkörperte. Er stand in der Mitte des Zimmers und schien auf sie zu warten.

»Sind Sie von der Polizei?«

»Kommissar François Marchand von der OCRVP, der Operationseinheit zur Bekämpfung von Gewalt gegen Personen. Und Julia Drouot von der Kripo…«

»Kann ich bitte Ihren Ausweis sehen?«

Die Einführungsworte brachten das Eis nicht gerade zum Schmelzen. Julia kam, ohne zu murren, seiner Bitte nach. Der Kommissar tat so, als fände er das normal.

Der Pfarrer sah sich die amtlichen Papiere genau an. Wahrscheinlich machte er das immer so, wenn er einen Schüler in die Enge treiben wollte. Dann hob er den Blick.

»Was wollen Sie?«

Der Ton gefiel dem Pofiler immer weniger. Er musste an sich halten, um höflich zu bleiben.

»Kannten Sie Pierre Jacquet?«

»Selbstverständlich.«

»Sie wissen, was geschehen ist?«

»Wer weiß das nicht?«

Die Antworten waren neutral, vielleicht ein klein wenig ungeduldig. Marchand konnte keinerlei Mitgefühl darin erkennen.

»Wir versuchen, etwas mehr über seinen Charakter in Erfahrung zu bringen. Wir haben uns gesagt, dass …«

»Sie nehmen wahrscheinlich an, dass er nicht zufällig ermordet wurde?«

»Ich glaube, dass …«

»Und Sie sagen sich, dass es da vielleicht eine Verbindung zu unserer Einrichtung gibt?«

Jetzt war es passiert: Argwohn, Gift und Galle, in Aussagesätzen formulierte Fragen. Für den Priester bedeuteten die beiden Polizeibeamten nichts Gutes. Die Ermittlung konnte sein Gymnasium in Misskredit bringen, was zu einer teuflischen Kettenreaktion führen könnte. François hätte ihn beruhigen können, aber er hatte keine Lust dazu.

»Hören Sie mir gut zu, Pater. Wir sind hier im Rahmen einer kriminalpolizeilichen Ermittlung tätig, und dabei sind wir diejenigen, die die Fragen stellen. Daher gilt: Entweder Sie halten sich an unsere Spielregeln, oder ich muss Sie aufs Kommissariat vorladen.«

Der Geistliche wurde steif wie ein Stock. Normalerweise klopfte er den anderen auf die Finger. Er reagierte aufbrausend.

»Wollen Sie mich einschüchtern?«

»Das können Sie sehen, wie Sie wollen.«

Ein kurzer Moment des Schweigens, in dem er mit sich zu Rate ging. Dann zischte er selbstbewusst:

»Ich glaube nicht, dass Sie in Ihrer Position hier irgendwelche Forderungen stellen können, Kommissar Marchand. Sie befinden sich auf Privateigentum, und soweit ich weiß, haben Sie keinen Durchsuchungsbeschluss. Sie ermitteln hier in einem neuen Kriminalfall, also stehen Ihnen zwei Möglichkeiten offen: Sie können mich verdächtigen, den jungen Pierre Jacquet umgebracht zu haben, und in Polizeigewahrsam nehmen, ansonsten verlassen Sie bitte augenblicklich diesen Ort.«

François verschlug es die Sprache. Der schlaue Fuchs hatte im Priesterseminar wohl Jurakurse belegt oder Prozessakten studiert.

Plötzlich bekam der Kommissar große Lust, ihm Handschellen anzulegen. Julia hatte das gespürt und ging dazwischen.

»Es geht hier nicht um Ihr Gymnasium, Pater. Wir versuchen nur herauszufinden, was Pierre für ein Mensch gewesen ist. Diese Befragung wird nicht schriftlich protokolliert werden, das bleibt alles unter uns.«

Der Oberaufseher maß sie mit dem Blick. Er schien ihre Gegenwart erst jetzt zu bemerken. Sie machte ihm schöne Augen und fügte hinzu:

»Vertrauen Sie mir. Sie wollen vor allem vermeiden, dass die Öffentlichkeit davon Wind bekommt. Das wird nicht der Fall sein, ich schwöre es Ihnen.«

Der Geistliche verzog das Gesicht zu einem säuerlichen Lächeln. Seine Hände verschwanden in den Ärmeln seiner Soutane, als zöge er sich in sich selbst zurück.

»Schwören Sie nicht, meine Tochter. Das Kind ist ohnehin schon in den Brunnen gefallen. Der Portier hat Sie gesehen und dürfte sich bereits so allerlei Fragen stellen.«

»Machen Sie sich da mal keine Sorgen. Ich werde mit ihm reden. Jetzt bitte ich Sie: Beantworten Sie unsere Fragen, und schon sind wir wieder verschwunden.«

Er senkte den Kopf, als bitte er den Herrgott höchstpersönlich um einen Rat. Dann flüsterte er fast:

»Was möchten Sie wissen?«

Julia sah schnell zu François hinüber. Mit einem Blinzeln gab er grünes Licht.

»Pierre hatte gute Noten, nicht wahr?«

»Exzellente.«

»Und sein Glaube war groß.«

»Immens.«

»Ein Musterschüler also?«

Pater Édouard starrte sie an.

»Worauf möchten Sie hinaus?«

»Ich glaube nicht an den vollkommenen Menschen. Jeder hat seine Schattenseite.«

»Der Herr hilft uns, sie zu besiegen.«

»Was war Ihrer Meinung nach Pierres Schattenseite?«

»Das weiß ich nicht.«

»Denken Sie nach. Vielleicht gibt es irgendwelche Kleinigkeiten, bei denen man hellhörig werden könnte. Kleine Probleme mit der Disziplin? Unentschuldigtes Fehlen im Unterricht? Oder schlechten Umgang?«

»Nichts von alledem. Im Gegenteil. Jacquet war nicht nur vorbildlich, er kümmerte sich außerdem noch um die anderen.«

Marchand sprang sofort darauf an.

»Können Sie uns das näher erläutern?«

»Wir haben innerhalb jeder Klasse ein System zur gegenseitigen Unterstützung. Die Starken nehmen die Schwachen unter ihre Fittiche.«

»Jacquet half einem anderen Schüler in Russisch. Und er hatte nicht gerade den Einfachsten abgekriegt.«

»Wie meinen Sie das?«

»Rémi Cazenove. Ein Tagedieb, arrogant, unbeherrschbar und schlecht erzogen. Eine Plage. Wenn es nur von mir abhinge, wäre er schon lange von der Schule geflogen. Aber seine Eltern schützen ihn. Und wenn man sich ansieht, welche Summen sie der Schule spenden, wird einem klar, dass der Verwaltungsrat ihnen nichts abschlagen kann.«

Ein Faulpelz. Eine unerwartete Gelegenheit, dem Druck zu entgehen. Pierre hatte sie nicht einmal suchen müssen, sie wurde ihm auf dem Silbertablett präsentiert.

»Haben Sie seine Adresse?«

»Warum? Denken Sie etwa, dieser kleine Idiot hätte Jacquet etwas antun können?«

»Ich möchte nicht…«

»Sie sind auf dem Holzweg. Wenn man seine Mitmenschen umbringen will, braucht man Grips. Und Cazenove hat keinen.«

François seufzte und versuchte, Ruhe zu bewahren.

»Die Adresse, Pater.«

»Sie vergeuden Ihre Zeit. Er wird ohnehin nicht zu Hause sein.«

»Ach nein?«

Der Geistliche sah auf seine Uhr.

»Es ist neunzehn Uhr fünfzehn. Die Wahrscheinlichkeit, dass Sie ihn an der Bar finden, ist groß.«

»Welche Bar?«

»Die Balto-Bar. Rue Dode.«

»Wie kommt man dorthin?«

»Die Zweite links, wenn man den Boulevard Gambetta runtergeht. Sie werden sie leicht finden. Sie hat… Charakter.«

25

Die Fassade war vergammelt.

Schmutzige Fensterscheiben, eine schmale, mit Aufklebern übersäte Glastür, ein grün-weißes Barschild, das einem Neonlicht vor die Füße kotzte. Von draußen erinnerte die Bar an ein städtisches Wettbüro. Aber eines aus einem Immigrantenviertel. Obwohl es im letzten Winkel einer kleinen Gasse lag, wirkte es störend in diesem bürgerlichen Umfeld.

Als François hineinging, rechnete er mit den üblichen Trinkern, die sich normalerweise zu solchen Orten hingezogen fühlen. Stattdessen stieß er auf eine junge Klientel, eher wohlhabend, die auf einem mit Sägemehl bestreuten Boden an Holztischen saß und diskutierte. Das Durchschnittsalter dürfte bei zwanzig Jahren liegen. Keine Zigaretten – das Verbot wurde beachtet –, aber alle tranken literweise Bier. Eine Stereoanlage spuckte südamerikanische Musik aus und übertönte damit den Gesprächslärm.

Der Kommissar suchte den Raum ab. Pater Édouard hatte den Jugendlichen treffend beschrieben: ein großer, athletischer Brünetter, ziemlich gut aussehend, der eine schwarze Lederjacke trug. Natürlich eine Perfecto, mit einem Wappen auf dem linken Revers, das ein geflügelter Totenkopf zierte.

François sah ihn sofort. Er lümmelte auf einer mit Kunstleder bezogenen Bank, einen Bierkrug in der rechten Hand, und redete auf eine Rothaarige ein, die buchstäblich an seinen Lippen hing.

Die Polizeibeamten bahnten sich einen Weg zu ihm. Marchand musste fast schon schreien, um den Lärm zu übertönen.

»Rémi Cazenove?«

Der Jugendliche drehte nicht einmal den Kopf. Er machte

ihm ein Zeichen, dass er beschäftigt war. Julia hielt ihm ihre Karte unter die Nase.

»Na, hör mal. Hat man dir nicht beigebracht, wie man mit Erwachsenen umgeht?«

Er sah zu den Bullen hoch, ohne sich aus der Ruhe bringen zu lassen, ohne die geringste Beunruhigung zu zeigen. Er hatte noch kindliche Züge, aber sein Gesicht war bereits das eines Mannes. Gebaut wie ein Schrank, schlecht rasiert, eine gerade Nase. Ein Kerl im Stil von Boss oder Armani. Und dazu ein provozierendes Lächeln …

»Hab ich was getan?«

»Wir werden's dir erklären«, antwortete Julia.

Zu seiner Freundin sagte sie:

»Lässt du uns mal allein?«

Die junge Frau nickte und machte sich augenblicklich aus dem Staub. François setzte sich auf ihren Platz, während seine Kollegin vor Cazenove Platz nahm.

»Was trinkst du da?«, fragte Julia.

»Sieht man das nicht?«

»Bist du denn schon alt genug?«

»Achtzehn Jahre alt und kerngesund. Wollen Sie meine Papiere sehen?«

Julia verschränkte die Arme vor der Brust und lehnte sich auf dem Stuhl zurück.

»Bist ein kleiner Komiker, was?«

Cazenove lachte höhnisch. Diese Bezeichnung gefiel ihm offenbar.

»Was wollen Sie von mir?«

»Mit dir über Pierre Jacquet reden.«

Jetzt wirkte der junge Mann schon nicht mehr ganz so selbstsicher.

»Üble Geschichte.«

»Du sagst es.«

»Und was geht mich das an?«

»Wir kommen gerade vom Gymnasium. Pater Édouard hat uns euer kleines gegenseitiges Hilfesystem erläutert. Die Guten, die sich um die Verlierer kümmern. Du verstehst, was ich meine?«

»Nein.«

»Bist du so blöd, oder machst du das extra? Jacquet hat mit dir Russisch gepaukt. Wir hätten gern, dass du uns erzählst, wie das so ablief.«

Er zuckte die Schultern und trank einen Schluck Bier.

»Wir gingen abends in der Studierzeit alles noch mal zusammen durch.«

»Jeden Abend?«

»Fast.«

»Und sonst?«

»Nix sonst.«

»Hast du dich nicht draußen mit ihm getroffen?«

Verächtliches Lächeln.

»Wir hatten nicht gerade dieselben Interessen.«

»Und was waren das bei ihm für Interessen?«

»Reli, aber bis zum Abwinken, 'ne echte Betschwester.«

Sie traten auf der Stelle. Außerhalb der Schule hatten die beiden Jugendlichen nicht viel gemeinsam. Aber François war sich sicher, das der reiche Schnösel den jungen Katholiken fasziniert haben musste. Er stand für die rebellische Freiheit, von der Pierre heimlich träumte.

Er mischte sich in ihr Gespräch ein.

»Hier fühlst du dich zu Hause, was?«

Sein Gegenüber warf ihm einen spöttischen Blick zu.

»Das kann man wohl sagen.«

»Und ich nehme mal an, du kennst hier alle.«

»Ja, so gut wie.«

»Die Mädchen sind gar nicht so übel. Wo kommen die her?«

»Vom Charles-Péguy.«

»Ein Gymnasium?«

»Das Paradies.«

»Warum denn das?«

»Weil das eine gemischte Schule ist. In Saint-Jo ist das doch voll Scheiße. Da gibt's nur Kerle.«

»Hatte Jacquet was übrig für Mädchen?«

Ein Lachen schüttelte den Adonis.

»Glauben Sie etwa, der war schwul?«

»Beantworte meine Frage.«

»Der war noch Jungfrau. Aber er hätte schon gern mal eine vernascht.«

»Hat er mit dir darüber gesprochen?«

»Ja. Er hat mich sogar angefleht, ihn mal hierher mitzunehmen.«

»Und was hast du gemacht?«

»Mir war das ein bisschen peinlich, aber was soll's ... Ich hab's gemacht. Einmal. Damit er mir nicht länger das Ohr damit abkaut.«

Ohne jede Vorwarnung tauchte eine kleine Brünette auf. Von oben bis unten durchgestylt, geschminkt bis zum Anschlag, nach Parfüm stinkend. Sie gab Rémi mit spitzen Lippen ein Küsschen, warf den Polizisten einen neugierigen Blick zu und verschwand, wie sie gekommen war.

Marchand nahm den Faden wieder auf.

»Du hast Jacquet also hierhergebracht.«

»Jo.«

»Wie ist es gelaufen?«

»Ehrlich gesagt nicht so toll. Ich wusste nicht mehr, wohin mit mir.«

»Ich frag dich nicht, wie es dir ergangen ist. Um deinen Freund geht's mir.«

»Ich habe Ihnen schon gesagt, dass das gar nicht mein Freund war.«

»Einverstanden, erzähl mir trotzdem davon.«

Rémi seufzte und sah sich um. Die Polizisten störten ihn.

»Das war kurz nach Schulanfang, gleich nach den Ferien. Wir hatten gerade mal ein, zwei Bierchen gezischt. Er war recht nervös. Für ihn war das echt nicht so einfach hierherzukommen.«

»Hast du ihm deine Freundinnen vorgestellt?«

Cazenove machte ein verschmitztes Gesicht.

»Ich habe abgewartet, bis er ein bisschen angetrunken war. Dann habe ich ihn auf Karine angesetzt. Die tut einem gern mal einen Gefallen.«

»Und dann?«

»Ich bin's nicht gewohnt, den Anstandswauwau zu spielen. Ich habe sie ihrem Schicksal überlassen.«

»Und was ist dabei herausgekommen?«

»Sie brauchen sie nur zu fragen, dahinten steht sie.«

Er deutete auf eine junge Frau, die an der Theke stand, die Ellbogen auf dem Tresen. Sie hatte rabenschwarzes, zu einem wilden Turm hochgestecktes Haar, die Lider mit dem Lidstrich verlängert und reichlich Lippenstift aufgetragen. Sie war betont vulgär und schien sich für Amy Winehouse zu halten.

»Okay. Wir schauen sie uns mal an, und dann kommen wir zurück. Und du rührst dich nicht von der Stelle.«

Der Weg dorthin war beschwerlicher. Die Jugendlichendichte pro Quadratmeter war in die Höhe geschossen. Die Polizeibeamten mussten ihre Ellbogen einsetzen, um an ihr Ziel zu gelangen.

»Karine?«

Sie war allein, vertieft in die Lektüre der Zeitschrift *Voici*.

»Ja?«

»Polizei. Können wir uns kurz mit dir unterhalten?«

»Soll das ein Witz sein?«

Der Wirt hatte sich dazugestellt. Er spülte die Gläser und

ließ sich dabei nicht aus der Ruhe bringen. François trat an Karine heran und flüsterte ihr ins Ohr:

»Wir können nach draußen gehen, wenn du magst. Das fällt nicht so auf.«

Sie sah ihn prüfend an. Dann blickte sie zu Julia. Ihre Anwesenheit schien sie zu beruhigen.

»Einverstanden. Ich wollte sowieso eine rauchen gehen.«

Draußen hatte es angefangen zu regnen. Eisige Nägel, die einem in die Haut stachen. Karine spannte einen Regenschirm auf und zündete sich eine Zigarette an.

»Also? Worüber reden wir?«

Der Kommissar redete nicht lang um den heißen Brei herum.

»Pierre Jacquet.«

»Wen?«

»Ein Blonder. Ziemlich verklemmt. Rémi Cazenove hat ihn dir letzten Monat vorgestellt.«

Sie atmete den Zigaretterauch tief ein und stieß ihn dann beim Reden wieder aus.

»Ach ja ... Ich habe nicht verstanden, warum Rémi mich unbedingt mit dem verkuppeln wollte.«

Es sah nicht so aus, als wüsste sie Bescheid, was geschehen war. Schließlich fand man diese Art von Information nur selten im *Voici*.

»Erzählst du uns ein bisschen was davon?«

»Da gibt's nicht viel zu sagen. Ich hatte das Gefühl, ich mache ihm Angst. Das einzige Positive an ihm war seine ausgesprochene Höflichkeit. Das ist so selten, dass es einem auffällt.«

Na wunderbar. Auskünfte dieser Art würden sie nicht weiterbringen. François zitterte vor Kälte. Der Regen lief ihm in den Kragen. Julia hüpfte von einem Bein aufs andere in der Hoffnung, das würde sie ein bisschen aufwärmen. Sie mussten das Gespräch zu einem Ende bringen.

»Hast du mit ihm geschlafen?«

»Was?«

»Du scheinst anderen ganz gern mal einen Gefallen zu tun.«

»Das vielleicht schon. Aber es gibt Grenzen. Behinderte sind nicht meine Sparte.«

»Übertreibst du da nicht ein bisschen?«

»Kaum. Der traute sich ja nicht mal, mich anzusehen. Alles Weitere mag ich mir gar nicht erst vorstellen.«

Sie zog an ihrer Kippe und warf sie dann zu Boden.

»Reicht das? Sind wir fertig? Mir ist nämlich arschkalt.«

Sie steckten fest. Diese kleine Bande von Hochgestylten hatte nichts mit Pierre zu tun gehabt, und wieder hieß es: zurück auf Start. François stellte aufs Geratewohl eine letzte Frage.

»Hat Cazenove ihn außer dir auch noch anderen Leuten vorgestellt?«

»Keine Ahnung, ehrlich. Ich verbringe nicht meine Zeit damit, ihn zu bespitzeln.«

»Aber du scheinst oft hier zu sein. Es hätte dir ja was auffallen können.«

»Ich habe seinen Freund erst einmal gesehen. Wir haben zehn Minuten miteinander geredet, dann hab ich die Kurve gekratzt.«

»Du bist ja nicht gerade sehr ausdauernd.«

»Jetzt mal ehrlich, das Ganze war voll schräg. Haben Sie schon mal versucht, mit einem Autisten einen kleinen Plausch zu halten?«

»Nein. Nie. Was hat er denn gemacht?«

»Er ist wie ein Idiot dagesessen und hat so getan, als würde er Bier trinken.«

»Ist Cazenove nicht gekommen?«

»Rémi ist ein aufgeblasenes Arschloch. Der denkt nur an sich.«

François bekam so allmählich eine Vorstellung von ihm. Ein verwöhntes Kind, schön noch dazu, der sich für den König der Welt hielt. Karine dagegen hatte ein Herz. Und das dürfte man ihr schon recht oft gebrochen haben.

»Zum Glück war Marcel da«, fügte sie hinzu. »Der hat ihn wieder ein bisschen aufgebaut.«

Ein neuer Bauer auf dem Schachbrett. Und zwar so unerwartet, dass der Profiler ganz elektrisiert war.

»Wer ist Marcel?«

»Ein Pfarrer.«

»Vom Saint-Joseph-Gymnasium?«

Karine musste an sich halten, um nicht laut loszuprusten.

»Nein, das ist nicht gerade sein Ding.«

»Also, wo gehört der hin?«

»Wissen wir nicht so genau. Der ist unabhängig. Lange Haare, große Maschine, Bikerlook. Der taucht irgendwie überall auf. In Bars, Diskos, besetzten Häusern … Überall da, wo sich die verlorenen Seelen herumtreiben.«

Sie klang jetzt ziemlich ironisch, als passe es ihr nicht in den Kram, wie dieser Geistliche, der sich außerhalb der Norm bewegte, sein Priesteramt ausfüllte.

Julia schaltete sich ein.

»Ein Rocker-Priester?«

»Ja … kann man so sagen.«

»Wie alt?«

»Fünfzig, fünfundfünfzig …«

»Hast du schon mit ihm gesprochen?«

»Nein. Mit Pfaffen hab ich's nicht so.«

François auch nicht. Aber hier hatten sie es nicht mit dem klassischen Schema zu tun. Diese Art von Pfarrer hatte vielleicht auch ihre bösen Seiten. Nur bis zu welchem Punkt?

»Weißt du, wo er zu finden ist?«

»Nein. Er ist dauernd unterwegs.«

Egal. Er würde ihn schon finden. Marchand ließ Karine ihrer Wege ziehen und schlug den Mantelkragen hoch.

Ein Pater in Lederjacke.

Die Wege des Herrn waren wirklich unergründlich.

26

Der Pfarrer wohnte in einem Problemviertel.

In La Villeneuve im Süden von Grenoble, einem großen Komplex des Sozialen Wohnungsbaus, in dem viele Außenseiter aufeinanderstießen.

Julia hatte die Adresse über einen Anruf bei der Diözese herausgefunden. Jeder dort kannte Pater Marcel, seine Ideen, seine Methoden, sein Auftreten. Dass er sich kleidete wie ein Biker ließ niemanden völlig gleichgültig. Er gehörte zur Gemeinde der Dreifaltigkeitskirche, benahm sich aber wie ein freies Elektron. Einmal die Woche hielt er die Messe ab, ansonsten sah man ihn nie.

Die Gegend war nicht sehr idyllisch. Hohe Gebäude, halb Wohnturm, halb Wohnblock, rund um einen im Schatten liegenden Park erbaut. Wie man an den Fassaden erkennen konnte, stammten die Häuser aus den Siebzigerjahren. Das typische Pilotprojekt, das rund um einen »Lebensort« sämtliche notwendigen Annehmlichkeiten gruppierte: Sportanlagen, Plätze kultureller Begegnung, Verwaltungsgebäude, Schulen und jede Art von Kommerz. Ein zubetoniertes Glück in einem praktischen und billigen Rahmen.

François wusste nur zu gut, was für ein Schwindel das Ganze war. Das Département Seine-Saint-Denis war voll von solchen Bauprojekten. Als dann die Euphorie vorbei war, ließ die Erfüllung des Traumes auf sich warten. Die gemeinschaftlich genutzten Bereiche verfielen als Erstes, und der Stadtverwaltung mangelte es an Geldern, sie wieder herrichten zu lassen. Die Appartements verloren bald an Wert und zogen immer mehr mittellose Familien an. Das ethnische Durcheinander, das auf diesem elenden Humus gedieh, machte die Sache nicht einfacher. Hier, wo die Herzen stumm waren und man seine Mitmenschen ablehnte, gediehen Frust, Hass und Angst. Am Ende übernahmen die Jugendlichen die Herrschaft. Drogen, Schutzgelderpressungen, Einbrüche, Sachbeschädigungen: Sie herrschten über dieses gesetzlose Territorium, indem sie Terror walten ließen. Wenn es dunkel wurde, verbarrikadierten sich alle zu Hause.

Kurzer Blick auf das Navi. Die Avenue La Bruyère war nicht sehr weit weg. Pater Marcel wohnte in einer Einzimmerwohnung in einem Ensemble, das den Namen ›Résidence 2000‹ trug.

Block 5, Eingang C, hatten ihnen die Mitarbeiter der Diözese gesagt.

Nach einer Kurve tönte die synthetische Stimme im Fahrzeug: »Sie haben Ihr Ziel erreicht.« Marchand spähte ins Dunkel hinaus. Eine lange gerade Linie, gesäumt von riesigen Bäumen, hinter denen man undeutlich rechteckige Strukturen erkennen konnte. Keine Auffahrt.

Er ließ den Wagen etwa dreißig Meter weiterrollen, bis er eine Passage entdeckte, eine von Straßenlaternen schwach erleuchtete Asphaltallee. Böse Überraschung. Eine quer gespannte Eisenkette verwehrte Fußgängern den Zutritt.

François parkte den Touareg hinter einem alten BMW, von dem schon die Farbe abblätterte. Die Vorstellung, seinen Geländewagen mit Allradantrieb auf Gedeih und Verderb den Plünderern auszuliefern, gefiel ihm gar nicht. Aber es ging nicht anders. Da er zu einem Pfarrer ging, konnte er auch gleich Gott darum bitten, ein Auge darauf zu haben.

Sie machten sich auf den Weg. Immer noch fiel ein eisiger Regen und brachte den Asphalt zum Glänzen, sodass er aussah wie ebenholzschwarze Haut. Julia lief schweigend neben François her. Die Situation gefiel ihr nicht. Allein in dieser unbekannten Vorstadt gaben sie die herrlichsten Zielscheiben ab.

Fünfzig Meter, dann eine Biegung. Sie gelangten auf einen Platz. Brunnen, Treppen, Arkaden, alles komplett aus Beton. Sie waren von Wohnblöcken umzingelt, deren Mauern aussahen wie die eines Hochsicherheitsgefängnisses.

Nachdem sie ziellos herumgeirrt waren, fanden sie schließlich den richtigen Block. Schon in der Eingangshalle sahen sie, was Sache war. Lepröse Wände, aufgebrochene Briefkästen, Uringestank. Fünf oder sechs Jugendliche lümmelten auf dem Boden herum – Schwarze, Weiße, Araber –, die sich aus gegebenem Anlass um einen riesigen Joint versammelt hatten.

Einer von ihnen, ein kräftiger Kerl mit schwarzer Haut, eingehüllt in einen gefütterten Parka, fuhr die Polizisten an:

»Jou, Mann! Was haben sich denn da für Idioten hierherverlaufen?«

Die ganze Bande lachte blöd. François ließ seinen Polizeiausweis stecken und stellte sich dumm.

»Wir suchen Pater Marcel.«

»Bist 'n Pfarrer?«

»In gewisser Weise, ja.«

»Und sie, is das 'ne Nonne?«

»Für sie gilt dasselbe.«

»Scheiße, Mann, die sind ja voll scharf, die Nonnen!«

Diesmal ein dreckiges Lachen. Der Kommissar blieb ruhig und betete, dass Julia nicht darauf einging. Als er sah, dass keiner sich rührte, stellte er seine Frage noch mal:

»Also? Wisst ihr nun, wo er wohnt, Pater Marcel?«

Der Schwarze stand auf. Ein Riese von einem Kerl, zehn Zentimeter größer als er. Seine vom Dope geweiteten Augen bohrten sich in die des Profilers.

»Jetzt mal ehrlich, du siehst aus wie 'n Bulle.«

Die anderen standen auf wie ein Mann. Marchand machte einen Schritt zur Seite und stellte sich schützend vor Julia.

»Nur mit der Ruhe. Wir wollen bloß Pater Marcel besuchen.«

»Den kenn ich nicht, deinen Scheißpater. Es gibt keinen Pater im Zweitausend. Und du, du Arschloch, dich fick ich gleich durch, du.«

Der Kerl kam auf ihn zu. Instinktiv wich François zurück.

»Lass es gut sein, Mouloud.«

Der Befehl kam von rechts. Ein leises Stimmchen, bedächtig, kühl. Marchand wandte den Kopf und sah eine an die Wand gelehnte Gestalt sitzen. Das Gesicht war mit einer ledernen Kapuze maskiert, sie sah aus wie ein Mönch.

Der große Schwarze muckte auf:

»Zarma, die sind von der Kripo, sag ich dir.«

»Was geht's uns an?«

»Das ist Privatbesitz hier. Da haben die Kerle nichts verloren.«

»Hör auf mit dem Scheiß.«

Der Kerl hielt François' Blick zunächst stand. Er wand sich ein bisschen wie ein Rapper, dann grummelte er ein paar Beleidigungen und setzte sich schließlich wieder hin.

»Vierte Tür rechts«, sagte der Kapuzenmann. »Am Ende des Gangs. Und vergiss den Aufzug, Alter, der ist kaputt.«

Der Kommissar bedankte sich und zog Julia mit sich. Das Treppenhaus befand sich hinter einer Brandschutztür. Wie es dort aussah, verriet so einiges über den Gemütszustand der Bewohner. Hier kümmerte sich kein Mensch mehr um irgendwas. Es gab volle Müllsäcke, Motorteile, getrocknete Exkremente und einen zur Hälfte ausgeschlachteten Scooter. Die Wände verschwanden unter Graffitigeschmier. Der Boden war klebrig. Aber das Schlimmste war wahrscheinlich der Geruch: eine explosive, undefinierbare Mischung, bei der einem speiübel wurde.

Sobald sie oben angekommen waren, stießen sie auf einen langen, als Kreisbogen konstruierten Laufgang. François ging voraus und folgte der angegebenen Richtung. Alle zehn Meter gab es eine Tür, ein bisschen wie im Hotel. Am Ende des Gangs lag die von Marcel, eine der wenigen, von denen man nicht das Namensschild abgerissen hatte.

François klingelte. Ein Typ öffnete: Jeans und schwarzes T-Shirt, Motorradstiefel mit eckigen Spitzen und an mehreren Fingern Silberringe. Nicht sehr groß, aber untersetzt. In jedem Fall kräftig genug, um einen Jugendlichen auf dem Rücken zu tragen. Sein Gesicht war gezeichnet. Tiefe Falten, Schatten unter den Augen, schrundige Haut. Eine Haarmatte bis auf die Schultern. Auf der Brust, wie als einziges Licht in der Dämmerung, ein kleines, quecksilbrig schimmerndes Kreuz.

»Pater Marcel?«

»Ja?«

»Wir sind von der Polizei.«

»Schon wieder! Verdammt, das ist jetzt das vierte Mal die Woche. Wenn es um die Kids geht, die in der Eingangshalle rumhängen, lassen Sie mich mit denen in Frieden. Da bin ich machtlos.«

Die Stimme klang gebrochen, aber herrisch. Der Typ hatte ein bewegtes Leben hinter sich.

»Nein. Mit Ihnen wollten wir sprechen.«

Der Pfarrer stutzte einen Moment.

»Mit mir?«

»Können wir hereinkommen?«

Er trat zur Seite und bat sie mit einer ausholenden Geste hinein.

Drinnen war es ordentlicher als im Gemeinschaftsbereich. Eine saubere Wohnung, frische Wandfarbe, wenige, dafür aber ordentliche Möbel. Und das unvermeidliche Kruzifix. Der Ort erinnerte an eine Durchgangsstation, einen unpersönlichen Zufluchtsort für einen Wanderprediger.

Er forderte die Polizisten auf, sich zu setzen. François kam sofort auf den Punkt.

»Pierre Jacquet. Wissen Sie Bescheid?«

Ein bedächtiges Nicken.

»Ich habe davon gehört.«

»Sie haben ihn offenbar gekannt?«

»Ja.«

»Erzählen Sie uns.«

»Was denn?«

»Alles, was Sie über ihn wissen. Wir suchen uns dann schon das Richtige aus.«

Der Priester zog ein Päckchen Marlboro aus einer der Taschen seiner Jeans. Aus der anderen holte er ein Feuerzeug, dann steckte er sich eine Zigarette an. Langsame, bedächtige Gesten, er war vollkommen entspannt.

»Ich habe ihn im Balto getroffen, einer Bar in der Nähe seines Gymnasiums. Er wirkte verloren. Ich habe ihn angesprochen, und wir haben uns unterhalten.«

»Worüber?«

»Über die Gründe, warum er dort war.«

»Das heißt?«

»Über Mädchen, übers Bumsen, über all das, worauf es in seinem Alter ankommt.«

»Hat er Ihnen erzählt, dass er praktizierender Katholik ist?«

»Ja.«

»Und die Katholische Jugend, hat er Ihnen davon erzählt?«

»Auch.«

Pater Marcel hielt nichts zurück. François nahm bei ihm keines der Anzeichen wahr, an denen man üblicherweise erkennen kann, dass jemand lügt.

»Wussten Sie, dass er zweimal die Woche in seine Pfarrei ging?«

»Das wusste ich. Wir hatten des Öfteren Gelegenheit, über sein religiöses Engagement zu sprechen.«

»Dann wissen Sie vielleicht auch, dass der Mörder ihn gleich im Anschluss mitgenommen hat.«

»Nein. Das wusste ich nicht.«

Jetzt hörte man aus seinem Tonfall ein wenig Misstrauen heraus. Der Biker Christi hatte offenbar begriffen, dass er hier auf der Anklagebank saß. Der Kommissar nutzte seinen Vorteil.

»Was haben Sie letzten Montag zwischen neunzehn Uhr dreißig und ein Uhr morgens gemacht?«

Die Reaktion kam unmittelbar.

»Warum? Denken Sie etwa, ich habe ihn umgebracht?«

»Antworten Sie.«

»Ich war zu Hause.«

»Allein?«

»Ich bin niemals allein. Der Herr ist bei mir.«

Kein Alibi. Es gab aber auch keine Beweise. Marchand betrachtete die Motorradstiefel und dachte an die Abdrücke, die vor der Fabrik gefunden worden waren. Schade, dass sie noch keine Laborergebnisse hatten ...

»Und Sonntagabend? Wo waren Sie da?«

Julia staunte. Seit ihrer Ankunft in Grenoble hatte François den ersten Mord in ihren Vernehmungen nicht angesprochen. Aber dieser Pfarrer war ihre einzige wirkliche Spur. Mobil, charismatisch, mit direktem Draht zu den Jugendlichen. Zum ersten Mal wirkte Pater Marcel unsicher.

»Ist das wichtig?«

»Sehr.«

»Ich sehe nicht, warum.«

Der Polizist deckte die Karten auf und sah ihm dabei in die Augen.

»Eine Jugendliche wurde in der Nähe von Avignon getötet. Wahrscheinlich von demselben Verrückten. Einem Mann, der seine Opfer gut kannte. Dem sie vertrauten.«

Der Geistliche drückte seine Kippe aus.

»Ein bisschen so wie ich …«

»Genau.«

»Wird meine Aussage schriftlich protokolliert?«

»Das kommt ganz darauf an.«

Er holte tief Luft und gab dann zu:

»Ich war mit einer Frau zusammen. Ich habe die Nacht mit ihr verbracht.«

Kein Kommentar.

»Kann sie das bestätigen?«

»Wenn das unbedingt notwendig ist.«

Das war es nicht mehr. Betretenes Schweigen machte sich breit, jeder verlor sich in seinen eigenen Gedanken. François' Gedanken drehten sich um die Ermittlung. Und zwar ausschließlich darum. Den Motorradfahrer in Soutane konnten sie von der Liste streichen. Er mochte eine etwas obskure Person sein, aber er hatte nichts Verwerfliches getan. Jedenfalls nicht in dem Bereich, über den die Menschen zu Gericht saßen.

Julia ergriff das Wort.

»Wir sind alle Sünder, Pater. Der Herr fordert uns heraus, und er ist der Einzige, der uns richten kann.«

»Ersparen Sie mir Ihre Predigten. Ich brauche Ihr Mitleid nicht.«

»Darum geht es nicht. Sie haben gerade erzählt, dass Sie mit dem Opfer über sein religiöses Engagement gesprochen haben. Ich wüsste gerne, ob er an seinem Glauben zweifelte.«

Der Geistliche zündete sich noch eine Zigarette an. Jetzt verrieten ihn seine nervösen Hände.

»Worauf wollen Sie hinaus?«

»Pierre war ein braver Junge. Zu brav wahrscheinlich. Er

dürfte sich nach mehr Luft zum Atmen gesehnt haben. Wir nehmen an, dass er bei dem Versuch, sich zu befreien, dem Raubtier über den Weg gelaufen ist.«

»Und?«

»Sie sind ihm mehrmals begegnet. Ihre Denkart hat ihm bestimmt gefallen, hat ihn wahrscheinlich bestärkt. Also erzählen Sie uns von ihm. Sagen Sie uns, was ihn quälte. Was er vorhatte, um da herauszukommen.«

Pater Marcel senkte den Blick.

»Da bitten Sie mich um eine heikle Sache.«

»Weshalb?«

»Weil die Dinge, die Pierre mir anvertraut hat, dem Beichtgeheimnis unterliegen.«

»Verstehe«, sagte Julia. »Aber denken Sie daran, was geschehen ist. Gott wird es ihnen nicht übel nehmen.«

François war völlig baff. Julia brachte den Pfarrer allein durch ihre Aufrichtigkeit dazu, sein Gelübde zu brechen. Der Geistliche sah zum Kruzifix hinüber. Er schloss die Augen, als bitte er im Voraus um Absolution. Dann erläuterte er:

»Dieser Junge war innerlich völlig zerfressen. Das Böse zog ihn an, stärker als ein Magnet. Ich habe versucht, ihn zur Vernunft zu bringen. Ohne Erfolg.«

»Er war also nicht mehr gläubig?«, fragte Julia.

»Sein Glaube war eine leere Schale. Abgestorbene Haut. Er wartete nur auf eine Gelegenheit, sich davon zu befreien.«

»Hat er sie gefunden?«

Zögern. Dann eine allzu schroffe Antwort:

»Findet es heraus.«

In dem Tonfall schwang ein wenig Schuldbewusstsein mit. Der Biker hatte nicht alles preisgegeben, bei weitem nicht. Schützte er jemanden? Marchand übernahm wieder das Kommando.

»Was haben Sie getan, um ihn von diesem Weg abzubringen?«

»Ich habe mit ihm gesprochen.«

»Ist das alles?«

Wieder ein Zögern. Er griff nach dem Kreuz, das er vor der Brust trug, und hielt es fest.

»Nein.«

Diesmal ließ der Profiler das Schweigen seine Wirkung tun. Ein innerer Konflikt schien Pater Marcel zu quälen. Nach ein paar Sekunden machte er seinem schlechten Gewissen Luft.

»Ich wollte ihm eine Art Schocktherapie verpassen. Ihm vor Augen führen, was ihn auf dem Weg in die Finsternis erwartet.«

»Wie denn?«

»Ich habe ihn nach Sabons mitgenommen, in ein besetztes Haus nicht weit von der Île Verte. Dort gibt es von allem etwas. Penner, Drogensüchtige, Diebe – die ganze Palette des menschlichen Elends.«

»Seine Reaktion?«

Pater Marcel biss die Zähne zusammen.

»Er fand es toll …«

»Glauben Sie, er ist ohne Sie dorthin gegangen?«

»Ich weiß nicht …«

Der Pfarrer wagte es nicht, der Wahrheit ins Gesicht zu schauen. Dadurch, dass er Pierre dorthin gebracht hatte, war die weitere Entwicklung ins Rollen gekommen. Wenn man am Absaufen ist, schnappt man nach jedem bisschen Luft, das man kriegen kann. Der Jugendliche war auf eine ganze Sauerstoffflasche gestoßen.

Er war zu dem besetzten Haus zurückgekehrt.

Davon war François überzeugt.

27

Die Höhle des Teufels.

Wenn François dem Ort einen Namen hätte geben müssen, dann hätte er diesen gewählt. In Wahrheit war es noch viel schlimmer als das. Es schwanden einem die Sinne, und jeder Versuch, das Ganze zu beschreiben, war absurd.

Die Kommune begann schon am Flussufer: eine Ansammlung von Hütten, die man aus Karton und Wellblech gebaut hatte und die mit Isolierband zusammengehalten wurden. Einkaufswagen aus dem Supermarkt standen herum, gefüllt mit leeren Dosen, irgendwelchen Fundstücken und riesigen, vollgestopften Müllsäcken. Etwas weiter weg versuchten ein paar Penner, sich vor einem selbst gebauten Ofen ein wenig die Knochen zu wärmen. Gebeugte Rücken, ein räudiges Rudel, laute Stimmen. Die Avantgarde der Ausgestoßenen. Wahrscheinlich waren das alles solche, die es vorzogen, unter freiem Himmel zu leben. Ganz gleich, wie groß die Risiken waren.

Durch diese Müllhalde musste man hindurch, wenn man ins Gebäude wollte. Eine verlassene Lagerhalle aus Backstein und Metall, in der alle Fenster zerbrochen waren. Das riesige Gebäude erhob sich im Dunkel der Nacht wie ein gestrandeter Frachtdampfer. Es gab kein Licht. Ringsum nichts als Brachland.

Als François das Gelände betrat, löste er die Sicherheitslasche seines Holsters und holte seine Waffe heraus. Julia tat es ihm unverzüglich gleich. Mit der freien Hand fuhr der Polizist in die Tasche, um sicherzugehen, dass er das Foto des Opfers noch immer bei sich trug.

Er schaltete die Taschenlampe ein und ging los.

»Der Pitbull«, so wurde er genannt. Den mussten sie finden. Laut Pater Marcel war er eine Art Herrscher über die Hausbesetzergemeinschaft. Sollte Pierre damals zurückgekommen sein, um sich dort einmal ganz lässig umzuschauen, dann wüsste er Bescheid. Und er könnte ihnen auch sagen, mit wem er sich eingelassen hatte.

Das Erdgeschoss. Riesig, leer, eisig kalt. Hier und da ein paar improvisierte Unterstände, die wie Kinderhöhlen wirkten. Die Polizisten gingen auf eine von ihnen zu.

»Hallo! Ist da wer?«

Ein Grunzen war zu vernehmen.

»Hau ab!«

»Ich suche den Pitbull.«

»Hau ab, sag ich dir!«

François kniete nieder und hob die Wolldecke an, die als Türöffnung diente. Ein infernalischer Gestank stieg ihm in die Nase. Pisse, Fusel und Scheiße. Im Dämmerlicht der Höhle lag zusammengekrümmt ein Mensch, eingehüllt in mehrere Schichten Zeitungspapier.

Der Kommissar richtete den Strahl seiner Taschenlampe auf die Augen dieses Wracks und wiederholte in schärferem Ton:

»Also was nun, sagst du mir jetzt, wo er ist, oder muss ich dich mitnehmen?«

Der Penner hob den Unterarm schützend vors Gesicht. Marchand sah nur die dünnen, vor Kälte schrundigen Lippen, ein schlecht rasiertes Kinn und eine rot geäderte Nase.

»Mensch, nimm die Lampe weg!«

»Zuerst antwortest du mir.«

»Bist du ein Bulle?«

»Schon möglich.«

»Dreckskerl.«

»Nun mach schon. Ich hab noch was anderes zu tun.«

»Ich weiß nicht, wo er ist, dein Pitbull. Geh doch einfach da oben nachschauen.«

François richtete den Lichtstrahl zur Seite und fragte mit einer etwas sanfteren Stimme:

»Wo da oben?«

Der Kerl bewegte sich langsam und schwerfällig. Mühsam erhob er sich ein wenig. François wiederholte:

»Wo?

Stille, dann ein Räuspern. Schließlich murmelte der Penner:

»Im Fort. Da sind sie alle. Die ganzen Arschgeigen.«

»Wie kommt man da hin?«

»Ganz hinten ist eine Treppe.«

François stand auf. Julia hatte ihre Waffe gezückt.

»Nein«, befahl er, »noch nicht.«

»Machen Sie Witze? Ist Ihnen klar, wo wir hier sind?«

»Wir haben die Information ja gerade erst erhalten.«

»Und die werden einfach nur mal zum Spaß ein paar Bullen auf die Hörner nehmen.«

Sie hatte nicht unrecht. Die Konstellation war nicht ideal. Sie waren ganz klar an einem geschützten Ort, in dem eine Bande von Gaunern sich gegen jeden Angriff von außen zur Wehr setzte. Aber die Polizisten wussten, mit welchem Zaubermittel sie sich Einlass verschaffen konnten: Pater Marcel.

»Seien Sie vorsichtig, das wird schon funktionieren.«

Julia steckte unwillig ihre Sig Sauer zurück ins Holster. Ohne ihr Zeit zum Nachdenken zu lassen, steuerte Marchand das Ende der Lagerhalle an. Dicht an der Wand führte eine Metalltreppe nach oben. Sie wand sich Richtung Decke, um in zehn Metern Höhe in einem dunklen Loch zu verschwinden. Die Taschenlampe in der Hand, packte der Kommissar das Geländer und machte sich an den Aufstieg.

Sie brauchten gute zwei Minuten, um zu dem Stockwerk zu gelangen. Die Treppe wankte, und François hatte ein paarmal das Gefühl, sie würde bald aus den Angeln reißen. Oben sah man einen langen Gang. Ein diffuses Licht, das wahrscheinlich von Kerzen stammte, ließ die Schatten tanzen.

Sie gingen weiter. So gut wie überall gab es Türen. Vielleicht ehemalige Büros. Hinter der ersten Tür befand sich ein winziges Kabuff, in dem stapelweise Matratzen gelagert wurden. In der einen Ecke lag eine Frau, den Blick ins Leere gerichtet. Zwischen ihren Beinen sah man eine Nadel und einen Arterienabbinder aus Gummi liegen. Daneben schliefen ein etwa fünf Jahre altes Kind und ein vielleicht sechs Monate altes Baby.

In den anderen Zimmern sah es genauso dreckig und erbärmlich aus. Zugedröhnte Junkies, Säufer, die in ihrem Erbrochenen lagen, zahllose lebende Tote, die langsam in die Finsternis abglitten. In einem der Zimmer war ein bis zum Skelett abgemagerter Mann damit beschäftigt, mit einem Klappmesser die Wand mit Schnitzereien zu verzieren. Hin und wieder hielt er inne, betrachtete sein Werk und schlug dann mit der Stirn gegen die Wand. Jeder Aufprall hinterließ Blutspuren an der Wand wie eine Art abstrakte Malerei. Crack, dachte François. Kein Gefühl mehr, kein Schmerzempfinden, nur noch eine gegen die eigene Person gerichtete Wut.

Nach diesem Horrorkabinett kam noch eine Wendeltreppe, nur ein paar Stufen, vor denen sich ein Dicker breitgemacht hatte. Er saß auf einem Stuhl und schlief. Es war unmöglich, an ihm vorbeizukommen.

Der Kommissar stieß ihn mit der Fußspitze an.

»Aufwachen!«

Der Mann fuhr zusammen.

»Hä?«

»Ist der Pitbull da oben?«

»Wer sind Sie?«

François hielt ihm den Ausweis unter die Nase.

»Polizei.«

»Was ist …«

»Immer mit der Ruhe. Wir sind Freunde von Pater Marcel und wollen mit deinem Chef sprechen.«

Der Dickwanst stand auf. Ein guter Zentner Fett, beeindruckender, als der Polizist sich das vorgestellt hatte. Er musterte die Neuankömmlinge mit misstrauischem Blick und zückte sein Handy.

»Einen Moment.«

Er machte einen Anruf. Zwei Sätze, in denen er den Grund für die Störung nannte, dann Pause. Schließlich entspannte er sich.

»Ist in Ordnung. Gehen Sie hinauf.«

28

Die Festung.

Ein fensterloser Raum, zwei Zugänge. Der, durch den sie gekommen waren, und ein weiterer ganz hinten, der wahrscheinlich für den Notfall gedacht war. Das Mobiliar war schlicht, machte jedoch im Vergleich zu den unteren Stockwerken einen luxuriösen Eindruck.

»Marcel? Was hat der denn mit Ihnen zu schaffen?«

»Er ist seiner Bürgerpflicht nachgekommen.«

»Er hat gepetzt, wolltest du sagen?«

Der Pitbull trug seinen Namen zu Recht. Rasierter Schädel, plattes Gesicht und ein Hundehalsband um den Hals. Er sprach nicht, er bellte. Trotz der Kälte trug er ein ärmelloses T-Shirt, das zwei sehnige und muskulöse Arme zur Schau stellte. Eine komplizierte Tätowierung zog sich von der linken Schulter bis zum Handgelenk. Er saß in einem antiken Sessel und reinigte sich mit einem Jagdmesser mit Wellenschliff die Fingernägel. Fünf oder sechs Rattengesichter umringten ihn und schauten grimmig.

Der Kerl hatte überhaupt nichts Heruntergekommenes. Er war gerissen. Er benutzte die Kommune der Hausbesetzer für seine Schiebereien und terrorisierte die Bewohner vermutlich. Der Penner aus dem Erdgeschoss schien ihn nicht sehr zu schätzen. François verstand jetzt besser, warum nicht.

»Über Pater Marcel werden wir uns ein andermal unterhalten. Weißt du was über Pierre Jacquet?«

»Wen?«

»Den Jugendlichen, der sich am Montagabend hat grillen lassen.«

»Ich lese keine Zeitungen.«

»Solltest du aber. Er hat sechsunddreißig Messerstiche abbekommen. Eine echte Schlächterei.«

»Und was geht mich das an?«

»Ich ermittle in diesem Mordfall. Und nach dem, was der Pfarrer gesagt hat, hat er sich offenbar bei dir herumgetrieben.«

Damit war klargestellt, wer hier das Sagen hatte. Bei einem Typen wie ihm brauchte man nicht um den heißen Brei herumzureden. Der respektierte nur Gewalt. François musste klarstellen, dass er keine Angst vor ihm hatte.

Der Pitbull rieb sich den Schädel.

»Warte mal... Du willst mir da doch nicht gerade verklickern, dass ich ihn zu den Englein geschickt habe?«

»Warum nicht? Wäre dir das unangenehm?«

Schweigen. Er starrte den Polizisten ein paar Sekunden an, sodass man das Gefühl hatte, er werde gleich ausrasten. Dann brach er in schallendes Gelächter aus. Wie auf Befehl stimmte der Rest der Bande ein.

»Du bist ja vielleicht ein Komiker«, sagte er schließlich.

»Wenn du meinst.«

»Jou... Schaut ganz so aus... Gibt ja sogar Nutten, die mit Schlagstöcken rumlaufen. Glaubst du, die stecken sie sich in den Arsch?«

Immer noch lächelnd, musterte er Julia von oben bis unten. Das war eine Provokation. Ein simpler Test.

»Weißt du, was sie dir darauf erwidert, deine Nutte?«

Die Reaktion war zu schnell gekommen. François hatte sie nicht mehr unterdrücken können.

»Oha!«, grölte der Glatzkopf. »Ich wette, die tät mich glatt beißen, die Schlampe!«

Die Bande krümmte sich immer mehr vor Lachen. Trotzdem war ihr Gelächter jetzt anders, dichter. Wie bei Kindern, wenn sie ein bisschen zu aufgedreht sind. Innerhalb einer Sekunde konnte alles kippen.

Der Pitbull hob eine Hand. Schlagartig war der Spaß vorbei. Die kleinen boshaften Augen hatten den Kommissar unverwandt angestarrt.

»Musst du dich in irgendeiner Wette beweisen oder was? Hat man dir nicht gesagt, wer ich bin?«

François antwortete nicht. Der Aasgeier war noch dazu größenwahnsinnig. Er musste jetzt erstmal sein Revier markieren.

»Nur damit du Bescheid weißt«, schrie er hysterisch. »Hier bin ich Gott. Alles hier gehört mir. Alles, verstehst du? Dieses Lager gehört mir. Alle, die hier leben, sind mein. Und die, die einfach durch die Tür reinspaziert kommen, die auch.«

Er erhob sich von seinem Sessel und trat vor den Polizisten. Er war klein und quadratisch, und es ging eine animalische Kraft von ihm aus.

»Capito, Bulle?«

Zwei, drei Sekunden lang fand das Duell nur unter den Schädeldecken der beiden Kontrahenten statt. Dann antwortete François:

»Das gefällt mir. Damit sparen wir Zeit.«

Die Reaktion überraschte den Blankschädel. Er kam noch näher, bis er François' Atem spüren konnte.

»Spiel hier nicht den Idioten. Bulle oder nicht, das ist mir gleich. Ich habe hier dreißig menschliche Wracks an der Hand, die bereit wären, dir gegen ein Päckchen Heroin den Wanst aufzuschlitzen.«

»Daran zweifle ich nicht. Nur wäre das ein Fehler.«

»Ach ja?«

»Ja.«

»Und warum?«

»Weil dann die echte Scheiße überhaupt erst losgeht.«

»Keine Bange. Ich lass mir auch sonst nicht den Schwarzen Peter in die Schuhe schieben.«

»Wir sind wegen Pierre Jacquet hier. Mit oder ohne uns – die Ermittlung geht weiter. Und wenn unsere Kollegen erst einmal eine Verbindung hergestellt haben, dann stehst du wirklich ganz vorn in der Schusslinie.«

»Du spinnst ja. Ich habe mit der Geschichte nichts zu schaffen.«

»Er war bei dir, und wir auch. Glaub mir, das reicht denen.«

Der Pitbull starrte François an. Er bekam allmählich Zweifel.

»Ich weiß ja nicht mal, wer der Typ überhaupt ist.«

»Schau her.«

Der Kommissar zeigte ihm ein Foto.

»Nie gesehen.«

»Bist du sicher?«

»Willst du behaupten, ich lüge?«

Größenwahnsinnig und paranoid. Das ganze Programm. Aber eines war sicher. Er hatte nicht das Profil eines Serienmörders.

»Vielleicht ist er einem deiner Freunde über den Weg gelaufen?«

»Brauchst sie nur zu fragen.«

Marchand drehte sich zu den widerlichen Gestalten um.

»Na los, ihr Süßen. Strengt euch mal ein bisschen an.«

Das Bild wurde herumgereicht. Der Profiler beobachtete mit Argusaugen die Gesichter, lauerte auf jede Reaktion. Plötzlich wurde ein Großer mit dem Outfit eines Hell's Angels ein wenig unruhig.

»Das ist er, ganz bestimmt… Ein blondes Bürschchen. Total niedlicher Kerl.«

»Erzähl.«

Der Typ warf dem Pitbull einen Blick zu. Mit einem kurzen Nicken gab der andere ihm seine Zustimmung.

»Eines Abends ist er aufgetaucht. Vor zwei oder drei Monaten. Sagte, er kenne Marcel. Sie seien sogar schon mal zusammen hier gewesen.«

»Wusstest du das nicht?«

»Nein. Marcel war oft hier. Der gehörte sozusagen schon zum Mobiliar. Dem schnüffelte keiner hinterher.«

Das erklärte, warum der Pitbull nicht Bescheid wusste. Der Priester hatte Pierre die Hausbesetzer zeigen wollen. Er hat den Härtetest nicht so weit getrieben, dass er ihm auch diese Bande von Irren vorgestellt hätte.

»Los. Erzähl weiter. Weshalb ist er hier gewesen?«

»Er brauchte Dope.«

»Hast du ihm was besorgt?«

»Ja. Noch dazu gratis. Die kleinen Hübschen, die find ich ziemlich aufregend.«

Der Hell's Angel fuhr sich mit der Zunge über die Lippen. Ein langes, dreieckiges Gesicht, tiefliegende Augen. François fand, er sah aus wie eine Schlange, die sich gleich auf ihr Opfer stürzt. Bei diesem Schlagabtausch, bei dem eine Provokation die andere ablöste, wollte er noch eine drauflegen.

»Hast du ihn etwa vernascht?«

»Das würd dir gar nicht schmecken, was?«

»Antworte mir.«

»Ich hätte nicht darauf gespuckt, falls du's wissen willst.

Aber der war zu fertig, der kotzte alle fünf Minuten. Eine echte Fontäne.«

Marchand war auch zum Kotzen zumute. Und er spürte, dass es Julia immer schwerer fiel, sich zusammenzunehmen. Sie mussten Schluss machen, bevor das Ganze in einem Drama endete.

»Was hast du gemacht?«

»Ich hab ihn ins Fort hochgebracht. An dem Abend war niemand da. Ich habe mir gesagt, wenn ich ein bisschen warte, wird er vielleicht wieder genießbar.«

Pitbulls Gefolgsmänner lachten hämisch. Ihr Grad an Niedertracht war ungeheuerlich.

»Und dann?«

»Nichts Großes. Ich habe versucht, ihm ein bisschen Metal zu verabreichen, damit er aus dem Koma rauskommt.«

Der Polizist hakte vorsichtshalber nach:

»Metal Rock?«

»Ja … Eine gute Medizin, wenn man Tote wieder zum Leben erwecken will. Aber da war nichts zu machen. Ich hab sie mir trotzdem reingezogen.«

Eine weitere Lachsalve. Der Profiler achtete nicht darauf.

»Und danach?«

»Nach was?«

»Was ist passiert?«

»Nach einer halben Stunde hatte ich genug. Ich habe die Flatter gemacht.«

»Du hast ihn einfach so da liegen lassen?«

»Hätte ich ihn etwa ins Bettchen bringen sollen?«

Der Profiler hörte aus seinem Tonfall so etwas wie Wut heraus.

»Scheint so, als hättest du Schiss. Ist es, weil du ihn nicht vernascht hast?«

»Mit dem Bürgerärschchen war eh nichts anzufangen.

Was für ein Glück, dass der abgekratzt ist. Sonst, das garantier ich dir, hätte der ganz schön was abgekriegt.«

»Ach ja? Warum?«

»Als ich wieder zurückkam, hatte der Kleine sich schon aus dem Staub gemacht. Und jetzt halt dich fest, der hat mir zwei CDs geklaut! Scheiße, die Leute haben keinen Respekt mehr ...«

Obwohl das alles grauenvoll war, musste Marchand unwillkürlich grinsen.

»Das heißt wenigstens, dass deine Serenade ihm gefallen hat.«

Der andere brummte:

»Du hast gut reden ... Importe von Iron Beast. Die werd ich kaum jemals wieder irgendwo finden.«

François hörte nicht mehr richtig hin. Die Fährte, die ihn bis zu den Hausbesetzern geführt hatte, hatte eigentlich nicht viel gebracht. Außer einem Pseudo-Hell's-Angel, der nun wirklich nichts von einem komplexen Triebtäter an sich hatte. Sein Universum war etwas zu krude, und sein Hirn dürfte die Größe seines Schwanzes haben.

Der Pitbull hatte den Sinneswandel wahrscheinlich bemerkt.

»Bist du fertig?«

Der Polizist dachte nach. Pierre war auf Heavy Metal abgefahren. So sehr, dass er sogar eine CD geklaut hatte. Für einen Jungen wie ihn hatte diese aggressive Musik vielleicht eine Art Eintrittspforte in dunklere Gefilde dargestellt. Die Chance war verschwindend gering, aber vielleicht gab es in dieser Richtung was zu entdecken.

Er antwortete:

»Noch eine letzte Frage ...«

»Mach schnell.«

François drehte sich zu dem Mitglied der Hell's Angels um.

»Hast du noch andere CDs von Iron Beast?«

»Ein paar.«

»Kann ich die mal sehen?«

Der Musikfreak kramte in einem Haufen alten Zeugs herum und kam dann mit drei Alben an. Die CD-Hüllen sahen sich alle ähnlich, Zeichnungen mit Zacken und Helmen und stilisierten Totenköpfen. Sie waren wahrscheinlich eine Reproduktion und ließen auf illegale Kopien schließen. Der Kommissar griff sich aufs Geratewohl eine heraus.

»Die hier behalte ich.«

Der Kerl verzog das Gesicht.

»Krieg ich jetzt 'ne Anzeige?«

»Beweismaterial. Du kannst auf dem Kommissariat vorbeikommen, dann bekommst du eine Quittung ausgestellt. Bis dahin empfehle ich dir Mozart.«

29

Hôtel d'Espagne.

Ein Dreisternehotel mit viel Charme, in der Rue Condorcet gelegen, einen Katzensprung vom Viertel des Opfers entfernt. Nach der Cité de la Villeneuve und den besetzten Häusern von Sablons hatte François das Bedürfnis nach etwas halbwegs Vertrautem.

Es war kurz nach Mitternacht. Schummrige Lichter und trübsinnige Nischen. Obwohl die Einrichtung einen gewissen Luxus aufwies, war das Restaurant schon lange geschlossen. Der Mann an der Rezeption hatte ihnen Sandwiches angeboten, Lebensmittel in Zellophanfolie, und sie waren froh, dass es wenigstens das gab.

Die beiden hatten zwei Zimmer gemietet, sich dann aber in dem des Kommissars getroffen. Sie saßen auf dem Bett, unter den Balken einer Mansarde, schlangen ihren Imbiss hinunter und tranken Coca-Cola dazu.

»Nicht schlecht.«

Julia bekam allmählich wieder Farbe ins Gesicht. Seit sie den Pitbull verlassen hatten, schien sie den Halt verloren zu haben. Die Anspannung, der Stress, der auf die Situationen zurückzuführen war, mit denen sie seit achtundvierzig Stunden konfrontiert war. Das war ihre erste Ermittlung in einem Kriminalfall. Marchand konnte das gut verstehen…

Er antwortete lakonisch:

»Genießbar.«

»Morgen sechs Kilometer joggen. Da führt kein Weg dran vorbei.«

Der Kommissar lächelte. Diese Art von Vergnügen stand nicht auf dem Programm. Er hatte noch nichts Großes vorzuweisen und musste einen Zahn zulegen.

François' Handy vibrierte. Ein Blick aufs Display: Hénon.

»Hallo, Roger. Noch nicht im Bett?«

»Nein, kann man nicht gerade behaupten…«

Der Tonfall, die Uhrzeit: sicher schlechte Neuigkeiten.

»Was ist passiert?«

»Ich glaube, er hat noch einmal zugeschlagen.«

»Noch ein Mord?«

»Noch eine Schlächterei, wolltest du sagen. Der Schädel des Opfers ist gekocht. Und vom Rest will ich lieber schweigen. Mehrere Messerstiche, falls man angesichts der Größe der Stiche von Messer sprechen kann.«

Dem Profiler waren offenbar die Gesichtszüge entglitten. Deutlich genug, dass Julia ihm fragende Blicke zuwarf.

Er hörte Hénon weiter konzentriert zu.

»Noch ein Jugendlicher?«

»Eine junge Frau. Sechzehn Jahre alt. Ihre Eltern waren zum Essen gegangen. Sie haben sie beim Nachhausekommen gefunden.«

»Ist es bei Ihnen zu Hause passiert?«

»In der Küche. Vor einer halben Stunde.«

Marchand sah auf die Uhr – null Uhr achtundzwanzig. Immer dasselbe Zeitfenster.

»Wo?«

»Bagnolet. Ein Loft. Forestier hat mir Bescheid gegeben. Seine Leute sind schon vor Ort.«

Guillaume Forestier. Der große Boss der Verbrechensbekämpfung im 93. Département. Ein alter Bekannter. An den François schlechte Erinnerungen hatte.

»Komm sofort zurück«, schloss Hénon, »wir müssen Zwischenbilanz ziehen.«

»Okay. Aber sag mir eines: Weiß man, ob das Mädchen vergewaltigt wurde?«

»Noch nicht. Die Autopsie findet morgen früh statt.«

François legte auf. Noch ein Verbrechen, dieses Mal im Pariser Vorortgebiet. Ein sechzehn Jahre altes Mädchen. Im eigenen Haus massakriert.

»Drei Morde … Jetzt haben wir ihn, unseren *serial killer.*«

Julia sprach diese Wahrheit mit müder Stimme aus. Marchand erläuterte ihr die Details, bevor er sagte:

»Außerdem handelt es sich eher um eine Art … *cross killer.*«

»Um was?«

»Einen nomadischen Serienmörder. Das FBI hat die Psyche dieser Täter ziemlich gut analysiert. Im Unterschied zum stationären Typus tötet er nie am selben Ort. Vor allem nicht im Umkreis seines Wohnortes. Wenn er sich seine Opfer aussucht, achtet er besonders auf die Einhaltung dieses Parameters. Weil er weiß, dass es dann schwieriger wird für uns.«

»Ein ›Genie‹ des Verbrechens?«

»Ein hochentwickeltes Raubtier, psychisch total gestört. Aber eines, das um seinen Wahnsinn weiß, was es nur umso gefährlicher macht.«

Sie schwiegen düster. Über ihren Köpfen zog der große Weiße Hai seine Kreise.

François brach das Schweigen: »Ich muss zurück.«

»Wann?«

»Morgen früh.«

»Soll ich Sie begleiten?«

»Diesmal nicht.«

Er schwieg. Plötzlich hatte er eine ganz unerwartete Assoziation. Charlotte. Sie war kaum älter als das letzte Opfer. Auch sie verbrachte ihre Abende allein, saß in der Wohnung und wartete, während er sich draußen herumtrieb. Da konnte man doch verrückt werden.

»Geht's Ihnen gut?«

Julia hatte dem Kommissar die Hand auf den Oberschenkel gelegt. Er nickte schwach.

»Sind Sie sicher?«

»Ganz sicher.«

In Wahrheit ging es ihm überhaut nicht gut. Eine Angstattacke meldete sich an. Der quälende Gedanke, Charlotte sei vielleicht in Gefahr – mochte er noch so absurd sein –, ging ihm nicht aus dem Kopf. Er wusste, dass er hier von seinen eigenen Schuldgefühlen genarrt wurde, aber er konnte das Ruder nicht mehr herumreißen.

Er stand auf und schnappte sich seine Weste. Dann ging er ins Badezimmer, in der festen Absicht, diskret eine Xanax-Tablette einzuwerfen.

»Ich glaube nicht, dass das eine gute Idee ist.«

Er drehte sich um.

»Wie bitte?«

»Ich weiß sehr wohl, was Sie tun wollen.«

»Ich will mich nur erfrischen.«

»Warten Sie … Ich habe in meinem Leben genug Chemie geschluckt, um sagen zu können, wenn jemand unter Medikamenteneinfluss steht.«

»Was reden Sie denn da? Ich habe überhaupt keinen Grund …«

»Jetzt mal ehrlich, für einen Bullen lügen Sie echt schlecht.«

Entlarvt. Er, der Psychoanalytiker, der sich eigentlich im Griff haben und in der Lage sein sollte, seine Emotionen unter Kontrolle zu halten, um seinen Patienten den Weg zu weisen. Er sah aus wie ein kleines Kind, das mit der Hand in der Tasche erwischt wurde.

»Einverstanden … Ab und zu helfe ich ein bisschen nach. Wo ist das Problem?«

»Sie müssten wissen, dass damit nichts gelöst wird.«

»Ich tu, was ich kann.«

»Was ist Ihr Problem? Zu viel Arbeit? Nicht genug Geld? Eine Frau vielleicht?«

»Lassen Sie's gut sein.«

»Na los … Erzählen Sie's mir. Das kann nicht schaden.«

»Es wäre mir vor allem recht, wenn Sie sich nicht in meine Angelegenheiten einmischen würden.«

François war in der Defensive. Jede Erwiderung riss ihn nur tiefer hinein. Julia schien das gemerkt zu haben, denn sie ließ nicht mehr locker.

»Sind das so düstere Geschäfte?«

»Sie würden das nicht verstehen.«

»Zu doof dazu?«

»Nur ein bisschen zu jung, das ist alles.«

Auf einen Schlag verdüsterte sich ihre Miene.

»Ein bisschen zu jung?

»Ganz genau, das ist es.«

Ihr Lächeln wirkte hart.

»Glauben Sie, ich habe nur darauf gewartet, dass Sie daherkommen und mich belehren? Ich hab auch meinen Teil abbekommen. Psychotherapeuten, Beruhigungsmittel, Antidepressiva … Das volle Programm. Und dann habe ich eines

Tages beschlossen, dass es genug war. Und außer mir gab's niemanden, der mir genau den Arschtritt hätte verpassen können, den ich damals gebraucht hätte.«

François stand wie angenagelt da. Sie erzählte von sich und bestätigte ihm damit nur, was er schon geahnt hatte. Viele Prüfungen, viel Leid, große Kämpfe … Sie hatte ihren Teil abbekommen.

»Warum erzählen Sie mir das?«

»Damit Sie endlich mal reagieren, zum Teufel! Ich weiß nicht, was mit Ihnen passiert ist, aber eines weiß ich gewiss: Ihnen geht es schlecht. Das springt ins Auge. Und das Schlimmste bei Ihrer Geschichte ist: Keiner hat den Mut, es Ihnen ins Gesicht zu sagen.«

Touché. Er versuchte trotzdem, der Frage auszuweichen.

»Wir haben alle unsere Gespenster. Die meinen kommen zu mir und ziehen mich an den Füßen, vor allem in Vollmondnächten.«

»Möchten Sie sie mir nicht vorstellen?«

Ihre Stimme klang jetzt sanft. Ein heftiges Gefühl erfasste den Profiler. Eine mächtige Woge, wie ihn seit Urzeiten keine mehr überrollt hatte. Er ließ ein paar Sekunden verstreichen, unfähig, auch nur ein Wort herauszubringen.

Sie kam ihm zu Hilfe.

»Na gut … Wissen Sie, was wir jetzt machen?«

»Keine Ahnung.«

»Entspannen Sie sich, und hören Sie mir zu.«

Sie holte erst mal tief Luft, dann begann sie zu sprechen. Über ihre Kindheit bei den Sch'tis, in Mons-en-Barœul. Ihre Familie, die zwar ein bescheidenes Leben führte, in deren Mitte aber eine liebevolle Mutter stand. Die grenzenlose Bewunderung für einen abwesenden Vater, einen Handlungsreisenden, der auf Tapeten spezialisiert war und sein Leben auf den Straßen zubrachte. Sie sprach auch davon, wie sie als Jugendliche Gott begegnet war. Damals war ihr die Idee gekommen, einen Teil Ihres Lebens dem Dienst an Ihm zu widmen …

Dann der Blitz aus heiterem Himmel.

Julia hatte die abscheuliche Neuigkeit aus den Fernsehnachrichten erfahren. Die Polizei hatte Pascal Drouot festgenommen, nachdem sie ihn monatelang beschattet hatte. Im doppelten Boden seines Koffers hatte man die niederschmetternden Beweise für seine Beteiligung an einem Kinderpornoring gefunden. VHS-Kassetten, Zeitschriften, und vor allem ein ledernes Notizbuch, in dem die Polizei die Adressen zahlloser Kontaktpersonen gefunden hatte. In weniger als einer Minute war die Welt des Mädchens zu Asche geworden. Dieser Vater, den es so liebte, dieses männliche Vorbild, das es aufgrund seiner Abwesenheit idealisiert hatte, war ein Monster. Sicher, er hatte seine Tochter nie angerührt. Weder sie noch ihre kleine Schwester. Trotzdem fühlte sie sich besudelt.

Prozess, Verurteilung, Haft. Sie hatte es nie über sich bringen können, ihn in der Haftanstalt zu besuchen.

Nach dem Abitur floh sie nach Lille, wo sie sich in der juristischen Fakultät einschrieb. Zu dem Zeitpunkt begann sie auch mit ihrer Therapie. Drei Sitzungen pro Woche, völlig umsonst. Dass sie durchhielt, hatte sie einzig und allein den Tabletten zu verdanken. Ihr Psychotherapeut stellte ihr jeden Monat ein ellenlanges Rezept aus.

Der echte Durchbruch kam vier Jahre später. Mit der bestandenen Prüfung zum Polizeileutnant. Sie hatte das Gefühl, endlich wieder erhobenen Hauptes durchs Leben gehen zu können. Aber im Innersten wusste sie, dass die Narben ihr immer Schmerzen bereiten würden. Selbst Gott konnte dieses Feuer nicht löschen.

Julia hielt inne. Die Stille im Zimmer war dicht, Geister schwebten durch den Raum wie so oft nach solchen Geständnissen. Schließlich murmelte sie:

»Das war alles. Jetzt sind Sie dran.«

François hatte einen Knoten im Hals. Sie hatte ihn überrumpelt und mit den Waffen der Aufrichtigkeit, des Vertrauens und des Mitgefühls geschlagen.

»Warum nicht? Da ich jetzt schon mal so weit bin …«

Er erzählte das Unsagbare. Von seinem perversen Patienten, dem Mord an Diane, Charlottes Depression. Seinem Rückzug nach Sologne, wo er von beißenden Schuldgefühlen heimgesucht wurde. Dann von der Polizei, seiner Arbeit als Profiler, von der er sich eine Lösung seiner Probleme erhoffte, deren Früchte aber einen bitteren Beigeschmack hatten. Heute hatte er das Gefühl, eine schlechte Wahl getroffen und sich völlig verrechnet zu haben.

Sie hörte ihm aufmerksam zu. Seine Abgründe zogen sie an. Ein immaterielles Band vereinte sie, wie ein zwischen Spiegeln gefangener Lichtstrahl.

Als er mit seiner Geschichte fertig war, fragte sie:

»Und jetzt?«

»Ich halte weiter durch. Das heißt, ich versuche es.«

»Wissen Sie, wie man immer sagt? Der Schuster trägt die schlimmsten Schuhe.«

Lächeln.

»Zumindest einen Vorteil hat das Ganze. Wenn ich einen Zusammenbruch habe, kann ich mir alle Anxiolytika der Welt verschreiben.«

»Vielleicht stand Ihnen damals ja nur dieses Mittel zur Verfügung.«

Sie näherte sich ihm und küsste ihn. Überrascht ließ François es geschehen. Dann spürte er, wie die Zunge der jungen Frau sich ihren Weg bahnte.

Plötzlich stieg eine wahnsinnige Lust in ihm auf. Ein Lavastrom, der ihn verzehrte, dass es ihm fast die Sinne raubte. Er packte sie bei der Taille und küsste sie mit aller Kraft.

30

Julia machte sich von ihm los.

Sie schubste ihn auf den Rücken und fiel auf ihn. Ihre Lippen suchten sich gierig, als hätten sie monatelang fasten müssen. François verschlang sie buchstäblich. Ungeschickte Küsse, fiebrige Zärtlichkeiten…

Sie rissen sich die Kleider vom Leib und folgten blind dem Drang nach intimer Nähe, wollten einander riechen, miteinander verschmelzen. In ihren Gesten lag nichts Romantisches. Sie waren brutal, verzweifelt, als kämpften sie ums Überleben. Sie waren wie zwei Schiffbrüchige, die in tosender See auf dem Wasser trieben. Jeder sah im anderen ein Rettungsfloß, eine Insel, auf der man sich erholen konnte.

Haut an Haut. Endlich. Der Geruch ihrer Körper, Schweiß und Salz. Sie setzte sich rittlings auf ihn, ein Reh mit dem Gebaren eines Tigers, dessen Reißzähne sich in seinen Hals gruben. Unter François' Händen lag der straffe Körper der jungen Frau, ihre muskulösen Schenkel, ihr runder Busen, dessen Spitzen wie eine Herausforderung hervortraten.

Er wollte sie ein weiteres Mal küssen, aber sie stieß ihn zurück. Das war nicht mehr der rechte Moment. Julias Finger suchten nach seinem Penis, der so hart war, dass es ihm schon wehtat. Als sie die Hand darum schloss, glaubte er zu explodieren. Sie rieb ihn und entlockte ihm ein Stöhnen. Die Woge ebbte wieder ab. Eine Atempause, ein Trick, den sie dazu benutzte, ihn in sich hineingleiten zu lassen.

Hitze. Die feuchte Sanftheit eines Seidenhandschuhs. François' Lust flammte wieder auf. Sie hielt sich an seinen Schultern fest und begann, sich zu bewegen. Erst langsam, dann schneller, heftiger, abgehackter. Er ließ sich von ihr leiten, passte sich ihrem Rhythmus an. Sie saß auf ihm, der Kopf fiel in den Nacken, die Augen waren geschlossen. In der Hemmungslosigkeit dieses gestohlenen Augenblicks kam ihr Gesicht ihm noch schöner vor. Es enthüllte ohne Scham den Riss, die kleine Narbe, die man nur mit dem Herzen sieht und die die Menschen anziehend macht.

Er ließ sich gehen. Keine Orientierungspunkte mehr. Keine Grenzen. Nur ein langer, bunt tapezierter und sternenübersäter Flur. Jede Bewegung ihres Beckens entlockte ihm ein Stöhnen. Jeder Druck ihrer Finger lief wie ein Stromschlag durch seinen Körper.

Sie beschleunigte den Rhythmus. François, der tief in ihr steckte, spürte, wie ihr Bauch sich an dem seinen rieb. Wie zwei polierte Feuersteine, aus denen Funken sprühten. Seine Hände packten ihre Hüften. Er drang noch etwas tiefer in sie ein, bis ihre beiden Körper eins waren. Sie waren zusammengeschweißt. Siamesische Zwillinge, die in der Lust des anderen den Antrieb für das eigene Begehren suchten. Ihr Stöhnen floss ineinander. Sie schrieben eine abgehackte, abrupte Partitur, deren Töne im Zimmer verklangen.

Plötzlich schrie sie auf. Der Kulminationspunkt dieses köstlichen Kampfes war erreicht. Der Hauptakkord einer verzweifelten Symphonie. François befreite sich durch seine Schreie. Eine Parenthese außerhalb des Realen, außerhalb der Zeit. Er war nur noch Feuer, eine Quelle, Wind …

Sie ließ sich auf ihn fallen. Es war ein Augenblick vollkommenen Glücks. Friede des Geistes und der Sinne. Die Ewigkeit, kondensiert in den Atemzügen, die wie ein einziger waren.

Dann kam schnell der Katzenjammer. Was war ihm da nur passiert? Eine Arbeitskollegin! Dabei hatte er es sich doch selbst zur Pflicht gemacht, Arbeit und Privatleben niemals zu vermischen.

Aber etwas war noch schlimmer. Er hatte soeben Diane

betrogen. Und zwar wirklich. Auch im Kopf. Zum ersten Mal war das, was François empfand, mehr als nur eine körperliche Beziehung. Julia hatte ihn weit darüber hinausgetragen, bis zu dem Verschmelzungspunkt, an dem die Seelen sich begegnen. Sie hatte ihm soeben ein Fünkchen Leben eingehaucht, eines, für das er noch gar nicht bereit war.

»Nicht schlecht für so einen alten Knaben …«

Ihre heisere Stimme war nur noch ein Raunen. Warm, einnehmend wie ein Schluck Milch mit Honig.

François antwortete nicht. Er war im siebten Himmel, und seine Füße brannten in der Hölle. Sie richtete sich auf und sah ihm in die Augen.

»Bedauerst du es?«

»Nein …«

»Doch.«

Sie schmiegte sich wieder an ihn.

»Umso schlimmer für dich. Wenn du weiterhin mit den Toten leben möchtest, kann ich dich nicht daran hindern.«

Die Stille, die diesen Worten folgte, entfernte sie ein Stück mehr voneinander. Er dachte über sein Leben nach, das mittlerweile einem Priesterdasein gleichkam. Als er den Sarg seiner Frau zunagelte, hatte François sich mit ihr begraben. Er hatte Einsamkeit und Unglück geschworen, so wie andere den Schwur des Teilens und der Liebe leisten. Und wenn er Zweifel bekam, musste er nur an Charlotte denken. Ein verlorenes Mädchen, dem er die Mutter genommen hatte, das Büßerhemd, das ihn an seine Schuld erinnerte.

Innerhalb weniger Minuten hatte Julia alles zum Einsturz gebracht. Die Wahrheit kam mit der Gewalt eines Tornados, mitten ins Gesicht. Sie zwang ihn, sein Leben anzuschauen. Alles zu überdenken.

Diese Nacht war die Nacht seiner Wiederauferstehung.

Es würde dauern, bis er das akzeptieren könnte.

III Justine

31

»Hallo, meine Große, hier ist Papa.«

»Wo bist du?«

»Auf der Autobahn. Hast du meine Nachrichten bekommen?«

»Ich hatte keine Zeit, dich zurückzurufen.«

François wollte seiner Tochter keine Vorwürfe machen. Das hatte er noch nie getan. Sein Erziehungsstil war eher darauf angelegt, dass man das Gespräch suchte, sich dem anderen erklärte. Und überhaupt, allein schon der Tonfall ihrer Stimme ließ ihn dahinschmelzen.

Er fragte leichthin:

»Geht's dir gut?«

»Super.«

»Ist es cool bei der Oma?«

»Wie immer. Kommst du heute Abend nach Hause?«

Das wäre jetzt sein Traum gewesen. Einen netten Abend mit Charlotte verbringen, nur sie beide. Sushi, frisch gepresster Fruchtsaft und eine amerikanische Fernsehserie.

»Ich werd's versuchen.«

Schweigen am anderen Ende.

»Hör mal, mein Püppchen… Seit drei Tagen ist das ein bisschen kompliziert.«

»Wenn's erst seit drei Tagen so wäre…«

»Stimmt… Die Schuld liegt ganz auf meiner Seite. Ich schwöre dir, ich werde das wiedergutmachen.«

»Lass gut sein. Oma hat Hamburger für mich.«

»So ein Zeug solltest du aber nicht futtern.«

»Ich liebe dieses Zeug.«

»Das ist voller Cholesterol.«

»Du brauchst ja nur öfter herzukommen. Dann bräuchte ich dieses Zeug nicht essen.«

»Mein Schatz …«

Im Hintergrund hörte man einen Klingelton.

»Ich muss in die Klasse zurück. Rufst du mich wieder an?«

Zum Antworten blieb keine Zeit. Sie hatte schon aufgelegt.

Heftig klappte François sein Handy zu. Er hatte große Lust, es aus dem Fenster zu werfen. Diese Telefongespräche hinterließen immer einen bitteren Nachgeschmack. Hastig ausgetauschte, nichtssagende Worte, es war frustrierend. Seit einiger Zeit war das der einzige Austausch, den sie noch hatten.

Dann schob sich Julias Gesicht über Charlottes Bild, was ein wenig Balsam für sein gemartertes Herz war. Die Natur verabscheute die Leere. Sie tat stets alles dafür, dass die Lücken gefüllt wurden. In dem Moment, da seine Tochter sich entfernte, trat eine andere Frau in sein Leben.

Er hatte sie am frühen Morgen vor dem Bahnhofsgebäude verlassen, und schon sehnte er sich nach ihrer Berührung. Diese Nacht an ihrer Seite war wie eine Erleuchtung gewesen. Eine unerwartete Alchemie, deren Duft noch in seinem Hemd hing. Julia war für ihn wie ein Hafen des Friedens, eine vertraute Erde, auf der es ihm endlich möglich war, seinen Gefühlen freien Lauf zu lassen.

Die junge Frau war mit dem ersten Zug nach Avignon zurückgekehrt. Trotz ihrer jungen Beziehung durften sie nicht vergessen, wo die Prioritäten lagen.

Sie waren Polizeibeamte. Die Ermittlung ging weiter.

Bevor sie sich trennten, hatten sie die Aufgaben verteilt. Julia würde der Metal-Rock-Fährte nachgehen. Sie kannte jemanden, der sich umhören und ihnen Informationen über Iron Beast verschaffen konnte, die Gruppe, auf die Pierre abgefahren war. Außerdem musste sie auch ihrem Vorgesetzten einen Rechenschaftsbericht liefern. Es stand außer Frage, Devaux in die Ereignisse ihrer Ermittlungen einzuweihen. Es ging nur darum, Informationen aus ihm herauszulocken, falls der Cowboy wundersamerweise einen Schritt weitergekommen sein sollte.

François würde den Mordfall in Bagnolet unter die Lupe nehmen. Ein gerade mal sechzehn Jahre altes Mädchen. Zu Hause ermordet. Innerhalb von drei Tagen waren drei Jugendliche ermordet worden. In allen Fällen mit überaus barbarischer Grausamkeit. Bildete dieses Verbrechen zusammen mit den beiden anderen eine Serie? Würde es die Theorie des Profilers im Hinblick auf das Ritual, das der Mörder verfolgte, bestätigen? Ein heidnisches Ritual, das etwas mit Natur, Wiederauferstehung, Verwandlung zu tun hatte.

Er sah auf die Uhr im Armaturenbrett.

Viertel nach zehn.

Er war gerade an Lyon vorbeigefahren, der Verkehr lief flüssig. Wenn es in diesem Tempo weiterging, würde er am frühen Nachmittag in Nanterre sein.

Vier Stunden später fuhr François auf den Parkplatz der Zentrale der Justizpolizei. Fast jeder freie Platz war von Streifenwagen, zivilen Polizeiwagen und Mannschaftswagen besetzt. François parkte sein Auto auf dem erstbesten freien Platz, übergab den Schlüssel einem Wächter und rannte zum Aufzug.

Siebter Stock. Rückkehr ins Nest und dann eintauchen in die Menge. Im Großraumbüro der Zentrale der Kriminalpolizei wimmelte es nur so von hemdsärmeligen Beamten. Die Drucker spuckten kilometerweise Papier aus, während die Computer heißliefen. Alles arbeitete auf Hochtouren.

François trat auf den Gang, der zum Bereich der höheren Dienstgrade führte. Zum Allerheiligsten. Dort war es viel ruhiger, zumindest schien es so. Als er in die Nähe von Hénons Büro kam, verlangsamte er seinen Schritt. Er hatte ein bekanntes Gesicht entdeckt, das eines Gespenstes in Lederjacke, unmittelbar einem Albtraum aus seiner Vergangenheit entstiegen.

Jouve war ein völlig verdorbener Mensch, verfaulter als ein in der Sonne vergessener Apfel, und ebenso runzlig und karamellbraun. Er war immer auf seinen Vorteil bedacht, erpresste Schutzgelder von sämtlichen Dealern in der Vorortgemeinde Bobigny und schickte liberianische Prostituierte in die Containeranlagen der Baustellen, damit sie für ihn anschaffen gingen. Ohne seinen Mentor, Hauptkommissar Guillaume Forestier, wäre er schon vor geraumer Zeit unschädlich gemacht worden.

Aber der Mann, der die Kripo von Seine-Saint-Denis leitete, mochte ihn. Er bot ihm seinen Schutz im Austausch für die Erledigung von ein paar außergewöhnlichen Diensten. Und wahrscheinlich eines Prozents seiner »Geschäftseinnahmen«.

Der Dreckskerl warf ihm ein honigsüßes Lächeln zu. Marchand ignorierte ihn, denn er zog es vor, sich auf das zu konzentrieren, was jetzt folgen würde. Wenn Jouve vor Hénons Büro Wache schob, hieß das, dass sein Chef da war.

»Ah, François! Gerade noch rechtzeitig …«

»Hallo, Roger.«

»Wir haben schon ohne dich angefangen.«

Forestier, der vor dem Polizeidirektor saß, stand nicht einmal auf. Groß, knochig, grau meliertes Haar. Trotz seiner Magerkeit wirkte er imposant. Er zählte zu den wenigen

Polizeibeamten, die noch Krawatte trugen, ein perlgraues Accessoire, das ihn wie ein Bankier aussehen ließ.

»Marchand... Lang, lang ist's her.«

Dem folgte ein wortloser männlicher Händedruck. Die beiden Männer hassten einander, sie würden sich arrangieren müssen.

»Lang ist's her, das stimmt...«

»Sind wir nicht mehr böse?«

»Warum, waren wir das denn mal?«

Forestier lächelte bissig. Der Streit, der die beiden entzweit hatte, gehörte nicht zu denen, die sich mit der Zeit beilegen ließen. Es ging um eine maghrebinische Einwanderin, die in einem Keller in La Courneuve gefunden wurde, durch Säure entstellt und zu Tode geprügelt. Das gehörte zu den Bildern, die François nicht vergessen konnte.

Als der Verdacht sich gegen einen der kleinen Bandenführer aus der Vorstadt richtete, beschloss Forestier, ihm die Ermittlung aus der Hand zu nehmen. Das Vorrecht des Ranghöheren... Der Profiler hätte sich damit abfinden können, hätte er nicht den wahren Grund für diese Intervention entdeckt. Der Verdächtige dealte für Jouve. Und spielte eine ganz wesentliche Rolle in seinem kleinen Business, dem er auf keinen Fall schaden wollte. François hatte begonnen, sich vehement zur Wehr zu setzen, und man hatte ihm freundlich zu verstehen gegeben, dass es besser wäre, die Sache auf sich beruhen zu lassen.

»Sind Sie fertig? Können wir weitermachen?«

Hénon spürte, dass etwas in der Luft lag. Es war besser, man kürzte dieses Vorgeplänkel sofort ab.

»Ich fasse zusammen«, sagte er, während François Platz nahm. »Das Opfer heißt Justine Crémant. Sechzehn Jahre alt. Schülerin am Gymnasium Henri-IV. Sieh mal hier. Wir haben uns ein Foto besorgt.«

François nahm das Porträtfoto entgegen, das der Polizeidirektor ihm reichte. Eine junge Frau lächelte ins Objektiv. Sie hatte ein Madonnengesicht, das von schwarzem Haar mit Pagenschnitt umrahmt wurde. Große, ein wenig schmale Augen, in denen der ehemalige Psychoanalytiker die Stigmata des Unglücks wahrnahm. Es war eine Distanz, eine Entsagung darin zu lesen. Diese Augen schrien förmlich nach Hilfe.

Er legte die Aufnahme wieder zurück und fragte:

»Hast du mir nicht gesagt, sie wohne in Bagnolet?«

»Was ändert das?«

»Dann hätte sie doch dort auch zur Schule gehen müssen, oder nicht?«

»Ihr Eltern arbeiten in den Medien. Sie hatten die Mittel, sich ein Loft in Bagnolet *und* eine Zweitwohnung im siebten Arrondissement zu leisten. Gut, machen wir jetzt weiter, oder willst du auch noch ihren Kontostand erfahren?«

Der Polizeidirektor stand unter Hochdruck. War Forestiers Anwesenheit daran schuld? Oder die Tatsache, dass der Fall allmählich eine Nummer zu groß für ihn wurde? François ließ die Sache auf sich beruhen.

»Machen wir weiter.«

»Heute Morgen fand die Autopsie statt. Der Mörder verpasste dem Mädchen mehrere Messerstiche, dann zertrümmerte er ihren Schädel mit einem Schürhaken. Sie war bereits tot, als er sie weiter traktierte.«

»Nicht zu fassen!«

»Wir haben sechs Schnitte im Thorax gefunden, sieben Zentimeter lange Schnitte. Sie gingen bis zur Wirbelsäule durch. Es wurde keine gewöhnliche Klinge verwendet. Vielleicht ein Bajonett, ein Kampfdolch, eine Lanze … Den Schürhaken haben wir am Tatort gefunden, aber von der Stichwaffe gibt es keine Spur.«

Ein Mord in zwei Akten. Wie bei Lucie. Wie bei Pierre.

»Wurde sie vergewaltigt?«

»Nein.«

Für ihre Ermittlung war das eine niederschmetternde Nachricht. Sie widersprach all den Mutmaßungen, die François angestellt hatte, und schwächte seine Theorie. Trotzdem ließ er Hénon weiterreden.

»Expertenteams haben das Loft bis in den letzten Winkel abgesucht. Nicht ein Fingerabdruck, nicht ein Haar. Einfach nichts.«

Immer noch keine Spur. Wie in den ersten beiden Fällen. Forestier ergriff wieder das Wort.

»Ein Einbruch hat nicht stattgefunden. Was das heißt, brauche ich dir nicht zu erläutern. Entweder war die Tür nicht verschlossen, oder der Täter kannte sein Opfer. In beiden Fällen hat er es überraschend mit dem Messer angegriffen. Wir haben keine Knebelspuren gefunden, weder an den Handgelenken noch an den Knöcheln.«

François hatte bereits die Antwort darauf.

»Er kannte sein Opfer.«

Der Polizist mit Krawatte zog eine Braue hoch.

»Ach ja?«

»Ja.«

Stille. Seine Antwort klang so überzeugt, dass alle etwas irritiert wirkten.

»Lass hören«, sagte Hénon.

François deutete mit dem Kinn zu Forestier.

»Weiß er über den Rest Bescheid?«

»Falls es dir entgangen sein sollte, wir arbeiten in einem Team zusammen. Also mach schon. Wir haben nicht viel Zeit.«

Der Profiler fasste seine Schlussfolgerungen zusammen. Sprach über die Ritualisierung der Morde, das Gesamtbild, das sie im Hinblick auf die Erde, die Wiedergeburt, die Seelenwanderung ergaben. Auch über die Vorstellung von einem Kreislauf, der noch nicht abgeschlossen war. Dann sprach er über seine Hypothese, es könnte sich um eine Perversion handeln, die mit der Frage nach der Identität und mit Transsexualismus verbunden war.

Anschließend erklärte er, wie der Mörder Kontakt zu den Jugendlichen aufgenommen hatte. Lucie und Pierre waren junge Menschen, die litten. Erstere prostituierte sich, Letzterer fühlte sich vom Bösen angezogen. Alle beide waren leichte Beute für einen älteren Mann, einen Guru, den sie vielleicht als ihre Rettung angesehen hatten. Ihrem Tagesablauf war zu entnehmen, dass sie ihren Henker freiwillig getroffen hatten. Und das war nur damit zu erklären, dass sie ihm vertrauten.

»Bist du dir sicher, dass deine Behauptungen stimmen?«, fragte Hénon.

»Ganz sicher. Unser Mann ist ein Wandervogel. Die Orte, die er aufsucht, sind nicht zufällig. Er ist dort verabredet, wo seine Opfer wohnen. Weil er bereits Kontakt zu ihnen aufgenommen und sie geortet hat.«

Forestier bemerkte abschätzig:

»Super, deine Theorie. Aber dieses Mädchen wurde nicht mit einem Gartenwerkzeug durchbohrt.«

»Vorläufig wissen wir das noch nicht. Die verwendete Klinge ist vielleicht gar kein Messer.«

»Was denn sonst?«

»Das muss noch herausgefunden werden.«

Der Polizist mit der Krawatte seufzte:

»Du wirst dich niemals ändern, Marchand ... Denkst dir immer irgendein Zeug aus. Hauptsache, es ist Wasser auf deine Mühle.«

»Worauf es ankommt, ist, dass sie sich dreht, Guillaume.«

Der Wortwechsel wurde immer schärfer. Hénon mischte sich ein.

»Zumindest eines will nicht so recht passen. Das Mädchen ist nicht vergewaltigt worden. Wenn ich deiner Argumentation richtig gefolgt bin, dann hätte das aber der Fall sein müssen. Nach dem Beackern der Felder wird gesät, nicht wahr?«

François war sich dessen bewusst, dass hier der große Schwachpunkt seiner Theorie lag, er verteidigte sie aber weiter:

»Irgendetwas muss ihn daran gehindert haben.«

»Na so was«, erwiderte Forestier ironisch. »Vielleicht hat er ja keinen hochgekriegt?«

Aber klar doch! Ohne es zu wollen, hatte dieser Kripobeamte genau die Lösung gefunden, auf die François gehofft hatte. Der Mörder war impotent. Was bei Transvestiten und Transsexuellen häufig vorkam. Mehr noch als mit den Perücken, den Kleidern und der Schminke brachten sie damit unbewusst ihre passive Haltung zum Ausdruck.

François lächelte. Das war so offensichtlich, dass er nicht darauf gekommen war.

»Also, ich stelle mir das folgendermaßen vor«, sagte er. »Zunächst versetzt er seinem Opfer Messerstiche. Besser gesagt, er bohrt tiefe Löcher ins Fleisch, als wolle er zum innersten Kern vordringen. Die Löcher, die er früher gegraben hatte, in dem Körper, den wir in Grenoble gefunden hatten, dürften ihm nicht gefallen haben. Er musste weiter das Feld beackern. Gruben graben, in die er seinen Samen legen kann.«

Er hielt inne und drehte sich zu Forestier um.

»Zumindest in einem Punkt hast du recht, Guillaume. Sein einziges Problem ist, dass er impotent ist. Aber er weiß, dass diese Impotenz nur psychische Ursachen hat. Hin und wieder gelingt es ihm schon, eine Erektion zu bekommen. Vor allem, wenn es ungewollt geschieht. Bei ihm spielt sich alles im Kopf ab, dessen ist er sich bewusst, und wahrscheinlich hat ihn das dazu gebracht, sich Fragen über seine sexuelle Identität zu stellen und mit dem Gedanken daran zu spielen, eine Frau zu werden.«

»Und?«, rutschte es Forestier heraus, der nicht überzeugt war.

»Er weiß, dass er im entscheidenden Augenblick, im Moment des Rituals, in dem sich die Umwandlung vollziehen soll, ein Mann sein muss. Sexuell gesehen. Er möchte fest daran glauben, dass er dazu fähig sein wird, dass es funktionieren wird. Sein Verlangen ist so mächtig, dass sein Geist ihm folgen wird. Aber es passiert nichts. Zwischen seinen Beinen tut sich rein gar nichts. Da rastet er aus. Er schnappt sich einen Gegenstand, egal was, und lässt seiner Frustration freien Lauf. Er schlägt zu. Immer erbitterter. Er zerstört das Ideal, das er erneut nicht erreicht hat.«

Der Profiler hielt inne. Ein paar Sekunden lang wagte niemand einen Kommentar abzugeben. Schließlich räusperte sich Hénon.

»Interessant … Und was sollen wir jetzt konkret tun?«

»Wir müssen uns das Profil des letzten Opfers anschauen«, antwortete François. »Ich bin mir sicher, dass die junge Frau auch große Probleme hatte.«

»Ziemlich mager.« Forestier seufzte.

»Hast du was Besseres vorzuschlagen?«

»Noch nicht. Aber vertraue mir, ich werde was finden.«

Wortlos stand der Profiler auf.

»Sonst noch etwas?«

Hénon wollte die Versammlung genauso wenig fortsetzen wie er.

»Ist in Ordnung, verschwinde. Und halte mich auf dem Laufenden, sobald du etwas mehr darüber in Erfahrung gebracht hast.«

François verabschiedete sich mit einem Nicken.

»Ja, *Patron*.«

32

Eine lange, düstere Avenue.

Steingraue Mietshäuser, niedergedrückt von einem bleiernen Himmel. Regen übersprüht mit winzigen Tropfen die Gehsteige, die aussehen wie Lakritze. In dieser Schattenwelt leuchtete das rot-weiße Schild, das den Ortsanfang von Bagnolet markierte wie eine Boje.

François bog nach links in eine kleine Straße ein, die hinauf in eine Gegend mit Einfamilienhäusern führte. Hier war die Stimmung schon nicht mehr ganz so deprimierend, vielmehr herrschte eine spießige Gemütlichkeit. Seit einigen Jahren besiedelten die alternativ angehauchten Wohlstandsbürger der drei an die Stadt angrenzenden Départements die Arbeiterviertel. Für ein paar zusätzliche Quadratmeter Wohnfläche waren sie bereit, sich unters Proletariat zu mischen. Tag für Tag wurde die Kolonie größer. Die Häuser wurden renoviert, die Preise stiegen, und die Immobilienhändler rieben sich die Hände.

Der Polizist folgte den Anweisungen seines Navi. Rechts abbiegen, hundert Meter. Dann eine weite Kurve, die ihn wieder in die Gegenrichtung führte. Eine Art Durchfahrtsstraße mit Einbahnregelung. Dann war er am Ziel.

Er fand die Nummer und parkte vor dem Haus. Das Domizil der Crémants war im Grunde ein Stadthaus, das unmittelbar an den Bürgersteig grenzte. Es bestand aus einem fensterlosen Erdgeschoss, an dem ein schwarzes Eingangsportal entlanglief, aus einem mit großen Glasfenstern versehenen ersten Stock und einem Mansardendach. Gegenüber befand sich nichts außer einer verfallenen Hütte mit zugemauerten Fenstern.

François klingelte. Aus der Gegensprechanlage ertönte eine schrille Stimme.

»Ja?«

»Kommissar Marchand. Ich hatte vorhin bei Ihnen angerufen.«

Die Metallsperre setzte sich in der Schiene in Bewegung. Dahinter befand sich unmittelbar eine Garage, in der ein brandneuer Mini Cooper stand. Rechter Hand gab eine angelehnte Tür den Blick auf einen langgestreckten Raum frei, den man zum Filmvorführraum hergerichtet hatte. Hinten an der Wand war eine steile Treppe angebaut.

Die Stimme kam aus dem Treppenschacht.

»Ich bin oben.«

Eine Frau erwartete ihn im ersten Stock. Hängende Schultern, langgliedrig, so etwa in den Vierzigern. Sie trug eine einfache Jeans, ein paar Converse-Chucks und einen blauen Pullover mit V-Ausschnitt. Sie sah aus wie eine Studentin, nur eben eine mit Falten. Ihre Gesichtszüge waren starr wie eine Porzellanmaske, sodass man den Eindruck hatte, sie habe sich gerade Heroin gespritzt.

»Madame Florence Crémant?«

Ein leichtes Nicken wie ein Automat. François reichte ihr die Hand.

»Danke, dass Sie mich empfangen.«

Mit der Inneneinrichtung hätte man sechs Seiten in einer Dekorationszeitschrift füllen können. Die Raumgestaltung war durchdacht, von der ursprünglichen Bruchbude hatte man nur die tragenden Wände stehen lassen, die aus rotem Backstein waren, sowie einen riesigen Kamin, der mit einer bronzenen Abzugshaube versehen war. Neben einer Trennwand gab es so gut wie überall Verglasungen und eine Eisentreppe, die wahrscheinlich zu den Schlafzimmern führte. Der Architekt, der dieses Werk geschaffen hatte, hatte ein riesiges Wohnzimmer kreiert, eine große, minimalistisch möblierte und mit topmodischen Stoffen ausgekleidete Wohnebene. In dieser ganzen Ödnis gab es nur eine einzige

Tür, und die war durch die leuchtfarbenen gelben Polizeisiegel versperrt.

Wahrscheinlich die Küche.

François wollte sich den Tatort nicht anschauen. Was ihn interessierte, würde er dort gewiss nicht finden. Er ließ die Frau auf dem langen weißen Sofa Platz nehmen und setzte sich ihr gegenüber.

Wieder einmal fühlte er sich äußerst unwohl in der Situation, in die er durch seine Ermittlungsarbeit geraten war.

Er ging die Sache auf seine Art an.

»Wie schaffen Sie das alles?«

»Ich weiß nicht, es ist noch so frisch.«

»Und Ihr Mann?«

»Der hat keine ruhige Minute mehr. Zum Glück hält Hugo ihn auf Trab.«

»Wer ist Hugo?«

»Unser kleiner Sohn.«

Noch ein Kind. Dieses Detail hatte Forestier nicht erwähnt.

»Wie alt ist er?«

Ein kurzes Aufleuchten in ihren blassblauen Augen.

»Fünf.«

»Hat man es ihm gesagt?«

»Nein. Er schlief, als es passierte.«

François mochte es kaum glauben.

»Er war hier, als …«

»Justine passte auf ihn auf. Ich glaube ja nicht an Wunder, aber hier muss ich sagen …«

Sie verschränkte die Finger. An den weißen Fingergelenken konnte man erkennen, dass sie sie mit aller Kraft anspannte.

Dann sprach sie weiter:

»Hugo hat es noch nicht gemerkt. Michel … das heißt, mein Mann, hat ihn sofort zu seiner Mutter nach Marne-la-Vallée gebracht.«

Der Mörder hatte den Jungen verschont. Warum? François verschob die Beantwortung dieser Frage auf später.

»Ich würde mich gerne ein bisschen über Julie unterhalten. Meinen Sie, Sie kriegen das hin?«

»Ich … Ich bin mir nicht sicher.«

»Versuchen wir's. Wenn Sie merken, dass es zu schwierig wird, dann hören wir auf.«

Empathie. Immer. Für François war das nicht unbedingt ein Mittel, das er einsetzte, sondern vielmehr etwas ganz Natürliches. Er schaltete einfach auf dieses Register um.

»Standen Sie Ihrer Tochter sehr nah?«

»Ich glaube schon. Auf jeden Fall so nah, wie das bei einer Jugendlichen überhaupt möglich sein kann.«

Der Profiler blieb neutral. Von Charlotte zu erzählen wäre das Letzte, das er jetzt tun durfte. Auch wenn sie dasselbe Alter hatten, war seine Tochter immerhin noch am Leben.

»Wie ging es Justine?«

Die Frau schien nicht zu begreifen.

»Wie meinen Sie das?«

»War sie vielleicht mal himmelhoch jauchzend, mal zu Tode betrübt, hatte sie schwarze Gedanken, legte sie vielleicht irgendein Risikoverhalten an den Tag?«

»Sie fragen mich, ob sie eine Krise hatte?«

»Letztlich schon, ja.«

»Nein. Es ging ihr gut.«

»Sind Sie da sicher?«

Florence Crémant blickte zu Boden und ließ ein paar Sekunden verstreichen, eher sie wieder aufblickte.

»Sie sind ein eigenartiger Polizeibeamter.«

»Warum?«

»Ihre Kollegen haben mir diese Art von Frage nicht gestellt.«

»Meine Arbeitsweise ist ein bisschen anders.«

Wieder Schweigen. Sie schien nachzudenken über das, was sie sagen wollte. Dann sprach sie weiter, ihre Stimme klang angespannt.

»Aus welchem Grund ist die psychische Verfassung meiner Tochter von so ausschlaggebender Bedeutung für Sie? Schließlich ist sie es, die ermordet wurde, oder etwa nicht?«

Vermintes Gelände. Gehen Sie bitte keinen Schritt weiter. Der Profiler wusste, dass er auf dem richtigen Weg war.

»Ich habe es Ihnen schon gesagt. Meine Methode sieht ein bisschen anders aus.«

»Es fällt mir schwer zu begreifen, wozu dies gut sein soll.«

François sah ihr in die Augen.

»Wollen Sie die Wahrheit wissen?«

»Welche Wahrheit?«

»Die Wahrheit, die mich zwingt, Ihnen diese Fragen zu stellen.«

Die Mutter des Opfers zögerte. Die Situation geriet irgendwie außer Kontrolle, und sie wusste nicht, wie sie zurückrudern sollte.

»Nur zu.«

François legte los. Er erzählte von dem Mord in Roussillon, von dem in Grenoble und dass diese Morde seiner Meinung nach ein zusammenhängendes Ganzes bildeten. Eine Einheit, zu der jetzt auch der Mord an Justine gehörte.

Florence Clément schien aus allen Wolken zu fallen. Niemand hatte sie davon unterrichtet, dass es sich um einen Serienmörder handelte.

Anschließend legte François das Gewicht auf die Persönlichkeit der Opfer. Alles Jugendliche aus wohlhabenden Familien, die nach außen hin keine Probleme machten und keinerlei Probleme hatten.

Ganz wie Justine.

Nur dass er, wenn man ein bisschen nachbohrte, bei diesen jungen Leuten ganz schön viele Verwerfungen gefunden hatte. Die eine prostituierte sich wegen eines abwesenden Vaters, der andere war dabei, einem Glauben abzuschwören, den man ihm aufgenötigt hatte, um sich seiner dunklen Seite zuzuwenden. Folglich war es möglich, dass auch Justine diesem Profil entsprach. Dem Profil einer Jugendlichen, die litt und anderswo nach dem Halt suchte, den ihre Familie ihr nicht geben konnte.

In diesem Fall bei dem Mann, der sie abgeschlachtet hatte.

Die Frau war sprachlos. Die Informationen, mit denen er sie überschüttet hatte, zeigten ihr eine unerwartete Realität. Und die war haarsträubend. Nach einem langen Schweigen akzeptierte sie schließlich das Unvorstellbare.

»Wollten Sie mir damit gerade sagen, dass sie den Mörder kannte?«

»Das ist möglich, ja.«

»Wie hätte sie ihm begegnen sollen?«

»Vielleicht ist sie irgendwohin gegangen, wohin sie nicht hätte gehen dürfen?«

»Aber wohin denn? Sie ging ja abends nie aus dem Haus, und ich hab sie immer von der Schule abgeholt.«

François merkte sich das, ohne weiter darauf einzugehen. Genau wie Pierre konnte auch Justine ihre Geheimnisse haben.

»Mit wem hatte sie Umgang?«

»Mit Schulfreunden vom Gymnasium.«

»Könnten Sie mir ein paar Namen nennen?«

»Ja … selbstverständlich.«

»Ich nehme an, sie hatte ein Handy?«

»Natürlich.«

»Dann hätte ich auch gerne ihre Nummer.«

Sie rieb sich die Stirn.

»Und Sie glauben nicht, dass es sich um einen Jungen in ihrem Alter handelt?«

»Nein. Ich versuche, mir ein besseres Bild von ihrem Umfeld zu machen. Mit wem sie sich traf, wo sie hinging, was sie machte. Es ist wahrscheinlich, dass sie Ihnen gewisse Dinge verheimlicht hat.«

»Wir haben viel miteinander geredet. Ich hatte immer ein offenes Ohr für sie.«

»Daran zweifle ich nicht. Nur manchmal genügt das nicht.«

Florence Crémant ließ sich in die Kissen zurückfallen. Ihr Blick verdüsterte sich.

»Ich weiß …«

Sie atmete tief aus.

Der Psychoanalytiker spürte, dass sie sich öffnete.

»Was möchten Sie sagen?«

»Ich dachte, es sei vorbei. Alles wäre wieder in Ordnung. Aber da habe ich mich wohl geirrt, könnte man meinen …«

François wartete ab, was sie ihm anvertrauen würde. Ihre Stimme klang tonlos.

»Vor zwei Jahren machte Justine eine schwierige Phase durch. Sie fühlte sich nicht wohl in ihrer Haut, war reizbar, weinte wegen nichts. Anfangs haben wir uns keine Sorgen gemacht. Schließlich kam sie ja in die Pubertät … Und dann ging alles sehr schnell. Erst sagte sie, sie sei zu dick und müsse eine Diät machen. Sie fing an abzunehmen. Viel, zu viel. Eines Nachts hörten wir Schreien in der Küche. Völlig panisch eilten wir nach unten. Sie lag zusammengekauert auf dem Boden, mitten in ihrem Erbrochenen. Auf dem Tisch standen sechs große Dosen Ravioli. Leer.«

Sie sprach völlig tonlos. Tränen rollten ihr über die Wangen. François ließ ein paar Sekunden verstreichen, bevor er seine Diagnose aussprach.

»Justine war anorektisch.«

»Das ist wohl der Begriff dafür.«

»Kam sie in Behandlung?«

»Ja. Und mit erstaunlichem Erfolg.«

»Warum sagen Sie dann, dass nichts davon zu Ende war?«

In seinen Worten lag eine gewisse Verärgerung.

»Weil Sie mir das alles gerade berichtet haben. Justine war magersüchtig, weil sie litt. Und ich war der Grund dafür. Was heißt das schon, dass sie diese Scheißkrankheit geheilt haben. Wenn Sie meinen, dass es ihr schlecht ging, dann heißt das, dass man die Wurzeln nicht ausgerissen hatte.«

Sie brach in Tränen aus. Ihr Geständnis hatte eine Schuld zutage gebracht, die sehr auf ihr lastete. Welche Schuld? Das war jetzt nicht so wichtig. Zu dem Schmerz über den Verlust gesellten sich auch noch massive Schuldgefühle.

François hätte ihr gerne geholfen. Sein Werdegang hätte ihm das ermöglicht, es wäre legitim gewesen. Aber er war kein Psychiater mehr. Sein jetziger Beruf bestand darin, den Verrückten zu finden, der Justine abgeschlachtet hatte. Daher musste er sich ganz auf sie konzentrieren.

»Wo ist sie behandelt worden?«

»In Garches.«

»In der Clinique du Lac?«

»Kennen Sie die?«

»Ich habe davon gehört.«

»Und zwar zu Recht. Diese Einrichtung ist der Rolls Royce der Behandlungszentren für Depressionen. Alle Psychiater in der Region hatten ihre Patienten dorthin geschickt.«

»Wie hieß der behandelnde Arzt?«

»Dr. Giraud.«

»Paul Giraud?«

»Ja … Aber wie …«

»Das ist eine alte Geschichte.«

Die Frau sah ihn fest an. Sie war verwirrt.

»Darf ich Sie etwas fragen?«

»Aber sicher.«

»Wer sind Sie wirklich, Monsieur?«

François stand auf und brachte seine Weste in Ordnung.

»Ein Polizeibeamter. Sonst nichts.«

33

Wie hatte sie nur so blöd sein können!

Herrgott, was war nur in sie gefahren, sich auf diesen Typen zu werfen? Er war nicht nur zu alt für sie. Aber wenn's nur das wäre, damit wäre sie schon klargekommen. Nein, was sie so wütend machte, war, dass sie die Kategorien durcheinandergebracht hatte. Job und Bettgeschichten, das passte nur selten gut zusammen. Jeder wusste das.

Aber hier ging es nicht nur um Sex. Sie hatte etwas gespürt. Eine Anziehung, eine Verwirrtheit, die sie zunächst einfach beiseitegeschoben hatte.

Bis zu diesem Gespräch im Hotelzimmer …

Da ließ es sich nicht länger verleugnen. François gehörte zu den Männern, denen man sich anvertrauen konnte, auf die man sich verlassen konnte. Und das lag nicht an seinem früheren Beruf, denn dem Gequatsche der Psychologen schenkte sie schon lange keinen Glauben mehr. Er zog seine Kraft und Empathie aus dem wahren Leben. Er hatte am eigenen Leib erfahren, was es hieß zu leiden, er wusste, was Schmerz bedeutete. Seine Narben machten ihn gewiss zu einem guten Polizisten, aber vor allem gaben sie ihm eine Kraft, die eine Frau glücklich machen konnte. Sofern es ihm gelang, seine Dämonen auf Abstand zu halten …

Sie schob diese Gedanken beiseite und bog in das Gässchen ein.

Sie musste etwas tun. Sport war eine der besten Methoden, um sich wieder in den Griff zu bekommen. Devaux hatte ihre Eskapade nicht sehr geschätzt. Das hatte er ihr ins Gesicht gebrüllt, bevor er sie losgeschickt hatte, um Lucies Eltern zu befragen. Eine Routineangelegenheit, um die sich niemand gekümmert hatte. Einfach weil sie nicht sehr vielversprechend war. Die Jugendliche lebte seit fast sechs Monaten allein und hatte sämtliche Brücken zum Rest der Familie hinter sich abgebrochen.

Aber der Leiter der Kripo in Avignon war mit den Nerven am Ende. Wie erwartet, hatte die Hausdurchsuchung bei Galthier nichts ergeben. Und die Nachbarschaftsbefragung auch nicht. Und was die Informationen anging, die verschiedene Polizeicomputer ausgespuckt hatten, so führten sie nirgendwohin. Die Polizisten waren immer noch damit beschäftigt, das Viertel zu überwachen, während die Truppen des Cowboys die Gartenabteilungen der Baumärkte und die Fachhändler für medizinisches Material durchkämmten.

Das Ganze war völlig umsonst.

Außerdem ahnte Devaux, dass François in der Sache vorankam. Die Lügenmärchen, die Julia ihm aufgetischt hatte, konnten ihn nicht überzeugen. Und als die Einschüchterungsstrategie nicht funktionierte, schob er Julia aufs Abstellgleis.

Die junge Ermittlerin blieb vor einer Schaufensterauslage stehen. Erst sah sie sich selbst als verschwommene Gestalt in der Scheibe gespiegelt: Jeans, Anorak, Surferbrille und zerzaustes Haar. Dieser androgyne Look passte zu ihr. War das noch ein Beweis, dass sie unfähig war, ihre Frauenrolle richtig auszufüllen?

Ihr Blick fiel durch die Fensterscheibe, und schon fühlte

sie sich zu Hause. Im Schaufenster stapelten sich Comics, Plastikfiguren und Karnevalsmasken. Sie liebte diese Phantasiewelt, in der sie all die Helden ihrer Kindheit wiederfand: Han Solo, XIII, Largo Winch, Spiderman ... Heldenfiguren für kleine Jungs, für die ihr Vater große Begeisterung bei ihr geweckt hatte. Das war das Einzige, was ihr von ihm geblieben war.

Lächelnd drückte sie die Tür auf. Zur Hölle mit Devaux und seinen Scheißplänen. Die Befragung von Lucies Eltern konnte warten.

Vorläufig hatte sie Besseres zu tun.

Der Laden war ein einziges Durcheinander. Der lange dunkle Gang zwischen den beiden Regalreihen bot eine ungefähre Orientierung. Mehr oder minder alphabetisch geordnet, stapelten sich Comics in engen Reihen bis zur Decke. Intergalaktische Raumschiffe hingen an Angelschnüren herab und schienen in einem geostationären Flug zu verharren. Ganz hinten hielt ein Plüschtier in Menschengröße Wache, eine Art Nagetier mit bösen Augen, der in einem Trenchcoat im Stil von Colombo steckte. Er ließ Julia an ein exhibitionistisches Murmeltier denken, und sie musste lächeln.

Außer dieser Kreatur, die an Bilal erinnerte, war keine Menschenseele zu sehen.

»Roland? Bist du da?«, rief sie.

»Eine Sekunde. Komme schon.«

Ein kleiner Kerl kam aus dem Hinterzimmer des Ladens gelaufen, die Arme vollbepackt mit Comics. Er war höchstens einen Meter sechzig groß, und sein Schädel war kahl rasiert, wenn man von der fuchsroten Puderquaste absah, die er über der Stirn trug. Trotz der runden Brille, des eng anliegenden Lycrapullovers und der Doc-Martens-Schuhe musste man sofort an Tim von Tim und Struppi denken. Lucie fand, dass er eigentlich eher wie Frodo aussah, der Hobbit aus *Herr der Ringe*. Er war ein außergewöhnlicher

Kerl, geschlechtslos und einfach wundervoll. Sie hatte ihn im Vorjahr kennengelernt, als sie zufällig auf den Laden in der Rue Rouge, mitten im Zentrum der Altstadt, gestoßen war. Seither wurden sie immer bessere Freunde.

»Julia! Da freu ich mich aber!«

Er legte den Stapel einfach auf einen anderen, den er damit in ein instabiles Gleichgewicht brachte, und küsste die junge Frau auf die Wange.

»Hast du Urlaub?«

»Nicht wirklich.«

»Oh, oh! Bist du gekommen, um in der dritten Dimension zu ermitteln?«

Er war schon wieder mit dem Einordnen seiner Schätze beschäftigt.

»In der zwölften. Ich nehme mal an, du hast schon von dem Mord vom Sonntag gehört, oder?«

»Das Mädchen aus Roussillon?«

»Genau.«

»Hässliche Sache. Hat man dir den Fall anvertraut?«

»Sagen wir mal so, ich arbeite daran.«

Roland schnappte sich eine Trittleiter und stieg hinauf. Während er die Comics in die Regale einordnete, fragte er:

»Womit kann ich dir dienen?«

»Du hast mir doch mal erzählt, dass du gern Metal Rock hörst, stimmt's?«

»Ein bisschen, ja.«

Julia lächelte in sich hinein. Roland fuhr total auf diese Musik ab und kannte sich aus wie kein Zweiter. Er hätte ein Buch über das Thema schreiben können.

»Jetzt mach mal nicht einen auf bescheiden. Du bist eine echte Bibel auf dem Gebiet, und ich hätte gern, dass du mich aufklärst.«

»Da solltest du zur FNAC gehen. Die haben Spezialisten.«

»Das möchte ich aber nicht.«

Er kletterte wieder von seiner Leiter herunter und stellte sich vor sie hin.

»*Qué pasa*? Ich würd mal sagen, dich quält irgendwas.«

»Kann ich dir nicht erklären.«

Roland zog skeptisch eine Braue hoch. Er drehte sich um und steuerte eine Kiste an, die bis zum Rand mit alten amerikanischen Comics voll war, und machte sich ans Einräumen.

»Einverstanden. Was willst du wissen?«

Julia zog die CD aus der Tasche, die François ihr anvertraut hatte, jene CD, die er dem Hell's Angel bei den Hausbesetzern in Grenoble abgenommen hatte.

»Kennst du die?«

Roland nahm die CD in die Hand und studierte eingehend das Cover, höchst interessiert.

»Iron Beast… Wie bist du denn da rangekommen?«

»Das ist nicht so wichtig. Was kannst du mir über sie erzählen?«

»Also, ich kann dir schon mal sagen, dass ich auf die nicht so abfahre. Alles Durchgeknallte. Total gewaltgeil. Surf mal ein bisschen in Internet, dann wirst du schon sehen.«

Das hatte Julia bereits getan. Gleich heute Morgen, als sie bei sich zu Hause vorbeiging, um sich frische Kleidung anzuziehen. Sie hatte nichts gefunden. Nur Seiten, die man nicht anklicken konnte, weil sie gesperrt worden waren.

»Ich hab's versucht. Da findet man nichts.«

Das schien Roland nicht wirklich zu überraschen.

»Na ja, darauf mussten sie sich gefasst machen. Wahrscheinlich hat man den Providern auf die Finger geklopft, und dann wurde ihnen der Hahn zugedreht.«

»Weshalb?«

»Aufruf zum Mord. Sollte man besser nicht tun.«

»Ernsthaft?«

»Lauter Irre, sag ich dir.«

Julia hatte das Gefühl, dass sie der Sache allmählich näherkam.

»Und wo kommen die her?«

»Tschetschenien.«

Der Polizistin ging ein Licht auf.

»Welche Sprache sprechen die denn?«

»Russisch, warum?«

Pierre besuchte Russischkurse am Gymnasium Saint-Joseph. Er war sogar gut genug, um anderen zu helfen. Wahrscheinlich hatte er die Botschaft vernommen, die diese Durchgeknallten verbreiteten.

»Warum haben die sich einen angelsächsischen Namen gegeben?«

»Um das Publikum zu beeindrucken. In den Kreisen kannst du dich nicht Vodka Smirnoff oder Perestroika nennen. Das wäre nicht glaubwürdig.«

»Sind sie schon mal in Frankreich aufgetreten?«

»Ein- oder zweimal, Ende der Neunziger. Das hätte man sich anschauen sollen. Ich bin nie hingegangen, aber das war wohl voll krass. Da wurde einem Typen zum Schein die Kehle durchgeschnitten, literweise Hämoglobin übers Publikum gekippt, echt hartes Zeug.«

»Und jetzt?«

»Sie sind überall verboten worden. Sogar in ihrem eigenen Land.«

»Und wie schlagen sie sich durch?«

Roland griff nach einem Figürchen, einer Art Elfe mit grünem Haar und dem Körper eines Sexidols. Er befestigte sie auf einem Präsentationsständer und antwortete:

»Soviel ich weiß, liegt ihr Aufnahmestudio in einem Vorort von Grozny. Sie drehen auch Videos. Solche Snuff-Movies mit Serienvergewaltigungen und Morden und so.

Danach stellen sie alles ins Netz. Bis man ihre ›Produktion‹ abfängt.«

Julias Neugier war geweckt. Iron Beast machte die übelsten Sachen, die es überhaupt gab. Brutalste Gewalt und Perversionen jeder Art, dazu noch eine aggressive Musik. Und das Tüpfelchen auf dem i war, dass man ihre Musik heimlich hören musste. Diese Zensur dürfte Pierres Wunsch, ein Verbot zu übertreten, nur noch mehr angestachelt haben.

»Hat man sie nie festgenommen?«

»Es wurde ein Kopfgeld auf sie ausgesetzt. Offiziell …«

»Und in Wirklichkeit?«

»Putin, dieses Arschloch, lässt sie einfach gewähren. Damit sind sie in der glücklichen Lage, dass sie die Tschetschenen zu Dämonen hochstilisieren und damit seine Besatzungspolitik rechtfertigen können.«

Julia erschauderte. Die Strategie des russischen Premierministers war hier nicht so wichtig, aber der Begriff, mit dem er seine Widersacher bezeichnete, weckte ihre Aufmerksamkeit: »Dämonen«.

Sie fragte:

»Wird die Gruppe denn mit Satanismus in Verbindung gebracht?«

Roland zuckte die Schultern, als läge die Antwort auf diese Frage auf der Hand.

»Aber naturlich …«

Hier schloss sich der Kreis. Wenn man auf Gott spuckte, wer sonst könnte einen dann aufnehmen, wenn nicht der Teufel?

Julia bedankte sich bei ihrem Freund mit einem begeisterten Kuss auf die Wange.

»Du bist großartig.«

Er lächelte sie an.

»Willst du jetzt die Gefolgsleute Satans in die Zange nehmen?«

»Das ist mein Job.«

»Pass bloß auf, da riskierst du die tollsten Überraschungen.«

Sie öffnete mit beiden Händen ihren Anorak und zeigte ihm die Waffe, die unter ihrer Achsel befestigt war.

»Mach dir mal keine Sorgen. Ich bin gewappnet.«

34

Die Information war Gold wert.

Falls das Opfer aus Grenoble tatsächlich Satanist geworden war, würde das interessante Perspektiven eröffnen.

Julia war versucht, dieser Fährte im Alleingang nachzugehen, ohne François Bericht zu erstatten. Nach der Sackgasse mit »Meetic« und nachdem Galthier, Lucies letzter Kunde, auch aus dem Rennen der Verdächtigen ausgeschieden war, wollte sie beweisen, dass auch sie ihr Bestes geben konnte. Hier war Stolz im Spiel, was gewiss nicht gut war, aber die Vorstellung, dass in ihrer Beziehung einer den anderen dominierte, gefiel ihr gar nicht. Seitdem sie sich begegnet waren, war immer François derjenige gewesen, der Bescheid wusste, der das Sagen hatte, und wahrscheinlich auch derjenige, der urteilte. Sollte ihre Geschichte sich weiterentwickeln können, musste auf der Stelle ein Gleichgewicht hergestellt werden.

Das Problem war: Sie war in Avignon, und Devaux hatte sie im Visier. Bevor sie etwas tun konnte, musste sie ihn erst einmal beruhigen.

Sie stieg in den zivilen Polizeiwagen, einen 306er, verließ den von der Stadtmauer umfriedeten Bereich durch das Südtor und fuhr auf die Umgehungsstraße.

Siebzehn Uhr dreißig. Es war tiefschwarze Nacht und bitterkalt. Die Lampen am Straßenrand waren zu schwach, um die Boote zu beleuchten, die aussahen wie Campingwagen. Dichter Nebel stieg vom Wasser auf, sodass man fast das Gefühl hatte, in ihm fließe eine heiße Quelle.

Julia stellte ihr Navi ein. Éric und Jennifer Barmont wohnten in einer Villa oberhalb von Villeneuve-lès-Avignon, einem mittelalterlichen Dorf, das auf der anderen Seite des Flusses auf einem Hügel lag. Das Paar hatte der Ermittlungsbeamtin vorgeschlagen, sich unauffällig bei ihnen zu Hause zu treffen.

Sie überquerte die riesige Brücke über die Rhône. Jedes Mal, wenn sie das tat, kamen ihr die ersten Strophen des berühmten Kinderliedes in den Sinn: »Sur le pont d'Avignon, on y danse, on y danse ...« Heute Abend hatte niemand Lust zu tanzen. Jeder wollte nur so schnell wie möglich in sein Refugium fliehen oder in der Anonymität seines warmen Autos sitzen.

Die junge Frau schaltete das Radio ein. Blödsinnige Jingles verstopften die Frequenzen, kurzlebige Oden an die Konsumgesellschaft. Sie drehte den Ton leiser und konzentrierte sich auf die Straße. Die Bundesstraße stieg zwischen einer Reihe im Bau befindlicher Häuser sanft an. Am Ende erhoben sich die Festungsmauern des Fort Saint-André. Hoch, uneinnehmbar, aus schwerem, von Schießscharten durchbrochenem Stein erbaut. Lange Zeit hatten sie die Karthäuserabtei vor den Invasionen der Barbaren geschützt.

Julia fuhr gut einen Kilometer an den Mauern entlang. Nachdem sie das Dorf verlassen hatte, bog sie in einen Weg ein, der zu einer Siedlung hinunterführte. Das dritte Haus links mit dem weißen Eingangsportal. Lucies Vater hatte ihr versichert, sie könne sich unmöglich irren.

Sie fand es problemlos und parkte vor einem Zaun. Ein kurzer Blick auf die Uhr – achtzehn Uhr. Pünktlich wie die Maurer.

Sie klingelte. Keine Antwort. Sie versuchte es noch zwei-

oder dreimal, ohne Erfolg. Nach fünf Minuten stieg sie völlig durchgefroren wieder in ihren Peugeot. Sie wollte gerade die Nummer von Éric Barmont anrufen, als im Rückspiegel Scheinwerfer aufleuchteten. Ein BMW blieb auf ihrer Höhe stehen, während das Portal über die Schienen glitt und sich öffnete. Mit einer Handbewegung forderte der Fahrer sie auf, ihm zu folgen.

Sie fuhr über eine Kieselsteinallee und parkte neben der Limousine auf einer Art Vorplatz, auf dem bereits ein Mercedes Cabriolet vor sich hin döste.

Julia stieg aus dem Auto. Sie hörte das gedämpfte Türenschlagen des deutschen Wagens. Im Dämmerlicht sah sie zwei langgliedrige Gestalten auf sich zukommen.

»Haben Sie leicht hergefunden?«

Éric Barmonts Stimme klang zwar warmherzig, aber vielleicht ein bisschen übertrieben, als würde er sich verstellen.

»Kein Problem«, antwortete Julia.

Die Polizistin drehte sich zu der Frau um, die stehen geblieben war. Instinktiv wusste sie, dass der Kontakt zu ihr nicht so einfach sein würde. Die Frau wünschte ihr nur reserviert »Guten Abend«, trat aber nicht näher.

»Kommen Sie«, sagte Barmont, »drinnen ist es gemütlicher.«

Das Paar war ganz offensichtlich erfolgreich. Die Spitzenklassewagen waren nur der Anfang, das äußere Zeichen eines Reichtums, für den das Haus der schreiende Beweis war. Die Villa war groß und protzig und roch nach dem Geld der Neureichen. Der Salon, in den Julia geführt wurde, war komplett mit Marmor ausgelegt. Es gab einen von bläulichen Adern durchzogenen Boden, blassrosa Wände und einen von zwei Statuen in Menschengröße eingerahmten massiven Tisch. Caramelfarbene persische Teppiche hoben ein wenig die Temperatur in diesem eisigen Tempel des schlechten Geschmacks.

Den wenigen Informationen, die Devaux ihnen geliefert hatte, entnahm sie, dass die Barmonts Friseure waren. Ganz wie die Tochter, nur spielten sie in einer anderen Liga. Sie besaßen drei Salons in der Gegend, Franchiseunternehmen, die unter dem Namen Jacques Dessange firmierten. Das Unternehmen lief phänomenal gut und beschäftigte vierzig Angestellte.

Die Frau legte ihre Wildlederjacke auf den Sofarand und sagte zu Julia:

»Ich fühle mich wie gerädert ... Kann ich Sie mit meinem Mann allein lassen?«

Ihre Stimme klang herablassend. Ein Tonfall, der perfekt zu ihrer Person passte. Sie war groß, immer noch schön, wirkte distanziert.

Ihr Mann wartete die Antwort der Ermittlungsbeamtin gar nicht erst ab.

»Geh schon, Baby. Ich kümmere mich um alles.«

Er drückte ihr einen Kuss auf die Lippen und sah ihr mit verliebtem Blick nach, wie sie sich entfernte. Eine winzige Sekunde lang fühlte Julia sich überflüssig. Eine Voyeurin, die in das Privatleben eines Paares eindrang, das in völliger Symbiose lebte. Barmont kam auf sie zu.

»Kann ich Ihnen etwas anbieten?«

Die Ermittlungsbeamtin kam aus dem Staunen nicht mehr heraus. Dieser Mann hatte gerade seine Tochter verloren. Und zwar unter entsetzlichen Umständen. Trotzdem setzte er ein verführerisches Lächeln auf und bot ihr einen Drink an!

Sie erwiderte ein wenig barsch:

»Danke, machen Sie sich bitte keine Umstände.«

Er lächelte weiter und ließ sich in einen Metallsessel fallen. Während sie ihm gegenüber Platz nahm, beobachtete sie ihn. Ein gut aussehender Mann in den Fünfzigern, sonnenstudiogebräunt, die Schläfen grau meliert, der Haarschnitt perfekt. Der Prototyp des alternden Playboys, stets nach der neuesten Mode gekleidet, ein regelmäßiger Besucher von Fitnessstudios.

Er verschränkte die Arme und fragte:

»Also? Womit fangen wir an?«

Julia wollte die Sache so schnell wie möglich hinter sich bringen. Sie verlor hier ihre Zeit, und das Verhalten dieses Mannes bereitete ihr Unbehagen. Da sie nichts vorbereitet hatte, versuchte sie, sich an die wesentlichen Punkte zu halten, die François herausgefunden hatte: ihr Leiden im Verbund mit einer ungesunden Beziehung zum Vater; die Reaktion auf die Angst, die sie damit zu kurieren suchte, dass sie sich prostituierte. Ein Detail aus der Ermittlungsakte kam ihr wieder in den Sinn. Ein Detail, das jetzt einen Sinn ergab und mit dem sie das Gespräch eröffnen konnte.

»Lucie wurde letztes Jahr für mündig erklärt, nicht wahr?«

»Auf dem Papier, ja …«

»Was wollen Sie damit sagen?«

»Sie bekam weiterhin Geld von mir.«

Diese Information hatte François ihr schon gegeben. Lucie prostituierte sich nicht, um ihr Monatseinkommen aufzubessern. Die Gründe waren eher persönlicher Natur.

Julia zeigte sich trotzdem erstaunt.

»Warum dann diese Maßnahme?«

»Sie hatte uns darum gebeten.«

»Und Sie haben eingewilligt?«

»Sie hatte nicht mehr lange bis zur Volljährigkeit. Wir haben den Prozess lediglich beschleunigt.«

Die einzige greifbare Emotion: Gereiztheit. Barmont machte nicht den Eindruck, dass es ihn schmerzte, nein, es ärgerte ihn.

»So ein Wunsch kommt nicht von ungefähr«, beharrte Julia. »Dahinter steckt immer ein handfester Grund.«

»Gründe gab es Tausende. Zusammenfassend lässt sich sagen: Es war für alle Beteiligten besser so.«

»Machte Lucie Ihnen Probleme?«

Er seufzte.

»Das ist das Mindeste, was sich sagen lässt.«

»Welche?«

»Sie war eifersüchtig.«

»Auf wen denn?«

»Auf Jennifer. Sie ist eine sehr schöne Frau. Überaus feminin. Lucie konkurrierte ständig mit ihr.«

Die Art, wie Barmont über seine Frau sprach, bestätigte die symbiotische Natur ihrer ehelichen Verbindung. Julia sah jetzt weniger nur den Playboy in ihm.

»So was kann schon mal vorkommen. Besonders in der Pubertät.«

»Nur dass das schon viel länger so ging. Lucie hat es noch nie ertragen, uns zusammen zu sehen. Ich weiß, es ist verrückt, aber wenn sie gekonnt hätte, dann hätte sie meine Frau liebend gerne aus dem Weg geräumt.«

Irgendein falscher Ton lag in seinen Worten. Julia bekam leise Zweifel.

»Ich bin mir nicht sicher, dass ich Sie richtig verstanden habe. Ist Ihre Frau nicht die Mutter von Lucie?«

»Nein. Ich habe kurz nach ihrer Geburt wieder geheiratet.«

Jetzt erklärte sich die Eifersucht des Mädchens. Eine aufgezwungene Stiefmutter, ein Vater, der sie übersah. Sie dürfte sich bei diesem egozentrischen Paar ziemlich allein gefühlt haben.

Julia verteidigte Lucie.

»Das ist überhaupt nicht verrückt. Sie war wahrscheinlich nur ein bisschen verliebt in Sie. Alle kleinen Mädchen sind in ihren Papa verliebt.«

»Vielleicht. Aber der Zustand war einfach nicht tragbar.«

»Warum?«

»Weil sie Jennifer bedrohte.«

»Wie bedrohte?«

Das Gesicht des Königs der Friseure verhärtete sich.

»Körperlich. Ich musste mehrmals eingreifen, um die beiden zu trennen.«

Jetzt ging es also um Gewalt. Nachdem sie via Internet Ballast abgeworfen hatte, war das eine neue Art, sich auszudrücken. Die Polizistin versuchte, in diese Richtung weiterzubohren.

»Wie verhielt sie sich denn so im Allgemeinen?«

»Sie hatte Wutanfälle, rannte weg. In der Schule riss sie sich nicht gerade ein Bein aus, und zu Hause ließ sie sich bedienen.«

Antworten, mit denen sie gerechnet hatte. Das war die Beschreibung einer jungen, aufbegehrenden Frau. Sie drehten sich im Kreise.

»Immerhin ist sie Friseuse geworden«, gab Julia zu bedenken. »Sie hatte denselben Beruf ergriffen wie Sie ...«

»Ach das? Das hat sie nur getan, um mich auf die Palme zu bringen. Genauso wie sie mit vierzehn Jahren die Schule abgebrochen hat, um sich mit diesem erbärmlichen Typen herumzutreiben.«

Seine Wut war so groß, dass die Nerven blank lagen. Langsam bröckelte bei ihm die schöne Fassade, und dahinter kam eine etwas krudere Sprache zum Vorschein. Wahrscheinlich war das die Ausdrucksweise, die Barmont sich selbst auszutreiben versuchte, seit er Erfolg hatte.

Julia knüpfte hier an.

»Sie hatte also einen Freund?«

»Ja, so ein kleines Arschloch, das die ganze Zeit bei ihr herumhing.«

»Ich dachte, sie sei Single?«

»Da hat man sie wohl falsch informiert.«

»Und wann war das?«

»Vor sechs Monaten. Kurz bevor sie ihre Koffer packte.«

»Wie hieß er?«

»Keine Ahnung.«

Julia ließ nicht locker.

»Stephen? Maxime? Sagen diese Namen Ihnen gar nichts?«

»Nein.«

»Na dann, wie sah er aus?«

»Wie ein Wichser.«

»Das sagt mir nichts.«

Er zuckte die Schultern.

»Was soll ich Ihnen sagen? Diese Dreckskerle, die sehen doch einer aus wie der andere. Zu große Klamotten, idiotischer Haarschnitt, blöde Glotzaugen.«

»Haben Sie sich denn keine Einzelheiten merken können?«

»Nein. Nur dass er fünf oder sechs Jahre älter war als Lucie.«

Also konnte es sich weder um den Friseurkollegen noch um Galthiers Sohn handeln. Zu jung. Aber Barmonts Wut war förmlich zu greifen. Julia legte den Finger in die Wunde, um zu sehen, wohin das führen würde.

»Störte Sie dieser Altersunterschied?«

»Ich kenne diese Typen. Der glaubte wahrscheinlich, er könnte meine Tochter vernaschen.«

»Das ist kein Verbrechen.«

»Sie war noch sehr unreif. Sie war noch nicht so weit.«

Julia dachte an ihre Spielchen im Internet. Eine Sekunde lang zögerte sie, ob sie ihm reinen Wein einschenken sollte, einfach nur, um diesem Egoisten eine Lektion zu erteilen. Es gelang ihr, sich zurückzuhalten und das Gespräch wieder auf den Freund des Opfers zu lenken. Diese Informationsquelle konnte wahrscheinlich ihrem psychischen Profil die noch fehlende Farbe geben.

»Hat sie ihn hierhergebracht?«

»Oft. Anfangs habe ich mich nicht eingemischt. Später habe ich ihn rausgeworfen.«

»Ihr Haus liegt recht weit außerhalb. Wie ist er hierhergekommen?«

»Mit dem Auto. Na ja, so einer Kiste mit Rädern dran.«

Bingo.

»Welche Marke?«

»Volkswagen, Golf... Eines der ersten Modelle mit aufklappbarem Verdeck. Die Karosserie war völlig verbeult.«

»Farbe?«

»Grau, glaube ich. Das Einzige, was mich gewundert hat, war die Anlage. Eine echtes Wahnsinnsteil. Wenn er sie besuchte, bekam das ganze Viertel das mit.«

Zum ersten Mal lächelte Julia.

Hier hatte sie die Unebenheit gefunden, die sie brauchte, um die Wand noch ein Stück weiter hochzuklettern.

35

Die Clinique du Lac war ein schönes großbürgerliches Gebäude aus den Dreißigerjahren. Ein massiver, dreigeschossiger Klotz im reinsten Riviera-Stil, dessen weiße Fassade an eine Hochzeitstorte erinnerte.

Sie lag in einem fünf Hektar großen Park in der Nähe von Saint-Cloud und war ursprünglich von Freud-Schülern zu dem Zweck gegründet worden, an Depression erkrankte Patienten zu behandeln. François hatte schon oft verzweifelte Fälle hierhergeschickt, die Therapieresistenten, die man auch nach noch so vielen Sitzungen nicht von ihrem Leiden befreien konnte.

Er ging durch die Eingangspforte und bog auf die Allee ein. Frisch geschnittener Rasen, hundertjährige Bäume, Unterholz und kleine Wäldchen. Eine dünne Schicht Raureif lag wie eine zarte Decke aus Puderzucker auf dieser Vegetation. Der Ort erinnerte an eine Poststation oder ein Schloss, er war ein sehr privates und sehr teures Paradies, das den *happy few* vorbehalten war.

François blieb auf dem mittleren Weg und betrat das Gebäude. Drinnen empfing ihn eine sanfte Wärme. Sie rührte von der Heizung, aber die allgemeine Atmosphäre trug auch dazu bei. Alles war cremefarben, es gab einen roten Samtteppich und elektrische Kerzenleuchter, die an den antiquierten Prunk der Vorkriegszeit erinnerten.

Der Polizist steuerte den Aufzug an. In diesem schallgedämpften Refugium kam es ihm so vor, als sei die Zeit in sich zusammengeschnurrt.

Er sah sich selbst zehn Jahre zuvor, als junger Psychoanalytiker voller Ideale, der gegen die eingebildeten Monster anrannte, von denen seine Patienten gequält wurden. Der Anblick seines Spiegelbildes holte ihn in die Gegenwart zurück. Er war nur mehr ein gebrochener Mann, der sich selbst hinterherrannte. Eine leere Hülle, deren Seele entwichen war.

Die Tür öffnete sich auf einen gepolsterten Gang. Eine Reihe von Bildern hing an der Wand, gefangen in mit Feingold verzierten Rahmen. Halbmondförmige Wandleuchten verbreiteten ein sanftes Licht.

François trat ein, ohne anzuklopfen. Doktor Paul Giraud, Chefarzt und Großaktionär der Clinique du Lac, saß hinter einem Kirschholzschreibtisch und erwartete ihn.

Er war ein imposanter und müde wirkender Mann in den Vierzigern, mit der blassen Hautfarbe derer, die nie in die Sonne gehen. Er trug nicht den traditionellen Kittel, sondern war leger gekleidet: Jeans, Hemd, Weste – alles von Armani. Der neue Psychiaterlook, dachte François. Weniger streng, beruhigender. Eine kleine Hornbrille gab ihm die intellektuelle Legitimität, die seinen Gesichtszügen fehlte. Denn die waren grob, wie mit der Axt gehauen und von einem Dickicht schwarzer Haare überwuchert. Er hätte problemlos in einem historischen Filmepos den Anführer der Barbaren spielen können.

»Du hast dich nicht verändert.«

»Du dich auch nicht«, antwortete François.

Das war von beiden gelogen. Seit ihrer Zeit als Ärzte im Praktikum in Hôpital Saint-Anne war viel Wasser den Fluss hinuntergeflossen, und ihre Gesichter hatten Falten bekommen.

Sie begrüßten einander herzlich. François setzte sich Paul gegenüber in einen rehbraunen Ledersessel. Mit dem dicken Teppich und den antiken Stilmöbeln erinnerte das Zimmer an einen englischen Salon. Nirgendwo gab es auch nur ein Stück Papier, und einen Computer schon gar nicht.

»Ein Bulle«, sagte Giraud erstaunt. »Ich fasse es nicht.«

»Ich auch nicht, glaub mir.«

»Was ist denn in dich gefahren?«

»Kompliziert. Das erkläre ich dir ein anderes Mal.«

Der Oberarzt der Clinique du Lac hatte begriffen.

Er lächelte wohlwollend und verschränkte die Arme vor seinem Holzfällertorso.

»Womit kann ich dir dienen?«

»Du hast vor zwei Jahren eine anorektische junge Frau behandelt. Justine Crémant. Erinnerst du dich?«

»An Anorektikerinnen mangelt es hier nicht.«

»Sie ist letzte Nacht in Bangnolet ermordet worden.«

»Scheiße ... Und du ermittelst in dem Fall?«

»Teilweise, ja. Ich brauche deine Hilfe, um hier klarzusehen.«

»Was kann ich tun?«

»Erzähle mir von ihr.«

Giraud wirkte verunsichert.

»Ist das ein offizielles Anliegen?«

»Offizieller geht's nicht.«

»Na dann…«

Der Psychiater griff zum Telefonhörer. Unterdessen driftete François' Blick zum Fenster ab. Durch eine Schneise in den Bäumen hindurch konnte er das funkelnde Blau eines riesigen Sees erkennen. Die Zeit an diesem Ort schien stehen geblieben zu sein, als wolle sie dem Geist Zeit lassen, sich aufzubauen.

Eine Minute später schwebte eine Brünette wie ein Geist zur Tür herein. Sie legte eine Aktenmappe auf den Schreibtisch, warf Giraud ein Lächeln zu und verschwand. Die beiden Männer sahen einander verschwörerisch an. Keiner gab einen Kommentar ab.

»Justine Crémant«, sagte der Chefarzt und schlug die Akte auf. »Tatsächlich, ich habe sie hier behandelt! Bei ihrer stationären Einweisung in die Klinik war sie vierzehn Jahre alt. Sie kam am sechsten März 2007 und blieb drei Monate hier. Ein Allgemeinmediziner aus Bagnolet hatte sie wegen einer Essstörung eingewiesen.«

François brauchte kein Spezialist zu sein, um zu wissen, dass sich hinter diesem recht harmlos klingenden Ausdruck sehr schwere Krankheiten verbargen: Anorexie und Bulimie waren die bekanntesten Formen, aber es gab auch das Pica-Syndrom, den Meryzismus oder das Binge Eating.

Giraud blätterte schnell die paar Seiten durch, die Justines Aufenthalt in seiner Einrichtung zusammenfassten. Der Profiler wartete geduldig, bis der Exkollege wieder von seiner Lektüre aufsah.

»Sie war sehr abgemagert. Sechsunddreißig Kilo bei einer Größe von einem Meter fünfundsechzig. Niedriger Blutdruck, verschiedene Mangelerscheinungen, beginnender Kalziummangel. Ausbleiben der Regelblutung seit vier Monaten. Wir haben sie gleich zu Beginn an den Tropf gehängt und unter Beobachtung gestellt.«

»Weshalb? Hattest du Zweifel an der Diagnose?«

Giraud lächelte.

»Hast du vergessen, wie das läuft?«

»Ein bisschen schon. Könntest du meinem Gedächtnis auf die Sprünge helfen?«

»Rein medizinisch gesehen, ist die Anorexie ein Appetitmangelsymptom, das man bei vielen organischen oder psychiatrischen Erkrankungen beobachtet. Der Begriff wird benutzt, wie es den Leuten gerade einfällt, meist aber zur Bezeichnung der Anorexia mentalis, die nur eine besondere Form der Anorexie ist. Die wahrscheinlich gefährlichste und komplexeste Krankheit, die ich kenne. Das Krankheitsbild muss auf der Grundlage mehrerer Kriterien abgeklärt werden, und die Essstörungen sind nur eines davon. Sie sind nur das Alarmzeichen. Oder der Baum, hinter dem sich der Wald verbirgt, falls dir das lieber ist. Die Ursache ist psychopathologischer Art. Es handelt sich um eine Sucht oder eine psychotische Störung. Bevor man zu einem abschließenden Urteil gelangt, muss man daher den Geisteszustand des Patienten umfassend analysiert haben.«

François stimmte der Erklärung mit einem Kopfnicken zu. So langsam kamen sie zu dem, was ihn bei seiner Ermittlung interessierte.

»Ich habe die Familie von ihr ferngehalten«, fuhr Giraud fort, »außerdem alles, was ihr auch nur im Entferntesten ihr früheres Leben in Erinnerung hätte rufen können. Als sich nach einer Woche ihr körperlicher Zustand stabilisiert hatte, begannen wir mit den Gesprächen. Ich sah sie zweimal täglich eine Stunde.«

»Und zu welchem Schluss bist du gekommen?«

Giraud vertiefte sich in seine Notizen.

»Nur mal so auf die Schnelle zusammengefasst: komplizierte Beziehung zur Mutter; grundlegende narzisstische Störung; schlechte Integration des Körperbildes, was die Geschlechtsmerkmale anbelangt; zwanghafte Schuldgefühle …«

»Verschon mich mit Details. War es nun Magersucht oder nicht?«

»Geradezu ein Musterfall. Vom nichtrestriktiven Typus, mit Bulimieattacken, gefolgt von Erbrechen und Einnahme von Abführmitteln. Eine Achterbahn …«

»Welche Behandlungsmethode hast du angewandt?«

»Die klassische. Die Behandlung erfolgte auf drei Ebenen, der medikamentösen Behandlung, der Ernährungstherapie und der Psychotherapie.«

»Ich habe ihre Mutter gesprochen. Sie meint, du hättest Wunder vollbracht.«

Der Psychiater legte die Akte auf den Tisch zurück. Er wirkte desillusioniert.

»Das ist ein bisschen übertrieben. Ich habe sie wieder auf den rechten Weg gebracht, das ist alles.«

»Jedenfalls hattest du genug erreicht, sodass sie wieder ein normales Leben führen konnte.«

»Vielleicht … Es stimmt, wir haben sie seit damals vor zwei Jahren nicht wiedergesehen.«

François spürte, dass er nicht überzeugt war. Die Einschätzung teilte er nach einiger Überlegung. Er gab sich unwissend, denn er wollte die Wahrheit erfahren und den Fachmann nicht beeinflussen.

»Bist du nicht zufrieden?«

»Mit einer Anorektikerin ist man nie zufrieden. Es kommt regelmäßig zu Rückfällen, es ist nur eine Frage der Zeit.«

»Wenn sie einen Rückfall gehabt hätte, hättest du das erfahren.«

»Nicht unbedingt. Zumindest nicht, wenn ihr Zustand keine Einweisung erforderlich macht.«

»Ich bin der Meinung, dass ihre Eltern dich im Zweifelsfall angerufen hätten.«

»Dazu hätten sie den Rückfall bemerken müssen.«

»Willst du damit sagen, dass Justine das vor ihnen hätte verbergen können?«

»Einziges objektives Anzeichen ist der Gewichtsverlust. Wenn der Kranke stabil bleibt, indem er Fasten und Bulimieattacken richtig dosiert, kann er sein Umfeld täuschen. Aber die Krankheit ist damit noch lange nicht besiegt.«

Der Profiler nickte. Seine Ahnungen wurden bestätigt.

»Könntest du hier ein bisschen mehr ins Detail gehen?«

»Es ist immer dieselbe Geschichte. Als Erstes wird das Symptom attackiert und dann die Ursache behandelt. Deshalb muss man auf lange Sicht planen, eine gründliche Psychotherapie durchführen und beten, dass es funktioniert.«

»Bis dahin erinnere ich mich. Was ich gerne wissen würde, ist, welche Art von Angst bei Justine den Ton angab.«

Giraud antwortete, ohne zu zögern.

»Sie hatte Depressionen.«

»Es gab keinen Verdacht auf eine Psychose?«

»Nein. Die Selbstmordtendenzen waren zu stark ausgeprägt.«

Jetzt hatte François ein Gesamtbild. Justine gehörte zu der Sorte von Magersüchtigen, deren Problematik zu den schlimmsten Folgen führen konnte. Etwa den ersehnten, geplanten Tod, meist durch einen Sprung aus dem Fenster oder durch Tabletten. Aber in ihrem Fall hatte man ihr die Wahl abgenommen. Jemand hatte für sie die Entscheidung getroffen. Ein Verrückter, der ihre Geschichte und ihre Probleme kannte, hatte dies ausgenutzt. Er hatte ihr wahrscheinlich seine Hilfe angeboten, bevor er mit dem Messer auf sie einstach und ihr den Schädel zertrümmerte.

Wie war er zu ihr in Kontakt getreten? In welchem Moment ihrer Krankheit?

François fragte:

»Justine ist drei Monate hier gewesen, stimmt's?«

»Ja, so ungefähr.«

»Hat sie sich mit dem Pflegepersonal angefreundet?«

»Das ist nicht sehr wahrscheinlich. Unsere Krankenschwestern werden in ihrer Ausbildung dazu angehalten, solche Kontakte zu vermeiden.«

»Könntest du mir trotzdem eine Liste der Personen erstellen, die sich um sie gekümmert haben?«

»Wenn du möchtest. Aber da müssen wir das ganze Team befragen, das immer wieder wechselt. Im Übrigen aus dem gleichen Grund. Der einzige feste Bezugspunkt ist der behandelnde Arzt. Und das war in dem Fall ich.«

Eine Sackgasse. François versuchte es noch einmal anders.

»Und die anderen Patienten?«

»Jetzt mal ehrlich, das ist lange her. Ich erinnere mich nicht mehr.«

»Wer könnte das wissen?«

Giraud massierte sich die Schläfen, als wollte er seine Neuronen stimulieren.

»Man könnte ja ...«

Er unterbrach sich.

»Warte ... Ich habe eine bessere Idee.«

Er nahm noch einmal die Akte zur Hand und blätterte darin herum. Dann erhob er sich und bat François, ihm zu folgen. Sie standen wieder im Gang. Giraud drückte eine Tür gegenüber seinem Büro auf.

»Anaïs ... Können Sie über Ihren Computer den Belegungsplan für die Betten einsehen?«

Es war die Brünette von vorhin, in einen weißen Kittel mit dem Wappen der Klinik gezwängt. Sie musterte François kurz und antwortete dann lächelnd:

»Was suchen Sie?«

»Zimmer sieben und Zimmer vierundfünfzig. Für den Zeitraum März bis Juni 2007.«

Die hübsche Brünette hämmerte auf der Tastatur herum. Sie hielt sich sehr gerade, eine Haltung, bei der sie ihren Busen so vorstreckte, dass er an einen Airbag erinnerte.

»Die sieben ist ein Einzelzimmer. Belegt von Justine Crémant vom sechsten März bis zum zweiundzwanzigsten April«

»Und die vierundfünfzig?«

Eine Bewegung mit der Maus. Ein Klick.

»Das ist ein Doppelzimmer. Das war von mehreren Patienten belegt.«

»Geben Sie mir bitte die Namen.«

»Jacques Robin, Fanny Thonon, Léa Richœur und … noch mal Justine Crémant.«

Giraud sah François über die Brillengläser hinweg an. Dann wandte er sich wieder an die Schwester.

»Mit wem hatten wir Justine Crémant zusammengelegt?«

Schnelle Suche. Klappern der Fingernägel auf den Tasten. Marchand hatte das Gefühl, ein Chronometer zähle rückwärts.

Dann kam die Antwort.

»Léa Richœur. Sie sind über einen Monat zusammengeblieben.«

36

»Ich weiß nicht, ob …«

»Ich verspreche es Ihnen. Es dauert nur eine Minute.«

François stand auf dem Treppenabsatz, den dreifarbigen Ausweis in der rechten Hand. Eine Frau von den Ausmaßen eines Wales versperrte den Eingang, ihre gelb- und goldfarbene Dschellaba vermochte ihren Leibesumfang kaum zu verbergen. Sie hatte lange blonde Zöpfe, Sommersprossen und türkisblaue Augen. Mit einem Helm auf dem Kopf hätte sie ausgesehen wie eine Walküre.

Er wiederholte seine Bitte energischer.

»Eine Minute …«

Patricia Richœur gab ihre Abwehrhaltung auf.

»Einverstanden. Aber ich muss Sie warnen. Léa ist momentan sehr geschwächt. Kommen Sie rein, aber seien Sie leise …«

Der Kommissar betrat eine gemütliche Wohnung. Ein Dekor wie aus *Tausendundeine Nacht*, bestehend aus Teppichen mit komplizierten Mustern, niedrigen Möbeln aus geschnitztem Holz und schweren purpurfarbenen Vorhangstoffen. Kupferteller beladen mit Trockenfrüchten: Datteln, Mandeln Aprikosen, Rosinen. Es war wie Riad mitten im Marais.

Léas Mutter brachte ihn bis zu einer Tür im Hintergrund. Auf dem kurzen Weg nahm der Polizist mehrere Düfte wahr, von denen einer so verlockend war wie der andere: der Duft warmer Kekse, dann der etwas stärkere Geruch vor sich hin köchelnden Fleisches, der Geruch von in Butter schwitzenden Zwiebeln und von Knoblauch …

Die dicke Frau kratzte an der Holztür.

»Léa?«

Keine Antwort.

»Da ist jemand für dich.«

Zaghaft drückte sie die Klinke herunter.

»Mein Schatz …«

François trat hinter ihr ins Zimmer. Darin war es eher dunkel wie in einem Grab oder einer Krypta. Der Geruch verschlug einem den Atem.

»Ich bin's, Léa. Schläfst du?«

Die Walküre hatte mit sanfter Stimme gesprochen. Ihre Hand griff nach einer Halogenlampe und drehte ein klein wenig das Licht auf. François sah zunächst nur einen flimmernden Widerschein in dem Halbschatten. Dutzende von Pupillen sahen ihn an, ausdruckslos, tot.

Das Zimmer erstickte schier in Puppen.

Sie waren entlang der Wand aufgereiht, standen auf dem Schrank, lagen gestapelt auf dem Schreibtisch, saßen im Sessel … Eine stumme Armee schien Wache zu halten.

Er wandte den Blick ab, ihm war unwohl. Er schaute zu dem Bett. Léas Mutter hatte sich an den Rand gesetzt. Sie flüsterte. Ihr monströser Rücken hinderte den Kommissar daran zu sehen, mit wem sie sprach.

Schließlich stand sie auf.

»Sie können jetzt. Aber bitte nicht lange.«

François kam näher. Zunächst sah er zwei Arme, die aussahen wie Knochen und die auf einer Steppdecke lagen. Sie waren wie angenäht an einen geraden formlosen Torso, der in dem himmelblauen Nachthemd verloren wirkte. Der restliche Körper, der verhüllt war, würde vermutlich auch nicht besser aussehen. Man konnte gerade noch die Beulen erkennen, die von den Knien stammten, zwei unter dem Laken vergessene Tennisbälle.

Er biss die Zähne aufeinander und sah in das Gesicht. Die Gesichtzüge waren noch jugendlich – sechzehn Jahre, allerhöchstens siebzehn –, aber von der Magersucht gezeichnet. Die Kieferknochen traten hervor, der Nasenrücken war schärfer als ein Vogelschnabel, die Augenhöhlen waren tief, die Haare wie aus Flachs, und die Zähne lagen bloß. Eine Totenmaske.

Er drehte sich zur Mutter um.

»Warum ist sie nicht in einer Klinik?«

»Das nutzt nichts mehr.«

»Das können Sie so nicht sagen …«

Sie legte ihre Wurstfinger auf den Unterarm des Kommissars.

»Ich versichere es Ihnen. Wir haben alles versucht. Jetzt möchten wir uns lieber selbst um sie kümmern.«

François spürte, dass dem nichts hinzuzufügen war. Kein Urteil, kein Rat, nicht einmal ein Wort des Trostes. Diese Frau war jenseits aller hohlen Phrasen angekommen. Sie war ihren Weg gegangen. Hatte das Unausweichliche akzeptiert.

Er nickte und versprach:

»Ich werde mich kurzfassen.«

Sie lächelte und ging. Er setzte sich nun ebenfalls auf die Bettkante.

»Léa? Hörst du mich?«

Ein dünnes Stimmchen drang an sein Ohr. Außerdem roch es nach faulen Eiern, was auf einen allzu lange misshandelten Verdauungsapparat zurückzuführen war.

»Wer sind Sie?«

»Hab keine Angst. Ich möchte mich nur ein wenig mit dir unterhalten.«

Der mickrige Körper bäumte sich auf.

»Sind Sie Arzt?«

Was sollte er hierauf antworten?

»Nein. Ich bin Polizist.«

»Habe ich was Böses angestellt?«

Sie drückte sich aus wie eine Fünfjährige. Ihre Psyche dürfte noch mehr Schaden genommen haben als ihr Körper.

»Überhaupt nicht«, antwortete der Profiler.

Léa entspannte sich. Tränen rollten ihr über die Wangen. François fing ihren Blick ein, ihre Augen zwei riesige Kugeln in den Farben der Südsee.

»Hör mir gut zu, Léa. Erinnerst du dich an die Klinik in der Nähe des Sees?«

Diese Frage löste Panik aus.

»Ich will da nicht mehr hin! Ich will nicht!«

»Das wirst du auch nicht müssen. Das verspreche ich dir.«

Sie zog die Decke hoch und beobachtete ihn wie ein

ängstlicher Spatz. François wiederholte mit sehr sanfter Stimme:

»Ich möchte nur wissen, ob du dich an Justine erinnerst.«

»Justine?«

»Sie war deine Zimmernachbarin in der Klinik. Ich weiß, das ist lange her. Aber es ist wichtig für mich, dass du mir etwas über sie erzählst.«

»Sie ist tot, ist es das?«

Dieser Satz überraschte den Kommissar. Angesichts des Zustands der Kleinen war es nicht sehr wahrscheinlich, dass sie die Nachrichten gesehen hatte.

»Wie kommst du darauf?«

»Es ist das, was sie wollte.«

»Hat sie dir das gesagt?«

»Das sagte sie die ganze Zeit.«

»Warum wollte sie sterben?«

»Einfach so … ohne Grund.«

Eine absurde Antwort, aus der die Verzweiflung sprach, das Unbehagen am Leben. François lenkte ihr Gespräch wieder aufs Konkrete.

»Der Doktor hat mir erzählt, dass es ihr besser ging, als sie die Klinik verließ. Wie siehst du das?«

Léas Augen wurden ganz groß.

»Besser?«

»Justine ist doch wieder nach Hause gekommen, oder?«

Ihr Lagunenblick verschleierte sich.

»Ja … Ich ja auch …«

Der Profiler spürte eine Traurigkeit, die ihn erschaudern ließ. Auf ihrem Weg gab es keinen Ausweg. Nur den Tod. Der Ersehnte, Herbeigerufene.

Er musste sich zusammennehmen, um weitermachen zu können.

»Erzähl mir von der Klinik. Was habt ihr da den ganzen Tag lang getan?«

»Ich erinnere mich nicht mehr …«

»Seid ihr im Park spazieren gegangen?«

»Manchmal …«

»Habt ihr an Aktivitäten teilgenommen?«

»Ich glaube schon …«

Sie antwortete rein mechanisch. Die Krankheit schien ihr Erinnerungsvermögen beschädigt zu haben.

»Hatte sie außer dir noch andere Freunde?«

Léa schluckte schwer. Es war fast so, als könnte man hören, wie sich der Kehldeckel beim Schlucken auf den Kehlkopf legte.

»Ich weiß nicht …«

»Kamen Leute sie besuchen?«

»Vielleicht …«

Das Reden fiel ihr immer schwerer. Léa war erschöpft. Marchand strich ihr zärtlich über die Stirn. Sie seufzte, als würde die Geste sie beruhigen.

Dann schloss sie die Augen.

Der Polizist wartete. Eine schreckliche Stille erfüllte den Raum. Rundherum diese Puppen, die sie anstarrten, als seien sie bereit, sich auf ihn zu stürzen.

Dann tauchte das Mädchen wieder an die Oberfläche. Mit hauchdünner Stimme fragte sie:

»Justine … Ist sie befreit?«

François wurde es eiskalt. Im Bruchteil einer Sekunde hatte er begriffen, wie dieses Mädchen im Innersten funktionierte. Léa lebte nur für den Tod. Der Rest hatte keinerlei Bedeutung.

Er behielt die Wahrheit für sich und murmelte:

»Ja …«

Ein Lächeln erhellte die kadaverartigen Gesichtszüge.

»Sie hatte es uns versprochen. Wenigstens sie hat Wort gehalten.«

Der Polizist zuckte zusammen.

»Wem gegenüber hat sie dieses Versprechen geäußert?«

»Allen Schwestern gegenüber...«

»Wovon redest du?«

»Von dem Blog.«

»Welchem Blog?«

Sie hatte die Augen geschlossen. Ihre Lider zuckten. Sie war bereits wieder auf dem Weg in ihre von Albträumen bevölkerten Landschaften. François beugte sich über sie.

»Léa?«

»Hm...«

»Was ist das für ein Blog?«

»Das ist... ihrer.«

»Hast du die Adresse?«

»Die ist... in meinem... Computer.«

Dann dämmerte sie weg.

François ging zu ihrem Schreibtisch und schaltete den PC ein. Ein kleines helles Fenster erleuchtete das Zimmer wie ein Weg ins Jenseits. Er ging ins Internet. Kein Passwort. Léas Mutter wollte wahrscheinlich die Ausflüge ihrer Tochter im Netz überwachen. Falls die Kleine überhaupt die Kraft hatte aufzustehen.

Er fing mit den Favoriten an. Nichts. Dann mit den letzten Verbindungen. Auch nicht besser. Es gab nichts, das auch nur im Entferntesten an einen Blog erinnerte. Léa schien nach jeder Sitzung ihre Spuren zu löschen.

Er versuchte es mit Julias Methode. Léa verheimlichte ihren Eltern garantiert, dass sie in Kontakt mit einer Anorektikerin stand. Genauso wie Justine es auch nicht bekanntgegeben hatte, dass sie sich dieses Kommunikationsmittels bediente. Vor allem nicht, wenn sie sich dabei über ihren Wunsch ausließ, ihrem Leben ein Ende zu setzen. Trotzdem hatte Léa ihm soeben verraten, dass sich die Information in ihrem Computer befand. Er brauchte sie also nur zu suchen, einen Code, eine Analogie, ein Anagramm vielleicht, das im Fall einer unerwarteten Kontrolle nicht so eindeutig wäre.

Er schaute sich ein paar persönliche Dateien des Mädchens an. Es gab Fotos von Topmodels und Filmsternchen, die alle krankhaft mager waren. Er fand auch einen Text, ein paar Dutzend Seiten, wahrscheinlich der Versuch, ein Buch zu schreiben. Beim Überfliegen der ersten Zeilen stieß François auf eine melodramatische Prosa, in der es um Léas existenzielle Ängste ging. Dann wurde seine Aufmerksamkeit durch einen bestimmten Ausdruck gefesselt. Die Magersüchtige sprach von der »göttlichen Marquise«, einer Schwester, der sie alles verdanke, die ihr die Kraft zum Hoffen gebe.

Der Zusammenhang war schnell hergestellt.

Eine Schwester.

Die göttliche Marquise.

In der männlichen Version ergab das den »göttlichen Marquis«. Das war das Pseudonym des Marquis de Sade. Des umstrittenen Autors von *Justine*.

François ging auf die Seite von Google und tippte die Wörter Schwester, göttliche und Marquise ein.

Es wurde eine ganze Reihe von Treffern angezeigt, die alle mit dem Schriftsteller zu tun hatten. Voller Eifer machte er sich auf die Suche. Schließlich fand er eine Website, deren Buchstaben grau aufschienen, ein Zeichen, dass das Mädchen die Seite kürzlich besucht hatte.

Der Name lautete: »bloggöttlichemarquise.com«

Ein dreimaliges Klopfen an der Tür schreckte ihn auf. Er drehte sich um. Léas Mutter erschien im Türrahmen.

»Tut mir leid. Wir müssen jetzt dafür sorgen, dass sie sich ausruhen kann.«

Der Polizist nickte. Im Geiste fotografierte er die Blogadresse und schaltete den Computer aus.

Als er das Zimmer verließ, sagte er noch:

»Ich habe mir gestattet, Léas PC zu benutzen. Ein Notfall.«

Die dicke Frau sah ihn erstaunt an. Dann geleitete sie ihn kommentarlos aus dem Zimmer.

37

Ein VW. Modell Golf. Graumetallic. Baujahr anno dazumal.

Julia versprach sich nicht einmal davon etwas, die Datei mit den Kraftfahrzeugscheinen genauer unter die Lupe zu nehmen. Dazu waren die Angaben von Lucies Vater viel zu ungenau. Sie hätte Hunderte von Treffern erzielt und Tage gebraucht, um alle abzuarbeiten.

Sie zog es vor, sich auf das einzige Detail mit Besonderheitswert zu konzentrieren: die Stereoanlage.

Die Gelben Seiten, in denen sie über ihr Handy nachschaute, schlugen acht Zentren vor, die Anlagen in Autos einbauten und die alle im Industriegebiet von Avignon lagen. Sie rief sie nacheinander an.

Und landete einen Glückstreffer: Ein Blaupunkt-Vertragshändler erinnerte sich, im vergangenen Jahr eine hochwertige Anlage in einen alten vergammelten Golf eingebaut zu haben. Er hatte drei Stunden lang an der Elektrik arbeiten müssen, um die Amperezahl steigern zu können. Ohne diese Bastelei hätte man die Anlage gar nicht verwenden können.

Der Besitzer des Wagens hieß Gérald Leconte. Die auf der Rechnung angegebene Adresse lautete: »Les Genêts«, 12, Avenue Eisenhower in Avignon. Der Name erinnerte die Ermittlerin vage an einen Einsatz wegen eines Nachbarschaftskonflikts in einer billigen Wohngegend im Westen der Stadt.

Julia legte den ersten Gang ein. Sie ließ die Festungsmauern der Chartreuse hinter sich und fuhr auf die Bundesstraße, Richtung schwarze Nacht.

In weniger als einer Stunde war der Verkehr erheblich weniger geworden. Es war kaum mehr jemand auf der Straße, die Stadt wirkte geradezu verlassen.

Sie legte die Entfernung mit durchgedrücktem Gaspedal zurück. An Lucies Lebensbaum war gerade ein neuer Ast gewachsen. Ein Typ, der älter war als sie, der sich in einem Cabriolet fortbewegte und dabei einen Höllenradau veranstaltete. Ein auffallender Mensch, der gerne auf sich aufmerksam machte, aber nur über beschränkte Mittel verfügte. Denn sonst hätte er mit einem neueren Auto angegeben.

Wer war er? Was machte er mit einem so jungen Mädchen? War es der Wunsch, mit ihr ins Bett zu steigen, wie ihr Vater annahm? Das schien ihr doch eine etwas zu schwache Motivation. Nein, da steckte noch etwas anderes dahinter. Davon war die Polizistin überzeugt, während sie weiter auf der verlassenen Straße durch die dunkle Nacht fuhr.

Oberhalb der Eisenbahnlinie lag eine kleine Gruppe von Wohnblöcken. Dunkle Kästen, schätzungsweise vier Stockwerke hoch, umgeben von einer Wand aus Grünzeug. Julia fuhr über mehrere Bremsschwellen, den Blick auf die Schilder mit stilisierten Buchstaben gerichtet: »Les Lavandes«; »Les Oliviers«; »Les Pins«; »Les Romarins« ... ein Konzentrat an provenzalischer Flora, das über die Realität hinwegtäuschen sollte. In diesem Viertel roch man den toxischen Ausstoß der Müllverbrennungsanlage, die man auf der anderen Seite der Gleise errichtet hatte.

Sie fuhr ein paar Minuten lang herum, ohne recht zu wissen, wohin, bevor sie auf »Les Genêts« stieß. Die kleinen Balkone und die blitzsauberen Fassaden erinnerten sie an ihre Kindheit. Ein billiges, künstliches Glück, das ihr jetzt Kälteschauer über den Rücken jagte. Als sie gesehen hatte, wie das wahre Gesicht ihres Vaters aussah, hatte Julia dieses Klischeebild zerrissen.

Sie suchte den Namen auf der Sprechanlage. Leconte, Appartement 32. Ein Knopfdruck. Sofort antwortete eine Männerstimme.

»Ja?«

»Polizei. Könnten Sie mir bitte aufmachen?«

Zögern. Diese Art von Besuch machte den Leuten immer Angst.

»Dritter Stock.«

Mit einem lauten Klicken ging die Glastür auf. Julia verschmähte den Aufzug und nahm im Sturmschritt die Treppe. Sie gelangte in ein Treppenhaus, in dem es nach Schimmel roch. Rechts eine angelehnte Tür. Ein großer Brünetter erwartete sie, er war so schön, dass es einem den Atem verschlug. Breite Schultern, schmale Taille und endlos lange Beine, die in einem weißen Trainingsanzug steckten. Sein Gesicht hatte die Reinheit eines griechischen Profils, seine Augen waren wie die einer Katze.

»Gérald Leconte?«

»Ja.«

Julia zeigte ihren Ausweis.

»Leutnant Drouot. Regionalabteilung der Kripo Avignon. Kann ich reinkommen?«

»Was ist los?«

Die Ermittlerin spürte so etwas wie Widerstand. Ihr Instinkt sagte ihr, sie müsse sich vorsehen.

»Sind Sie allein?«

»Ja, aber …«

»Es wird nicht lange dauern.«

Der Schönling hatte sich kein Stück weit von der Stelle bewegt. Er fragte argwöhnisch:

»Haben Sie einen Durchsuchungsbeschluss?«

Anstatt zu antworten zückte Julia ihre Waffe.

»Ist das genug?«

Er hob sofort die Hände hoch.

»Ich wollte ja nur wissen…«

»Jetzt weißt du's. Los, beweg dich.«

Er trat einen Schritt zurück und machte den Weg frei. Julia begriff sofort, warum er sie hatte hindern wollen. Im Zimmer roch es nach Cannabis, es stank stärker als bei einem Lagerfeuer.

»Rauchst du?«

»Ich? Nein.«

»Bei dir riecht es nach Shit.«

»Das ist ein Raumduft.«

»Also, jetzt ist's aber gut…«

Leconte versuchte nicht, den harten Kerl zu mimen. Julia spürte, dass sie nichts zu befürchten hatte. Sie steckte ihre Sig Sauer wieder ein und befahl:

»Setz dich.«

Er ging gemächlich auf ein Sofa mit Schachbrettmuster zu, dem Basismodell, das es bei BUT oder bei Ikea zu kaufen gab. Seine restliche Einrichtung stammte von derselben Marke. Funktional, nicht zusammenpassend, ohne besondere Note und billig. Doch etwas überraschte in diesem jämmerlichen Dekor: Die Wände waren von Fotos bedeckt. Darauf war ausschließlich Leconte zu sehen, in allen möglichen Klamotten dem Blitzlichtgewitter ausgeliefert. Von Kopf bis Fuß, in Nahaufnahme, angezogen oder halb nackt…

Die Ermittlungsbeamtin schnappte sich einen Barhocker, setzte sich vor den jungen Mann und eröffnete die Kampfhandlungen.

»Ich gehöre nicht zur Drogenfahndung. Ich bin wegen Lucie hier. Lucie Barmont, du erinnerst dich?«

»Ja.«

»Du weißt, was passiert ist?«

»Ja, weiß ich.«

»Ich komme gerade von ihrem Vater. Er hat mir gesagt, ihr wart befreundet. Kannst du mir ein bisschen mehr über euch erzählen?«

»Was wollen Sie denn wissen?«

»Alles.«

Er schnappte sich ein Päckchen Zigaretten vom Tisch und zündete sich eine an. Gemessene Gesten, die durch die Drogen noch verlangsamt wurden.

»Ich kannte sie, mehr nicht.«

»Genauer bitte. Was habt ihr zusammen gemacht?«

»Nichts. Wir haben uns getroffen. Haben miteinander geredet.«

»Hör auf, mich für dumm zu verkaufen. Du wolltest mit ihr ins Bett?«

»Nein. Das heißt ...«

»Du hättest sie auch nicht von der Kante geschubst.«

Gérald musste unwillkürlich lächeln.

»Na ja, sie war nicht gerade abstoßend.«

Das war bisher alles nichts Überraschendes. Julia bohrte weiter.

»Hat sie mit dir geraucht?«

»Ich hab Ihnen schon gesagt, dass ich nicht rauche.«

Die Ermittlungsbeamtin verdrehte die Augen.

»Jetzt hör mir mal gut zu, Gérald. Wie alt bist du?«

»Fünfundzwanzig.«

»Okay. Wir suchen einen Typen zwischen fünfundzwanzig und fünfzig. Einen Verrückten, der sie gut genug kannte, um sie mitten in der Nacht rauszulocken. Du stehst ganz oben auf unserer Liste, und Shit zu verkaufen wäre ein guter Vorwand gewesen. Du hast also gute Gründe, mir alles zu sagen.«

Der Adonis wurde von einer Welle der Panik überrollt.

»Sie glauben, dass ...«

»Ich glaube gar nichts. Momentan ist jeder verdächtig. Bis zum Beweis des Gegenteils.«

Er drückte seine Kippe aus und zündete sich gleich eine neue an. Seine Hände zitterten ein wenig.

»Einverstanden… Ich dröhne mich hin und wieder ein bisschen zu… Das ist nicht gerade weltbewegend.«

»Stimmt. Ich will nur wissen, ob Lucie das auch machte.«

Er ließ die Schultern sinken, als entspanne er sich.

»Sie hat das nicht nur auch gemacht, sie hat mich beliefert.«

Das war was Neues. Lucies Weg war mehr als gewunden. Jetzt tat sich ein ganz neuer Horizont auf.

»Wusstest du, woher sie das Zeug hatte?«

»Ich hab sie nicht gefragt.«

»Dealte sie viel?«

»Glaub kaum. Sie half nur hin und wieder ihren Freunden aus.«

»Woher weißt du das?«

»Hat sie mir selbst gesagt.«

»Kennst du sie, diese ›Freunde‹?«

»Nein. Die hielt sie völlig unter Verschluss.«

Wieder auf dem Abstellgleis. Das war frustrierend. Immer ging das Licht aus, bevor sie den Weg sehen konnte.

»Wo seid ihr euch begegnet?«

»In der Agentur.«

»Welcher Agentur?«

»Class Mode. Ich bin Mannequin.«

Daher die vielen Fotos, dieser ganze widerliche Narzissmus. Jetzt verstand Julia das alles schon besser.

»Lucie wollte Mannequin werden?«

»Sie fing gerade an. Nicht einfach bei ihrer Größe.«

»Zu klein?«

»Ja… Aber die hatte Biss. Sie kam bei Jean-Louis immer wieder damit an.«

»Wer ist Jean-Louis?«

»Gott Vater. Das ist der, der entscheidet, ob du arbeiten darfst oder nicht.«

Julia merkte sich den Namen. Wieder ein neues Puzzleteilchen. Sie sah auf ihre Uhr – einundzwanzig Uhr. Es war besser, bis morgen zu warten, um an seiner Tür anzuklopfen. Außerdem war sie völlig am Ende.

Sie sah diesen Apoll an. Der konnte jedenfalls kein Wässerchen trüben. Unter anderen Umständen hätte er ihr gut gefallen, sagte sie sich. Ein Toy-Boy, nur so für eine Nacht.

Sie stand schnell auf.

François' Gesicht hatte ihr gerade zugelächelt und sie daran erinnert, dass sie Besseres haben konnte.

38

François drückte die Tür zu seiner Wohnung auf.

Immer wenn er seinen Mantel auszog, seine Waffe und das Holster ablegte, hatte er das Gefühl, eine Rüstung abzulegen. Und seit Kurzem war es ein ganzes Arsenal.

Dabei hatte er diese Umschulung gewollt! Er hatte für diesen Posten gekämpft und lange gewartet, bevor Hénon ihm gab, was er sich gewünscht hatte. Die echte, unmittelbare Konfrontation mit dem Wahnsinn. Oder, wenn er ehrlich war, eine Gelegenheit, alles wiedergutzumachen.

Aber der Preis, den er dafür zahlen musste, kam ihm immer höher vor. Seit fast zwei Jahren war er jetzt schon in engster Berührung mit dem Grauen, verbrachte seine Zeit mit uninteressanten Typen und verlor den Kontakt zu seiner Tochter. Julia hatte das richtig erkannt. Er lebte mit einer Toten. Sein ganzes Leben kreiste um die Erinnerung an Diane, dieses Band, von dem er sich nicht lösen konnte, und diese Schuld, die zurückzuzahlen er sich verpflichtet fühlte.

Eine fröhliche Stimme holte ihn aus seinen düsteren Gedanken.

»Papa? Bist du das?«

»Guten Abend, mein Schatz! Bist du in deinem Zimmer?«

»Ich mache gerade noch etwas am Computer fertig. Ich komme gleich.«

François ging in die Küche. Er öffnete den Kühlschrank, ohne recht zu wissen, worauf er eigentlich Lust hatte. Der Inhalt war ihm keine Entscheidungshilfe. Hühnchenreste, rohes Gemüse, eine ganze Batterie von Milchprodukten, Brot von Poliâne.

Er fragte durch die Wand:

»Hast du schon zu Abend gegessen?«

»Ich hab mir eine Pizza kommen lassen.«

»Wolltest du nicht bei deiner Großmutter essen?«

»Hab meine Meinung geändert.«

Der Profiler seufzte. Charlotte änderte *ständig* ihre Meinung. Das war sogar eine ihrer typischen Eigenschaften, seit sie in die Pubertät gekommen war.

»Hallo.«

François drehte sich um.

»Hallo ...«

Sie blieb auf der Schwelle stehen und lehnte sich an den Türrahmen, die Arme erwartungsvoll verschränkt. Charlotte hatte bereits den Körper einer Frau, was durch die Hüftjeans und das eng anliegende T-Shirt noch betont wurde, aber François sah in ihr immer noch das kleine Mädchen, das er einst im Arm gehalten hatte. Eine reine, blonde Schönheit, die zwar manchmal einen recht harten Gesichtsausdruck, aber auch etwas Zerbrechliches im Blick haben konnte.

Er wusste, sie würde nicht auf ihn zugehen. Sie war sauer auf ihn, weil er so viel weg war und weil er sie seit Langem zu einem Alltag ohne feste Regeln zwang. Eigentlich wäre es an ihm, den ersten Schritt zu tun.

Er ging zu ihr und küsste sie auf die Stirn.

»Geht's gut?«

»Geht schon.«

»Ich glaube, ich lasse mir Sushi bringen. Leistest du mir Gesellschaft?«

»Ich hab morgen früh eine Matheprobe. Ich darf nicht zu spät ins Bett.«

François warf einen Blick auf die Uhr.

»Es ist zwölf nach zehn. Schenkst du mir deine Zeit bis um halb?«

»Ich muss mir die Sachen noch anschauen, damit bin ich noch nicht durch …«

»Eine Viertelstunde. Mehr nicht.«

Sie wand sich verlegen. Dann stellte sie den Wecker ihres Handys.

»Der Countdown hat begonnen.«

François lächelte. Er schenkte sich ein Glas Pampelmusensaft ein, bestellte sein Abendessen und ging dann mit ihr ins Wohnzimmer hinüber.

Sie setzten sich nebeneinander auf das weiße Ledersofa, das vor dem großen Glasfenster stand. Von dort hatte man eine zauberhafte Aussicht. Zu ihren Füßen erstreckte sich die Seine, ein langes schwarzes Band, in dem es hier und da funkelte, während im Hintergrund die steinernen Fassaden der Wohnhäuser der Rive Gauche in die erleuchtete Nacht aufragten.

Charlotte sagte nichts. Sie schien ein bisschen abwesend, als sei sie mit ihren Gedanken woanders. Obwohl die Stimmung etwas gedrückt war, genoss der Polizist den Augenblick. Allein die Nähe zu seiner Tochter erfüllte ihn schon mit Freude. Sie war für ihn wie ein Geschenk.

Er beschloss, ein Gespräch in Gang zu bringen.

»Was gibt's Neues?«

»Nichts Besonderes.«

»Wie läuft's in der Schule?«

»Viel Arbeit.«

»Das ist normal. Ende des Jahres machst du dein Abi.«

Sie nickte, aber sie wirkte nicht überzeugt. Stille machte sich breit. Darin steckte im Ansatz alles Ungesagte dieser Welt. François konnte es nicht länger ertragen und platzte heraus:

»Bist du sauer auf mich?«

»Nein.«

»Doch. Und du hast recht.«

Er machte eine Pause. Was er jetzt gestehen wollte, war nicht leicht herauszubringen, aber er wollte Klartext mit ihr reden.

»Ich verstehe, dass du wütend bist. Wir sehen uns überhaupt nicht mehr. Du denkst wohl, ich lasse dich im Stich.«

»Das bin ich gewohnt.«

»Sag das nicht. Ich liebe dich mehr als alles andere. Ich schwöre dir, ich würde gerne mehr bei dir sein.«

»Du hast deine Arbeit … So ist das eben.«

»Soll ich damit aufhören?«

Sie lachte höhnisch.

»So ein Blödsinn.«

»Das kann ich tun. Ich muss nur darum bitten.«

»Und danach?«

»Wonach?«

»Nichts …«

François spürte, das etwas nicht stimmte. Er hakte nach:

»Was ist los, meine Große?«

Charlotte holte tief Luft. Sie sprach in einem Atemzug, ohne ihren Vater anzusehen.

»Du merkst das gar nicht … Seit Mama tot ist, bist du völlig durchgedreht. Du hast deine Arbeit sausen lassen, weil sie dich, sagen wir es mal so, zu sehr an die Vergangenheit erinnerte. Um stattdessen was zu machen? Genau dasselbe. Nur dass du jetzt bei den Bullen arbeitest und dein Leben auf der Straße verbringst. Völlig bescheuert. Letztlich denkst du die ganze Zeit nur an sie. Das wird immer so sein. Und ich …«

Sie verstummte. Keine Träne auf der Wange, kein Zucken der Lider. Sie hatte sich hinter ihrem Schmerz verschanzt wie eine einbalsamierte ägyptische Prinzessin in ihrem Sarkophag.

François sah seine Tochter verdutzt an. Ein paar Sekunden lang suchte er nach einer Antwort, aber es fiel ihm keine ein. Charlottes Schmerz lähmte ihn völlig. Er war kalt wie ein erstarrtes Fossil, ein Herz aus Metall unter einer dicken Eisschicht.

Aber was ihm am meisten zu schaffen machte, hatte andere Ursachen. Es wurzelte in der Lüge, die er die ganzen Jahre aufrechterhalten hatte. Charlotte hatte nie erfahren, was geschehen war. Für sie hatte ihre Mutter einen Unfall gehabt. Daher rührte ihre heutige Sicht der Dinge, und er hatte immer noch nicht den Mut, ihr die Wahrheit zu sagen.

Er ging diesem Problem einfach aus dem Weg.

»Ich weiß nicht, was ich sagen soll … Du wirkst so …«

»Denk einfach darüber nach. Das wäre schon mal nicht schlecht.«

Sie stand auf und verließ das Zimmer. François sah, wie sie im Gang verschwand, und war außerstande, sie zurückzuhalten, außerstande, sie zu beruhigen. Er zuckte zusammen, als er hörte, wie sie die Tür ihres Zimmers hinter sich zuknallte. Es war, als habe man ihn brutal aus einem Albtraum gerissen.

Fast zur gleichen Zeit ertönte ein schriller Klingelton. Völlig benommen ging er zu dem Bildtelefon der Gegensprechanlage. Ein pickliger Asiate mit Kappe auf dem Kopf starrte in die Kamera, in der rechten Hand eine Pappschachtel der Marke Sushi Express.

39

Blog.

Ein Wort, das unmittelbar der Internetpraxis entsprungen war und von dem die Wörterbücher lange nichts hatten wissen wollen. Grob gesagt war es eine Art persönliches Tagebuch, das es den Internetnutzern gestattete, online ihr Leben zu erzählen oder ihre Meinung über aktuelle Themen kundzutun.

Anfangs ließen sich vor allem Jugendliche und unglücklich Verliebte über ihre Gefühle aus. Mittlerweile machten es alle. Künstler, Journalisten, Politiker … Der Blog wurde zu einem echten Kommunikationsmittel, ebenso wirksam wie eine Werbekampagne.

François saß auf seinem Bett, den Laptop auf den Beinen, das Sushi-Tablett in Reichweite. Er hatte sich in seine Ermittlung gestürzt, wie man in ein warmes Bad eintaucht. Ganz und gar. Mit Haut und Haar. Um zu vergessen, dass sein Leben gerade komplett in die Brüche ging.

Er tippte die Webadresse ein. In der Mitte ein Foto von Justine, eine Nahaufnahme. Volle Wangen, entschlossener Blick, schwarzer Lippenstift und Khol auf den Lidern. Ein Bild im Stil Marilyn Mansons, sehr weit von dem entfernt, was François gesehen hatte, nachdem er die kleine Léa aufgestöbert hatte. Form und Inhalt der Darstellung passten zu ihrer recht gothicartigen Persönlichkeit: rote, bluttriefende Buchstaben; dunkler, von Blitzen durchzuckter Hintergrund; das Ganze ausgeschmückt mit Grabsteinen, Fledermäusen und Totenköpfen.

Der Profiler aß ein Lachs-Sushi. Justines Blog sah überhaupt nicht aus wie ein Pro-Ana-Blog, diese Schaufenster zum Wahnsinn, in denen die extreme Magerkeit als freie Wahl proklamiert wurde, als Lebensweise. Und zwar mit gutem Grund. Diese Websites waren erst vor Kurzem, nach dem Tod etlicher Topmodels, die sich dieser Bewegung angeschlossen hatten, gesperrt worden. Wenn man durch die Maschen der Zensur schlüpfen wollte, musste man das sehr geschickt anstellen.

Er scrollte durch die Seite. Einfach strukturiert, eine Amateurarbeit. Auf der rechten Seite gab es eine Reihe von Icons zu anderen Seiten. In der Mitte eine Reihe nach Datum geordneter Beiträge. Justine breitete schamlos ihr Leben aus, und das in einer sehr einfachen Sprache. Der letzte Beitrag, der in der Liste ganz oben stand, stammte von vorgestern. Er begann zu lesen.

16. Januar 2009.

»Jetzt ist es so weit. Heute Abend. Ich bin bereit. Ich zögere noch, was die Methode angeht. Gar nicht so einfach. Zumal ich ja keine zweite Chance bekommen werde. Wenn ich das vermassle, dann wird die andere Verrückte mir eine Zwangsjacke verpassen. Ich hoffe, die rastet voll aus. Darauf kommt's zwar nicht in erster Linie an, aber die Vorstellung gefällt mir. Sie geht mir nämlich schon lange auf die Nerven. Die wird bekommen, was sie verdient. Und das Arschloch genauso. Die beiden haben sich echt gesucht und gefunden. Ihr zumindest werdet das verstehen. Ihr wisst es ja. Es gibt keinen anderen Ausweg.«

Der Polizist blickte hoch. Das Datum stimmte mit dem Tag des Mordes überein, aber Justine schien hier von Selbstmord zu sprechen. Da gab es nicht den geringsten Zweifel. Sie war misstrauisch und sprach nur in Andeutungen, kryptische Worte, die an ihre »Schwestern« gerichtet waren, die würden schon wissen, was sie damit anfangen sollten. Irgendwie hatte auch der Mörder die Information abgefangen. Die Übereinstimmung der Ereignisse war zu eindeutig, um rein zufällig zu sein.

François sah sich die früheren Beiträge an.

12. Januar 2009.

»Ich kann nicht mehr! Es ist so hart! Heute Abend gehe ich mit Feuer im Bauch schlafen. Ich habe mich nach dem Brechmittel sechsundzwanzigmal übergeben müssen. Mein Hals ist ganz wund. Ich hab schon gar keine Zunge mehr. Ich muss damit aufhören!«

10. Januar 2009.

»Die Verrückte glaubt, dass es mir gut geht. Sie hat die Situation ausgenutzt, um mir ihr Leben zu erzählen. Ich kenne es in- und auswendig, ihr Scheißleben. Wegen ihr ist es so weit mit mir gekommen. Ana lässt grüßen, erst die Mutter, dann die Tochter. Wenn das kein Schicksal ist. Hätte ich noch was im Bauch, müsste ich sofort kotzen. Im Grunde kotze ich mich selber aus, glaube ich. Ich hätte gerne den Mut, das Buch zuzuschlagen. Eines Tages wird mir das auch gelingen. Ich habe keine andere Wahl mehr.«

9. Januar 2009.

»Ich muss aufpassen. Ich habe die McDonald's-Verpackungen im Mülleimer liegen lassen. Acht Big Macs. Sie hätte was merken können. Zum Glück war sie vollgedröhnt. Das nächste Mal ziehe ich sie mir direkt vor Ort rein.«

François griff mechanisch nach dem nächsten Sushi. Er führte es zum Mund und legte es dann sofort wieder hin. Keinen Hunger mehr. Einen Knoten im Magen. Er richtete sich auf und las dann weiter.

2. Januar 2009.

»Warum haben sie mich bloß Justine genannt? Sie hätten mir ja auch einen anderen Namen geben können, daran herrscht doch kein Mangel. Eine Masochistin und ein Sadist. Die waren wie füreinander gemacht. Und was soll ich in dem Ganzen? Was bin ich? Das Ergebnis dieses Grauens?«

1. Januar 2009.

»Seit einer Stunde haben wir Neujahr. Alles Gute für euch alle. Das Höllenpaar hat sich aus dem Staub gemacht. Der Zwerg schläft bereits nebenan, und ich bin allein wie immer. Hab keine Lust, so zu tun als ob und einen auf Riesenspaß zu machen. Ich möchte einfach nur essen. Und ich hab mir auch gar keinen Zwang angetan. Eine ganze Packung Nudeln und vier Gläser Bolognesesauce. Wenn ich dann kotzen muss, bring ich besser die Möbel in Sicherheit. So eine Kacke. Ich kann doch so nicht weitermachen…«

Der Polizist kam am Ende der Seite an. Ein Rechteck lief auf der rechten Seite entlang, in dem sich die Archive befanden. Sie waren monatsweise geordnet und gingen zurück bis zum Juni 2008, wahrscheinlich das Datum, an dem der Blog eingerichtet wurde.

Er fing vorn an.

5. Juni 2008.

»Hallo, ihr alle, und willkommen auf meinem neuen Blog. Ich hoffe, der Name gefällt euch. Ich persönlich finde ihn lustig. Jedenfalls hatte ich keine Wahl. So wenig wie bei dem alten Blog. Meine Alten machen hier voll einen auf Spitzel. Ich muss jedes Mal den Verlauf löschen. Aber uns soll das mal egal sein. Wir werden in aller Ruhe miteinander quatschen können, genau wie in ana-conda. Wir lassen uns von ihren Scheißgesetzen nicht am Leben hindern. Ihr könnt uns mal. Ich liebe euch.«

François hatte Pappmaché im Mund. Er nahm einen Schluck Fruchtsaft und nutzte die Gelegenheit, um Bilanz zu ziehen.

Giraud, sein Exkollege von der Seeklinik, hatte die Sache ganz richtig gesehen. Justine war nicht geheilt, weit gefehlt. Sie spielte ihren Eltern, die sie hasste, etwas vor, und machte weiter mit ihrer Selbstzerstörung. Aber vor allem hatte sie Kontakt zu der Pro-Ana-Gemeinde gepflegt. Zunächst über einen ersten Blog, der wahrscheinlich eindeutiger zuzuordnen gewesen war und daher zensiert wurde. Dann über einen zweiten, der sich zwar nicht offiziell zu der Bewegung bekannte, in dem es aber um dasselbe ging: seelisches Leid, Misshandlung des Körpers, Tod als einziger Ausweg.

Er ging schnell die Archive durch, suchte nach einem kleinen Detail. Nichts. Justine spuckte Gift und Galle, beweinte ihr Schicksal und ließ sich lang und breit über das Thema Selbstmord aus. Von all diesen brutalen Sätzen berührte eine Botschaft ihn ganz besonders stark.

6. September 2008.

»Leben. Ins Gymnasium gehen, ins Kino, einen Freund haben. Das scheint so einfach zu sein … Aber da ist dieses Tier in mir. Es quält mich jeden Tag, hindert mich am Atmen. Ich muss es füttern und habe gleichzeitig Lust, es zu zerstören. Ich habe das Gefühl, es ist mit meinen Eingeweiden verschmolzen. Wie ein Alien. Wenn ich es herausreiße, dann ist das mein eigener Körper, den ich verstümmele. Wenn ich es atmen lasse, dann frisst es mich auf. Es gibt keine Lösung. Keine einzige.«

Eine Reihe von Smileys mit nach unten gezogenem Mundwinkel illustrierte die Verzweiflung, in der das junge Mädchen unterzugehen drohte.

François wurde es eng ums Herz. Er hatte Patienten zugehort, die am Rande des Abgrunds standen, hatte ihnen zugehört in ihrem Schmerz, bis sie an ihre endgültigen Grenzen stießen.

Aber dabei hatte es sich stets um Erwachsene gehandelt.

Beim Überfliegen des Blogs von Justine entdeckte er weit Schlimmeres. Für diese Kinder hätte die Zukunft Hoffnung verheißen müssen. Stattdessen gab es für sie nur das Nichts.

François schloss die Archive und kehrte zur Startseite zurück. Noch einmal sah er sich jeden einzelnen Icon an. Es gab Lektürehinweise, Presseartikel, Videos, Zeugenberichte,

Links und sogar ein Goldenes Buch… Letzteres klickte er an. Es kam ein Satz als Aufmacher, geschrieben in bonbonrosa: »Mein Goldenes Buch. Wenn ihr mir 'ne klitzekleine Nachricht hinterlassen wollt, das wär echt supi! Bussi.« Der Polizist sah sich an, was die Leute gepostet hatten, und begann mit den ältesten Einträgen. Kurze Texte von anrührender Naivität, an denen man sehen konnte, wie sehr die Pro-Anas noch mit einem Bein in der Kindheit standen.

Während er so las, zog ein Kommentator die Aufmerksamkeit des Profilers auf sich. Eine gewisse Natascha hatte seit November mehrmals geschrieben. Dem Tonfall war zu entnehmen, dass sie eine persönliche Beziehung zu Justine hatte. Sie sprach von ihrer ersten Begegnung, von ihren langen Gesprächen über die Krankheit, von der Unterstützung und dem Trost, den Justine bei ihr gefunden hatte. Sie sagte ihr auch, man müsse Hoffnung haben, und solange man am Leben sei, sei noch nichts entschieden.

François blickte auf. Wer war diese Natascha? Jedenfalls keine Pro-Ana. Was sie schrieb, war eher strukturiert, so als käme es von einer reifen Frau. Sie schrieb wie eine Psychologin, nuanciert und voller Empathie. Sie machte der jungen Frau Mut, zu hoffen und zu kämpfen, ohne sie je zu verurteilen.

Eine halbe Sekunde lang stellte der Polizist sich vor, es könnte sich auch um den Mörder handeln. Das Profil, das er gezeichnet hatte, deutete auf ein charismatisches Individuum hin, eine Art Guru, der seine Opfer manipulierte, indem er mit ihren Schwächen spielte.

Aber von diesem Weg kam er sogleich wieder ab. Der Schlächter war ein Mann. Nicht nur weil diese Art von Serienmörder fast immer männlichen Geschlechts war, sondern auch aufgrund des besonderen Charakters seiner Perversion. Dass er aus den Verbrechen ein Ritual machte, die Anklänge an die Transsexualität – all das deutete nicht darauf hin, dass eine Frau die Schuldige war. Ganz im Gegenteil. Außerdem hatte der Täter eine unglaubliche Kraft gebraucht, um über den Zaun der Verbrennungsanlage in Grenoble zu springen, noch dazu mit dem zweiten Opfer auf dem Rücken.

François rieb sich die Augen. Er wurde langsam müde und kam doch kaum voran. Er gab sich einen Ruck, noch eine letzte Anstrengung zu unternehmen, um mit dem Goldenen Buch abzuschließen. Ermunternde Kommentare, Dankesbotschaften und gelegentliche gegen Pro-Ana gerichtete Beleidigungen wechselten einander ab. Eine der letzten Botschaften fiel ihm auf. Wieder Natascha. Er runzelte die Brauen und las.

15. Januar 2009.

»Ich bin's, Natascha. Ich hab deine letzten Posts gelesen. Dir scheint es ja gar nicht gut zu gehen. Ruf mich an. Lass uns darüber reden.«

Dem folgte eine Handynummer.

Diesmal war es zu viel. Dieser mysteriöse Rettungsengel bot ihr am fünfzehnten seine Hilfe an, als Justine noch zögerte, ob sie sich in die Luft sprengen sollte oder nicht. Am nächsten Tag hatte die junge Frau das Gefühl, bereit zu sein. Was war geschehen? Hatten sie Kontakt aufgenommen? Um sich was zu sagen?

François spürte, dass die Antworten auf diese Frage entscheidend waren. Der Mörder hatte den Moment nicht zufällig gewählt. Er hatte Justine noch am gleichen Abend umgebracht, genau an diesem Abend. Wie sollte man nicht darauf schließen, dass er Natascha benutzt hatte?

Der Profiler griff nach einem Bleistift und notierte sich die Zahlen auf ein Stück Papier. Dann griff er zu seinem Handy und rief dort an.

Er hörte die Stimme der Telefonansage:

»Die von Ihnen gewählte Rufnummer ist zurzeit leider

nicht erreichbar. Bitte versuchen Sie es später noch einmal …«

40

Zu aufgeregt, um einschlafen zu können.

Nachdem sie Gérald hatte weiterkiffen lassen, war Julia nach Hause zurückgekehrt. Ihre Wohnung war alles andere als ein Palast, aber sie fühlte sich darin wohl. Wenn sie nach Hause kam, hatte sie das Gefühl, sich von der Welt zurückzuziehen, auf eine unzugängliche Insel zu kommen, auf der nichts und niemand sie erreichen konnte.

Die junge Frau wohnte im ersten Stock eines kleinen freistehenden Hauses, das in den Fünfzigerjahren unweit der Festungsmauern errichtet worden war. Bei der Unterzeichnung des Mietvertrags hatte sie sich zusammennehmen müssen, um nicht laut loszuprusten: Sie zog in die Avenue de la Folie. Heute fragte sie sich, ob sie darin nicht ein Zeichen hätte sehen sollen.

Eine heiße Dusche, einen Teller Suppe und ab ins Bett. Sofort wurde sie von einer Flut von Bildern bestürmt. Das Bild von Lucies Leiche im Leichenschauhaus; das Bild des viel zu braungebrannten Gesichts ihres Vaters, König der Friseure, Kaiser der Dreckschweine; das Bild von Galthier, diesem Idioten, der die Situation ausgenutzt hatte, um ein junges Mädchen zu bespringen.

Und dann nahmen ganz unerwartet andere Gedanken Gestalt an. Ihr Vater, wie er sie umarmte und mit Küssen bedeckte. Die Fotos nackter Kinder, die an Betten angebunden waren und von Erwachsenen, die wie Menschenfresser wirkten, in den Hintern gefickt wurden. Das Blaulicht der Polizei vor ihrem Schlafzimmer, als sie kamen, um bei dem Pädophilen eine Hausdurchsuchung vorzunehmen.

Sie schnellte hoch wie eine Sprungfeder, ihr Herz klopfte zum Zerspringen. Diese Ermittlung riss ihre alten Wunden wieder auf, bis sie bluteten. Wahrscheinlich weil die Opfer alle Jugendliche waren. Ihr Leiden, ihre Zerrissenheit warf sie auf ihre eigenen Probleme zurück. Auf die Zeit, als die Welt ins absolute Grauen gestürzt und sie auf einen Schlag ins Erwachsenenalter katapultiert worden war.

Sie hatte mehr Glück gehabt als die anderen. Sie war immer noch am Leben. Aber der Preis, den sie dafür hatte zahlen müssen, ließ sie immer wieder bittere Tränen vergießen.

Beim Klingelton ihres Handys schreckte sie auf. Sie schnappte sich das Gerät, das auf dem Nachttisch lag. Auf türkisblauem Grund blinkte der Name »Marchand« auf. Die Uhr zeigte 23.56 an.

Sie nahm den Anruf entgegen, ohne das Licht einzuschalten.

»Hallo ...«

»Hab ich dich geweckt?«

Obwohl es schon so spät war, war sie glücklich, François' Stimme zu hören.

»Nein. Ich hab gerade nachgedacht.«

»Worüber?«

»Unwichtige Sachen. Was ist los?«

»Ich wollte nur mal Bilanz ziehen.«

»Um Mitternacht?«

»Tut mir leid. Ich habe mich gerade erst hingelegt.«

Sie schloss die Augen, als sie merkte, dass sie etwas anderes erhofft hatte. François hatte die Stimmungsschwankung bemerkt.

»Ist alles in Ordnung?«

Sie machte Licht.

»Ja. Ich habe auch einen Wahnsinnstag hinter mir.«

»Erzählst du mir davon?«

Julia begann mit der Gruppe Iron Beast. Extrem gewaltbereite Tschetschenen mit satanistischem Einschlag, deren Texte Pierre, den jungen Katholiken aus Grenoble, wahrscheinlich beeindruckt hatten. Dann erzählte sie von ihrem Gespräch mit Barmont, dem Vater des ersten Opfers, und von dem, was sie über die kleine Friseuse herausgefunden hatte. Lucie prostituierte sich nicht nur, sondern dealte auch mit Marihuana. Alice im Land des Glücks … Aufgrund ihrer damit zusammenhängenden Aktivitäten war sie bei einer Modelagentur eingeschrieben. Julia hatte vor, dort am nächsten Morgen vorbeizuschauen.

Als jegliche Reaktion ausblieb, kam die junge Frau sich dumm vor. François gab ihr das Gefühl, als habe sie sich umsonst abgerackert. Ihre Entdeckungen bestätigten nur eines: Diese sich im freien Fall befindlichen Jugendlichen litten alle an einem gewaltigen Unbehagen.

Jetzt war der Profiler dran. Er erzählte von dem Briefing mit Hénon und Forestier, von der Annahme, dass Justine Crémant – das Opfer aus Bagnolet – dem Mörder die Tür aufgemacht hatte. Das Opfer war nicht vergewaltigt worden, diese Tatsache legte den Schluss nah, dass der Täter impotent war. Dann die Entdeckung einer neuen Fährte im Zusammenhang mit der Anorexie des Opfers. Und schließlich von der Einmischung einer Frau namens Natascha.

Für den Kommissar war jener letzte Punkt am verwirrendsten. Den Nachrichten, die sie auf Justines Blog hinterlassen hatte, war zu entnehmen, dass diese Natascha das junge Mädchen bereits kannte. Sie hatte sie während ihrer Krankheit auf eine professionelle Weise begleitet, fast schon wie eine Therapeutin, und wahrscheinlich kurz vor dem Mord mit ihr gesprochen. Nach diesem Gespräch war Justine plötzlich entschlossen gewesen: Sie hatte sich am Tag darauf umbringen wollen, das heißt, am sechzehnten Januar, dem Tag, an dem sie ermordet wurde. Die letzte irritierende Tatsache war, dass Nataschas Telefon automatisch auf einen Anrufbeantworter umgeleitet wurde.

Julia setzte sich auf.

»Ich kann dir nicht mehr ganz folgen. Glaubst du jetzt etwa, der Mörder ist eine Frau?«

Der Profiler antwortete entschieden:

»Nein. Ich habe meine Meinung nicht geändert. Aber ich glaube, dass Natascha bei dem, was vorgefallen ist, irgendeine Rolle gespielt hat.«

»Eine Komplizin?«

»Vielleicht … Sie ist mindestens fünfunddreißig Jahre alt, hat ein hohes intellektuelles Niveau und viel Empathie. Und Justine vertraute ihr. Sie hätte es unserem Mann ermöglichen können, sich ihr zu nähern.«

»Das Höllenpaar …«

»So etwas in der Art, ja.«

Die Theorie hatte Hand und Fuß. Die jungen Leute hatten sich jedes Mal bereitwillig dem Wolf zum Fraß vorgeworfen. Angesichts ihrer psychischen Verfassung wäre es für einen geschulten Psychologen ein Leichtes gewesen, sie zu manipulieren und sie in aller Ruhe in die Falle zu locken.

Julia wechselte das Handy zum anderen Ohr.

»Jetzt müssen wir nur noch die Frau suchen, die dahintersteckt, beziehungsweise, wir müssen sie finden …«

»Ich werde schon mal bei der Telefongesellschaft und beim Internetprovider nachforschen. Man weiß ja nie.«

»Vergeude nicht deine Zeit. Sie hat bestimmt die nötigen Vorsichtsmaßnahmen getroffen. Wenn wir sie uns schnappen wollen, dann müssen wir Kontakt zu ihr bekommen.«

»Es gibt in ganz Frankreich bestimmt mehrere Tausend praktizierende Psychotherapeuten. Ganz zu schweigen von den selbsternannten Gurus, die in der Peripherie des Systems tätig sind. Da bräuchten wir Jahre!«

»Nicht unbedingt …«

Sie hielt kurz inne und erläuterte ihm dann ihre Theorie.

»Keine Ahnung, ob das etwas taugt, aber ich denke folgendermaßen darüber: Wenn wir davon ausgehen, dass deine These stimmt, dann ist Natascha so eine Art Pilotfisch. Sie hat Justine geködert und gefangen, und das hat sie vielleicht auch mit all den anderen gemacht. Jedenfalls würde das passen.«

»Erzähl weiter.«

»Sie ist mit jungen Leuten in Kontakt getreten, die weit entfernt voneinander wohnen. Das heißt, sie reist viel herum. Auf den Punkt müssen wir uns konzentrieren.«

Schweigen am anderen Ende. François wollte mehr hören. Julia spann den Gedanken noch ein wenig weiter:

»Was ist der gemeinsame Nenner zwischen den Opfern? Was hat sie zusammengeführt?«

»Sie sind alle gleich alt und leiden unter großen Problemen, sonst sehe ich da nichts.«

»Das ist schon mal ein Anfang. Irgendwann haben sie Hilfe gebraucht, und die konnten sie auf die übliche Weise nicht bekommen oder haben es gar nicht erst versucht.«

»Du meinst, sie sind lieber zu Scharlatanen gegangen?«

»Jedenfalls streiche ich mal alle von der Liste, die am Hauseingang ein Kupferschild haben.«

»Das macht es nicht einfacher.«

»Ja und nein. Wenn man die Psychofritzen und Coaches herausnimmt, und dann noch alle, deren Bezeichnung auf »path« endet, was bleibt dann übrig?«

»Schamanen, Marabuts, Sekten … Worauf willst du hinaus?«

Die junge Frau wusste es selbst nicht. Sie stieg aus dem Bett und ging in der Unterhose im Zimmer auf und ab.

»Ich bin noch auf der Suche. Und du bist mir keine große Hilfe.«

»Tut mir leid. Aber bei einem so breit gefächerten Angebot müsste man schon hellseherische Fähigkeiten haben.«

François' Antwort traf sie wie ein Schlag.

»Eine Hellseherin!«

»Wie bitte?«

»Natascha ist eine Hellseherin!«

»Das meinst du jetzt nicht ernst, oder?«

»Sie kann die Zukunft vorhersagen, findet gute Erklärungen für die Vergangenheit. Mit anderen Worten: Sie ist ein Mensch, der dich beruhigen kann. Und das alles in ein oder zwei Sitzungen. Das ist besser als ein Psychotherapeut!«

»Hellseherinnen haben heutzutage eine ›Praxis‹. Sie sind angesehen, ihr Geschäft floriert, und sie zahlen Steuern.«

»Nicht alle. Viele arbeiten nur in Salons und auf Jahrmärkten. Allen voran die Zigeunerinnen. Und der Name Natascha hat einen solchen Hintergrund.«

»Woher weißt du das alles?«

»In den Jahren, als es mir so dreckig ging, habe ich mal eine kennengelernt. Sie hieß Mariska.«

Wieder schwieg François. Julia spürte, dass sie ihn überzeugt hatte. Sie erläuterte ihm ihren Plan:

»Wir müssen herausbekommen, ob in den Städten, in denen die Morde begangen wurden, Esoterikmessen veranstaltet werden. Vielleicht hat Natascha ja an einer davon teilgenommen.«

»Da musst du aber mindestens ein Jahr zurückgehen bei deiner Recherche. Die kleine Justine kannte sie offenbar schon ziemlich lange.«

Sie hatte gewonnen. François hielt ihre These für stimmig und ließ ihr freie Hand. Sie fragte:

»Was wirst du unterdessen tun?«

»Was ich dir gesagt habe. Ich werde die Handynummer überprüfen, die Natascha angegeben hat, und versuchen, übers Internet etwas über sie herauszufinden.«

Julia lächelte.

»Du bist aber auch wirklich stur wie ein Esel!«

»Das ist eine Fährte. Und einer solchen muss man nachgehen.«

»Vor allem, wenn es die eigene ist.«

»Jedenfalls habe ich schon mal Vorsorge getroffen, dass alle früheren Anrufe von Lucie und Justine kontrolliert werden. So kann ich sehen, ob Natascha sie angerufen hat.«

»Da hast du zwei Fliegen mit einer Klappe geschlagen ... Chapeau, Maestro!«

»Ich komme voran, das ist alles.«

»Und was ist mit mir? Kommst du mit mir auch voran?«

Sie biss sich auf die Lippen vor Wut, dass ihr das herausgerutscht war. Aber ihr Herz war schneller gewesen. Dabei hätte sie das wissen müssen.

François antwortete nichts darauf. Er schwieg ganze drei Sekunden lang, während Julia glaubte, im Erdboden versinken zu müssen. Schließlich räusperte er sich und sagte zögernd:

»Hör mal ... Also, ich ...«

»Du – was?«

»Eigentlich ...«

Sie biss die Zähne aufeinander.

»Verflucht, jetzt sag's schon! Das kann doch nicht so schwierig sein, mir zu sagen, dass du dich geirrt hast!«

Funkstille. Dann sagte François:

»Nein ... Ganz im Gegenteil!«

41

Für die Recherche würde man gut eine Stunde benötigen.

Julia hatte sie an Claudine delegiert, die einzige Ermittlungsbeamtin, die nicht vor Devaux kuschte. Und zwar aus gutem Grund. Sie arbeitete schon eine halbe Ewigkeit im Haus, hatte bereits drei Generationen von Kommissaren an sich vorbeiziehen sehen, und Karriere zu machen war ihr herzlich egal. Sie stand kurz vor der Rente und war immer noch nicht über den Dienstgrad einer einfachen Polizistin hinausgekommen.

Aber in puncto Fleißarbeiten konnte ihr niemand das Wasser reichen. Eine Liste der Esoterikmessen zusammenzustellen, die in den letzten zwei Jahren in Frankreich veranstaltet worden waren, und natürlich auch eine sämtlicher Teilnehmer, war für sie ein Spaziergang.

Unterdessen streckte Julia weiter ihre Fühler aus.

Sie bog in die Gasse ein und blieb vor der Hausnummer 31 stehen. Die Adresse, die Gérald, das Model, ihr angegeben hatte, lag dreihundert Meter Luftlinie vom Haus des Opfers entfernt. Unweit des Salons, in dem Lucie arbeitete …

Eichenholz, dem die Jahre Patina verliehen hatte, ein bronzener Türklopfer, Kupfernieten. Sie drückte den Türflügel auf und trat ins Haus. Drinnen schlug ihr der vertraute Geruch von Salpeter und Bohnerwachs entgegen. In der Altstadt schienen alle Häuser gleich zu sein. In ihnen roch es wie auf dem Speicher eines Antiquars.

Sie nahm die Treppe bis zum Absatz im ersten Stock. Dort gab es nur eine Tür. Anstelle eines Namensschildes war auf Gesichtshöhe eine Visitenkarte hingepinnt. Die Class-Mode-Agentur gab sich diskret.

Julia klingelte. Eine Frau rief:

»Es ist offen!«

Die Polizistin drückte die Klinke nach unten. Hinter der Tür befand sich ein kleiner, von etlichen Halogenlampen erhellter Raum. Überall lagen stapelweise Prospekte herum, manche noch eingeschweißt. Julia glaubte, bekannte Markenlogos aus dem Großhandel wiederzuerkennen. An den Wänden hingen Fotos von jungen Frauen, dicht an dicht. Sie hatten sich in Pose gestellt, lächelten ins Objektiv und versuchten, ein möglichst ätherisches Gesicht zu machen. Das Ganze wirkte amateurhaft.

»Falls es ums Casting geht, da müssen sie um zehn Uhr wiederkommen.«

Kasernenhofton. Schnarrende Stimme. Der Zerberus war schon über das Rentenalter hinaus und traute sich dennoch, sich die Haare platinblond zu färben und eine rosa Plastikbrille zu tragen. Zur Krönung des Ganzen trug sie ein apfelgrünes Kostüm über einem leuchtend roten T-Shirt. Sie beugte sich über einen Tisch voller Kontaktabzüge und sah sich mit einer riesigen Lupe die Aufnahmen an.

Beim Anblick dieser Person stellten sich Julia die Haare auf. Sie trat näher und hielt ihr den Ausweis in den Landesfarben unter die Nase.

»Ich komme nicht wegen des Castings. Leutnant Drouot, Kripo Avignon.«

Die Xanthippe fuhr hoch und funkelte sie böse an.

»Was?«

»PO-LI-ZEI. Verstehen Sie das, oder muss ich es übersetzen?«

Misstrauischer Blick. Dann eine komplette Kehrtwende.

»Was ist los?«

»Gibt es hier einen Jean-Louis?«

»Oh … ja …«

»Sagen Sie ihm, dass Besuch für ihn da ist.«

»Es ist nur so …«

Julia verdrehte die Augen.

»Na los. Ich hab nicht den ganzen Morgen Zeit.«

Die Alte erhob sich, durchquerte ihr Chaos und klopfte an der einzigen Tür am anderen Ende des Raumes.

»Loulou, ist für dich. Die Bullen.«

»Hä?«

»Die Bullen sind da. Komm schon.«

Man hörte, wie ein Stuhl hektisch nach hinten geschoben wurde. Dann eilige Schritte. Ein Typ, der die männliche Menopause schon hinter sich hatte, öffnete die Tür.

Als er Julia sah, bekam er einen roten Kopf. Mit seiner spitzen Nase und dem graumelierten Backenbart sah er aus wie ein alter Pavian. Er würde ein Weibchen auf hundert Kilometer wittern.

Er streckte ihr eine feuchte Hand hin.

»Jean-Louis Berthon. Was kann ich für Sie tun?«

Übertriebene Höflichkeit. Hohle Phrasen. Der Mann tat so, als sei er der Großherzog persönlich, mit seinem schwarzen Samtanzug und der königsblauen Krawatte. Dabei drang ihm die Gosse aus allen Poren.

»Es geht um Lucie Barmont. Wegen ihr bin ich hier.«

Er sog auf theatralische Weise die Luft ein.

»Kommen Sie in mein Büro.«

Die Höhle des Frischfleischhändlers ähnelte dem Besitzer. Sie war kitschig und protzig. Ein großer Tisch aus rotem Holz. Die bunt bemalten Gipsfiguren darauf, alles Aktfiguren, sahen unglaublich lächerlich aus. Ein Heer von Körpern bedeckte die Wände wie eine freizügige Tapete.

»Lucie hat für Sie gearbeitet«, eröffnete Julia das Gespräch.

»Die arme Kleine«, lautete die Erwiderung. »Ich hab davon gehört. Das ist … mir fehlen die Worte.«

»Wo waren Sie letzten Sonntag zwischen zweiundzwanzig Uhr und zwei Uhr morgens?«

Er kniff die Augen zusammen. Dann lächelte er entrüstet, was gespielt wirkte.

»Werde ich etwa verdächtigt?«

»Beantworten Sie meine Frage, Monsieur Berthon.«

»Ich war mit meiner Frau zusammen. Zu Hause. Sie können sie fragen, sie ist nebenan.«

Julia nickte, ohne eine Regung zu zeigen.

Nicht eine Sekunde hatte sie mit dem Gedanken gespielt,

dieser alte Bock hier könnte der Mörder sein. Sie hatte die Frage nur mit einem Ziel gestellt: Sie wollte ihm zeigen, wer hier das Sagen hatte.

Sie fuhr fort:

»Erzählen Sie mir von Lucie.«

»Was soll ich da erzählen? Unsere Beziehung war rein beruflicher Art.«

»Dann erzählen Sie mir von Ihrer Zusammenarbeit.«

»Sie fing gerade erst an. Ihr Problem war die Größe.«

»Zu klein, ich weiß. Hat sie trotzdem gearbeitet?«

»Nicht wirklich. Mir ist es nie gelungen, sie bei einer Modenschau unterzubringen.«

»Fotos?«

»Nicht mal ein Modelbook.«

Julia kannte sich in dem Gewerbe nicht aus. Sie fragte nach.

»Was ist da der Unterschied?«

»Das Modelbook ist die allererste Etappe, die Visitenkarte eines Models. Eine Zusammenstellung von Fotos, die man dem Kunden präsentiert. Möchten Sie ihr Book sehen?«

»Warum nicht?«

Der Siebzigjährige stand auf. Während er einen mit Engelchen dekorierten Schrank durchsuchte, fragte Julia ihn geradeheraus:

»Wussten Sie, dass Julia Marihuana verkaufte?«

»Ach ja?«

»Ist das alles, was Sie dazu zu sagen haben?«

»In dem Milieu nehmen alle irgendwelche Drogen. Sie meinen Cannabis? Wie niedlich! Normalerweise geht es um Alkohol, Kokain, ja sogar Heroin …«

Er suchte weiter, als wäre nichts geschehen. Die Polizistin fragte sich, wo sie hineingeraten war. Ob man sich nun die Laufstege der großen Hauptstädte oder eine obskure Provinzagentur ansah, die Probleme waren offenbar dieselben. Alle, die hier ihre Haut zu Markte trugen, dröhnten sich mit Drogen zu.

Der Alte setzte sich wieder. Er hielt Julia eine Art kartoniertes Heft hin, auf dessen Vorsatzblatt Lucie in Großaufnahme zu sehen war. In stilisierten Lettern stand ihr Vorname darauf. Unten auf der Seite befand sich das Logo der Agentur.

»Zu Beginn ihrer Karriere gibt es nur diese Art von Fotos. Sie werden dann nach und nach durch professionellere Aufnahmen ersetzt.«

Julia blätterte die Sammlung durch. Vier wie ein kleines Heft gefaltete Seiten. Die Aufnahmen des jungen Mädchens waren sorgfältig ausgesucht, um eine bestimmte Stimmung zu schaffen, eine bestimmte Persönlichkeit darzustellen. Das Ganze sollte das Bild einer Lolita ergeben.

»Mit dem Book haben wir uns in die Nesseln gesetzt. Nach all den Geschichten mit Pädophilen und so haben die Inserenten Schiss gekriegt. Sie müssen bedenken, wir sind hier nicht in Paris ... Hier sind die Leute entschieden spießiger.«

Julia hörte nur halb hin. Sie sah sich Lucie an. Übertrieben stark geschminkt, laszive Pose, treuherziger Blick. Diese Pantomime wirkte auf sie wie eine Art Déjà-vu. Es ging ihr ähnlich wie bei Jennifer, der Stiefmutter, die das Mädchen hasste, weil sie ihm den Vater abspenstig gemacht hatte.

»Wer hat diese Aufnahmen fotografiert?«

»Lorenzo. Wir arbeiten ziemlich viel mit ihm zusammen. Übrigens hätte Lucie sich letztes Wochenende mit ihm treffen sollen.«

»Für ein Shooting?«

»Montag hatten wir ein großes Casting-Event. Sie wollte unbedingt daran teilnehmen. Mit ihrem alten Book hätte sie da nicht viel ausrichten können.«

»Und aus dem Grund haben Sie sie um ein neues gebeten?«

»Es war vielleicht ein bisschen wenig Zeit. Man hatte uns Samstagmorgen Bescheid gegeben. Sie hatte mir versichert, dass sie zumindest die Kontaktabzüge haben würde. Sie hat mir sogar zur Bestätigung eine Nachricht auf meinem Anrufbeantworter hinterlassen.«

»Wann kam dieser Anruf?«

»Sonntag, am frühen Abend. Da hatte mein Film gerade angefangen, ich bin nicht drangegangen.«

Fotos. Ein paar Stunden vor dem Mord. Vielleicht wusste ja der Typ etwas, der mit ihr das Blitzlichtgewitter veranstaltet hatte.

Julia stand auf.

»Wo finde ich diesen Lorenzo?«

»Möchten Sie ihn befragen?«

»Was halten Sie von ihm?«

»Der ist in Ordnung, wissen Sie. Sie müssen nicht auf all den Blödsinn hören, der so rumerzählt wurde …«

Die Ermittlungsbeamtin horchte auf.

»Was denn für ein Blödsinn?«

»Rumtreiber, Drogenfuzzi, Weiberheld … Der geht einfach ganz schön ran. Da sind Leute neidisch …«

Julia suchte nicht nach einem Don Juan aus der Provinz. Sie war einem Mörder auf der Spur. Sie fragte etwas barsch:

»Adresse bitte.«

Die Antwort kam widerstrebend:

»Rue Rouge. Nummer achtunddreißig.«

42

Ihm platzte fast der Schädel.

Eine Armee von Kakerlaken trampelte in geschlossenen Reihen auf seinen Synapsen herum. Seiner Zunge ging es nicht besser. Eine steife, dicke Masse wie ein mit fauligem Wasser vollgesogenes Stück Pappe.

François öffnete erst das eine Auge, dann das andere. Auf dem Radiowecker war es neun Uhr zweiundvierzig. So ein elender Mist ... Wegen der drei Xanax, die er am Abend genommen hatte, hatte er geschlafen wie ein Stein. Er hatte vor der Wahl gestanden: das Schlafmittel oder eine durchwachte Nacht. Erst der Streit mit Charlotte, dann das Gespräch mit Julia. Zwei Diskussionen, die ihn bis ins Innerste aufgewühlt hatten. Mit dem Ergebnis, dass er kein Auge hatte zutun können.

Das Aufstehen fiel ihm schwer. In der Wohnung herrschte absolute Stille. Aus dem Wohnzimmer drang bleiches Licht. Ein kurzer Blick in den Flur verriet ihm, dass seine Tochter bereits das Weite gesucht hatte.

Er schleppte sich in die Küche. Kaffee. Schnell. Der Tag würde hart werden. Er hatte ein Wahnsinnsprogramm vor sich, und sein Akku war jetzt schon leer. Der duftende Arabica-Kaffee machte ihn ein wenig munter. Als ihm das schwarze Gebräu durch die Kehle rann, kam allmählich wieder Leben in ihn.

Er zog sich schnell an, ging hinunter in die Garage und stieg in seinen Touareg. Natascha. Eine Hellseherin. Auf den Zusammenhang wäre er nie gekommen. Julia hatte erstaunliche Ideen. Aber warum nicht? Bei genauer Überlegung hatte das durchaus Hand und Fuß. Und den Vorteil, dass sie so die schwierigsten Fragen beantworten könnten. Aber wie hatte der Mörder die drei Jugendlichen überhaupt aufgespürt? Sie kannten sich nicht. Sie lebten nicht einmal im selben Ort. Eine derartige Meisterleistung war nur dadurch erklärbar, dass es irgendeine unerwartete Verbindung gab.

Eine, auf die man nicht so leicht kommt…

Die Fahrt nach Nanterre verging wie im Flug. Im Auto herrschte eine angenehme Temperatur, es gab Nieselregen und Vivaldi als Hintergrundmusik. François hatte noch so viel Anxiolytika in den Adern, dass er sich wie in Watte gepackt fühlte und seine Wahrnehmung ein wenig gedämpft war.

Heute Morgen hatte das Gebäude der Kripo ausgesehen wie ein Frachtschiff, gestrandet auf grauer Erde. Am Wochenende herrschte nicht so viel Betrieb, da wirkte es wie ein vor sich hin dösender Koloss. Die Arbeitszeitverkürzung hatte zwangsläufig dazu geführt, dass die Dienste der Kripo nur noch auf Sparflamme liefen.

Marchand machte als Erstes einen Abstecher in Hénons Büro. Der Polizeidirektor hatte mit Verwaltungsproblemen zu kämpfen und konnte ihm nicht viel Zeit widmen. Sie zogen kurz Bilanz, wobei François seine jüngsten Entdeckungen zusammenfasste: die Fährte mit der Magersucht; Justines Blog; Natascha. Die Hypothese mit der Hellseherin überging er stillschweigend. Sein Bauchgefühl sagte ihm, dass es besser wäre, nicht über Julia zu sprechen.

Danach eilte der Profiler zu dem Ort, an dem nur er bestimmte. Den Mantel hängte er an den Garderobenständer, dann zwängte er sich hinter den Tisch aus plastifiziertem Holz und setzte sich mit einem Seufzer auf den Stuhl. Der Raum deprimierte ihn. Es gab einen dunklen Schrank, der gut in ein Gefängnis gepasst hätte. Anders als seine Kollegen hatte er nicht einmal den Versuch gemacht, sein Reich fröhlicher zu gestalten. Wozu auch? Selbst wenn er Meisterwerke aufhängen würde, an das Raffinement seiner früheren Psychoanalytikerpraxis würde er doch nie herankommen.

Er schaltete den Computer ein. Seine Ermittlungsarbeit. Die Jagd. Dazu war er hier. Der Rest zählte im Grunde kaum.

Als Erstes musste er sich um die Handynummer von Natascha kümmern. François klickte sich in die Datensammlung ein, in der sämtliche von den Telefongesellschaften hergestellten Verbindungen verzeichnet waren. Er gab die Telefonnummer ein. Das verwendete Netz: Bouygues Télékom. Kunde: Café de la Mairie in Châtillon im 92. Département. Anschluss eingerichtet seit dem achtundzwanzigsten August 2008. Immer noch in Benutzung.

Es handelte sich um eine Prepaid-Karte, die ein Tabakwarenhändler verkauft hatte. Der Benutzer konnte ein bestimmtes Guthaben abtelefonieren. Vorteil: Man musste keinen Namen und keine Adresse angeben.

François lächelte. Julia hatte erneut ins Schwarze getroffen. Er machte intern einen Anruf. Sofort sprang die Mailbox an. Élodie, Spezialistin für die Zurückverfolgung von Anrufen, die in einer Abteilung des Kampfes gegen organisierte Kriminalität und Finanzkriminalität arbeitete, war nicht an ihrem Platz.

Der Profiler erklärte schnell, was er wollte: nämlich die Daten und Zeiten, in denen der in Châtillon verkaufte Anschluss aktiv gewesen war. Und natürlich auch die der anderen Fernsprechteilnehmer. Er gab die Namen und die Telefonnummern von Lucie und Justine durch, mit derselben Bitte.

François legte auf und tat den nächsten Schritt. Noch ein interner Anruf. Diesmal war er sicher, den Gesprächsteilnehmer anzutreffen. Er saß Tag und Nacht wie angewachsen vor seinen Bildschirmen.

Sofort meldete sich eine Stimme mit Vorstadtakzent:

»Yo, Marchand! Schiebst du Langeweile in deinem Kabuff?«

»Hast du eine Minute Zeit für mich?«

»Für dich sogar zwei.«

Karim Hallaoui. Zwanzig Jahre alt. Sah aus wie ein Rapper und hatte den Grips eines Nobelpreisträgers. Nachdem er sich in die hochvertraulichen und unter Verschluss stehenden Datenbanken des Innenministeriums eingehackt hatte, stellte man ihn vor die Wahl: ein Abstecher ins Gefängnis, und zwar für eine Zeit, die in Anbetracht des Deliktes durchaus lang werden könnte, oder die Zusammenarbeit mit den Polizeikräften. Der Hacker hatte nicht gezögert. Nachdem er die Opfer über die Sicherheitslücken in ihrem Informationssystem aufgeklärt hatte, hatte er sich bereit erklärt, sich dem OCLCTIC anzuschließen, einem Zentralbüro, das zur Kripo gehörte und sich dem Kampf gegen die Kriminalität in der Informations- und Kommunikationstechnologie verschrieben hatte. François mochte ihn gern. Die Sympathie war gegenseitig.

»Machst du dir Notizen?«, fragte der Kommissar.

»Schieß los.«

»Bloggöttlichemarquise.com. Ich hätte gern, dass du den mal auseinandernimmst und mir dann sagst, was da genau dran ist.«

»Was ist denn das für eine Farce? Ein Blog übers Fressen? So 'ne Art Comtesse Dubarry von und zu meinen Eiern?«

Der Kommissar musste unwillkürlich lächeln. Die Bullen brauchten ihn offenbar wirklich, sonst würden sie so einen Fremdkörper in ihren Reihen nicht dulden.

»Es handelt sich um einen Pro-Ana-Blog.«

»Pro Ana? Mensch, wach auf, Alter. Weißt du nicht, dass wir die alle rausgekickt haben?«

»Nicht alle, mein Zicklein. Das Mädchen, das man in Bagnolet abgestochen hat, das war schlauer gewesen.«

»Welches Mädchen?«

Er wusste nicht Bescheid. Karim lebte völlig weltfern in seiner eigenen Blase, aus der er nur zum Essen, Trinken oder Schlafen herauskam. Falls er daran dachte …

»Egal … Such mir eine Internetuserin, die sich Natascha nennt. Mehrere Verbindungen ins Netz seit Juni 2008. Die letzte am fünfzehnten Januar 2009.«

»Wartest du, oder soll ich's dir später liefern?«

»Ich warte.«

François legte den Hörer hin und schaltete auf Lautsprecher. Ein paar klappernde Geräusche, die er in Bilder übersetzte, drangen an sein Ohr. Karim saß in seinem Sessel, die Mütze verkehrt herum auf dem Kopf und eine Stange Lakritze zwischen den Zähnen. Von der Computerbatterie, die auf dem riesigen Eisentisch aufgereiht stand, waren alle Geräte ans Internet angeschlossen. Datenreihen liefen mit Schallgeschwindigkeit über die Sechzehn-Zoll-Bildschirme. Die Finger des Hackers jagten über die Tastatur, als spielten sie eine Symphonie.

Fünf Minuten. Länger brauchte der junge Sohn maghrebinischer Einwanderer nicht, um das Geheimnis zu lüften.

»Yo, Mann, ich hab's.«

François griff wieder zum Hörer.

»Ich höre.«

»Es gibt mehrere IP-Adressen. Sie stammen alle aus demselben Internetcafé.«

»Hast du die Eckdaten?«

»Latürnich! WeBabar. Hundertacht, Rue Berger, im ersten Arrondissement.«

»Im ersten in Paris?«

»Im Hallen-Viertel, du Idiot. Direkt vor Le Forum des Halles.«

Châtillon, Bagnolet – und jetzt Paris Innenstadt. Nataschas Territorium zeichnete sich allmählich deutlicher ab.

Der Profiler notierte sich Name und Adresse auf einem Post-it-Zettel.

»Kannst du mir die Liste der Verbindungen mailen?«

»Ist schon unterwegs.«

Bevor er auflegte, fügte François in heiterem Ton hinzu:

»Ich dich liebe, das weißt du ja.«

»Ach was, bloß Gefasel… Hat man dir nie gesagt, dass die Liebe sich in Taten kundtut?«

François ging auf seine Anspielung ein.

»Was brauchst du?«

»Risperdal. Drei, nein vier Fläschchen.«

»Karim…«

»Ich mein's ernst. Ich brauch sie. Seit ich keinen Shit mehr rauche, fühl ich mich wie eine Eule.«

»Treib Sport, das beruhigt.«

»Hey, mal ganz cool bleiben, ja? Die geben dir alles, was du willst. Das hast du mir selbst erzählt.«

Der Psychoanalytiker seufzte. Er hatte Karim unterstützt, als dieser beschloss, von den Drogen loszukommen. Jetzt konnte er ihn nicht mitten im Heilungsprozess fallenlassen.

»Einverstanden. Ein Fläschchen. Aber das ist das letzte Mal.«

Ein Jubelschrei. Dann die übliche Lüge.

»Das letzte Mal. Ich schwör's, beim Leben meiner Mutter.«

43

»Bist du sicher?«

Julias Stimme zitterte.

»Ganz sicher. Ich habe direkt bei den jeweiligen Gemeindeverwaltungen nachgefragt, die erteilen die Genehmigungen.«

Claudines Antwort war eindeutig. In den letzten beiden

Jahren hatte es in der Gegend keine Veranstaltung gegeben, die auch nur entfernt etwas mit Hellseherei zu tun gehabt hätte. Auch nicht in Grenoble und in Bagnolet schon gar nicht … Sicher, in Paris hatten mehrere stattgefunden. Und aus den umliegenden Vororten konnte man schnell dorthin kommen. Das Dumme war nur: Ohne die beiden anderen Städte brach die Theorie zusammen.

Die junge Frau fragte verzweifelt:

»War bei den Pariser Messen eine Natascha dabei?«

»Bleib dran. Ich schau mal nach.«

Die Sekunden verstrichen. Passanten rempelten sie an. Ihr Herz schlug zu schnell.

»Konnte nichts finden«, lautete Claudines Antwort. Na wunderbar …

Julia klappte ihr Handy zu. Was ihre Kollegin herausgefunden hatte, war ein ziemlicher Schlag für sie. Natascha sagte also nicht mit einer Kristallkugel die Zukunft vorher. François würde sich über sie lustig machen. Er hatte nichts gesagt, als sie mit ihrer Theorie ankam, denn er hütete sich sehr wohl davor, daraus zu schließen, dass diese Frau bei allen Morden ihre Hände im Spiel hatte. Sie hatte darauf bestanden. Immer dieser Stolz, immer dieses Bedürfnis, ihre Kompetenz zu beweisen. Wieder einmal musste sie zugeben, dass sie sich geirrt hatte.

Sie blieb einen Moment lang reglos mitten auf dem Trottoir stehen. Sie musste in die Gänge kommen, und zwar schnell, das Ruder wieder herumreißen. Dazu bräuchte sie eine eigene Lösung, eine, die aus ihrer Ermittlungsarbeit hervorging.

Es gab zwei mögliche Fährten: den Satanismus und den Fotografen. Die erste Fährte war vielversprechender, aber um dieser Spur nachzugehen, müsste sie nach Grenoble zurückfahren. Zu kompliziert. Die zweite hatte den Vorteil, dass sie ihr ein paar Straßen weiter nachgehen konnte.

Ein Fotostudio strahlte in ihrer Vorstellung den Glanz eines Rohdiamanten aus. Man begegnete dort unwirklichen Geschöpfen, die Wände waren mit Aluminiumfolie ausgekleidet, und ganze Batterien von Scheinwerfern versengten einem die Pupillen. Als Julia die Tür öffnete, wurde sie aller Illusionen beraubt. Lorenzo arbeitete in einem düsteren Raum mit niedriger Decke, dessen verschlissene Tapeten an die Wohnung eines alten Mannes erinnerten. Das Studio lag eingezwängt am Ende eines schmalen Ganges. Ein völlig zerschlissenes Sofa, ein kleiner Plastiktisch, auf dem noch die Reste vom Frühstück standen, stapelweise professionelle Fotozeitschriften: Das war das zauberhafte Bild, das den Besucher empfing.

Es war niemand da.

Die Ermittlungsbeamtin ging weiter und nahm die Staubmäuse wahr, die sich vor den Wandleisten angesammelt hatten. Sie durchquerte einen zweiten Raum, der genauso schmal war wie der erste und völlig leer. Dann einen dritten Raum genau dahinter. Ganz hinten befand sich eine angelehnte Tür, wie eine Einladung. Technomusik drang durch den Türspalt, untermalt von Ausrufen.

»Das ist es, meine Süße!«; »Weiter so!«; »Mach dich ganz locker!«

Julia folgte den Geräuschen.

»Du bist schön, du bist wunderbar …«; »Jaaaa …«

Sie gelangte zu einer Art Plateau, das kaum größer war als der Raum. Keine Möbel, nur ein paar an die Wand gelehnte Klappstühle. Lange Kabelschnüre schlängelten sich über den Boden und liefen bei einem hell erleuchteten Podest zusammen. An der Seite waren drei Heizkörper angebracht, die mit einer Wand aus roten Glühfäden gegen die polare Kälte ankämpften.

Auf diesem improvisierten Podium nahm ein vollkommen nacktes junges Mädchen im Rhythmus der Synthesizer laszive Posen ein. Mit gespreizten Schenkeln, die Beine angehoben, stellte sie ihre Vulva zur Schau und grinste dabei idiotisch. Ein Typ gaukelte wie ein Schmetterling um sie herum, den Fotoapparat vorm Auge. Er hatte halblange, von einem Gummiband zusammengehaltene Haare.

Als das Model Julia sah, erstarrten ihre Gesichtszüge. Ihr Pygmalion brüllte los, ohne mit dem Fotografieren aufzuhören:

»Scheiße, haben Sie nicht das Schild gelesen? Hier wird gearbeitet!«

Eine bösartige, hektisch schrille Stimme. Koks, dachte die Ermittlungsbeamtin. Der alte Affe in der Modelagentur hatte ihr ja schon vom schlechten Ruf des Fotografen erzählt. Vielleicht hatte er ja doch nicht übertrieben.

Der Kerl wandte sich wieder seinem Model zu.

»Los, mein Schatz, nicht aufhören. Du bist zauberhaft.«

Julia ging zu der Mini-Hifi-Anlage, die auf einem Metallschemel stand. Sie beugte sich hinunter und zog das Kabel aus dem Stecker.

Plötzlich herrschte eine durchdringende Stille. Einen Moment war alles in der Schwebe wie in dem Augenblick zwischen Blitz und Donner.

»Ja sind Sie irre oder was?«, brüllte der Fotograf.

Er war vom Podium gesprungen und eilte wutentbrannt auf den weiblichen Eindringling zu. Wäre da nicht dieser böse Blick gewesen, man hätte ihn charmant finden können. Groß, gut gebaut, modische Jeans und Lederjacke. Das Gesicht hatte Charakter, war scharf geschnitten wie das eines römischen Kaisers. Ein knallharter Bursche, einer von denen, die sich in den Problemvierteln als Freiberufler verdingen können.

Die Polizistin wartete ruhig ab, bis er bei ihr war. Ihr Ausweis sorgte dafür, dass er wie angenagelt stehen blieb.

»Jetzt beruhigen wir uns erst mal. Klar?«

Der Mann erstarrte. Er sah Julia einen Moment lang an wie ein wildes Tier, das noch zaudert, bevor es durch die Flammen springt.

»Sind Sie Lorenzo?«, fragte die Polizistin.

»Und Sie, wer sind Sie?«

»Leutnant Drouot. Kripo Avignon.«

»Was wollen Sie?«

Er zeigte keine Angst, keine Unterwürfigkeit. Nur die virile Präsenz eines testosterongeschwängerten Machos. Er sah keine Polizei vor sich. Bloß eine Frau.

»Ich komme wegen Lucie. Lucie Barmont.«

Er seufzte, als sei der Name ein Synonym für Schlamassel. Dann drehte er sich zu dem Mädchen um, das noch immer geduldig den Hintern in die Luft reckte.

»Geh dich anziehen. Wir machen später weiter.«

Dann drehte er sich wieder zu Julia um und sagte ein wenig kleinlauter:

»Wo liegt das Problem? Sie ist volljährig oder etwa nicht?«

Wahrscheinlich hatte er es mit ihr getrieben. Die Dinge waren schiefgelaufen. Jetzt fürchtete er, das Mädchen wollte ihm einen Strick daraus drehen.

»Für mündig erklärt. Aber das ist jetzt auch egal.«

Seine Miene entspannte sich ein wenig. Lorenzo wusste offenbar nicht, was passiert war.

»Lucie wurde in der Nacht von Sonntag auf Montag ermordet«, erklärte ihm die Ermittlerin. »Sie hatten kurz vor ihrem Tod Fotos mit ihr machen wollen. Daher bin ich gekommen, um Sie zu befragen.«

Einen Moment lang herrschte völliges Vakuum.

»Ermordet?«

»Abgeschlachtet. Wir haben nur noch Stücke gefunden. Das Gesicht wurde heruntergeschnitten.«

Der harte Bursche sah jetzt nicht mehr so cool aus.

»Soll das ein Witz sein?«

»Nicht wirklich. Wann wollten Sie Lucie treffen?«

»Sonntagnachmittag.«

»Erzählen Sie mir davon.«

Lorenzo fuhr sich nervös durchs Haar.

»Lucie ist – das heißt, sie war – eine totale Zicke. Sie wollte immer alles sofort. Als ob ich nichts Besseres zu tun hätte, als ein Fotoshooting mit ihr zu veranstalten…«

»Wenn Sie bitte bei den Fakten bleiben würden.«

»Sie hatte mich am Samstagmorgen angerufen. Sie brauchte ein neues Modelbook.«

»Für ein Casting am Montagmorgen. Ich weiß. Hatten Sie sich bereit erklärt, sie zu fotografieren?«

Ein Nicken. Julia spürte einen Hauch von Zärtlichkeit darin.

»Ich mochte dieses kleine Luder. Ich habe eine Partie Karten mit Freunden abgesagt und ihr vorgeschlagen, am nächsten Tag um vierzehn Uhr vorbeizukommen.«

»Einfach nur, um nett zu sein? Das zu glauben fällt mir schwer.«

Das Lächeln des Don Juan verriet sein heimliches Einverständnis.

»Na ja, ab und zu steigen wir auch in die Kiste. Da ist noch keiner dran gestorben.«

»Bisher nicht. Erzählen Sie weiter.«

»Sie tauchte hier mit einer Dreiviertelstunde Verspätung auf. Ich war außer mir. Wir sind über die Bedingungen in Streit geraten und kamen auch nicht weiter.«

»Welche Bedingungen?«

»Meine Tarife…«

»Werden die Kosten nicht von der Agentur übernommen?«

»Nicht die für die Books. Dafür müssen die Models selbst in die Tasche greifen.«

Na also … Eine Agentur, ein Fotograf und die leichtgläubige Beute. Julia verstand jetzt besser, warum die Agentur sie um neue Fotos gebeten hatte.

»Was ist dann passiert?«

»Sie hatte keine Kohle. Da hat sie mir vorgeschlagen, mich in Naturalien zu bezahlen. Das habe ich abgelehnt. Ich sah nicht ein, warum ich für etwas zahlen sollte, was ich sonst gratis bekam.«

Logisch. Diesem Gedankengang lag ein gesunder Menschenverstand zugrunde. Lorenzo fuhr fort:

»Dann ist das Ganze eskaliert. Ich habe nicht nachgegeben. Schließlich ist sie türenknallend auf und davon.«

Julia fragte erstaunt:

»Und das ist alles?«

»Ja, sicher.«

Zurück auf Start. Die Polizistin rieb sich die Arme. Bei den winterlichen Temperaturen war ihr kalt bis ins Mark. In ihrem Kopf dagegen brodelte es:

Lucie hatte Jean-Louis Berthon am Sonntagabend angerufen, und ihm versichert, er werde am Montag, wie vereinbart, sein Book bekommen. Sie musste noch woanders nachgefragt haben. Das dürfte so kurzfristig nicht leicht gewesen sein. Zumal sie mit Galthier für siebzehn Uhr verabredet war. Wenn man für die Rückfahrt nach Châteaurenard dreißig Minuten rechnete, war es undenkbar, dazwischen noch eine Fotosession einzuschieben.

Der Ermittlungsbeamtin krampfte sich das Herz zusammen.

Danach. Die Jugendliche hatte das Fotoshooting für danach vereinbart. Nachtaufnahmen im Lauf des Abends. Das erklärte die drei Stunden, die in ihrem Terminplan noch ungeklärt waren. Deshalb war Lucie aus dem Haus gegangen. Aus keinem anderen Grund. Ganz sicher nicht wegen einer Hellseherin, die es nie gegeben hatte.

Danach, und erst danach, hatte der Mörder sie in die Falle gelockt.

Sie musste den Fotografen finden. Die letzte Person, die Lucie lebend gesehen hatte. Und zwar schnell. Jedenfalls vor François, der früher oder später dessen Namen auf der Liste der Telefonate sehen würde, die das junge Mädchen geführt hatte.

Und dann würde man beten müssen. Beten, dass dieser Zeuge sich an ein Detail erinnerte. An einen Telefonanruf, an ein Auto, das die junge Frau an einer Straßenecke erwartete, an einen Schatten, der in der dunklen Nacht herumirrte.

Es sei denn – aber Julia fiel es schwer, das zu glauben –, Fotograf und Mörder wären ein und dieselbe Person …

Sie schreckte hoch. Lorenzo hatte ihr die Hand auf den Arm gelegt.

»Was machen Sie da?«

»Ist alles in Ordnung?«, fragte der Fotograf besorgt.

»Ja, warum?«

»Ich weiß nicht. Sie sind ganz blass.«

44

WeBabar.

Wie kamen sie nur auf solche Namen? Der Hinweis auf den Comic bewies zumindest eines. Das Internetgeschäft zog ewige Jungendliche an, Haribokonsumenten und Nostalgiker, die sich in den Kokon ihrer Kindheit zurücksehnten.

Die Dekoration des Internetcafés illustrierte diese Realität. Bilder von Captain Future, Goldorak oder Captain Harlock hingen neben Candy, Casimir oder den Masters of the Universe. All diese Pappstars hatten einen Rahmen und hingen an einer rosa fluoreszierenden Jutesackleinwand. Der Effekt war gewollt: Die Textur erinnerte an die spinnennetzartigen Fasern von Zuckerwatte.

François schloss die Tür hinter sich. Es roch nach Zitrone und Honig. Angenehme Temperatur. Nach der Straße, der Kälte und den abgerissenen Gestalten, die beim Forum herumhingen, hatte der Laden etwas von einer Pappkartonversion des Garten Eden.

Drei Gäste beugten sich zu den Bildschirmen vor. Die anderen Computerplätze, mindestens dreißig auf zwei Reihen verteilt, waren unbesetzt. Hinten lümmelte ein junger Typ in einem durchsichtigen Wachhäuschen vor einer Spielkonsole herum.

Der Kommissar ging durch den Raum und klopfte mit dem Zeigefinger an die Scheibe. Der Typ, der drinnen saß, sah mit leeren Augen zu ihm auf. Das Gesicht unter den Rastalocken war völlig ausdruckslos, er schien gerade dem Bett entstiegen zu sein. Ein vages Lächeln. Mit einer weit ausholenden Handbewegung machte er dem Besucher klar, dass die meisten Computer frei waren. Bevor er wieder in seine Welt abtauchte, drückte François schnell seinen Ausweis gegen die Scheibe.

Die Pupillen der Molluske weiteten sich, sein Mund rundete sich. Er sagte etwas Unverständliches. François zeigte auf sein Ohr und zog die Brauen hoch. Dem anderen wurde das Offenkundige klar. Fünf Zentimeter Sicherheitsglas trennte sie voneinander.

Wie ein Insekt, das aus seiner Hülle schlüpft, entfaltete der Bursche sein Skelett. Groß, mager, eine Mondgestalt. Er kramte in seiner Tasche, holte einen flachen Schlüssel heraus und schloss auf. Mit dem Gang eines wandelnden Toten kam er auf François zu.

»Hallo.«

Ein Tonfall wie ein Aphasiker. Der Kommissar fragte ihn:

»Sind Sie hier verantwortlich?«

»Äh, nein...«

»Gibt es hier irgendwo einen, der verantwortlich ist?«

»Äh, nein...«

»Kümmert sich denn niemand um den Laden?«

»Doch, ich.«

François lächelte. Ein verkrampftes Lächeln, mit dem er seinen Ärger zu verbergen suchte.

»Fangen wir noch mal ganz von vorn an. Was ist Ihre Aufgabe hier?«

»Wartung.«

»Wovon?«

»Programmierfehler.«

»Ist das alles?«

»Oh, ja...«

»Sie machen nicht einmal die Kasse?«

»Gibt hier keine Kasse. Die Bezahlung geht online, über die Computer.«

»Warum sind Sie dann eingeschlossen?«

»Haben Sie sich nicht umgesehen draußen?«

Ein Dialog von Irren. François versuchte es mit einer Flanke:

»Eine Frau, zwischen fünfunddreißig und sechzig, die seit November regelmäßig hierherkommt. Immer sehr früh am Morgen. Letzte Woche war sie zum letzten Mal hier. Am fünfzehnten Januar um sieben Uhr dreißig, um genau zu sein. Sagt Ihnen das was?«

Ein Blick wie ein Bügeleisen.

»Ich arbeite nur nachts. Tagsüber bin ich nicht hier.«

»Aber jetzt sind Sie doch hier, oder?«

»Ja, in gewisser Weise...«

François fragte sich, ob dieser Pseudorastafari sich über ihn lustig machte. Aber nein. Er war nur völlig neben der Spur. Komplett abgedreht.

»Wer macht den Tagdienst?«

»Ludo.«

»Wo ist er?«

»Müde.«

Der Polizist konnte nicht umhin, ihn anzuraunzen:

»Ist der vom selben Kaliber wie Sie?«

Idiotisches Lächeln.

»Ah, nein, Ludo, der redet nicht so viel…«

Das wurde ja immer besser. François wollte die Sache schon auf sich beruhen lassen, als das Wunder geschah.

»Gehen Sie zu Manu dahinten. Der hockt rund um die Uhr vor der Kiste. Wenn Sie mich fragen, der hat kein Zuhause.«

Der Profiler deutete mit dem Kinn in die angezeigte Richtung. Vor einem der Bildschirme, ein wenig abseits, saß ein Fettleibiger und griff nach Herzenslust in die Tasten.

François ging zu ihm.

»Manu?«

»Was wollen Sie?«, grummelte er, ohne mit dem Tippen aufzuhören.

Der Mann war so um die dreißig. Nicht dick, sondern fett. Das Fett bildete wabernde Pakete unter dem T-Shirt, wie Gelatine, die bei jeder Bewegung ins Zittern geriet. Eine Trifokalbrille entstellte sein Gesicht, das noch dazu hinter einem dünnen Bart verschwand. Er hatte dichtes schwarzes Haar, das zu einem Pferdeschwanz zusammengebunden war. Zu seinen Füßen stand eine geöffnete Sportasche, randvoll mit Schokoriegeln.

»Ich bin von der Polizei. Ich möchte Ihnen zwei oder drei Fragen stellen.«

»Kann das ein paar Minuten warten? Ich muss das noch fertig machen.«

François nickte. Darauf kam es jetzt auch nicht mehr an. Auf dem Bildschirm war eine seltsame Kreatur zu sehen, eine

Mischung aus Gorilla und Robocop, die eine Armee von Männern mit Rabenköpfen mit Feuerkugeln beschoss. Die Kugeln kamen aus seinen Pfoten, mal rot, mal blau. Sie schossen den Feinden die Köpfe oder die Glieder ab oder zerfetzten sie … Das Schwert der Apokalypse in der Videospielversion.

Schließlich hob Manu zum Zeichen des Sieges die Hände.

»Yippieh!!! Mumra sollte man besser nicht ärgern.«

»Wen?«, fragte François.

Der andere drehte sich um, ein Kinderlächeln auf den Lippen, völlig erschöpfte Gesichtszüge.

»Mumra. Meinen Avatar. Ich bin seit zweiundsiebzig Stunden hinter diesem MMORPG her und …«

Er unterbrach sich.

»Was wollen Sie?«

»Ich brauche ein paar Informationen.«

»Über ein Online-Spiel?«

»Über einen Mord.«

Der Pottwal legte den Kopf schräg.

»Einen echten oder einen virtuellen?«

»So echt, echter geht's nicht.«

»Und da wollen Sie mich sprechen?«

Der Kommissar zog sich einen Stuhl heran und setzte sich zu Manu.

»Sie scheinen ziemlich viel Zeit hier zu verbringen, stimmt's?«

»Stimmt genau. Ich hab mir sogar schon überlegt, ob ich mir die Miete für meine Wohnung nicht sparen könnte.«

»Waren Sie am Dienstagmorgen hier?«

Der Spieler kratzte sich am Kopf.

»Ja. Seit dem Vorabend hing ich in einer Endlosschleife. Wir steckten fest bei einem Problem mit einem Artworks von DMC5, mit Hellgore, diesem Freak. Zwei Tage die volle Krise. Ein Gemetzel.«

»Ich suche eine Frau. Sie ist sehr früh gekommen. Viertel nach sieben. Sie ist mindestens fünfunddreißig, vielleicht auch älter.«

»Ist das die Killerin?«

»Antworten Sie mir bitte.«

»Nicht gesehen. Ich war aber auch voll abgetaucht.«

François rieb sich die Lider. Er sah den Dicken an und sagte dann mit müder Stimme:

»Geben Sie sich doch ein bisschen Mühe. Es ist sehr, sehr wichtig.«

Manu spürte, dass der Polizist verzweifelt war. Er machte ein ernstes Gesicht und versuchte, zwischen den verschiedenen Treibern, die bei ihm das Gehirn ersetzten, Verbindungen zu knüpfen.

Schließlich brachte er unter übermenschlicher Kraftanstrengung heraus:

»Ich war allein ... Es war noch dunkel ... Ludo war in seinem Kasten und hat geschlafen ... Ich saß an der Nummer sechs, da gleich bei der Tür ...«

François hing wie gebannt an seinen Lippen.

»Und?«

»Warten Sie! Ich konzentriere mich gerade.«

Ein paar Sekunden. Aufgeben oder Einsatz verdoppeln? Dann ein Hoffnungsstreifen am Horizont.

»Ey ... Ich erinnere mich da an was. Da war so ein Luftzug hinter mir. Und es roch nach Parfüm, aber voll krass.«

»Ist jemand hereingekommen?«

»Genau ...«

»Und Sie haben nicht hingeschaut?«

»Konnt ich nicht. Wegen dem Spiel. Hab nur das Parfüm gerochen. Diesel. Wie die Jeans. Ich hab meiner Schwester das gleiche geschenkt.«

Ein Duft. So flüchtig wie die Frau, die ihn trug. Da waren sie noch weit vom wunderbaren Fischfang entfernt. François fragte beharrlich weiter:

»Sie müssen doch irgendwas bemerkt haben! Einen Umriss, eine Haarfarbe, einen Kleiderstil!«

»Nichts, ich schwör's. Ich war voll im Fieber. Ich hab nicht mal gesehen, wie sie wieder verschwand.«

Game over. Natascha hatte sich wahrscheinlich den Moment, in dem sie die Nachricht losschickte, genau ausgesucht. Die Flaute, in der der Laden fast leer war. Sie wusste wahrscheinlich, wie es in der Bude zuging, und hatte das Risiko, erkannt zu werden, auf ein Minimum reduziert.

François kehrte zu dem Platz vor Les Halles zurück. Er fühlte sich ohnmächtig, ihm war hundeelend. Seit letzten Abend hatte er nichts in den Magen bekommen außer Xanax-Tabletten und zu starken Kaffee.

Er kaufte sich ein Croissant und aß es im Gehen. Um ihn herum kamen die Müßiggänger aus allen Löchern gekrochen und eroberten das Viertel. Anonyme, gestresste, verfrorene Gesichter. Vielleicht befand sich Natascha darunter. Die Gefährtin des Teufels. Genauso intelligent wie er, genauso pervers.

Sie hatte ihm nur ihr Parfüm preisgegeben. Modern, gerade sehr »in«, wahrscheinlich ihrem Image entsprechend. Ein fauler Trick, um den Schwefelgestank, der von ihr ausging, besser überdecken zu können.

45

Philippe Rieux.
45, Rue de la République.
Nichts.

Georges Netty.
12, Rue des Lices.
Auch nichts.

Raoul Duverger
57, Rue du Roi-René
Absolut nichts.

Nachdem sie eine Dreiviertelstunde völlig sinnlos verplempert hatte, nahm Julia die vierte Adresse in Angriff, die Lorenzo ihr gegeben hatte.

Jean Buffet.

23, Rue du Râteau.

Sollte sie wieder Pech haben, würde sie ihr Auto holen und das Stadtviertel verlassen müssen. Sechs weitere Profis standen noch auf der Liste. Vielleicht hatten sie Antworten parat.

Als sie die Tür zu dem Fotostudio öffnete, hatte Julia eine Vorahnung. Lucie war hier gewesen. Sie war über den dicken grauen Teppich gelaufen, sie hatte sich auf einen der Stühle aus bemaltem Holz gesetzt, hatte wahrscheinlich ein Glas Wasser bei dem Mineralwasserspender getrunken, der beim Fenster stand.

Der Mann empfing sie in einem kleinen Büro. Tweedweste, beigefarbener Rollkragenpullover und dazu noch ein schöner Schnurrbart. Er sah nicht gerade wie ein Killer aus. Eher wie ein schon etwas in die Jahre gekommener Hobbybauer.

Die Ermittlungsbeamtin schilderte die Sachlage. Er wartete gar nicht erst das Ende der Geschichte ab, sondern fiel ihr schon recht bald ins Wort.

»Diese junge Frau ist letzten Sonntag hier gewesen. So gegen sechzehn Uhr.«

Guter Anfang. Zumindest in diesem Punkt hatte ihre Intuition sie nicht getrogen.

»Sie war sehr aggressiv«, fuhr der Fotograf fort. »Ich denke mal, sie stand unter Drogen. Jedenfalls konnte ich ihrer Forderung nicht nachkommen.«

Das waren wieder drei Schritte zurück. Wer hatte Lucie denn dann fotografiert? Wer nur? Die junge Frau hakte weiter nach.

»Aus welchem Grund?«

»Ich war schon im Verzug. Am Sonntag entwickle ich die Hochzeitsfotos vom Samstag. Die Leute haben es heutzutage sehr eilig …«

Klare Antworten, altmodische Ausdrucksweise. Ein würdiger Vertreter der Handwerkszunft, ehrlich und aufrichtig, das Auslaufmodell des guten Familienvaters.

Trotzdem war Julia erstaunt.

»Hochzeiten? Ich dachte, Sie sind Modefotograf?«

Amüsiertes Lächeln.

»Wer hat Ihnen denn das erzählt?«

»Warum? Stimmt es denn nicht?«

»Ich mache Porträts. Das ist nicht ganz dasselbe.«

Lorenzo hatte die Wahrheit ein bisschen aufpoliert. Er war in derselben Lage wie die anderen auch und zog es vor, sich als was Besseres hinzustellen. Vor allem gegenüber einer Frau.

Sie fuhr fort:

»Haben Sie sie zu einem anderen Kollegen geschickt?«

»Konnte ich gar nicht. Ich bin der Einzige, der sieben Tage die Woche geöffnet hat.«

Wieder eine Sackgasse. Der jungen Frau pochte es vor Wut in den Schläfen. Sie schnellte von ihrem Sitz hoch, als der Fotograf bemerkte:

»Ich glaube, sie ist gleich über einen ihrer Bekannten hergefallen …«

Julia hielt in der Bewegung inne.

»Wie …«

»Sie war sehr wütend. Erst hat sie mich beschimpft. Als ich nicht reagierte, hat sie versucht, mich zu verletzen.«

»Wie denn?«

»Indem sie verächtlich über meine Arbeit herzog. In ihren eigenen Worten war ich ein ›Betrüger‹. Wie übrigens all meine Kollegen. Jeder x-beliebige Amateur wäre in der Lage, ihr ein Modelbook zu machen.«

»Wer denn? Hat sie jemand Bestimmten erwähnt?«

»Sie hat keinen Namen genannt, sondern einfach nur behauptet, da würde sie jetzt hingehen. Und sie hat noch hinzugefügt, dass sie sich keinen Zwang antun würde, zu sagen, was sie von mir hielte.«

Ein Amateur, den Lucie Barmont irgendwo in einem Winkel ihrer Galaxie ausgegraben hatte. Eine Person, die ihr nahe genug stand, um in letzter Minute um Hilfe gebeten zu werden.

Warum hatte sie nicht früher daran gedacht?

Julia verließ den Fotografen, ihre Gedanken überschlugen sich. Die Entfernung, die sie von dem Mörder trennte, war wieder ein Stück kleiner geworden.

46

»Hast du was zum Schreiben?«

»Sekunde.«

François sah eine geöffnete Terrasse auf der anderen Seite des Platzes. Er umrundete die Fontaine des Innocents und ließ sich auf einen leeren Stuhl fallen.

»Jetzt.«

»Dreizehnter Januar. L'Arrêt, zwölf, Allée Albert-Camus in Avignon.«

Élodies hohe Stimme hätte Glas zum Zerspringen bringen können. Die Spezialistin für die Telefonverbindungen hatte ihren Beruf verfehlt. Mit ihrem Talent hätte sie sich dem lyrischen Fach widmen sollen.

»Und danach?«

»Vierzehnter Januar. Le Clou, achtundneunzig, Boulevard Jean-Pain in Grenoble.«

Der Profiler schrieb alles mit. Seine von der Kälte klammen Finger brachten unentzifferbare Kritzeleien zu Papier.

»Und der Letzte?«

»Fünfzehnter Januar. Le Café de France, acht, Rue de la Font-Pinot in Limoges.«

François fragte sicherheitshalber:

»Wurden dabei auch tatsächlich Prepaidkarten benutzt?«

»Ja. Wie die von Natascha. Sie wurden immer nach demselben Schema benutzt.«

»Das heißt?«

»Die Verbindungen wurden nur mit der ersten Karte hergestellt, und zwar der, die in Châtillon gekauft worden war. Die anderen wurden nie miteinander verbunden.«

»Hast du die Tage und die Uhrzeiten?«

»Die variieren ziemlich. Aber es gibt immer einen Anruf vor dem Mord und einen danach. Ganz kurz. Zwischen fünf und sieben Sekunden.«

»Hast du die Hot Spots schon genauer bestimmen können?«

»Für wen hältst du mich? Jeder Anruf erfolgte in dem Umkreis, in dem die Karte, mit der er getätigt wurde, auch gekauft worden war.«

»Alles klar. Bleib bitte dran, ich brauch dich gleich noch mal.«

Der Kommissar schrieb die Informationen noch einmal ab. Im Geiste zog er schon seine Schlussfolgrungen daraus.

Erstens: Zwei der Karten waren weniger als zwanzig Kilometer vom Tatort entfernt gekauft worden. Wahrscheinlich vom Mörder. Ein einfacher und unauffälliger Weg, mit Natascha zu kommunizieren.

Zweitens: Dass die Anrufe vor und nach den Morden so kurz waren, legte den Schluss nahe, dass es sich um Signale handelte. Wahrscheinlich um das Signal, das die Morde auslöste, und um das Signal, das deren Durchführung bestätigte.

Drittens: Das letzte Verbrechen war in der Nacht vom sechzehnten auf den siebzehnten in Bagnolet verübt worden. Und an diesem Tag hatte es keinen Anruf gegeben. Auch hatten sie keine im näheren Umkreis gekaufte Karte gefunden. Es war einfach, daraus zu schließen, dass Natascha bereits vor Ort gewesen war. Bei ihm.

Viertens: Am fünfzehnten Januar war in Limoges eine letzte Karte gekauft worden. Der einzige Tag in dieser verrückten Serie, an dem keine Leiche gefunden wurde. Würde man noch eine vierte finden?

Er nahm das Gespräch wieder auf.

»Ich möchte, dass all diese Verbindungen abgehört werden. Was hast du bei den anderen Nummern gefunden?«

»Ich habe dir eine Liste der Anrufe erstellt, die im letzten Monat ein- und ausgingen. Du musst selbst eine Auswahl treffen. Ich kann dir bereits die Überschneidungen mitteilen, wenn du willst.«

»Leg los.«

»Justine Crémant hat den Anschluss in Châtillon am fünfzehnten Januar um dreiundzwanzig Uhr fünfzehn angerufen. Dauer des Anrufs: sechsundfünfzig Minuten und siebenundvierzig Sekunden.«

Länger als eine Analysesitzung. Jedenfalls lang genug, um eine Jugendliche in höchster Not zu manipulieren.

»Und die anderen?«

»Am dreizehnten Januar um zweiundzwanzig Uhr siebenundfünfzig. Lucie Barmont wurde über die in Avignon verkaufte Karte angerufen. Gesprächsdauer: achtundvierzig Sekunden.«

Jetzt hatten sie's. Der Mörder hatte Lucie am späten Abend direkt auf ihrem Handy angerufen. Er kannte sein

Opfer also persönlich und hatte Lucie überreden können, sich mit ihm zu treffen. Ohne es über Natascha laufen zu lassen.

»Gute Arbeit. Kannst du mir die Details über die Anrufe mailen?«

»Gib mir noch einmal deine Adresse. Dann schicke ich es sofort los.«

Der Kommissar teilte ihr seine Internetdaten mit und legte auf. Das Netz zog sich enger zu. Die weißen Steine, die der Mörder hatte fallenlassen, ließen so ganz allmählich einen Weg erkennen.

»Was kann ich Ihnen bringen?«

François sah auf. Eine junge, frierende Frau sah ihn an, ein Tablett in der Hand.

»Nein danke. Ich bleibe nicht.«

Er sprang von seinem Stuhl auf, überquerte im Sturmschritt den Platz. In seinem Kopf wimmelte es nur so von Ideen. Er hatte ein Gefühl von Macht.

Im Laufen nahm er sein Handy.

»Roger? Hier ist François. Störe ich dich?«

»Ich bin auf der Place Beauvau und habe genau fünfundfünfzig Sekunden, dann muss ich wieder ins Dricab-Büro zurück.«

»Wir haben vielleicht einen Mord übersehen.«

»Na, wenn's sonst nichts ist...«

»Ich habe gerade die Einzelheiten reinbekommen.«

Ohrenbetäubendes Schweigen.

»Erzähl!«

Der Profiler berichtete von Élodies Recherchen. Gegenwärtig gab es noch keinerlei Gewissheit, aber die Karte, die in Limoges gekauft worden war, war ein ernst zu nehmender Hinweis. Falls das stimmen sollte, konnte es auch sein, dass dieses Phantomopfer vergewaltigt worden war. In Anbetracht der Chronologie musste dieser Mord zwischen dem von Grenoble und dem von Bagnolet stattgefunden haben, wodurch die Annahme einer Symbolik der Wiedergeburt, die den Mörder antrieb, bekräftigt würde. Nach dem Bearbeiten des Feldes kam das Säen, schloss François.

Hénon wirkte nicht überzeugt.

»Dann wäre es ihm also deiner Meinung nach gelungen, seine Impotenz zu überwinden?«

»Vielleicht, ja.«

»Ich kann dir nur schwer folgen. Wenn der Kreis sich geschlossen hat, wieso hätte er dann ein weiteres Mal töten sollen?«

»Immer aus demselben Grund. Weil er nicht zufrieden war. Sein imaginäres Bild war wahrscheinlich nicht perfekt genug. Er wollte es noch einmal machen.«

»Und weil es schon wieder schiefging, hat er den Schädel der Kleinen in einem Wutanfall mal eben schnell zertrümmert oder was?«

»Möglich. Vielleicht haben wir nur seine Skizzen vor Augen. Was den Schluss nahelegen würden, dass er weitermachen wird.«

Der Polizeidirektor brummte etwas Unverständliches vor sich hin.

»Das sind doch alles nur Vermutungen. Mit Vermutungen kann man nichts Ordentliches anfangen.«

»Wir müssen uns um die jüngsten Vermisstenmeldungen in der Gegend um Limoges kümmern«, beharrte François. »Kannst du jemanden vor Ort kontaktieren?«

Hénon schimpfte.

»Ich kümmere mich darum und halte dich auf dem Laufenden.«

Der Leiter der Kripo hatte bereits aufgelegt. Dass er so angespannt war, war kein gutes Zeichen, auch nicht der Ort, an dem er sich befand. Die Ermittlung war festgefahren, die Bonzen im Ministerium wurden allmählich unruhig.

François atmete die frische Luft tief ein und machte noch einen weiteren Anruf.

»Julia, ich bin's.«

»Hallo.«

Der Polizist spürte die Anspannung.

»Ist alles in Ordnung?«

»Ich bin gerade ziemlich unter Druck. Was ist los?«

»Ich habe Neuigkeiten.«

»Natascha?«

»Unter anderem.«

Der Profiler schilderte ein weiteres Mal sein Gespräch mit Élodie. Dann legte er ihr dar, welche Schlüsse er daraus gezogen hatte. Die vielen Prepaidkarten, die Orte, an denen sie gekauft worden waren, die Verbindungsdaten: Damit wurde die These, dass es sich bei den Tätern um ein Paar handelte, durch weitere Fakten gestützt. Vor und nach jedem Mord hatte der Mörder Natascha kontaktiert. Außer in Bagnolet, was darauf schließen ließ, dass die Täter gemeinsam dort gewesen waren.

François erklärte auch, wie der Mörder Lucie in die Falle gelockt hatte. Diesmal hatte Natascha ihre Finger nicht im Spiel gehabt. Er hatte das selbst übernommen, wie vielleicht auch bei Pierre. Außerdem erzählte er von dem Kauf einer Karte in Limoges, was befürchten ließ, dass es noch ein Gemetzel gegeben hatte. Anschließend erläuterte er ihr seine These von den Skizzen, die vermuten ließen, dass der Mörder unzufrieden war und weitere Morde begehen könnte.

Julia reagierte nicht sofort. François hörte ihren Atem. Er nahm an, dass sie die Einzelheiten gerade auf ihre Weise in eine Ordnung brachte. Nach ein paar Sekunden war die Stimme der jungen Frau wieder zu vernehmen:

»Bravo!«

Sie schien sich nicht wohlzufühlen. Der Kommissar hatte es mal wieder geschafft, dass sie sich zurückzog.

»Ich kann dich nicht hören. Gibt es ein Problem?«

»Ja ... Ich bin das Problem.«

»Du oder wir?«

»Das ist doch eins.«

Dieses brutale Gefühl der Leere im Bauch. François hörte sich selbst fragen:

»Möchtest du, dass wir Schluss machen mit dem Ganzen?«

»Nein ...«

»Was dann?«

Er war lauter geworden. Passanten warfen ihm besorgte Blicke zu. Wahrscheinlich glaubten sie, einen Verrückten vor sich zu haben, der ganz allein mitten auf der Straße Selbstgespräche führte.

»Unsere Beziehung ist nicht sehr ausgeglichen«, bemerkte Julia.

»Wo liegt das Problem? Findest du mich zu alt?«

»Ach, hör doch auf mit dem Blödsinn ...«

»Was stört dich dann? Ich versteh's nicht.«

»Du hast mehr Erfahrung als ich. Du bist der bessere Polizist. Ich weiß, das ist bescheuert, aber ich komme damit nicht klar.«

Tief einatmen. Die richtigen Worte finden. Sie beruhigen.

»Warum sagst du so was?«

»Du siehst sofort, worauf es ankommt. Ich dagegen greife ständig daneben.«

Die letzten Stunden dürften schwierig für sie gewesen sein. François lehnte in einem Einfahrtstor und versuchte, sie zum Reden zu bringen.

»Na, dann erzähl mal. Und vergiss bitte nicht, dass ich auf deiner Seite bin.«

Ein paar Sekunden lang blieb sie noch stumm, bockig, wie vorhin auch schon. Dann fasste die junge Frau sich ein Herz.

»Es hat überhaupt keine Esoterikmessen gegeben. Weder in Avignon noch in Grenoble. Natascha hat nie auch nur einen Fuß dorthin gesetzt. Du hast nur drei Telefonate gebraucht, um das herauszufinden.«

»Entschuldige, aber ... ich hatte den Eindruck gehabt, du hättest das auch verstanden.«

»Du begreifst das nicht ... Das war meine Idee gewesen. Ich hab mir das eingebildet. Und es war alles falsch.«

»Du hast dir Mühe gegeben«, entgegnete François. »Genau das macht den guten Polizisten aus. Alle Möglichkeiten ins Auge fassen, auch die absurdesten. Und dann überprüfen. Du hast nicht danebengelegen. Du hast eine Option gestrichen.«

»Für dich ist das leicht, du ...«

»Julia, so ein Blödsinn ... Wir befinden uns hier nicht in einem Wettstreit. Ohne dich wären wir nie so weit gekommen.«

Das Argument zog offenbar.

»Denkst du das wirklich?«

»Natürlich nicht! Ich wollte nur mit dir zusammenarbeiten, weil ich dich für geistig zurückgeblieben halte.«

Marchand konnte Julias Lächeln geradezu hören. Sie kam wieder ein Stück weit auf ihn zu. Das war der passende Moment, ihr seine Anerkennung zu zeigen.

»Hattest du nicht vorgehabt, mal in so eine Modelagentur reinzuschnuppern?«

»Hab ich auch gemacht.«

»Und?«

»Lucie musste noch am Mordabend Fotos machen lassen. Für ein Casting, ein Modelbook ... Das war offenbar wahnsinnig eilig.«

Diese Neuigkeit brachte eigentlich nichts wesentlich Neues. Sie erklärte nur, was die junge Frau bis Mitternacht getrieben hatte.

»Hast du den Fotografen vernehmen können?«

»Dazu muss ich ihn erst mal finden.«

»Hat die Agentur dir denn nicht seine Adresse gegeben?«

»Doch, aber das war nicht der Richtige.«

Der Profiler lief jetzt wieder ein Stück.

»Was soll das heißen?«

»Die beiden haben sich in die Haare gekriegt. Dann ist sie zu einem anderen gegangen, der hatte aber keine Zeit. Sie hat ihn zum Teufel gejagt und ihm gesagt, sie würde sich die Fotos woanders besorgen. Sie würde da jemanden kennen. Einen Hobbyfotografen, der die Fotos genauso gut machen würde, ohne auch nur einen Cent dafür haben zu wollen.«

»Und weißt du, wer das gewesen ist?«

»Nein ...«

Gleich würde sie erneut einschnappen. François merkte, dass er schon wieder diesen Befehlston angeschlagen hatte. Er musste zurückrudern.

»Du hast gute Arbeit geleistet. Den finden wir schon.«

»Wie denn? Dieses Mädchen ist einfach immer wieder für eine Überraschung gut.«

Da hatte sie nicht unrecht. Seit Beginn ihrer Ermittlungsarbeit im Fall Lucie hatte sie zehnmal das Gesicht gewechselt. Aber jetzt hatte der Kommissar einen Joker in der Hand.

»Um wie viel Uhr hat sie den letzten Fotografen verlassen?«

»Nicht später als sechzehn Uhr.«

»Und das war auch in etwa der Zeitpunkt, zu dem sie versuchte, ihren Freund zu erreichen.«

»Ja, wahrscheinlich ...«

Stille. Dann schrie Julia fast:

»Mensch, sind wir blöd! Die Anrufliste!«

»Drück mir die Daumen und gib mir fünf Minuten.«

François legte auf. Er ließ die Icons auf dem Bildschirm seines Laptops vorbeimarschieren und ging ins Internet. Eine ungelesene Mail wartete im Posteingang. Eine kleine Mitteilung von Élodie und zwei angehängte Dokumente. Er öffnete das mit dem Namen Lucie Barmont. Eine lange Datenreihe, gefolgt von Zahlen.

Dreizehnter Januar 2009. Gerade mal fünf Telefonate über den Tag verteilt. Ein einziges innerhalb des Zeitfensters. Um 16 Uhr 12. Danach nichts, bis zum Anruf des Mörders.

François wählte sofort die Nummer, ein Festnetzanschluss. Sofort schaltete sich ein Anrufbeantworter ein.

»Guten Tag, dies ist der Anschluss von Gérald und Maxime Galthier. Wir sind gerade nicht zu Hause. Hinterlassen Sie bitte eine Nachricht. Danke.«

Er hielt die Luft an. Galthier. Schon wieder.

Und schon war die Logik wieder am Werk. In diesem Augenblick hatte sie nämlich keinen Grund gehabt, ihn anzurufen. Sie wusste ja nicht, dass er der Léo von Meetic war, der Freier, den sie eine Stunde später in einem Café in Châteaurenard treffen sollte.

Allmählich tauchten immer mehr Erinnerungsbruchstücke auf. Die Wagen mit Vierradantrieb, die das Objektiv in voller Geschwindigkeit eingefangen hatte. Ein Fotoapparat auf der Ecke des Tischs. Zwei unscheinbare Sätze, die das Gespräch in Gang bringen sollten.

»Fotografierst du?«

»So'n bisschen.«

»Hast du die Geländewagen aufgenommen?«

»Ja ...«

»Ich habe einen Touareg.«

»Cool.«

Maxime.

Galthiers Sohn.

Der Jugendliche, der fast eine Wohngemeinschaft mit Lucie gegründet hätte, während ihr Vater sie besprang.

Ihn hatte sie angerufen. Er war zu Hause gewesen und mitten in der Nacht an einem Sonntagabend mit ihr nach draußen gegangen, um von dem angehenden Model Fotos zu schießen.

Warum hatte er ihnen nichts davon gesagt?

47

François sammelte seine Gedanken.

Maxime. Unglaublich. Der Bursche hatte ihn an der Nase herumgeführt. Er hatte sich still und heimlich davongestohlen, sobald sein Vater zu schnarchen anfing. Diese kleine Flucht an sich war noch zu rechtfertigen. Ein junges, attraktives Mädchen, das wusste, wie man die Sache anstellte … ein Jugendlicher mitten im Hormonschub konnte da nicht lange widerstehen.

Aber warum diese Lüge? Der Profiler fand keine Erklärung.

Die Räder des Airbusses trafen auf den Asphalt. Aufheulendes Triebwerk. Vibrierender Rumpf. Ende der Überlegung.

Zehn Minuten später traf François in der Halle des Flughafens Marseille-Marignane auf Julia. Sie warf sich in seine Arme und küsste ihn. Die Wärme ihres Atems. Die elektrisiernde Berührung ihrer Zunge. Einen kurzen Moment lang war alles wie in Watte gepackt.

Sie flüsterte ihm ins Ohr:

»Das tut gut …«

Er drückte sie an sich und merkte kaum, was er tat. Das Glück beherrschte alles, auch wenn ein leichtes Fremdheitsgefühl mitschwang.

Dann trat sie einen Schritt zurück.

»Gute Reise gehabt?«

»Ich hab die ganze Zeit geschlafen.«

»Du bist hundemüde. Pass auf, man sieht dir das allmählich auch an.«

»Du musst dich eben um mich kümmern.«

Zustimmendes Lächeln.

»Das Auto steht vorn. Es ist nicht so bequem wie der Touareg, aber da kannst du dein Mittagsschläfchen fortsetzen.«

Sie gingen zu dem zivilen Polizeiwagen, einem 306er, der auf dem Autoparkplatz quer geparkt stand. Julia setzte sich ans Steuer. Sie fuhr los, während François den Sicherheitsgurt anlegte.

»Fahren wir zu ihm nach Hause?«, fragte der Kommissar.

»Besser, wir fangen ihn vor dem Gymnasium ab. Ich hab schon angerufen. Die Schulstunden sind um siebzehn Uhr zu Ende.«

Marchand sah auf die Uhr – sechzehn Uhr fünfzehn.

»Schaffen wir das?«

»Vertrau auf Schuhmacher. Und jetzt ziehst du mal den Stecker raus und schläfst ein wenig.«

Er sah sie zärtlich an. Sie schien sehr an ihm zu hängen. Obwohl für Gefühle bei ihm nicht viel Platz war, obwohl er sich so zögerlich verhielt, obwohl er diesen Irrsinnsjob hatte, der alles noch komplizierter machte. Mit dieser Erkenntnis kam die Entspannung. Er schlief ein und stellte sich vor, wie er mit ihr von seinem Wohnzimmer aus auf die Seine blickte, in dem Leben, das sie eines Tages haben könnten.

Ein schrilles Klingeln. Köpfe, die in alle Richtungen davonstoben. Menschentrauben auf den Gehsteigen und verstopfte Straßen. Schulschluss im Zentrum von Avignon, ein wüstes Gerangel.

François prüfte mit Scannerblick die Schülerschar. Sie stürmten aus den Hof wie ein wütendes Heer. Handy, MP3-Player, Kippen, alles, was in den Taschen geschlummert hatte, fand den Weg an die frische Luft. Eine Kakophonie brandete an das Trommelfell und übertönte sogar noch den Verkehrslärm.

Der Profiler entdeckte den jungen Mann. Er entfernte sich aus dem Gedränge, Tasche über der Schulter, ruhiger Schritt. Kurz darauf machte er vor einem Scooter Halt und schloss die Kette auf.

François stellte sich breitbeinig vor ihn hin.

»Hallo, Maxime. Können wir dich mal einen Moment sprechen?«

Leichte Beunruhigung, als er den Kommissar erkannte.

»Ist es wieder wegen meinem Vater?«

»Nein«, antwortete François ruhig.

»Was ist passiert?«

»Folge uns. Im Wagen ist es nicht ganz so kalt.«

François setzte sich mit ihm auf den Rücksitz. Julia saß vorn und hatte sich nach hinten umgedreht. Weil es so eng war, herrschte in dem Auto eine merkwürdig intime Atmosphäre.

Der Kommissar kam sofort zur Sache:

»Warum hast du mich angelogen?«

»Was meinen Sie?«

»Das weißt du ganz genau.«

»Nein… Ehrlich nicht.«

Marchand legte ihm den Arm um die Schultern.

»Du hast mir gesagt, du wärst an dem Abend, als Lucie ermordet wurde, zu Hause gewesen. Mit deinem Vater.«

»Stimmt…«

»Aber Lucie hat dich am Nachmittag angerufen, und ihr habt euch für nach dem Abendessen verabredet.«

Er tat überrascht. Was total gespielt war.

»Na, das ist ja wohl ein Ding …«

Der Profiler zog die Liste der Telefonverbindungen aus der Tasche.

»Schau her. Das ist doch deine Nummer, oder nicht?«

Maxime schaute sich die unterstrichenen Zahlen an. Jetzt sah er schon ein wenig ängstlicher aus.

»Ach ja, ich erinnere mich. Sie hatte mich auf dem Festnetz angerufen, weil sie meine Handynummer verloren hatte.«

»Jetzt komm mir nicht mit deinem Handy. Ich will nur von dir wissen, warum sie sich mit dir treffen wollte.«

»Weiß nicht mehr. Nur so zum Reden.«

François seufzte tief.

»Okay … Verplempern wir nicht länger unsere Zeit. Sie brauchte ein neues Book, und du warst der Einzige, der ihr eines machen konnte. Ist das richtig so?«

»Was?«

Er sperrte sich noch. Der Polizist versuchte es mit Bluffen.

»Vor dem Anruf bei dir hat sie mehrere Fotografen um Hilfe gebeten. Keiner hatte Zeit. Sie hat ihnen klargemacht, dass sie gut auf sie verzichten könne. Und weißt du, warum? Weil sie einen Kumpel hatte, der super Fotos macht.«

»Sie meinen mich?«

»Genau dich.«

»Ich bin nicht der einzige Hobbyfotograf.«

»Vielleicht. Aber sie hat deinen Namen genannt.«

Das war der Fangschuss. Maxime war auf seiner Sitzbank in sich zusammengesunken.

»Ich … Ich hab nichts getan.«

»Niemand macht dir hier irgendeinen Vorwurf. Du musst es mir nur erklären.«

Der Jugendliche versuchte, mit Julia Blickkontakt aufzunehmen. Suchte ihren weiblichen, mütterlichen Schutz in stürmischer Nacht. Sie lächelte ihn aufmunternd an.

»Lucie wollte, dass wir uns bei ihr treffen«, sagte Maxime. »Mein Vater hätte mich an einem Sonntagabend niemals rausgelassen. Ich musste warten, bis er schläft.«

»Wie spät war es da?«

»Halb elf. Wir haben etwa hundert Aufnahmen gemacht. Bis Mitternacht.«

»Und danach?«

»Ich hab nicht mit ihr geschlafen, falls Sie das meinen. Außerdem war ich sauer auf sie ... Als sie mich anrief, erzählte sie mir noch, dass ... Ach was, egal. Ich hab meine Fotosachen eingepackt und bin wieder nach Hause gegangen.«

»Und das ist alles?«

»Ja ...«

»Warum hast du das nicht früher gesagt?«

»Ich hatte total Schiss ...«

»Weswegen?«

»Na ja, wegen dem Mord ... Ich hatte sie ja gesehen. Sie hätten doch denken können, ich wär's gewesen.«

François schaute sich den Jugendlichen genau an. Er hatte schreckliche Angst gehabt. Könnte schon stimmen. In dem Alter dreht man schnell ein bisschen durch.

Der Polizist kam auf den wesentlichen Punkt zurück:

»Hat Lucie einen Anruf bekommen, als du bei ihr warst?«

»Ich weiß nicht ...«

»Denk gut nach, mein Großer. Das ist fundamental wichtig.«

Der junge Mann konzentrierte sich. Vor Anspannung zuckte es wild in seinem Rattengesicht.

»Jetzt fällt's mir ein ... Wir hatten noch nicht angefangen. Ich war noch beim Einstellen der Beleuchtung. Ihr Handy hat geklingelt.«

»Hat sie abgenommen?«

»Ja.«

»Erzähl.«

»Ich hab nichts verstanden. Sie hatte sich umgedreht.«

Eine Sackgasse. Schon wieder. Der Mörder war da, man konnte bereits seinen Atem spüren, aber man konnte ihn nicht fassen.

Julia ergriff das Wort. Seit Beginn der Befragung hatte sie den Mund noch nicht aufgemacht und Maxime nur beobachtet.

»Kannst du mir ein bisschen von deinen Fotos erzählen?«

Stille. Als traue der Bursche dem Ganzen nicht so recht.

»Was wollen Sie denn wissen?«

»Digital oder auf Film?«

»Digital.«

»Solltest du Abzüge machen?«

François sah sie eindringlich an. Worauf wollte sie hinaus?

»Nein«, antwortete er. »Lucie wollte sie gleich der Agentur mailen.«

»Hast du sie auf ihren Computer überspielt?«

Schweigen. Dann eine zögerliche Antwort.

»Ich weiß nicht mehr genau ... ich glaube, ich hatte kein USB-Kabel. Wahrscheinlich habe ich ihr die Speicherkarte gegeben.«

Julia sah ihn unentwegt an.

»Konnte sie die denn lesen?«

»Ich denk schon. Ich hab nicht nachgefragt.«

Die junge Frau lächelte wieder.

»Danke, Maxime. Das hast du super gemacht.«

Sie sagte zu François:

»Kann ich mal kurz mit dir reden?«

Der Kommissar nickte. Er öffnete die Autotür zur selben Zeit wie sie.

»Der hält uns zum Narren«, erklärte Julia.

»Meinst du?«

»Der verschaukelt uns. Erst erzählt er uns Märchen, was

dieses Treffen angeht. Dann sagt er, er habe kein Kabel gehabt, um die Fotos zu überspielen. Für so einen fixen Kerl ist das etwas merkwürdig. Und wie ist es zu erklären, dass wir bei Lucie keine Speicherkarte gefunden haben?«

»Sie trug sie vielleicht bei sich?«

»In ihren Taschen wurde nichts gefunden, als man die Teile zusammengetragen hat. Und denk doch mal nach. Warum hätte sie sie mitnehmen sollen? Um dem Mörder ihr Modelbook zu zeigen?«

François stützte sich auf der Karosserie ab. Das waren zwar erstaunliche Dinge, die Julia da anführte, aber sollte man gleich Beweise daraus machen? Und Maxime war bestimmt nicht an dem Gemetzel beteiligt gewesen.

Er spürte eine Welle in seinem Rücken. Als habe das Metall des Autos plötzlich eine andere Spannung bekommen. In dem Moment riss Julia die Augen auf.

»O Mist! Der macht sich vom Acker!«

Der Kommissar fuhr herum.

Maxime rannte zu seinem Scooter.

48

»Nimm das Auto! Schalte dein Navi ein! Er wird versuchen, über die Porte de la Ligne abzuhauen!«

Ohne die Antwort abzuwarten brüllte Julia:

»Maxime! Bleib stehen!«

Völlig sinnlos. Der Jugendliche hatte bereits seinen Helm aufgesetzt und legte einen Blitzstart hin.

Die Polizistin rannte los. Sie trug Sportschuhe und war top in Form, daher standen ihre Chancen besser als die eines müden Mittvierzigers. Und sie hatte noch einen Vorteil vor François: Sie kannte die Gegend.

Schnell peilte sie die Lage.

Nachteil: Dreißig Meter trennten sie noch von dem Flüchtenden, kein Läufer konnte es mit einem Roller aufnehmen.

Vorteil: Viele Leute in der Stadt. Der Scooter würde Probleme haben, sich zwischen den Passanten hindurchzuschlängeln.

Oberste Pflicht: Ihn auf keinen Fall aus den Augen lassen.

Maxime bog nach rechts ab. Fünf, sechs Sekunden lang hatte sie ihn nicht mehr im Blick. Ihr einziger Anhaltspunkt war das scheppernde Geräusch des Auspuffs. Julia stürmte in die Rue de l'Amelier. Läden, Verkaufsstände, schwarz vor Menschen. Sie suchte die Menge ab. Nichts. Dann ein gelber Punkt, etwa fünfzig Meter weiter. Der Helm.

Sie rannte los, rempelte gegen Schultern, stieß mit anderen zusammen, wich ihnen aus. Die Verfolgungsjagd bekam etwas von einem Hindernislauf. Ihr Zielpunkt war der Farbfleck, der sich im Zickzack durch den Sturm bewegte.

Dann plötzlich nichts mehr. Eine Woge anonymer Blicke, die sie besorgt anstarrten. Sie rannte weiter. Ihr Herz pumpte, sie keuchte.

Eine Kreuzung. Drei Möglichkeiten. Mist! Sie spitzte die Ohren. Da vorn. Ja. Er nahm den einzig möglichen Weg. Er fuhr nach Norden auf die Porte de la Ligne zu.

Die junge Frau rannte wieder los. Holte weit aus, hielt den Rücken gerade, kontrollierte ihre Atmung. Sie begann die Situation aufregend zu finden. Ihre Schläfen pochten, das Jagdfieber ließ sie erschaudern.

Eine neue Straße. Lächeln. Keine zehn Meter vor ihr ein Menschenauflauf. Jemand lag am Boden. Maxime, der seinen Scooter nur mit Mühe wieder auf die Räder bekam.

Julia streckte ihren Ausweis vor und schrie:

»Polizei! Haltet ihn!«

Zwei Männer stürmten los. Nicht schnell genug. Der Flüchtende war ihnen schon entwischt.

Sie rannte wieder los. Der Roller startete voll durch, die Leute sprangen auseinander. Rue Vieuneuve. Rue de la Forêt. Rue Saint-Joseph. Vor ihr das Motorengeknatter, immer leiser.

Ohnmachtsgefühle. Wut. In weniger als zwei Minuten würde er die Autobahn erreichen.

Keine Panik. Maxime fuhr direkt in die Falle. Die Polizistin holte ihr Handy heraus.

»François! Wo bist du?«

»Ich weiß nicht. Auf einer großen Avenue.«

»Hast du dein Navi nicht eingeschaltet?«

»Doch, aber das hat mich in die falsche Richtung geschickt.«

»Siehst du den Fluss?«

»Nein. Ich habe die Festungsmauern auf der Linken.«

Elendes Scheißteil. Der Satellit hatte ihn offenbar außen herum geschickt, auf die Ringstraße.

»Fahr weiter geradeaus. Dann kommst du zur Porte de la Ligne. Fahr in den Festungsmauerring hinein. Ich treibe ihn in deine Richtung.«

Handy zugeklappt. Weit vor ihr, sehr weit, das schrille Aufjaulen des Rollers.

Beschleunigung. Julia spürte, wie sie Flügel bekam.

Letzte Kreuzung. Letzte Zielgerade. Eine schöne, von massiven Gebäuden gesäumte Straße, und am Horizont ein Steinbogen aus der galloromanischen Epoche. Auf der Linie die Gestalt des über seinen Lenker gebeugten Jugendlichen. Maxime war als Geisterfahrer unterwegs. Wie ein Akrobat fuhr er im Slalom durch die Autoreihen. Noch über zwanzig Meter, dann lockte die Freiheit. Und es war immer noch kein Autoscheinwerfer in Sicht.

In einem Anfall von Wut legte Julia einen Sprint hin. Ihre Muskeln brannten wie Feuer. Sie spürte, dass ihre Lunge nicht mehr lange durchhalten würde.

Zehn Meter. Der Roller würde ihr entkommen. Dann wäre alles vergebens gewesen…

In dem Augenblick, als er die Porte erreichte, wurde die Landschaft von blauen Lichtblitzen zerhackt. Wie ein Echo hallte die Polizeisirene von den Wänden des Bogens zurück. Der 306er tauchte auf und bremste mit quietschenden Reifen.

Mehrere Bilder fielen Julia auf. Der Scooter, in einem eigenartigen Winkel, der Lenker ein paar Zentimeter über dem Asphalt. François, der mit der Waffe in der Hand aus dem Auto sprang. Rundherum entgeistert blickende Passanten.

Eine Sekunde lang stand die Zeit still. Der Jugendliche stellte seine Maschine wieder auf. Er lenkte das Fahrzeug nach links ins Blumenbeet. Erde wurde hochgeschleudert, ein Regen von Blumenblättern.

Mit voll aufgedrehtem Motor machte er einen Bogen um den 306er und fuhr durch die Ringmauer.

49

Neuer Blickwinkel.

Eine Fahndung wurde eingeleitet, Straßensperren wurden errichtet, Bahnhöfe und Flughäfen überwacht.

Die Verfolgungsjagd begann.

Diese lustigen Spielchen hatte François Devaux überlassen. Erst hatte der Cowboy getobt, dann wurde ihm durch einen Anruf aus Paris ein Maulkorb verpasst. Gleich darauf ergriff Hénon die Gelegenheit beim Schopf und stellte erst einmal ein paar Dinge klar: Hier handle es sich um eine komplexe Angelegenheit, drei Morde in drei verschiedenen Städten, verübt von einem Serientäter. Der Polizeidirektor zähle nicht nur auf die Diskretion der Einheiten vor Ort, sondern auch auf deren Zusammenarbeit. Ab jetzt übernehme Marchand offiziell die Leitung der Operationen.

Der Profiler hatte den Löwenanteil aufgebrummt bekommen. Die Analyse der Anrufe, die Maxime getätigt hatte, das Abhören seines Telefonanschlusses und die Durchführung einer Hausdurchsuchung. Nachdem er die Rückverfolgung der Telefonverbindungen bei der Kripo Nanterre in Auftrag gegeben hatte, machte er sich auf den Weg zu dem Jugendlichen nach Hause. Julia begleitete ihn, keiner hatte etwas dagegen einzuwenden gehabt.

Sie parkten vor dem Einfamilienhaus. Kein Mégane in Sicht. Und ein Scooter schon gar nicht. François klingelte auf gut Glück. Keiner da. Bestimmt ging Galthier jetzt wieder zur Arbeit, nachdem man ihn aus dem Polizeigewahrsam entlassen hatte.

Sie betraten das Haus, hatten ein unangenehmes Gefühl dabei, als wäre ein Albtraum in eine Endlosschleife geraten. Drei Tage zuvor war François über dasselbe Parkett gegangen, hatte sich auf dasselbe rehbraune Sofa gesetzt und denselben Geruch nach allzu frischem Holz gerochen. Damals war er hinter dem Vater her gewesen. Alles machte ihn verdächtig, er hätte gut und gerne ein Killer sein können.

Jetzt ergab nichts davon mehr einen Sinn.

Die Fährte führte zu einem Jugendlichen, dessen Schuld unwahrscheinlich erschien. Zu viele Parameter liefen dieser Hypothese zuwider. Zunächst einmal sein Alter. Das perverse Konstrukt, das der Mörder sich ausgedacht hatte, konnte nur von einem Erwachsenen stammen. Dann der Wohnort. Ein *cross killer* tötet nie in der Nähe des eigenen Zuhauses, und wenigstens eines der Opfer wohnte in seiner Stadt. Außerdem hätte er niemals nach Avignon, Grenoble, Bagnolet und vielleicht auch Limoges fahren können, nur mit einem Scooter. Und noch dazu in weniger als vier Tagen!

Selbst wenn er den Zug genommen hätte ... wie hätte er das Material transportieren sollen?

Und dann gab es da diesen Anruf bei Lucie gegen dreiundzwanzig Uhr. Die Verbindung war über eine Prepaidkarte zustande gekommen, wahrscheinlich über die, die der Mörder gekauft hatte.

Und dennoch ...

Alles, was Maxime sagte und tat, machte ihn verdächtig. Dass er nicht einmal eine Stunde vor dem Mord mit dem jungen Mädchen zusammen gewesen war, die Lügen, seine Flucht ....

Für François ließ sich das alles durch eine Hypothese erklären. Eine Hypothese, der Julia keinen Glauben schenkte, die ihm aber tragfähig erschien: Maxime war ein Komplize. Er war bei dieser Jagd vielleicht nur der Treiber, genau wie Natascha in Paris.

Sie liefen nach oben in den ersten Stock. François ging langsam, nahm die Atmosphäre in sich auf. Ruhig, sauber, gesund. Rechts hinter dem Treppenabsatz lag Maximes Zimmer. Bei ihrem Besuch hatten die Kollegen von der Regionalabteilung der Kripo sich darum überhaupt nicht gekümmert. Oder nur ganz oberflächlich. Damals hatte es noch keinen vernünftigen Grund für eine Durchsuchung gegeben.

Sie betraten die Höhle des Jungen. Es roch immer noch nach kaltem Tabak. Die Zugmodelle standen in den Regalen aufgereiht, glänzendes Plastik, silbriges Chrom. Der Profiler sah sich die Autoposter genau an. Wundervolle, wie lebendig wirkende Aufnahmen. Maxime hatte Talent, daran gab es keinen Zweifel. Da war es nicht verwunderlich, dass Lucie ihm vertraut hatte.

»Womit fangen wir an?«

Julia sah ihm in die Augen. Die letzten Stunden hatten ihr Selbstvertrauen gegeben. Sie war schön, mit ihren zerzausten Haaren und dem kantigen Gesicht.

»Das Schlafzimmer«, antwortete der Kommissar. »Um den Computer kümmern wir uns später.«

Sie machten sich an die Arbeit. Da sie nicht wussten, wonach sie suchen sollten, gingen sie systematisch vor. Julia nahm die Schränke in Angriff, während François sich den Schreibtisch vornahm. Ohne jede Ordnung lagen Schulhefte, Schulbücher und Fotozeitschriften aufeinandergestapelt. Der Polizist blätterte den Terminkalender des jungen Mannes durch, ohne etwas zu finden.

Julia schien es nicht besser zu ergehen. Sie öffnete die Hängeschränke, erforschte jeden Winkel, klopfte die Wände ab. Dann sah sie unterm Bett nach, hob die Matratze hoch, untersuchte den Lattenrost. Ebenso ergebnislos. In weniger als einer Viertelstunde hatten sie alle potenziellen Verstecke überprüft.

Dem Polizisten kamen Zweifel. Und wenn sie auf dem Holzweg waren? Wenn Maxime sich nichts vorzuwerfen hatte?

»Er macht uns die Dinge nicht leichter«, bemerkte Julia.

»Das hier ist nicht gerade der Knüller.«

»Schaust du dir mal den Computer an, oder soll ich das machen?«

François saß bereits vor dem Bildschirm. Er konnte es kaum erwarten, der Sache auf den Grund zu gehen.

»Ich kümmere mich darum.«

Kein Passwort. Eine merkwürdige Startseite. Eine Figur aus einem Japan-Comic nahm den ganzen Raum ein, ein junges Mädchen mit Rehaugen in einer Kombi aus Metall. In der Hand hielt sie einen Menschenkopf, aus dem das Blut in Strömen floss. Nichts in ihrem Blick ließ erkennen, wie grausam diese Situation war. Er wirkte neutral, leer, gleichgültig. Nur die Legende sprach eine deutlichere Sprache. In roten, schleimigen Lettern, die provozierend aufblinkten: FUCK.

»Netter Appetithappen«, sagte die junge Frau ironisch.

François verscheuchte das Unbehagen, das ihn überkam, und sah sich die Festplatte an. Viele Fotos. Ganze Alben, nach Themen geordnet: Autos, Motorräder, Monumente... Wofür ein stinknormaler Jugendlicher sich eben so begeisterte. Auffällig war allerdings, dass es keinerlei Aufnahmen von Lebewesen gab. Keine Tiere, keine Menschen. Maxime schien sich nur für Stillleben zu begeistern.

Dann, nach einer ganzen Reihe griechischer Statuen, plötzlich etwas anders. Das Bild, das François betrachtete, hatte mit den vorangegangenen nichts gemein. Ähnlich wie in dem Spiel: »Was passt hier nicht dazu?« Auf dem Foto war eine vollkommen nackte, an ein Kreuz gebundene Frau zu sehen. Sie hatte grässliche Schnitte in Schenkeln, Armen und Oberkörper. An manchen Stellen war das Fleisch tief herausgeschnitten worden, wodurch dunkle Aureolen um gelbliche Löcher geschaffen wurden. Daneben stand, damit einem auch nichts von dem Schauspiel entging, ein als mittelalterlicher Henker verkleideter Mann. In seiner Hand hielt er eine riesige Zange, mit der er eine Brust abriss.

Etliche Sekunden fühlte sich der Polizist außerstande, den Blick abzuwenden. Auch Julia starrte völlig entsetzt auf den Bildschirm. Was sie da sahen, hatte etwas Irreales. War wie die Trickaufnahme in einem Horrorfilm.

Er klickte die nächsten Fotos an. Geleckte Bilder, fast schon Postkartenmotive: der Wagenlenker von Delphi, die Aphrodite von Praxiteles, die Nike von Samothrake...

Dann wieder das Unsagbare. Diesmal ein Mann mit halb durchschnittener Kehle, der versuchte, das Blut zurückzuhalten, das ihm pulsierend aus dem Hals schoss. Der Kopf war leicht nach hinten geneigt und gab den Blick auf einen tiefen Schnitt frei.

Der Profiler klammerte sich an die Tastatur. Weitere

Fotos folgten, ein Wechsel von heiß nach kalt, von der Normalität zum Wahnsinn. Als er die Maus wieder aufs Pad legte, bemerkte er, dass seine Hand zitterte.

»Bist du jetzt überzeugt?«

Julia hatte die Frage mit tonloser Stimme gestellt. François antwortete nicht sofort. Nach dem Schock fühlte er sich völlig kraftlos. Dann kam allmählich wieder Ordnung in seine Gedanken.

»Es ist nicht sicher, dass das echt ist.«

»Was macht das für einen Unterschied? Man muss völlig verrückt sein, um solche Horrorbilder zu sammeln.«

Der Profiler hatte nur halb zugehört. Alles in ihm sträubte sich dagegen, suchte nach einer vernünftigen Erklärung. Maxime hatte morbide Neigungen. Kein Zweifel. Hatte er einen Deal mit dem Killer gemacht? Hatte er Fotos von der Szene geschossen, während der andere sich nach Herzenslust austobte?

Die Suche ging weiter. Sie würden tiefer graben müssen. Immer tiefer. Bis sie die Erklärung finden würden.

Er ging ins Internet. Immer noch die gleiche Methode. Posteingang. Nichts oder fast nichts. Lesezeichen. Bingo! Eine Website mit dem Namen »horror.com«!

François klickte sie an. Grauer Hintergrund. Rote Flecken. Beilagen. Werbebanner. Laut den Betreibern die Enzyklopädie des Genre-Kinos. Sämtliche Produktionen waren dort verzeichnet, von den berühmten Filmen bis zu den Geheimtipps. Und dazu gab es noch Kritiken, Trailer, Stellungnahmen und eine beeindruckende Dokumentation.

Julias Kommentar lautete:

»Dieser Junge war fasziniert von Trash-Filmen. Der ist völlig durchgeknallt.«

»Fragte sich nur, wie sehr. Wir brauchen noch mehr Einzelheiten.«

Der Kommissar suchte weiter. Was war sonst noch drauf

auf dem Computer? Gelöschte Verbindungen? Verschleierte Fährten? Ein Link zum Mörder?

Es war sinnlos, wenn sie mit dem Versuch, die Maschine zum Reden zu bringen, ihre Zeit verplemperten. Das sollten besser die Spezialisten der Kripo in die Hand nehmen. Unterdessen würde er tun, was er konnte, mit den Mitteln, die ihm zur Verfügung standen.

Er stand auf.

»Wir hauen ab. Und die Festplatte nehmen wir mit.«

IV Natascha

50

Rückkehr nach Grenoble.

Als Ziel hatte er die einzige noch jungfräuliche Fährte im Visier.

Den Satanismus.

Das zweite Opfer hatte an schwarzen Messen teilgenommen, daher war es sehr gut denkbar, dass einer der Adepten ihn bei der Gelegenheit in die Falle gelockt hatte. Bei dem mönchischen Leben, das Pierre Jacquet führte, waren die Orte, an denen er entsprechende Leute hätte treffen können, zahlenmäßig recht überschaubar.

François hatte Kellermann bereits kontaktiert, um seine Ankunft zu melden. Der Grenobler war durch einen Anruf von Hénon darüber informiert worden, dass der Fall den Rahmen eines einfachen Mordes sprengte. Dass man ihm zuvor eine kleine Lüge serviert hatte, kommentierte er nicht weiter.

Marchand hatte sich trotzdem dafür entschuldigt. Er hatte noch einmal auf seine Anweisungen zur Geheimhaltung hingewiesen, ihn gefragt, ob er so schnell wie möglich einen Computertechniker für ihn auftreiben könnte, und ihn gebeten, eine Recherche zu starten, um herauszufinden, welche Teufelsanbeter es in der Gegend gab. Der Leiter der Regionalabteilung der Kripo von Grenoble hatte die Gelegenheit genutzt, ihm seine bisherigen Ergebnisse mitzuteilen. Die Untersuchung der Gartenbaumärkte und die Nachbarschaftsbefragung hatten nichts gebracht. Was für diesen Tatort aber auch bezeichnend war.

Die Experten von der Spurensicherung hatten den Schuhabdruck analysiert, den man in der Nähe des Zauns gefunden hatte. Im Grunde waren es zwei. Mokassins und Stiefel. Direkt übereinander. Als wären die Eindringlinge mit Absicht genau an derselben Stelle abgesprungen.

Die Untersuchung der Rillen hatte es ermöglicht, die Herkunft der Mokassins zu bestimmen: Es handelte sich um die des Opfers. Die Stiefel dürften dem Mörder gehören. Oder, wie François mittlerweile vermutete, einem weiteren Treiber. Diese Entdeckung war zumindest der Beweis dafür, dass es sich um eine gemeinsame Aktion gehandelt hatte. Sie zeigte, dass Pierre Jacquet seinem Führer freiwillig bis zur Folterstätte gefolgt war.

Der zweite Erfolg war, dass man auf der anderen Seite des Zauns Spuren von Reifen gefunden hatte. Von einem Motorrad. Unmöglich, das Modell zu bestimmen. Aber angesichts der Breite der Spur dürfte es eine schwere Maschine gewesen sein. Jetzt wussten sie, wie Pierre zu der Verbrennungsanlage gefahren war.

François stellte die Heizung höher. Ihm war eiskalt, und es wurde ihm einfach nicht wärmer. Er spannte reflexartig seine Muskeln an und ließ seinen Blick über die nächtliche Szenerie wandern. Die Schutzplanken leuchteten auf wie Blitzlichter. Die Scheinwerfer tanzten einen endlosen Reigen. Die Stille war tief, nur harmonische Paare können so etwas ertragen. Sie genossen beide den Moment, versunken in ihre Gedanken.

In diesem Moment dachte der Profiler nicht mehr an die Ermittlung, an diesen gigantischen Wahnsinn, der offenbar einfach nicht enden wollte. Er dachte an Charlotte, an ihren Streit vom Vortag. Seine Tochter war groß geworden. Sie war gerade erst siebzehn Jahre alt, aber sie beobachtete ihn und fällte eigene Urteile. Er war nicht mehr der idealisierte Vater, der sie mit einem bloßen Wort beruhigen konnte. Er war nur noch ein Mann, mit seinem Päckchen an Widersprüchen, seinen Schwächen und Charakterfehlern.

Wie würde sie Julia erleben? Als einen weiteren Verrat? Als würde man sie wieder verlassen?

Er sah zu der jungen Frau hinüber. Im bläulichen Licht des Armaturenbretts zeichnete sich ihr Profil ab. Zart, stark wie ein Versprechen, wie eine Hoffnung. Was wird danach geschehen? Wenn alles vorbei war?

In seiner Tasche vibrierte es. François schnappte sich sein Handy. Hénon.

»Ja, Roger.«

»Wo bist du gerade?«

»Auf der Autobahn. Nicht weit von Grenoble.«

»Solltest du nicht nach Avignon fahren?«

»Da komme ich gerade her.«

»Hast du den Jungen befragt?«

»Einen Anfang habe ich schon gemacht …«

»Was soll das heißen, einen Anfang?«

»Er ist abgehauen.«

Stille. Dann Hénons Stimme wie aus der Gruft.

»Hat er auch was mit der Sache zu tun?«

»Ich weiß nicht. Das versuchen wir ja herauszufinden.«

Wieder Stille. Das Geräusch eines Feuerzeugs. Der Polizeidirektor zündete sich offenbar gerade eine Zigarette an.

»Meinst du, du findest ihn in Grenoble?«

»Nein. Ich bin mit Julia Drouot hier. Sie ist auf ein weiteres heikles Thema aufmerksam geworden.«

»Jetzt sag bloß nicht, dass du dich immer noch mit dieser Ermittlungsbeamtin herumtreibst!?«

François ging nicht darauf ein.

»Das zweite Opfer hat vielleicht Kontakt zu einem Kreis von Satanisten gehabt. Wir werden …«

»Vielleicht?«, unterbrach ihn der Polizeidirektor schroff. »Glaubst du, wir hätten die Zeit und die Mittel für diese Art von Strategie?«

Der gestresste Hénon ließ seinen Ärger an ihm aus. Als ehemaliger Psychoanalytiker konnte er den Mechanismus verstehen. Bloß fehlte ihm die Kraft, einfach darüber hinwegzugehen. Die Antwort kam wie aus der Pistole geschossen:

»Ich tu, was ich kann. Mit den Mitteln, die ich habe.«

Hénon spürte, dass er zu weit gegangen war, und wechselte das Thema.

»Ich brauche dich. Morgen früh vernehmen wir Hugo Crémant.«

»Hugo? Den kleinen Bruder von Justine?«

»Seine Eltern haben ihm alles erklärt.«

»Er ist fünf Jahre alt und hat zur Tatzeit geschlafen. Was erwartest du?«

»Wir werden sehen.«

»Und meine Fährte?«

»Um die kümmert sich deine Freundin. Die ist doch schon ein großes Mädchen, oder?«

Er wurde ironisch. Hénon ahnte wahrscheinlich, dass sich da etwas anbahnte, und billigte es ganz und gar nicht.

»Ich muss jetzt los«, sagte der Polizeidirektor abschließend. »Sei bitte um halb neun da.«

François schluckte seinen Ärger hinunter. Neun Uhr. Da hatte er gerade noch Zeit genug, ein Flugzeug zu nehmen.

»Probleme?«, fragte Julia.

»Ein neuer Zeuge im Mordfall Bagnolet. Hénon möchte, dass ich an der Befragung teilnehme.«

»Daraus schließe ich, dass ich dich zum Flughafen bringen soll, ich …«

Ein kurzes Schweigen, dann fügte Julia hinzu:

»Also wirklich! So langsam glaube ich, du gehst mir aus dem Weg.«

»Hör doch auf, du weißt genau, dass ich…«

»Hey, das war nur ein Scherz…«

Ein Seufzer. François war müde und angespannt. Für einen kurzen Moment dachte er an eine rosa Pille. Und widerstand.

»Und ich?«, fragte sie. »Was steht auf meinem Programm?«

»Du machst weiter.«

»Und was soll ich Kellermann sagen?«

»Nichts. Ich sage ihm Bescheid.«

Der Profiler telefonierte.

»Guten Abend. Noch einmal Marchand.«

»Sind Sie schon angekommen?

»Programmänderung. Ich kann nicht kommen. Leutnant Drouot wird mich ersetzen.«

»Nichts Schwieriges, hoffe ich.«

»Ein Notfall. Ich rufe Sie wieder an, sobald ich kann.«

François wollte das Handy gerade zuklappen, als Kellermanns Stimme ihn im letzten Moment zurückhielt.

»Ich habe die Ergebnisse vom zentralen Nachrichtendienst erhalten. Soll ich das erst mit Ihnen besprechen, oder gebe ich sie gleich an Drouot weiter?«

»Schießen Sie los.«

»Es gibt da so eine richtige kleine Gemeinschaft, die dem Satanismus nicht abgeneigt ist. Nicht sehr gefährlich, wenn ich das recht verstanden habe.«

»Haben Sie die Namen?«

»Namen, Adressen… Und sogar den Namen der Diskothek, in der sie sich treffen.«

Der Kommissar kramte in seiner Tasche nach einem Füller.

»Ich notiere.«

Betretenes Schweigen.

»Was ist los?«, fragte François.

»Die Akte ist im Kommissariat. Es ist spät… Ich bin schon nach Hause gegangen.«

Wieder ein Blick auf die Uhr – neun Uhr fünfzehn. Normale Leute saßen jetzt beim Abendessen.

»Entschuldigen Sie, darauf habe ich gar nicht geachtet.«

»Name und Adresse der Discothek kann ich Ihnen allerdings jetzt schon durchgeben. Die habe ich mir gemerkt.«

»Schießen Sie los.«

»Le Barbelé. Quai Stéphane-Jay Nummer drei. Der Betreiber ist unseren Dienststellen gut bekannt. Antoine Théopoulos, genannt Tony, der Grieche. Zweiundvierzig Jahre alt, verurteilt wegen Zuhälterei.«

»Hat er Verbindungen zum Milieu?«

»Der ist nur eine kleine Nummer. Kommt aus Marseille. Hat mehrere…«

»Danke. Ich halte Sie auf dem Laufenden.«

Er legte auf und drehte sich zu Julia um.

»Ein Abstecher in die Diskothek. Übernimmst du das?«

»Ohne dich langweile ich mich da doch bloß.«

»Da wäre ich mir nicht so sicher… Ich bin jedenfalls zu alt dafür.«

»Da hast du allerdings recht. Die denken noch, ich gehe mit meinem Vater aus.«

François musste unwillkürlich lächeln. Sie waren gerade an einem grünen Schild vorbeigefahren, das den Flughafen Grenoble-Isère ankündigte. Julia setzte den Blinker und nahm die Ausfahrt.

51

Le Barbelé.

Eine einfache Tür, die in dem langen, grauen Wohnblock fast völlig unterging. Sonst weit und breit nichts. Kein Restaurant, kein Geschäft. Keine Menschenseele. Hier wirkte alles wie tot. Ein paar wenige Autos fuhren am Ufer entlang, als hätten sie es eilig, diesem Ort der Angst zu entfliehen.

Julia hatte beschlossen, der Sache unverzüglich nachzugehen. Sie hatte keine Lust, sich schlafen zu legen, außerdem blieb dazu auch gar keine Zeit. Diskotheken hatten nachts geöffnet, nicht tagsüber, daran war nicht zu rütteln.

Sie klingelte. Auf Gesichtshöhe ging ein kleines Gitter auf. Sie konnte schemenhaft zwei starre, eng beieinanderstehende Augen und einen gelblichen Spitzbart erkennen.

»Privatgesellschaft.«

Tiefe Stimme. Aggressiver Ton. Sie hielt ihren Ausweis vor das Metall.

»Nicht für mich.«

Der Zerberus kniff die Augen zusammen, eine Schlange kurz vorm Zubeißen. Das Geräusch eines Schlüssels. Die Tür ging auf.

Der Eingang war eine sehr enge Angelegenheit, nicht größer als eine Duschkabine. Er führte zu einer Treppe, deren erste Stufe man nicht sehen konnte. Dicht an der Wand stand ein kleiner Tisch, auf dem ein Heft mit Eintrittskarten, eine Blechschachtel und Stempel lagen. Gedämpfte Töne, die vage an eine Melodie erinnerten, kamen aus dem Kellergeschoss.

»Ist Tony da?«

Der Türsteher musterte sie. Er war groß, hager und hatte kurz geschorene Haare von der Farbe alter Pisse, genau wie der Ziegenbart. Ohne ein Wort zu sagen, zeigte er auf den Treppenschacht, der im Dunkeln lag.

Sie ging hinunter. Der Abstieg war steil, eng, es gab kaum Licht. Sie hakte die Lasche ihres Holsters auf. Zehn Meter tiefer stieß sie gegen einen dunklen Samtvorhang. Die Musik war lauter geworden, jetzt konnte sie die Läufe einer Elektrogitarre heraushören. Sie schob den Vorhang beiseite.

Der erste Eindruck: tosender Lärm. Eine Dezibelwelle brandete ihr entgegen wie ein Tsunami. Spitze Töne zerrissen ihr schier das Trommelfell, während die Bässe alles daransetzten, ihr Herz das Fürchten zu lehren.

Julia spannte die Muskeln an. Eine reflexartige Reaktion auf die Aggression. Gleichzeitig sezierte sie mit ihren Blicken die Umgebung.

Die Diskothek wirkte wie eine Höhle. Ein großer Saal mit Gewölbedecke, offenbar direkt in den Stein gehauen. Der Stein war schwarz, glänzend wie eine Sternennacht. Kerzen brannten in den Nischen, eine Elfentruppe tanzte im Rhythmus der Gitarren eine Sarabande.

Der Lärm kam von einem Podium auf der rechten Seite. Drei muskulöse Dämonen in Latexanzügen drehten und wanden sich unter einer ganzen Batterie von Scheinwerfern. Man konnte ihre Gesichter unmöglich erkennen. Sie waren von blonden Mähnen verdeckt, die bei jedem ihrer Hüftschwünge erzitterten.

Sie hatten das Publikum im Sturm erobert. Es wand sich zuckend vor der Bühne und stimmte in das Gebrüll dieser Löwen ein. Julia musste sofort an eine Sekte denken. Die Jünger des Gottes Metal bei der Anbetung ihres Götzen… Man konnte sehen, dass es hinter den schwitzenden und von Schauern geschüttelten Tänzern im Parterre rund um eine Bar auch noch eine etwas ruhigere Zone gab.

Julia nahm ihren ganzen Mut zusammen und stürzte sich ins Getümmel. Sich aneinanderreibende Körper, Schweiß-

und Biergestank. Sie bekam Ellbogen in den Bauch gerammt. Auf diese Art von Trip hatte sie noch nie gestanden. Als sie jünger war, war sie zu ein oder zwei Konzerten gegangen. Einfach nur, um mitzumachen. Und jedes Mal hatte sie wieder rausgehen müssen.

Ein Kahlkopf mit glasigen Augen hängte sich an ihren Arm. Er versuchte, diesen Wahnsinn mit seinem Gebrüll zu übertönen:

»Magst du mir einen blasen, du kleine Sau?«

Die junge Frau riss sich mit einem Schulterruck von ihm los.

»Fick dich selbst, du Arsch.«

Der Kerl brüllte vor Lachen und tanzte weiter. Julia entfernte sich, so schnell sie nur konnte. Der Saal, in dem die Stimmung auf dem Höhepunkt angelangt war, wirkte auf sie wie ein lebendiges Wesen, das sie zermalmen und verschlingen wollte.

Endlich erreichte sie die Bar. Zuschauer drängten sich, die Bierdose in der Hand und mit leuchtendem Blick, um den Tresen. Die meisten waren jung, trugen logofreie T-Shirts, waren mit Piercings übersät. Die Stimmung war echt *destroy*, und man fühlte sich an die vielen Punks Anfang der Achtzigerjahre erinnert. Bisher nicht die Spur eines Satanisten…

Ein Mann im weißen Hemd, der den Zirkus von seiner Registrierkasse aus beobachtete, fiel aus diesem Bild heraus. Adlerprofil, kahl geschorener Schädel, ein auf den Hals tätowierter Indianerkopf.

Die Polizistin bahnte sich einen Weg zwischen den feuchtwarmen Körpern hindurch. Sie stieß einen Typen in Lederjacke von sich und trat vor ihn.

»Antoine Théopoulos?«

Der Mann musterte sie misstrauisch.

»Worum geht's?«

»Polizei.«

Als sie ihren Beruf nannte, drehten Julias Nachbarn sich um. Besorgte Blicke, Unwohlsein. Ein Graben tat sich auf.

»Ich bin auf der Suche nach einer Person«, gab die junge Frau bekannt.

»Wenn ich Ihnen behilflich sein kann …«

Mittelmeerakzent. Für einen Zuhälter klang er freundlich. Ein seltsamer Cocktail, der in diesem Zoo etwas befremdlich wirkte. Julia holte das Foto von Pierre Jacquet heraus.

»Haben Sie ihn schon mal gesehen?«

Der Grieche betrachtete das Foto. Sein Gesicht wurde immer länger.

»Aber das ist doch nicht …«

»Doch, das ist der Jugendliche, den man in der Verbrennungsanlage gefunden hat.«

»Na, wenn Sie schon wissen, wo er ist, dann …«

»Wo er ist, weiß ich. Ich suche nach Leuten, die ihn vielleicht hierhergebracht haben.«

»Warum? Hier bei mir soll er gewesen sein?«

»Möglich …«

Théopoulos setzte eine zerknirschte Miene auf.

»Ich erinnere mich nicht an ihn.«

»Nehmen Sie sich Zeit. Denken Sie nach.«

Er fuhr sich mit der Hand über den Schädel, um seinem Gedächtnis nachzuhelfen. An seinem Willen, mit ihr zu kooperieren, blieb wahrlich kein Zweifel.

»Nein, ehrlich. Tut mir leid …«

Ende der Durchsage. Von der Theke aus konnte der Besitzer sein Etablissement nur teilweise überschauen. Ein paar Glotzäugige, ein Dickicht aus Schattengestalten, dann die Gruppe, die unter den Laserstrahlen herumturnte.

Julia versuchte es anders.

»Man hat mir erzählt, Ihre Kunden wären ein bisschen – sagen wir mal – speziell.«

»Ach ja?«

Zur Veranschaulichung dieser Behauptung versuchte der Typ mit einem rot gefärbten Irokesenschnitt sich neben die junge Frau zu zwängen. Sie spannte ihre Muskeln an, um ihm den Durchgang zu versperren. Der Neo-Punk grummelte einen Fluch und ging.

»Die meinte ich nicht«, fuhr Julia fort. »Ich spreche von solchen, die sich schwarze Klamotten anziehen, sich das Gesicht weiß färben und sich für Vampire halten.«

Dass er von denen die Nase gestrichen voll hatte, war ihm deutlich anzusehen.

»Ab und zu kommen ein paar Gothics hierher. Meist verdrücken sie sich nach hinten in den kleinen Saal. Eine Cola, sechs Strohhalme. Falls Sie verstehen, was ich meine.«

Julia lächelte breit.

»Sind Sie heute Abend da?«

»Keine Ahnung. Hier ist es so voll. Sie können sich ja selbst mal umschauen. Gleich hier rechts.«

Sie ließ sich nicht zweimal bitten und stürzte sich wieder ins Getümmel. Drei ganze Meter musste sie sich durch die Menge quetschen. Eine Ewigkeit. Vor sich bemerkte sie eine Öffnung, einen direkt in den Stein gehauenen Rundbogen.

Sie zwängte sich hindurch. Dahinter herrschte eine völlig andere Stimmung. Es war relativ ruhig. Es gab ein paar Tische, an denen Vierer- oder Fünfergrüppchen saßen. Hinten standen zwei Computer mit der Startseite von Google auf dem Bildschirm. Auch hier kam das Licht von Kerzen, die man in die Nischen gestellt hatte. Sie warfen zerhackte Schatten, so als würde etwas in den Wandlöchern herumkriechen.

Weitere Gespenster gesellten sich hinzu. Bleiche Gesichter, schwarzer Lippenstift, rabenschwarzes Haar und Karnevalsklamotten. Man musste kein Kenner der Szene sein, um zu verstehen, dass das hier Gothics waren. Hinten im Raum saßen sie wie Vampire in einer Krypta und hielten Rat.

Julia ging zu ihnen.

»Hallo. Na, wie ist die Stimmung, alles cool?«

Man wich vor ihr zurück. Feindliche Blicke wurden ihr zugeworfen. Die Polizistin holte sich einen Schemel und setzte sich einfach dazu. Mit einer kreisförmigen Bewegung zeigte sie drei Jugendlichen ihren Polizeiausweis.

»Ich mach's kurz. Ich ermittle in dem Mordfall in der Verbrennungsanlage in Jarrie. Seid ihr alle auf dem Laufenden?«

Keine Antwort. Julia ließ Pierres Foto herumgehen.

»Kennt ihn jemand?«

Allgemeines Kopfschütteln.

»Okay, dann gehen wir das mal anders an. Zeigt mir bitte eure Papiere.«

Jetzt wurden sie sichtlich nervöser.

»Na los!«, sagte Julia etwas lauter. »Ich hab noch anderes zu tun.«

Reihenweise wurden in Plastik eingeschweißte Ausweise gezückt. Die Ermittlungsbeamtin tat so, als betrachte sie sie eingehend. Sie hatte die Liste vom Nachrichtendienst noch nicht erhalten. Die Namen sagten ihr nichts.

Dann startete sie einen Scheinangriff.

»Ihr wisst schon, dass ihr alle polizeilich erfasst seid?«

Die Gothics wurden unruhig. Ein Mädchen mit langen, pechschwarzen Haaren ergriff das Wort.

»Polizeilich erfasst? Was haben wir denn getan?

»Zugehörigkeit zu einer sektenähnlichen Gruppierung. Für uns ist das genug.«

»Weil ich mich schwarz anziehe?«

»Nein, meine Hübsche. Weil ihr den Teufel anbetet.«

Verunsicherung. Rechtfertigungsversuche.

»Na und? Haben wir etwa kein Recht dazu?«

»Ihr habt alle Rechte der Welt. Aber nur, solange man keine verkohlten Leichen findet, die durchlöchert sind wie ein Sieb.«

Jetzt war klar, dass es um mehr ging. Die Mitglieder der kleinen Bande sahen einander entsetzt an. Julia fuhr fort:

»Wir gehen davon aus, dass das Opfer vor zwei oder drei Monaten zu eurem kleinen Kreis dazugestoßen ist. Seht euch das Bild noch einmal an und versucht, euch zu erinnern. Es liegt in eurem Interesse.«

Zweite Runde. Jetzt brauchte man die Truppe nicht mehr anzuspornen. Die Gothics konzentrierten sich, so gut sie konnten. Schließlich sagte die junge Frau im Namen der ganzen Gruppe:

»Nein. Nie gesehen. Vielleicht stand er auf der Warteliste.«

»Welcher Warteliste?«

»Der wollte vielleicht bei uns aufgenommen werden. Solange man noch nicht initiiert ist, darf man nicht an den Messen teilnehmen.«

»Du meinst schwarze Messen?«

»Wir sagen: umgekehrte Messen.«

Julia war der feine Unterschied herzlich egal. Jetzt hielt sie ein Stück vom roten Faden in der Hand …

»Erzähl mir von den Initiationsriten. Wie läuft so etwas ab?«

Spürbarer Widerstand. Eine unsichtbare Bedrohung schien über den Vampiren zu schweben.

»Wir können unser Gespräch auch auf dem Polizeirevier weiterführen, wenn ihr das wollt«, drohte Julia.

»Nein!«, sagte das junge Mädchen panisch. »Meine Eltern …«

»Was ist mit deinen Eltern? Wissen sie nicht, dass du hier bist?«

Dass sie auf keine der Fragen antwortete, war vorherzusehen gewesen. Auch die beiden anderen bekamen jetzt Angst. Wahrscheinlich waren sie in der gleichen Situation. Die Ermittlungsbeamtin beugte sich zu ihnen vor und sagte etwas sanfter:

»Keine Angst. Sie werden nichts erfahren. Dafür erzählst du mir jetzt aber ein bisschen was.«

Miss Dark holte ein Kettchen aus ihrem Pullover, an dem ein umgekehrtes Kreuz hing. Sie nestelte nervös daran herum.

»Ich habe geschworen, das Geheimnis für mich zu behalten. Ich … Ich kann meinen Schwur nicht brechen. Sonst würde ich Baphomet beleidigen, und dann wäre der ganz schön wütend auf mich. Sagen Sie … Sagen Sie, können Sie das verstehen?«

Das Mädchen hatte schreckliche Angst. Es druckste herum, auf der einen Seite wollte es das Geheimnis seines Glaubens wahren, auf der anderen hatte es Angst vor seiner Familie. Julia fragte:

»Wer darf denn mit mir sprechen? Nennt mir einen Namen, und im Nu bin ich weg.«

Sie zögerte noch, doch dann brach es aus ihr heraus:

»Bafamal. Sie müssen mit Bafamal sprechen.«

»Wer ist das?«

»Der Großmeister. Er führt uns. Er trifft die Entscheidungen.«

»Bafamal. Ist das sein richtiger Name?«

»Den hat er sich selbst ausgesucht. Niemand weiß, wie er wirklich heißt.«

»Weißt du wenigstens, wie er aussieht?«

»Sein Gesicht darf man nicht sehen.«

Das war der völlige Wahnsinn. Einerseits war Julia zum Lachen zumute, andererseits fühlte sie sich unendlich müde. Sie fuhr sich mit der Hand übers Gesicht und schloss ironisch:

»Und wahrscheinlich weiß man auch nicht, wo er wohnt…«

»Nein. Wie sehen ihn nur in der Kirche.«

Aber sicher… Dort zelebrierte Bafamal wohl seine Messen. Das war notgedrungen der einzige Ort, den diese Kinder kannten.

»Wo ist diese Kirche?«

»Auf dem Friedhof Saint-Roch.«

»Machst du dich über mich lustig?«

»Ich schwöre es Ihnen. Ein Mausoleum. Familie Cleyel. Unter der Stele gibt es einen kleinen Saal.«

»Wann geht er dorthin?«

»Eigentlich jede Nacht.«

52

Die Gruften des Friedhofs Saint-Roch befanden sich im Süden der Île Verte, einen Katzensprung von den besetzten Häusern von Sablons entfernt. Das war jetzt schon das zweite Mal innerhalb von achtundvierzig Stunden, dass Julia in diesem Viertel von Grenoble umherlief. Das erste Mal hatte sie François bei der Befragung des Pitbulls begleitet.

Heute Abend war sie allein.

Es war gegen Mitternacht, und das Haupttor war schon seit Langem geschlossen. Im Wärterhäuschen war niemand. Die Wächter drehten wahrscheinlich gerade ihre Runde.

Julia lief die Mauer entlang, bis sie einen Baum bemerkte, der auf den Gehsteig gepflanzt worden war und dessen Zweige über die Mauer hingen. Sie kletterte schnell hinauf, rutschte dann auf dieser improvisierten Brücke und ließ sich an der anderen Seite zu Boden fallen.

Sofort wurde die Stille intensiver, lauter und dichter, als würden die Gräber jedes Geräusch in sich aufsaugen. Überall, so weit das Auge reichte, funkelten die Oberflächen der schwarzen Marmorstelen in der klaren Nacht.

Keine Menschenseele weit und breit.

Kein Aufseher in Sicht.

Beruhigt versuchte Julia, sich zu orientieren. »Familie Cleyel« hatte die Gothicfrau gesagt. Dann hatte sie noch hinzugefügt: Feld V, Reihe 12, Grabnummer 107. Gar nicht so einfach. Alles sah gleich aus, und der Friedhof zog sich endlos hin.

Etwa zwanzig Meter weiter sah sie ein Schild. Das war der Beginn der Schnitzeljagd. Sie ging hin und versuchte, die Beklemmung, die sie erfasst hatte, zu überwinden. Julia mochte diesen Ort überhaupt nicht. Eine irrationale, geradezu absurde Angst hatte sie überwältigt. Die Toten waren nicht das Problem. Sie verwesten in ihren verplombten Särgen. Außer in Zombiefilmen hatte noch nie jemand eine Leiche wiederauferstehen sehen.

Das Schild wies sie darauf hin, dass sie sich in Feld III befand. Nach rechts oder nach links? Sie entschied sich für rechts. Jetzt musste sie bis zur nächsten Kreuzung fünfhundert Meter zurücklegen. Beiderseits der Allee standen Granitblöcke, Steinkreuze, in verrostete Rahmen eingesperrte Fotos der Verstorbenen. Und immer diese erdrückende Stille.

Sie zog die Schultern hoch und ging schneller. Feld IV. Die Spannung wich ein wenig von ihr. Sie hatte die richtige Wahl getroffen.

Sie ging geradeaus weiter, von einem Feld zum anderen, vorbei an Gräbern. Die Stadt der Toten. Friedlich und beängstigend. Die Stimmung war so ansteckend, dass die junge Frau plötzlich das Gefühl hatte, ihr eigenes Ende sei nahe. Nur der dampfende Atem aus ihrem Mund verband sie noch mit der Wirklichkeit. Ein zarter flüchtiger Nebel, der sie daran erinnerte, dass sie noch am Leben war.

Feld V, endlich. Julia ging bis zur Reihe 12. Diese Ecke des Friedhofs war von Opulenz geprägt. Die gepachteten Gräber waren erstaunlich groß, und es standen echte Bauwerke darauf. Im Dämmerlicht konnte man meinen, man befinde sich in einer Schlafstadt, in der sich Häuschen an Häuschen reihte.

Die Polizeibeamtin schaltete ihre Taschenlampe ein. Das erste Gebäude hatte keine Nummer. Es handelte sich um die Imitation eines antiken Tempels, dessen Dach von einem Paar ionischer Säulen gehalten wurde. Ein Name war in den Marmor gehauen: Sauvat. Und darunter stand eine Grabinschrift: »Du hast uns nicht verlassen, du bist uns vorausgegangen«.

Sie ging zum nächsten. Immer noch keine Grabnummer. Der Name stimmte auch nicht. Sie inspizierte die Mausoleen eines nach dem anderen: die Figur eines liegenden Toten unter einem Baldachin in Form einer Kapelle mit Lichtgaden; ein gigantischer, mit Friesen und Basreliefs verzierter Monolith; eine Miniaturreproduktion des Petersdoms in Rom …

Immer noch nichts.

Nur eines wurde deutlich: Die Bewohner dieses VIP-Karrees liebten das Unverhältnismäßige. Ein letztes Aufbegehren des Stolzes im Angesicht der schwindelerregenden Leere. Nachdem sie zehn Minuten umhergeirrt war, fand sie schließlich, was sie suchte. Das Sesam-öffne-dich stand auf dem Giebel einer imposanten, mit spitzen Pfeilen verzierten Kapelle und war begraben unter Gorgonen mit Fledermausgesichtern.

Familie Cleyel

In Ewigkeit

Julia sprang über die Mauer, lief über den Rasen und blieb vor dem Eingang stehen. Sie lauschte. Kein Laut. Vielleicht waltete Bafamal heute Abend nicht seines Amtes …

Sie versicherte sich, dass niemand kam. Dann hakte sie das Schloss auf, wobei sie möglichst wenig Lärm zu machen versuchte, und schlich sich hinein.

Ein weiter Raum war im Strahl ihrer Taschenlampe zu erkennen, geschmückt mit Vasen voller Plastikblumen, die direkt auf dem Boden standen. Die Nischen in den Wänden enthielten Figürchen aus bemaltem Gips nach Art der Jungfrau Maria. In der Mitte ein Katafalk, darauf eine Mädchengestalt, um die man eine geraffte Tunika drapiert hatte. Ein Vorname und ein Datum waren in den Stein gehauen: Louise. 1972–1993.

Julia nahm sich ein paar Sekunden für die Betrachtung ihres Gesichts. Feine, zarte Gesichtszüge, festgehalten in der Reinheit der Jugend. Wer war sie? Welches Schicksal hatte sie erlitten?

Ein Räuspern ließ sie aufhorchen. Fern, undeutlich, wie aus dem Nichts. Augenblicklich sah sie ein Skelett vor sich, das die Wände eines Sarges zerkratzte. Sie schloss die Augen und atmete tief durch. Sie musste jetzt vernünftig bleiben. Sich noch einmal klar vor Augen führen, dass es hier um eine ganz einfache Sache ging. Um eine Festnahme, gefolgt von einer Vernehmung. Sonst nichts.

Sie hatte sich gerade wieder gefangen, als das Kratzen erneut zu hören war. Mit dem Strahl der Lampe suchte sie das Dunkel ab. Plötzlich tauchte, versteckt in einer Vertiefung in der Wand, ein kleines gusseisernes Gitter auf.

Es war offen.

Wieder dieses Geräusch. Es kam genau von dort. Julia schloss die Hände fest um ihre Sig Sauer und trat näher.

Eine Treppe war in die Erde eingelassen. Die Stufen waren alt, abgenutzt, von Moos bedeckt. Sie umklammerte ihre Waffe noch ein bisschen fester.

Dunkelheit, Modergestank, etwas Unsichtbares, das über die Wände galoppierte. Je tiefer Julia kam, desto stärker hatte sie das Gefühl, eingeschlossen zu sein. Lebendig eingemauert in einer anonymen Gruft. Im schlimmsten Fall würde niemand sie retten.

Wieder dieses Kratzen. Deutlicher jetzt. Es klang wie das Schaben von Messer auf Stein. Ein Ritualobjekt, das für ein Opfer geschärft wurde?

Julia hatte bereits etwa zehn Höhenmeter hinter sich gebracht, als sie das Licht bemerkte. Ein leichtes Flackern, das über die feuchte Wand tanzte. Sie ging, die Waffe im Anschlag, weiter.

Nach und nach wich das Dämmerlicht. Julia schaltete ihre Lampe aus. Noch fünf Stufen bis zum Ziel. Vorläufig konnte sie nur die Decke des Gangs sehen.

Wieder das Kratzen. Das, was dieses Geräusch verursachte, war ganz nah, gleich dort unten.

Bafamal?

Auf Zehenspitzen legte Julia die Strecke zurück, die sie noch von dem geheimen Raum trennte. Als sie entdeckte, was sich darin befand, erstarrte sie.

Dutzende angezündeter Kerzen umringten einen geschlossenen, kreisförmigen Raum von der Dimension eines kleinen Theaters. Im Innern des Kreises bildeten Holzbänke ein perfektes Halbrund vor einem steinernen Altar. Über dem Altar hing, mit Kabeln an der Decke befestigt, ein riesiges Stahlkreuz in der Luft. Es war auf den Kopf gestellt: das Zeichen des Satanismus.

Aber das war nicht das Beunruhigendste. Was der Ermittlungsbeamtin das Blut in den Adern gefrieren ließ, war die Gestalt, die dort stand und ihr den Rücken zuwandte. Eine Art Magier in roter Seidentunika, deren Kapuze ihm über die Schultern fiel. Sein Haar, das sehr glatt und nahezu bläulich schwarz war, fiel über seinen Rücken. Rot und Schwarz, dachte Julia. Das Begehren und der Tod …

Der Mann stand leicht nach vorn geneigt. Das kratzende

Geräusch kam von ihm, als dränge es aus seinen Eingeweiden.

Sie brüllte:

»Polizei! Keine Bewegung!«

Die gespenstische Gestalt erstarrte. Ganz langsam richtete sie sich auf und hob dabei die Arme. So blieb sie einige Sekunden stehen, reglos wie ein Phönix kurz vor dem Abflug.

Schließlich wandte die Gestalt, die auf einem Teppich aus Helium zu schweben schien, sich zu dem Eindringling um.

53

Der Engel des Bösen.

Lockend wie die Sünde, gefährlicher als die Verdammnis.

Sein Gesicht war von einer düsteren Anmut, geprägt von einer abgrundtiefen Perversität. Es war schmal und scharf wie die Klinge eines Skalpells, mit dem man die Seele sezieren konnte. Die Haut war von porzellanartiger Blässe und zarter als Reispapier. Ein fieser Zug lag um die Lippen, die grau angemalt waren und aussahen wie ein Aschestrich.

Julia war völlig entgeistert. Was war den das für ein kranker Typ? Die Waffe auf ihn gerichtet machte sie einen Schritt auf ihn zu.

»Bafamal?«

Keine Antwort. Mit Khol umrandete Augen starrten sie ruhig an, ohne auch nur einmal zu zucken. Plötzlich hatte sie das unangenehme Gefühl, eine Beute zu sein, ein Reh, auf das er sich gleich stürzen würde. Außerdem sagte sie sich, dass dieser Kerl sehr gut der Killer sein konnte. Deutlich über vierzig, vollkommen durchgeknallt, charismatisch. Bisher hatten sie noch nicht herausgefunden, was Maxime,

Natascha und der Satanismus miteinander gemein hatten. Aber warum nicht?

Sie nahm sich zusammen und sagte:

»Sag mal, Dingo, bist du taub?«

»Wer hat Ihnen erlaubt, hier hereinzukommen?«

Die tiefe und berückende Stimme schlug sie unverzüglich in ihren Bann. Er hatte die Stimme eines Gurus, eine Stimme zum Dahinschmelzen.

Sein Anblick jagte ihr einen Schauder über den Rücken. Sie riss sich zusammen und spannte den Hahn.

»Beantworte meine Frage. Bist du Bafamal?«

Der Vampir stand immer noch mit erhobenen Händen da. Kurz flackerte Wut in seinem Blick auf.

»Woher kennen Sie diesen Namen?«

Ein zäher Bursche. Sie würde Geschick beweisen müssen. Aber zunächst galt es, die Situation zu entschärfen.

»Los, geh vor. Und die Hände bitte weit auseinander.«

Der Große Meister gehorchte. Die Polizistin hielt die Kanone weiterhin auf ihn gerichtet und ging um ihn herum zum Altar. Der Stein war mit einem schwarzen Tuch bedeckt, auf dem ein Zauberbuch, ein silberner Kelch, eine Glocke und ein Schwert lagen. Ein geöffneter Schädel vervollständigte diese symbolische Anordnung. Daneben lagen ein Hobel, eine Feile und Knochenspäne. Wahrscheinlich rührten daher die Kratzgerausche.

Julia griff nach der Klinge. Dann trat sie hinter Bafamal und durchsuchte ihn, indem sie ihn abklopfte. Keine Waffe. Sie steckte ihre Sig Sauer weg und stellte sich vor ihn. Die Partie konnte beginnen.

»In Ordnung... Nimm die Arme runter.«

Er folgte ihrer Aufforderung und ließ seine Hände in den Ärmeln verschwinden. In dieser Haltung sah er aus wie einer der roten Kardinäle der Heiligen Inquisition.

Julia fuhr fort:

»Sie sind ein Diener des Astharoth, nicht wahr?«

Sie spielte ein doppeltes Spiel. Erst hatte sie ihn gesiezt, zum Zeichen ihres Respekts. Dann hatte sie den Prinzen der Finsternis erwähnt, um sein Interesse zu wecken. Dazu hatte sie sich die Bruchstücke heiliger Texte in Erinnerung gerufen, die sie noch aus der Zeit kannte, in der sie eine Braut Christi werden wollte …

Bafamal wirkte überrascht.

»Wer sind Sie eigentlich? Was wollen Sie?«

»Ich heiße Julia Drouot. Wie ich Ihnen schon gesagt habe, bin ich Polizeileutnant. Und ich brauche Ihre Hilfe.«

»Und Sie meinen, die bekommen Sie, indem Sie mich bedrohen?«

»Ich bedrohe Sie ja gar nicht mehr.«

Julias zerknirschte Miene besänftigte ihn ein wenig. Sie nutzte die Gelegenheit und schickte ihre Bauern vor.

»Ich ermittle im Mordfall Pierre Jacquet. Dem Jugendlichen, der …«

»Ich weiß.«

»Woher?«

»Ich kannte ihn.«

Kein Zögern. Er gab ganz selbstverständlich zu, dass er mit dem Opfer zu tun gehabt hatte. Als habe er nichts zu befürchten. Julia fuhr fort:

»Ist er hierhergekommen?«

»Nein. Niemand kann die neun Kreise überschreiten, solange er nicht die Weihen empfangen hat.«

»Und das hatte er nicht?«

»Noch nicht. Die Zeremonie sollte nächsten Monat stattfinden …«

Jetzt stand etwas anderes auf Bafamals Gesicht zu lesen: Enttäuschung. Und wenn er nicht grandios schauspielerte, meinte er es ehrlich.

Julia wollte Gewissheit haben.

»Wo sind Sie in den Nächten vom letzten Sonntag, Montag und Mittwoch gewesen?«

»Hier.«

»Kann das jemand bestätigen?«

Diese Worte zauberten dem Großen Meister ein ungläubiges Lächeln auf die Lippen.

»Verdächtigen Sie mich etwa?«

Kommando zurück.

»Das war nur eine Frage. Sobald Sie sie beantwortet haben, können wir zur nächsten übergehen.«

»Am Mittwoch hat eine Messe stattgefunden. Dreißig Gläubige haben daran teilgenommen.«

»Und an den anderen Abenden?«

»Da war ich allein. Wie sonst auch meistens …«

Das hatte ein wenig traurig geklungen. Bafamal trug eine schwere Last auf seinen Schultern. Rein intuitiv fragte sie:

»Wer ist Luise?«

Das alabasterfarbene Gesicht wirkte plötzlich verschlossen, ja sogar feindlich.

»Das geht Sie nichts an.«

»Sie kennen sie, nicht wahr? Haben Sie sich deshalb dieses Grab ausgesucht? Ist das auch der Grund, warum Sie jede Nacht hier verbringen?«

»Fragen Sie nicht weiter. Sie werden es doch nicht verstehen.«

Das war auch gar nicht mehr nötig. Bafamals erstickte Stimme lieferte der Ermittlungsbeamtin gleich mehrere Hinweise. Das junge Mädchen, das in der Figur der liegenden Toten dargestellt war, bedeutete ihm sehr viel. War es die Ehefrau? Die Schwester? Egal. Durch ihren Tod hatte er den Verstand verloren. Er hatte sich mit ihr in dieser Gruft eingesperrt, feierte Satansmessen, um seine Wut zu besänftigen. Cleyel … Wahrscheinlich war das der Name einer Familie, die wohlhabend genug war, sich die Konzession für ein Luxusgrab zu kaufen, in dem er in aller Seelenruhe seinen Tempel errichten konnte.

Julia wusste auch, dass sie hier nicht den Killer vor sich hatte. Nur einen gebrochenen Mann, der vor Trauer und Schmerz den Verstand verloren hatte und dessen größtes Verbrechen es gewesen war, beeinflussbare junge Menschen mit seinem Wahn angesteckt zu haben. Sie ließ ein paar Sekunden verstreichen, bevor sie fortfuhr:

»Lassen Sie uns über Pierre reden. Sie wussten, dass er praktizierender Katholik ist?«

»Das hat er mir gesagt.«

»Und es hat Sie nicht gestört?«

Er lächelte.

»Satan war Gottes Lieblingsengel.«

»Ein gefallener, verdorbener Engel.«

Er blickte sie fest an.

»Woher nehmen Sie Ihre Gewissheiten? Wissen Sie denn so genau, was Verderbnis ist?«

Julia fühlte sich wie auf der Anklagebank. Ohne es zu wollen, begann sie sich zu rechtfertigen.

»Ich begegne ihr tagtäglich. Zumindest kann ich sie wiedererkennen.«

»Sie sehen nur den Schaum der Dinge. Die Verderbnis ist das erste Stadium der Evolution. Sie ist nur eine Übergangsphase, die der Wiedergeburt vorausgeht. Das Fleisch verfault, bevor es zu Staub wird und die Natur ernährt. Das ist der Kern unseres Glaubens.«

Die Begriffe ließen die Ermittlungsbeamtin zusammenzucken. Wiedergeburt. Verwandlung. Natur. Ein solches Triptychon hatte François ihr auch bei seiner Deutung der Symbolik dieser Verbrechen gezeichnet. Er hatte sie mit der Wiedergeburt in Verbindung gebracht, einem heidnischen Ritus, auf den sich auch der Satanismus bezog.

In diese Richtung musste sie weiterbohren.

»Erklären Sie mir das ein wenig. Wie geht so eine Initiation vor sich?«

»Das geht Sie gar nichts an.«

»Werden da Dinge entweiht? Opfer gebracht? Vergewaltigungen vollzogen? Erzählen Sie's mir. Ich hab schon so manches gesehen.«

Der Vampir hielt den Kopf gesenkt. Er hatte sich vollkommen zurückgezogen. Julia umkreiste ihn, die Waffe in der Hand. Plötzlich sah sie das Bild des Erzengels Gabriel vor sich, der sich anschickt, den Dämon niederzustrecken. Dann stellte sie sich wieder vor ihn.

»Na schön... Ich kann Sie nicht zwingen. Dafür werden Sie mir jetzt verraten, wie Pierre mit Ihnen in Kontakt getreten ist. Ich nehme an, er ist nicht hergekommen, weil er hier zufällig Licht gesehen hat...«

»Warum sollte ich das tun?«

»Weil ich Sie sonst mitnehmen werde.«

»Diese Gruft gehört mir. Hier mache ich, was mir gefällt.«

Auf dieses Argument war die Polizistin gefasst.

»Nicht ganz. Ihre kleinen Rituale sind nicht sauber. Sie könnten einen Untersuchungsrichter interessieren.«

Der Mann lachte.

»Der hat mich schon vorgeladen. Und ich habe hervorragende Anwälte.«

»Denen dürfte es schwerfallen, Sie vor einer Untersuchungshaft wegen Unterschlagung von Beweismitteln im Zusammenhang mit einem Verbrechen zu bewahren.«

Bafamal fiel ein wenig in sich zusammen. Und Julia versetzte ihm den Todesstoß.

»Mit ein wenig gutem Willen könnte man Ihnen auch Beihilfe zum Mord anhängen. Und dann wäre das eine Sache fürs Schwurgericht. Mit anderen Worten: Dann wird Russisches Roulette gespielt.«

»Sie bluffen.«

»Wollen wir wetten?«

Ein Blickduell. Wie zwei Spieler am Pokertisch. Am Ende gab der Vampir auf.

»Er ist vor zwei Monaten gekommen. Einer unserer Adepten hatte ihn mir vorgestellt.«

»Sein Name?«

»Mabakiel.«

»Sein *echter* Name!«

»Den hat er mir nie genannt.«

»Ach was!«

»Das ist nicht gelogen. Unsere Regeln erlauben es uns, die Anonymität zu wahren.«

»Aber den Namen von Pierre Jacquet kannten Sie.«

»Den Zusammenhang habe ich selbst hergestellt, als ich sein Foto in der Zeitung sah.«

»Dann beschreiben Sie mir seinen Mentor.«

Bafamal seufzte.

»Jung. Nicht älter als zwanzig. Ziemlich groß. Dunkelhaarig. Immer schlecht rasiert. Eher gut aussehend, so der Verführertyp.«

Die Beschreibung kam ihr vertraut vor. Vorerst war das nur ein vages Gefühl.

»Versuchen Sie, ihn ein wenig genauer zu beschreiben. Hatte er Tätowierungen? Trug er einen Ring? Eine Kette?«

»Nein. Nichts von alledem. Er war eher so der Typ Luxusboy. Lederjacke und Jeans. Aber Markenjeans.«

»Welche Marke?«

»Keine Ahnung. Vorn war ein Logo drauf. Ein Totenkopf mit Flügeln.«

Eine Perfekto.

Das Zeichen der Hell's Angels.

Sofort schoss ihr der Vorname in den Kopf, als hätte sie eine Ohrfeige bekommen.

Rémi.

Pierres Beschützer war kein anderer gewesen als Rémi Cazenove, der reiche Schönling, dem der junge Katholik abends Nachhilfe in Russisch gegeben hatte.

Er hatte behauptet, ihn nie außerhalb des Gymnasiums getroffen zu haben.

Eine Lüge, und zwar eine schwerwiegende.

54

Marchand betrachtete das Kind durch einen Einwegspiegel. Es hatte einen zauberhaften dunklen Lockenkopf, trug eine winzige Jeans und einen Pulli aus weißer Wolle. Es schien nicht zu bemerken, was rings um es her geschah. Seine Aufmerksamkeit war auf einen Berg bunter Bauklötzchen gerichtet, die es mit konzentrierter Miene aufeinanderstapelte.

Der Vernehmungsraum der Kripo war für diesen besonderen Zweck umgestaltet worden. Der schwarze Tisch war verschwunden, ebenso die harten Stühle und die Polizeiposter. Stattdessen gab es einen Teppich mit Mickey-Mouse-Motiven, eine Spielzeugkiste und eine ganze Reihe von Malutensilien.

Der Profiler warf Hénon einen düsteren Blick zu. Er befürwortete diese Initiative nicht. Zumal er sich nicht qualifiziert genug fühlte, seine Sache wirklich gut zu machen. Natürlich war er Psychoanalytiker. Aber für die Arbeit mit Kindern brauchte man besondere Kompetenzen und Erfahrung. Und was auch immer sein Vorgesetzter denken mochte, er besaß weder das eine noch das andere. Für ihn war die Vernehmung von Hugo Crémant reine Zeitverschwendung. Es bestand lediglich die Gefahr, den Jungen noch ein wenig mehr zu traumatisieren.

Er drehte sich zu den Eltern um.

»Machen Sie sich keine Sorgen. Es wird alles gut gehen.«

Michel und Florence Crémant nickten. Wenigstens war es François gelungen, ihr Vertrauen zu gewinnen. Bei ihrer derzeitigen Verfassung war das schon eine ganze Menge.

Er öffnete die Tür und trat ein.

»Guten Tag, Hugo.«

Der Junge war ganz in seine Tätigkeit versunken und antwortete nicht. François ging zu ihm hin. Er setzte sich im Schneidersitz ihm gegenüber und sah ihm beim Spielen zu. Die kleinen Hände stapelten Bauklötzchen, mit präzisen, bedächtigen Bewegungen, als handelte es sich um die wichtigste Sache der Welt. Als das Bauwerk eine beachtliche Größe erreicht hatte, zerstörte er es mit einem Schlag. Mit kritischem Blick musterte er sein Zerstörungswerk, dann machte er sich wieder an die Arbeit.

Marchand wartete. Hugo sollte sich erst an ihn gewöhnen. Dann fing er ein Gespräch an.

»Ich heiße François. Was machst du denn da?«

Immer noch keine Antwort.

»Das sieht gut aus«, fuhr der Polizist fort. »Kann ich mit dir spielen?«

Ohne sein Spiel zu unterbrechen, nickte der Junge.

»Gut…«

Der Profiler nahm einen Bauklotz und setzte ihn auf die anderen. Dann nahm er noch einen und setzte, immer abwechselnd mit dem Kind, Bauklötzchen auf Bauklötzchen. Über eine Minute lang arbeiteten sie schweigend. Dann, in dem Moment, als François am wenigsten darauf gefasst war, fragte Hugo:

»Wo ist Mama?«

»Nebenan.«

»Wo nebenan?«

»Hinter der Fensterscheibe.«

»Das ist keine Fensterscheibe, das ist ein Spiegel.«

»Du hast recht. Das ist ein Spiegel. Aber man kann trotzdem durchschauen.«

Die Antwort schien ihm gut zu gefallen. Er ließ von den Klötzchen ab und schnappte sich eine Plastikpistole. Er richtete sie auf François und kniff die Augen zusammen, als wolle er schießen.

Der Polizist tat so, als habe er Angst.

»Willst du mich töten?«

»Das ist doch nur zum Spaß. Ich kenne dich ja gar nicht.«

»Na und? Würdest du mich denn töten, wenn du mich kennen würdest?«

Der Junge zögerte. Er legte die Spielzeugwaffe wieder hin, fand einen Plastikdinosaurier und spielte damit weiter.

François nahm sich noch ein wenig Zeit, Hugo zu beobachten. Er war entspannt, vertraute ihm. Die erste Phase lief ganz gut. Schließlich beugte der Profiler sich vor und fragte mit sanfter Stimme:

»Ich würde gerne über das sprechen, was in eurem Haus passiert ist. Bist du einverstanden?«

Hugos Miene verdüsterte sich.

»Wenn du magst…«

»Deine Mama ist stolz auf dich, weißt du? Du bist offenbar ganz schön mutig gewesen.«

Keine Reaktion. Dann fragte der Junge:

»Sag mal, stimmt es, dass Justine tot ist?«

»François' Herz krampfte sich zusammen.

»Ja. Das stimmt.«

»Ist sie im Himmel?«

»Gewissermaßen.«

»Was heißt das: gewissermaßen?«

Da hatte er den Profiler kalt erwischt. Trotz aller Bemühungen fiel ihm eine Antwort sehr schwer. Aufs Geratewohl bastelte er eine Antwort zusammen.

»Das soll ›ja‹ heißen. Ich bin sicher, dass sie an dich denkt.«

Hugo lächelte beruhigt. François nutzte die Gelegenheit, um die Sache noch einmal anders anzugehen.

»Wie läuft das so, wenn Justine auf dich aufpasst?«

»Na ja … Ich geh ins Bett.«

»Bringt sie dich ins Bett?«

»Nein. Das macht Mama.«

»Dein Zimmer ist oben, nicht wahr?«

»Ja.«

»Kommt Justine dann noch einmal, um nach dir zu sehen?«

»Warum?«

»Um zu wissen, ob du gut schläfst.«

»Weiß ich nicht, dann schlafe ich doch.«

François lächelte.

»Und an dem Abend, als sie in den Himmel gekommen ist, hast du da auch geschlafen?«

»Ja.«

»Hast du nichts gehört?«

Hugo wirkte plötzlich abwesend. Er legte den Dinosaurier hin, schnappte sich die Farbstifte und begann zu zeichnen.

Bei François klingelten alle Alarmglocken. Wenn jemand schwieg, verbargen sich manchmal Abgründe dahinter. Er ließ nicht locker.

»Ist etwas passiert?«

»Ich hatte einen Albtraum.«

»Willst du ihn mir erzählen?«

»Dann kriege ich Angst.«

»Du brauchst keine Angst mehr zu haben. Ich bin doch da.«

Das Kind zeichnete weiter. Schwarze Blitze, rote Streifen. Nichts Gegenständliches.

»Da war ein Monster.«

»Ein Monster?«

»Ja. Es wollte mich töten.«

»Was hast du dann gemacht?«

»Ich habe mich unter der Decke versteckt.«

»Und dann?«

»Es wollte mich trotzdem holen. Es hatte ein großes Messer. Mit viel Blut dran.«

Die Tatwaffe. Oder zumindest die Waffe, die der Kläger benutzt hatte, bevor er beschloss, Justine durch Schläge mit dem Schürhaken zu massakrieren. François sprach weiter, ohne eine Regung erkennen zu lassen.

»Was ist denn geschehen?«

»Er hat mich angesehen.«

»Ist das alles?«

»Danach bin ich aufgewacht.«

»Und da bist du dann runtergegangen.«

»Ja…«

Der Profiler nickte. Hugos Traum stimmte unmittelbar mit dem Ablauf des Mordes überein. Folglich war es recht wahrscheinlich, dass er den Mörder gesehen hatte. Seine Psyche hatte lediglich die Realität manipuliert, um sie erträglich zu machen. In der Vorstellung dieses Fünfjährigen konnte das, was er erlebt hatte, nur ein Albtraum gewesen sein.

»Wie sah es aus, dieses Monster?«

»Wie ein Menschenfresser.«

»Hast du schon Menschenfresser gesehen?«

»Ja.«

»Wo denn?«

»In meinen Büchern. Da gibt es Bilder.«

François versucht es anders.

»War er groß oder klein?«

Hugo sah von seiner Zeichnung auf.

»Bist du blöd oder was? Menschenfresser sind immer groß!«

»Stimmt. Entschuldige, hatte ich vergessen…«

Das Kind zuckte die Schultern.

»Der war in Plastik eingepackt.«

»In Plastik?«

»Ja. Wie das Papier, in das man den Müll reintut. Er sah aus wie ein ›Kosmogaut‹.«

François übersetzte für sich, was er da gerade gehört hatte. Ein steriler Anzug wie in der Medizin, in der Bakteriologie. Das erklärte, warum man am Tatort keinerlei DNS-Spuren gefunden hatte.

»Außerdem hatte er schwarze Haare«, fuhr Hugo fort. »Aber das waren keine echten Haare.«

Der Profiler runzelte die Brauen.

»Woher weißt du das?«

»Die waren angeklebt.«

»An den Kopf?«

»Nein. An die Maske.«

Hatte das Kind sich das eingebildet, oder war es eine neue Spur? François fragte genauer nach.

»Und bist du dir sicher, dass es eine Maske war?«

»Ja klar. Ich bin doch nicht blöd.«

Jetzt brauchten sie nicht mehr zu hoffen, sie könnten den Mörder identifizieren, sondern nur noch herausfinden, wie das Latexgesicht genau aussah.

»Kannst du ihn mir beschreiben?«

Hugo zeichnete weiter.

»Sie war ganz weiß. Sie sah nicht sehr zufrieden aus. Und der Mund, der war ganz dünn.«

Das Kind hatte angefangen, die Umrisse eines Gesichts zu zeichnen. Eine Skizze, sehr ungenau, auf der aber nach und nach kantige Knochen erschienen, eine hohe Stirn, eine gerade Nase, darüber eine Masse schwarzen glatten Haares.

Als er mit der Zeichnung fertig war, fragte François:

»Kann ich die mitnehmen?«

»Die hab ich für dich gemacht.«

Der Polizist steckte die Zeichnung ein. Er stand auf und streichelte dem Kind übers Haar.

»Das war gut, mein Großer. Du bist ein echter Meister.«

Hugo hatte sich bereits in sein neues Werk vertieft. Er wusste nicht, dass seine Zukunft für alle Zeiten durch das geprägt sein würde, was er gerade durchlebte.

Für ihn zählte nur der Augenblick.

55

Eine Maske.

Dieses Schwein hatte eine Maske getragen.

Seit zehn Minuten sah François sich diese Zeichnung an, aber es gelang ihm nicht, sie mit irgendetwas in Verbindung zu bringen. Ein auf unbestimmte Weise menschliches Gesicht mit beängstigendem Ausdruck und scharf geschnittenen Zügen. Die Scherzartikelläden waren voll von solchen Monstern.

Er stand auf und kochte sich Kaffee. Seit dem Aufwachen hatte er keine Zeit dazu gehabt. Viel zu viel zu tun. Zum Glück hatte Charlotte bei ihrer Großmutter geschlafen. Und diesmal war es François auch lieber so. Er hatte nicht das Gefühl, noch die Kraft zu haben, mit ihr zu sprechen oder zu streiten. Nicht unter diesen Bedingungen. Sie brauchten eine echte Auszeit. Eine Woche Ferien, nur sie beide, um ihre Beziehung wieder zu festigen.

Der Geruch des Nespressos ließ ihm das Wasser im Mund zusammenlaufen. Er tat löffelweise Zucker hinein, als Ausgleich dafür, dass er nichts Ordentliches gegessen hatte. Seit ein paar Tagen war es mit seiner Ernährung nicht mehr weit her. Da er ohnehin nervös war, war dieses Verhalten geradezu selbstmörderisch.

Schwungvoll wurde die Tür aufgerissen.

»Yo, Mann. Sieht ganz so aus, als würdest du mal wieder ein paar Überstunden runterreißen, was?«

Karim Hallaoui. Mütze verkehrt herum, dunkelgrauer Trainingsanzug, Kopfhörer auf den Ohren. Der Festplatten-Mozart lächelte sein breitestes Lächeln. Seine Augen dagegen wirkten stoned.

»Hallo, Karim. Alles klar?«

»So weit alles klar, und bei dir?«

»Passt schon.«

Das übliche Geplänkel. Der wahre Grund für seine Anwesenheit ließ sich in einem Wort zusammenfassen: Tercian. Das war das Neuroleptikum, das er ihm tags zuvor versprochen hatte, damit er den Entzug überstehen würde. François rückte gleich mit der Wahrheit heraus:

»Ich hatte keine Zeit, mich um dich zu kümmern.«

»Im Ernst?«

»Ich hatte nicht einen Moment Zeit für irgendwas. Willst du einen Kaffee?«

Das Lächeln verschwand.

»Was brauch ich einen Kaffee? Ich bin auf Entzug, Mann, ich brauche Medis.«

»Du bist nicht auf Entzug. Das spielt sich nur in deinem Kopf ab.«

»Ach ja, und woher weißt du das? Bist du da drin in meinem Kopf oder was?«

Verzweiflung. Der Profiler fühlte sich ein wenig schuldig. Wenn er Karim brauchte, war er immer da. Von ihm dagegen kam nichts. Er wies ihn trotzdem in seine Schranken.

»Als Erstes beruhigst du dich jetzt mal, ja?«

»Ich mich beruhigen?! Hast du dir mal meine Fresse angeschaut?«

»Und du dir die meine? Glaubst du etwa, mir macht das besonderen Spaß?«

François war laut geworden. Karim senkte den Kopf wie ein kleines Kind, das man auf frischer Tat ertappt hatte. Er murmelte zwei oder drei Flüche, dann fing er wieder an:

»Wann kümmerst du dich denn darum?«

»Na ja, sobald ich den Fall abgeschlossen habe.«

»Jou! Und was mach ich unterdessen? Ich versuch's mal mit Eisenkraut, ja?«

»Du beißt die Zähne zusammen wie alle anderen auch.«

Diese Herausforderung würde dem Informatiker ungeheuerlich erscheinen.

François legte eine neue Espressokapsel in die Maschine ein. Er zapfte den Saft und hielt Karim eine Tasse hin.

»Koffeinfrei. Null Stress. Magst du Zucker?«

Hallaoui fand das überhaupt nicht lustig.

»Drei.«

Der Profiler musste grinsen, als er ihm die Zuckerbeutelchen hinhielt.

»Zieh nicht so ein Gesicht. Das Härteste hast du schon hinter dir.«

»Oh Mann … mich arscht das alles so an …«

»Na los, jetzt setz dich mal fünf Minuten hin. Ich hab mit dir zu reden.«

Hallaoui zog sich maulend einen Stuhl heran. Dann sah er die Zeichnung auf dem Schreibtisch liegen.

»Nicht gerade gelungen … Wer ist denn der Künstler? Deine Tochter?«

»Nein. Das hat mit meinem Fall zu tun.«

»Bist du auf der Jagd nach Michael Myers?«

»Nach wem?«

»Ich fass es nicht. Sag bloß, du hast *Halloween* nicht gesehen?«

Der Profiler spürte sein Herz schneller schlagen.

»Ist das nicht so ein Horrorfilm?«

Karim war entsetzt.

»Das ist eine Legende, du Idiot! Neun Verfilmungen seit 1978. Die letzte kam vor zwei Jahren raus.«

Maxime! Die Website »horror.com«, die sie auf seinem Computer gefunden hatten. Das war eine unerwartete Verbindung. François ging um den Schreibtisch zu seinem Sessel, machte es sich darin bequem.

»Nun mach schon. Erzähl.«

»Myers ist ein Psychopath. Ein echter Metzger. Heute wirken die Filme eher komisch, wenn man sich ansieht, was mittlerweile so alles produziert wird. Aber damals war das richtig heavy stuff. Zumal John Carpenter beim ersten Film Regie führte. Du weißt, was ich meine… «

»Nein.«

»*Das Ding aus einer anderen Welt, Vampire, Ghosts of Mars*…«

Der Junge schien sich echt auszukennen. Im Gegensatz zu François. Dieses Universum war ihm so fremd wie die Seidenmalerei.

»Das ist gewiss sehr spannend. Aber erzähl mir mehr von Myers.«

»Das Ganze fing in einer Halloweennacht an. Daher auch der Name der Serie… Als es losgeht – ich erzähl dir jetzt die Neuverfilmung –, ist er gerade mal zehn Jahre alt. Und ich kann dir sagen, da ist der schon ziemlich durchgeknallt. Zieht sich eine Latexmaske über den Kopf, ein bisschen so wie auf deiner Zeichnung da, und macht dann die halbe Familie mit dem Küchenmesser oder dem Baseballschläger platt. Die Einzige, die er nicht umbringt, ist seine kleine Schwester.«

Eine Maske. Eine Stichwaffe. Eine Überlebende. Alles passte zusammen. Der Mörder hatte lediglich den Baseballschläger gegen einen Schürhaken eingetauscht.

Karim erzählte eifrig weiter.

»Aber das ist erst der Anfang. Er wird festgenommen, man steckt ihn in ein Sanatorium, siebzehn Jahre später kann er entkommen. Ich erzähle dir hier nichts großartig Neues. Er kehrt in sein Viertel zurück und sticht alles ab, was sich bewegt. Sogar den Psychiater, der ihn heilen wollte.«

François hörte gar nicht mehr hin. Ohne es zu merken, hatte Karim gerade den absoluten Knüller entdeckt. Hier ging es nicht um Transsexualität, Wiedergeburt oder heidnische Naturriten. Indem der Mörder Justine auf diese Weise umbrachte, war er nicht dieser Logik gefolgt, sondern hatte einfach nur die Handlung eines Horrorfilms nachgespielt.

Diese Kröte zu schlucken fiel dem Profiler schwer. Er war in die falsche Richtung gerannt, weil er unbedingt alles in die Psychoecke hatte schieben wollen. Selbst Forestier war das aufgefallen. Um zu erklären, warum es keine Vergewaltigung gegeben hatte, hatte François sich sogar schnell noch eine Theorie zusammengebastelt. Die hatte zwar Substanz, aber er hatte sie nur deshalb erfunden, weil er wieder auf den Füßen landen wollte. In seiner Erklärung war die Impotenz des Killers der Grund dafür, dass er über Justines Leiche hergefallen war.

Und zu dieser These war er dann auch wieder zurückgekehrt, als er entdeckte, dass es noch einen Mord geben musste, der noch gar nicht entdeckt worden war. Einen Mord, dem diesmal vielleicht eine Vergewaltigung vorausgegangen war. Und auch hier war es ihm gelungen, dem Ganzen einen Zusammenhang zu geben, indem er sich überlegt hatte, dass der Killer mit seinem Werk vielleicht nicht zufrieden gewesen war und es deshalb noch einmal hatte verbessern wollen.

Und das alles nur, weil er unbedingt an seine These glauben wollte und sich selbst nicht eine Sekunde lang infrage stellte. Und vor allem, weil sein alter Beruf ihm die Legitimation dazu gab.

Was für ein hanebüchener Unsinn!

Karims Stimme drang wie ein Summen an sein Ohr:

»Der erste Film war der beste. Danach haben sie wirklich nur noch irgendeinen Quatsch gedreht.«

François fiel ihm ins Wort.

»Wenn ich dir Folgendes erzähle: Das Opfer wurde mit der Kettensäge umgebracht, und es wurde ihm das Gesicht abgenommen – woran denkst du dann?«

»Soll das jetzt ein Quiz zum Thema Horrorstorys sein oder was?«

»Ja, genau, ein Quiz.«

»*Blutgericht in Texas*, besser bekannt unter dem Originaltitel *The Texas Chainsaw Massacre*. Sechs Folgen. Die erste 1974, unter der Regie von Tobe Hooper. Der abartige Kerl, der die Touristen abschlachtet, heißt *Leatherface*. Wegen seiner Maske aus Menschenhaut.«

»Und jetzt: ein Opfer mit Verbrennungen dritten Grades, dem mit einer Stichwaffe zahlreiche Wunden zugefügt wurden.«

»Was denn für Wunden?«

»Symmetrische, in Vierergruppen. Wie mit einer Heugabel, zum Beispiel.«

Der Junge dachte nach. Dann hellte sich seine Miene auf.

»*Nightmare – Mörderische Träume*. Wes Craven. Von der Nightmare-Reihe gab es acht Folgen. Neun, wenn man die Fernsehserie mit dazurechnet. Der Mörder heißt Freddy Krueger. Kinder waren schuld, dass er den Flammentod sterben musste, da kehrt er zurück, um sie im Schlaf zu ermorden. Er hat sich dafür eine Art Handschuh gebastelt, der aus Rasierklingen besteht. Eine Klinge für jeden Finger, nur der Daumen fehlt.«

Bei jeder Erklärung Karims wurde der Nagel ein wenig tiefer hineingetrieben. Nicht nur der Mord an Justine passte jetzt nicht mehr ins Schema, das ganze Gerüst ihrer bisherigen Ermittlungsarbeit ging in Rauch auf.

Der Mörder war kein perverser Sexualstraftäter. Weit gefehlt! Seine Motive ähnelten eher denen der *copycats*, jenen Tätern, die versuchen, von anderen begangene Verbrechen zu kopieren.

Diese Verbrechen dort waren rein virtuell. Kinometzeleien, weitaus spektakulärer als der gewöhnliche Tod. In seinem Wahnsinn hatte der Mörder beschlossen, sich von den berühmtesten Schreckgestalten der Kinowelt inspirieren zu lassen. Jedes Mal hatte er sich einige Details herausgegriffen, mit der die Person oder deren Art zu töten charakterisiert wurden. Die Kettensäge und die Maske aus Fleisch; das Feuer und die symmetrischen Wunden; das Küchenmesser, der Schürhaken und die Halloweenmaske.

Wie hatte man sich den Täter vorzustellen? War er größenwahnsinnig? Ganz bestimmt. Aber paradoxerweise auch sehr unsicher, ein Mann ohne Vorstellungskraft, ohne eigene Phantasie.

Der größte Albtraum für einen Profiler.

»Ermittelst du jetzt im Umfeld von Splatterfilmfans?«

»Wie bitte?«

François war so in Gedanken vertieft gewesen, dass er Hallaoui ganz vergessen hatte.

»Deine Fragen. Die hast du doch nicht gestellt, um persönliche Wissenslücken zu stopfen.«

Jetzt blieb keine Zeit mehr für Erklärungen. Er fühlte nur noch eines: dass es eilte und dass sie die Sache noch einmal ganz neu aufrollen mussten.

»Danke für deine Hilfe, Karim. Ich muss weitermachen.«

»Du schmeißt mich raus?«

»Komm Montag wieder. Dann hab ich, was du brauchst.«

»Sicher?«

»Willst du's schriftlich?«

Karim lächelte breit und grüßte auf Arabisch, Hände gefaltet und Rücken gebeugt. Während François ihm zusah, nippte er am Kaffee. Der war kalt geworden. Er ging zurück, um sich einen frischen zu kochen, und grübelte dabei über alles nach.

Im neuen Licht betrachtet, gab es trotzdem noch einen Punkt, der nicht recht passen wollte. Der Mörder hatte keine Nachricht hinterlassen. Er forderte nichts, er suchte keinen Kontakt. *Copycats* hatten aber meistens das Bedürfnis nach Anerkennung. Um ein Gefühl der Wertlosigkeit zu kompensieren, das mit ihrem Mangel an Persönlichkeit zu tun hatte. Warum war der Täter so unauffällig?

François ließ den Kopf nach hinten sinken und betrachtete die Decke. Er fühlte sich erbärmlich, wertlos. Obwohl er so viel wusste und über eine starke Intuition verfügte, hatte sein Gegner ihn reingelegt. Er behandelte ihn wie einen Hampelmann und ließ ihm nicht die geringste Chance, in sein Denken einzudringen.

»Ein Menschenfresser«, hatte der kleine Hugo gesagt. Wie die Monster, die der Verrückte sich zum Vorbild genommen hatte. Er war aus dem Nichts aufgetaucht, um Kinder zu verschlingen. Es gab kein Gesicht, keine einzige Spur, nichts. Er hatte sich seinen Opfern auf Zehenspitzen genähert und dann Köder benutzt, um selbst im Schatten zu bleiben.

Diesem kleinen Körnchen im Getriebe musste François nachgehen.

Er musste sich an die Treiber halten. Denn im Gegensatz zum Mörder machten sie Fehler.

Bei Maxime war das der Fall gewesen. Nun wurde er gesucht. Natascha würde irgendwann den falschen Weg einschlagen. Und wahrscheinlich gab es noch zwei andere …

Die Treiber.

Sie waren der einzige Schwachpunkt des Mörders.

56

Ein Hupsignal.

Julia schreckte aus dem Schlaf. Durch das Fenster starrte sie jemand missmutig an. Sie ließ die Scheibe herunter, die Augen noch ganz glasig vom Schlaf.

»Was ist das Problem?«

»Wir müssen ausliefern! Sie können wohl nicht lesen?«

Sie holte ihren Polizeiausweis heraus und hielt ihn müde hoch.

»Aber du schon, was?«

Der Kerl wich zurück wie der Teufel vor dem Kruzifix. Er drehte sich um und ging, ohne weiter auf seinem Ansinnen zu beharren.

Die junge Frau ließ die Fensterscheibe wieder hoch. Es war kalt in dem Wagen, was der Treibhauseffekt nur noch schlimmer machte. Sie streckte sich, gähnte, bis sie sich fast den Kiefer ausrenkte, und sah dann auf ihre Uhr – neun Uhr dreißig. Um Himmels willen! Sie hatte verschlafen.

Sofort schaltete sich ihr Verstand ein. Grenoble. Die Krypta. Bafamal … Der Pseudovampir hatte sie zu Rémi Cazenove geführt, dem reichen Schnösel, dem Pierre nach der Schule Nachhilfe gab.

Als sie vor fünf Stunden den Friedhof verlassen hatte, wollte sie den jungen Mann festnehmen, sobald er aus den Federn kroch. Über die Auskunft hatte sie seine Adresse ausfindig gemacht und dann vor seinem Haus geparkt und die gesetzlich vorgeschriebene Uhrzeit abgewartet. Aber dann war sie eingeschlafen.

Julia stieg aus dem 306er aus. Eine Tasse Kaffee war jetzt

das Wichtigste. Sie entdeckte eine Brasserie auf der anderen Straßenseite. Sie lehnte sich an die Theke, bestellte einen Espresso und schnappte sich die lokale Zeitung. Der Mord war nicht mehr auf der Titelseite. Man hatte ihn nach hinten auf Seite sieben verschoben, geschrumpft auf ein paar wenige Zeilen, in denen die neuesten Erkenntnisse der Ermittlung zusammengefasst wurden. Laut Aussage der Staatsanwaltschaft Grenoble gab es keine. Außerdem schien man gegenwärtig noch nicht erkannt zu haben, dass es einen Zusammenhang mit dem Verbrechen in Roussillon und dem in Bagnolet gab.

Julia faltete die Zeitung zusammen und kippte den Espresso in einem Zug hinunter. Hénons Anweisungen waren befolgt worden, das war für sie nicht schlecht.

Sie verließ die Brasserie und überquerte die Straße. Es war ein prächtiges Wohnhaus, von denen es in der Innenstadt sehr viele gab. Der Concierge wischte mit viel Wasser die Halle und sah sie nicht einmal hereinkommen.

Zweiter Stock. Eine elegante Frau öffnete ihr. Mit ihrer tadellosen Frisur und ihrem Haute-Couture-Kleid hätte Julia sich gut vorstellen können, wie sie für eine Promizeitschrift posierte. Sie war schon über vierzig, hatte aber noch immer die Figur eines Topmodels.

Die Ermittlungsbeamtin zeigte ihren Ausweis vor.

»Madame Françoise Cazenove?«

»Ja …«

»Leutnant Drouot. Kripo. Ist Ihr Sohn zu Hause?«

»Nein, was ist denn los?«

Das fing ja gut an. Julia fragte:

»Darf ich reinkommen?«

»Bitte schön.«

Wie erwartet, lebte Rémi im Überfluss. Hohe Decken, Stuck, zeitgenössische Möbel und persische Teppiche. Eine schwarze Hausangestellte wischte Staub in einer riesigen

Bibliothek, in der überall Bronzefigürchen herumstanden. Die Hausherrin entließ sie mit einer knappen Handbewegung.

Die beiden Frauen waren allein.

»Wo ist Rémi?«, fragte Julia in harschem Ton.

»Ich weiß nicht.«

»Vielleicht hat Ihr Mann eine Idee?«

»Ich lebe allein mit meinem Sohn. Aber … können Sie mir sagen, was Sie von ihm wollen?«

Julia hatte nicht die Absicht, es ihr zu erklären.

»Machen Sie sich keine Sorgen«, improvisierte sie. »Vor dem Gymnasium hat es einen Unfall gegeben. Wir bräuchten lediglich seine Zeugenaussage.«

Bei der Wölfin schrillten sofort alle Alarmglocken.

»Einen Unfall? Mein Gott! Es ist ihm doch hoffentlich nichts passiert?«

»Nein. Er selbst war nicht darin verwickelt.«

Erleichterung.

»Dieses Motorrad macht mich noch wahnsinnig.«

Julia sprang sofort darauf an.

»Rémi hat ein Motorrad?«

»Eine Harley Davidson.«

Noch ein Puzzlestückchen. Die Reifenspuren vor der Verbrennungsfabrik gehörten zu einer schweren Maschine. Mit den Stiefeln, deren Spuren man gefunden hatte, der Lederjacke und dem Wappen war die Ausstattung eines Hell's Angels komplett.

»Um wie viel Uhr ist er gegangen?«

»Ich habe ihn seit gestern Morgen nicht mehr gesehen. Aber am Spätnachmittag ist er wahrscheinlich hier gewesen. Der Audi steht nicht mehr in der Garage.«

Ein Alarmzeichen.

»Kommt es oft vor, dass er anderswo schläft?«

»Regelmäßig. Vor allem, wenn er das Auto nimmt.«

»Haben Sie eine Idee, wo er sich aufhalten könnte?«

»Überhaupt keine. Aber ich kann ihn anrufen, wenn Sie das möchten.«

Bloß das nicht! Julia kramte einen Kugelschreiber aus der Tasche.

»Geben Sie mir seine Handynummer. Wir werden ihn anrufen.«

Françoise Cazenove gehorchte. Die Polizeibeamtin schrieb sich die Nummer auf und fragte beiläufig:

»Kann ich sein Zimmer sehen?«

»Aus welchem Grund?«

Wieder musste sie sich eine Lüge ausdenken, und zwar schnell, und diese selbstsicher vorbringen.

»Ich muss sichergehen, dass er nicht hier ist.«

»Glauben Sie mir etwa nicht?«

»Das ist Vorschrift. Dauert nur eine Minute.«

Die Mutter zögerte. Dann trug die Macht des Amtes den Sieg davon, wie meistens.

»Ist in Ordnung. Ich zeige es Ihnen.«

Sie gingen durch einen Gang, der von Halogenlampen erleuchtet wurde, die man in eine abgehängte Decke eingelassen hatte. Auf beiden Seiten Türen. Sie waren geschlossen, mit Ausnahme von einer. Julia sah einen großen, hellen, mit Wandtäfelungen verkleideten Raum. An den Wänden waren Holzplatten angebracht, an denen bunte Zeichnungen hingen. Eine aufgebockte Arbeitsplatte nahm die Hälfte des Raums ein. Auf ihr stapelten sich Stoffe wie in den Regalen eines Altkleiderhändlers.

»In welcher Branche arbeiten Sie?«, fragte Julia, nur um etwas zu sagen.

»In der Modebranche. Ich bin Modedesignerin.«

Die Polizistin antwortete nichts darauf. In ihren abgewetzten Jeans, ihren Sportschuhen und dem Bergwanderer-Anorak war sie geradezu die Antithese dieser Modewelt.

Eine Biegung. Noch eine Tür.

Tapetenwechsel.

Ein großer, komplett schwarz gestrichener Raum. Die Jalousien waren geschlossen, die Vorhänge zugezogen, es herrschte eine Stimmung wie bei einer Totenwache. Das Licht kam aus blutroten Glühbirnen, die wie reife Äpfel an einem Plastikbaum hingen. Sie warfen ihr Licht auf erschreckende Poster, gruselige Zeichnungen, die einem kranken Hirn entsprungen schienen: helmbewehrte Totenköpfe, eine Allegorie der Hölle, eine Kreatur mit dem Kopf eines Ziegenbocks, eine Kreuzigung…

Rémi hatte voll zugeschlagen. Seine Mutter ließ ihn machen, wahrscheinlich, weil sie niemanden hatte außer ihm. Der kleine Dreckskerl nutzte das aus.

»Das geht wieder vorüber«, bemerkte sie peinlich berührt.

Sie ging zum Fenster, dann hörte man das typische Geräusch elektrischer Jalousien. Allmählich drang Tageslicht in die Krypta.

»So ist es besser, nicht wahr?«

Julia nickte. Ohne die künstliche Beleuchtung hatte die Einrichtung keine so intensive Wirkung mehr. Zusammengeknüllte Laken, herumliegende Kleider, stapelweise Comics in der Ecke. Es gab keinen Schreibtisch. Kein Buch. Nur einen Plasmabildschirm und einen DVD-Player, der neben einem winzigen Laptop, einem topaktuellen Modell von Sony, direkt auf dem Boden stand.

Das war das einzige Objekt, das die Ermittlungsbeamtin interessierte.

Sie sah sich erst einmal alles genau an, um das Misstrauen der Modedesignerin zu zerstreuen. Sie schaute unters Bett, als vermute sie dort jemanden. Dann öffnete sie die Schränke, in denen in Reih und Glied eine beeindruckende Sammlung von Stiefeln stand: Santiagos, Texas-Stiefel, Ranger – für jeden Geschmack war etwas dabei. Sie inspizierte noch das Badezimmer nebenan, bevor sie ins Zimmer zurückkehrte.

Schließlich holte sie das Handy aus der Tasche und tat so, als habe sie einen Anruf bekommen. Sprach zwei einsilbige Sätze und wandte sich an die Frau.

»Könnten Sie mich wohl einen Moment allein lassen?«

Françoise Cazenove verließ das Zimmer. Sobald Julia allein war, stöpselte sie den Laptop aus. Sie öffnete ihren Gürtel und steckte ihn ein Stück weit in ihre Jeans. Nachdem sie den Gürtel wieder fest zugeschnallt hatte, machte sie ihren Anorak zu.

Sie ließ noch ein paar Sekunden verstreichen und verließ dann das Zimmer. Die Modedesignerin wartete im Gang, eine Zigarette rauchend.

»Alles in Ordnung«, sagte Julia. »Ich gehe jetzt wieder.«

»Ich werde Rémi sagen, dass er bei Ihnen vorbeischauen soll.«

»Das wird nicht nötig sein. Wir werden ihn sicher vorher treffen.«

Und schon war Julia aus dem Haus.

Kaum saß sie im Auto, holte sie den Sony aus seinem Versteck und schaltete ihn ein. Es erschien eine Aufforderung, das Passwort einzugeben. Wütend schlug sie mit der Faust aufs Steuer. Was nun? Es würde viel zu viel Zeit in Anspruch nehmen, jetzt noch das Passwort zu knacken. Falls es ihr überhaupt gelingen würde. Sie klappte die Kiste wieder zu und sah auf ihre Uhr – zehn Uhr fünfzehn. François dürfte jetzt mit der Vernehmung des kleinen Hugo fertig sein. Sie rief ihn an.

»Ich bin's, kann ich dich sprechen?«

»Schieß los. Ich bin in meinem Büro.«

Er klang distanziert, fast schon ein wenig brüsk. Julia konnte sich gut vorstellen, welche Spannung in der Zentrale herrschte, und ging darüber hinweg.

»Du hattest recht mit den Treibern. Ich komme gerade von Rémi Cazenove. Er hat Pierre zur Fabrik gefahren.«

»Bist du sicher?«

»Ganz sicher. Er hat ihm in den leuchtendsten Farben versprochen, man werde ihn nach einer Initiation in eine satanistische Splittergruppe aufnehmen. Damit hat er ihn geködert.«

»War Pierre Satanist?«

Julia gab ihm schnell eine Zusammenfassung des ersten Teils der Nacht. Erzählte ihm von Le Barbelé, dem Friedhof Saint-Roch, der Krypta und dem Gespräch mit Bafamal. Ein Tauchgang ohne Sauerstoffflasche in die düsteren Gewässer der Satansanbeter.

»Die Reifenspuren könnten von seinem Motorrad stammen«, schloss sie. »Dasselbe gilt für die Stiefel. Davon hat er eine ganze Sammlung. Dieses kleine Arschloch hat uns einen ganz gewaltigen Bären aufgebunden.«

Stille. Dann fragte der Profiler:

»Hast du ihn festgenommen?«

»Nein. Seine Mutter hat ihn seit gestern nicht mehr gesehen.«

»Glaubst du, er ist abgehauen?«

»Sieht ganz so aus.«

»Wahrscheinlich wurde er gewarnt«, fuhr François fort. »Und da völlige Nachrichtensperre herrscht, kann er das nur von Maxime erfahren haben.«

»Das lässt sich leicht herausfinden, nicht wahr?«

»Wir werden sehen. Die Telefonüberwachung hat gar nichts ergeben. Seit gestern hat er sein Telefon nicht mehr benutzt.«

»Gut, was mach ich jetzt? Eine Fahndung rausgeben?«

»Überlass das Kellermann. Hast du bei Cazenove was gefunden?«

»Ich habe seine Handynummer und seinen Laptop. Der Zugriff auf die Festplatte ist durch ein Passwort geschützt.«

»Nicht schlimm. Hast du immer noch den von Maxime?«

»Im Koffer.«

»Bestens. Dann können wir gleich zwei Fliegen mit einer Klappe schlagen. Melde dich bei Kellermann. Such dir einen Spezialisten bei der Kripo von Grenoble und konzentrier dich auf die Laptops. Wir müssen wissen, was da zu finden ist.«

Die Vorstellung, hier mitten in den Bergen Zeit zu vergeuden, begeisterte Julia nicht. Sie wäre lieber nach Paris gefahren, hätte lieber gemeinsam mit François die Ermittlungsarbeit vorangetrieben. Sie versuchte, den Auftrag abzuwehren:

»Aber das kann dauern. Und wir werden nicht mit Sicherheit was finden.«

»Ich weiß. Aber einen Versuch ist es wert.«

Nichts zu machen. François blieb hart, ein General auf dem Feldzug. Sie schluckte ihren Frust hinunter, und um das Thema zu wechseln, fragte sie:

»Und was gibt's bei dir? Wie ist es heute Morgen gelaufen?«

Ein leichter Widerstand, wie wenn ein Pferd vor einem Hindernis zurückschreckt.

»Gut … und schlecht …«, erwiderte er schließlich.

»Was denn nun?«

»Ich habe mich im Profil geirrt. Der Mörder ist keinesfalls ein Transsexueller. Er spielt Szenen aus Gore-Filmen nach. *Blutgericht in Texas*, *Nightmare – Mörderische Träume*, *Halloween*. Ich nehme mal an, die kennst du alle?«

Die junge Frau glaubte ihren Ohren nicht zu trauen. Natürlich kannte sie die! Als sie jung war, hatte sie vor diesen Monstern gezittert, die so wahnsinnig echt aussahen.

»Wie hast du …«

»Ich erzähl's dir. Unser Verrückter ist ein *copycat*, ein Trittbrettfahrer. Die Vorgehensweise ist für uns kein Anhaltspunkt mehr. Sie hat keinerlei tiefere Bedeutung.«

»Scheiße.«

»Du sagst es: Jetzt bleiben uns nur noch die Treiber. Wir werden die Schraube anziehen und abwarten, was dabei herauskommt. Hast du die Telefonnummer von Cazenove?«

Julia holte ihr Notizbuch aus der Tasche und gab ihm die Nummer.

»Perfekt«, erwiderte er ein klein wenig zu laut und triumphierend. »Ich werde seine Anrufe analysieren und sein Telefon anzapfen lassen. Wir hören voneinander.«

Ende des Gesprächs. Julia blieb ein paar Sekunden still sitzen, das Handy in der Hand, einen Knoten im Bauch. Nicht ein zärtliches Wort. Nicht ein Zeichen der Zuneigung. François hatte ein rein berufliches Gespräch geführt, so wie mit jedem anderen seiner Ermittlungsbeamten.

Sie versuchte, sich zu beruhigen. Er war ganz auf diesen Fall konzentriert. Ihm war gerade klar geworden, dass seine Theorien nichts wert waren. Das hatte ihn aus der Bahn geworfen und ärgerte ihn vielleicht.

Wütend klappte sie das Handy zu. Das war kein Grund, sie so zu behandeln. Dieser Typ war wirklich zu kompliziert.

Sie musste auf Abstand gehen.

Und zwar schnell.

Sonst würde sie nur leiden.

57

»Wir haben eine Fährte.«

Hénons vor Aufregung zitternde Stimme ließ fast die Lautsprecher bersten. Marchand schaltete die Lautsprechfunktion aus und nahm den Hörer ab.

»Wunderbar ...«

Der etwas zögerliche Tonfall machte den Polizeidirektor hellhörig.

»Was ist mit dir? Du hörst dich eigenartig an.«

»Ich weiß jetzt, was es mit der Zeichnung auf sich hat.«

»Das ist doch eher eine gute Nachricht oder nicht?«

»Ich habe mich getäuscht. Der Typ ist ein Nachahmer.«

»Was?«

François fasste sein Gespräch mit Hallaoui zusammen. Erzählte von der Maske von Michael Myers, von den Horrorfilmen und dass die Ermittlung jetzt in eine komplett andere Richtung ging… Aber vor allem von seinem Gefühl, gescheitert zu sein.

»Ist doch egal«, erwiderte Hénon. »Du bist jetzt auf dem richtigen Weg. Und nur das zählt.«

»Das ist leicht gesagt…«

»Scheiße, François, werde endlich erwachsen! Jeder irrt sich mal. Da muss man nicht gleich ein Drama daraus machen.«

Der Profiler antwortete nicht. Achtundvierzig Stunden zuvor hatte er Julia dasselbe gesagt. Er erinnerte sich daran. Aber wenn es um die eigenen Irrtümer ging, fiel es schwer, der Vernunft zu gehorchen.

»He! Bist du noch dran?«

»Ja…«

»Gut. Du ziehst jetzt mal einen Strich unter die Vergangenheit und reißt dich zusammen! Guillaume hat mich gerade angerufen. Sie haben vielleicht einen Zeugen gefunden.«

Den hatte François schon ganz vergessen. Forestier würde sich bestimmt ins Fäustchen lachen, wenn er erführe, dass seine Theorie keinen Pfifferling wert war.

»Hat er ihn schon vernommen?«

»Genau das hat er…«

»Ja und?«

»Der Typ macht vollkommen dicht. Guillaume verhört ihn schon seit vier Stunden. Es ist einfach nichts aus ihm herauszubringen.«

»Und jetzt ruft er um Hilfe…«

»Leute, die einen Vollschuss haben – das ist doch genau deine Sparte, oder nicht?«

Das war eine kleine Genugtuung. Forestier würde sich darüber allerdings ziemlich ärgern, dass er gezwungen war, die Sache weiterzugeben. Er hatte sicherlich alles versucht, bevor er aufgab.

»Wie hat er ihn gefunden?«

»Das war heute Nacht. Eine Streife der Polizei hat einen Obdachlosen dabei beobachtet, wie er vor dem Haus der Crémants herumschlich. Als sie seine Personalien überprüften, fing der Penner an, irres Zeug zu faseln. Zitierte Sätze aus der Apokalypse, dem letzten Gericht – du weißt schon, was ich meine. Plötzlich hat er etwas erzählt, was überhaupt nicht dazu passte.«

François war ganz Ohr.

»Und was?«

»Warte eine Sekunde, ich hab's mir aufgeschrieben.« Papiergeraschel. Endlose Sekunden.

»Da ist es… Also, er hat auf das Loft gezeigt und gesagt: ›Sie war dort. Ich hab sie gesehen. Sie hat das Lamm gebracht.‹«

Es gab ihm einen Stich ins Herz. Natascha? François wagte nicht daran zu glauben.

»Vielleicht meinte er ›das Tier‹?«

»Nein. Und dann hat er noch hinzugefügt: ›Und in ihrem Schatten habe ich den Antichrist gesehen.‹«

Diesmal war der Zusammenhang unmissverständlich. In der biblischen Allegorie spielten drei Personen eine Rolle. Eine Priesterin, das Lamm Gottes und der Teufel. Mit anderen Worten: Natascha, Justine und der Mörder. Der Clochard war Zeuge des Mordes gewesen und deutete ihn jetzt auf seine Weise. Wie war das möglich? Das Verbrechen hatte in der Küche stattgefunden, im ersten Stock, das Loft ging zwar auf die Straße hinaus, aber von der Stelle aus konnte man nichts erkennen. Der Polizeidirektor erzählte weiter:

»Die Kollegen brachten ihn aufs Kommissariat von Bagnolet, zur Identitätskontrolle. Dann haben sie sofort Guillaume angerufen, und der ist gleich hingefahren.«

Forestier hatte denselben Zusammenhang hergestellt. Er dürfte durch Hénon von Nataschas Existenz erfahren haben und hatte geglaubt, er könnte die Sache im Alleingang durchziehen.

Schade …

»Okay«, sagte François mit etwas festerer Stimme. »Ich fahre hin.«

»Guillaume hat den Penner zu sich nach Bobigny bringen lassen.«

»Na dann …«

Ein Seufzer am anderen Ende der Leitung.

»Bleib cool. Du hast die Zügel in der Hand.«

Dem Profiler huschte ein Lächeln übers Gesicht.

»Ganz genau. Und diesmal, das garantiere ich dir, werde ich sie nicht wieder loslassen.«

58

Die neuen Büros der zuständigen Kripo in der Rue de Carency rochen nach Plastik und Chlorreiniger. François achtete nicht darauf. Zu der Zeit, als er sein neues Leben als Bulle in den Problemvierteln von La Courneuve begonnen hatte, war er oft hierhergekommen …

Im Sturmschritt durchquerte er den zentralen Innenhof. Die Architekten hatten sich einen »offenen« Raum vorgestellt, eine Art riesige Glaswand, die ganze Lastwagenladungen graues Licht auf einen Landschaftsgarten kippte. Außen herum hatte man, in zwei Flügel verteilt, mehrere Polizeidienste zusammengelegt, die früher auf mehrere Gebäude verteilt gewesen waren: das Zentralkommissariat, die Abteilung für öffentliche Sicherheit, das Zentrum für behördliche Verwahrung, der Nachrichtendienst und schließlich ganz zum Schluss die für die Départements zuständige Kripo. Alles in allem über vierhundert Beamte, deren Aufgabe es war, in dem Département mit der höchsten Verbrechensrate für die Wahrung von Gesetz und Ordnung zu sorgen.

Marchand stieg die wenigen Stufen hinauf, die zu Forestiers Territorium führten. Als er durch die Glastür ging, hatte er das Gefühl, in Feindesland einzudringen. In dieser Festung war er nicht willkommen.

Der Hauptkommissar erwartete ihn in seinem Büro, ein wahres Schlachtfeld, was so gar nicht zu seinem strengen Stil passte. Der Kripochef des 93. Départements trug einen grauen Anzug, ein weißes Hemd und eine marineblaue Krawatte. Ein hoher Beamter, der gerade aus dem Ministerialbüro kam. Die Kutte macht noch keinen Mönch, dachte François, als er ihm die Hand schüttelte.

»Wo ist er?«

»In der Frischhaltebox.«

»Du hast ihn doch wohl nicht in die Zelle gesteckt?«

»Reg dich nicht auf.«

»Wir haben ihn nach Strich und Faden verhätschelt.«

Forestier ließ sich tief in seinen Ledersessel fallen.

»Übrigens, François …«

Honigsüße Stimme. Der Profiler wurde instinktiv misstrauisch.

»Ja, *Guillaume*?«

»Ich wollte dir sagen … Die alte Geschichte, das tut mir leid.«

Jetzt fing er wieder von vorn an. Auf die eine oder andere Weise lag der Mord an der jungen Araberin ihm immer noch quer im Magen.

François hatte keine Lust, den alten Mist noch einmal hochzukochen. Dazu war das hier weder der Ort noch die Stunde.

»Ach, hör doch auf. Mittlerweile ist viel Wasser den Bach hinuntergeflossen.«

»Ich hatte ja keine Wahl. Jouve hat so einiges für mich getan. Der Kerl war einer seiner Informanten. Na ja, du weißt ja, wie das ist…«

Nicht wirklich. François hatte nie einen Bandenboss protegiert, damit der sich erkenntlich zeigte.

Der andere Mann blieb stur, seine Stimme klang immer devoter:

»Lass uns Frieden schließen. Wir müssen zusammenarbeiten. Das wäre für alle das Bequemste.«

Der Profiler traute seinen Ohren kaum. Diese vorgetäuschte Reumütigkeit fand er erst recht zum Kotzen. Er stützte sich auf die Hände und beugte sich vor.

»Du entschuldigst, aber ich habe keine Zeit, dir zu helfen. Wenn du die Adresse eines Psychiaters brauchst, kann ich dir vielleicht eine geben. Können wir jetzt gehen?«

Der leitende Beamte setzte sofort wieder die furchterregende Miene auf, die alle an ihm kannten: wie ein Irrer, der gleich irgendein Ding dreht.

»Wie du willst.«

Wortlos gingen sie ins Untergeschoss. Ein Irrgarten aus neonbeleuchteten Gängen. In dieser Polizeieinrichtung war die eisige Atmosphäre, die in sämtlichen repressiven Universen herrscht, deutlich zu spüren. Mit eingezogenem Kopf folgte François seinem Feind. Die beiden Polizeibeamten schritten energisch aus, sie hatten es eilig, die Sache zu einem Ende zu bringen.

Sie gelangten vor eine Tür. Vernehmungsraum Nr. 7, stand auf einem Plastikschild. Der Aufseher nahm Habachtstellung ein.

»Er gehört dir«, bemerkte Forestier.

»Weiß man, um wen es sich handelt?«

Die Antwort kam mechanisch:

»Bernard Laugier. Siebenunddreißig Jahre alt. Adresse unbekannt. Wir haben uns in der Wohngegend des Opfers ein wenig umgesehen und schließlich den Saustall gefunden, in dem er haust. Er hatte sich genau gegenüber eingenistet, im ersten Stock eines unbewohnten Hauses.«

Das verlassene Haus. Das einzige Gebäude genau gegenüber. Jetzt erinnerte sich François. Als er zu Justine gegangen war, um ihre Mutter zu befragen, war es ihm kaum aufgefallen.

Forestiers Worte bestätigten nur, was er dachte.

»Die Fenster sind zugemauert. Das heißt, so halbwegs. Es gibt da einige Lücken zwischen den Backsteinen. Wenn man da hindurchlinst, hat man einen freien Blick auf das Loft.«

Das Sandkorn im Getriebe. Weder Natascha noch der Mörder hatten das vorhersehen können. Wie hätten sie auch auf die Idee kommen sollen, dass zwei Augen sie durch diese blinden Mauern beobachteten?

Der Kripochef drückte die Klinke herunter.

»Wenn du fertig bist, dann vergiss nicht, die Tür wieder hinter dir zuzumachen.«

François zog eine Grimasse und betrat die Arena. Es stank erbärmlich nach verfaultem Fisch. Hinter einem Tisch saß der Obdachlose mit gesenktem Kopf und schien zu schlafen. Er war in eine rote Decke eingehüllt. Und trug eine verschlissene Skimütze auf dem Kopf.

Der Profiler räusperte sich.

»Monsieur Laugier?«

Der Mann hob den Kopf. Knochiges Gesicht, schäbiger Bart, fahler Teint – ein Märtyrergesicht. Als François sah, welche Flamme in seinen Augen brannte, war ihm sofort klar, dass dieser Mann an einer Psychose litt: paranoide Schizophrenie mit mystischen Warnvorstellungen.

Eine echte Zeitbombe.

Aufgrund von Budgeteinsparungen hatten die Krankenhäuser die Anweisung bekommen, diese Art von Patienten nicht mehr aufzunehmen. Oder so wenig wie möglich. Man stabilisierte sie mit Antipsychotika, gab ihnen ein Rezept und zeigte ihnen, wo der Ausgang war.

Dieser Mann hier hatte ganz offensichtlich seine Medikamente nicht eingenommen. Außerdem kam es, wenn ein Kranker gestresst war, besonders häufig zu akuten Wahnzuständen. Forestiers Methoden dürften hier nicht förderlich gewesen sein.

Der Profiler zog sich einen Stuhl heran und setzte sich vor Laugier. Zunächst galt es, ihn zu beruhigen.

»Ich heiße François Marchand. Ich weiß, dass Sie Angst haben, aber ich hätte gerne, dass Sie mir zuhören. Ich bin Ihr Freund. Ich bin nicht hier, um Ihnen Böses zu tun.«

Der Mann reagierte nicht. Er sah den Polizeibeamten weiterhin mit seinen schwarzen Augen an, zwei kleinen Kugeln, mit denen er ihn anstarrte, als wolle er ihm den Schädel durchbohren.

François bemerkte die noch versiegelte Mineralwasserflasche, die neben einem Plastikbecher auf dem Tisch stand.

»Haben Sie Durst?«

Immer noch keine Antwort.

Der Profiler schraubte die Kappe ab, er schenkte einen Becher voll Wasser und schob ihn sanft dem Obdachlosen hin.

»Sie sollten ein bisschen was trinken, sonst dehydrieren Sie.«

Der Mann lachte kurz auf, ein nervöses Lachen. Ohne den Polizeibeamten aus den Augen zu lassen, murmelte er:

»Und er nahm den Kelch, reichte ihn seinen Jüngern und sagte: ›Trinket alle daraus, denn das ist mein Blut.‹ Judas trank daraus. Dann verließ er das Abendmahl und verriet Jesus an die Römer.«

»Ich will Sie nicht verraten. Ich möchte Ihnen helfen.«

»Hilf dir selbst, dann hilft dir Gott.«

Er brach in ein irres Gelächter aus, bei dem er das Schwarz-Weiß-Muster seiner Zähne entblößte.

François lächelte ebenfalls. Er hatte einen Kontakt hergestellt, aber jetzt musste er den Schizophrenen nach und nach wieder in die Wirklichkeit zurückholen.

»Seit wann haben Sie Ihre Medikamente nicht mehr genommen?«

»Welche Medikamente?«

»Die, die man Ihnen verschrieben hat.«

Der Mann krümmte sich heftig zusammen.

»Die wollten mich vergiften.«

»Wer wollte Sie vergiften?«

»Die Römer.«

»Sie meinen die Ärzte?«

Er wirkte abwesend, als versuchten Bruchstücke seines Bewusstseins sich einen Weg durch den Schutthaufen seines Geistes zu bahnen.

»Sie waren verkleidet... Aber ich habe sie wiedererkannt. Ich bin schlauer als sie. Ja, sogar viel schlauer...«

Es war sinnlos, diesen Panzer durchdringen zu wollen. Laugier hatte den Punkt ohne Wiederkehr überschritten, die nächste Etappe wäre dann die Zwangseinweisung.

François blieb keine Wahl. Er musste ihn wohl oder übel manipulieren.

»Schlau, so so, also bösartig, so wie ›Der Böse‹?«

Der Verrückte zuckte zusammen, das Wort hatte ihn ins Mark getroffen.

»Nur der Herr ist mein Hirte.«

»Sind Sie das Lamm Gottes?«

»Ja, das Lamm Gottes …«

»Das man zur Schlachtbank geführt hat? Wie das junge Mädchen, das Sie in jener Nacht haben sterben sehen?«

Entsetzen stand im Blick des Verrückten zu lesen. François spürte, dass er genau ins Schwarze getroffen hatte.

»Sie haben sie gesehen, nicht wahr?«

Keine Antwort. Vor allem nicht lockerlassen. Um jeden Preis vermeiden, dass er wieder Angst bekam und sich zurückzog.

»Erzählen Sie mir davon. Ich helfe Ihnen. Ich werde Sie vor dem Antichristen beschützen.«

»Dazu ist es zu spät. Sein Reich kommt.«

»Nein. Da kann man noch was machen. Sagen Sie mir nur, was geschehen ist.«

Der Chlochard erstarrte, als habe sich ein übernatürliches Wesen seiner bemächtigt.

»Das Tier kommt maskiert. Nichts kann es aufhalten. Diesmal hat es sich hinter einem Engel versteckt, um das Lamm zu opfern.«

Natascha. Jetzt war höchste Vorsicht geboten.

»Der Teufel verbarg sein Gesicht. Aber dieser Engel, wie sah der aus?«

»Er hielt die Finsternis in der Hand.«

Laugier sprach und rang die Hände. Die Angst verstärkte seinen Wahn. François versuchte, ihn weiter in diese Richtung zu drängen.

»Es war eine Frau, nicht wahr?«

»Weder ein Mann noch eine Frau. Es war die Bestie mit den tausend Gesichtern.«

Seine Worte verloren sich in den Mäandern des Wahnsinns. François versuchte ein letztes Mal, den Schizophrenen in die richtigen Bahnen zu lenken.

»Ich bitte Sie. Versuchen Sie, sich zu konzentrieren. Es

gab dort zwei ›Wesenheiten‹ an jenem Abend. Den ... Teufel, und einen Engel. Für mich wäre es wichtig, dass Sie sich an diesen Engel erinnern, dass Sie ihn mir beschreiben.«

Der Psychotiker runzelte die Brauen, als komme dieses Ansinnen ihm absurd vor. Dann sagte er in einem Atemzug:

»Da sehen Sie es ... Er hat auch Sie genarrt.«

»Von wem sprechen Sie?«

»Vom Antichristen. Er war allein.«

»Wie bitte?«

»Der Engel ... Das war ER!«

59

Natascha.

Ein Vorname, der zu einer Tänzerin des Russischen Balletts passen würde.

Der einer slawischen Schönheit, mysteriös wie der Name einer Porzellanpuppe. François stellte sich vor, wie sie lächelte, strohblonde Haare unter einer Pelzmütze, mit einer gewissen Unterwürfigkeit im Blick. Der Name klang wie ein Ideal an Reinheit und Frische, wie eine durch den Frost geschützte Baumwollsteppe.

Er krampfte die Hände ums Steuer.

Natascha. Eine Mörderin. Kalt, organisiert, durchgeknallt. Eine Täterin, der drei, vielleicht sogar vier barbarische Morde zur Last gelegt werden konnten, deren Wahnsinn jedes Verständnis überstieg. Obwohl der Penner nur surreale Sätze von sich gegeben hatte, hatte der Profiler sich die Sache zusammenreimen können.

Er legte den ersten Gang ein und fuhr einen Meter weiter. Laut der Schilder über dem Périphérique kam in fünfundvierzig Minuten die Ausfahrt Porte Maillot. Somit hatte er noch Zeit, alles erneut einer genauen Prüfung zu unterziehen.

Nachdem sie zunächst angenommen hatte, sie hätten es mit einem psychopathischen Einzeltäter zu tun, hatte François später an ein Paar gedacht. Dann hatte er mit jeder neuen Entdeckung sein Schema wieder ändern müssen. Jetzt war Natascha nur noch eine Komplizin unter anderen. Eine Treiberin wie Maxime und Rémi. Am Ende lösten sich alle seine Theorien in Rauch auf. So unglaublich es erscheinen mochte, er hatte gerade entdeckt, dass Natascha *selbst* die Mörderin war.

Diesen Achsensprung zu akzeptieren fiel ihm sehr schwer. Es machte noch einmal die Anfälligkeit seiner Projektionen deutlich und wies ihn in seine Schranken.

Eine Frau …

Er hatte mit allem gerechnet, nur damit nicht.

Zu seiner Entschuldigung könnte man anführen, dass man es bisher kaum mit solchen Profilen zu tun gehabt hatte. Solche Fälle waren selten. Außergewöhnlich. Statistisch gesehen machten sie nur zwei Prozent der erfassten Kriminalfälle aus. Wie war sie so weit gekommen? Was war geschehen?

Mit einem Seufzer verscheuchte er diese Frage. Dazu war es noch zu früh. Es war besser, er konzentrierte sich auf die objektiven Tatsachen, die diese letzte Enthüllung ans Licht gebracht hatten.

Zunächst die Prepaid-Karten. Die Theorie, dass der Mörder sich ihrer bediente, um mit Natascha zu kommunizieren, fiel in sich zusammen. Die Treiber selbst hatten sie gekauft. Wie gute kleine Soldaten informierten sie ihren Anführer darüber, wie weit der Plan gediehen war. Eine Anführerin, die aussah wie eine Priesterin, das Signal abwartete und sich dann nur noch im günstigen Augenblick an Ort und Stelle begeben musste. Außer in Bagnolet, bei Justine, denn da war sie bereits dagewesen.

Der Anruf, den Lucie bekommen hatte, als Maxime mit ihr gerade das Shooting machte, folgte derselben Logik. Er wurde mit der Karte getätigt, die der angehende Fotograf in Avignon gekauft hatte. Das war eine zusätzliche Vorsichtsmaßnahme, die der Jugendliche getroffen hatte, ein Trick, mit dem man die Polizisten täuschen wollte, falls jemand kommen und ihn fragen sollte. Und das hätte fast geklappt.

Dann die Annäherung an das letzte Opfer. Hier war es nicht notwendig gewesen, die Treiber einzusetzen. Natascha wusste, dass sie keinerlei Risiko einging. Wie hatte sie sich so sicher sein können?

Der Kommissar rieb sich die Augen. Er wurde langsam müde, und all diese Überlegungen führten nirgendwohin. Er hatte damit lediglich ein wenig Ordnung in die vielen Details gebracht. Die einzige Frage, die jetzt von Bedeutung war, lautete: Wer ist Natascha?

Hupen holte ihn in die Wirklichkeit zurück. Ein Blick in den Rückspiegel. Gerade mal einen Meter hinter ihm versuchte ein Motorrad vorbeizukommen. Er fuhr ein wenig zur Seite, um ihn passieren zu lassen.

Der Zwischenfall hatte ihn munter gemacht, er schaltete den Lautsprecher ein und stellte die Verbindung her. Vor drei Stunden hatte er die Polizeizentrale verlassen. Élodie dürfte mittlerweile etwas über Cazenoves Anschluss herausgefunden haben.

»Marchand. Hast du was Neues?«

»Große Geister haben dieselben Gedanken. Ich wollte dich gerade anrufen.«

Die Stimme der Spezialistin für Telefonüberwachung klang ziemlich schrill.

»Wir haben immer noch nichts über die Privatnummer von Maxime Galthier herausgefunden. Dagegen habe ich gerade die Liste der abgehörten Anrufe von gestern bekommen. Die Kreditkarte, die in Avignon gekauft wurde, ist reaktiviert worden. Und jetzt rate mal, wer kontaktiert wurde?«

»Rémi Cazenove?«

»Ganz falsch. Sein Anschluss ist stumm. Der Anruf galt der Karte von Châtillon.«

Das war die Karte, die Natascha gekauft hatte. Es gab nur eine Erklärung: Maxime kam aus der Deckung.

»Hast du die Abschrift?«

»Die wird dir nicht viel nützen.«

»Warum?«

»Sie haben einen Stimmenverzerrer benutzt.«

François biss die Zähne zusammen.

»Kann man das nicht filtern?«

»Ich habe schon jemanden darauf angesetzt.«

»Du bist perfekt.«

»Wart's ab. Noch haben wir das Spiel nicht gewonnen.«

»Wir werden sehen. Hast du noch etwas gefunden?«

»Die Gesprächszeit achtzehn Uhr sieben. Zehn Minuten später wurde über die Nummer aus Châtillon die aus Grenoble und Limoges angerufen. Es wurde dieselbe Art von Stimmenverzerrer benutzt. Daran arbeiten wir auch.«

Maxime war gegen siebzehn Uhr dreißig abgehauen. Nach ihrem Alarmschrei hatte Natascha wahrscheinlich zum Sammeln getrommelt. Die einzig mögliche Anweisung lautete: Verschwinden. Daher Cazenoves Flucht.

»Halt mir das alles schön warm«, sagte François. »Ich esse schnell noch was, und dann komme ich.«

Er legte auf. Der Stau war noch dichter geworden. Der Kommissar war nicht mehr in der Stimmung zu warten. Er öffnete das Handschuhfach und holte das Blaulicht heraus.

60

Seit drei Stunden saß Julia vor ihrem Laptop.

Sie mühte sich ab, ein völlig schräges Auto in einem noch schrägeren Videospiel zu steuern, das sie sich aus dem Internet heruntergeladen hatte. Sie saß in Kellermanns Sessel und wartete darauf, dass die Polizisten von Grenoble weiterkommen würden. Zwei Computerspezialisten waren mit der Untersuchung der bei Maxime und Rémi beschlagnahmten Festplatten beschäftigt.

Sie fluchte. Ihr Fahrzeug war bei über zweihundertdreißig Stundenkilometern gegen eine Mauer gerauscht. Sie klappte die Kiste wieder zu. Dreizehn Uhr zehn. Wenn das so weiterging, würde sie nächstes Jahr noch hier sitzen.

Sie griff nach dem Sandwich, das neben einer Dose Coca Cola und einem in Cellophanpapier eingeschweißten Brownie auf dem Schreibtisch lag. Nicht sehr aufregend, aber sie hatte fürchterlichen Hunger. Das Sandwich fühlte sich an wie Gummi und schmeckte nach Plastik. Julia verzog das Gesicht. Um nicht mehr daran denken zu müssen, was sie da hinunterschlang, verschickte sie eine Salve von SMS. Seit sie nach Avignon gezogen war, machten ihre Freunde sich rar. Sie wurden immer mehr zu Schatten, Rauchsäulen, die sich allmahlich verflüchtigten.

Nachdem sie das Sandwich schließlich hinuntergewürgt hatte, sah sie noch einmal auf die Uhr – dreizehn Uhr fünfundzwanzig. Und immer noch nichts. Sie verging fast vor Verlangen, François anzurufen. Aber sie wollte durchhalten. Ihn spüren lassen, dass er Mist gebaut hatte.

Das Handy vibrierte und machte ihrem Zögern ein Ende.

»Ich habe Neuigkeiten, meine Schöne.«

François klang ruhiger. Er hatte das Gespräch herzlich begonnen. Aber Julia blieb distanziert.

»Erzähl.«

»Sitzt du auch gut?«

»Total abgeschlafft wie ein Couchpotatoe.«

»Natascha ist kein Treiber. Sie ist die Mörderin.«

»Eine Frau? Aber das ergibt doch keinen Sinn.«

»Doch, leider schon.«

Er erzählte ihr von der Vernehmung des Obdachlosen. Der sei zwar ein Psychotiker, seine Zeugenaussage bringe aber so viele Beweispunkte, dass man ihn unmöglich nicht ernst nehmen durfte. Jetzt stünde Natascha an vorderster Front. Sie wisse nichts davon. Diesen Umstand gelte es zu nutzen.

»Wie denn?«, fragte Julia.

»Maxime hat sie kontaktiert. Und gleich darauf hat sie die anderen angerufen. Die Gespräche werden gerade analysiert.«

»Sie werden analysiert?«

»Es wurden Stimmenverzerrer benutzt.«

»Ich glaub es nicht ...«

»Die Kids sind völlig aus dem Häuschen. Sie muss sie um jeden Preis beruhigen, wenn sie nicht will, dass ihr alles aus dem Ruder läuft.«

»Woran denkst du?«

»Sie sind alle verschwunden. Vielleicht hat sie sie gebeten, sich irgendwo mit ihr zu treffen.«

»Das wäre riskant.«

»Ja. Aber sie sind alle in Aufruhr. Und wenn man jemanden beruhigen will, ist nichts besser, als demjenigen von Angesicht zu Angesicht gegenüberzutreten.«

Die Tür wurde schwungvoll aufgerissen.

»Also dann! Wir haben was gefunden!«

Julia machte dem Polizisten ein Zeichen, dass sie gleich kommen würde. Dann sagte sie zu François:

»Ich muss jetzt auflegen.«

»Geht es voran?«

»Kann man so sagen.«

»Okay. Ruf an, sobald du was Neues hast.«

Sie sprang aus ihrem Sessel, lief den Flur runter, dann durch die Tür. In einem Büro, das Kellermann zur Verfügung gestellt hatte, saßen die beiden IT-Experten und erwarteten sie. Akurate Frisuren, Schnurrbart, marineblaue Pullover mit weißen Streifen. Die Jedermanns unter den Gesetzeshütern.

Julia nahm einen Stuhl und setzte sich zu ihnen. Überall lagen Kabel herum, es gab eine ganze Reihe von Bildschirmen und mit Software vollgestopfte Koffer. Die Militärs hatten sich mächtig ins Zeug gelegt. In dieser Technologieorgie fiel es schwer, die Computer der Verdächtigen auszumachen.

Der Beamte, der auf den Namen Fayol hörte, ergriff das Wort. Martialischer, deskriptiver Tonfall, stereotype Sprache.

»Beim PC Nummer eins, der einem gewissen Galthier gehört, ist die Festplatte vollständig gelöscht worden. Hier ist es unmöglich, was auch immer wiederherzustellen.«

Julia verkrampfte sich.

»Und die Nummer zwei?«

»Wir haben ein Programm installiert, mit dem man das Passwort umgehen kann. Die Daten waren auch hier gelöscht, allerdings nur oberflächlich.«

»Und das heißt?«

Das Duo warf sich Blicke zu, die Bände sprachen. Fayol erläuterte:

»Alle Computer verfügen über ein Programm zur Datenkomprimierung. Mit dessen Hilfe kann man Ordner löschen und damit gleichzeitig für Platz sorgen. Die Internetuser nutzen es manchmal auch, um zweifelhafte Verbindungen zu verbergen. Im Wesentlichen pornographische Websites.«

»Aber?«

»Wir haben das nötige Werkzeug dafür. Vorausgesetzt, die vorgenommene Manipulation hat nicht den Arbeitsspeicher der Festplatte verändert, was hier der Fall ist.«

Julia runzelte die Stirn, um den Polizisten nicht zu kränken.

»Verstehe …«

»Mit unserer Software konnten wir sämtliche gelöschten Inhalte wiederherstellen. Ich denke, das dürfte Sie interessieren.«

Ein Nicken, und schon legte sein Kollege los. Er hämmerte mit der Konzentration und dem Ernst eines Militärs im Kampfeinsatz auf den Tasten herum. Die Tastatur klapperte, und Julia hielt den Atem an. Sie sah Textreihen über den Bildschirm laufen, geschrieben in einer Sprache, die wie ein Bilderrätsel zu sein schien.

»Die Liste der Verbindungen«, rief Fayol. »Sie wurden nach und nach gelöscht.«

Julia kniff die Augen halb zusammen und versuchte, sich zusammenzureimen, was das bedeuten könnte.

»Tut mir leid, aber …«

Der Polizist nickte. Dann bearbeitete er erneut die Tastatur. In dem ganzen Wust erschien eine Reihe gelb unterstrichener Webadressen.

»Wir haben uns das schon mal ein bisschen angeschaut. Da ist alles Mögliche dabei, im Wesentlichen ganz üble Sachen. Heavy-Metal-Websites, Gewaltverherrlichung, Satanisten-Blogs, die Liste ist endlos lang.«

Das war keine große Überraschung. Julia hatte mehr erhofft.

»Sonst nichts?«

Der Polizist wirkte ein wenig pikiert.

»Doch. Das hier ist das Interessanteste.«

Er deutete mit dem Finger auf ein Kästchen. Wieder nur Hieroglyphen.

»Das ist ein Video. Es wurde am dreizehnten Januar um ein Uhr fünfundvierzig gedreht.«

Um die Zeit, als Pierre Jacquet ermordet wurde.

»Kann man es sich ansehen?«, fragte Julia.

»Ich muss Sie warnen. Das ist ziemlich speziell.«

Der Film begann. Die Bilder waren von bescheidener Qualität, eine einzige Einstellung. Kein Ton. Julia hatte das Gefühl, der Raum um sie schrumpfe zusammen, als sie die Umgebung erkannte. Ein Betonzylinder, ein Metallboden: der Ofen in der Verbrennungsfabrik.

Die Kamera zoomte auf einen Körper. Er lag auf dem Rücken, Füße und Handgelenke waren gefesselt. Er rührte sich nicht. Dann wurde der Ausschnitt noch kleiner. Jetzt war das Gesicht in Großaufnahme zu sehen. Obwohl die Auflösung erbärmlich grobkörnig war, konnte Julia problemlos das zweite Opfer erkennen. Pierre Jacquet bewegte die Lippen, als würde er beten.

Dann war wieder der ganze Körper zu sehen. Ein paar Sekunden passierte nichts, etwa einen Atemzug lang. Die drei Ermittlungsbeamten hielten die Luft an.

Dann schoben sich zwei behandschuhte Hände ins Bild. Sie hielten einen Benzinkanister. Langsam gossen sie den Inhalt über dem Jugendlichen aus. Dieser begann sofort zu strampeln, unkoordinierte, vergebliche Bewegungen.

Wieder eine Pause. Dann flammte direkt vor dem Objektiv ein Feuerzeug auf.

Das Feuerzeug flog durch die Luft. Fast im selben Augenblick fing der Körper Feuer, ein heftiges Feuer. Das Opfer krümmte sich etwa eine Minute, bevor es reglos liegen blieb. Das Feuer brannte weiter.

Julia zwang sich, nicht wegzusehen. Eine Wolldecke tauchte auf, die von denselben behandschuhten Händen gehalten wurde. Sie breiteten die Decke aus über dem, was von dem Körper noch übrig geblieben war, als wollten sie die Glut ersticken. Als sie die Decke wieder wegnahmen, wurde der ganze Bildschirm von einer verkohlten Leiche eingenommen.

Die Ermittlungsbeamtin musste schlucken. Sie wusste, dass es noch nicht vorbei war, und das Schweigen der Polizisten bestätigte das.

Wieder ein Horrorbild, in Großaufnahme, frontal. Vier dünne, leicht gebogene Metallklingen wie Klauen. Sie waren mit Klebeband an einer Handprothese befestigt. Unter dem Handschuh, der das Handgelenk gepackt hielt.

Die Plastikhand bewegte sich, als winke sie dem Kameramann freundschaftlich zu. Dann näherte sie sich dem Opfer, ohne dass auch nur einen Augenblick lang die Person zu sehen war, die sie hielt. Wie ein künstlicher Dolch stach die Waffe auf den verkohlten Torso ein.

Julia, der übel war, zählte neun Hiebe, die jedes Mal vier Schnitte hinterließen. Das machte zusammen sechsunddreißig Schnitte. Genau die Zahl, die der Rechtsmediziner aufgelistet hatte.

Dann war der Film zu Ende. Im Raum herrschte lastendes Schweigen, das Fayol schließlich mit den Worten brach:

»Wir haben im Internet recherchiert. Dieses Video wurde am dreizehnten Januar um drei Uhr acht auf YouTube eingestellt.«

Eine Stunde nach dem Mord. Alles passte zusammen.

»Hat Cazenove es losgeschickt?«

»Nein. Es wurde von einer Diskothek aus abgeschickt. Dem Barbelé. Das ist am Seine-Ufer, neben …«

»Kenn ich.«

Die Teile fanden ihren Platz. Nachdem er Pierre zur Hinrichtungsstätte gefahren hatte, hatte Rémi die Szene gefilmt. Dann hatte er, wahrscheinlich auf Anweisung von Natascha, sein Werk auf die größte Website für Amateurvideofilmer gestellt. Und dabei darauf geachtet, nicht seinen eigenen Computer zu benutzen. Der Sendeort war kein Problem gewesen. Der junge Mann verkehrte wahrscheinlich im Barbelé wie die anderen Satanisten auch. Und das Etablissement stellte seinen Kunden ein paar Computer zur Verfügung.

Für diese Tat gab es nur eine Erklärung: Die Mörderin wollte, dass ihr Verbrechen von allen gesehen wurde.

Aber eines erstaunte Julia.

»Wie kommt es, dass Ihnen das entgangen ist? Gibt es dort keine polizeiliche Internetüberwachung?

»Doch. In Rosny-sous-Bois. Die Kollegen haben das Video wahrscheinlich abgefangen, aber keine Verbindung zu diesem Fall hergestellt.«

»Und geht man dem nicht weiter nach, wenn man auf solche Horrorfilme stößt?«

»Nicht unbedingt. Es kann sich um eine Montage handeln, um Spezialeffekte. Das Video verweist auf einen Film, das sah alles danach aus. Übrigens, ich werde Ihnen das mal zeigen.«

Wieder nickte Fayol seinem Alter Ego zu. Auf dem zentralen Bildschirm wurde eine Website geöffnet. Die Kategorie lautete: Gewaltvideos. Der Titel des vorgeschlagenen Videos: Nightmare. Hochgeladen von: Krueger, wie die Figur aus der Serie. Darunter die Icons: Bewertung; Kommentare; Links … Und eine beeindruckende Zahl von Aufrufen: 5437.

»Was habe ich Ihnen gesagt? Es lässt sich nicht ganz eindeutig sagen, wie die Sache einzuschätzen ist.«

Julia war nicht seiner Meinung. Fayol, den das Schweigen der Polizeibeamtin peinlich berührte, redete gleich weiter.

»Wir haben die Analyse der Verbindungen noch weiter vertieft. Cazenove hat sich mehrmals bei YouTube eingeklinkt, am Tag vor und an den Tagen nach dem Mord.«

»Was wollte er dort?«

»Es hat sich ähnliche Videos angeschaut. Wir haben drei gefunden, bei denen es sich um Nachahmungen von Trash-Filmen handelte.«

»Von denen, die uns interessieren?«

»Zwei zumindest sind darunter. Das Kettensägenmassaker und Halloween. Beim dritten Film scheint es sich um eine Nachahmung der amerikanischen Horrorfilmreihe *Freitag, der 13.* zu handeln. Jedenfalls ist der Modus Operandi derselbe. Das Opfer ist ein Jugendlicher. Er wurde buchstäblich mit einer Machete geköpft, und das Verbrechen wurde am Ufer eines Sees ausgeführt.«

Jason. Noch ein Psychopath. Genauso legendär wie Freddy, Michael Myers oder Leatherface. Er schlachtete Jugendliche ab, um sich an den unaufmerksamen Aufsehern des Feriencamps zu rächen, die damals nicht auf ihn aufgepasst hatten, und ertrank dann im See. Es hatte also einen vierten Mord gegeben. Und Julia wusste jetzt, warum keiner ihn bemerkt hatte. Natascha hatte die Leiche wahrscheinlich im Wasser versenkt.

»Möchten Sie mal einen Blick reinwerfen?«, fragte Fayol beschwingt.

»Wozu? Ist da der Mörder drauf zu sehen?«

Ein etwas gequältes Lächeln.

»Nein, aber die Opfer …«

»Dann nicht, danke. Haben Sie die IP-Adressen der Computer, von denen die Filme verschickt wurden?«

»Ein Fastfood in Avignon, ein Apple-Reseller in Limoges und ein Internetcafé in Paris, im Hallenviertel.«

Das passte wie angegossen. Die Städte stimmten mit den Tatorten überein. Die Filme waren alle auf dieselbe Art und Weise online gestellt worden, und das Internetcafé war wahrscheinlich das, in dem François versucht hatte herauszufinden, wer Natascha war.

Sie waren in ihrer Ermittlungsarbeit einen Riesenschritt weitergekommen. Jetzt musste noch das letzte Opfer identifiziert und der Ort gefunden werden, an dem sein Martyrium stattgefunden hatte. Wie bei Maxime und Rémi würde man so vielleicht auf den dritten Treiber kommen.

Julia klappte ihr Handy auf. Jetzt musste François unverzüglich informiert werden. Bevor sie eine Verbindung hergestellt hatte, hüstelte Fayol.

»Noch etwas?«, fragte die junge Frau.

»Ja, vielleicht. Wir sind auf eine Reihe recht alter Verbindungen gestoßen. Mehr als eine. Aber die Adresse hat uns hellhörig gemacht.«

»Und die lautete?«

»›clockworkorange.com‹. Das ist kein Zufall.«

Sie erschauderte. Da hatten sie mitten ins Schwarze getroffen. In den Siebzigerjahren hatte Regisseur Stanley Kubrick eine Ode auf die Gewalt ersonnen. Schockierende Szenen, wahlloses Morden. Ein wahrer Segen ...

»Könnte ich mir das bitte mal anschauen?«, fragte die junge Frau und reckte sich.

»Unmöglich. Die Website ist gesperrt worden.«

»Zu hart?«

»Wir haben schon Schlimmeres gesehen.«

»Wo lag das Problem?«

»Der Meister hat ausdrücklich zur Gewalt aufgerufen.«

»Wie habe ich mir das vorzustellen?«

»In einem *Chat*. Er hat sogar so etwas wie Begegnungen organisiert, bei denen er die Internetuser zusammenkommen ließ. Cazenove hat sich die Programme heruntergeladen. Es ist nicht ausgeschlossen, dass er daran teilgenommen hat.«

Sie war begeistert. Die Verbindung, die sie seit Tagen suchten, nahm endlich Gestalt an. Natascha war weder Hellseherin noch Psychologin noch sonst etwas in der Art.

Sie hatte lediglich bei diesen Versammlungen von Verrückten den Weg der Treiber gekreuzt. Da sie die Ältere war, war es ihr gelungen, sie zu manipulieren. Sie hatte ihnen ein völlig aberwitziges Projekt schmackhaft gemacht, das genau ihren Erwartungen entsprach: Sie sollten unmittelbar an Exekutionen teilnehmen.

Erwartungsvoll stellte Julia ihre letzte Frage.

»Weiß man, wer dieser Meister ist?«

»Geben Sie mir eine Sekunde Zeit. Rosny-sous-Bois hat uns seine Akte zugeschickt.«

Er ließ die Maus übers Mousepad gleiten. Ein Klick. Anstelle der YouTube-Seite öffnete sich ein Bildschirm voller Icons. Zwei weitere Klicks. Eine Datei tauchte auf, gekrönt von einem Foto.

»Laurent Théron. Ein Büroangestellter. Er wohnt am Boulevard de l'Europe Nummer siebenundzwanzig in Évry. Im einundneunzigsten Département.«

Julia kam näher und sah sich das Gesicht genau an. Es wirkte energielos, banal, ein paar spärliche Haare sprossen ihm auf dem Schädel. Ein Allerweltsgesicht. Aber was er in sich trug, war einzigartig.

Einen tiefen, absoluten Hass.

Er tropfte ihm aus den Augen wie Eiter.

61

»Wart mal eine Sekunde. Ich verstehe gar nichts.«

François ließ einen Zwanzigeuroschein auf dem Tresen liegen. Er grüßte den Inhaber und verließ die Brasserie. Nach dem Geschirrgeklapper, dem Stimmengewirr der Gäste und dem Gebrüll der Kellner kam ihm das Brummen des Verkehrs geradezu leise vor.

»So, jetzt geht's. Ich bin draußen.«

»Hast du zu Mittag gegessen?«, fragte Julia.

»Wenn man das so nennen kann … Und? Gibt es Neuigkeiten?«

Julia erzählte ihm ausführlich von ihren Entdeckungen, von den Videos auf YouTube, dem vierten Mord und der gewaltverherrlichenden Website »clockworkorange.com«.

Der Profiler ging auf dem Trottoir auf und ab. Das Handy am Ohr, lauschte er den Worten der jungen Frau, und erneut fiel es ihm wie Schuppen von den Augen.

Bei dem Ganzen ging es nur um eine einzige Sache.

Um das Bild.

Zunächst waren da die Morde. Sie lehnten sich an fiktionale Werke an, die nur so strotzten vor Spezialeffekten. Diese Szenen wurden dann gedreht, digitalisiert und vorgeführt. Aber der Name der Website, auf der das infernalische Team sich kennengelernt hatte, bekam jetzt eine neue Bedeutung. Es handelte sich um den Namen eines Films …

Dann die Mörderin. Natascha war eine Nachahmerin. Sie kopierte die anderen, weil sie sich nicht in der Lage sah, etwas eigenes Schöpferisches zustande zu bringen. Sie machte sich selbst schlecht und hatte wahrscheinlich ein total negatives Selbstbild. Weil sie sehr darunter litt, hatte sie das Bedürfnis, sich aufzuwerten, Anerkennung zu bekommen. Dass sie sich nicht zu ihren Verbrechen bekannte, lag daran, dass sie bereits ihr Publikum gefunden hatte, denn schließlich hatte sie die Filme ja im Netz veröffentlicht.

Was Maxime, Rémi und den dritten Treiber anging, so hatten sie eine ganz andere Bedeutung. Für sie waren das alles nur Projektionen. Sie waren von Bildern fasziniert. Die Wirklichkeit war ihnen fremd, und ihre Taten waren bedeutungslos. Jedenfalls in der Cyberwelt, in der sie lebten. Das Internet passte gut in dieses Schema. Hier war die Gewalt vielleicht »realer« als in den Filmen, aber sie blieb fern, immateriell. Sie wurde banal, und am Ende war sie nur noch eine Abstraktion.

Julia sprach immer noch.

»He! Hörst du mir überhaupt zu?«

»Entschuldige. Ich habe nachgedacht.«

»Super ...«

»Kannst du das Video vom See nach Nanterre weiterleiten?«

»Weshalb? Willst du nicht, dass ich mich darum kümmere?«

»Sei nicht sauer. Wir sind hier besser ausgerüstet, das ist der einzige Grund.«

Julia ging widerstrebend darauf ein.

»Wem soll ich es schicken?«

François zögerte, dann gab er ihr Hallaouis Adresse durch.

»Du sagst ihm bitte, dass es von mir kommt. Besteh darauf, dass er sich beeilt.«

»Und Théron? Ich nehme an, den willst du auch ohne mich befragen?«

Marchand spürte ihre Enttäuschung. Sie hatte sich mächtig ins Zeug gelegt, und jetzt verbannte er sie auf die Ersatzbank.

»Du hast das perfekt gemacht. Aber wir haben nicht mehr genug Zeit.«

»Genau ...«

»Du weißt, dass ich recht habe. Diese Fährte ist die heißeste von allen. Ich muss ihr nachgehen.«

Sie grummelte noch vor sich hin, bevor sie fragte:

»Und was mache ich unterdessen?«

»Recherchiere den Audi von Cazenove. Sobald du das amtliche Kennzeichen weißt, gibst du die Informationen an Kellermann weiter.«

»Und danach?«

»Fährst du zurück nach Avignon.«

»Soll das ein Witz sein?«

»Du musst dich ein bisschen ausruhen. Der Rest der Ermittlung ist jedenfalls an einem toten Punkt angelangt.«

»Du spinnst ja!«

Sie hatte ihm ohne Vorankündigung ihre Wut entgegengeschleudert. François war sich der wahren Gründe für diesen Gefühlsausbruch bewusst. Er fühlte sich schlecht. Sie hatte dafür bezahlen müssen, und das nahm sie ihm übel.

»Du hast recht …«, gab er zu. »Ich bin heute Morgen nicht sehr nett zu dir gewesen. Entschuldige bitte.«

»Scher dich zum Teufel.«

»Ich habe dir gerade gesagt, dass es mir leidtut.«

»Nein. Viel zu einfach.«

Sie schwiegen einander an. Marchand wagte es nicht, das Schweigen zu brechen. Jedes Wort konnte dazu führen, dass ihm Beleidigungen um die Ohren flogen. Schließlich sagte Julia, mit einer gewissen Traurigkeit in der Stimme:

»Hör zu, François … Ich will so nicht leben. Mal fühlt es sich sehr warm an und dann wieder total kalt. Dazu fehlt mir die Kraft.«

Der Profiler ließ ein paar Sekunden verstreichen. Die Zukunft ihrer Beziehung stand auf dem Spiel.

»Okay«, sagte er. »Du hast dir mit mir nicht den einfachsten Typen ausgesucht. An deiner Stelle würde ich schreiend davonlaufen. Ich will nur, dass du eines weißt: Du bist das Beste, was mir seit langer Zeit widerfahren ist. Das Beste, und ich will nicht, dass das so endet.«

Ein Seufzer am anderen Ende der Leitung.

»Scheiße … Du bist echt ein Depp …«

»Gib uns eine Chance. Wir stellen all das hintan, bis wir den Fall zu Ende gebracht haben. Danach sehen wir weiter ..«

»Ganz ehrlich, ich weiß nicht …«

»Dann warte es ab.«

Sie zögerte noch. Sekunden, die ihm wie Minuten vorkamen und in denen sich François auf das Schlimmste gefasst machte. Dann fiel das Urteil.

»Ich ruf dich wieder an.«

Er klappte, nicht besonders erleichtert, das Handy zu. Drei Kerle kamen aus der Brasserie, Zivilbeamte in Lederjacken, die er vom Sehen kannte. Sie winkten ihm flüchtig zu und gingen dann zu dem Dienstgebäude der Justizpolizei.

Wieder allein. Mit seinen Gespenstern als einziger Begleitung. Er kramte in der Tasche nach der Bonbonschachtel. Es waren noch zwei Tabletten übrig. Er schluckte sie.

Es fing wieder an zu regnen. Kalte Tropfen stachen ihm schmerzvoll in die Haut. Er schlug den Kragen seines Mantels hoch. Das düstere Dekor der Vorstadt umgab ihn, seelenlos und ohne Zukunft, in Beton gegossen.

Seine eigene Zukunft lag ihm plötzlich klar und deutlich vor Augen.

Düster. Deprimierend.

Er ging zu seinem Auto.

Er musste diese Geschichte zu Ende bringen. Und etwas anderes beginnen, bevor es zu spät war.

62

Évry.

Die Reißbrettstadt schlechthin.

Hässlich, zubetoniert, düster.

François sah sie schon von Weitem von der Autobahn aus wie ein Furunkel aus dem Nichts aufragen. Es regnete Bindfäden, und man hatte das Gefühl, in eine Stadt der Zukunft zu schauen. Eine beängstigende, verseuchte Zukunft, in der die Menschen sich zusammendrängten, eingepfercht in versiegelte Bunker.

Er nahm die Ausfahrt und tauchte in dieses Purgatorium ein. Eine Avenue reihte sich an die andere. In diese Ecke hatte es ihn noch nie verschlagen, daher folgte er gewissenhaft den Anweisungen seines Navi. Die elektronische Stimme ließ ihn auf eine Umgehungsstraße fahren, führte ihn zu dem Gelände vor dem Einkaufszentrum Évry 2 und sagte ihm dann nach einer langen, mit Werbetafeln gespickten Avenue, er solle rechts abbiegen.

»Sie haben Ihren Zielort erreicht.«

Er betrachtete das Gebäude. Eine Anzahl von Kuben, einer auf den anderen gestapelt, mit Lücken dazwischen, sodass man das Gefühl hatte, es handle sich um die Behausungen von Höhlenbewohnern. Es fanden sich die verschiedensten Farben, von Gänsekacke bis Türkisblau. Das Gebäude war architektonischer Horror. Das Leben in diesen Hundehütten dürfte einen auf die düstersten Gedanken bringen. Da erstaunte es nicht, dass sein Zeuge durchgedreht war.

Er parkte den Wagen, überprüfte seine Waffe und ging zum Eingang.

Der Vorplatz war leer und glänzte vom Regen. Zwei Skulpturen aus schwarzem Stein standen einander gegenüber, angedeutete menschliche Formen.

Die Tür zur Eingangshalle war unverschlossen. François inspizierte die Briefkästen und betete, dass das Vögelchen nicht ausgeflogen oder umgezogen war.

Théron. Dritter Stock.

Das Glück war ihm hold.

Den Aufzug mied er. Das war nicht der passende Moment, um steckenzubleiben. Das Treppenhaus war halbwegs sauber. Keine Graffiti, kein Uringestank und auch keine herausgedrehten Glühbirnen. Nur die Abnutzungserscheinungen eines Bauwerks von schlechter Qualität, das die Besitzer aus Mangel an Finanzmitteln nicht pflegen konnten.

Er fand den Namen, mit Buntstift auf ein Plastikviereck geschrieben. Durch die Tür drang das Geräusch eines Fernsehers. Wenn man sich ansah, was das für eine Panzertür war, so dürfte der Typ die Lautstärke voll aufgedreht haben.

François drückte auf die Klingel. Defekt. Er klopfte dreimal und wartete, ohne sich zu verstecken.

Der Fernseher wurde sofort leiser gedreht. Der Türspion wechselte seine Farbe. François hielt seinen Ausweis auf die Glaskugel und verkündete mit ruhiger Stimme:

»Polizei! Aufmachen!«

Man hörte, wie etliche Riegel zurückgeschoben wurden, als handle es sich um einen Tresor. Ein kleines Männchen erschien in der Tür. Vierzig Jahre alt, eine Haarsträhne lief vom einen Ohr über den Schädel und kaschierte mehr oder minder die Kahlköpfigkeit, die Brillengläser waren dick wie Butzenscheiben. Er trug eine verschlissene Flanellhose, ein langärmliges Hemd, das bis zum letzten Knopfloch zugeknöpft war, sowie ein Paar Pantoffeln. Sein Molluskengesicht hätte einem Mitleid einflößen können. Aber unter den dicken Gläsern, die seine Augen vergrößerten, brodelten eine Energie und ein Fieber, als blicke man auf einen schrecklichen Scheiterhaufen.

»Monsieur Théron?«

Der Mann nickte misstrauisch.

»Worum geht es denn?«

Seine Stimme klang schrill. Eine Kinderstimme.

»Um Ihre Internetseite ›clockworkorange.com‹«.

Sein Misstrauen wuchs.

»Die ist schon lange außer Betrieb.«

»Ich weiß. Ich würde gerne mit Ihnen über die Treffen der Internetuser sprechen, die Sie letztes Jahr organisiert haben.«

»Daran war nichts Illegales.«

»Das habe ich auch nicht behauptet. Ich will lediglich…«

»Haben Sie einen Durchsuchungsbeschluss?«

Jetzt war Klartext angesagt. François wollte schon antworten, als ein Quietschen ihn veranlasste, sich umzudrehen. Die Tür gegenüber hatte sich ein Stück weit geöffnet. Durch den Spalt sah man eine gefurchte Stirn und ein weißes Haargestrüpp.

Théron schaute beunruhigt zu dem neugierigen Nachbarn hinüber. François nutzte die Gelegenheit.

»Ich habe nicht den ganzen Papierkram bei mir. Aber ich kann in einer Stunde wieder zurück sein. Und dann wird das nicht mehr so diskret abgehen.«

Die Augen hinter den dicken Lupengläsern weiteten sich vor Schreck und ließen den Nachbarn nicht aus dem Blick, der jetzt auf den Flur getreten war.

»Also?«, fragte der Polizist.

Widerstrebend kapitulierte Théron.

»Kommen Sie rein.«

François trat über die Schwelle. Die Wohnung war von bescheidener Größe, eine typische Junggesellenbude. Ein Platz für jedes Ding, und jedes Ding an seinem Platz. Im Fernsehen lief eine Tiersendung, in der Hyänen sich um ein Stück Aas stritten.

Der Kommissar setzte sich auf ein Kunstledersofa. Eine Anrichte, ein Tisch und Stühle zierten das Wohnzimmer. Rustikale, schwere Möbel, mit Bienenwachs poliert. Ein Detail passte nicht recht in diese Spießereinrichtung. An der Wand hing, mit Heftzwecken festgepinnt, ein riesiges Poster, auf dem ein großes A in einem Kreis abgebildet war, das Ganze auf schwarzem Grund. Das universelle Symbol des Anarchismus.

Théron setzte sich in einen ausklappbaren Sessel, der vor einem flachen Bildschirm stand. Er drückte auf eine Fernbedienung. Die Rückenlehne richtete sich auf, die Basis senkte sich ab.

»Eines kann ich Ihnen gleich sagen. Ich habe nichts mehr. Die Polizei hat meine ganzen Archive mitgenommen.«

»Darauf kommt es nicht an«, log François. »Ihre Erinnerung reicht uns vollkommen.«

Sein Gesicht verzog sich zu einem herausfordenden Grinsen. Der Mann verachtete die Polizei, und es gelang ihm nur schlecht, das zu verbergen. Er würde ihm nur das Nötigste verraten. Der Kommissar würde ihn mit Samthandschuhen anfassen müssen, wenn er etwas Konkretes erfahren wollte.

»Erzählen Sie mir von diesen Treffen. Was war Ihr Ziel?«

Er presste die Lippen zusammen.

»Es handelte sich nicht um Treffen. Ich habe Seminare organisiert, bei denen nachgedacht wurde.«

Ein Ideologe. Mit Hang zum Anarchismus. Man würde ihm ein bisschen den Bauch pinseln müssen.

»Seminare, natürlich … in denen Sie sich mit dem Thema extreme Gewalt befassten, falls ich das recht verstanden habe.«

»Ja. Als Mittel des sozialen Kampfes. Das habe ich schon Ihren Kollegen zu erklären versucht. Aber bei denen ist ja Hopfen und Malz verloren.«

Hier tauchte eine unerwartete Verbindung auf. Hatten die Morde eine politische Symbolik? Waren sie eine blutige Vision des Anarchismus? Die bewaffnete Gruppe »Action directe« hatte damals in den Achtzigerjahren diesen Weg eingeschlagen.

François wollte Klarheit bekommen.

»Manchmal muss der Kampf für die Freiheit mit Waffengewalt geführt werden. Bis hierhin folge ich Ihnen noch. Aber weshalb extreme Gewalt?«

Thérons Gesicht veränderte sich. Es wurde spitz wie ein Eispickel.

»Weil das die beste Antwort überhaupt ist. Die Gesellschaft ist verdorben, verfault bis ins Mark. Und das fällt niemandem mehr auf. Schauen Sie sich doch mal all diese Idioten an! Man bietet ihnen schwachsinnige Programme an, und sie wollen noch mehr davon. Sie sind gerade gut genug, die Scheiße zu konsumieren, die man ihnen auf dem Tablett serviert. Sollte man sie eines Tages um ihre Papiere bitten, wenn sie kacken gehen wollen, dann werden sie das normal finden.«

Der Mann versuchte, sich zu beherrschen, aber jede seiner Antworten ließ seinen Hass deutlicher spüren. François sah zu, wie er sich ereiferte.

»Das Einzige, was sie ein klein wenig reagieren lässt, ist Gewalt. Sie appelliert an den Instinkt und wirft uns auf unsere animalische Herkunft zurück. Töten oder getötet werden. Überleben. Wenn man die Herde aufrütteln möchte, dann muss man diese Flamme anheizen. Je lebendiger sie ist, desto besser.«

Völliger Wahnsinn. Metzeleien an Jugendlichen passten gut in dieses Gedankengut. Barbarische, schockierende Morde, mit denen man das Gewissen der Leute auf jeden Fall aufrütteln konnte. Aber obwohl er wahnsinnig war, hatte Théron nicht das Zeug zum Killer. Er fantasierte laut vor sich hin, hatte sich wie eine Auster in seine Zweizimmerwohnung verkrochen.

Der Kommissar lenkte das Gespräch allmählich auf seine Ermittlungsarbeit.

»Kommen wir doch noch einmal auf Ihre Seminare zu sprechen. Wie lief das so ab?«

»Im Grunde hat es nur ein Seminar gegeben. Interessierte Internetuser konnten sich online einschreiben.«

»Können Sie mir Namen nennen?«

»Ich kannte auch nur die Spitznamen.«

»Wenn Sie sie mir trotzdem nennen könnten?«.

»Da brauchen Sie bloß die Polizisten zu fragen. Ich habe Ihnen schon gesagt, dass sie alles protokolliert haben.«

Hier kam er nicht weiter. François versuchte es auf einem anderen Weg.

»Sind die Teilnehmer hierhergekommen?«

»Ich hatte nicht genug Platz. Ein Freund von mir hat mir in seinem Restaurant einen Raum zur Verfügung gestellt. Ich kann Ihnen die Adresse geben.«

»Später. Wissen Sie noch, wann genau das war?«

Er tat so, als denke er nach.

»Meine Website wurde im April gesperrt. Das war kurz davor. Also Februar oder März.«

Zwei ungenaue Antworten. Er wich der Frage aus.

»Wurden bestimmte Themen behandelt?«

»Mehr oder weniger.«

»Was denn, zum Beispiel?«

Er ordnete seine fettige Strähne, eine unwillkürliche Geste, die er wohl hundertmal am Tag wiederholte.

»Wir haben wahrscheinlich über Banden gesprochen, über Hooligans … Mal ehrlich, ich erinnere mich nicht mehr.«

»Über Serienmörder?«

»Wahrscheinlich schon.«

»Auch über die in den Filmen?«

»Wie meinen Sie das?«

Man spürte deutlich sein Unbehagen. Der Anarchist verheimlichte etwas. François wurde deutlicher:

»Über *Clockwork Orange*. Das ist doch ein Filmtitel, oder?«

»Ich verstehe den Zusammenhang nicht.«

Théron hielt ihn für einen Idioten. François versuchte, ruhig zu bleiben wie ein Zen-Meister.

»Das ist nicht schlimm. Ich rede von den Horrorgestalten im Kino. Freddy Krueger, Michael Myers, Jason … oder dem abartigen Typen, dessen Name mir gerade entfallen ist, der die Touris mit Macheten massakriert hat. Wissen Sie, wen ich meine, oder muss ich deutlicher werden?«

Théron war blass geworden.

Jetzt gab es keinen Zweifel mehr. Er wusste Bescheid.

Der Profiler ging im Geiste die Ereignisse noch einmal durch. Die Viererbande war in seinem »Seminar« erschienen. Sie hatten gemeinsam über diese ganz besondere Form von Gewalt gesprochen, bei der junge Menschen mit grausam blutigen Bildern überschüttet wurden. Als er erfuhr, dass Morde begangen wurden und auf welche Weise gemordet wurde, dürfte dieser Pseudoanarchist gewiss eins und eins zusammengezählt haben.

Der Mann hatte sich zusammengekauert.

Er wirkte wie ein gehetztes Tier, und sein Schweigen sagte mehr als tausend Worte. François fuhr mit sanfter Stimme fort:

»Hören Sie mir genau zu, Monsieur Théron. Und ich rate Ihnen, gut nachzudenken, bevor Sie dem Drang nachgeben, mir zu widersprechen. Ich ermittle in einer Mordserie, die in den letzten Tagen stattgefunden hat. Ich bin mir sicher, dass Sie Bescheid wissen, denn es wurde überall darüber berichtet. Bisher hat noch keiner eine Verbindung zwischen diesen Verbrechen hergestellt. Außer mir. Und Ihnen. Aus dem schlichten und einfachen Grund, weil Sie die Person kennen, die sie begangen hat, ebenso die anderen, die ihr dabei geholfen haben. Diese Leute sind über Ihre Vermittlung zusammengekommen. Sie haben sich Ihre irrwitzigen Gedanken angehört und sind dann zur Tat geschritten. Das macht Sie zum Komplizen.«

François machte eine Pause. Théron war nur noch ein Häufchen Angst.

»Sie haben jetzt eine sehr einfache Wahl zu treffen«, fuhr der Polizist fort. »Entweder Sie helfen mir, und dann werden wir auch besser einschätzen können, inwieweit Sie verantwortlich sind. Oder Sie schlagen mein Angebot aus und übernehmen die Verantwortung für die anderen.«

Théron hatte zu schwitzen begonnen. Eine ölige Schicht brachte seine Haut zum Glänzen.

»Ich kann nichts dafür. Ich habe mit ihnen gesprochen, das ist alles.«

Jämmerlich. Nachdem er die anderen zur Barbarei aufgestachelt hatte, machte sich dieser glühende Verfechter extremer Gewalt jetzt ins Hemd. François nutzte das aus.

»Wir werden ja sehen. Fürs Erste erzählen Sie mir einmal genau, was Sie wissen.«

»Sie waren zu viert.«

»Sind Sie zusammen gekommen?«

»Nein. Aber sie hatten sich schnell gefunden. Nach einer Stunde waren sie bereits unzertrennlich. Einer hat mit dem Thema der Splatterfilme angefangen. Mir wäre das nicht aufgefallen. Dann haben sich alle daraufgestürzt. Und ich kann Ihnen sagen, sie kannten sich wirklich aus.«

Jedes Wort bestätigte die jüngsten Vermutungen. François spürte, dass sich jetzt eine Lösung am Horizont abzeichnete.

»Ich wiederhole meine Frage. Haben Sie ihre Namen?«

Panik.

»Ich habe Sie nicht angelogen. Sie haben nur ihre Spitznamen angegeben, und die habe ich vergessen.«

»Dann beschreiben Sie sie mir.«

»Es waren drei junge Männer und eine junge Frau, achtzehn, zwanzig Jahre alt.«

François fragte sich, ob er ihn richtig verstanden habe.

Die Frau war genauso alt wie die jungen Männer?

Natascha – eine Jugendliche! Entweder hatte dieser Lügenbold ihnen ein Märchen aufgetischt, oder sie waren in ihrer Ermittlungsarbeit drei Felder zurückgefallen.

Wie sollte er das herausfinden?

François erhob sich.

»Ich muss Sie bitten, mir zu folgen.«

»Aber ...«

»Sie haben von Anfang an gelogen. Wir wissen, dass die Frau mindestens fünfunddreißig ist.«

»Nein! Nicht die, die gekommen ist! Das ist die Wahrheit…«

Théron brach die Stimme. Er spürte, wie sich ein Abgrund vor ihm auftat, und fing jämmerlich zu schreien an. Beim Anblick dieser Reaktion fiel es schwer, ihm keinen Glauben zu schenken.

François setzte sich völlig verstört wieder hin. Nichts ergab mehr einen Sinn. Der andere Mann fuhr fort, sich zu rechtfertigen:

»Sie war blond. Groß. Sehr zart. Ich kann Ihnen ihr Gesicht nicht beschreiben, ich erinnere mich nicht mehr daran. Aber ein Detail ist mir aufgefallen.«

»Erzählen Sie.«

»Sie hatte das, was wir Franzosen Glückszähne nennen. Sie wissen schon, wenn die Zähne ein bisschen auseinanderstehen.«

Der Polizeibeamte hörte nur noch halb zu. Trotz der zwei Xanax, die er vor einer Stunde geschluckt hatte, packte ihn jetzt die nackte Angst.

Théron hörte nicht auf.

»Bei ihr sah das sehr charmant aus. Vor allem mit dem Schönheitsfleck auf der Oberlippe.«

Ihm brach der kalte Schweiß aus. Er konnte nicht mehr klar sehen. Er hatte das Gefühl, ein schwarzes Loch tue sich auf und ziehe ihn in den Tod.

François spürte, wie er in Ohnmacht fiel.

Er schloss die Augen und versuchte, die Woge zu bändigen, die über ihn hereinbrach. Fünf Sekunden, zehn vielleicht. So lange, wie ein Körper braucht, um nach einem Fall aus dem fünfzehnten Stock auf dem Boden aufzuschlagen.

»Monsieur? Ist alles in Ordnung?«

Der Kommissar kam wieder zu sich. Er stand auf und ging zur Tür.

»Verlassen Sie nicht die Wohnung. Wir brauchen noch Ihre Zeugenaussage.«

Ohne die Antwort abzuwarten, stürmte er auf den Flur hinaus und rannte wie ein Irrer die Treppe hinunter auf den Vorplatz.

Der Regen legte sich wie eine eisige Schleimhaut auf ihn. Er sog tief die frische Luft ein.

Erst jetzt begriff er, was gerade geschehen war.

Die Angst war nicht aus dem Nichts gekommen.

Sie hatte mit der Beschreibung zu tun, die Théron ihm gerade gegeben hatte. Eine Beschreibung, die so weitreichende Folgen haben würde, dass er dies nicht hatte wahrhaben wollen und deren offenkundige Bedeutung er leugnete.

Weil er sie nicht verkraften konnte.

In wenigen banalen Sätzen hatte dieser Dreckskerl ihm gerade Charlotte beschrieben.

63

Ein Feuersturm.

François hatte sich in seinen Touareg verkrochen und versuchte, die wütende Flamme in seinem Kopf zu ersticken. Vergebens. Brennende Zweifel nagten an ihm, und seine Angst drohte, ihn mit ihren giftigen Dämpfen zu ersticken.

In diesem Augenblick dachte er gar nichts mehr.

Er überstand es nur.

Sein eigenes Kind. Verwickelt in diese kranke Geschichte. Charlotte. Eine Mörderin. Allein schon bei dem Gedanken drehte er fast durch.

Er versuchte, sich zu beruhigen. Théron hatte ihm gerade eine Beschreibung geliefert, die ihn an seine Tochter erinnerte. Aber es gab keinen Beweis, dass sie es auch tatsächlich war. Groß, blond, zart. Dutzende von Frauen könnte man so beschreiben. Sicher, Glückszähne und ein Leberfleck über der Lippe waren schon nicht mehr so häufig. Vor allem in dieser Kombination. Aber auch das bewies nichts. Zumal diese junge Frau sich sehr gut auch die Haare gefärbt haben konnte.

Er schnappte sich sein Handy. Er wollte ihre Stimme hören. Sie bitten, ihn zu beruhigen. Schnell.

Die Mailbox meldete sich. Und damit stieg die Panik in ihm auf. Warum hatte sie ihr Handy abgestellt? Was machte sie bloß, zum Teufel noch mal!

Er bat sie, ihn zurückzurufen, und legte auf. Nachdenken. Alle Möglichkeiten durchspielen. Es war Samstagnachmittag. Sie konnte ins Kino gegangen sein. Wenn sie nicht gerade auf Shoppingtour war. Manche Läden in den Untergeschossen hatten keinen Netzempfang. Zum Beispiel die im Forum des Halles.

Wieder bekam er Angst. Ihm waren gerade ein paar Fakten aus ihrer Ermittlung eingefallen. Das WeBabar. Das Internetcafé, von dem aus Natascha Justine angerufen hatte. Es lag nur einen Katzensprung vom Forum entfernt. Nicht weit von dem Ort, den Charlotte so sehr mochte und wo sie oft hinging…

Vollgas zurück! Wenn der Zufall ins Spiel kam, wurde alles möglich. Vor allem das Schlimmste.

Dann fiel ihm seine Mutter ein. Charlottes Großmutter. Er musste sie anrufen, ganz schnell. Im Laufe der Jahre hatte sich, auch weil François so oft abwesend war, eine sehr enge Beziehung zwischen den beiden entwickelt. Gestern Abend hatte das junge Mädchen bei ihr übernachtet. Vielleicht wusste sie ja etwas…

Er rief sie auf dem Handy an. Keine Antwort. Er versuchte es übers Festnetz. Nachdem er es zehnmal hatte klingeln lassen, fiel ihm ein, dass Samstag ja immer ihr Bridgetag war. Seine Mutter hatte Gäste. Die Partien zogen sich oft bis in die Abendstunden, da konnte die Welt untergehen. Sein Vater nutzte die Gelegenheit immer, um ein bisschen spazieren zu gehen.

François drehte den Zündschlüssel um und brauste mit quietschenden Reifen davon.

18, Avenue de la Bourdonnais.

Die diskrete Pracht einer Natursteinfassade. In der Eingangshalle roch es nach Citronella. Beim Anblick des bläulichen Mosaikfußbodens bestürmten ihn die Erinnerungen gleich einem Heer von Gespenstern.

François rannte die Treppe hinauf. Wenn er zu seinen Eltern kam, wurden die alten Gewohnheiten aus der Kindheit stets übermächtig. Damals war er mit den Aufzug um die Wette gelaufen und, zwei Stufen auf einmal nehmend, die Treppe hinaufgestürmt, um noch vor seiner Mutter oben zu sein.

Als er im vierten Stock ankam, war er kaum außer Atem. Seine Ängste trieben ihn an, zeigten ihm ein weiteres Mal, dass der Körper sich dem Geist fügte und nicht umgekehrt.

Er musste mehrmals klingeln, bis jemand aufmachte. Gabrielle Marchand schien ihn zu erwarten, sie sah tadellos aus in ihrem karamellfarbenen Kostüm und den dazu passenden Mokassins, das Ganze wahrscheinlich aus dem Hause Chanel.

»Weißt du, wo Charlotte ist?«

»Komm rein.«

Ihr Ton war ernst. Ihr Gesicht verschlossen. François betrat die Diele.

»Geh ins Büro deines Vaters. Ich komme gleich.«

Er blickte ihr nach. Ihr Gang war noch weich und geschmeidig für eine Frau, die schon auf die siebzig zuging.

Wenn man sie von hinten sah, mit ihrer schlanken Figur und ihren blonden Haaren, wirkte sie viel jünger.

Er ging den Gang entlang. Die Dielen knarrten immer noch an denselben Stellen. Die Zahl der Bücher auf den Regalen schien wieder gewachsen zu sein. Hauptsächlich Krimis und Thriller. Sein Vater las nichts anderes. Bahnhofsliteratur, wie seine Frau fand. Der Chirurg im Ruhestand bekam hier den Adrenalinstoß, der früher seinen Alltag bestimmt hatte.

Der Raum, in den der alte Herr sich zurückzog, war mit Holztäfelungen ausgekleidet. François sah seinen Vater wieder vor sich, wie er hinter dem riesigen Schreibtisch im Stil Napoleon III. saß und von Hand die Publikationen verfasste, die ihm dann sein Viertelstündchen Ruhm bescheren sollten. Er blieb stehen. Eine Art Aberglauben hinderte ihn daran, sich auf das Stilmöbel zu setzen. Der Gedanke, dass das noch nicht sein Platz war …

Seine Mutter kam auf ihn zugeeilt.

»Ich habe nur ein paar Minuten Zeit. Die heutige Partie ist ganz entscheidend für das Turnier zwischen den verschiedenen Départements.«

Immer diese Distanz. Eine Fassade, die sie sich irgendwann zugelegt hatte, um sich vor der Außenwelt zu schützen, die aber mit der Zeit zur zweiten Natur geworden war.

François erklärte ihr, warum er gekommen war.

»Ich muss mit Charlotte sprechen. Weißt du, wo sie ist?«

»Nicht mehr seit gestern Abend.«

»Sollte sie nicht bei dir übernachten?«

»Sie hatte es sich anders überlegt.«

»Wo …«

Sie streichelte ihm über die Wange.

»Beruhige dich. Sie brauchte nur ein bisschen Abstand.«

François mochte das nicht. Er hatte das Gefühl, dass sich das Netz immer fester zuzog und ihn zu ersticken drohte.

»Setz dich«, befahl sie. »Ich habe dir zwei oder drei Dinge zu sagen.«

Sie setzten sich auf ein kleines Sofa aus grünem Samt, dessen Mahagonilehnen mit Fransen verziert waren. Sie schlug einen Ton an, in dem man normalerweise kleine Kinder ausschimpft.

»Deiner Tochter geht es schlecht. Weißt du das eigentlich?«

François litt zu sehr darunter, um es nicht zu bemerken. Er nickte lediglich, so heftig stürmten die Emotionen auf ihn ein.

»Sie wird es dir nicht sagen«, erklärte Gabrielle. »Sie ist wie du. Eine stolze Trutzburg. Aber jetzt muss ich dich warnen. Das ist meine Pflicht als Mutter und Großmutter.«

Sie hielt inne, als fehle ihr die nötige Kraft.

»Seit Dianes Tod hast du dich völlig in deinen Kokon eingesponnen. Ich mache dir keine Vorwürfe. Ich weiß, was du durchgemacht hast und was du immer noch durchmachst. Nur ist da noch Charlotte. Ich habe getan, was ich konnte. Aber eigentlich braucht sie dich.«

»Ich weiß …«

»Wissen ist eine Sache, handeln eine andere. Das brauche ich dir nicht zu sagen. Hast du eine Vorstellung davon, wie es ihr in der Schule geht? Weißt du, wie ihr Freund mit Vornamen heißt? Oder was für ein Parfüm sie trägt?«

Er sah ein Bild, wie eingefroren. Das WeBabar. Mumra, der Videospielfan, dem Nataschas Duft aufgefallen war.

»Wie heißt denn ihr Parfüm?«

»Diesel. Jetzt weißt du es, falls du ihr mal ein Geschenk machen willst.«

Seine Gedanken bäumten sich auf, wollten sich dem Ganzen auf keinen Fall stellen. Das konnte auf Tausende von Frauen zutreffen.

Gabrielle fuhr fort:

»Du musst dich jetzt um deine Tochter kümmern. Musst nach ihr schauen. Sonst baut sie am Ende noch irgendeinen Mist.«

Sie hatte das mit einem großen Ernst gesagt, dass François ein Schauder über den Rücken lief. Er wollte antworten, doch seine Mutter schnitt ihm das Wort ab.

»Hör mir zu. Und vor allem versuche mich zu verstehen. Als Charlotte aus der Klinik kam, hast du gedacht, die Dinge kämen wieder in Ordnung. Das haben wir übrigens alle gedacht. Es ging ihr wieder besser. Sie hatte ihr Leben wieder in die Hand genommen, und du hast ein anderes Leben angefangen. Dein Vater und ich haben deine Wahl nie für gut befunden. Daraus habe ich ja nie einen Hehl gemacht. Aber du bist mein Sohn. Und da habe ich mir gesagt: Ich muss dich dabei unterstützen.«

Es dämmerte. Gabrielle schaltete eine kleine Lampe ein, die neben ihr stand.

»Für mich gab es nur eine Art, dir zu helfen. Indem ich mich um Charlotte kümmerte. Und das habe ich getan. Ich bereue es nicht, das schwöre ich dir. Deine Tochter ist schön, intelligent, sensibel. Sie hat alles, wovon Eltern nur träumen können. Heute kann ich es dir ja gestehen: Zwischen uns ist mit der Zeit eine Verschworenheit gewachsen, wie ich sie nicht einmal mit meinen Freundinnen erlebt habe. Wahrscheinlich hat mich das dazu bewogen, sie in Schutz zu nehmen.«

Wieder wusste François nicht, wovon sie sprach.

»In Schutz nehmen vor was?«

»Vor dir. Vor deinen Ängsten. Vor deinen Schuldgefühlen. Ich habe immer geahnt, dass du falsch reagieren würdest, wenn du erfahren würdest…«

Sie stockte. François musste schlucken, er hatte einen trockenen Mund.

»Was hätte ich wissen sollen?«

Die alte Dame sah auf ihre Hände. Faltig, durchscheinend, von schwarzen Venen durchzogen.

»Vor zwei Jahren hatte Charlotte einen Rückfall. Eine brutale, besorgniserregende Depression, schlimm genug jedenfalls, um sie einweisen zu lassen.«

Die Decke senkte sich auf François nieder.

»Und das hast du mir nicht erzählt?«

»Das war, als du in die Vereinigten Staaten gegangen bist, um dein Praktikum beim FBI zu machen. Deine Tochter lebte bei uns. Du warst weit weg und hast nicht oft angerufen. Ich musste mich schnell entscheiden.«

»Du hättest mich trotzdem benachrichtigen können. Dann wäre ich zurückgekommen.«

»Ich hatte das Gefühl, dass es so für alle die bessere Lösung war.«

»Du hattest das Gefühl! Aber, zum Kuckuck, ich bin ihr Vater!«

Gabrielle lenkte nicht ein, sie war sich ihrer Sache sicher.

»Ich habe getan, was ich für gut hielt. Wie hättest du die Nachricht aufgenommen? Kannst du mir das sagen? Was wäre gewesen, wenn du zusammengebrochen wärest?«

Sie legte ihrem Sohn die Hand auf den Oberschenkel und fügte mit teilnahmsvoller Stimme hinzu:

»Du bist… oder sagen wir besser, du warst so zerbrechlich, mein armer Schatz. Deine Reaktion hätte Charlotte nur noch mehr geschadet.«

Damit war alles gesagt. François hatte soeben begriffen, wie seine Mutter ihn wahrnahm. Sie sah einen Menschen in ihm, auf den man nicht oder nicht mehr zählen konnte. Einen Mann, dessen Schmerz alles überdeckte, der zu labil war, um sich um seine eigene Tochter zu kümmern. Auf ihre Art hatte Charlotte ihm das auch zu verstehen gegeben.

»Das ist Wahnsinn…«, murmelte er schließlich.

»Vielleicht. Aber die Fakten haben mir recht gegeben«,

erwiderte Gabrielle selbstsicher. »Sie ist einen Monat in dieser Klinik geblieben, hat sich wieder aufgerappelt, und dann habt ihr euch wiedergefunden, als sei nichts geschehen.«

»Und jetzt? Hältst du mich mittlerweile für fähig, Verantwortung für meine Tochter zu übernehmen?«

Er war sehr heftig geworden. Da sie ihm seine Elternrolle genommen hatte, war er nun nicht mehr bereit, die Rolle des respektvollen Sohnes zu spielen.

»Keine Ahnung. Aber du hast es ja selbst schon gesagt: Du bist der Vater, sie braucht dich. Sie ist wie eine Schlafwandlerin. Sie läuft übers Seil, und du bist der Einzige, der sie daran hindern kann, wieder herunterzufallen.«

Seine Gefühle spielten verrückt. Wut, Schmerz, Schuldgefühle. Und stärker noch als alles andere war die Angst.

Was seine Mutter gerade erzählt hatte, passte wie eine Pauspapierzeichnung auf seine jüngsten Erkenntnisse. Im Gegensatz zu den Treibern war Charlotte auch so eine verzweifelte Jugendliche. Wie alle Opfer in dieser düsteren Geschichte. Vielleicht lag darin die letzte Erklärung. Die Einzige, die, entgegen dem äußeren Schein, einen Sinn ergab. Diese Deutung wies der Profiler vehement von sich. Doch sie meldete sich immer wieder zu Wort und wollte nicht verstummen.

Hier musste er nachforschen.

»In welche Klinik hast du sie bringen lassen?«

»Möchtest du jetzt auch hier eine kleine Ermittlung durchführen?«

»Ich muss die Diagnose kennen.«

Gabrielle lächelte.

»Immer dieses Bedürfnis, alles unter Kontrolle zu haben… Hör endlich auf, dich wie ein Psychoanalytiker aufzuführen. Sei einfach nur ein Vater.«

Touché. Schon wieder. Er ging darüber hinweg und beharrte stur auf seiner Position.

»Antworte mir.«

»In die Seeklinik in Garches. In die Abteilung von Dr. Giraud.«

Justine, das Opfer von Bagnolet, war dort gewesen. Und das Datum passte auch. François hatte herausfinden wollen, wo und wie Natascha ihr begegnet sein könnte. Jetzt wusste er es, und die Antwort brachte ihn schier um.

Mit letzten Kräften versuchte er, sich mit logischen Überlegungen vor dem Abgrund zu schützen, der ihn in die Tiefe ziehen wollte.

»Das ist unmöglich. Giraud ist ein Freund. Er hätte mir davon erzählt.«

»Er hatte keinerlei Grund dazu.«

»Warum? Hast du ihn auch manipuliert?

Eine gewisse Traurigkeit verschleierte Gabrielles Blick.

»Ich habe niemanden manipuliert. Ich habe nur meine Familie beschützt.«

»Wie hast du das angestellt?«

»Auf die einfachste Art der Welt. Viele Ausländer kommen hierher, um sich in dieser Privatklinik behandeln zu lassen. Hier wird nicht so sehr nach den Personalien gefragt, solange man die Rechnung bezahlen kann. Die im Übrigen gesalzen ist.«

»Hast du einen falschen Namen angegeben?«

»In Anbetracht deines früheren Berufes hielt ich es für sicherer, die Sache geheim zu halten.«

François fürchtete sich vor der nächsten Enthüllung. Mit tonloser Stimme stellte er die Frage:

»Wie hast du sie genannt?«

»Ich habe ihr einen russischen Namen gegeben. Viele wohlhabende Familien dort sprechen Französisch, und Charlotte ist ein bisschen der Typ. Natascha Sbirkoja. Das haben sie anstandslos geschluckt.«

Er hätte am liebsten laut losgebrüllt. Er krallte seine Nägel in die Armlehne, um den Schrei zurückzuhalten.

Er stand auf. Der Raum schwankte wie ein trunkenes Schiff.

»Ich fahre hin.«

Gabrielle stand ebenfalls auf.

»Bist du mir böse?«

Er hatte nicht mehr die Kraft zu sprechen, sich so zu verstellen, dass sie nichts merkte.

Er küsste sie auf die Stirn.

»Nein.«

Die alte Dame lächelte schüchtern. Diese Lüge nahm sie ihm nicht ab.

»Übrigens, Charlotte hat mir das für dich gegeben. Für den Fall, dass du wieder auftauchen solltest.«

Sie holte einen Umschlag aus der Tasche und hielt ihn François hin. Mit zittriger Hand riss er ihn auf. Darinnen steckte ein dreifach gefaltetes Blatt.

Mein kleiner Papa,
wenn du diesen Brief liest, dann bist du wahrscheinlich kurz vorm Ziel angelangt. Oma glaubt, dass ich dich brauche. Sie irrt sich. Du brauchst mich. Weil du verstehen willst. Ich bin sicher, du weißt, wo du mich finden wirst. Dort, wo Himmel, Wasser und Erde eins sind.

64

Ein vergrabenes Bild.

Das Bild vom reinen Glück.

Es brachte ihn in eine längst vergangene Zeit zurück, eine Zeit der Fülle und der einfachen Freuden, in der alles noch möglich schien.

François hatte diese Erinnerungen in die hintersten Winkel seines Unbewussten verbannt. Jetzt kam alles wieder hoch. Das Haus, die Seen, die Wälder. Er erinnerte sich an die Momente, in denen er auf dem flechtenüberwachsenen Bootssteg saß und zusah, wie das Wasser seine Farbe wechselte. Diane legte ihren Kopf an seine Schulter, Charlotte klatschte in die Hände, während das Grün der Seerosen nach und nach in Schwarz überging. Ein Blätterdach über ihren Köpfen schirmte sie vom Rest der Welt ab. Der Augenblick war sehr kurz. Nur ein paar Minuten. Und in diesem kurzen Moment dazwischen hatte die Dämmerung der ganzen Natur ein und dasselbe Kleid angelegt.

»Dort, wo Himmel, Wasser und Erde eins sind«, hatte Charlotte geschrieben. Ein Ort, den es wirklich gab, der aber auch eine symbolische Bedeutung hatte, denn er stellte auf poetische Weise die Familie dar, die sie einmal gewesen waren.

Dann hatte der Schmerz alles hinweggefegt. Dianes Ermordung und deren Auswirkungen auf Charlotte, sein eigenes Umherirren. Die Irrfahrten des Kriegers hatten acht Jahre gedauert. Acht lange Jahre, in denen er diesen Hafen des Friedens nicht mehr betreten hatte. Er erinnerte ihn zu sehr an das, was er verloren hatte. Was sein Stolz zerstört hatte. Der ehemalige Psychoanalytiker war nun ein Bulle geworden, weil er sich davon die Absolution erhoffte.

Jetzt präsentierte das Leben ihm die Rechnung.

Er fuhr von der A71 auf das Autobahnkreuz Lamotte-Beuvron und dann auf die D923. Die Nadel des Tachos war am Anschlag, das Blaulicht lief auf vollen Touren, er brauchte keine zwei Stunden, um die Strecke bis in Frankreichs Mitte zurückzulegen. Keine Musik, das Handy war ausgeschaltet, damit man ihn nicht lokalisieren konnte. François konzentrierte sich nur noch aufs Fahren.

Eine lange, gerade Linie, beginnender Nebel. Er konnte kaum etwas erkennen. Die wenigen Autos, die einsam durch diese Wüste fuhren, flüchteten schnell zur Seite, wenn der Kommissar sie wie ein Irrer mit seiner Lichthupe bedrängte. Er war eine Gefahr für die Öffentlichkeit, krank vor Schmerz schoss er wie eine Kanonenkugel durch die kohlschwarze Nacht.

In diesem Tempo legte er fünfzig Kilometer zurück und konnte ein paar Autos, die aus der Gegenrichtung kamen, gerade noch ausweichen. Die Fahrt durch Lamotte-Beuvron zwang ihn, langsam zu fahren. Ein Stück anachronistisch anmutende Bundesstraße, dann wieder die Landstraße in Richtung Vouzon. François fuhr nach dem Gedächtnis. Er hatte die Strecke schon hundertmal zurückgelegt, kannte sie auswendig.

Misabran, Souvigny, La Gimonière. Ein Kaff folgte dem anderen, alle tot, auf künstliche Weise von der Straße abgeschnitten. Manchmal erhellte eine einsame Straßenlaterne ein Haus, eine Kirche, einen Laden. Sie schienen auf wie im Blitzlicht und ließen andere Bilder wieder lebendig werden. François sah sich am Steuer seines Autos sitzen, wie er mit seiner Frau und seiner Tochter gemächlich durch diese Gegend fuhr, in der sich nichts verändert hatte. Je tiefer er in diese Landschaft eintauchte, desto mehr Erinnerungen kehrten zurück. Die Einsamkeit, die Isolation, die Reinheit dieser vor Wasser und Saft strotzenden Erde. Der Friede eines zeitlosen Ortes, geschützt vor dem Wahnsinn der Menschen.

Plötzlich tauchte mitten aus dem Nichts eine Nebenstraße auf. Auf dem Schild stand lediglich: »Die schwarzen Sümpfe«. Das war der Name eines mehrere Hektar großen Gebietes, das zu drei Vierteln aus Wald bestand, eine schöne Naturlandschaft mit einem riesigen See darin.

Das Familienanwesen.

Im Herzen der Sologne.

Der Ort, an dem seine Tochter sich mit ihm verabredet hatte.

Charlotte hatte es nach Dianes Tod geerbt. Sie hatte

sich mit aller Verzweiflung an diesen Fleck geklammert, als sei es die letzte Rettungsboje, die sie vor dem Untergang bewahren würde. François hatte es nicht übers Herz gebracht, sie zum Verkauf zu zwingen. Er ließ sie in Begleitung ihrer Großeltern hinfahren und zahlte weiter die Rechnungen.

Zwanzig Minuten lang ging es über Asphalt, ein ungewohnter Eindringling, der mit seinen Lichtern den Schleier des Dunkels durchbohrte. Rundum ragten die langen Schatten der Buchen und Tannen wie eine Armee von Ghuls in der Dunkelheit auf.

Schließlich kam die Abzweigung. Der Polizeibeamte hielt bei dem Weg an, der unter den Bäumen verschwand. An dieser Stelle gab es kein Hinweisschild, nur eine dicke Holzschranke, über der geschrieben stand, dass die Durchfahrt hier verboten war.

Jemand hatte sie hochgeklappt.

François schaltete den Motor aus und atmete tief durch. In seinem Kopf ging alles durcheinander. Er erinnerte sich, wie sie freitagabends immer hier angekommen waren. Die beiden Frauen seines Lebens schliefen im Auto, eingehüllt von Bachsuiten. Die süße Benommenheit dieser Augenblicke, in denen nach der Erschöpfung endlich die Entspannung kam und die den Auftakt zu zwei oder drei Tagen vollkommenen Glücks darstellten.

Dann dachte er an Charlotte. An das Grauen, dessen sie sich schuldig gemacht hatte. Ein Wahnsinn, den er einfach nicht verstehen konnte und der ihn zu diesem Weg geführt hatte, der aussah wie eine Sackgasse.

Das Ende eines Kreislaufs.

Das Ende des Weges …

Er fuhr sich mit der Hand übers Gesicht, als könne diese einfache Geste die Anspannung vertreiben. Seine Tochter hatte ihn hierhergelockt. Sie behauptete, ihn nicht zu brauchen. Er glaubte nicht daran. Ihr Brief war ein Hilferuf. Vielleicht gab es noch eine Chance, sie zu retten. Er war Polizist. Niemand wusste etwas. Er hatte die Mittel, ein bisschen was zu drehen, Beweise verschwinden zu lassen, seine Kollegen auf eine andere Fährte anzusetzen. Und dann würde er sich um sie kümmern. Er würde sie behandeln lassen. An einem anderen Ort. Egal wo.

Aber zunächst musste er das alles verstehen.

Das war alles, was er sich wünschte.

Er startete den Motor wieder und verschwand im Hochwald. Dicker, dichter Nebel umgab ihn. Er schaltete die Scheinwerfer aus und ließ nur noch das Standlicht an. Die Sichtweite betrug weniger als zwei Meter. Er konnte kaum die Spuren erkennen, auf denen der Touareg fuhr.

Er krampfte die Hände ums Steuer. Zu beiden Seiten der Schneise lag der Wald mit seinen Geheimnissen. Eine schwarze Masse, in der es raschelte und zuckte.

Es ging leicht abwärts, dann um eine Ecke, er tastete sich blind durchs Dunkel. Von rechts waren Vogelschreie zu hören. Seine Windschutzscheibe war von einem feuchten Schleier bedeckt. Er fuhr am See vorbei. Nach ein paar hundert Metern drang ein Lichtschein durch die Dunkelheit. Das war die Außenlampe über der Treppe, umgeben von einem orangenen Schein. Charlotte hatte sie eingeschaltet wie ein Signal, eine Einladung.

Nach und nach tauchten die Umrisse des Anwesens auf, in eine milchige Haut gekleidet. Ein altes, großes Bauernhaus nach Art der mittelalterlichen Zimmermannsleute gebaut. François erschauerte, als er die Fachwerkfassade erblickte, das Satteldach aus Ziegelsteinen, die alten Backsteinwände mit den Wurmmotiven. Er hatte das Gefühl, die Zeit schrumpfe zusammen. Vergangenheit, Gegenwart, Zukunft – das hatte alles keine Bedeutung mehr. Es gab nur einen einzigen, auf ewig versteinerten Albtraum.

Als er näher kam, entdeckte der Polizist zwei vor dem Eingang parkende Autos.

Er stellte den Motor ab und blieb auf der Stelle stehen.

Charlotte war nicht allein. Er erinnerte sich an die Anrufe, die auf den verschiedenen Prepaid-Handys hin und her gegangen waren. Eine Verschleierungstaktik. Er hatte das ungute Gefühl, dass sie die anderen hatte kommen lassen. Dann wäre die Sache wenigstens klar. Die ganze Bande säße beisammen, bereit für das große Finale.

Er zückte seine Glock, stieg aus dem Wagen, schloss leise die Tür und ging los. Er war angespannt. In seinem Kopf wirbelte alles durcheinander, und sein Herz schlug wie wild. Die Kälte war seine Begleiterin, die Finger ihrer eisigen Hand schlossen sich um seinen Hals, und seine Muskeln verkrampften.

Der Profiler schlich sich so nah wie möglich heran, blieb im Schatten einer alten Eiche stehen und sah sich die Autos an. Das erste, ein brandneuer Audi A3, trug das Kennzeichen des Départements Isère. Cazenove, mit Sicherheit. Das zweite, ein abgewrackter 205er, stand direkt davor. Das Kennzeichen war nicht zu erkennen, aber er wusste, wem es gehörte. Dem dritten Treiber, dem aus Limoges. Fehlte nur noch Maximes Scooter. Der Junge aus Avignon hatte die Strecke wahrscheinlich nicht auf seinem Zweirad bewältigen können. Er war vermutlich wie Charlotte mit dem Zug gekommen und hatte die anderen am Bahnhof von Lamotte-Beuvron getroffen.

François betrachtete aufmerksam die Fassade. Sämtliche Läden waren geschlossen. Kein Laut war zu hören. Er ging ums Haus. Nebel hüllte ihn ein, das Geräusch seiner Schritte wurde von einem dicken Grasteppich geschluckt, sodass man ihn nicht hören konnte.

In dieser abgrundtiefen Stille drang ein Plätschern an seine Ohren. Das Wasser. Es war da. Ganz nah. Schlug gegen den Anlegesteg und brachte das Boot zum Schaukeln.

Hinterm Haus war alles in vollkommene Finsternis getaucht. Wie bei den Gebäuden, die man den Winter über verrammelt. Es gab kein Lebenszeichen, im Dunkel war kaum etwas zu erkennen – ein schwarzes Loch, das eine ganze Galaxie schluckt.

Er ging etwa zehn Meter an der Wand entlang. Dass es Nacht war, störte ihn nicht. Er sah besser als am Tag, verließ sich auf seine Erinnerung: die Rosenhecke, die seine Frau gepflanzt hatte, der Wasserzulauf, an dem sie nach den Wanderungen durch den Sumpf immer ihre Stiefel sauber gemacht hatten, die Küchentür, der Backsteinofen, in dem sie Rehfleisch gebraten hatten.

François zählte drei Schritte und blieb dann stehen.

Hier war die Falltür. Zwei Metallklappen wie ein geschlossener Fensterladen. Der äußere Zugang zum Keller. Auf diesem Weg könnte er sich unbemerkt ins Haus schleichen.

Er kniete nieder und streckte die Hände aus. Seine Finger berührten die raue Oberfläche der verrosteten Kette. Das Vorhängeschloss schien allerdings neu zu sein. Er schlich sich zum Kamin zurück. Mit ausgestrecktem Arm tastete er die obere Kante ab. Hier wurden die unterschiedlichsten Dinge in völligem Durcheinander aufbewahrt. François ertastete eine Feuerzange, Handschuhe, einen kleinen Elektromotor, eine Rosenschere.

Von einem Schlüssel keine Spur.

Er dachte nach. Der Schlüsselbund hatte immer hier gelegen. Hatte seine Mutter beschlossen, ihn anderswo zu verstecken? Vielleicht hatte Charlotte ihn ja an sich genommen, damit er das Haus nur von vorn betreten konnte. Und in ihre Falle ging …

Er versuchte, diese paranoiden Gedanken zu verscheuchen. Charlotte war seine Tochter. Sie mochte noch so verrückt sein, aber sie würde ihn wohl kaum angreifen. Nur die anderen stellten eine Bedrohung dar.

Plötzlich erinnerte er sich an etwas, ein kleiner Geistesblitz. Die Schlüssel lagen nicht mehr obendrauf, sondern befanden sich im Kamin, auf der rechten Seite, in einem hohlen Backstein. Seine Mutter hatte ihm das gesagt, für den Fall, dass er mal wieder zu den schwarzen Sümpfen fahren wollte. Was er dann aber nie getan hatte.

Wieder tastete er das Dunkel Zentimeter um Zentimeter ab. Es war nicht einfach. François bedauerte, dass er kein Raucher war. Dann hätte er wenigstens ein Feuerzeug gehabt.

Nach fünf Minuten fand er schließlich, was er gesucht hatte. Er ging zur Falltür zurück und öffnete das Schloss. Die Kette glitt mit einem dumpfen Schaben durch die Metallringe.

François zog die Klappen hoch. Eine Holztreppe führte ins Innere des Hauses.

Mit der Waffe in der Hand setzte er den Fuß auf die erste Stufe.

65

Der Geruch traf ihn wie ein Schlag.

François hätte ihn unter Tausenden wiedererkannt. Eine Mischung aus altem Holz, Benzin und Tannin. Diese Duftspur war in seinen Zellen gespeichert wie eine Tätowierung, die in die zarte Rinde seiner Seele geritzt worden war.

Er stieg hinab. Es knarrte. Tiefschwarze Dunkelheit. Es gab keinen Anhaltspunkt, nur das rote Kontrolllämpchen des Heizkessels. Ein leises Schnurren war im Raum zu hören, ein Zeichen, dass er funktionierte.

Sechs Stufen, ganz vorsichtig. François war in der Mitte der Treppe angelangt. Er tastete die linke Wand ab und fand den Lichtschalter.

Ein grelles Licht fiel von der Decke. Der Polizeibeamte kniff die Augen zusammen und stieg weiter die Treppe hinunter. Nichts hatte sich bewegt. Er sah das entlang der Wand gestapelte Feuerholz, den ockerfarbenen Klinkerboden, die geordneten Werkzeuge auf der Werkbank. Es gab ihm einen kleinen Stich ins Herz, als er die Regalfächer erblickte. Sämtliche Wände wurden davon eingenommen wie in einem Bienenstock aus Metall. Über tausend Flaschen lagerten in dem Keller, darunter viele Grand-Cru-Jahrgangsweine. François hatte sie auf Versteigerungen Stück für Stück zusammengetragen, um seine Sammlung zu vervollständigen. Niemand hatte sie angerührt …

Er ging durch den Raum. Es gab eine zweite Treppe, ein Spiegelbild der ersten. Diesmal eine Betontreppe, die François eigenhändig mit grauer Farbe gestrichen hatte. Sie führte hinauf zu der Tür in die Küche.

Eine Handvoll Stufen. Der Profiler hörte oben etwas hin und her huschen und knipste das Licht aus. In Fußhöhe blieb ein feiner Lichtstrahl. Er kam von der anderen Seite.

Drei, vier Sekunden lang stand er reglos im Dunkeln und versuchte herauszufinden, ob da jemand war. Unmöglich, denn ein dumpfes, rhythmisches, schnelles Klopfen hinderte ihn daran: sein Herzschlag.

Er drückte die Klinke nach unten, öffnete die Tür einen winzigen Spalt breit und riskierte einen Blick. Der Winkel war nicht groß genug, um sich einen Überblick verschaffen zu können. Trotzdem wusste er, dass der Raum leer war. Es lag nicht jene besondere Spannung in der Luft, welche die Gegenwart eines Menschen bewirkt.

François schlüpfte durch die Tür. Sofort fielen ihm die Fastfoodpackungen ins Auge und die Sodabüchsen, die auf dem großen Eichentisch lagen. Neben diesem Müll gab es noch aufgerissene Chipstüten und leere Bonbonpapierchen.

Kids, dachte der Profiler. Verantwortungslos, unordentlich, sich der Konsequenzen ihrer Handlungen nicht bewusst.

Er ging in den Salon. Auch leer. Es stank nach kaltem Rauch, dass einem schlecht werden konnte. Es war nur eine Lampe eingeschaltet, eine weiße Scheibe, die an einem Faden von der Decke über dem Billardtisch hing. Die Kugeln waren über den grünen Filz verteilt. Die Queues lagen auf dem Boden. Aschenbecher voller Kippen spuckten einen schwarzen Saft auf die Bande aus lackiertem Mahagoni.

François fragte sich, wie die Jugendlichen sich auf das Spiel hatten konzentrieren können. Nach alldem, was geschehen war, und der Anspannung, unter der sie litten.

Er ging um das Schlachtfeld herum und dachte an seine Mutter. Sie hätte die Gelbsucht davon bekommen. Dann bemerkte er die Veränderungen. Ein neues Sofa war dazugekommen, ein Flachbildschirm, und hinten eine Öffnung, die in eine Art Boudoir führte. Es sah aus, als wären die Wände zurückgewichen. Das Zimmer wirkte größer. Ein schöner Raum, der ihm fremd vorkam. Diane war tot, Charlotte hatte die Kindheit hinter sich gelassen, und er war geflohen. Selbst äußerlich war von seiner Vergangenheit nichts mehr da.

Er stieß mit dem Fuß an einen Gegenstand. Eine Whiskeyflasche. Geleert bis auf den letzten Tropfen. Eine weitere stand auf dem niedrigen Tisch, ebenfalls leer.

Er zählte vier Gläser.

François schloss die Finger fest um seine Waffe. Er hatte ein seltsames Gefühl. Diese Stille, dieser Frieden. Das passte nicht. Vielleicht hatte die Bande ihren Plan geändert und es vorgezogen, sich vor seiner Ankunft aus dem Staub zu machen.

Stimmen. Er lauschte. Sie kamen aus dem ersten Stock. Er ging zur Treppe. Jagdszenen, Gewehre, Trophäen. Ausgestopfte Souvenirs, lebendiger als in Natur. François stieg die Stufen hinauf und wurde in eine andere Zeit zurückversetzt.

Die Stimmen klangen jetzt ferner.

Eine Frau, ein Mann.

Charlotte? Im Gespräch mit einem ihrer Helfershelfer?

Er erreichte den Flur. Halbdunkel. Durch eine angelehnte Tür am anderen Ende des Ganges drang ein wenig Licht. Von dort kamen auch die Töne. Drei aufeinanderfolgende Zimmer, eine Art Suite, die Zimmer, die er mit Diane bewohnt hatte, wenn sie in die schwarzen Sümpfe gefahren waren.

Leise ging er weiter. Rechts und links Zimmer. Er kontrollierte sie im Vorbeigehen. Leer. Nur noch zwei oder drei Schritte. Er hatte das Gefühl, sich vor einem Abgrund zu befinden.

Auf der Türschwelle blieb er stehen und lauschte. Ein Lachen. Rufe. Dann eine vertraute, zugleich sanfte und ruhige Stimme.

Der Schock war gewaltig. Der Polizist wankte und hielt sich an der Wand fest.

Das konnte sie nicht sein.

Er hatte sie beerdigt.

Aber François träumte nicht.

Da, ganz nah, war Diane und sprach mit jemandem.

Er trat ins Zimmer. Dämmerlicht. Überraschung. Die Wände waren verschwunden, es gab nur noch einen einzigen großen Raum. Ein riesiges Sofa nahm die ganze hintere Wand ein, drei Gestalten hatten sich darauf niedergelassen. Maxime Galthier, Rémi Cazenove und noch ein dritter Bursche, ein Blondschopf mit Püppchengesicht, den er noch nie gesehen hatte. Er wettete zehn zu eins darauf, dass das der dritte Treiber war.

Von Charlotte keine Spur.

Die Ankunft des Profilers rief keinerlei Reaktion hervor. Die kleine Gruppe schien zu schlafen, wahrscheinlich völlig benommen vom Alkohol. Vor ihnen war zu sehen, woher die Stimmen kamen.

François spürte, wie ihm die Tränen zwischen den Lidern hervorquollen. Diane war auf eine große, weiße Wand projiziert und lächelte ihn an.

Er erinnerte sich genau an den Tag, an dem er diese Szene mit der Videokamera aufgenommen hatte. Das war Heiligabend gewesen, sechs Monate vor dem Drama. Die Männerstimme war seine eigene, nur jünger, fröhlicher. Sie waren im Badezimmer. Er hatte sie überrascht, als sie gerade dabei war, sich zurechtzumachen. Sie hatte sich ein Handtuch um den Kopf gewickelt, trug einen weißen Bademantel und versuchte, das Objektiv mit der Hand zuzuhalten.

Sekunden verstrichen. Die Szene wurde immer wieder abgespielt. François war unfähig, den Blick vom Bildschirm zu lösen. Die ganzen Jahre war er vor allem geflohen, was ihn an seine Frau hätte erinnern können. Besonders vor den Fotos. Er hatte den Beruf gewechselt und die Wohnung, und die schwarzen Sümpfe hatte er vergessen. Im Keller stapelten sich die Kartons, voll mit dem, was Diane einst gewesen war. Rabiate Heilmethoden gegen ein unvorstellbares Leid.

Im Bruchteil einer Sekunde waren alle Schleusen geöffnet. François hatte immer gewusst, wie sehr Diane ihm fehlte. Aber jetzt begriff er erst richtig, wie verzweifelt seine Lage war. Durch den Versuch, alles wiedergutzumachen, hatte er auf die notwendige Trauerarbeit verzichtet. Auf diese Weise hatte er seine Frau am Leben erhalten. Eine Tote. Dieser Kampf hatte ihn ganz allmählich umgebracht, mehr noch als ihre Abwesenheit. Er hatte gegen sich selbst gekämpft, ein absurder und vergeblicher Kampf, aus dem er niemals siegreich hervorgehen würde.

Hinter ihm bewegte sich etwas und riss ihn aus seiner Träumerei. Er drehte sich um und brachte reflexartig seine Automatikwaffe in Anschlag.

Er ließ sie sofort wieder sinken.

»Charlotte …«

Seine Tochter antwortete nicht. Stocksteif, wie abwesend, stand sie in der Tür.

Der Kommissar steckte seine Waffe wieder weg. Er ging auf sie zu und nahm sie, ohne weiter nachzudenken, in die Arme. Die Jugendliche ließ es mit sich geschehen, reglos wie eine Stoffpuppe.

»Wie geht's dir, meine Große?«

Immer noch keine Antwort. Obwohl es so düster war im Raum, glaubte Marchand dunkle Spritzer auf ihrem T-Shirt zu sehen. Instinktiv wusste er, dass es Blut war.

Er bekam Panik.

»Hast du dich verletzt?«

»Nein …«

Der Tonfall ließ den Polizisten zu Eis erstarren. Unbeteiligt, weit weg. Damals, als er noch im Hospital Sainte-Anne Psychotiker behandelt hatte, waren einige gewesen, die so geklungen hatten. Nach schweren Wahnanfällen waren die Patienten oft aggressiv und verstümmelten sich selbst.

Vorsichtshalber hob er ihr T-Shirt an.

Die Haut war weiß und durchscheinend.

Das Blut stammte nicht von ihr.

Er lief zum Sofa, kniete vor Maxime nieder und fühlte seinen Puls.

Das Fleisch war kalt. Er hatte keinen mehr.

Dasselbe galt für die anderen.

Hinter ihm ertönte Charlottes Stimme, sie klang jetzt bestimmt:

»Warte, ich mach dir Licht, dann kannst du besser sehen.«

Helligkeit überflutete den Raum und beleuchtete die Körper.

Der Polizist wich entsetzt zurück. Die Lippen der jungen Männer waren blau. Winzige Einblutungen bildeten rote Streifenmuster in ihren Augen. Unten am Hals war ein tiefer, regelmäßiger Einschnitt, der an die Spur einer Klaviersaite denken ließ.

Charlotte hatte sie erwürgt.

Zu ihrem letzten Bild hatte sie sich nicht von einem Horrorfilm inspirieren lassen.

Sie hatte einfach nur den Mord an ihrer Mutter nachgespielt.

66

François kniete, ein Büßer inmitten eines Massengrabes. Ihm schwirrte der Kopf. Er hatte keine Luft mehr in der Lunge, und es kribbelte ihm in den Fingerspitzen. Es fühlte sich an, als habe man ihm ein Hypnotikum gespritzt.

Charlotte kam näher. Die blonden Haare, die ihr gewöhnlich auf die Schultern fielen, waren von einem Haarband gehalten. Ihre Augen, die sonst so klar gewesen waren, waren wie vom Fieber verschleiert. In diesem Augenblick wirkte sie zehn Jahre älter.

Sie stellte sich vor ihren Vater. Hinter ihren zarten Schultern lächelte ihre Mutter.

»Siehst du? Ich hatte es dir ja gesagt.«

»Was hattest du mir gesagt?«

»Du wolltest doch verstehen.«

François schloss die Augen. Um wieder einen klaren Gedanken fassen zu können, musste er erst einmal völlige Leere herstellen.

Langsam stand er auf.

»Wusstest du die ganze Zeit Bescheid?«

Lächeln. Eine winzige Sekunde lang tauchte wieder das kleine Mädchen auf, mit seinen leicht auseinanderstehenden Zähnen, seiner Treuherzigkeit, seiner Unschuld. Dann verschloss sie sich wieder.

»Sicher wusste ich davon. Genau wie ich auch weiß, dass du daran schuld bist.«

François hörte sich antworten:

»Wer… Wer hat dir das erzählt?

»Als Mamas Mörder dich gewarnt hat, da hast du ihm nicht geglaubt. Warst ein Herr ›Ich kann alles‹. Siehst du, wohin uns das gebracht hat?«

Sie starrte ihn mit erloschenem Blick an. Er versuchte ungeschickt, sich zu rechtfertigen.

»Er war ein Provokateur. Ich konnte doch nicht…«

»Hör auf! Ich bitte dich.«

François spürte, dass er gleich in Tränen ausbrechen würde. Er versuchte, auf sie zuzugehen.

»Wir sind beide noch da. Und wir werden da wieder herauskommen, das verspreche ich dir.«

Schreiend wich sie zurück: »Gar nichts versprichst du mir! Du hast deine Versprechen noch nie gehalten!«

Eine plötzliche Wut war aus ihr herausgebrochen wie ein Vulkan. Dann fragte sie wie ein Schauspieler, der schnell ein anderes Register zieht, mit zuckersüßer Stimme: »Du wolltest doch verstehen, oder?«

François nickte wortlos. Seine Tochter streckte sich auf einem roten Sofa aus. Am Kopfende stand ein Sessel, aus demselben kostbaren Holz geschnitzt.

Dem Profiler wurde übel. Er hatte diese Reliquien nach dem Auszug aus seiner Psychoanalytikerpraxis auf dem Speicher ausgelagert. In diesen Lederkokons hatte er seinen Patienten gelauscht, sie getröstet, den Balsam seiner Worte auf ihre Wunden gestrichen.

Sie winkte ihn zu sich.

»Du kennst deinen Platz.«

»Was für ein Spiel spielst du da?«

In ihren blassen Augen loderte die Flamme des Wahnsinns.

»Setz dich!«

Dann fügte sie mit honigsüßer Stimme hinzu:

»Bitte.«

François gehorchte. Er musste Zeit gewinnen. Ihr zuhören. Dann würde er sich etwas einfallen lassen.

Charlotte verschränkte die Arme hinter dem Kopf. Sie tat so, als sei sie ganz entspannt, aber ihr Körper strafte sie Lügen. Angespannt, nervös. Eine instabile Mischung, flüchtiger als eine Nitroglyzerinlösung.

»Bist du bereit, die Wahrheit zu hören?«, herrschte Charlotte ihn an.

Marchand antwortete nicht. Seine Augen hingen an Diane, an ihrem Gesicht, das über die Wand wogte.

Das junge Mädchen seufzte.

»Wie du willst. Ich werde jetzt jedenfalls reden.«

Mit einer fernen, geradezu körperlosen Stimme begann sie ihre Geschichte zu erzählen.

»Als Mama starb, hast du mir erzählt, sie habe einen Unfall gehabt. Ich war noch klein. Ich wollte dir glauben. Aber in meinem tiefsten Inneren wusste ich, dass du gelogen hast. Ich ahnte, dass etwas Schreckliches passiert sein musste, etwas, das auch dich anging und das dazu führen würde, dass ich noch mehr leiden musste. Und da hab ich plötzlich angefangen zu spinnen.«

Ein ziemlich surreales Bild: François, wie er zusammengekauert in seinem Sessel saß, Charlotte, wie sie mit reifer, gesetzter Stimme sprach. Die drei Leichen, stumme Zeugen dieser wilden psychoanalytischen Sitzung.

»Ganz allmählich habe ich mich wieder gefangen. Ich

war in einer neuen Wohnung, hatte ein neues Zimmer, und nichts war mehr wie vorher. Mama war nicht mehr da. Und dir ging es schlecht. Also wollte ich dir helfen. Ich habe gelernt zu kochen, Hausaufgaben zu machen, autonom zu werden. Und wenn es mir so richtig schlechtging, bin ich zu Oma gegangen, damit du es nicht merkst. Die Vorstellung, du könntest mich auch fallenlassen, hat mir fürchterlich Angst gemacht.«

François brach zusammen. Er hatte geglaubt, er hätte sie getäuscht. Sie hatte alles verstanden und still gelitten.

»Ich habe die Wahrheit in der Schule erfahren.«

Ihr blieben die Worte im Hals stecken. Ein gnadenloses Urteil, gefällt vom Tribunal des Unglücks. François fragte wütend:

»Wer hat es dir erzählt?«

»Ein Mädchen aus meiner Klasse. Ihre Mutter ging mit meiner Mama zur Gymnastik.«

Eine Unbekannte. Ein Elektron, das Dianes Leben umkreist hatte, ohne dass er von dessen Existenz auch nur eine Ahnung gehabt hätte. Früher oder später fand die Wahrheit immer ihren Weg. Das war eine Frage der Zeit.

»Alles kam wieder hoch«, fuhr Charlotte fort. »Meine Zweifel, meine Ängste, dieses Unwohlsein, das mich immer überkam, wenn du von ihr sprachst. Trotzdem wollte ich es nicht glauben. Ich hab sofort Oma angerufen. Sie hat mir alle Einzelheiten erzählt.«

»Warum hast du nicht mit mir darüber gesprochen?«

»Oma wollte das nicht. Sie hat mich schwören lassen, dass das unter uns bleibt. Sie war der Meinung, man könnte dir das nicht zumuten.«

Da schien sich etwas zu wiederholen. Gabrielle Marchand hatte es vorgezogen, ihrer Enkelin zu vertrauen. Sie fand sie stärker als ihren Sohn.

Das junge Mädchen schlug die Beine übereinander.

»Von diesem Tag an habe ich verstanden, wie du so tickst. Durch deine Lüge sollte nicht ich geschützt werden, sondern du geschont. Du wusstest, dass es deine Schuld war, aber du hast sie nicht auf dich genommen. Deine Schuldgefühle, der Kampf, den du führtest, um dich gewissermaßen freizukaufen … daran hast nur du allein geglaubt.«

Sie räusperte sich, als würde sie das, was noch folgen sollte, nur schwer herausbringen.

»Soll ich dir was sagen? Dass du Bulle geworden bist, hat nur mit deinem Stolz zu tun. Du wolltest dich beweisen. Wolltest diese total durchgeknallten Typen in die Mangel nehmen, dich mit ihnen messen. Mama ist dir egal, genau wie ich. Das Einzige, was für dich zählt, bist letztlich nur du selbst.«

Eine Gerade direkt ins Gesicht. Für Charlotte war er ein Egoist, einzig und allein von seinem Narzissmus getrieben. Wie sollte er ihr beweisen, dass sie sich täuschte? Wie sollte er sie davon überzeugen, dass er sie liebte?

Sie ließ ihm keine Gelegenheit dazu.

»Ich habe dich gehasst. Ich habe mir gewünscht, du wärest an ihrer Stelle gestorben. Dann würdest du von den Würmern aufgefressen statt von deinen falschen Gewissensbissen. Aber die Geschichte lässt sich nicht zurückdrehen … Am Ende war ich es, die dabei draufging.«

François wusste ja von der Seeklinik. Er ließ sie aber weiterreden, um ihre Version kennenzulernen.

»Es geschah nach deiner Abreise in die Vereinigten Staaten. Ich hatte einen tetanischen Anfall, wie ich noch nie einen gehabt hatte. Zum Glück war ich gerade bei Oma gewesen. Ich konnte mich nicht mehr bewegen, konnte nicht mehr sprechen, hatte das Gefühl, in einen bleiernen Sarg eingesperrt zu sein. Sie hat mich in eine Privatklinik einweisen lassen. Unter einem falschen Namen, damit du nichts merkst. Ich bin einen Monat dort geblieben. Dreißig Tage mit Depressiven, von denen die meisten selbstmordgefährdet waren. Ich hatte Zeit zum Nachdenken. Und für interessante Begegnungen.«

»Justine?«

»Ein Mädchen, das nur noch aus Schmerz bestand und das sich so quälte, dass es mir Angst machte. Sie wollte sterben. Sie war besessen davon. Anfangs hatte ich noch versucht, ihr zu helfen. Ich las alles über diese Krankheit und gab ihr schwachsinnige Ratschläge. Dann begriff ich, dass ich nichts tun konnte, außer ihr zuzuhören. Und je mehr sie sich mir anvertraute, desto mehr dachte ich über mich selbst nach. Ich sah mit Schrecken, was mich über kurz oder lang erwartete. Ich war keine Anorektikerin, aber das lief aufs Gleiche hinaus. Mein ganzer Schmerz verwandelte sich nach und nach in Wut. Eine Wut, die ich gegen mich selbst richtete. Meine Starrkrampfanfälle waren der Beweis dafür. Eines Tages, das wusste ich, würde ich auf die Schnauze fallen.«

Sie nahm eine andere Haltung ein und verschränkte die Arme vor der Brust. Das knarrende Geräusch des Leders erinnerte François an andere Sitzungen, an andere Momente des Schweigens. Ein paar Sekunden lang vergaß er, dass es seine Tochter war, der er da zuhörte.

»Ich verließ die Klinik und kehrte nach Hause zurück. Ich war verloren. Wie üblich warst du nicht da. Ich glaube, dass ich trotz meiner Enttäuschung und trotz meiner Wut immer noch auf dich gewartet habe …«

Dann war es still. Diese Stille sagte mehr als alle Tränen. François spürte ein Stechen in den Augen.

»Schließlich nahm ich die Dinge hin, wie sie waren«, fuhr Charlotte fort. »Mein Leben war am Arsch. Mir blieb nur noch eine Gnadenfrist. Das war deine Schuld, und deshalb solltest du auch dafür zahlen. Und für den ganzen Rest … Ich suchte nach einem Mittel. Ich wollte dich ins Mark treffen. Deine Gewissheiten ins Wanken bringen. Eines Tages wusste ich, wie ich es anstellen konnte. Dein neuer Beruf. Du warst ein psychoanalytisch geschulter Bulle oder ein kriminalistisch geschulter Psychoanalytiker – wie auch immer. Jedenfalls hast du in beiden Fällen die menschliche Seele erforscht. Nur ging es jetzt um die Allerschwärzesten. Um die, bei denen der Wahnsinn zum Mord führte, bis zur Barbarei. Ich wollte dir ins Handwerk pfuschen, wollte selbst so ein abartiges Monster werden, wollte selbst töten. Um dir noch einmal zu zeigen, dass dein ganzes Wissen zu gar nichts nutze ist. So wenig wie damals bei Mama …«

Charlotte zischte ihm jetzt ihren Hass entgegen. François ertrug es, ohne auch nur ein Wort zu sagen. Er wusste, dass ihr glühender Schmerz daran schuld war, dass sie einen so beißenden Rauch ausstieß.

»Zunächst einmal habe ich mich informiert. Ich musste wissen, wie du arbeitest und für was für eine Art von Fall du zuständig sein könntest. Ich habe deine Welt genau unter die Lupe genommen: Blut, Tod, Grauen. Ich brauchte nur zu wählen. Ich habe herausgefunden, was Serienmörder eigentlich sind, wie sie so ticken und was ein Profiler für eine Rolle spielt. Ich habe mir genau angesehen, wie eine Ermittlung bei der Kripo abläuft, wie die Spurensicherung funktioniert, die Suche nach Beweisen … Je mehr ich las, desto deutlicher wurde für mich, welchen Weg ich einschlagen musste. Ich brauchte mindestens drei Verbrechen, die grausam und zugleich gut durchgeplant sein mussten und noch dazu an weit voneinander entfernt liegenden Orten stattfinden würden. Denn diese Umstände mussten zusammentreffen, damit man überhaupt von einem *serial killer* sprach. Meine Chancen standen neun zu zehn, dass man dir die Ermittlung übertragen würde.«

François musste an die Tatorte denken. Es gab keinerlei Indizien, es wurde kein Fehler gemacht. Charlotte hatte schnell gelernt.

»Das Problem war nur: Ich war keine Mörderin. Noch nicht. Ich hatte keinerlei Erfahrung darin zu töten. Auch hier musste ich mich erst einmal kundig machen.«

»Indem du dir Trashfilme angeschaut hast?«

»Gab es denn eine bessere Inspirationsquelle? Ich habe Dutzende davon gesehen. Die sind derart realistisch, derart heftig. Wie diese Psychopathen so ticken, das spottet jeder Logik. Ihre Grausamkeit ist grenzenlos. Nichts in der Realität hat dem jemals auch nur annähernd entsprochen.«

Ihre Stimme zitterte ein wenig, als bereite ihr das Erzählen eine gewisse Lust. François musste seinen Ekel unterdrücken und murmelte:

»Lass mich dir helfen. Du bist krank. Ich kann dafür sorgen, dass du in Behandlung kommst.«

Sie drehte sich zu ihm um und fragte mit treuherziger Miene:

»Hast du denn nichts verstanden?«

»Was soll ich denn verstehen?«

Schweigen. Das Schweigen des Wahnsinns.

Dann sagte Charlotte:

»Mein Psychiater, kleiner Papa, das bist du.«

67

Sie befanden sich mitten in der Katharsis.

Nachdem sie den Mord an ihrer Mutter nachgeahmt hatte, zwang Charlotte ihren Vater, mit ihr eine fingierte Analyse durchzuführen. Diese Inszenierung hatte nur ein Ziel: Sie sollte François dazu bringen, eine Vergangenheit, unter der sie immer noch litt, noch einmal zu durchleben.

Die junge Frau fuhr fort, wo sie aufgehört hatte:

»Die Idee ist mir beim Anschauen dieser Filme gekommen. Ich habe mir vier davon ausgesucht. Klassiker, alle sehr bekannt. Ich weiß, du bist kein Fan von ihnen, aber ich dachte mir, früher oder später würdest du eine Verbindung herstellen. Und ich genoss es schon im Voraus, dass du in eine Sackgasse geraten würdest. Vier abscheuliche Verbrechen, eine Nachstellung von Bildern, die man sich ausgedacht hatte, um Kindern Angst einzujagen. Welcher Irre konnte sich so etwas ausdenken? Wie tickt wohl der Täter? Das hast du dich gefragt, nicht wahr?«

François hatte noch viel mehr getan. Wenn er jetzt an die konstruierten Theorien dachte, an die er sich geklammert hatte. Der Mythos von der Natur, das Ritual der Wiedergeburt, die Transsexualität…

»Ich muss zugeben: Ich hatte die ganze Zeit einen Mann vor mir gesehen. Einen Perversen, der noch nicht recht wusste, welche Art von Sexualität die seine war.«

Charlotte lachte spöttisch.

»Ich habe mir schon gedacht, dass du dir irgendeine These ausdenken würdest. Wenn man um jeden Preis nach einer Erklärung sucht, dann findet man in der Regel auch eine. Und du bist Meister darin, auch wenn du die Realität ein bisschen verbiegen musst. Diesmal war das Problem, dass es keine Logik gab, die dir eingeleuchtet hätte.«

Der Profiler merkte, dass er nicht mehr so recht mitkam.

»Was erzählst du da?«

»Du hast das Wesentliche noch nicht begriffen. Den Mechanismus, den ich mir ausgedacht habe, um dich zu manipulieren. Ich bin nicht die Einzige, die zur Tat geschritten ist. Wir waren vier, erinnerst du dich? Und es hat vier Morde gegeben…«

François hing gebannt an Charlottes Lippen. Er sah, wie sie vom Sofa aufstand und sich den Leichen näherte.

»Maxime und Rémi kennst du ja. Und ihre Opfer kennst du auch. Der Dritte heißt Jean. Ein Gymnasiast wie wir alle. Er wohnte in Limoges, in der Nähe des Sees von Saint-Pardoux. Er brachte einen Drogensüchtigen um, den er kennengelernt hatte, als er ehrenamtlich in einem Restaurant gearbeitet hatte. Er hatte keine Familie, keine Arbeit, und keiner würde sein Verschwinden bemerken. Der liegt wahrscheinlich immer noch im Schlick und wird von den Fischen gefressen.«

Diesmal ein Junkie. Und noch ein Fehler wurde offensichtlich: Es hatte ein gemeinsames soziales Milieu gegeben, das die Opfer miteinander verband. Jetzt war es nicht mehr nötig, das Video zu analysieren. François wusste, wo die letzte Leiche verweste.

»Ich suchte mir ›Assistenten‹«, fuhr die junge Frau fort. »›Subjekte‹, um deine Worte zu gebrauchen, die imstande wären, mir zu helfen. Beim Stöbern im Internet entdeckte ich die Website ›clockworkorange.com‹. Ich ging zu diesem Treffen, das dieser hirnrissige Affe, dessen Namen ich vergessen habe, in Évry organisiert hatte. Ich nehme an, du weißt Bescheid. Von ihm weißt du ja wahrscheinlich auch, wie ich aussehe.«

François' Beine fühlten sich an wie Blei, es war, als habe man ihm Nägel in den Kopf geschlagen.

»Erzähl weiter.«

»Es war überhaupt nicht schwierig, sie zu überzeugen. Sie waren schon lange reif. Das Böse faszinierte sie. Sie sahen sich heimlich Bilder von Mord, Folter und Völkermord an, die ihre Phantasie anheizten. Bilder einer grenzenlosen Gewalt, die für sie aber eine Abstraktion blieb. Etwas, das sie im Fernsehen, im Kino oder im Internet gesehen hatten. Sie warteten nur auf eine Gelegenheit, den Sprung zu wagen.«

Das hatte der Profiler auch gemerkt. Aber dass sie so weit gehen würden, hätte er sich niemals träumen lassen.

»Und du? Wie hast du etwas so Schreckliches tun können?«

»Du redest von Justine?«

»Von ihr, von deinen Freunden … Du hast vier Menschen umgebracht.«

»Der erste Schritt ist am schwersten. Und Justine hat mir dabei geholfen. Sie wünschte sich so sehr zu sterben … Als ich ihr sagte, dass ich ihr dabei helfen könnte, hat sie die Gelegenheit sofort ergriffen. Du wirst es mir vielleicht nicht glauben, aber sie hat sich bei mir bedankt, als ich ihr das Messer in den Bauch rammte.«

Abscheu. Ekel. François fehlten die Worte. Jetzt verstand er auch, warum man bei Justine keine Fesselspuren gefunden hatte. In gewisser Weise hatte sie tatsächlich Selbstmord begangen.

Charlotte sprach unerbittlich weiter.

»Diese Gelegenheit habe ich ihnen auf dem Tablett serviert. Perfekte Verbrechen, es gab kein Motiv, nichts, das sie verband, nur das Grauen. Ich hatte die Gewissheit, dass die Bullen von einem Serienmörder ausgehen würden. Ich konnte mir sicher sein, dass sie um jeden Preis versuchen würden, ein Profil zu erstellen, auch wenn es hier naturgemäß gar keines geben konnte. Mein Plan war perfekt. Ich hatte an alles gedacht, an jedes Detail, bis hin zu den Plastikanzügen, durch die es möglich wurde, keinerlei Spuren zu hinterlassen. Sie haben mir vertraut.«

»Stammte die Idee, die Morde zu filmen, auch von dir?«

»Das war Teil des Spiels.«

»Des Spiels?«

Sie wirkte amüsiert.

»Nichts ist real für sie. Ein Wesen aus Fleisch und Blut zu töten oder virtuelle Monster zu killen, das war für sie dasselbe. Um ihnen ihre Entscheidung zu erleichtern, habe ich die Sache auf diese Art für sie verpackt. Als eine Art Wettbewerb. Bei dem es darum ging, wem die beste Imitation gelang. Jeder von ihnen hat sich unter den Figuren, die ich ihnen vorschlug, eine ausgesucht. Freddy Krueger, Michael

Myers, Leatherface oder Jason. Man musste einen Film drehen, ihn auf einer öffentlichen Website ins Netz stellen und dann von den anderen beurteilen lassen. Jeder Mord löste den nächsten aus. Wie bei Dominosteinen.«

Ein Verbrechen pro Tag. Mit der Präzision eines Uhrwerks, bei dem aber die Ähnlichkeit des Ablaufs keine Bedeutung hatte.

»Maxime hat den Wettbewerb eröffnet. Warum er?«

»Die Gelegenheit war günstig. Wir hatten schon seit Monaten unsere Opfer ausgesucht, das Material vorbereitet und die Tatorte ausgewählt. Wir waren bereit, seinem Beispiel zu folgen.«

»Und du hast das Ganze koordiniert?«

»Per Telefon, ja. Mit den Prepaidkarten und dem Stimmenverzerrer, den ich mir übers Internet besorgt hatte, liefen wir überhaupt keine Gefahr.«

Marchand starrte seine Tochter ungläubig an. Trotz der Umstände war er immer noch überrascht über ihre Intelligenz und ihre Reife. Sie hatte ihr Leid kanalisiert, hatte es sich zunutze gemacht und war mit unglaublicher Geschwindigkeit erwachsen geworden. Sie hatte sogar die Grundlagen des psychoanalytischen Diskurses integriert und gelernt, eine bestimmte Art von Abstand zu wahren, wie es Therapeuten tun. Aufgrund ihrer Posts in Justines Blog hatte er auf eine ältere Frau geschlossen.

Er fragte:

»Wie wurden die Opfer ausgewählt?«

»Es mussten Jugendliche sein. Vorzugsweise solche mit Problemen. So konnten wir euch am besten ins Grübeln bringen. Ein Pädophiler? Ein Erzieher? Ein Priester? Und warum nicht ein Psychoanalytiker? Sag mir bloß nicht, daran hättest du nicht gedacht!«

François fühlte sich bloßgestellt. Charlotte war in seinen Kopf eingedrungen. Sie hatte sich seiner eigenen Waffen bedient und diese gegen ihn gerichtet. Er war vor allem Psychoanalytiker. Sie wusste, dass er sich auf diese Art von Indizien stürzen und dann versuchen würde, den Rest damit in einen Zusammenhang zu bringen.

Eine Frage brannte ihm noch auf den Lippen.

»Ihr kanntet eure Opfer persönlich. War das nicht riskant?«

»Wir mussten nur ein paar Vorsichtsmaßnahmen beachten. Und das haben wir getan.«

»Ihr hättet euch die Leute auch zufällig aussuchen können.«

»Nein, wir mussten Kontrolle über sie haben, sie sollten ja freiwillig zu den Orten kommen, die wir ausgesucht hatten.«

»Wie habt ihr das gemacht?«

»Das Begehren, mein kleiner Papa. Ein Motor ohnegleichen, wahrscheinlich der stärkste überhaupt, das hast du immer zu mir gesagt hast. Maxime hat Lucie vorgeschlagen, an einem ganz besonderen Ort Fotos zu machen. Sie sind mit dem Scooter hingefahren. Rémi hat behauptet, in der Verbrennungsanlage werde eine satanistische Zeremonie abgehalten. Er hat Pierre hingefahren. Jean hat behauptet, er kenne einen Dealer, der in der Nähe des Sees was ganz Verrücktes vorhabe. Sein Drogenfreund ist sofort darauf angesprungen. Und was mich angeht… Ich habe nur die Tür aufdrücken müssen, denn Justine erwartete mich ja bereits.«

Der Polizist senkte besiegt den Kopf.

»Chapeau! Um ein Haar hätte das Ganze geklappt.«

Charlotte wirkte erstaunt.

»Aber es hat doch geklappt! Wir sind hier, oder etwa nicht? Und wir haben endlich mal richtig miteinander geredet. Ist das nicht das Wichtigste?«

François' Herz krampfte sich zusammen. Sie wirkte so aufrichtig, so verletzlich.

»Charlotte, du musst…«

»Erinnerst du dich an das, was Mama immer sagte?«

»In welchem Zusammenhang?«

»Wenn sie von uns sprach. Drei kleine Kobolde im Zauberwald.«

»Worauf willst du hinaus?«

»Sie dachte, unsere Seelen gehören zu diesem Ort. Glaubst du das auch?«

Er antwortete mit zugeschnürter Kehle:

»Ja, das glaube ich.«

Sie schien beruhigt.

»Ich auch. Ihre Seele ist schon hier. Sie wartet nur noch auf unsere.«

François brauchte einen Moment, bis er begriff, was sie meinte. Aus dem Nichts tauchte die kalte Mündung einer .45er auf und sah ihn mit erloschenem Auge an. Wie war sie an diese Waffe gekommen?

Er stammelte:

»Was machst du denn da?«

»Gib mir deine Waffe.«

»Na hör mal, Charlotte…«

»Na los, mach schon!«

Robotergeste. Eisige Berührung mit dem Metall. François legte seine Glock auf den Boden.

Charlotte nahm sie an sich. Sie richtete sich wieder auf, steckte die Waffe in ihren Gürtel und warf ihrem Vater einen herausfordernden Blick zu.

»Ich werde wiedergutmachen, was du kaputt gemacht hast. Der Tod hat uns getrennt. Nur er kann uns wieder vereinen.«

Zum ersten Mal spürte François den sauren Saft der Angst durch seine Adern laufen. Charlotte hatte nie auf Hilfe von ihm gehofft. Sie hatte vorgehabt, ihn zu töten und sich dann selbst umzubringen.

Sie bestätigte seine Befürchtungen.

»Du wirst sterben, mein kleiner Papa. Und ich auch. Was mich angeht, ist mir das völlig gleichgültig. Ich bin schon lange tot.«

68

Ein Augenblick der Starre.

Ein Mann, der ängstlich die auf ihn gerichtete Automatikwaffe anstarrt. Ihm gegenüber ein junges blondes Mädchen mit weit aufgerissenen Augen.

Seine Tochter.

An die Wand geworfen das Gesicht einer ihnen zulächelnden Frau. Das Bild einer Abwesenden, mit ihrer erdrückenden Präsenz. Sie ist ihre Verbindung. Das verbindende Element. Aber auch der Abgrund, der sie trennt.

François hob die Hände und wollte auf Charlotte zugehen.

»Beruhig dich doch, wir werden …«

»Bleib, wo du bist!«

Er erstarrte.

»Einverstanden. Siehst du? … Ich rühr mich nicht mehr.«

Die Sekunden verstrichen. Sie standen einander gegenüber, schweigend wie zu einem letzten Gebet. François spürte, dass sie zögerte. Er machte noch einen letzten Versuch:

»Gar nicht so einfach, was?«

»Was denn?«

»Das Abdrücken.«

»Ich will diesen Moment auskosten.«

Sie log. Er kannte sie gut genug.

»Ich verstehe dich nicht. Wenn du mich nur töten wolltest, wieso hast du dann all diese Leute umgebracht? Es hätte doch genügt, mich hierherzulocken, damit wäre schon alles erledigt gewesen.«

Ein Unbehagen wie bei einem Kind, das man bei etwas ertappt hat.

»Mit den Plänen ist's wie mit dem Leben. Sie entwickeln sich weiter.«

François nahm den Faden auf.

»Das hast du nicht vorgehabt. Du wolltest mich nur erniedrigen, wolltest mir knallhart zeigen, wo meine Grenzen sind. Deinen Vater zu töten stand nicht auf dem Programm.«

Charlottes Lippen fingen an zu zittern.

»Dich seelisch fertigzumachen, das schien mir die allerbeste Rache. Zu sehen, wie du zweifelst, wie du dich in die Sache verstrickst, wie deine Gewissheiten zunichtegemacht werden. Das fühlte sich richtig gut an.«

»Du konntest dir nicht vorstellen, dass ein Staubkörnchen deine schöne Mechanik versagen lassen würde. Ohne Maximes Vater und seinen Hang zu Frischfleisch wäre ich dir nie auf die Schliche gekommen.«

Sie zuckte die Schultern und spannte den Hahn.

»Sagen wir's mal so: Die Dinge laufen nicht immer so, wie wir uns das vorstellen.«

Sie zum Reden bringen. Den Kontakt nicht verlieren.

»Was hat dich veranlasst, deine Meinung zu ändern? In welchem Augenblick hast du beschlossen, dass wir beide sterben sollten?«

»Wozu ist das wichtig? Nur das Ergebnis zählt, oder etwa nicht?«

»Charlotte! Du bist meine Tochter und willst mich erschießen. Das allein ist schon ziemlich verrückt, oder etwa nicht? Du schuldest mir zumindest die Wahrheit.«

Jetzt zeigte sich ein anderer Ausdruck in ihren Augen. Sie schien in einem samtenen Traum verloren.

»Als Maxime mich anrief, da wusste ich, dass wir das Spiel verloren haben. Der Grund war eigentlich egal. Du würdest dich auch hier aus der Affäre ziehen, und das konnte ich nicht hinnehmen.«

»Du antwortest nicht auf meine Frage.«

»Wir hatten nicht mehr viel Zeit. Ich habe mich mit den anderen in Verbindung gesetzt. Sie hatten die totale Panik. Jeden Augenblick konnten sie gefasst werden und den Bullen verraten, wer ich war. Ich musste sie aus dem Verkehr ziehen, sonst hätte man mich wahrscheinlich festgenommen, und dieses Tête-à-Tête zwischen uns hätte nie stattgefunden.«

»Sie haben dir vertraut, und du hast sie in die Falle gelockt.«

»Jungs sind dumm. Sie glauben alles, was Mädchen ihnen erzählen. Ich musste nur ein paar von deinen Pillen in Whiskey auflösen und ein Kabel aus dem Keller holen. Und dann… Auf diese Weise konnte ich zwei Fliegen mit einer Klappe schlagen.«

»Indem du den Mord an deiner Mutter wiederholtest?«

»Ich war mir sicher, dass du die Ironie zu schätzen wissen würdest.«

Die Symbolik. Wieder einmal. Die lebendige Sprache des Unbewussten. Dieser Coup war Charlotte geglückt. Die blauen Lippen, die wächserne Haut und die roten Streifen um den Hals hatten François acht Jahre zurückgeworfen, in den weißen, eiskalten Raum, in dem Dianes Leiche lag.

In das Leichenschauhaus, in dem sein Schicksal besiegelt wurde.

In die Hölle, der er nie entronnen war.

Nur halb bewusst nahm er wahr, wie seine Tochter blinzelte.

Er schloss fast schon erleichtert die Augen.

Der Schuss ging los. Sein Herz explodierte. Trotzdem konnte er noch hören.

Ein Stöhnen. Ein Weinen.

Er blinzelte mehrmals. Bilder der Szene blitzten vor ihm auf. Charlotte lag auf dem Boden, zusammengerollt wie ein Fötus. Ihre zarte Hand presste sie auf die Schulter. Das Blut sickerte zwischen ihren Fingern hervor.

Er stürzte zu ihr.

»Mein Schatz!«

»Papa …«

Die Killerin war verschwunden. Jetzt war da nur noch ein kleines verlorenes Mädchen, an Körper und Seele schwer verletzt.

François vergaß alles und drückte sie an sich. Er sah weder die Gestalt, die näher kam, noch die Waffe, die sie in der Hand hielt.

Er spürte einen Druck auf seine Schulter.

Drehte sich um.

Mit zerzausten Haaren und durchnässtem Anorak stand Julia hinter ihm.

69

Es war kalt und dunkel im Sumpf.

Der Mond war aufgegangen und warf sein Licht auf den Wald. Kalkweiße Nebelschwaden waberten über dem Bootsanleger und hüllten zwei in Schweigen versunkene Gestalten ein.

François starrte aufs Wasser. Er schien sich in einem Albtraum verloren zu haben, dessen Klauen sich ihm ins Fleisch bohrten. Etwas weiter weg stand Julia und wartete. Auf ein Zeichen, eine Geste, egal was, etwas, woran sie erkennen konnte, dass er noch da war.

Schließlich ertönte seine Stimme im Morgengrauen.

»Danke.«

»Wofür?«

»Dass du sie nicht getötet hast.«

Julia antwortete nicht. Sie hatte auf die Schulter gezielt, geschossen und dabei gebetet, dass alles gut gehen möge. Der Rest war reines Glück gewesen. Ein paar Zentimeter tiefer, und Charlotte wäre nicht mehr am Leben.

Wieder ließ François sich vernehmen, ein Murmeln, das gegen das Brausen des Windes kaum ankam.

»Bist du nicht nach Avignon zurückgefahren?«

»Konnte ich nicht ...«

»Wie hast du es erfahren?«

»Über deinen Freund, Hallaoui. Er hat mir die Information weitergegeben.«

»Welche Information?«

»Über die Gesprächsverbindungen der Prepaidkarten. Ein paar Wörter hatten sie entschlüsseln können. Zum Beispiel ›Sologne‹ und ›Charlotte‹ ...«

François drehte sich langsam um. Er verschränkte die Arme vor der Brust, als wolle er sich gegen eine Kälte schützen, die von innen kam.

»Und das hat genügt?«

»Du hattest mir von dem Haus bei Lamotte-Beuvron erzählt. Ich habe meine Schlüsse daraus gezogen.«

Ein Nicken, wenn auch ein sehr schwaches. Julia hatte das Gefühl, einen Automaten vor sich zu haben, dessen Batterien sich langsam leerten.

»Wer hat dir den Weg in die schwarzen Sümpfe beschrieben?«

»Ich habe bei deinen Eltern angerufen.«

»Du hast sie ...«

»Ich hatte deine Mutter am Telefon. Mach dir keine Sorgen, sie weiß von nichts. Ich habe ihr nur gesagt, dass man dich sucht und dass dein Handy nicht reagiert.«

»Hat sie dir geglaubt?«

»Nicht nur das. Sie hat mir sogar vorgeschlagen hierherzufahren.«

François schloss die Augen. Er musste an all das denken, was jetzt auf ihn zukam. Er musste seiner Familie die Wahrheit sagen. Der ganze Schmerz, all die vielen Opfer …

Er verließ den Bootsteg. Julia beobachtete ihn, diskret und aufmerksam. Nach ein paar Metern blieb er stehen und starrte auf das Gebäude. Ein altes Gemäuer, massiv, beunruhigend, im Schatten verborgen und unheilschwanger.

Über der schwarzen Linie des Dachs wurde der Himmel von roten und blauen Aureolen erleuchtet. Die Blaulichter der Armada, die gerade eingetroffen war. Polizisten, Rettungssanitäter, Spurensicherung. François hatte den Krankenwagen davonfahren sehen, der Charlotte mitnahm, ihrem weiteren Schicksal entgegen. Er würde ihr schon bald nachfahren, sobald Hénon hier alles Weitere übernehmen konnte.

Julia wartete ein wenig, bevor sie sich entschloss, zu ihm zu gehen. Ein Anfall von Zärtlichkeit, das Bedürfnis, ihn in die Arme zu nehmen, ihn zu beruhigen, ihm zu sagen, dass sie für ihn da war. Sie ließ ihre Hand in die seine gleiten und murmelte:

»Sie wird eine Behandlung bekommen. Sie ist noch jung. Vielleicht gibt es für sie noch eine Chance, da wieder herauszukommen.«

»Die Schulter wird schnell heilen. Aber was den Rest angeht …«

»Sag das nicht. Du hast für sie gekämpft. Du wirst weitermachen.«

»Ein Teil dessen, was sie einmal war, ist mit ihrer Mutter gestorben. Und den anderen Teil habe ich getötet.«

»Das stimmt nicht. Du hast keine Schuld daran.«

François seufzte. Den Schmerz und die Schuldgefühle schien er weit hinter sich gelassen zu haben. Er fühlte sich leer, in seinem Inneren reihte sich eine Ruine an die andere.

»Vielleicht … Trotzdem ist es jetzt so, wie es ist. Sie lebt schon lange in der Hölle, und von dieser Art von Reise kehrt man nicht zurück.«

»Dir ist das gelungen.«

»Den Eindruck habe ich nicht.«

»Ich schon. Du bist dir dessen nur noch nicht bewusst, das ist alles.«

Er lächelte sie traurig an. Dann zog er sehr sanft seine Hand zurück.

»Ich muss gehen.«

»Willst du, dass …«

»Nein. Ich muss allein sein. Ich ruf dich an.«

Sie waren wie durch eine gläserne Wand voneinander getrennt. François' Schmerz nahm allen Platz ein. Sie sah ihn fortgehen und kämpfte mit den Tränen, ihrer Ohnmacht hilflos ausgeliefert.

Sie ging ein paar Schritte. Sie musste sich bewegen, durch Bewegung den Schmerz bekämpfen, der sie zu überwältigen drohte. Sie ging auf den Bootssteg hinaus. Die Wipfel der Tannen rund um den See sahen aus wie eine Dornenkrone. Die junge Frau sah in ihnen das Symbol für die Passion. Sah den Kreuzweg in ihnen, der François über all die Jahre kaputt gemacht und an dessen Ende seine Tochter ihn nun gekreuzigt hatte.

Seltsamerweise war sie nicht böse auf Charlotte. Sie tat ihr nur leid. Das Mädchen würde wahrscheinlich in eine psychiatrische Klinik eingesperrt werden und bis ans Ende seiner Tage Neuroleptika schlucken. Immer in der Hoffnung, dass es sich nicht vorher umbrachte.

Aber François? Wie sollte er es schaffen, wieder auf die Beine zu kommen? Und wie konnte ihrer beider Geschichte in dem Ganzen jemals eine Chance haben?

Beim Gedanken an die Zukunft wurde ihr ganz anders. Sie kam ihr vor wie ein Schlachtfeld, wie ein hoher Berg, den es zu besteigen, ein weiter Ozean, den es zu überqueren galt. Sie wusste, dass sie die Kraft nur in der Liebe finden würde. Sie fühlte, wie diese Liebe wuchs, wie sie Raum einnahm und alle Hindernisse hinwegfegte, welche die Vernunft ihr entgegenstellte. Dieser Mann hatte ihre Seele berührt. Seine Zerbrechlichkeit, seine Zweifel, sogar seine Irrtümer rührten sie stark an. Sie wollte ihm helfen, wieder auf die Beine zu kommen, und vor allem wollte sie da sein an dem Tag, an dem er endlich bereit sein würde, eine neue Seite im Buch seines Lebens aufzuschlagen.

In den Bäumen rauschte der Wind. Eine eisige Brise, die alles reinwaschen wollte. Julia sog mit voller Kraft die Luft in ihre Lunge. Ja, wie würde kämpfen.

Würde François dabei helfen, das Blatt des Schicksals zu wenden.

Den Fluch zu bannen.